SUZANNE FORSTER

Verrat um Mitternacht

Buch

Seit fünf Jahren bemüht sich Sophie Weston Babcock, ihr Leben wieder in den Griff zu bekommen. Zu viele Katastrophen haben sie heimgesucht: zuerst das Verschwinden ihres geliebten Mannes Jay Babcock während einer Bergbesteigung in Nepal. Dann die schwere Erkrankung von Noah Babcock, dem Patriarchen des weltweit operierenden pharmazeutischen Konzerns, und schließlich die Ermordung seines ältesten Sohnes Colby. Wallis Babcock, Noahs Frau, hat zwar die Führung der Firma übernommen, doch werden ihre Entscheidungen von einem treuhänderisch eingesetzten Anwaltsgremium ständig in Frage gestellt. Am Abend ihrer Verlobung mit Claude Laurent hört Sophie schockiert, daß man Jay gefunden hat – lebend! Bewegt schließt sie ihn in ihre Arme, und sofort flammt die alte Leidenschaft zwischen ihnen wieder auf. Aber Sophie bleibt mißtrauisch. Zwar erinnert sich Jay an sehr persönliche Dinge, doch sein Verhalten ist völlig verändert. Als er auch noch die Firmenleitung übernehmen soll, sind ihre Nerven zum Zerreißen gespannt: Liebt sie womöglich einen fremden Mann, einen Betrüger und Verbrecher?

Autorin

Suzanne Forster war früher Psychologin, ehe sie sich ganz ihrer schriftstellerischen Karriere widmete. In den USA erreichten ihre vielfach ausgezeichneten Romane wochenlang erste Plätze auf den Bestsellerlisten. Suzanne Forster lebt mit ihrem Ehemann in Newport Beach, Kalifornien.

Von Suzanne Forster ist bereits erschienen

Rausch des Verlangens. Roman (43795)
Verführerische Bilder. Roman (42970)
Gefährliche Unschuld. Roman (35057)
Melodie der Sünde. Roman (43000)

SUZANNE FORSTER

Verrat um Mitternacht

Roman

Aus dem Amerikanischen
von Gertrud Wittich

BLANVALET

Die Originalausgabe erschien 1998
unter dem Titel »Husband, Lover, Stranger«
bei Berkley Books, The Berkley Publishing Group,
a member of Penguin Putnam Inc., New York

Umwelthinweis:
Alle bedruckten Materialien dieses Taschenbuches
sind chlorfrei und umweltschonend.
Das Papier enthält Recycling-Anteile.

Blanvalet Taschenbücher erscheinen im Goldmann Verlag,
einem Unternehmen der Verlagsgruppe Bertelsmann GmbH.

Deutsche Erstveröffentlichung Juli 1999

Umschlaggestaltung: Design Team München
Umschlagillustration: Schlück/Daeni
Satz: deutsch-türkischer fotosatz, Berlin
Druck: Elsnerdruck, Berlin
Verlagsnummer: 35130
Lektorat: Maria Dürig
Redaktion: Petra Zimmermann
Herstellung: Heidrun Nawrot
Made in Germany
ISBN 3-442-35130-8

1 3 5 7 9 10 8 6 4 2

Prolog

Er schreckt aus dem Schlaf auf und kann sich an nichts mehr erinnern, an gar nichts mehr, außer an diese Frau, das Antlitz tränennaß, die Arme flehentlich ausgestreckt. Die Frau stirbt, wenn er nicht zu ihr gelangen kann. In hilflosem Flehen streckt sie ihm die Arme entgegen, eine Sirene, die ihm nicht mehr aus dem Kopf will. Sie hat sich seiner bemächtigt, seines Körpers, jeder einzelnen Zelle, jedes vibrierenden Atoms.

Er springt aus dem Bett, ihren Namen rufend.

Wenn sie stirbt, stirbt auch er.

Aber als er die Augen öffnet, sieht er nur den kleinen, kahlen Raum, in dem er liegt. Sie ist nicht da. Sie war nie da. Alles ist ihm entglitten, auch ihr Name. Nur die Dringlichkeit bleibt. Verschwunden sind die Traumbilder wie Zeichen im Sand, fortgetragen von den Wellen.

Die glänzenden Chromapparaturen verraten ihm, daß er in einem Krankenhaus sein muß. Der stechende Schmerz in seinem Arm stammt von einem Venenkatheter, den er sich beinahe herausgerissen hat. Er dreht sich zur Seite. Wenn das ein Krankenhaus ist, muß er krank sein. Aber er sieht nicht krank aus. Sein Spiegelbild kommt ihm von allen Seiten entgegen, blitzt aus dem blanken Chrom: Haare wie schwarze Rosen, ein hageres, kantiges Gesicht, tief gebräunt und irgendwie wild, obwohl »wild« nicht das richtige Wort ist – animalisch vielleicht. Das paßt auch zu seinem kräftigen Nacken und den muskulösen Schultern.

Auf den ersten Blick sieht das anziehend aus, auf den zweiten jedoch beunruhigend, ja angsteinflößend. Aber das ist nicht der Grund, warum er sein Antlitz und seine Erscheinung so aufmerksam studiert. Das Gesicht, das ihm aus dem Chrom entgegenstarrt, ist das Gesicht eines Fremden. Ein völlig fremdes Gesicht. Nichts daran ist ihm vertraut, nicht einmal der geradezu beunruhigend scharfe Blick. Wie der Dreizack des Satans, so scharf blicken seine Augen, die von einem scharfen, durchdringenden Blau sind.

Wer ist er?

Wo ist er?

Wer ist sie?

Er kann keine dieser Fragen beantworten. Sein Gehirn fühlt sich an, als wären ihm alle wichtigen Informationen verlorengegangen. Er kann die Dinge nur erfühlen, muß sich auf seine Intuition verlassen, und die sagt ihm, daß er von hier fort muß. Das ist kein Krankenhaus. Es ist ein Gefängnis, und er befindet sich in großer Gefahr. Mit den Instinkten eines Mannes, der knapp dem Tod entronnen ist, begreift er auch, daß er nicht mehr derselbe ist, wer immer er auch gewesen sein mag. Und die Frau aus seinem Traum – die Verführerin, die ihn ins Leben zurückgeholt hat –, sie ist seine einzige Verbindung zur Realität.

1

»Wußtest du, daß Männer mit gepiercten Ohren bessere Heiratskandidaten sind«, erklärte Muffin Babcock und spielte an ihrem Armkettchen herum, um die beeindruckenden Diamanten zur Schau zu stellen. »Sie haben bewiesen, daß sie Schmerzen aushalten können, und verstehen es außerdem, Schmuck zu kaufen.«

Sophie Babcocks großzügiger, sinnlicher Mund verzog sich zu einem trockenen Lächeln, während sie weiter bunte Makkaroni zu Ketten für ihre Tageskinder auffädelte, zehn wilde Rangen im Alter von zwei bis vier, die keine Ahnung davon hatten, daß sie »unterprivilegiert« waren, und denen es völlig egal war, ob ihr Schmuck nun aus Makkaroni oder achtzehnkarätigem Gold bestand.

Muffin schien es jedoch todernst zu sein, und ihre Schwägerin hatte immerhin fünf Jährchen mehr auf dem Buckel als Sophie, die in Kürze dreißig wurde, plus einer unbestreitbaren Fachkenntnis, was guten Schmuck betraf. Keine Nudeln für Muffin, no Sir, außer es handelte sich um handgemachte Garganelli mit Wachtelsauce, ihre Lieblingspasta.

»Colby hatte keine gepiercten Ohren«, erinnerte sie Sophie.

Muffin thronte auf einem Küchenhocker und betrachtete Sophie unter künstlich gefärbten Lidern hervor, die zu den Taupetönen in ihrem aschblonden Haar paßten. »Wir reden hier nicht über meinen guten verblichenen Göttergatten, Sophia-Schätzchen. Wir reden über Claude, den apokalyptischen Fehler, den du dabei bist zu begehen. ›Claude‹ – der Name allein erinnert einen ja schon an ›tot‹. Also, ich begreif wirklich nicht, was du dir dabei denkst«, meinte Muffin trocken.

»Mit einem Namen wie Muffin sitzt man doch buchstäblich im sprichwörtlichen Glashaus, findest du nicht?« erwiderte Sophie. Trocken, wie sie hoffte, obwohl sie inzwischen wirklich wissen sollte, daß sie es mit der Meisterin nicht aufnehmen konnte. Sophie hatte sich kürzlich entschlossen, Claude Laurent, einen viel älteren Psychiater zu heiraten. Sämtliche Babcocks waren dagegen, obwohl er ein Freund der Familie war und noch dazu der Therapeut, den sie Sophie empfohlen hatten, als sie wirklich Hilfe brauchte. Muffin war besonders vehement gegen diese Heirat, doch waren ihre Einwände eher ästhetischer als persönlicher Natur.

»Ich weiß, Claude entspricht nicht deinem Standard.« Sophie hielt eine rot-gelb-grüne Nudelkette zur Begutachtung hoch. »Er ist nicht reich, attraktiv oder gemein genug.« Nicht wie Jay, gestand sich Sophie ein, obwohl sie wußte, daß es gefährlich war, Vergleiche mit ihrem göttergleichen verstorbenen Mann anzustellen.

Muffin reagierte mit einem dezenten Schaudern. »Gemein? Süße, das richtige Wort ist katastrophal. Ich wage mir kaum vorzustellen, wie Claude nackt aussehen muß. Ichabod Crane ist dagegen wahrscheinlich der reinste Hengst. Was um Gottes willen geht bloß in dir vor, Sophie?« Diesmal gelang Sophie sogar eine trockene Erwiderung. »Wann hast du denn Ichabod Crane nackt gesehen?« fragte sie lachend. »Ich halte Claude für einen liebenswerten, fürsorglichen und verläßlichen Mann – und was kann sich eine Frau mehr wünschen?« Besonders verläßlich, genau das, was Jay *nicht* gewesen war.

Und dennoch, Sophie fragte sich, ob Muffin nicht vielleicht recht hatte. Als Muffin vorhin Claudes Namen erwähnte, hatte Sophie so ein komisches Gefühl verspürt, eine Art Zögern, als ob etwas unvollständig, eine emotionale Tür verschlossen geblieben wäre. Sie stand gleichsam mit dem Herzen und dem Verstand auf Zehenspitzen und wartete auf Gefühle, die sich nicht einstellen wollten.

Das hatte jedoch nichts mit Claudes Aussehen zu tun, das

war ihr schon immer unwichtig gewesen. Wie alles, was mit Claude zusammenhing, war auch ihre Entscheidung, ihn zu heiraten, das, was ihr zu dieser Zeit am vernünftigsten erschienen war, der nächste »natürliche Schritt bei der Entwicklung unserer Beziehung«, wie er selbst es nannte. Und Sophie hielt sich gar nicht erst bei dem Gedanken auf, daß sie vielleicht nur deshalb in den Hafen der Ehe schipperte, weil sie sich einsam fühlte oder weil sie moralische Unterstützung für ihre Kindertagesstätte brauchte, die trotz ihrer Bemühungen noch immer keine staatliche Bezuschussung erhalten hatte. Sie war nun seit fünf Jahren solo, und das Leben mußte schließlich weitergehen. Falls es ihrerseits doch irgendwelche Vorwände geben sollte, dann höchstens den Wunsch, ihrer übermächtigen Familie entkommen zu wollen, was Muffin mit einschloß.

Sowohl Muffin als auch Sophie waren angeheiratete Babcocks, und beide hatten ihre Männer auf unerwartete und sehr tragische Weise verloren. Sophies Jay war vor fünf Jahren während einer Gletscherexpedition in den Bergen von Nepal verschollen, und sein älterer Bruder, Colby, war erst letztes Jahr an einem Herzinfarkt gestorben, was das pharmazeutische Familienimperium ins Chaos stürzte.

Der Kampf um die Macht war noch nicht entschieden, und seltsamerweise konzentrierte er sich, wie sich herausstellte, hauptsächlich auf die drei Frauen des inneren Zirkels der Babcocks – auf Sophie selbst, die weder Erfahrung noch Interesse an der Führung eines Geschäftsimperiums hatte, und auf Muffin, bei der das entschieden der Fall war. Die dritte Kandidatin war Wallis Cady Babcock, die alternde Matriarchin des Clans, welche wohl die perfekte Wahl gewesen wäre, wenn die Treuhänder nicht entschieden hätten, daß die Belastungen zu groß für sie waren. Inzwischen wurde Babcock Pharmaceuticals, ein milliardenschwerer Industriegigant, von einem Team von Anwälten geführt, und das klappte nicht sehr gut.

Ein lautes Schnauben verriet Sophie, was Muffin von der Makkaronikette hielt, die Sophie sich gerade umhängen wollte.

»Nicht mein Look?« Sophie tat, als wäre sie am Boden zerstört.

»Es *ist* dein Look, Gänschen, das ist ja das Problem. Also, wenn einer eine völlig neue Fassade braucht ...«

Sophie kannte die Leier. Muffin drängte sie schon seit ewigen Zeiten, sich in irgendeinem sündhaft teuren Schönheitssalon in Beverly Hills, der eine revolutionäre neue Kosmetikserie herausgebracht hatte, »reinkarnieren« zu lassen. Muffin, die selbst jede Menge Geld in den Salon investiert hatte, wünschte sich Babcocks finanzielle Unterstützung für das Unternehmen, und sie schien irgendwie von der Idee besessen zu sein, dies durch ein kosmetisches Generalüberholungswunder an Sophie erreichen zu können.

»Soapy! Soapy ...«

Vom bösen Wolf gerettet durch ein Lämmchen, dachte Sophie. Der kleine Junge, der vom Garten hinterm Haus hereinkam, war dreck- und tränenverschmiert. Er sank prompt zu Boden, wo er sich wie ein sterbender Schwan auf den Rücken plumpsen ließ, um sodann in tiefster Verzweiflung zur Decke zu starren.

»Hast du dir weh getan, Albert?«

»Nö. Bin bloß k'ank.«

Sophies Nudelkette flog in die Ecke.

Sie konnte kein Fieber feststellen, als sie sich über den erregten Dreijährigen beugte und die Hand auf seine Stirn legte. Sie kam ihr kühl vor, vielleicht ein wenig feucht. Das war einer der Gründe, warum sie sich eine ordentliche Unterbringung für die Kinder wünschte, mit Kinderärzten, an die man sich im Notfall wenden konnte, sowie Personal, das sich in Erster Hilfe und Kinderkrankheiten auskannte. Sie hatte sich in Sonderpädagogik ausbilden lassen, aber die Eltern ihrer Schützlinge gehörten allesamt den untersten Einkommensschichten an und konnten ihr kein Gehalt bezahlen, so daß sie sich lediglich Studenten in Teilzeit als Unterstützung leisten konnte.

»Lucy hat mich angekackt!« krächzte Albert.

Muffin stieß einen angewiderten Laut aus. »Das ist genau der Grund, warum ich nie Kinder haben wollte, nicht mal, um einen Babcock-Erben in die Welt zu setzen.«

»Lucy ist eine kleine Wüstenmaus«, erklärte Sophie geduldig, während sie einen Zipfel ihrer Latzhose und etwas Spucke dazu benutzte, einen grünen Klecks von Alberts Schuhen zu putzen. »Sie gehört zu den Tieren, die von den Kindern aufgezogen werden. Ich möchte, daß sie die Erfahrung machen, wie es ist, noch für jemand anderen als nur sich selbst verantwortlich zu sein. Das ist gut für sie. Da lernen sie Fürsorglichkeit und Mitgefühl.«

Winke, winke mit dem Zaunpfahl, dachte sie.

»Wie fortschrittlich von dir, Sophie. Aber das bestätigt nur meine Theorie, daß da, wo Kinder sind, Kacka nicht weit ist.«

Muffin glitt vorsichtig vom Küchenhocker und schüttelte ihren schwarzen Seidenoverall aus. Dann schlüpfte sie in die zarten Silberbändchensandalen, die sie von den Füßen gekickt hatte, sobald sie hereingekommen war.

Sophie liebte Muffins trockenen Humor, war insgeheim jedoch zu dem Schluß gekommen, daß ihre Schwägerin unter einer Kinderphobie litt und die Tagesstätte nur deshalb besuchte, weil sie sich ihren inneren Dämonen stellen wollte. Zumindest versuchsweise. Als sie Muffin von ihrer Verlobung mit Claude erzählte, hatte sie ihr ebenfalls anvertraut, daß sie damit auch aus dem Rennen um das Familienimperium ausstieg. Entzückt enthüllte ihr Muffin daraufhin einen Schocker: Sie hatte vorsichtshalber etwas Sperma von ihrem verstorbenen Mann auf Eis legen lassen, falls alles andere fehlschlagen sollte.

»Bitte, lieber Gott, laß es entwöhnt auf die Welt kommen«, hatte sie inbrünstig intoniert.

Muffin war dieser Tage überdies Sophies einzige Informationsquelle, was Wallis Babcock betraf, die sich in verletztes Schweigen hüllte, seit sie von Sophies Entscheidung, Claude zu heiraten, erfahren hatte. Was Muffin selbst betraf, so lebte sie in großem Stil im Herrschaftshaus der Familie und linste unverhüllt nach der Domäne ihrer Schwiegermutter. Aber Muffin besaß darüber hinaus einen geradezu darwinistischen Überlebensinstinkt. Wallis Babcock war trotz ihrer angegriffenen Gesundheit eine dominante Persönlichkeit und die Beziehung zwischen den beiden daher mehr als kühl.

»Du willst hei'aten?« fragte Albert Sophie weinerlich.

Sie strich dem Jungen das kohlschwarze Haar aus der Stirn und drückte ihm einen Kuß auf die erhitzte Wange. Seine wunderschönen Mandelaugen waren weit aufgerissen und traurig. »Was ist los, mein Schatz? Gefällt dir das nicht?«

Er nickte, vermied jetzt jedoch ihren Blick.

»Kannst du mir sagen, warum?« fragte sie vorsichtig weiter.

»Weil ...« Als sie ihn aufmunternd ansah, fuhr er brummend fort, »weil *ich* dich hei'aten will, deshalb.«

»Albert, wie süß.«

»Wie ödipal«, grummelte Muffin, die auf dem Weg zur Tür war. »Ich seh dich dann später, *Mrs. Robinson.*«

»Später?« Sophie blickte verwirrt zu ihr auf.

»Deine Verlobungsparty, Gänschen. Die ist heute abend.« Muffin warf einen Blick auf ihre juwelenbesetzte Bulgari und sah Sophie dann scharf an. »In knapp einer Stunde. Ich muß die gute Fassade noch völlig neu verkleistern – und so wie du aussiehst, hast du das auch nötig.«

Als Muffin aus der Tür gesegelt war, hob Sophie Albert hoch und schritt zur Glastür des doppelten Backofens. Sie studierte ihr Spiegelbild, während sie das Kind auf dem Arm schaukelte, und erkannte erschrocken, daß sie genau das wohl schon seit geraumer Zeit machte – sich hinter ihren Sprößlingen zu verstecken und ihre eigenen Bedürfnisse vollkommen zu vernachlässigen.

Albert war zwar ein anbetungswürdiges kleines Schild, doch konnte auch er nicht über die Tatsache hinwegtäuschen, daß ihre Haut käsig und glänzend geworden war und sie dauernd dunkle Ringe unter ihren großen Augen hatte, Augen, die sie bisher immer für das Schönste an ihrem Gesicht gehalten hatte.

Wiesengrün, so hatte Jay die Farbe ihrer Pupillen einmal genannt.

Den ganzen Tag war sie hinter irgendwelchen Kindern und Haustieren her, und es war ihr unbegreiflich, daß sie das nicht in besserer körperlicher Verfassung hielt, doch die Beweise lagen unwiderlegbar vor ihr. Vielleicht lag's ja an ihrem weiten, schlabbrigen T-Shirt und der ausgeleierten Latzhose, aber sie hatte dennoch das Gefühl, daß ihr vernachlässigtes, leicht aufgeschwemmtes Äußeres mehr mit ihrem Körper als mit ihrer Kleidung zu tun hatte. Wie lange war es her, seit sie zum letzten Mal in einen Spiegel gesehen hatte, sich *wirklich angesehen hatte*? So sehr ihr das auch gegen den Strich ging, Muffin hatte recht, nur daß eine Generalüberholung nicht genügte. Sie bräuchte ein Body-Double. Es war ein Wunder, daß Claude oder Albert oder *irgend jemand* sie überhaupt heiraten wollte.

Albert fing an zu zappeln. »K-können Tie'e auch weinen?« fragte er, das Gesicht in ihrem T-Shirt vergraben.

Es stimmt, dachte sie lächelnd. Das, wovor sich Kinder am meisten fürchten, stimmt. Erwachsene können tatsächlich ihre Gedanken lesen. »Hast du was Schlimmes mit Lucy angestellt?«

Er nickte, den Kopf noch immer an ihrer Schulter vergraben. »Hab doofe A'schgeige zu ih' gesagt«, gestand er bedrückt.

»Wow!« Sie rubbelte ihm liebevoll übers Haar. Himmel, sie liebte dieses Kind über alles. »Da ist aber eine Entschuldigung fällig, Partner.«

Als Albert daraufhin hinaustrottete, um sich wieder mit Lucy zu versöhnen, wandte sie sich erneut der Backofentür und ihrer derzeitigen Verfassung zu. Ihre Bemühungen, mit dem Verlust ihres Mannes fertig zu werden, wurden noch kompliziert durch die Tatsache, daß man seine Leiche nie gefunden hatte. Sie wußte nicht, wie man sich von jemandem verabschieden sollte, der sich in Luft aufgelöst hatte.

Er war derjenige, der vor fünf Jahren gestorben war, aber Sophie hatte es nie fertiggebracht, ihn in ihrer Vorstellung zu beerdigen, also hatte sie sich selbst begraben – in diesem kleinen Häuschen, unter den erdrückenden Anforderungen ihrer Aufgabe. Doch irgendwann war sie einfach gezwungen gewesen, die Tatsache zu akzeptieren, daß ihr Mann nie mehr zurückkehren würde, denn anders hätte sie ihren Schock und Kummer bis heute noch nicht überwunden. Erst nachdem sie seinen Tod akzeptiert hatte, war sie in der Lage, selbst wieder zu leben, aber das hatte lange gedauert.

Das eigenartigste an der Sache war ihre Erleichterung, die sie nicht ganz begriff. Da war natürlich die unvermeidliche Last, die einem vom Herzen fällt, wenn man eine geliebte Person endlich loslassen kann, doch das war es nicht. Was sie beunruhigte, war das seltsame Gefühl der Sicherheit bei dem Gedanken an ein Leben ohne Jay. Sie hatte ihn nie wirklich gekannt, er war durch ihr junges Leben gerast wie ein Tornado, hatte allem etwas Aufregendes, ja Gefährliches verliehen. Er hatte all ihre romantischen Phantasien erfüllt, selbst einige der verbotenen. Doch manchmal hatte er sie auch zutiefst geängstigt.

Sophie war mit vierzehn zu den Babcocks gekommen, hatte Jay jedoch erst ein Jahr später kennengelernt. Man hatte ihn damals in ein Jugendcamp geschickt gehabt, damit er ein wenig militärischen Drill und Selbstdisziplin lernte, und danach aufs College. Doch nichts konnte Jays stolzen, unabhängigen Geist brechen. Er war eine Naturgewalt, ein Wirbelsturm, und ihre scheue, sonnige Art hatte ihn sofort unwiderstehlich angezogen.

Lange Zeit widerstand Sophie Jays recht ordinärem Charme einfach deshalb, weil sie eine Heidenangst vor dem Mann hatte. Sie erstarrte zur Salzsäule, sobald sie ihn kommen sah, oder, noch schlimmer, schrie erschrocken auf und rannte davon. Meistens reagierte er darauf mit einer typisch männlichen Mischung aus Verwirrung und Belustigung. Aber eines Tages folgte er ihr ins Gewächshaus, wo sie oft Zuflucht suchte, und küßte sie inmitten eines Dschungels aus Kletterrosen und Wisterien.

Ein einziger, unschuldiger Kuß, aber Sophie verlor an jenem Tag ihr Herz, ihren Verstand und alles, was nicht niet- und nagelfest war. Bald darauf wurde Jay erneut fortgeschickt, diesmal auf die renommierte Pharmazieschule, die seine Vorfahren gegründet hatten. Man wollte ihm damit nicht nur eine gründliche Ausbildung verschaffen, sondern ihn auch, wie Sophie vermutete, von ihr fernhalten. Aber Pharmakologie war Jay viel zu langweilig. Er brach die Ausbildung irgendwann ab und kehrte zurück – und das Verhältnis zwischen ihnen entbrannte in unkontrollierbarer Leidenschaft. Sie war inzwischen ein paar Jahre älter geworden und hatte merklich weniger Angst vor ihm – und sie war mehr als bereit, auch das für ihn aufzugeben, was er noch nicht erobert hatte: ihre Jungfräulichkeit.

Jay sprach von Vorsichtsmaßnahmen, aber Sophie war eine zutiefst romantische Seele – und außerdem viel zu sehr verliebt. Als dann prompt ihre Periode ausblieb, nahmen sowohl sie als auch Jay an, sie wäre schwanger, und heirateten in einer Nacht-und-Nebel-Aktion. Die Familie traf fast der Schlag, doch am Ende gab sie der Verbindung ihren Segen, und insbesondere Wallis hoffte darauf, daß Jay nun endlich ruhiger und vernünftiger werden würde.

Jay trat in den Familienbetrieb ein, doch als sich herausstellte, daß Sophie nicht schwanger war, ja noch schlimmer, auch nicht schwanger werden konnte, wurde ihre Beziehung zunehmend gespannter. Sie wünschte sich Kinder, und die Testergebnisse zeigten, daß sie auch welche bekommen konnte. Jay war der Unfruchtbare von den beiden. Diese Nachricht verschlimmerte seine Unzufriedenheit mit der täglichen Öde seiner Tätigkeit in der Firma. Seine Wanderlust war inzwischen so groß geworden, daß Sophie ihn dazu ermutigte, Babcock Pharmaceuticals zu verlassen, um seinen Abenteuerdurst zu stillen.

Ihre frühe Kindheit war von Verlassensängsten, Unsicherheit und Einsamkeit geprägt gewesen, bis sie zu den Babcocks kam, so daß es eine Ironie war, daß ein Mädchen, das sich so sehr nach Stabilität sehnte, einen Mann heiratete, der das Risiko brauchte wie die Luft zum Atmen. Ironisch und tragisch. Jay folgte seinem Stern bis in die entlegensten Winkel des Erdballs, und obwohl Sophie ihn liebend gern begleitet hätte, wagte sie es nicht, weil sein unruhiger Lebensstil sie einfach überwältigte.

Vielleicht spürte sie ja von Anfang an, daß ihre Beziehung auf wackeligen Füßen stand, doch hätte sie sich nie vorstellen können, daß sie so enden würde. Sie verlor ihren Jay bei einer Gletscherexpedition, und obwohl sie an dem tragischen Unfall beinahe zerbrach, war er gleichzeitig auch ihre Rettung. Sie hatte ihrem übermächtigen Ehemann nämlich nicht nur ihr Herz geopfert, sondern darüber hinaus auch ihre Identität, und das Leben ohne ihn gab ihr die Chance, zu entdecken, wer Sophie, das Mädchen mit den wiesengrünen Augen, eigentlich war.

Aus dieser Entdeckung resultierte auch ihre Beziehung zu Claude, und die Frage, die sich ihr nun aufdrängte, während die Sekunden verstrichen und ihre Verlobungsfeier immer näher rückte, war, ob sie sich diese Heirat überhaupt wünschte. Konnte es sein, daß sie endlich zur Ruhe kam? Die Antwort auf beide Fragen lautete ja, wie sie unvermittelt erkannte. Claude war nicht Jay und würde es auch nie sein. Tatsächlich war er fast das genaue Gegenteil von Jay – ruhig und unerschütterlich, die Stimme der Vernunft in einer Welt, die aus den Fugen geraten zu sein schien.

An Claude hatte sie sich nach Jays Verschwinden gewandt. Er war ihr Therapeut gewesen und hatte ihr durch ihre dunkelsten Stunden geholfen. Ihm hatte sie es zu verdanken, daß sie dort stand, wo sie jetzt stand. Er war ihr Begleiter durch die Wildnis gewesen, hatte sie davor bewahrt, den Verstand zu verlieren. Und nicht nur das – er liebte sie, liebte sie hier und jetzt, und sie verdiente etwas Glück im Leben, und auch einen Lebensgefährten.

Ja, es gab Dinge, die einfach richtig waren.

Dies hier gehörte dazu.

Es ist eine allseits bekannte Tatsache, daß eine Verlobungsfeier mit einer brennenden Zündschnur auf dem Weg zum Dynamit verglichen werden kann. Immer wieder hört man davon, daß überraschend der oder die »Ex« auftaucht, sich einer der Heiratskandidaten im Champagner ersäuft oder gar gelegentlich durchs Badezimmerfenster entflieht.

Sophie, die typische Fatalistin, rechnete mit dem Schlimmsten. »Wenn wir Glück haben, wird's nur eine *mindere* Katastrophe«, verkündete sie dem professionellen Partyveranstalter. Selbst Claude war von Sophie mit Umsicht auf die möglichen Stolpersteine samt den entsprechenden Gegenmaßnahmen vorbereitet worden. Als jedoch bis zur Mitte der Feier noch nichts Nennenswertes vorgefallen war, waren beide verständlicherweise entzückt. Sophie wäre versucht gewesen, dies als Zeichen aufzufassen, die richtige Entscheidung getroffen zu haben, wenn da nicht dieses nagende Gefühl gewesen wäre, etwas übersehen zu haben. Noch einmal warf sie einen heimlich prüfenden Blick auf die Knöpfe ihres Kleids und, wo sie schon dabei war, auch noch einen auf Claudes Hosenstall. Alles in Ordnung. Also doch nur die Nerven. Nein, alles lief hervorragend.

Sie hatten das *Sfuzzi* gemietet, eine bezaubernde kleine Trattoria. Das Essen, die Musik und das romantische Ambiente waren ideal für eine Feier wie diese. Selbst Muffin, die einzige Vertreterin der Babcocks, zeigte sich – toi, toi, toi – bis jetzt herzlich und fröhlich. Doch es war ja noch früh, wie sich Sophie sofort ermahnte.

»Hab ich dir schon gesagt, wie fesch du heute aussiehst?« flüsterte sie Claude zu und zupfte ihn am Ärmel, um ihm zu verstehen zu geben, daß die Zeit für die große Ankündigung näher rückte. Tatsächlich hatte sie's ihm heute abend schon mehrmals gesagt und ihn auch für seinen ungeheuren Mut gelobt. Der dunkle Anzug und die gestreifte Seidenkrawatte stellten für einen Mann wie Claude, der ansonsten nur in abgewetzten grauen Flanellhosen und braunen oder grauen Strickjacken zu sehen war, einen geradezu heroischen Akt dar.

Heute abend trug er Armani, und Sophies blaßrosa Seidenkleid hob das Wiesengrün ihrer Augen noch mehr hervor und unterstrich darüber hinaus die Eleganz seiner Erscheinung. Den ganzen Abend schon bekamen sie ein Kompliment nach dem anderen, was Sophie etwas verriet, das sie ohnehin bereits wußte: Sie gaben ein schönes Paar ab, trotz allem, was Muffin behauptete.

Als die Zeit kam, ihr Glück mit den anderen zu teilen, war Sophie derart überschwenglich, daß sie den Abend am liebsten schon jetzt zu einem vollen Erfolg erklärt hätte. Champagnerkorken knallten wie Pistolenschüsse, und der Raum war erfüllt vom Lärm und Gelächter der Anwesenden, während sich die beiden den Weg nach vorn bahnten.

Sophie war ihre Rede den ganzen Abend über im Geist immer wieder durchgegangen, doch als sie sich nun mit einem atemlosen Strahlen zur versammelten Menge umdrehte, war ihr Kopf auf einmal wie leergepustet. Es waren nicht etwa schwache Nerven, die ihr die Sprache raubten, es war der unerwartete Gast, der soeben im Lokal auftauchte. Schockiert starrte Sophie zur Tür und merkte gar nicht, wie sich allmählich Stille über die Anwesenden legte.

Wallis Babcock, Matriarchin des Babcock-Clans und hochgeachtete Gattin von Noah, stand regungslos im Türbogen zum Festsaal. Ihre Stimme zitterte, und sie sprach mit merklicher Emotion.

»Man hat Jay gefunden«, sagte sie. »Er ist am Leben und kommt wieder nach Hause.«

Claude hielt Sophies Hand. Sie versuchte, sich von ihm loszumachen, doch er umklammerte sie krampfhaft. Sein Flüstern besaß etwas Panisches, doch Sophie hörte nicht, was er sagte. Alles, was sie tun konnte, war, die zierliche Gestalt im Türbogen mit offenem Mund anzustarren. Auf Wallis' Gesicht stand ein geradezu ehrfürchtiges Leuchten, als hätte sie soeben eine Vision gehabt.

Jay war am Leben?

2

Sophie Weston konnte an einer Hand abzählen, wie oft sie sich Jay Babcock in ihrer fünfjährigen Ehe gewachsen gefühlt hatte. Am lebhaftesten war ihr der Vorfall in Erinnerung, als sie entdeckte, wie kitzlig er war, und ihn einmal fast in den Wahnsinn trieb, bevor er sich losmachen konnte.

Ihr alter, klappriger Jeep Cherokee war damals vor dem Haus gestanden, und Jay hatte darunter gelegen und etwas an der Federung repariert. Alles, was von ihm zu sehen war, waren seine bloßen Füße, und als Sophie seine Zehen erspähte, so verlockend rosig und nackt, da brannte eine Art Sicherung bei ihr durch. Das war völlig untypisch für sie. Jay war der Verrückte in ihrer Beziehung, doch einen wahnsinnigen Augenblick lang handelte sie vollkommen impulsiv.

Sie raffte ihr leichtes Sommerkleidchen, hockte sich auf seine Füße und begann, ihn an den Zehen zu kitzeln. Sie hörte auch dann nicht auf, als er »Erbarmen!« schrie und schwor, nie wieder seine käsigen Socken an der Autoantenne aufzuhängen, damit der Schweiß trocknen konnte.

Jay Babcock foltern, war alles andere als risikolos. Er befreite sich relativ mühelos aus ihren Klauen, warf sie sich über die Schulter und drohte, ihr gleich hier und jetzt, vor dem Haus, den Hintern zu versohlen. Ihre schrillen Schreie hielten ihn zwar davon ab, doch sobald er sie einmal im Haus hatte, rächte er sich auf eine geradezu schockierende Weise, die auch sie am Ende nach Gnade wimmern ließ. Er nutzte seine überlegene Körperkraft schamlos aus. Ihre Vorhaltungen, wie unfair das wäre, ignorierte er einfach.

Jay verstand sich gut aufs Heimzahlen, sogar ausgezeichnet. Er war ein Meister darin. Aber Sophie wagte es nicht, sich länger mit seinen höllischen Talenten aufzuhalten. Schon jetzt breitete sich ein erschreckend vertrautes Gefühl in ihrer Magengrube aus. Erst kürzlich hatte sie ihren irischen Setter einem

Gehorsamstraining unterzogen und dabei gelernt, daß man die Aufmerksamkeit eines unkonzentrierten Hundes am besten mit einem energischen Ruck an der Leine wiedergewann. Das kleine Rucken in ihrem Magen fühlte sich ganz genauso an – und mit der Ablenkung war's damit ebenfalls vorbei.

»Paß bloß auf, Sophie«, warnte sie sich in dem leisen Singsangton, den sie immer bei ihren Kindern gebrauchte. Gehorsamstraining war im Moment jedoch ihr geringstes Problem. Sie steckte auf der staubigen Zufahrtsstraße zum Großen Haus fest, wie Muffin das georgianische Herrschaftshaus der Babcocks nannte, und war ohnehin schon spät dran für das kleine Treffen von Freunden und Familienmitgliedern, das ihre Schwiegermutter zur Feier von Jays Rückkehr arrangiert hatte.

Ihre finanzielle Situation zwang sie dazu, den klapprigen Jeep Cherokee zu behalten, und gerade war sie mit einem lauten Knacksen über eine Wurzel geholpert und prompt hängengeblieben. Es hatte geklungen, als ob die Achse gebrochen wäre, doch sie war sich nicht ganz sicher, was eine Achse eigentlich war, außer, daß sie zum Funktionieren des Autos unerläßlich war und irgendwie mit dem Getriebe zusammenhing, ebenfalls ein Buch mit sieben Siegeln.

»Das darf doch nicht wahr sein«, flüsterte sie. »Bitte nicht ausgerechnet heute.«

Sie hielt sich am Lenkrad fest wie eine Ertrinkende an einem Rettungsring und ließ verzweifelt den Kopf darauf plumpsen. Die ganze Woche wartete sie schon – mit angehaltenem Atem, wie es schien – auf irgend etwas, sie wußte nicht genau, was, seit Wallis die Bombe über Jays Rückkehr hatte platzen lassen. Ihre Schwiegermutter verhielt sich verdächtig zurückhaltend, was die Einzelheiten seiner Rückkehr betraf, versicherte Sophie jedoch andauernd, daß Jay sie sehen wollte, sobald es arrangiert werden könnte. »Er hat furchtbar viel durchgemacht«, meinte sie. »Er braucht jetzt ein wenig Zeit, Sophie. Du verstehst das doch.«

Als Wallis dann heute morgen schließlich anrief, war Sophie

gerade auf dem Weg zu einem Ausflug mit den Kindern gewesen. Sie hätte unmöglich absagen können, ohne zehn Rangen zu enttäuschen, da ihre Aushilfsstudenten nicht qualifiziert genug waren, um für sie einzuspringen.

»Dann eben heute nachmittag«, hatte Wallis gedrängt. »Komm ein wenig früher, damit du und Jay ein wenig allein sein könnt, bevor die anderen kommen. Ach, hab ich's dir nicht gesagt? Ein paar Verwandte und Freunde schauen wahrscheinlich auch noch vorbei. Nichts Großartiges, bloß eine kleine ›Eingewöhnungsfeier‹ für Jay.«

Eine Feier? Nein, Wallis hatte ihr nichts davon gesagt, und das war auch nicht die Art, wie eine Frau mit ihrem verlorengeglaubten Mann wiedervereint werden möchte. Sophie konnte sich des Gefühls nicht erwehren, die ganze Woche über auf Abstand gehalten worden zu sein, und daß dieses erste Treffen absichtlich so geplant worden war, daß sie und Jay nur eine begrenzte Zeit miteinander haben würden. Sie wußte nicht, was sie davon halten sollte, war jedoch so nervös, daß sie an nichts anderes mehr denken konnte als daran, daß ihr Mann wieder da war.

Er war es. Jay. Er war wieder da, und sie hatte den ganzen Vormittag damit zugebracht, sich vorzubereiten. Die blaue Latzhose, die dieser Tage ihr einziges Kleidungsstück zu sein schien, war im Wäschekorb gelandet, und sie hatte sich das schickste angezogen, was sie besaß: einen knöchellangen Rock mit Blütendruck und ein dazu passendes, teerosafarbenes Strickjäckchen. Etwas Schwarzes wäre vielleicht passender gewesen – etwas, das sie kühl und sinnlich und mysteriös wirken ließ, bei ihrem hellen Teint und ihrem rotblonden Haar. Aber das, was sie anhatte, war so ungefähr das Mysteriöseste, was sie besaß, und die Farbe stand ihr fabelhaft. Weich und zart, verlockend. So wie sie, hoffte sie.

Tief aufseufzend ließ sie das Lenkrad los. Bloß ein wenig hübsch? Ist das wirklich zuviel verlangt? Mehr als alles andere wünschte sie sich, ruhig, gefaßt und … ja, hübsch, auszusehen, wenn sie beim Haus ankam. Wär doch mal was anderes zur Abwechslung.

So hatte er sie immer genannt: Pretty Baby, meine Hübsche. Und obwohl es ihr jetzt schwerfiel, sich solch unreife Sehnsüchte einzugestehen, hatte es einmal eine Zeit gegeben, in der das alles gewesen war, was sie sich gewünscht hatte, nicht mehr. Nur *sein* pretty Baby zu sein.

Sie stieß die Wagentür auf, raffte ihren langen Rock zusammen und sprang aus dem Auto. Eine kleine Staubwolke wirbelte von der ungeteerten Straße auf und überpuderte ihre neuen Sandalen. Sie waren zwar nur ein blasser Abklatsch von Muffins zierlichem Schuhwerk, aber Sophie besaß so wenige hübsche Sachen, und sie liebte das komplizierte Muster der zart ineinander verwobenen Lederbändchen. Und jetzt waren sie ruiniert.

Sophie mußte die Augen gegen das grelle Sonnenlicht zusammenkneifen, während sie die staubige Auffahrt hinaufspähte. Das Große Haus war durch den Hain von Apfelbäumen, die aussahen, als würden die Blüten jeden Moment aufbrechen, leider nicht zu erkennen. Die Babcocks der früheren Generation hatten in der Anfangszeit die Erträge aus ihrem kleinen Drogeriemarkt mit dem Verkauf von Obst aus den eigenen Gärten aufgepolstert, was der Grund dafür war, daß es auf dem riesigen Grundstück so viele Obstbäume gab. Sophie hatte gehofft, daß dies der dem Haus angrenzende Hain war, doch es war nichts von dem stattlichen Herrschaftshaus mit seinen zahlreichen Gebäudeflügeln und dem beeindruckenden Springbrunnen davor zu erkennen.

Mit einem Schulterzucken machte sie sich die staubige Straße entlang auf den Weg. Sie schritt trotz der heißen Nachmittagssonne forsch aus. Schon bald jedoch schob sie einen Finger in den V-Ausschnitt ihres Jäckchens und hob es etwas an, um sich ein wenig Kühlung zu verschaffen. Der natürliche Duft ihrer Seife – Rosenwasser und Glycerin – stieg von ihrer geröteten, leicht verschwitzten Haut auf. Das war die einzige Duftnote, die sie je benutzt hatte, seit sie und Jay zusammen waren, die einzige, die er mochte.

Ein leichter Wind fuhr in ihr Haar, doch er war zu warm, um wirklich zu erfrischen. Glücklicherweise hatte sie ihr Haar an den Seiten hochgesteckt und mit einer Perlmuttspange am Hinterkopf befestigt, so daß es im Nacken nicht so heiß war. Aber die losen Strähnen um Stirn und Schläfen klebten mittlerweile an ihrer Haut, und, was noch schlimmer war, ihre Füße waren bis zu den Gelenken mit puderfeinem Staub überzogen.

Sie blieb abrupt stehen, als sie die Parade glänzender Sportwagen und Luxuslimousinen erblickte, die vor dem Herrschaftshaus geparkt waren. Bei dem Gedanken, daß sie womöglich als letzte eintraf, hätte sie am liebsten gleich auf dem Absatz kehrt gemacht, noch dazu, wo ihr ihre wunderschönen Sandalen die kleinen Zehen schon wundgerieben hatten. Sie konnte kaum mehr gehen.

Mit einem Gefühl wachsender Verzweiflung starrte sie zu dem herrlichen alten Haus mit seinen kunstvoll beschnittenen Bäumen und den anmutigen Säulen hinauf. Das Gefühl war nichts Neues, so war es ihr schon immer ergangen. Egal, wie sehr sie sich auch bemühte, sie schien nie gut genug zu sein, egal, um was es sich auch handelte.

Heute fand die Willkommensparty für Jay statt, doch dieses Gefühl von Unzulänglichkeit seiner Familie gegenüber war sie nie ganz losgeworden. Sie sah weder aus wie eine Babcock, noch verhielt sie sich wie eine. Sie war nicht eine von ihnen und würde es auch nie sein, was, wie sie schmerzlich vermutete, nur allzu offensichtlich sein mußte. Wahrscheinlich tat sie ihnen insgeheim leid mit ihren jämmerlichen Versuchen, dazugehören zu wollen, und warum auch nicht, du liebe Güte? Man brauchte sie doch bloß anzusehen, völlig verschwitzt, die Sachen total zerknittert und humpelnd wie ein Invalide. Ihr Leben war eine einzige Katastrophe.

Wo steckst du? Sophie Sue! Hast du dich etwa schon wieder versteckt? Ich hoffe bei Gott, daß die Leute von der Fürsorge heute auftauchen. Wenn nicht, werf ich dich einfach raus. Hast du gehört? Ich werf dich raus!

Sophie hörte die schrille Stimme ihrer Tante so deutlich, als wäre es gestern gewesen. Worte, bei denen ein Kind um sein Leben rannte. Worte, die wie ein kaltes Messer ins Herz eines Kindes fuhren und es Hals über Kopf in das nächste Versteck trieben. Sophie hatte sich hinter den Heißwasserboiler in der Garage gedrückt, während ihre Tante kreischte und nach ihr suchte. Bei anderen Gelegenheiten quetschte sie sich in eine schimmelige Kommode, die auf dem Speicher stand, oder kroch auf dem Bauch unters Haus, um sich dort zu verstecken.

Die Angst hatte ihren Magen wie eine Eisenfaust umklammert. Sie hatte ihr Herz und ihren Verstand auf ein einziges Ziel hin geformt: zu überleben. Die Leute von der Fürsorge waren nie aufgetaucht. Vielleicht war das ja nur eine dieser leeren Drohungen ihrer Tante gewesen, und sie hatte sie überhaupt nicht angerufen, aber Sophie hatte es geglaubt, mit jedem Schlag ihres entsetzten kleinen Herzens hatte sie geglaubt, daß jemand kommen würde, um sie fortzuholen.

Goldene Staubflocken tanzten ihr vor dem Gesicht, als sie den Kopf schüttelte, um die verstörenden Erinnerungen loszuwerden. Als Kind hatte sie gelernt, sich zu verstecken. Darin war sie eine Meisterin. Bis Jay auftauchte. Er schaffte es, sie aus der Deckung hervorzulocken. An ihn verlor sie ihr Herz, brach auf wie ein Schatzkästchen voller Kostbarkeiten. Doch als ihre Ehe allmählich schiefzugehen begann, zog sie sich verwirrt zurück, und dann war er plötzlich verschwunden.

Der tiefe Kummer und Schock über den Verlust schleuderte sie in einen Abgrund tiefster Verzweiflung, und am Ende begann sie, sich selbst die Schuld an der Tragödie zu geben. Wenn sie doch aufregender, attraktiver gewesen wäre, dann wäre er vielleicht zu Hause geblieben, anstatt sich in immer neue Abenteuer, in immer neue Nervenkitzel zu stürzen. Wenn sie doch eine bessere Ehefrau und Geliebte gewesen wäre. Wenn …

Claude protestierte vehement gegen diese Ansichten. Als

Sophie schließlich bei ihm landete, war sie vor Kummer und Schuldgefühlen ganz krank, aber er machte ihr klar, was sie sich selbst damit antat, und erlaubte ihr nicht, sich weiter im Selbstmitleid zu wälzen. Er redete auf sie ein, bis sie schließlich anfing zu akzeptieren, daß vielleicht nicht sie die Unzulängliche war, sondern daß seine Wanderlust vielmehr seiner Unfähigkeit, Verantwortung zu übernehmen, entspringen mochte.

Sie hatte Claude seit der Verlobungsfeier nicht mehr gesehen. Verständlicherweise wollte er warten, bis sie sich mit Jay getroffen und eine Entscheidung über ihre Zukunft gefällt hatte. Doch mehr denn je begriff sie nun, wie sehr er ihr Anker, ihr Talisman gegen die Angst gewesen war. Sie vermißte ihn schmerzlich, und der Gedanke, ihm weh zu tun, war ihr unerträglich, was noch zu ihrer Verwirrung beitrug.

Sie bückte sich und klopfte ein wenig Staub von ihren Füßen, dann schüttelte sie ihren schlapp herunterhängenden Rock auf. Es war soweit. Sie würde hineingehen, soviel war sicher. Jetzt davonzulaufen und sich zu verstecken, würde alles zunichte machen, was sie bisher erreicht hatte, alles, was sie gelernt hatte. Nicht mal Claude würde das wollen. Doch während sie vorsichtig auf die marmorne Vortreppe zuging, beherrschte sie dennoch das Gefühl, als würde ihr gleich etwas den Atem aus den Lungen drücken. Lag es am Haus? An der Familie? Am Leben selbst?

Aber es war nicht das Gebäude, das sie so einschüchterte. Sie hatte sich in den letzten Jahren einigermaßen gut darin eingelebt und verstand sich mittlerweile auch prima mit ihrer Schwiegermutter Wallis, bis ihre Absicht, Claude zu heiraten, publik wurde. Es war gar nicht mal das Leben, das drohte, ihr den Atem zu rauben, wie sie in diesem Moment erkannte. Er war's, ihr geheimnisvoller Gatte, der große weiße Jäger höchstpersönlich. Er war so überwältigend, so allmächtig, selbst im – vermeintlichen – Tod.

Während sie die Treppe hochstieg, kam ihr der Gedanke, daß

es gar nicht der Ausflug mit den Kindern gewesen war, der sie davon abgehalten hatte, früher hier einzutreffen, oder der Jeep. Sie hatte sich selbst sabotiert, unbewußt vielleicht, aber das hatte sie. Sie wollte nicht mit ihm allein sein, wußte nicht, ob sie schon dazu bereit war, ob sie es je sein würde. Und das verwirrte sie mehr als ihre Fassungslosigkeit über seine Rückkehr. Sie hatte nie richtig glauben können, daß er tot war, und jetzt konnte sie nicht glauben, daß er noch lebte.

Sophie war tatsächlich die letzte, und als sie die Empfangshalle betrat, wo die Party abgehalten wurde, kam sie sich vor, als wäre sie in eine königliche Audienzfeier geraten, komplett mit Defilee. Nichts Großartiges? Es sah aus, als hätte Wallis jeden eingeladen, den sie kannte, einschließlich einiger ziemlich weit entfernter Verwandter, der gesamten Oberliga der Firma und einiger Vorstandsdirektoren. Jay wurde von der ihn umgebenden Menschentraube verdeckt, doch auf Sophie wirkte das Ganze wie eine Pflichtübung, besonders, als sie die engsten Verwandten und das Hauspersonal Schlange stehen sah, um ihn zu begrüßen.

»Sophie, Darling, da bist du ja!« Wallis tauchte von irgendwoher auf und ergriff Sophie bei beiden Händen. »Wo warst du? Ich wollte schon einen Suchtrupp losschicken.«

Sophie fühlte sich mit einer Kraft zu ihrer Schwiegermutter gezogen, die sie erstaunte. Die zarte Wallis erschien seit der Rückkehr ihres Sohnes wie neugeboren. Ihre Wangen glühten, und ihre blauen Babcock-Augen funkelten. Sophies Ansicht nach hatte sie nie besser ausgesehen. Das Leben floß wieder durch ihre Adern, und bei der überschwenglichen Freude in ihrer Stimme bekam Sophie auf einmal einen Kloß in den Hals.

Wir alle lieben ihn, dachte sie. Wallis und ich, wir alle, lieben ihn hoffnungslos. Das war Jay Babcocks Fluch und auch sein Segen. Er stahl einem das Herz wie ein Dieb in der Nacht mit seiner charmant-stürmischen Art und seiner gefährlichen, unterschwelligen Leidenschaftlichkeit. Man wollte ihm bis ans

Ende der Welt folgen, selbst wenn das bedeutete, alles bisher Gekannte aufgeben zu müssen.

Eine wohlige Wärme breitete sich in Sophies Magengrube aus. Sie kannte das Gefühl. Einst hatte sie dafür gelebt, für diese ihre Lieblingsdroge. Doch nun straffte sie unwillkürlich die Schultern und atmete tief durch. Nun wehrte sie sich dagegen.

»Er hat nach dir gefragt, Darling«, blubberte Wallis. »Hat kaum von etwas anderem gesprochen. Sieht er nicht wundervoll aus?«

»Zweifellos«, pflichtete ihr Sophie bei und wappnete sich mit einem weiteren tiefen Atemzug. Sie konnte ihn noch immer nicht sehr gut erkennen. Nur sein schwarzer Haarschopf tauchte dann und wann im ihn umgebenden Gedränge auf. Sie konnte Muffin sehen, die etwas abseits von den anderen an dem gelben Alabasterkamin lehnte und todschick aussah in ihrem schwarzen Kostüm.

Sophie warf einen verzweifelten Blick auf ihre staubigen Füße und tappte diskret mit den Fußspitzen auf den Teppich, wobei kleine Staubwölkchen aufwallten. Eines Tages würde auch sie das berühmte kleine Schwarze besitzen, ein schickes Armani-Kostüm oder ein Strickkleidchen von St. John mit goldenen Epauletten an den Schultern und dazu passenden, goldbestickten Manschetten. Und natürlich das dazu nötige Selbstbewußtsein, versteht sich. Eines Tages. Eines schönen Tages.

Muffin indessen schenkte Sophie ein mitfühlendes Kopfnicken, offenbar als Ausdruck ihrer Sympathie dafür, wie sie von Wallis mit Beschlag belegt wurde. Muffin wies außerdem mit einem Kopfnicken auf den geheimnisvollen schwarzen Haarschopf inmitten der ihn bewundernden Menge und klopfte sich dann mit einer flatternden Handbewegung auf die Brust, wie um zu sagen, bleib ruhig, mein Herz.

Sophie mußte lächeln. Muffin war nicht nur ein Witzbold, sie hatte sich außerdem soeben geoutet. Sie alle gehörten dazu, waren alle Opfer des Jay-Babcock-Fluchs.

Zum ersten Mal seit der Rückkehr ihres Mannes fühlte Sophie ihr Selbstbewußtsein wieder aufflammen. Keiner hatte sich bis jetzt prustend den Mund gehalten und sich über ihr zerrupftes Äußeres lustig gemacht, also sah sie ja vielleicht gar nicht so schlimm aus. Und Wallis hatte gesagt, daß Jay nach ihr verlangte. *Er hat kaum von etwas anderem gesprochen.*

Kann das wahr sein? fragte sich Sophie.

»Komm mit«, sagte Wallis energisch und hakte sich bei Sophie unter. »Ich werde die Aasgeier verscheuchen, damit ihr euch zumindest anständig begrüßen könnt. Er hat mir ganz schön die Hölle heiß gemacht, weil ich nicht sofort ein Treffen zwischen euch arrangiert habe. Oder hab ich dir das schon gesagt?«

Nein, hast du nicht, dachte Sophie. Und ich wünschte bei Gott, du hättest es getan.

Auf einmal kam ihr der Raum unheimlich eng und stickig vor, fast so heiß wie draußen in der prallen Sonne. »Es ist schon gut«, versicherte sie der Älteren. »Ich will ihn jetzt noch nicht von all den Leuten, die ihn begrüßen wollen, wegzerren. Außerdem muß ich sowieso erst mal zu Atem kommen.«

»Bist du sicher?« Wallis forschte ängstlich in Sophies Zügen. Es war klar, daß sie sich wünschte, alles möge gutgehen. Für Jay. Das überraschte Sophie nicht. Weder Wallis noch Noah hatten je ein Hehl daraus gemacht, daß sie unter ihren beiden Söhnen dem jüngeren und charismatischeren den Vorzug gaben. Noah hielt Jay gar für einen Visionär, seit er ihm geraten hatte, mehr Werbung für Babcocks verschreibungspflichtige Medikamente zu machen. Jays Gedanke dabei war, dem Verbraucher bessere Wahlmöglichkeiten, was seine Gesundheit betraf, zu geben, anstatt nur auf die Anweisungen des Arztes angewiesen zu sein. Die Idee brachte Babcocks Kassen ein hübsches Sümmchen ein, und Noah hatte sein Bestes versucht, Jay dazu zu bewegen, den Top-Posten einzunehmen, der dann schließlich an Colby gegangen war.

Sophie befreite sich dezent aus der Umklammerung ihrer Schwiegermutter und lächelte ihr aufmunternd zu, wobei sie die Hand drückte, die noch auf ihrem Arm lag. »Kannst du ein Geheimnis behalten, Wallis? Ich hatte eine Panne mit dem Jeep und mußte den größten Teil des Wegs hierher zu Fuß gehen. Ich bin am Verdursten. Könnte ich vielleicht etwas zu trinken haben? Egal, was ...«

»Aber natürlich, meine Liebe. Mildred wird dir sofort ein Glas Champagner bringen. Ist das in Ordnung?«

»Vielleicht lieber Wasser?« Sophie war viel zu durstig für Champagner, und schwindelig war ihr sowieso schon. Wallis eilte davon, um Mildred Bescheid zu sagen, die schon für die Babcocks arbeitete, seit Sophie denken konnte. Sie war grundloyal und ebenso tüchtig. Bevor Sophie noch mehr Staub von ihren Sandalen klopfen konnte, tauchte die Haushälterin auch schon mit einem großen Waterford-Kristallglas voller Eiswasser auf, in dem eine dünne Zitronenscheibe in Form eines Schmetterlings schwamm.

Wie elegant, dachte Sophie und bedankte sich bei der Haushälterin. Alles hier war schrecklich elegant. Überall in der Halle standen frische Blumensträuße, und das helle Sonnenlicht, das durch die riesigen Panoramafenster hereinflutete, machte den Raum zu einem idealen Ausstellungsort für die Gemäldesammlung der Familie, die zum größten Teil aus Wallis' eigenen Ölbildern und Aquarellen bestand. Sie hatte über die Jahre zahllose Familienporträts und Landschaftsbilder von Haus und Grundstück gemalt, hatte jedoch keinen Pinsel mehr angefaßt, seit bei Noah Alzheimer diagnostiziert worden war und sie ihre beiden Söhne verloren hatte.

Sophie trank ein paar große Schlucke von dem herrlich kalten Wasser und suchte sich einen etwas weniger exponierten Platz, wo sie sich hinstellen konnte. Sie wollte einfach einen besseren Blick auf Jay werfen, bevor er sie entdeckte. Zumindest diesen einen psychologischen Vorteil brauchte sie.

Als Wallis heute morgen anrief, hatte sie noch so eine vage Andeutung über das, was ihr Sohn »durchgemacht« habe, gemacht und Sophie versprochen, mehr zu erzählen, sobald sie unter sich wären. Sophie, die jedoch unmöglich länger warten konnte, hatte daraufhin Muffin angerufen und zu ihrem Entsetzen erfahren müssen, daß Jay gar nicht im Himalaya verschollen gewesen war, wie sie alle vermutet hatten. Er war wegen angeblichen Drogenbesitzes von Grenzbeamten an der nepalesisch-chinesischen Grenze festgenommen worden. Man hatte ihn eingesperrt.

Muffin hatte »zufällig« ein Telefongespräch zwischen Wallis und einem der Ärzte, bei denen Jay in Behandlung war, mitbekommen, einem Psychiater, der auf posttraumatische Streßsymptome spezialisiert war. Er machte Wallis darauf aufmerksam, daß Jay eine längere Behandlung benötigen würde, denn auch wenn er anscheinend vollkommen normal wirkte, so würde es immer wieder Zeiten geben, in denen er abweisend und distanziert wäre. Er meinte, daß Jay, wenn er sich erfolgreich wiedereingliedern wolle, sein altes Leben und alles, was es beinhalte, wiederaufnehmen müsse – soziale Kontakte, Karriere und so weiter. Er brauche die Vertrautheit seines Zuhauses und seiner Familie und ganz besonders die Liebe und Unterstützung seiner Frau.

Laut Muffin hatte Wallis dem Arzt versichert, daß Sophie vollkommen auf seiner Seite stehe und schon bald wieder hier einziehen würde, um bei ihm sein zu können. Dieser Gedanke überstieg beinahe Sophies Begriffsvermögen, doch das hatte weniger mit Jay zu tun als mit ihrer Unabhängigkeit, die sie sich so hart erkämpft hatte.

Die Familie hatte sie nach Jays Verschwinden gedrängt, wieder bei ihnen zu leben, aber sie hatte darauf bestanden, zu bleiben, wo sie war, *und* Miete zu bezahlen, obwohl sich die winzige Streichholzschachtel, in der sie lebte und auch ihre Kinder betreute, auf Babcock-Land befand. Dies war der erste ihrer zahlreichen Versuche, sich aus dem Strudel zu befreien, der sie zu verschlingen drohte.

In der Absicht, Muffin oder auch irgend jemand anderen zu vermeiden, der vielleicht ein Gespräch mit ihr anfangen wollte, suchte sie sich ein etwas abgelegeneres Fleckchen in der Nähe des herrlichen, schwarzen Steinway-Flügels, der zu ihren Lieblingsstücken aus der Antiquitätensammlung der Babcocks gehörte. Sie stand Jay jetzt direkt gegenüber und konnte ihn nun besser sehen, wenn auch nur im Profil. Er sprach mit einer entfernten Cousine aus der Familie seines Vaters, einer Dame, die einen Sitz im Vorstand der Firma innehatte, wie sich Sophie zu erinnern glaubte.

Wallis hatte nicht übertrieben. Wundervoll war milde ausgedrückt. Sophie umklammerte ihr Glas mit beiden Händen, damit sie nicht so zitterten. Jay hatte schon immer eine geradezu magnetische Ausstrahlung besessen, die das Auge anzog wie das Licht die Motten. Er besaß sie auch jetzt noch. Sie konnte sie selbst von dort, wo sie stand, fühlen.

Wallis hatte außerdem gesagt, daß er vollkommen normal wirke, und das stimmte ebenfalls. Seine Erlebnisse waren offenbar spurlos an ihm vorübergegangen. Falls überhaupt, dann wirkte er noch größer als vorher, noch männlicher. Seine Züge hatten etwas Angespanntes, etwas Müdes, das auf die Härten schließen ließ, die er durchgemacht hatte. Aber nichts Dramatisches, dachte sie. Doch dann stockte ihr der Atem.

Sophie sah die Augenklappe, als er sich in ihre Richtung drehte. Sie hatte die Schnur in seinem dichten schwarzen Haar zuvor gar nicht bemerkt, doch das schwarze Dreieck über seinem Auge wirkte derart stark auf sie, daß ihr Herz einen Moment lang aussetzte. Er sah beinahe furchterregend damit aus.

Sie dachte zunächst, er hätte sie erspäht, als er sich herumdrehte, und vielleicht hatte er das auch, denn obwohl er nicht zu ihr hinsah, obwohl er bereits in ein neues Gespräch verwickelt zu sein schien, wurde er mit einem Mal still und hob den Kopf, als hätte er etwas gewittert.

Sie spürte die aufkeimende Panik der Fünfzehnjährigen, die immer vor ihm davonzulaufen pflegte. Gott sei Dank hatte sie ihr Waterfordglas abgestellt. Ihre Hände zitterten so stark, daß sie sie nicht mal verschränken konnte. All die Jahre der Therapie, all ihre mühsam erworbenen Abwehrmechanismen, fielen wie ein Kartenhaus in sich zusammen. Sie konnte ihn nur hilflos anstarren und sich fragen, ob das Ticken in ihren Ohren eine Art Uhr war oder nicht vielleicht eher ein Zeitzünder, der jeden Moment hochzugehen drohte, und die ganze Zeit über drehte er sich langsam weiter in ihre Richtung, bis er ihr direkt in die Augen sah.

Der Blickkontakt versetzte ihr einen spürbaren Ruck, wie wenn man heftig an einer Leine gezerrt wird, und es schien, als würde er etwas Ähnliches fühlen. Er hob eine Hand, wie um die Umstehenden zum Schweigen zu bringen, und allein durch seinen Gesichtsausdruck schienen die Leute zu begreifen, was geschehen war: Sie war endlich eingetroffen, seine Frau.

Man wich zurück und gab einen schmalen Weg frei. Sophie konnte kaum atmen, als er nun auf sie zuschritt. Sie hatte immer davon geträumt, daß er eines Tages zurückkehren würde, Träume, die so real waren, daß sie mit seinem Namen auf den Lippen erwacht war. Augen, in denen noch die Freudentränen standen, brannten, wenn sie feststellen mußte, daß der Platz neben ihr leer war, und es war um so schlimmer, weil sie zu hoffen gewagt hatte. Sie hatte gefürchtet, allmählich verrückt zu werden. Sein Bild hatte sie verfolgt, selbst in ihren wachen Stunden. Es war, wie wenn man von einem Geist verfolgt wurde, und nichts, nicht einmal die Sitzungen bei Claude, konnte dieses unheimliche Gefühl vertreiben. Erst als sie sich zwang, Jays Tod zu akzeptieren, verschwand das Gefühl allmählich.

Und jetzt kam es ihr wieder so vor, als würde sie träumen.

»Sophie?« Ein leises Lächeln lag um seinen Mund, ein Jay-Lächeln, wie sie es insgeheim nannte. Erst da war sie wieder in der Lage, normal zu atmen. Vielleicht war das ja die Wirklichkeit. Vielleicht war er's ja tatsächlich.

Es fiel ihr schwer, etwas zu sagen oder auch nur mehr zu tun, als ihn hungrig anzustarren und die aufsteigenden Gefühle zurückzukämpfen. Sie war sich der Tatsache bewußt, daß alle zusahen, und machte eine rasche, private Inventur des Jays, den sie kannte: die Narbe an einer Augenbraue, die von einem häßlichen Sturz mit seiner geliebten Harley stammte. Der kleine Leberfleck – er nannte ihn scherzhaft seinen Schönheitsfleck – neben seinem Mundwinkel. Jedes Merkmal, egal wie winzig, war wie eine innere Bestätigung dafür, daß sie diesen Mann kannte. Sie kannte diesen Körper, hatte all die köstlichen Orte schon einmal besucht. Sie war wieder zu Hause. Und er auch.

»Also sieh sich einer das an«, flüsterte jemand.

»Ich find's richtig süß«, kam sofort das Urteil.

Ein Gemurmel erhob sich, flüsternde Stimmen und leise klirrende Gläser. Man hörte das Rascheln von Seidenstoffen. Ein Champagnerkorken knallte. Sophie vernahm das alles wie aus weiter Entfernung.

Nur das Ticken in ihren Ohren wurde nicht leiser, sondern sogar noch lauter, aufdringlicher. Wie ein großes Metronom, das alles mitzählte, das den Takt aller Regungen bestimmte, all ihrer Regungen. Doch wohin es sie führte, wußte sie nicht. Sie wußte nur, daß sie dort noch nie gewesen war.

Sophie merkte, wie sie anfing, sich dagegen zu wehren. Ihre Hände waren feucht, nur daß dies nicht die vertraute Panik war, die sie so oft in seiner Gegenwart verspürt hatte. Gefangen im rasiermesserscharfen Focus seines einen Auges, fühlte sie sich mit einem Mal vollkommen desorientiert. Den Bruchteil einer Sekunde lang wußte sie nicht mehr, wer dieser Mann war. Sie wußte nur, er war *nicht* Jay Babcock. Diese Erkenntnis traf sie wie ein Blitzschlag und war ebenso schnell wieder vorbei. Irgendwo, tief in ihrem Inneren, wußte sie, daß das nicht sein konnte, daß es eine falsche Vorstellung war, wie in ihren Träumen.

Sie hatte überhaupt nicht gemerkt, daß sie sich bewegt hatten; nur entfernt hatte sie wahrgenommen, wie er ihren Arm nahm und sie auf die andere Seite des Konzertflügels führte, wo es etwas ruhiger war und wo die Sonne warm hereinschien.

»Du hast dich verändert«, sagte er und musterte sie im hellen Licht.

Er sagte das mit solcher Überzeugung, daß sie nicht wußte, was sie darauf entgegnen sollte. »Ja wirklich? Inwiefern?«

»Du bist erwachsen geworden, das ist das eine. Sophie Weston, das Mädchen mit dem traurigen Lächeln, ist jetzt eine Persönlichkeit. Sie steht auf ihren eigenen Füßen. Man merkt das sogar hier, in diesem Raum, bei diesem Steinway.« Er lächelte zögernd. »Es ist wahr, Sophie.«

Gott sei Dank konnte er's nicht sehen, aber ihre Kehle schmerzte genauso süß wie neulich, als sie Albert umarmt hatte. Mit einem einzigen Satz hatte er das eingestanden, worum sie die ganze Zeit über so hart gekämpft hatte. Du stehst auf deinen eigenen Füßen.

»Danke«, sagte sie und kam sich töricht vor, weil sie so gerührt war.

Vielleicht verstand er das ja, denn er schaute auf das Brokatdeckchen, mit dem das Klavier abgedeckt worden war. Dann nahm er das Notenblatt zur Hand, das auf dem elfenbeinernen Notenständer ruhte.

»›Hauch einer Chance‹? Interessanter Titel.«

Das kleine, fragende Lächeln tauchte um seine Mundwinkel auf, als sie den Blick wieder hob.

»Alles in Ordnung mit dir?« erkundigte er sich.

»Ja … warum?«

»Ich könnte schwören, daß du ein Kraftfeld um dich herum errichtet hast. Ein Schritt näher, und ich pralle dagegen.«

Sie mußte lachen und merkte in diesem Augenblick, wie tief ihr Gespräch in den wenigen Momenten bereits vorgedrungen war. Er hatte schon immer dieses geradezu unheimliche Einfühlungsvermögen gehabt. Es kam ihr fast wie Telepathie vor, nur daß ihm die nötige Geduld und Zielgerichtetheit gefehlt hatten. Irgendeine Sirene hatte ihm immer im Ohr gelegen, mit ihren lockenden Einflüsterungen. Doch nun schien er beides zu besitzen, und Sophie hatte das deutliche Gefühl, daß er beides auch benutzen würde. Vielleicht war es weibliche Intuition, aber etwas sagte ihr, daß er fasziniert war von dieser neuen Barriere, die sie errichtet hatte. Wenn es einen Weg hindurch gab, dann war er der Mann, ihn zu finden. Das konnte sie an dem Hervortreten seines Kiefers und der eigenartigen Hitze seines männlichen Blicks sehen. Er wollte jeden einzelnen ihrer Gedanken erfahren, egal um welchen Preis. Er wollte ihre innersten Geheimnisse erforschen, selbst jene, die sie vor sich selbst verbarg.

»Natürlich ist mit mir alles in Ordnung«, beharrte sie. »Die Frage ist, wie sieht es mit dir aus? Ich hätte gedacht, du würdest wie ein Kriegsgefangener aussehen, hohläugig und ausgehungert, aber du wirkst stark und fit.«

»Rehabilitation kann wahre Wunder vollbringen. Das erste, was geschah, nachdem sie mich rausgeholt hatten, war, mich in eine Reha-Klinik in den Schweizer Alpen zu packen, wo man mich wieder zusammenflickte.«

»Sie? Wer hat dich gefunden?«

»Weiß ich selbst nicht so genau – Interpol, CIA, so was in der Art, nehme ich an.« Ein rätselhaftes Lächeln umspielte seinen Mund. »Wer auch immer trampelige Amerikaner aus ausländischen Gefängnissen rausholen mag. Niemand hat sich vorgestellt, ich wurde einfach an die amerikanische Botschaft übergeben.«

Sie umklammerte ihren Arm mit der anderen Hand und strich mit dem Daumen über die empfindsame Innenseite ihres Handgelenks, was ihr jedoch erst bewußt wurde, als sie merkte, wie er sie musterte. Der neugierige Ausdruck auf seinen Zügen war typisch männlich. Plötzlich wurden ihre Finger steif und ungeschickt. Sie wußte nicht mehr wohin mit ihren Händen.

»Ich bin froh, daß du wieder da bist«, sagte sie leise.

Das war eine geradezu lächerliche Untertreibung, doch er schien zu verstehen. Ein seltsam trauriges Lächeln lag um seine Mundwinkel.

»Wo wollen wir anfangen, Sophie? Oder fangen wir überhaupt wieder an?«

Auch darauf wußte sie keine Antwort. Er betrachtete sie

hungrig forschend, als würde er keine Minute länger auf diesen Neuanfang warten können, wie immer er auch aussehen mochte. Sie ebenfalls nicht.

»Morgen?« fragte er.

Morgen war Samstag, ihr erster freier Tag seit Jays Rückkehr, und sie hatte sich vorgenommen, zumindest einen Teil davon mit Claude zu verbringen. Sie verstand, daß Claude möglicherweise ein wenig Distanz brauchte, um sich über seine Gefühle klarwerden zu können, war jedoch sicher, ihn zu einem Gespräch mit ihr bewegen zu können. Es gab so vieles, das sie ihm sagen wollte.

»Wie wär's mit Sonntag?« fragte sie.

»Wann?« Er gab ihr keine Gelegenheit zu antworten, und seine Ungeduld entzückte sie. »Sonnenaufgang?«

»So früh?«

»Ich warte schon seit fünf Jahren. Du wirst mich doch nicht noch länger warten lassen?«

Wieder konnte Sophie kaum mehr atmen. Dieser Mann war überwältigend, noch gefährlicher als der »alte« Jay. Sie spürte seinen dunklen, rastlosen Blick auf sich ruhen, spürte ihn wie eine Berührung. Und er berührte sie überall.

»Nein«, brachte sie mühsam heraus. »Ich laß dich nicht warten.« Sie glaubte nicht, daß ihr das frühe Aufstehen schwerfallen würde, da sie wahrscheinlich bis dahin ohnehin kein Auge zubekam. Sie kam sich fast so vor, als wären sie wieder Teenager, die ihr erstes Date planten, und ihr Herz wollte vor Aufregung förmlich zerspringen. »Oh, warte! Wo gehen wir hin?«

Er schüttelte warnend den Kopf. »Das ist ein Geheimnis.«

Ja, genauso fühlte es sich an. Wie ihr erstes Date.

3

Wallis Babcock hatte seit Jahren keinen Champagner mehr getrunken, doch heute, und das im Verlauf der letzten Stunde, waren schon beinahe zwei Gläser eines wundervollen trockenen Schramsberg ihre Kehle hinuntergeflossen, und sie fühlte sich recht beschwingt.

Sie war in der Stimmung für eine extravagante Geste, wie die Band zu stoppen, die Aufmerksamkeit der Menge auf sich zu lenken und einen Toast auszusprechen. Bloß, es gab keine Band, und der Toast würde Jay und Sophie unterbrechen, die so wundervolle Fortschritte zu machen schienen.

Schicksal, dachte sie. Es gab Dinge, die waren einfach vorherbestimmt, und die Wiedervereinigung der beiden gehörte dazu, selbst wenn Sophie das noch nicht klar zu sein schien. Dieses Ereignis war ein Werk des Himmels, das wußte sie, und sie, Wallis, lediglich der Katalysator. Oder einer davon. Das Lachen blubberte in ihrem zierlichen Körper wie Champagnerbläschen, aber sie wagte nicht, es hervorbrechen zu lassen. Zwei Gläser Champagner waren weiß Gott kühn genug. Wenn sie nicht aufpaßte, würde bald jeder auf die Mutter sehen anstatt auf den Sohn, und das schickte sich nicht.

Vorsichtig darauf achtend, daß sie den Rest Champagner, der sich noch in ihrem Glas befand, nicht verschüttete, berührte sie das feine, goldene Glücksarmband an ihrem Handgelenk. Jeder kleine Glücksbringer besaß eine symbolische Bedeutung für sie, obwohl ihr Mann, als typischer Wissenschaftler, das Ganze als Humbug abgetan hatte. Wallis jedoch glaubte seit jeher daran, daß die kleinen Anhänger sie auf eine Art, die sie nicht beschreiben konnte, mit den Dingen verbanden, die sie repräsentierten.

Das, welches sie im Moment in die Fingerspitzen nahm, war ein Kreis mit einem nach außen weisenden Pfeil, das Symbol von Mars, dem Planeten, der das Tierkreiszeichen des Skorpions beherrschte. Es war Jays Glücksbringer, und ihr jüngster Sohn war ein wahrhaft würdiger Vertreter dieses Wasserzeichens, insbesondere was dessen Energiepotential und starke Sinnlichkeit betraf. Wallis hatte es im Jahr seiner Geburt erworben, und ihr Eindruck, als sie es jetzt berührte, war der starker Hitze.

Muffin hätte ebenfalls die Nase gerümpft, das wußte Wallis. Ihre Schwiegertochter hielt Astrologie und ähnlich dubiose Wissenschaften für einen Zeitvertreib von Schwächlingen. Aber Wallis ließ sich durch solche Negativität nicht ihre Freude an diesem Abend verderben. Sie war glücklich, ja, mehr als glücklich, sie war überschwenglich angesichts dessen, was ihr die Sterne und deren Mittler beschert hatten. Jay war wieder da, und jetzt würde alles anders werden, jetzt, wo ein weiterer Babcock ins Spiel gekommen war. Die Familie würde wieder den ihr angestammten Platz in der Firma einnehmen, und alles würde wieder seine Ordnung haben. Endlich sah es so aus, als würde sich das Blatt zu ihren Gunsten wenden.

Sie ließ ihr Glas auf einem Tablett mit anderen leeren Gläsern stehen, die darauf warteten, von Mildred abgeräumt zu werden. Normalerweise hätten sie bei dieser Vielzahl von benutzten Gläsern Bedenken gehabt, aber an diesem Abend sah sie nur den Glanz, in dem ihr herrliches Heim erstrahlte.

Die Empfangshalle war mit langen, üppigen Blumenkränzen und zahlreichen Blumensträußen geschmückt, und durch die riesigen Panoramafenster schimmerte das blaßrosa Licht der untergehenden Sonne herein. Auch war sie entzückt über die Anwesenheit ihrer Gäste, selbst jener, die sie insgeheim verabscheute, ganz besonders, dachte sie ironisch, wenn man den Anlaß bedenkt.

Sie war voller Hoffnung. Die Zukunft sah hell und rosig aus, und so hatte sie nicht mehr ausgesehen, seit bei ihrem Mann Alzheimer diagnostiziert und er von Colby in ein Privatsanatorium abgeschoben worden war. Damals hatten die Tragödien angefangen, erinnerte sie sich, obwohl ihr die genaue Abfolge der Ereignisse im nachhinein ein wenig entglitten war. Schock und Kummer sowie die starken Medikamente, die ihr von Claude Laurent verschrieben worden waren, damit sie das Ganze einigermaßen ertrug, hatten sie diese Zeit wie eine Schlafwandlerin durchleben lassen. Doch nicht einmal die stärksten Medikamente hätten den Schock und das Entsetzen mindern können, das sie angesichts der Tatsache, daß ihre ganze Familie praktisch ausgemerzt worden war, empfinden mußte. Innerhalb weniger Jahre war ein männlicher Babcock nach dem anderen gefällt worden, bis keine Babcocks mehr da waren, nur noch sie.

Sie hob die zusammengelegten Fingerspitzen an den Mund, und dann, ganz impulsiv, auch den Glücksbringer. Es ist vorbei, versicherte sie sich, die Schreckenszeit ist vorbei.

Nun, vielleicht noch nicht ganz, räumte sie im stillen ein, als sie einen der Unerwünschten an ihrer hochgeschätzten Renaissance-Konsole beim Buffet stehen sah. Babcocks amtierender Vorstandsvorsitzender, ein untersetzter, etwas beleibter Mann von zweiundvierzig Jahren, dessen Haar bereits unübersehbare Geheimratsecken aufwies, stand dort mit einem gefüllten Baguette in der Faust und schaufelte hingebungsvoll heißes Krabbencurry auf das ohnehin überquellende Brötchen.

Wallis trat ein wenig näher an ihn heran, damit er sie hören konnte, ohne daß die übrigen Gäste aufmerksam wurden. »Jerry?« rief sie ihm leise zu und hoffte, daß man das Funkeln in ihren Augen nicht sah. Sie platzte beinahe vor Schadenfreude. »Champagner?« erkundigte sie sich mit großäugiger Unschuldsmiene. »Sie werden ein Glas brauchen für den Toast, den ich gleich auf Jay ausbringen möchte.«

Jerry White war sprachlos. Das lag nicht etwa an mangelnder Schlagfertigkeit, sondern daran, daß er den Mund voll Baguette hatte. Er mußte sich also mit einem Kopfschütteln begnügen, einem ziemlich ungnädigen, wie Wallis fand. Sie winkte dennoch Mildred herbei, um sein Glas auffüllen zu lassen. Soll er sich ruhig den Kopf zerbrechen, dachte sie und versuchte tapfer, sich nicht von ihrer Genugtuung überwältigen zu lassen. In Wahrheit jedoch hätte ihr nichts mehr Genugtuung bereitet als der Anblick ihres Erzfeindes, wie er seine kühle Fassade verlor und sich vor versammeltem Publikum zum Volltrottel machte.

Jerry war Seniorpartner bei White, Wexler und Dreyfus und einer der beiden Anwälte, die Babcocks Trustfonds verwalteten. Er und sein Partner, Phil Wexler, hatten außerdem die Leitung der Firma übernommen. Sie waren vom Vorstand dazu ernannt worden, solange die Rechte an Colbys und Noahs Anteilen ungeklärt blieben. Die beiden hatten prompt eine Front gegen Wallis gebildet, mit dem Argument, sie könne wegen Medikamentenabhängigkeit und Instabilität nicht die Leitung der Firma übernehmen.

»Abscheuliche Heuchler.« Wallis' Ton troff vor Bitterkeit.

Sie war eines Tages überraschend bei einer Vorstandssitzung aufgetaucht, um gegen den Plan der beiden zu protestieren, die Forschungsabteilung der Firma praktisch auf Null zu reduzieren. Seitdem hörten die beiden nicht mehr auf, sie zu diffamieren. Ihrer Einschätzung nach litt White unter einer oralen Zwangsneurose und höchstwahrscheinlich auch noch unter einem Mutterkomplex. Er war nie verheiratet gewesen, und sie hatte ihn mehr als einmal dabei ertappt, wie er am Steg seiner Brille herumnuckelte. Sollte er doch gleich seinen Daumen benutzen.

»Wallis.«

Ihr Name war so leise ausgesprochen worden, daß sie einen Moment brauchte, um zu registrieren, daß jemand von hinten an sie herangetreten war und ihr ein Glas Champagner hinhielt.

»El ...« Sie versuchte, sich ihre freudige Erregung nicht allzusehr anmerken zu lassen, während sie sich zu dem breiten, warmen Lächeln von Ellis Martin herumdrehte. Er war fortgewesen, bei irgendeiner wissenschaftlichen Konferenz, bei der er den Vorsitz hatte übernehmen müssen, und sie hatte schon gefürchtet, er würde es heute abend nicht schaffen. Aber auf El war eben einfach Verlaß. Er wußte, wie wichtig ihr die heutige

Feier war, und war sich auch der unverzichtbaren Rolle bewußt, die er dabei spielte. Dr. Ellis Martin war ein hervorragender Neurobiologe, Nobelpreisträger obendrein, der Babcocks berühmte Forschungsabteilung leitete. Er war für die Entwicklung von Ordin-B und Clormax verantwortlich, das eine ein Wundermittel gegen Asthma, das andere ein entzündungshemmendes Medikament. Beide hatten Babcock Pharmaceuticals ein Vermögen eingebracht. Seine Unterstützung von Jays Anspruch auf Übernahme der Firma war lebenswichtig.

»Ich kann nicht, El«, meinte sie bedauernd. »Ich bin sowieso schon halb hinüber.«

»Das ist dein Problem, Liebes. Man sollte keine halben Sachen machen.« Er drängte sie so lange, bis sie lachend das Glas nahm.

Kühn blickte Wallis ihm in die Augen, während sie die Champagnerflöte an die Lippen hob und trank. Kleine Bläschen schäumten über den Glasrand, und ihr Armband klingelte fröhlich, ein Laut, der dem rastlosen Pochen ihres aufgeregten Herzens entsprach. Sie wurde von Schuldgefühlen geplagt, wenn sie daran dachte, wie nah sie und El einander in den letzten paar Jahren gekommen waren. Doch um die Wahrheit zu sagen, sie hätte nicht gewußt, was sie ohne ihn getan hätte.

Er war, einmal abgesehen von Sophie, ihr einziger Halt und ihre einzige Stütze während der schrecklichen Zeit der Verluste ihrer Lieben gewesen. Er war schon viele Jahre ihr Freund, sie konnte sie gar nicht mehr zählen, aber soweit sie sich erinnern konnte, hatten sie sich alle damals auf dem College kennengelernt – sie und Noah und El und Dotty. Auf jeden Fall waren sie immer zu viert ausgegangen und geradezu unzertrennlich geworden. Sie hätten auch eine Doppelhochzeit veranstaltet, wenn die erlauchten Babcocks nicht gegen einen solchen »Zirkus« gewesen wären.

Jetzt waren nur noch sie beide übrig, sie und El. Noah befand sich in einem Pflegeheim, und als Dotty vor zwei Jahren ihrem Krebsleiden erlag, hatte sich El trostsuchend an Wallis gewandt.

Manchmal trauerte Wallis der warmen Herzlichkeit und Freundschaft nach, die sie zusammen erlebt hatten, doch noch öfter beschlich sie das Gefühl, daß es eigentlich schon immer so wie jetzt hätte sein sollen: sie und El.

»Scheint Liebe zu sein«, sagte er und hob sein Glas, ohne jedoch ihren Blick loszulassen.

Wallis errötete wie ein Schulmädchen. Der Gedanke, daß es jemand bemerken könnte, war ihr ungeheuer peinlich. Seit kurzem drängte El sie genau in diese Richtung. Er wollte mehr als Freundschaft von ihr. »Du wirst die meine werden, Weib«, hatte er ihr neulich abend beim Dinner auf der Terrasse versichert. »Zweifle ja nicht daran.«

Wallis war nicht die einzige gewesen, die seine Kühnheit aus der Fassung brachte. Mildred hatte seine Bemerkung gehört und vor Schreck die Teekanne fallen lassen. Glücklicherweise war sonst niemand im Haus gewesen.

Wie stürmisch er doch ist, dachte sie mit einem erregten kleinen Schaudern.

»Nicht hier, El. Man könnte dich hören.«

»Bilde dir bloß nichts ein«, neckte er sie. »Ich hab Jay und Sophie gemeint.«

Er wies auf das Pärchen, das im Moment sogar noch atemloser ineinander versunken zu sein schien als vorher.

»Du Schuft«, sagte Wallis. »Ich werd's mir überlegen, ob ich dir verzeihe, wenn du die ehrenvolle Aufgabe übernimmst, einen Toast auf Jays Rückkehr auszusprechen.«

Er ließ sich nicht lange bitten. Heute war er in ausgezeichneter Stimmung, und es machte ihm Spaß, für Wallis den Gastgeber zu spielen. Während er zur Mitte des Raums schritt und sein Champagnerglas erhob, erlaubte sich Wallis, ihn einen Moment lang heimlich zu bewundern.

Er war so ganz anders als ihr strenger, arbeitsamer Noah. Schon oft hatte sie sich gefragt, wie die beiden so enge Freunde hatten werden können. Außer ihrem Interesse an Pharmakologie hatten sie nämlich fast nichts gemeinsam. El war groß und schlaksig, ein perfekter männlicher Kleiderständer, und in der Tat saßen seine Maßanzüge immer fabelhaft, wohingegen an Noahs kräftiger, breitschultriger Statur jeder Anzug in kürzester Zeit reif fürs Bügelbrett wurde. El war außerdem ein ziemlich gutaussehender Mann. Und romantisch, wie sie kürzlich entdeckt hatte. Noah war immer der aggressivere der beiden gewesen. Was er wollte, das bekam er auch, was sie mit einschloß. Nichts konnte einen Mann wie Noah aufhalten. Er war ein Begründer von Imperien, ein Gigant unter Männern.

War, dachte sie. *War.* Wenn sie dieser Tage an Noah dachte, dann immer in der Vergangenheitsform. Könnte sie doch alles in der Vergangenheit begraben, all das Schreckliche, das vor fünf Jahren passiert war, so tief begraben, daß es nie wieder zum Vorschein kam.

»Meine lieben Freunde«, verkündete El mit lauter, klingender Stimme. »Wenn ich einen Augenblick lang um eure Aufmerksamkeit bitten dürfte. Heute ist jemand unter uns, der unser herzlichstes Willkommen verdient.«

Während Mildred umhereilte und leere Gläser auffüllte, sprach El von Babcock Pharmaceuticals als führendem und innovativem Unternehmen auf dem Gebiet der Forschung und von Jay als dem perfekten Kandidaten zur Fortführung dieser Tradition. Wallis, die vor Stolz beinahe platzte, konnte sich einen heimlichen Blick auf Jerry White nicht verkneifen. Der Anwalt schien auf einmal den Appetit verloren zu haben. Wenigstens hat er ein volles Glas Champagner, dachte sie hinterhältig.

Sie hatte überhaupt keine Gewissensbisse, wenn es darum ging, die Firma Jerry Whites Klauen wieder zu entreißen. Er hatte sie durch nichts verdient, hatte lediglich von Colbys vorzeitigem Tod profitiert. Ihr ältester Sohn mußte ein solches Ego besessen haben, daß er sich für unverwundbar gehalten hatte, denn sein Testament war *nicht* in Ordnung gewesen, als er starb. Unumstritten waren das Geld und der Besitz, der an Muffin ging, doch der riesige Stimmenanteil, der von Colby kontrolliert worden war, war es, der die Geier kreisen ließ. Colby hatte nämlich zusätzlich zu seinen eigenen Anteilen noch Noahs Anteile kontrolliert, neben all den anderen Geschäftsinteressen seines Vaters.

Und jetzt wurde das alles von White and Wexler kontrolliert. Sie waren die alleinigen Herrscher und wollten es natürlich bleiben. Wenn es nach ihnen ginge, hätte die Familie nichts mehr zu sagen. Und falls sich das nicht vermeiden ließe, würden sie sich notfalls mit Muffin zusammentun, deren kommerzielle Vision der Firma ihren eigenen kriegsgewinnlerischen Zielen viel näher war.

Aber Wallis war buchstäblich die, die zuletzt lachte. Jetzt, wo Jay wieder da war, waren alle Argumente der Anwälte mit einem Mal keinen Pfifferling mehr wert. Natürlich würden sie Beweise für Jays Identität verlangen, und auch dafür, daß er geistig und psychisch gesund war, aber in dieser Richtung erwartete Wallis ebenfalls keine Probleme.

Babcock arbeitete derzeit an der Entwicklung einer Wunderdroge, die sich bereits im klinischen Teststadium befand. Sie war möglicherweise *die* Antwort auf posttraumatische Streßerkrankungen. Jay selbst hatte darauf bestanden, in die Tests einbezogen zu werden, und zwar indem er höchstpersönlich die Behandlung an sich durchführen lassen würde, um zu zeigen, wie groß sein Vertrauen in die Firma war, und auch, um eventuelle Zweifel an seiner geistigen und physischen Gesundheit von vornherein aus dem Weg zu räumen. Und da El höchstpersönlich Jays Behandlung überwachte, war Wallis auch in dieser Hinsicht ziemlich zuversichtlich.

»Hört, hört!« riefen die Gäste, als El seine kleine Ansprache beendete. Gläser wurden erhoben, und Jay wurde von Gratulanten umringt. Weitere Ansprachen wurden gehalten, und El schlüpfte heimlich wieder an Wallis' Seite zurück.

»Bist du dir denn wirklich sicher?« flüsterte er, als auch Jay in den Kreis trat, um einen Toast auszusprechen. »Bist du dir ganz sicher, was ihn betrifft?«

»O ja«, versicherte ihm Wallis mit einem entschiedenen

Nicken. Da mußte sie keine Sekunde lang überlegen. »Absolut sicher.« Auch der Zeitpunkt hätte nicht besser gewählt sein können, für alle Beteiligten, einschließlich Sophie. Sie war vor dieser schrecklichen Hochzeit bewahrt worden, hatte ihren Mann wieder und Wallis ihren Sohn, den Sohn, der ihr schon immer am liebsten gewesen war. Falls Wallis im Moment überhaupt etwas bedauerte, dann nur ihre übertriebene Sorge um Schicklichkeit. Wenn sie mehr wie Muffin gewesen wäre, die es liebte, im Mittelpunkt zu stehen, dann hätte sie wahrscheinlich eine Pressekonferenz abgehalten.

»Jay Babcock ist wieder da«, hätte sie der Welt verkündet. »Mein Sohn ist wieder da. Und ich ebenfalls.«

Muffin war im Moment jedoch ganz froh, nicht im Mittelpunkt zu stehen. Als Zuschauer hatte man allemal die bessere Position, und es spielte sich ja auch ein faszinierendes, kleines Drama vor ihren Augen ab. Da wollte sie schon einen Platz ganz vorn, in der ersten Reihe haben. Es konnte ja sein, daß jemand beschloß, den lang verschollenen Jay Babcock und seinen Anspruch auf das Königreich herauszufordern.

Interessant, daß bis jetzt noch niemand auf diesen Gedanken gekommen ist, dachte sie. Noch nicht.

Interessant war außerdem, daß Sophie, seine ihn liebende Gattin, ihn vor kaum fünf Minuten angestarrt hatte, als hätte sie ihn nie zuvor gesehen. Sie hatte ausgesehen wie ein ängstliches, fluchtbereites kleines Kaninchen. Du liebe Güte, und wer wollte da nicht die Flucht ergreifen, mußte sich Muffin ehrlicherweise eingestehen. Er war groß, finster und einfach atemberaubend, um es mal ein wenig unreif auszudrücken, und diese Augenklappe war der reinste Killer. Sie mußte zugeben, daß ihr die Knie butterweich geworden waren, als sie ihn erblickte, und dabei war sie am anderen Ende des Raums gestanden.

Muffin hatte, wie alle anderen, schweigend zugesehen, als er auf Sophie zuging. Die Intensität, mit der sie einander anstarrten, war geradezu greifbar. Sie verströmten sie wie Wellen, ganz besonders er. Aber Sophie hatte dennoch ausgesehen wie ein kleines Kaninchen, das dem bösen Wolf in die Falle geraten war. Muffin hatte schon fast erwartet, daß sie beim geringsten Zucken seinerseits die Beine in die Hand nehmen und losrennen würde.

Was eine schlechte Idee wäre, entschied Muffin. Wegzurennen wäre ein Fehler, denn dieser Jay – oder wer immer er auch sein mochte – sah aus, als würde er das sehr persönlich nehmen. Er würde sich an ihre Fersen heften und sie hetzen, bis sie tot umfiel. O ja.

So sehr sie es auch versuchte, Muffin konnte den Blick einfach nicht von den beiden nehmen, obwohl ihr das Zusehen schrecklich unangenehm war. Das Ganze kam ihr so intim vor, als würde sie im Schlafzimmer der beiden stehen und ihre Hochzeitsnacht auf Video aufnehmen. In dem Fall hätten die nackten Tatsachen zumindest eine kleine Ablenkung geboten.

Eine Gänsehaut lief ihr über die Arme, und sie bekam irgendwie nicht mehr richtig Luft. Ein Zentnergewicht schien auf ihre Brust zu drücken und ihr das Atmen unmöglich zu machen. Selbst ihre Beine fühlten sich verdächtig zittrig an, und das brachte das Faß zum Überlaufen. Muffin Babcock war keine verdammte Zitterliese.

Entschlossen zwang sie sich, an den Grund ihrer heutigen Anwesenheit zu denken, und der bestand ganz bestimmt nicht darin, den Kronprinzen willkommen zu heißen. Sie wollte wissen, was für eine Art Gegner er abgeben würde und ob er möglicherweise eine Bedrohung für ihre Pläne darstellte. Außerdem war sie schrecklich neugierig darauf, wie Sophie auf ihren vormaligen Gatten reagierte. Was Muffin betraf, so war das Jay Babcock, daran bestand gar kein Zweifel. Aber so, wie seine Frau ihn ansah, so unschlüssig und zögernd, nun, da würde man vermuten, daß sie gar nicht glaubte, daß er ... Also, wenn das nicht höllisch interessant war.

Sie holte tief Luft und begann, ihren Goldschmuck zurechtzurücken. Das war ein heimliches Ritual von ihr. Die meisten der Klunker hatten mindestens zweiundzwanzig Karat. Eine äußerst beruhigende Farbe – echtes Gold. Die dicke goldene Kette, die sie sich um ihre kurvenreiche Taille geschlungen hatte, glänzte verführerisch im Kontrast zum Schwarz ihres enganliegenden Wollkleids. Und der Diamantsalamander am Ausschnitt paßte zu ihren funkelnden Ohrringen.

Schon viel besser, dachte sie, während ihr Atem wieder befreiter und natürlicher zu fließen begann. Mit einer geübten Bewegung hob sie ihr Handgelenk an die Nase und schnupperte an der Innenseite. Sie hatte dort ein starkes Duftöl aufgetragen. *Tarty Tangerine* gehörte zu der Sammlung von natürlichen Duftölen, die Muffins neue Geschäftspartnerin gerade entwickelte. Delilah, die – wie Cher – nur ihren Vornamen gebrauchte und eine sehr erfolgreiche Kosmetikerin war, deren Klientel mittlerweile alles umfaßte, was Rang und Namen hatte, hatte das Fruchtöl mit einem exotischen Appetithemmer auf Kräuterbasis versetzt. Das Ganze funktionierte über den Geruchssinn, und Muffin hatte beschlossen, das Öl heute zu testen, um zu sehen, ob Delilahs Begeisterung für das neue Produkt gerechtfertigt war.

Was ihr außerdem die Gelegenheit gab, ihre Schwiegermutter diskret zu beobachten, und die sah so high aus, als stünde sie wieder unter Medikamenten. Zu schade, daß das nicht der Grund für die tattrige Erregung der alten Schachtel ist, dachte Muffin gehässig. Diese herzerwärmende Wiedervereinigung von Mutter und Sohn war einfach zum Kotzen.

Der Frust machte Muffin hungrig, das schien ihr in letzter Zeit dauernd zu passieren, und deshalb versuchte sie es jetzt ja auch mit dem Fruchtöl. Die Essenz war ein wenig scharf, aber das war Absicht, denn der starke Duft sollte die Geruchsnerven sättigen und das Appetitgefühl »verwirren«. Muffin hatte gehofft, es würde sie davon abhalten, die Shrimptaquitos mitsamt der Platte, auf der sie angerichtet waren, zu vertilgen.

Sie hatte ein paar schlechte Neuigkeiten für Delilah.

Wallis warf Muffin einen Blick zu und lächelte, offenbar entzückt darüber, sie beim Spionieren erwischt zu haben. Die egoistische alte Schachtel war alt genug, um ihren Lebensabend in Palm Beach verbringen zu können, zusammen mit all den anderen reichen alten Schachteln. Wallis hätte überall hingehen können, die Welt stand ihr offen, aber tat sie das? Nein, nicht die ehrwürdige Matriarchin der Newport-Beach-Babcocks. Und jetzt glaubte sie offenbar, über ihren jüngsten Sohn die Firma wieder in ihre Krallen bekommen zu können.

»Champagner?«

Mildred, die schon wieder die Runde machte. Die Frau hat einen Stoffwechsel wie eine Laborratte, dachte Muffin und haßte sie wegen ihres klapperdürren Knochengestells, obwohl es alles andere als attraktiv war. Doch die Ästhetik war Muffin inzwischen egal, angesichts ihres verzweifelten Kampfs gegen ein mögliches Pfund zuviel. Sie mußte auf jede Kalorie achten, auf jedes Gramm Fett, während die hektische kleine Millie herumeilte und dünn war wie ein Besenstiel.

»Nein, danke, Mildred«, sagte sie hochnäsig, änderte dann jedoch ihre Meinung und schnappte sich eine Champagnerflöte vom Tablett, während die Haushälterin schon entschuldigend zurückwich. Muffin hatte, weiß Gott, nichts zu feiern, und auch auf die Kalorien konnte sie gut und gerne verzichten, aber Champagner war immer noch besser als eine ganze Platte Shrimptaquitos.

Der Champagner schmeckte knochentrocken und herb auf ihrer Zunge. Muffin bevorzugte eigentlich die süßere, preiswertere Sorte, hätte das jedoch nie im Leben zugegeben, ganz besonders nicht vor ihren Schickimicki-Freunden. Niemand außer den Babcocks wußte, daß sie nicht den Stammbaum besaß, den sie zu haben vorgab, und die Babcocks verrieten sie ganz bestimmt nicht. Wallis würde sich eher von einer Autobahnbrücke werfen, als zuzugeben, daß Colby seine liebende Frau im sprichwörtlichen Hinterzimmer eines Massagesalons kennengelernt hatte. Vielleicht war das ja auch der Grund, warum Muffin dem Ehrengast mit leisem Mißtrauen begegnete.

Es brauchte schon einen Schwindler, um einen anderen Schwindler zu entlarven. Und Muffin gehörte zu den besten.

Doch es gab jede Menge Dinge, die sie gegenüber ihren schicken Freunden unverblümt zugab – größtenteils um gut anzukommen. Niemand schien heutzutage mehr etwas dabei zu finden, wenn man seine Seelenqualen und psychischen Ticks zugab. Es war eben immer noch »in«, neurotisch zu sein – in gewissen Kreisen zumindest, und Muffin war höllisch neurotisch. Sie war phobisch, bulimisch und wer weiß was noch alles.

Bloß so, aus Spaß, ließ sie ihren Blick über die Versammlung schweifen, um zu sehen, ob sie nicht eine arme Seele entdecken konnte, die noch schlechter aussah als sie. Aber es gab nichts, an dem das Auge haften wollte, außer den Babcock-Turteltäubchen. Sie waren wie das berühmte schwarze Loch, das alle Energie im Raum aufzusaugen schien.

Ihr Herz krampfte sich schmerzlich zusammen, als sie daran dachte, wie verliebt sie früher einmal gewesen waren. Vielleicht hätte sie sich ja freuen sollen, daß die beiden eine zweite Chance bekamen, aber das tat sie nicht. Sie war traurig und neidisch. Und so hungrig, daß sie ein Pferd hätte verschlingen können. Ihre Brust fühlte sich derart leer an, daß ihr das Schlucken schwerfiel. Sie konnte nicht mal eine gehässige kleine Lunchgeschichte für ihre Freundinnen daraus machen, denn es tat zu weh.

Mit großen Schlucken trank sie den Champagner. Es war ihr egal, daß er wie Hundepisse schmeckte, was zählte, war das angenehme Kribbeln im Bauch, das den Schmerz in ihrer Brust linderte. Ihr Blick fiel erneut auf ihr Handgelenk und das Goldarmband daran. Ihre Stimmung hob sich spürbar.

Ein finsteres Lächeln umspielte ihren Mund, als sie an die Ironie des Ganzen dachte. Eine hübsch verfahrene Situation. Vielleicht konnte sie sie ja noch ein wenig verfahrener machen. Ein Termin bei Sophies Claude wäre doch schon mal ein Anfang. Immerhin war er jetzt ein freier Mann.

Sophie sah ihn von fern zwischen den Nebelschwaden, wie er zum Ende des gut fünfhundert Meter langen Piers wanderte. Sein hochgewachsener Körper mit den hängenden Schultern war im dichten Morgennebel kaum sichtbar. Wie ein mystischer Riese wirkte er in den dicken Schwaden, und doch hatte sie noch nie eine derart verlorene Gestalt gesehen.

Das Meer war schiefergrau; kleine blauweiße Schaumkronen tanzten auf den Wellen. Das Sorgenmeer, dachte sie. So sollte es hier heißen und nicht Newport Bay. Möwen hockten auf den Felsen und warteten darauf, daß die Sonne aufgehen und ihr Federkleid wärmen möge.

Ein Nebelhorn sandte seinen Klageruf wiederholt übers Meer.

Claude. Geliebter Claude. Was sollte sie nur tun? Wie es ihm sagen? Natürlich wußte er's bereits, aber es mußte dennoch gesagt werden. Eilig rannte sie zwischen den spitzen Felsblöcken hindurch, wobei sie stolperte und sich den Fußknöchel aufschürfte. Es sah aus, als würde er jeden Moment im Nebel verschwinden, obwohl sie wußte, daß er das Ende des Piers bald erreicht haben mußte.

Sie hatte zuerst bei seinem Haus vorbeigeschaut, einem bezaubernden, alten Holzschindelhäuschen mit Anbauten rechts und links, die sich über den Strand erstreckten. Sie fand, daß das Haus war wie er: lang und linkisch, doch voll unerwarteter Schätze. Ein Anbau beherbergte seine Praxis, in der er seine Patienten empfing – zwei bezaubernde kleine Räume mit eigenem Eingang.

Sophie hatte zum Fenster hineingespäht, als er nicht auf ihr Klingeln reagierte. Beim Anblick seines geordneten Chaos war ihr die Kehle auf einmal wie zugeschnürt gewesen. Regale und Kommoden waren vollgestellt mit den Dingen, die er am meisten liebte, mit antiken Gläsern, nautischen Kuriositäten … und gerahmten Schnappschüssen von ihr. Er hat sie also noch nicht weggeräumt, dachte sie, während sie die Stirn an die Scheibe preßte.

Sie schloß seufzend die Augen. Warum hatte er das noch nicht gemacht?

Sie mußte nicht lange über die Antwort nachdenken. Claude war wie sie. Er war ebenfalls ein leidenschaftlicher Sammler von Glücksmomenten. Schon beim ersten Mal, als sie in seine Praxis kam, hatte sie eine verwandte Seele erkannt. Sophie hatte als Kind mit dem Sammeln von Dingen angefangen, weil sie das einzige waren, woran sie sich festhalten konnte. Ihre Tante investierte von Anfang an viel mehr Mühe darin, sie abzuwimmeln, als sich um sie zu kümmern. Sophie hatte den emotionalen Hungertod nur dadurch abwehren können, daß sie sich an jeden noch so kleinen Glücksmoment klammerte. Sie versteckte ihren »Ramsch«, wie ihre Tante es nannte, bis die Lichter ausgingen und es ruhig wurde im Haus. Dann holte sie in der Zuflucht ihres Zimmers die Schuhschachtel hervor, in der sie ihre Schätze aufbewahrte – einen Zettel, den ein spezieller Junge in der Schule angefaßt hatte, eine aufmunternde Anmerkung von einem Lehrer –, und sie durchlebte jeden einzelnen Moment noch einmal, bis sie schließlich so müde wurde, daß ihr die Augen zufielen. Sie waren ihre Talismane, diese scheinbar wertlosen Dinge.

Doch von Claude hatte sie gelernt, wieder zu vertrauen, mit ganzem Herzen. Und nicht nur, *wie* man vertraut, sondern auch wem. Jay war zu verantwortungslos gewesen, Wallis war zu instabil und Muffin zu selbstsüchtig. Claude dagegen vertraute sie vollkommen, doch der entscheidende Schritt in ihrer Entwicklung war der gewesen, zu lernen, an sich selbst zu glauben und sich selbst zu vertrauen.

»Claude, warte!«

Er drehte sich um, als sie nahe genug war, um von ihm gehört zu werden. Als sie näher kam, konnte sie sehen, wie schwer und sorgenvoll sein Kopf auf seinen Schultern ruhte, konnte das zutiefst traurige Lächeln sehen, das seinen Mund umspielte. Er verbarg nichts vor ihr. Und zum ersten Mal verließ Sophie der Mut. Er versuchte auf seine Art, mit dem Ganzen fertig zu werden, und vielleicht hätte sie ihn besser in Ruhe lassen sollen.

»Claude … ich hab gehofft, wir könnten …«

»Reden?« Er zuckte die Schultern. »Das würde ich lieber nicht, Sophie. Was gibt es schon zu sagen? Du gehst zurück zu Jay. Wir beide wissen das.«

Sie zögerte unschlüssig. Diese Entscheidung hatte sie eigentlich noch nicht getroffen. »Ich weiß nicht …«

Er berührte mit ernster Zuneigung einen Träger ihrer Latzhose, denselben Träger, an dem er immer zupfte, wenn er wollte, daß sie ihm ihre Aufmerksamkeit wieder zuwendete. »Nun, wie dem auch sei«, sagte er leise. »Wir beide wissen, daß du nicht mehr zu mir zurückkehren wirst.«

Ihr verzweifelter Gesichtsausdruck mußte ihm verraten haben, daß er recht hatte, denn auf einmal erlosch der Glanz in seinen Augen.

»Ach, Claude, bitte …« Bitte leide nicht so, dachte sie. Ich kann es nicht ertragen, wenn du so leidest. Der Kummer wallte in ihr auf und drohte, sie zu ersticken, und das machte es irgendwie nur noch dringender, ihm all die Dinge zu sagen, die gesagt werden mußten. Schweren Herzens zwang sich Sophie, der Wahrheit ins Auge zu sehen. Sie würde nicht mehr zu ihm zurückkehren. Er hatte bereits akzeptiert, daß es aus war zwischen ihnen, doch er würde ihr sicherlich die Gelegenheit geben, ihm zu sagen, wieviel er ihr bedeutete. Er hatte ihr das Leben wiedergegeben, die Hoffnung, und das würde sie ihm nie vergessen.

Ein Schwarm Möwen flog auf und schwang sich mit schwerem Flügelschlag in den eisigen Morgenhimmel. Sophie zog ihren Mantel fester um sich und versuchte, sich über den Lärm hinweg verständlich zu machen, doch das Kreischen der Möwen übertönte alles. Schließlich gab sie auf. Sie tat das ohnehin nicht für ihn, wie sie plötzlich erkannte. All das Gerede von Dankbarkeit. Das wollte er gar nicht hören. *Sie* mußte es sagen, das war es.

Als die Möwen in der Ferne verschwanden, meldete er sich schließlich wieder zu Wort. »Als Mensch muß man erwachsen werden«, sagte er. »Manchmal gelingt uns das erst, wenn wir schon längst keine Kinder mehr sind. Aber wenn wir's schließlich werden, müssen wir oftmals Altbekanntes hinter uns lassen, um zu entdecken, wer wir eigentlich sind. Wir müssen unseren eigenen Weg finden. Unseren ureigenen Weg.« Sein Lächeln wirkte jetzt ein wenig fester. Es war seine Art, sie gehen zu lassen.

Noch etwas, wofür sie ihm dankbar sein mußte: Er verstand.

»Ich nehme an, du wirst das Scheidungsverfahren jetzt stoppen«, sagte er, während sie zum Strand zurückgingen.

»Ja, wahrscheinlich.« Claude hatte ihr geraten, die Einreichung bis zur Klärung von Jays Hinterlassenschaft aufzuschieben, doch kürzlich hatte er begonnen, sie dazu zu drängen, die Dinge doch in Bewegung zu setzen. Die Party, auf der sie ihre Verlobung bekanntgeben würden, war seine Idee gewesen, denn natürlich wollte er das Ganze offiziell machen. Sophie hatte seine Eile nicht ganz verstanden, doch es schien ihm wichtig zu sein, also hatte sie ihr Einverständnis gegeben. Es schien nur vernünftig, das Verfahren jetzt zu stoppen oder es zumindest hinauszuschieben, falls das möglich war.

»Vergiß nicht, dich zu kneifen«, sagte er leise. »Vergiß das ja nicht, Sophie.«

Sophies Kehle war wie zugeschnürt, als sie aufblickte und etwas Feuchtes, das verdächtig wie Tränen aussah, in seinen Augen schimmern sah. In ihrer ersten Therapiesitzung hatte sie ihm ihre Tagträume von Jay beschrieben, und er hatte ihr ein paar sehr vernünftige Ratschläge gegeben. »Wenn Sie sich nicht sicher sind, ob Sie wach sind oder träumen, dann kneifen Sie sich. Der Schmerz ist real. Er wird Sie in die Wirklichkeit zurückholen.«

Zu ihrer nächsten Sitzung war sie dann mit einem Handgelenk voller blauer Flecken aufgetaucht, aber die Tagträume hatten allmählich nachgelassen. Es war ein Ratschlag, den ihr ein Kind hätte erteilen können, aber Sophie war einfach nicht auf so einen Gedanken gekommen.

»Ich werd's nicht vergessen«, sagte sie. »Ich versprech's.«

Sie ergriff ein letztes Mal seine Hand, doch sein Händedruck war kraftlos, und das brach ihr fast das Herz. Impulsiv warf sie sich an seinen Hals und umarmte ihn heftig. »Es tut mir so leid«, flüsterte sie. »Du bist der letzte Mensch auf der Welt, dem ich weh tun wollte.«

Er umarmte sie ganz fest, ja beinahe wild. »Paß gut auf dich auf«, schärfte er ihr ein.

»Das werd ich«, versicherte sie ihm. Und das war jetzt viel leichter als früher. Jetzt besaß sie alles, was er ihr gegeben hatte. Doch über das Dröhnen der Nebelhörner und das Rauschen der Wellen hörte sie die versteckte Angst in seiner Stimme.

»Das hoffe ich, Sophie. Das hoffe ich bei Gott.«

4

Sophie wäre beinahe ein Schrei entfahren, als sich die Harley tief in die kurvige Freeway-Ausfahrt legte. Sie krallte sich an Jay fest und schluckte den Schrei eisern hinunter. Sie wußte, daß er wahrscheinlich auf genau so etwas wartete. Ob sie nun hinter ihm auf einem Motorrad saß oder unter ihm im Bett lag, Jay Babcock hatte es schon immer eine diebische Freude bereitet, sie zum Schreien zu bringen.

Ihre Augen tränten vom Fahrtwind, und sie sah die vorbeirasende Landschaft nur noch verschwommen. Irgendwie konnte sie das alles gar nicht fassen. Sie konnte nicht fassen, daß sie auf dem Rücksitz einer mächtigen Harley Davidson saß, mit hundertzwanzig die Autobahn gen Süden entlangraste und sich dabei an dem Mann festkrallte, den sie für tot und endgültig aus ihrem Leben verschwunden gehalten hatte. Keine zwei Wochen war es her, daß sie ihre Verlobung bekanntgeben wollte und eine Zukunft plante, als ob er nicht mehr existieren würde, außer in ihren Erinnerungen natürlich. Und auf einmal war er wieder da und fuhr mit ihr auf seinem Motorrad davon, demselben Motorrad, auf dem er bereits als Jugendlicher wie ein Verrückter durch die Gegend gerast war.

Die Erinnerungen durchpeitschten sie wie der Fahrtwind, Erinnerungen, die ihr beinahe angst machten. Die rasende Geschwindigkeit aber machte ihr wirklich angst. Er fuhr so schnell, daß ihr die Haarspange fortgerissen worden war und die goldenen Haarsträhnen ihr nun wild in ihr gerötetes, empfindliches Gesicht peitschten. Es brannte ein wenig, so wie alles, was ihn betraf, ein wenig zu brennen schien, doch war es ein eher erregendes als schmerzhaftes Gefühl.

Die Ausfahrt fiel wie die beinahe senkrechte Talfahrt einer Achterbahn vor ihr ab, und sie mußte erneut einen Schrei unterdrücken. Sie haßte diese Jahrmarktsungeheuer und fragte sich, warum sie überhaupt zu ihm auf die Maschine gestiegen war.

Er war heute vormittag mit dem heulenden Biest bei ihrem Häuschen aufgetaucht. Er wolle mit ihr einen Ausflug in die Vergangenheit machen, hatte er gesagt. Das war die versprochene Überraschung, und er wollte es richtig machen, deshalb hatte er den halben Morgen mit der Maschine zugebracht, um sicher zu sein, daß alles wie geölt lief. Nun, das tat es. Das tat es weiß Gott.

»Alles okay da hinten?« rief er über seine Schulter, als sie sich einer Kreuzung näherten.

»Sicher«, log sie. *Du hast mich nicht schreien hören, oder?* »Wie weit noch?« Es gab nur eine akzeptable Antwort auf diese Frage. Wenn er nicht sagte, daß sie fast da waren, würde sie sich ein Taxi rufen. Sie hatte keine Ahnung, wo es hinging, aber zu Fuß laufen kam nicht in Frage. Sie hatte noch immer Blasen von der Willkommensparty.

Er lachte und drückte ihre Hand, die Hand, die dabei war, eine neue Tasche in sein Jeanshemd zu reißen.

»Mädchen, die in Ordnung sind, haben keine weißen Fingerknöchel«, bemerkte er trocken. Er hob eben jene weißen

Knöchel an seinen Mund und küßte einen nach dem anderen, dann legte er ihre Hand wieder zurück, wo sie sich prompt wieder in seine Kleidung krallte.

Sophies Magen hüpfte, als ob sie eine weitere Ausfahrt genommen hätten.

»Es ist nicht mehr weit«, versicherte er ihr. »Bloß noch ein paar Meilen die Straße hinunter.« Das Lächeln, das er ihr über seine Schulter zuwarf, war ebenso sexy wie vertraut. »Nichts kann dir passieren, wenn du mit mir zusammen bist, weißt du noch? Wir haben einen ganz besonderen Schutzengel.«

Ihr Herz krampfte sich schmerzlich zusammen. Es fühlte sich an, als hätte sie jemand rücksichtslos angerempelt, aber sie konnte das Gefühl einfach nicht abschütteln. Nicht mal ein tiefer Seufzer brachte Erleichterung. Das hatte er immer gesagt, wenn sie mal wieder unterwegs zu einer ihrer Wahnsinnsfahrten ins Hinterland gewesen waren, um einer seiner typischen verrückten Launen zu folgen.

Er behauptete, der Schutzengel der jungen Liebenden würde über sie wachen und ihnen könne nichts passieren, solange sie sich liebten und zusammen waren. Das war sein Standardsatz, wenn er sie dazu bringen wollte, etwas zu tun, wovor sie sich fürchtete, wie zum Beispiel Eselsritte über steile Felshänge, anstatt die Bergbahn zu nehmen wie jeder normale Mensch, oder Drachenflüge über den Grand Canyon, wozu sie sich zu ihrer grenzenlosen Überraschung hatte breitschlagen lassen. Am Ende war es ein beinahe spirituelles Erlebnis geworden, das sie nie vergessen würde.

Nein, der Grand Canyon hatte ihr nicht weh getan und auch nicht der Eselsritt oder die anderen verrückten Abenteuer, die sie mit ihm erlebt hatte. Jay selbst war es, der wirklich gefährlich für sie war. Ihr eigener Mann war es, der sie mit seiner unstillbaren Wanderlust und seiner rastlosen Suche nach der ultimativen Herausforderung beinahe umgebracht hatte.

Im Lauf der Jahre war Sophie mehr und mehr klargeworden, daß ihn ihre gemeinsame Beziehung nie ganz befriedigen, nie ganz erfüllen würde, und das hinterließ bei ihr ein Gefühl der Unzulänglichkeit, mit dem sie nicht fertig wurde. Vielleicht hätte sie das Ganze nicht so persönlich nehmen sollen, aber Jay war nun mal der Dreh- und Angelpunkt ihres Lebens, und ihre Liebe zu ihm reichte so tief, daß Worte sie nicht beschreiben konnten.

Und ebenso tief reichte der Schmerz über sein Verschwinden. Er hatte gesagt, daß sie beschützt wären, solange sie zusammen waren, und dann war er fortgegangen. *Lieber Gott, das hatte so weh getan.*

Tief in ihrem Herzen hatte sie immer gefürchtet, nicht genug für ihn zu sein, und das war's, was sie beinahe umgebracht hätte – daß ihre Gefühle nicht erwidert wurden. Sie hatte sich in Jay Babcock verloren, hatte aufgehört zu existieren. Das durfte nicht noch mal geschehen. Sie würde es nicht noch mal geschehen lassen.

Dirty Dan McCoys war ein bekannter Name im South Orange County. Die Traditionskneipe hatte sich sogar einen Platz in Elmer Dills Restaurantführer mit Mahlzeiten unter zehn Dollar erobert. Das Klientel der heruntergekommenen Taverne, die rund um die Uhr geöffnet war, umfaßte hauptsächlich Biker, einzeln und in Banden und jeden, der sonst noch ein Faible für fettiges Essen und schmieriges Besteck hatte, sowie einem verräucherten Hinterzimmer zum Poolspielen und eiskaltem Bier, von dem die Besitzer behaupteten, es wäre schockgefroren.

Jay drosselte die brummende Harley und lenkte sie in eine Lücke in einer Reihe von chrom- und stahlblitzenden Maschinen, die einem den Eindruck vermittelte, als befände man sich in einem Spiegelkabinett. Er schaltete den Motor ab und schwang sich herunter; Sophie konnte sehen, daß sowohl Mann als auch Maschine sich nahtlos in die Reihe der anderen einfügten.

Der geborene Biker, o ja – mit der Augenklappe, dem weißen T-Shirt, das bereits ein Ölfleck zierte, und den ausgebleichten

Jeans, die sich eng an seine ellenlangen, muskulösen Beine schmiegten, sah er aus wie ein durchschnittliches Mitglied der Hell's Angels.

Und wie ein Mann, der im Herzen einer Frau mehr Schaden anrichten konnte als ein Klasse-A-Tornado. Weiß Gott. Sie war Expertin, was Stürme dieser Art betraf. Sie hatte sogar einen Namen dafür, den »Jay-Strudel«, weil man hineingesogen werden konnte wie in den Schlauch eines Wirbelsturms, hinein ins süße, wahnsinnige Vergessen.

»Mit dir alles in Ordnung?« Seine Frage klang beiläufig, doch die Art, wie er sie musterte, war alles anders als das. Die Augenbraue gerunzelt, die indigoblaue Iris funkelnd vor Neugier, einer Neugier, die befriedigt werden wollte.

Offenbar konnte sie nicht mal überzeugend genug nicken, denn ihr kläglicher Versuch rief ein skeptisches Lächeln bei ihm hervor. Er hielt sich gar nicht erst mit dem zittrigen Arm auf, den sie ihm hinstreckte. Statt dessen nahm er die Dinge in die eigenen Hände. Buchstäblich.

Sophie ahnte schon, was er vorhatte. Seine Körpersprache verriet so einiges. Daß sie nichts sagte, lag nur daran, daß sie einfach nicht glauben konnte, was er nun tat. Er hob sie wie ein kleines Baby auf seine Arme – sein Baby, sein Pretty Baby –, schob einfach einen Arm unter ihre Kniekehlen und schwang sie auf seine Arme.

»Was ist denn das?« Er verlagerte ihr Gewicht ein wenig, so daß er sie noch enger an sich drücken konnte, wobei sich sein mächtiger Bizeps unter ihren Oberschenkeln und Schultern anspannte. Er sah ihr direkt in die Augen. »Zitterst du etwa? Oder bin ich das?«

»Muß ein Erdbeben sein.« Sie lachte, aber ihre Kehle war wie ausgedörrt, so daß ihre Worte als heiseres Krächzen hervorkamen. »Oder du.«

Sein Gesicht wurde wieder ernst, und er musterte sie fragend. »He ... du hattest wirklich Angst, stimmt's? Warum hast du mir nichts gesagt?«

Es schien ihm ernst zu sein, was sie am allerwenigsten erwartet hätte. Der alte Jay hätte versucht, sie mit Scherzen auf andere Gedanken zu bringen, was nie richtig funktioniert und lediglich dazu geführt hatte, daß sie ihre Ängste irgendwann nicht mehr zeigte. Dieser Mann jedoch schien sich ernsthaft um sie zu sorgen, und obwohl sie mit ihrem Urteil fürs erste noch hinterm Berg halten wollte, versprach dies immerhin eine willkommene Abwechslung.

Dieser Mann?

Erschrocken erkannte sie, daß sie ihn immer noch nicht für Jay hielt. Sie blickte in Jays Gesicht. Er trug sie auf seinen Armen. Aber *dieser Mann* war nicht ihr Ehemann. Sie versuchte das Gefühl abzuschütteln, so wie gestern, aber diesmal wollte es nicht weichen. Es nistete sich hartnäckig ein und löste eine beinahe ehrfürchtige Angst bei ihr aus. Wenn er tatsächlich nicht Jay war, wer, in Gottes Namen ...

Er hatte recht. Sie zitterte. Und das war so ungefähr das einzige, dessen sie sich sicher war. Von irgendwoher tief drinnen brach sich ein unkontrollierbares Erschaudern Bahn, doch es war, bis auf das Zittern ihrer Hände, beinahe unmerklich.

»Ganz ruhig«, murmelte er und verlagerte sie so, daß sie den Kopf an seine Schulter legen konnte. »Ich halte dich ganz fest, und ich stehe mit beiden Beinen auf dem Boden. Niemand geht irgendwohin, solange du nicht dazu bereit bist.«

Er sprach zwar leise, doch seine Stimme wirkte beruhigend und stark. Sie fühlte die Resonanz in seinem Brustkorb, was bei ihr den heftigen Wunsch auslöste, einfach einen Moment lang zu bleiben, wo sie war, warm und sicher an seiner Brust, auf seinen Armen. Und dennoch war dies auf eine Weise der gefährlichste Ort, an dem sie sich aufhalten konnte.

Jetzt aufpassen! schärfte sie ihren Kindern immer ein, wenn es gefährlich wurde. Das hätte ihr inzwischen schon längst jemand zurufen müssen. Sie hatte das Gefühl, eigentlich davonrennen zu sollen, was das Zeug hielt, doch irgendwie schienen ihre Selbstschutzmechanismen lahmgelegt worden zu sein. So entschlossen sie auch war, ihm nicht zu nahe zu kommen, es wollte ein anderer Teil von ihr sämtliche Warnungen ignorieren und einfach dahinschmelzen. Vielleicht weil er sich so hart anfühlte wie der Boden, auf dem er stand, und überhaupt so schrecklich männlich war ... und weil es einfach schon so lange her war.

»Wir müssen nicht hierbleiben«, meinte er nun. »Wenn du dich hier fürchtest, kann ich dich wieder heimbringen.«

»Das ist es nicht«, gestand sie. Es lag nicht an der Kneipe, ja nicht mal an der wilden Motorradfahrt. Und das wußte er.

Es liegt an dir. Du bist es. Immer nur du.

Sie blickten einander fest in die Augen, während sich eine schwere Stille zwischen sie senkte. Einen Moment lang schien es so, als stimmte die alte Redensart, daß Worte unnötig waren. Mit nur ein ganz klein wenig Anstrengung hätten sich ihre Gedanken berühren können wie Fingerspitzen. So kam es Sophie jedenfalls vor, und bevor das Bild noch vor ihrem geistigen Auge verschwinden konnte, war ihr klar, daß er sie gerne küssen würde. Sie wußte aber auch, daß er's nicht tun würde. Das wäre zuviel gewesen. Selbst ein Hauch von einem Kuß, ein flüchtiges Streicheln der Lippen, hätte den Damm brechen lassen können, einen Damm, der ohnehin schon rissig war.

Sie fühlte seine harten Oberarmmuskeln, als er sie wieder auf den Boden stellte, widerstand jedoch dem Drang, nachzuprüfen, ob sie tatsächlich so hart waren, wie sie sich anfühlten. »Du willst also wirklich bleiben? Ganz sicher?«

»Aber natürlich«, sagte sie und meinte es auch. Sie bückte sich und zog ihre gelben Leggings glatt, zu denen sie ein weites blaßgelbes T-Shirt mit dem Logo eines Fitneßstudios aus Malibu trug. Man hatte ihr versichert, daß die Farbe das erstaunliche Grün ihrer Augen noch mehr hervorhob, doch der eigentliche Grund, warum sie die Sachen angezogen hatte, war ihre Figur. Sie wollte Jay die etwas rundlichere Sophie noch nicht so schnell zeigen.

Sie fühlte, daß er sie ansah, als sie sich wieder aufrichtete.

»Nichts kann mir zustoßen, solange ich mit dir zusammen bin, stimmt's?«

»Das ist mein Mädchen.«

Darauf bildete sich Sophie tatsächlich ein klein wenig ein. Es war nur eine beiläufige Bemerkung, und sie hätte es ihm gegenüber nie zugegeben, aber der besitzergreifende, stolze Unterton in seiner Stimme gefiel ihr. Und als er sie mit einer Hand auf ihrem Rücken zum Eingang der Kneipe bugsierte, flatterte ihr tatsächlich ein wenig das alberne Herz. Es war zu spät, den Panzer um sich herum aufzurichten, wie sie verzweifelt erkannte. Er hatte ihre Verteidigungswälle bereits geschickt unterlaufen.

Kaum daß sie einen Fuß ins *Dirty Dan's* setzte, merkte Sophie, daß sie gelogen hatte, als sie sagte, daß sie sich nicht fürchtete. Die Kundschaft der kleinen Bar war fast ausschließlich männlich, wobei die meisten davon eine erschreckende Ähnlichkeit mit den Konterfeis besaßen, die einem gewöhnlich von den Wänden in Polizeirevieren und Postämtern entgegensprangen.

»Das war eine dumme Idee«, sagte Jay, während sich ein Kopf nach dem anderen zu ihnen umdrehte und sie zum Gegenstand einer durchdringenden Musterung wurden. »Es ist noch schlimmer hier als früher. Hätte nicht gedacht, daß das überhaupt möglich wäre.«

Sophie rückte ein wenig von ihm ab und wurde prompt wieder zurückgezogen wie ein Fisch an der Angel. Mit einer ebenso beiläufigen wie entschiedenen Bewegung nahm er sie in seine Armbeuge. Diese Frau gehört mir, verkündete diese Geste. Wenn sie einer anfaßt, erwürg ich ihn mit bloßen Händen.

Das vormals laute Gerede senkte sich zu einem Gemurmel, während die Biker sie weiterhin musterten. Topfgeklapper und das Gebrutzel von Speck waren aus der Küche zu hören. Und noch mehr köstliche Gerüche drangen von dort in den Barraum – Zwiebeln und Hackfleisch und scharfes, würziges Chili.

Sophie sog die vertrauten Düfte tief in sich ein. Deshalb waren sie vor Jahren überhaupt hergekommen – gewöhnlich nach einem Kinobesuch oder einer Spritztour mit der Harley – wegen der köstlich-scharfen Chili-Omelettes, mit ihrer dicken Käseschicht und den süßen roten Paprikaschnitzeln, feingehackt wie Silberspäne.

»Hm, riecht das gut«, sagte sie.

Jay war noch dabei, die Biker in Grund und Boden zu starren. »Es muß auch noch woanders Chili-Omelettes geben. Laß uns gehen.«

»Nein, laß uns bleiben.«

»Was?«

»Ich will bleiben.«

Sie ignorierte das Drängen seiner Hand und fragte sich, was er wohl tun würde, wenn sie sich ihm ernstlich widersetzte. Auf die Arme nehmen und raustragen? Der Gedanke besaß etwas Verlockendes, doch es war ihr ernst. Sie wollte wirklich bleiben. Die Vergangenheit schlug ihr hier förmlich entgegen, und sie wollte sie noch einmal mit ihm durchleben. Vielleicht half ihr das, sich über einige ihrer Gefühle klar zu werden.

»Da hinten haben wir immer Poolbillard gespielt, weißt du noch?«

Das Hinterzimmer war tatsächlich noch mit einem von diesen nostalgischen Schnürvorhängen vom Barraum abgetrennt, und man konnte Männer dahinter erkennen, die um Billardtische herumlungerten, aus hohen Dosen ihr Bier tranken und prüfenden Blicks überlegten, wie sie den nächsten Stoß plazieren sollten.

»Ich weiß noch, wie ich versucht hab, es dir beizubringen«, sagte er. »Du hättest mich beinahe zum Eunuchen gemacht mit dem Queue.«

»Ach, das. Das war doch bloß ein Versehen.« *Eigentlich hatte ich ja auf dein Herz gezielt.* »Ich frag mich, ob die alte Jukebox wohl noch da ist.« Sie grinste ihn an und ließ den Blick dann suchend durch den Raum schweifen, wobei sie die schlitzäugigen Blicke der Männer ignorierte. »Ich seh sie nicht.«

Er wies auf eine Nische bei der Hintertür, und sie japste entzückt auf, als sie das Monstrum erblickte. Wie toll, wenn es noch funktionieren würde. Knallrot und mit verrosteten Noten und Notenschlüsseln verziert, sah es noch genauso aus wie das Protzding, zu dem sie damals das erste Mal getanzt hatten – und einander dabei so erregten, daß sie aufhören und zum Hintereingang in die kleine Gasse hinausgehen mußten, um sich wieder ein wenig abzukühlen.

Das war damals das erste Mal gewesen, daß sie einen Jungen bis in den Strafraum vorgelassen hatte, ein Meilenstein in ihrem jungen Leben, an den sie sich vor allem deshalb noch so genau erinnern konnte, weil sie nie zuvor verlegener gewesen war. Die Knie waren ihr einfach weggeknickt, und sie wäre beinahe hingefallen, als er seine Hand in ihren Büstenhalter schob. Sie biß sich auf die Unterlippe und dachte, daß ein Mensch wohl kaum röter anlaufen konnte als sie an jenem Tag. Nun, die Hitze, die sie im Moment in den Wangen fühlte, kam dem zumindest einigermaßen nahe. Das letzte, was sie wollte, war, sich in kindischen Schwärmereien zu verlieren, doch ihr Herz machte einen komischen kleinen Satz, und als sie Jay anblickte, glühten ihre Wangen.

Sein Blick verdunkelte sich, als er das sah. »Ja, laß uns bleiben«, sagte er rauh. »Ich nehm's mit jedem hier auf, wenn's sein muß. Wir beide, du und ich, bleiben hier.«

Sophie war insgeheim entzückt über seinen rauhen Ton. Das war ganz der alte Jay, der Mann, der schon erregt wurde, wenn er sie nur flüchtig streifte. Seine Äußerung besaß überdies etwas schrecklich Primitives, war jedoch gleichzeitig galant und altmodisch. Und falls das jetzt kitschig sein sollte, so war es ihr egal. Sie schmolz dahin.

Unter den aufdringlichen Blicken der Kneipenbesucher führte Jay sie zu einer Sitznische am anderen Ende des Raums. Wenn ein Typ will, daß das schwache Weib sich an ihn klammert, dann braucht er sie nur hierherzubringen, dachte Sophie zynisch. Sie hatte Angst, auch nur einen Millimeter von seiner

Seite zu weichen. Jay wählte den leeren Tisch in der Nische neben der alten Jukebox, und wenn sie gekonnt hätte, wäre sie ihm auf den Schoß gekrochen.

Glücklicherweise legte sich das intensive Interesse ein wenig, als die Kellnerin auftauchte und sie ihre Omelettes bestellten. Sophie saß mit dem Rücken zum Barraum. Jay hatte sich extra so gesetzt, damit er die Dinge im Auge behalten konnte. Und während sie ihn dabei beobachtete, wie er den Blick finster durch den Raum schweifen ließ – wahrscheinlich innerlich schon bei der Planung eines Gegenangriffs, falls es zum Schlimmsten kommen sollte –, merkte sie, wie sie den Kopf schüttelte.

Er war kurz mit der Hand durch sein Haar gefahren, als sie sich niedersetzten, wie um den wilden Schopf ein wenig zu bändigen und sich präsentabler zu machen. Aber sein Haar sah noch genauso zerzaust und ungezähmt aus wie früher. Und diese Augen. Blauschwarz wie eine Regennacht, mit einem Feuerring um die Iris herum. Niemand hatte Augen wie Jay Babcock.

Aber er roch anders. Früher hatte er immer nach Erde gerochen, nach der Natur, nach Tannen und verkohltem Holz, ein wilder Geruch. Jetzt jedoch roch er irgendwie gehobener, nach Geld, teurem Rasierwasser, scharf und prickelnd, ein Geruch, der die Nase kitzelte, und den man dennoch unwillkürlich tiefer in sich einsog.

Aber das war trotz allem Jay, und mit einem Mal war sie dessen gewiß. Ihr Jay, ganz ihr Jay, einschließlich des kleinen Leberflecks an seinem Mundwinkel. Der Schock dieser Erkenntnis traf sie so hart, daß sie unwillkürlich ein wenig auf der Sitzbank zurückrutschte.

»Was hast du?« fragte er.

»Du siehst ihm so ähnlich. Du mußt wohl er sein, stimmt's?«

Mit einem leichten Stirnrunzeln überspielte er seine Überraschung. »Du bist dir noch immer nicht sicher?«

»Manchmal ja, manchmal nein. Manchmal hab ich keine Ahnung, wer du bist.«

Er lehnte sich nachdenklich zurück, die Kaffeetasse in beiden Händen, und eine stille, fast brütende Energie ging von ihm aus. Sie wußte nicht, wie sie diese Energie nennen sollte. Maskulinität vielleicht. Ja, das war's. Er war der maskulinste Mann, dem sie je begegnet war, einfach so, ohne sich irgendwie anstrengen zu müssen, und das hätte sie vom alten Jay wahrscheinlich nicht so ohne weiteres behauptet. Vielleicht lag es ja an der Augenklappe, aber das glaubte sie eigentlich nicht. Der alte Jay war draufgängerisch, impulsiv und leidenschaftlich gewesen. Dieser Mann war nichts dergleichen. Oder falls er's war, verbarg er es sehr gut.

Als er den Kopf hob, fühlte sie ihn sofort – seinen Blick. Durchdringend, intensiv. Wieder hatte sie das Gefühl, daß er in ihr Innerstes sehen, alles über sie wissen, sie demaskieren wollte, obwohl sie doch beide wußten, daß es *seine* Identität war, die in Zweifel stand.

»Willst du, daß ich er bin?« fragte er.

Sie mußte nicht lange über die Antwort nachdenken, und das bereitete ihr solche Sorgen, daß ihr Mund auf einmal wie ausgedörrt war. Sie wollte Verläßlichkeit, oder nicht? Sie sehnte sich nach einem Mann, auf den sie zählen konnte, bei dem sie sich sicher und geliebt fühlte. Wie viele Jahre war sie die Frau gewesen, zu der Jay Babcock heimkehrte, nicht mehr als ein sicherer Hafen, den man bei Sturm ansteuerte?

Sie rieb mit dem Finger über die eingeschnitzten Zeichen im Holztisch. Sie zogen ihre Aufmerksamkeit unwiderstehlich an, und sie begann, sie vorsichtig nachzuzeichnen wie Blindenschrift. Es waren Buchstaben, ganze Wörter, aber sie konnte keinen Sinn daraus machen.

»Willst du?« drängte er.

Er ließ nicht zu, daß sie sich versteckte.

»Ja, ich glaub schon«, gestand sie leise. Doch sobald das Geständnis einmal heraus war, wurde es ihr unmöglich, aufzublicken und ihn anzusehen. Als sie es schließlich tat, weil sie mußte, hob er spöttisch seine Kaffeetasse.

»Ich werd sehen, was ich tun kann.« Seine Stimme klang rauh.

Sie wußte nicht, was sie dazu sagen sollte. Oder wie sie auf einen so intensiven Blick reagieren sollte. Noch nie hatte sie jemand so angesehen, nicht auf diese durchdringende, ausschließliche Weise, und es war ... ziemlich verwirrend. Etwas in ihrer Brust zuckte, flatterte. Ihr Puls?

Die eingeschnitzten Buchstaben fühlten sich auf einmal so gut an unter ihren Fingern, glatt und seidig. Das einzige, was sich im Moment gut anfühlte. Wieder begann sie, sie mit langsamen Bewegungen nachzuzeichnen.

»Anbinden«, las sie mühsam. »Was soll das bedeuten?«

Er antwortete nicht, war nicht an ihren nichtssagenden Worten interessiert, starrte sie nur an. Die Pupille in seinem Auge war zu einem stecknadelgroßen Knopf zusammengeschrumpft, ein äußerst überraschender Effekt. Um die Iris herum lag ein eisiges Weiß wie bei einer Mondfinsternis.

»Wallis sagt, du wärst verlobt.« Er setzte seine Kaffeetasse ab, hob die Hände und legte sie so vor seinem Gesicht zusammen, daß die untere Hälfte verdeckt war. »Claude, so heißt er doch?« Als sie nickte, fragte er: »Liebst du ihn?«

»Nicht so, wie du denkst.«

»Wie denke ich denn?«

Etwas in seinem Ton und in seinem durchdringenden Blick löste Unbehagen bei ihr aus. Er wirkte beinahe bedrohlich, ja, sie täuschte sich nicht. Ihre Handflächen, die auf dem Tisch lagen, wurden mit einem Mal feucht. Das war offenbar das Thema, an dem er ein überwältigendes Interesse zu haben schien. Sie war sich nicht sicher, ob es klug war, die Frage zu beantworten.

»Es war mehr eine kameradschaftliche Liebe«, sagte sie. »Wir waren mehr Freunde als ...«

»Bettpartner?«

Er wollte wissen, ob seine süße kleine Sophie mit einem anderen geschlafen hatte. Darum ging es also in diesem Verhör.

Ein Männchen, das sich fragt, ob ein anderes in sein »Territorium« eingedrungen ist. Und nach seinem finsteren Gesichtsausdruck zu schließen, rechnete er mit dem Schlimmsten.

Die Kellnerin tauchte auf, stellte die Omelettes geräuschvoll vor ihnen ab und rauschte wortlos wieder davon. Eine verlegene Stille folgte.

»Ach, ist nicht so wichtig«, sagte Jay, der sein Essen ignorierte und erneut nach seiner Kaffeetasse griff. Wieder hielt er sie mit beiden Händen und strich mit dem Daumen über den Griff. »Geht mich nichts an.«

Sophie überlegte, ob sie einen Schluck Kaffee trinken sollte, kam jedoch zu dem Schluß, schon nervös genug zu sein und eine Stimulierung im Moment wirklich nicht gebrauchen zu können.

»Claude und ich, wir standen einander sehr nahe«, sagte sie schließlich. »Es war eine in jeder Hinsicht intime Beziehung ... bis auf das.«

»Ach so.«

Ein schwaches Lächeln breitete sich auf seinem Gesicht aus, und Sophie konnte nicht anders, sie mußte ebenfalls lächeln. Dann verdrehte sie die Augen. Männer. Das war offenbar alles, was ihn interessierte.

Seine Stimmung war nicht das einzige, was sich mit einem Mal hob. Während Sophie zusah, wie er mit Feuereifer über sein Omelette herfiel, merkte sie, daß sie sich getäuscht hatte, was einen eventuellen Mangel an Leidenschaftlichkeit betraf. Er aß wie ein Ausgehungerter, was sie auf den Gedanken brachte, daß sie noch immer nicht genau wußte, was er im Gefängnis eigentlich durchgemacht hatte. Sie wollte alles erfahren, besonders was mit seinem Auge passiert war, doch im Moment war nicht der richtige Zeitpunkt dafür. Vielleicht erzählte er ihr's ja, wenn sich die Dinge zwischen ihnen wieder eingerenkt hatten. Oder vielleicht vertraute ihr Wallis an, was sie wußte.

Sophie lief das Wasser im Mund zusammen, als ihr der köstlich würzige Duft ihres Omelettes in die Nase stieg, aber sie war zu sehr in die Betrachtung von Jay versunken, um essen zu können. Vor lauter Faszination über seinen enormen Appetit war ihr ein weniger augenfälliges Detail völlig entgangen, nämlich die Art, wie er die Gabel hielt.

»Jay, du bist doch Linkshänder, oder nicht?« Als er aufblickte, wiederholte sie: »Du bist doch Linkshänder?«

Er hielt inne und starrte die Hand an, in der er die Gabel hielt, seine rechte Hand, und ein Schreck durchfuhr sie. Er benahm sich wie einer, den man erwischt hat. Jay Babcock war Linkshänder. Das wußte sie hundertprozentig. Sie kannte ihn, seit sie fünfzehn war, vielleicht sogar besser als er sich selbst.

Er nahm die Gabel in die andere Hand und hackte in sein Omelette. Dann schob er sich den enormen Bissen in den Mund und kaute schulterzuckend. »Sieht aus, als wär ich beidhändig«, erwiderte er leise.

Sie konnte ihn kaum hören, so laut hämmerte ihr Herz. »Seit wann?«

»Seit ich denken kann. Es überrascht mich, daß *du* dich nicht dran erinnerst, Sophie. Ich mußte doch die rechte Hand benutzen, als ich mir bei dem Autounfall damals den Arm brach.« Er wies mit einem Kopfnicken auf ihr Omelette. »Dein Omelette wird kalt.«

Sie nahm ihre Gabel zur Hand und aß pflichtbewußt ein paar Bissen, doch mehr ließ ihr nervöser Magen nicht zu. Er meinte den Unfall, den sie zu Beginn ihrer Beziehung gehabt hatten. Sein hochgeschätztes Mustang-Cabrio hatte dabei einen Totalschaden erlitten. Es kam ihr logisch vor, daß er die rechte Hand benutzt haben mußte, während der linke Arm in Gips war, doch sie konnte sich nicht daran erinnern, ihn danach noch oft die Rechte benutzen gesehen zu haben, ganz sicher nicht beim Essen.

»Ich glaub, mir reicht's«, sagte sie zögernd, als würde sie dazu sein Einverständnis benötigen. »Doch, mir reicht's.«

Er schien sie überhaupt nicht zu hören. Seine Aufmerksamkeit war auf das andere Ende des Raums gerichtet, und plötzlich schoß er auf die Beine.

»Jay? Stimmt was nicht?«

»Alles in Ordnung«, versicherte er ihr. »Warte bitte einen Moment hier, okay, Sophie? Ich bin gleich wieder da.«

Er ging nach vorn, und Sophie nahm an, daß er entweder auf die Toilette mußte oder die Rechnung bezahlen wollte. Mit einem raschen Rundumblick, der sie davon überzeugte, daß sie nicht mehr beobachtet wurde, glitt sie aus der Sitznische und schlenderte zur Jukebox hinüber. Sie wollte wissen, ob es dort noch einige der alten Songs gab, zu denen sie an jenem Abend getanzt hatten.

Jemand trat von hinten an sie heran, als sie gerade die Songauswahl durchging. Der kräftige Duft des Eau de Toilette verriet ihr, daß es Jay war, doch er sagte nichts, und je länger sie so schweigend dastanden, desto mehr rechnete sie mit irgendeiner Art von Kontakt. Sie wußte nicht, worauf er wartete, außer vielleicht, daß sie sich zu ihm umdrehte. Aber das war ihr im Moment ein wenig zu gefährlich.

Er trat dichter an sie heran und griff um sie herum, in der Hand einen Vierteldollar. Sie sah zu, wie er die Münze in den Schlitz warf und einen der Knöpfe drückte. Der von ihm gewählte Song war damals ein Riesenhit gewesen und hatte ihnen beiden unheimlich gut gefallen. Als die Melodie ertönte, wiegte sich Sophie lächelnd hin und her.

»Wenn du dich umdrehen würdest«, sagte er, »könnten wir tanzen.«

Er stand nun ganz dicht hinter ihr, so dicht, daß sie ihn spüren konnte, wonach sie sich gesehnt hatte, wie sie merkte. Doch er gab ihr mehr als das. Etwas Heißes, Hartes drängte sich an ihren Hüftknochen, und ihr Magen krampfte sich lustvoll zusammen. Sein Körper beantwortete ihre Frage. *Er wird schon erregt, wenn er mich nur flüchtig streift.*

Er war noch genauso potent wie früher, und das völlig mühelos. Feuchtigkeit ergoß sich in ihr Höschen, was sie überraschte und ihr überdies peinlich war. Immer reagierte sie so auf ihn, mit einer blitzartigen, machtvollen Erregung, die der seinen in nichts nachstand. Ihr Körper wußte, daß das Jay war. Nur ihr Verstand konnte sich nicht so recht entscheiden.

»Wenn ich mich umdrehen würde«, meinte sie, »könnten wir von hier verschwinden.«

»Warum drehst du dich nicht einfach um ... und wir schauen, was passiert?«

»Ich glaub wirklich, wir sollten gehen.« Sie wirbelte herum und blickte ihn trotzig an. Es war ihr ernst. Männer liebten es, die Oberhand zu haben, und wahrscheinlich genoß er es, sie aus dem Gleichgewicht zu bringen.

»Wozu die Eile?« wollte er wissen.

»Nun ... es ist Frühstückszeit, falls du's noch nicht bemerkt hast. Niemand ist auf der Tanzfläche, und außerdem ist das 'ne Biker-Bar. Wir könnten wer weiß was damit auslösen.«

Sie hatte noch andere Gründe, jede Menge sogar, doch als er die Hand hinter seinem Rücken hervorholte und sie sah, was er darin hielt, konnte sie ihn nur mit offenem Mund anstarren.

Eine schwarze Baseballkappe mit der Aufschrift von *Dirty Dan's*.

»Ein Mann hat das Recht, alles zu vergessen, wenn er mit Sophie Weston zusammen ist, dem Mädchen mit dem traurigen Lächeln«, meinte er. »Sogar ob er Rechts- oder Linkshänder ist. Dagegen kann man nichts machen, so ist die Natur.«

Mein Gott, der Mann war umwerfend. Sie hätte am liebsten die Augen zugemacht und tief aufgeseufzt, so umwerfend war er.

Als Vorbereitung auf die königliche Krönung strich er ihr das Haar zurück, mußte nach einer Weile jedoch einsehen, daß ihre goldene Löwenmähne nicht zu bändigen war. Als die Kappe auf ihrem Kopf saß, zog er ihre langen Locken durch die Öffnung am Hinterkopf, so daß ihr Haar in einem ordentlichen Schwanz aus der Kappe heraushing.

»Du hast dir eine gewünscht, als wir das letzte Mal hier waren«, erklärte er. »Du hast gemeint, dann würde dir der Fahrtwind nicht so die Haare zerzausen, aber ich hatte kein Geld. Ich hatte mir gerade die Maschine gekauft und jeden Cent hineingesteckt.«

Sie hatte sich das dumme Ding inbrünstig gewünscht, hatte sogar eine Schnute gezogen, als er sie ihr nicht kaufen wollte.

Mit leiser, rauher Stimme sagte er: »Entschuldige, daß es so lang gedauert hat.«

Als er ihr Kinn anhob und ihr tief in die Augen blickte, konnte sich Sophie einfach nicht mehr helfen. Ihr Herz war prall gefüllt wie ein Luftballon, der kurz vorm Platzen steht. Sie wußte, daß ihr wäßriges Lächeln ziemlich lächerlich aussehen mußte. »Wir können jetzt nicht tanzen, meine Kappe würde verrutschen«, meinte sie, weil ihr im Moment einfach nichts Besseres einfiel.

»Ans Tanzen hab ich nicht gedacht.«

Im Schatten der Nische kam ihr sein Blick sogar noch dunkler vor als sonst, und die silbrige Korona um seine Iris sorgte für einen eigenartig hypnotischen Effekt. Ein Gefühl ehrfürchtigen Erstaunens durchzog sie. Mit dem Verstand rätselte sie über diesen Mann nach, doch ihr Körper war in einer ganz anderen Art von Mysterium gefangen. Seine flüchtige Berührung hatte ihn entflammt, und nun sehnte sie sich danach, noch einmal zu erfahren, wie es sich anfühlte, wenn er in ihr war.

Ihr Magen zog sich krampfartig zusammen. Wieder dieser Ruck an der Leine, der sie abrupt zur Besinnung brachte.

In ihrem Kopf häuften sich die Fragen und Zweifel, doch ihr Körper wollte nur eines. Wie würde es sein, wenn sie sich liebten? Wie würde er sein? Er war ein äußerst gefährlicher Verführer, das wußte sie ohne jeden Zweifel. Würde er so zärtlich sein, daß ihr die Luft wegblieb? Würde er Körper und Seele durchdringen, alles hinwegreißen, bis sie sich fühlte wie ein Blatt im Sturm?

Würde er wie Jay sein?

Was für gefährliche Gedanken, schoß es ihr durch den Kopf, während sie zu ihm aufsah und sich fragte, ob sie sich bei diesem Mann wohl auf immer wie ein fünfzehnjähriges Mädchen fühlen würde. Sie war jetzt eine Frau. Sie hatte diese Art von

Gefühlen hinter sich gelassen, hatte sie ausgetrieben wie einen Dämon und war dadurch stärker geworden. Sie wollte ihm als gleichwertige, ebenbürtige Partnerin gegenübertreten, doch bis jetzt war es alles andere als das.

»Du hast nicht an Tanzen gedacht?« stammelte sie.

»Nein, aber falls du dir Sorgen machst, daß du die Kappe verlieren könntest, sollten wir das, was mir vorschwebt, auch lassen.«

Sie lief rot an, und er lächelte. Unmöglich. Das Ganze war einfach unmöglich. Und albern. Schrecklich albern. Albern und einfach wundervoll.

»Also?« Er meinte die Kappe. »Gefällt sie dir?«

Sie verzog das Gesicht. »Nöö.«

»Was willst du *dann*?« Er tat, als wäre er am Boden zerstört.

Sie konnte nicht antworten, denn ihr saß ein dicker Kloß im Hals. Außerdem hätte sie sich ohnehin nicht getraut, ihm zu sagen, was ihr durch den Kopf ging. Das wäre viel zu gefährlich gewesen.

Ich will, daß du er bist, dachte sie. Das wünsche ich mir so sehr. Wenn es wirklich einen besonderen Schutzengel für Liebende gibt, dann wird er mir diesen einen Wunsch erfüllen. Er muß einfach. Es ist das einzige, was ich mir wünsche. Bitte, sei Jay Babcock.

5

Jay sprang hoch, trat kräftig auf den Kickstarter der Harley, und die Maschine erwachte mit einem tiefen Röhren zum Leben. Sophie kletterte mißtrauisch auf den heißen Sitz hinter ihn, in dessen Lederherz sie die Vibrationen des Ungetüms spüren konnte. »Soapy, die Tagesmutter« als Bikermama, das war eine Ironie, die ihr nicht entging, während sie ihre Füße auf den Chromfußstützen abstellte.

»Halt dich fest«, warnte Jay und ließ die Maschine aufheulen.

Wer würde das nicht gern, dachte sie und beäugte mit Kennerblick die Gesäßtaschen seiner enganliegenden Jeans. Leider war es unmöglich, auch nur einen Finger dort hineinzubekommen. Sophie ließ ihre Finger, wo sie waren, und dachte noch über die faszinierenden Möglichkeiten, die sich daraus eröffneten, nach, da machte die Harley auch schon einen Satz vorwärts.

»Bist du bereit?« fragte er und warf ihr einen Blick über die Schulter zu.

Sie tappte mit dem Finger an den Schirm ihrer Filzkappe. *Bereit für alles.*

Sein flüchtiges Lächeln bestätigte ihr, daß dies die richtige Antwort war.

Kies spritzte auf, als er die Harley vom Parkplatz auf die Straße steuerte. Die Kraft des Motors durchfuhr sie wie ein Energiestoß. Sie konnte verstehen, warum Männer diese großen Maschinen so liebten. Sie waren Kraft pur, die reinste Energiequelle. Das Motorrad röhrte seine Überlegenheit laut über den Highway hinaus, und ihre Herzen röhrten mit. Mensch und Maschine wurden eins.

»Halt dich fest!« rief er ihr über die Schulter zu.

»Tu ich ja.« Sie hielt sich an ihrer Kappe fest.

Plötzlich drehte sich alles um sie wie bei einem verrückt gewordenen Karussell. Die Bäume am Wegrand hingen schief, und der Asphalt schwappte hoch wie enorme graue Wellen. Sophie japste und krallte die Finger in Jays Hosenbund, während dieser die Maschine wendete und wieder zurückfuhr.

»Haben wir was vergessen?« rief sie.

Er nickte. Aber er fuhr nicht auf den Kiesvorplatz, als sie *Dirty Dan's* erreichten, sondern um die Taverne herum in das enge Gäßchen dahinter. In dem schmalen Schlauch klang die Maschine noch lauter, denn der Schall wurde hin und her geworfen wie in einem Canyon. Sophie befürchtete, daß sie die alte Kneipe bis in ihre Grundfesten erschütterten.

Endlich kam die Harley vibrierend zum Stehen und verstummte.

»Was wollen wir hier?« fragte sie.

»Ich wollte sehen, ob das Schild noch da ist.« Er wies auf ein Verbotsschild, das sie in ihren wilden Jugendjahren verunziert hatten.

Tatsächlich war es Sophie gewesen, die die Nagelfeile geschwungen hatte, was Jay wohl ebenso überrascht haben mußte wie sie selbst. Sie hatte behauptet, es wäre alles seine Schuld, daß er sie mit seinem »unziemlichen Benehmen« zu dieser Verzweiflungstat trieb. Doch er hatte lediglich geknurrt und sie mit einem Kuß zum Schweigen gebracht.

Auf dem Schild war ursprünglich NO LOITERING ALLOWED, »Herumlungern verboten«, gestanden, und um Jay davon abzuhalten, allzu amourös zu werden, hatte Sophie hastig die vier mittleren Buchstaben weggefeilt und durch ein V ersetzt.

»No loving allowed« – »Lieben verboten« – hieß es danach, was Sophie genüßlich vorlas, um noch hinzuzufügen, daß sie ein braves Mädchen sei, das sich *immer* an die Vorschriften hielt.

Er hatte ihr die Feile weggeschnappt und das erste Wort weggekratzt. »Mal sehen, ob du dieser Vorschrift auch gehorchst.«

Sie hatte an jenem Abend seinen Kuß erwidert, hatte ihre Zunge in seinen Mund schlüpfen lassen und sich auch sonst nicht gerade zurückhaltend benommen. Sie erinnerte sich noch lebhaft daran, wie sich seine Hand in ihrem Höschen angefühlt hatte. Er hatte ihr rotgoldenes Schamdreieck fest umfaßt und sie gerieben, bis sie nur noch stöhnen konnte. Dann hatte er versucht, tiefer vorzudringen, und sie hatte jenen spitzen kleinen Schrei ausgestoßen, der ihn seitdem nicht mehr losgelassen zu haben schien.

Es war der leise Aufschrei einer jungen Frau, die sexuell erblüht – ein heiserer, leidenschaftlicher, fiebriger Laut, aber gleichzeitig sanft wie ein Hauch. An jenem Abend war etwas

Wildes mit Sophie geschehen, etwas, das sie nicht mehr hatte kontrollieren können ... und auch ihn nicht.

»Du hast mich herausgefordert«, meinte sie nun, als ob dies ihr Verhalten von damals erklärte.

Er schwang das Bein über den Motorradsitz und saß nun seitlich auf der Maschine. »Und du hast die Herausforderung angenommen«, erwiderte er mit rauher Stimme und einem wilden Glitzern in den Augen, das sie an die leidenschaftliche Nacht von damals erinnerte.

»Öffentliches Eigentum zu verunstalten ist strafbar.«

Ihr Knie stieß an die Außenseite seines Oberschenkels, und er schien fasziniert zu sein von diesem Anblick. Nach einem kurzen Augenblick fing er an, die Innennaht ihrer Jeans mit dem Zeigefinger nachzuzeichnen.

Das war typisch für ihn, dachte sie. Wann immer er seinen Lieblingsplätzen einen Besuch abstattete, schien er vollkommen versunken zu sein, ob dies nun ihr Handgelenk, ihr Schlüsselbein oder der anmutige Schwung ihrer Wangen und Wangenknochen war.

Sophie fand die Berührung höchst erregend, besonders da sie wußte, daß er es nie eilig hatte, daß er nie ein Vorspiel für Sex daraus machte. Darum ging es ihm gar nicht. Er wollte sie einfach nur berühren, das war alles. Es schien ihn auf eine Weise zu befriedigen, die ungewöhnlich für einen Mann und dennoch ungeheuer maskulin war.

»Dich *nicht* zu küssen wäre strafbar gewesen«, sagte er.

»Der Ruin eines Mädchens«, murmelte sie und mußte daran denken, wie dunkel es in der Gasse gewesen war und wie der Mond sein Haar beschienen und das feurige Funkeln in seinen Augen hervorgehoben hatte.

»Wer ... ich?«

»Ganz bestimmt du, Jay Babcock.«

»Ich dachte, es wär umgekehrt gewesen, daß du mich vom Weg abgebracht hast mit deinen spitzen kleinen Schreien.«

Er ließ die Hand sinken, und sie fühlte den Verlust sofort. Ihr

Magen krampfte sich sehnsüchtig zusammen. Hör nicht auf, dachte sie. Nimm mir nicht diesen kleinen Vorgeschmack auf das Paradies.

»Bereust du, was wir getan haben?« fragte er.

Sie schüttelte den Kopf. »Ich glaube, ich hab mich an dem Abend in dich verliebt«, gestand sie.

»Dann kann ich zumindest nicht alles falsch gemacht haben.«

Mit dem Daumen nahm er seinen hypnotischen Tanz wieder auf, strich rhythmisch rauf und runter, ein kleiner Halbkreis an der Innenseite ihres Knies. Die Wärme seiner Berührung schoß ihr direkt in die Lenden. Das ging so schnell und mühelos, daß sie sich fragen mußte, was ihr wohl zugeteilt worden wäre, wenn Charakterstärke und Moral wie Waren in einem Supermarkt ausgegeben worden wären. Eine Packung Maisbrei? Wie kam es nur, daß er sie in Brand setzen konnte, ohne wirklich etwas zu tun?

Sie wartete noch immer auf eine Antwort. Seine Liebe einzugestehen, selbst wenn es sich auf die Vergangenheit bezog, bedeutete, sich dem anderen gegenüber verwundbar zu machen. Jay war verstummt. Noch schlimmer, er hatte sich abgewandt und starrte die Gasse hinauf wie ein Mann, der andere Dinge im Kopf hatte. Typisch Jay Babcock, dachte sie. Kaum war das Abendessen vorbei, und es ging ans Geschirrwaschen, war er verschwunden.

»Wir sollten jetzt gehen«, sagte sie in scharfem Ton. »Wir blockieren die Gasse. Wenn nun etwas passiert?«

Er warf ihr einen Blick zu, der sagen wollte: »Wo liegt dein Problem, Kleine?«. Offenbar paßte ihm ihr Befehlston nicht, was ihr nur recht war, denn er hatte noch gar nichts gehört.

»Ganz das brave Mädchen, das sich immer an die Vorschriften hält?«

Jetzt machte er sich über sie lustig. Sophie stieß ein zorniges Schnauben aus. »Sei dir da mal nicht so sicher.«

Sie wußte nicht, ob es sexuelle Erregung war oder dieser hirnrissige männliche Drang, immer die Oberhand behalten zu wollen, doch er packte sie plötzlich bei ihrem T-Shirt und zog sie mit einem Ruck näher. Sie war versucht, ihm einen guten Kampf zu liefern. O ja, das war sie. Er schien ohnehin nur das zu schätzen, was erobert werden mußte, und sie war ihm damals ohne das geringste Anzeichen von Widerstand erlegen.

»Also was? Brav oder unartig?« Er knüllte ihr T-Shirt vorn so zusammen, daß es sich über ihre Wirbelsäule spannte.

Sie hätte ihm nur zu gerne die Antwort gegeben, die er verdiente, begnügte sich jedoch mit einem verächtlichen Schnauben. Die Art, wie er sie festhielt, hatte etwas äußerst Gefährliches, sein Blick, mit dem er sie ansah, etwas geradezu Raubtierhaftes. Vielleicht war dies ja nicht der beste Zeitpunkt, um den Kopf ins Maul des Löwen zu stecken. Sie war zwar zornig, aber das hieß noch lange nicht, daß sie ihren Kopf verlieren mußte.

Aber zornig war sie. Wahrhaftig.

»Ich warte«, stieß er leise hervor.

»Warten ist gut für dich. Das schult den Charakter.«

Sein Mundwinkel kräuselte sich ein wenig, doch es war mehr ein Fauchen als ein Lächeln. Als sie das tiefe Knurren, das aus seiner Brust aufstieg, hörte, lief ihr ein erregter Schauder über den Rücken. Er klang, als wolle er sie mit Haut und Haaren verschlingen. Eigentlich sollte sie sich ihn vom Leib halten, soviel war klar, aber ein Teil von ihr konnte nicht fassen, daß das alles wirklich passierte. Es kam ihr vor wie einer von ihren Tagträumen. Einer von der erotischen Sorte.

»Brav ... oder unartig?«

»Das mußt du schon selbst rausf ...«

Ein scharfer Ruck brachte sie zum Schweigen. Er küßte sie hart und süß, so daß ihr der Atem wegblieb und sie nicht mehr denken konnte. Ein Kuß zum Ertrinken. Ein Schiff wäre unter der Gewalt dieses Kusses untergegangen. Sophie stöhnte leise, hauptsächlich weil sie so schockiert war. Ihre Augenlider flatterten und schlossen sich. Doch noch während sie immer tiefer im Strudel versank, wehrte sich ein Teil ihres Verstands gegen das Ertrinken.

Das konnte einfach nicht wirklich passieren.

Er drückte sie nach hinten, und sie kam sich vor wie ein Schwimmer, der unter Wasser gehalten und auf subtile Weise erstickt wird. Nein, das konnte nicht real sein. Sie mußte das alles träumen.

»Brav«, keuchte sie, sobald er ihr eine Sekunde zum Luftholen gab. »Ich bin ein braves ...« Ihr war schwindlig, und sie wußte kaum mehr, was sie sagte. Er schon.

»Und wessen braves Mädchen bist du, Sophie?« Er stieß die Worte dicht an ihren Zähnen hervor. »Wem gehörst du, Sophie?«

Dir. Nur dir.

Sie meinte, die Worte nur gedacht zu haben, doch er stieß einen harten, triumphierenden Laut aus. »Verflucht noch mal, das wurde aber auch Zeit.«

Er bog ihren Kopf in den Nacken und strich mit dem Mund über ihre Lippen.

Sophie seufzte mit ergebener Verzweiflung. Sie hatte keine Ahnung mehr, was real und was irreal war. Wer real war. Instinktiv wußte sie jedoch, daß es sinnlos war, zwischen Realität und Phantasie unterscheiden zu wollen. Alles fühlte sich irreal an, aber was sie am meisten erschreckte, war die Tatsache, ob nun Traum oder nicht Traum, daß sie ihn sich nicht hatte vom Leib halten können. Sie hatte es nicht einmal versucht. Er war schlichtweg überwältigend. Er brachte sie dazu, sich nach seinen rauhen Küssen und zärtlichen Händen zu sehnen. Er brachte sie dazu, sich zu wünschen, wie ein Blatt in den Sog von Jays Charisma gewirbelt zu werden.

Er preßte sie an sich und glitt mit den Händen unter ihr T-Shirt, über die nackte Haut dort. Ein tiefes Stöhnen entstieg seiner Brust. Sophie konnte es hören, ja fühlen. *Das war real.* Er wollte sie. Er hätte sie wahrscheinlich gleich hier in dem Gäßchen ausgezogen, wenn sie nicht vom Knarzen und lauten Zuknallen einer Tür unterbrochen worden wären. Jay fuhr sofort hoch.

Er drehte sich um, wobei er sie mit seinem Körper deckte.

Er breitete schützend die Arme aus, doch Sophie machte einen langen Hals, um zu sehen, wer die Unterbrechung verursacht hatte. Ein großer, kräftiger Mann mit einem enormen Brustkorb war soeben aus der Hintertür von *Dirty Dan's* getreten. Sein langes, fettiges schwarzes Haar war an den Schläfen ergraut und hinten in einem Pferdeschwanz zusammengefaßt, der aussah, als würde er ihm bis zur Hüfte reichen. Er hatte überall Tätowierungen, sogar am Hals. Schlangen und Blumen. Er sah aus wie ein wandelnder Garten Eden.

Sophies erster Gedanke war, daß es sich hier um den Rausschmeißer handeln mußte, der gekommen war, sie aus der Gasse zu scheuchen. Aber die Art, wie er Jay ansah, paßte nicht ganz zu dieser Theorie.

Er stemmte die Fäuste in die Hüften und meinte mit schiefgelegtem Kopf: »Kenn ich dich nicht von irgendwoher, Kumpel?«

»Ich bin nicht dein Kumpel. Und kennen tun wir uns auch nicht.«

Die unterschwellige Drohung in Jays Ton erstaunte Sophie. Sie wußte instinktiv, daß Gefahr im Verzug war. Der Mann hatte doch nur eine Frage gestellt. Er machte nicht den Eindruck, als wäre er auf eine Rauferei aus.

»Jay?« flüsterte sie.

»Still«, stieß er zwischen den Zähnen hervor.

Sophie erstarrte, als Jay das Bein wieder über die Harley schwang und mit einem heftigen Tritt den Kickstarter herunterdrückte.

Der Motor sprang laut dröhnend an.

»He, wart mal«, rief der Biker über den Lärm hinweg. »Ich kenn dich. Du bist ...«

Jay drehte ruckartig am Gashebel, und die Harley heulte auf, so daß man den Mann nicht mehr verstehen konnte.

»Jay!« rief Sophie.

»Halt dich gut fest!« brüllte er.

Diesmal befolgte sie beflissentlich seinen Rat. Etwas stimmte nicht, stimmte ganz und gar nicht. Sie krallte sich an sein T-Shirt, und die Maschine bockte und zitterte. Der Motor heulte wie wild.

»Wart doch mal, verflucht …« Wütend breitete der Mann einen Arm aus, wie um ihnen den Weg abzusperren.

Stahl blitzte in der Sonne, aber Sophie konnte nicht sehen, was es war. Ein Schrei blieb ihr im Hals stecken, als die Harley vor- und direkt auf den Biker zuschoß.

»Jay, nicht! Jay, du wirst ihn noch überfahren!«

Sie kauerte sich zusammen, das Gesicht in Jays T-Shirt vergraben, jeden Moment mit dem Zusammenstoß rechnend. Auf so kurze Entfernung konnten sie ihn gar nicht verfehlen. Schon konnte sie Knochen brechen und Menschen schreien hören. Sie sah die grausige Szene vor sich: ein lebloser, unnatürlich verdrehter Körper. Was, um Himmels willen, machte er da? War er wahnsinnig geworden, oder war sie in einer Art Alptraum gefangen?

Zusammengekauert und leise wimmernd drückte sie sich an ihn, während sie die Gasse entlangdonnerten. Hintertüren und Mülltonnen flogen vorüber, doch sie brauchte einen Moment, bis sie erkannte, daß niemand überfahren worden war. Es hatte keine Kollision gegeben. Sie warf einen Blick zurück und sah den Biker in der Gasse stehen und die Faust wütend hinter ihnen herschütteln.

Kaum verspürte sie Erleichterung, da wurde sie auch schon von ungläubigem Schock übermannt. Man hatte ihr gesagt, daß Jay auch weiterhin therapeutische Behandlung benötigen würde, doch niemand hatte etwas von Gewaltausbrüchen erwähnt. Dazu hätte sie ihn nie für fähig gehalten. Nein, dazu *war* er einfach nicht fähig. Ihr Mann – der Mann, den sie geliebt, mit dem sie ihr Leben geteilt hatte –, dieser Mann würde nie einen wehrlosen Menschen einfach überrollen.

Als sie das Ende der Gasse erreichten, lenkte er die Harley quietschend und schlitternd in eine Kurve. Die Räder blockierten, der Gestank von verbranntem Gummi stieg ihr ätzend in die Nase, und der heftige Wind riß ihr die Kappe vom Kopf. Sophie unterdrückte ein Aufschluchzen.

»Da stimmt was nicht, Wallis. Er benimmt sich nicht wie Jay. Manchmal weiß ich gar nicht, wer er überhaupt ist.«

»Darling!« Ihre Schwiegermutter griff über den Tisch und nahm energisch Sophies Hand. »Sei nicht töricht«, tadelte sie. »Hier, trink ein wenig Tee. Das wirkt Wunder, du wirst sehen, und sobald du dich ein wenig gefangen hast, werde ich dir alles über deinen Jay erzählen und all deine Sorgen beruhigen – einverstanden?«

Sophie griff nach der zierlichen Teekanne aus chinesischem Porzellan, aber Wallis war schneller. Mit unerschütterlicher Ruhe hielt sie das silberne Teesieb über Sophies Tasse und goß das duftende Getränk ein.

»Rosy Posy, meine Liebe. Einfach herrlich. Hast du die Marke schon mal probiert?«

Das hatte Sophie nicht und konnte sich auch nicht vorstellen, wie ein Tee, in dem Stengel, Rindenstückchen und Blütenblätter von Rosen schwammen, ihre Nerven beruhigen sollte. Aber sie mußte dringend mit ihrer Schwiegermutter reden und hatte es nicht im Großen Haus tun wollen, wo Jay das Gespräch eventuell hören konnte. Wallis, die nur selten ausging, hatte das McCharles House für ihr Treffen gewählt, und Sophie bezweifelte, daß man hier in dem alten, im viktorianischen Stil eingerichteten Teehaus etwas Stärkeres als Rosenblätter servierte.

»Normalerweise gießt man zuerst die Milch in die Tasse«, erklärte Wallis, als Sophie ihren Tee mit einem Schuß Milch und dem bunten Kandiszucker, der hier traditionell zum Tee gereicht wurde, aufpeppte.

Sophie merkte erst, daß sie wütend war, als sie die Tasse schon halb am Mund hatte, und mußte all ihre Selbstbeherrschung aufbieten, um sie nicht laut klirrend auf dem Unterteller abzustellen. Waren denn alle verrückt geworden? Ihr angeblicher Ehemann – und Wallis' Sohn – hätte heute vormittag beinahe einen Mann überfahren. Er hatte nicht nur seinen, sondern auch ihren Hals riskiert mit seiner rücksichtslosen Raserei. Und jetzt tat Wallis, als ob sie, Sophie, die Verrückte wäre.

»Tee, meine Liebe. Trink.«

Sophie hielt die zarte Tasse mit beiden Händen und trank mit großen Schlucken, was man auch nicht machte, wie ihr sehr wohl bewußt war. Erst als sie beinahe die Hälfte des Gesöffs intus hatte, merkte sie, daß die satte, dunkle Brühe tatsächlich köstlich schmeckte. Sie besaß ein zartes, blumiges Aroma und wirkte genauso beruhigend, wie Wallis versprochen hatte.

»Besser?« fragte Wallis, als sich Sophie wieder zurücklehnte. »Ich hatte recht, nicht wahr? Und ist es hier nicht wunderhübsch?«

Wallis wies mit einer weitausholenden Geste auf den großen, sonnendurchfluteten Raum, und Sophie ließ pflichtschuldigst den Blick über ihre Umgebung schweifen. Ja, es war wirklich hübsch hier. Ebenso wie die Kundschaft übrigens, von denen viele Hüte, Handschuhe und Spitzenkleider trugen, als kämen sie aus einem anderen Zeitalter. Selbst die Kletterrosengitter aus feinem Schmiedeeisen erstrahlten in ganzer Pracht – mit rosa Rosen und roten Bougainvilleen zeigte sich die Natur von ihrer besten Seite.

Wallis trug einen Hosenanzug aus weißer Seide mit silbernen Borten, der die dramatische Wirkung der grauen Strähnen in ihrem dunklen Haar noch erhöhte. Sie hatte nie besser ausgesehen. Sophie kam sich dagegen direkt schlicht vor in ihrem marineblauen Overall, aber das war im Moment nicht ihr drängendstes Problem. Es war mittlerweile ziemlich klar, daß ihre Schwiegermutter versuchte, sie vom Thema abzulenken.

»Wallis«, stieß sie abrupt hervor, »Jay ist Linkshänder, nicht wahr?«

Wallis stellte vorsichtig ihre Tasse auf dem Unterteller ab.

»Die servieren hier auch Champagner, Sophie. Hab ich das schon erwähnt? Hättest du gerne ein Glas?«

»Nein, danke. Ist er nun Linkshänder?«

»Was für eine eigenartige Frage. Wieso?«

Sophie erklärte kurz, was an diesem Morgen bei *Dirty Dan's* geschehen war, einschließlich des Vorfalls beim Frühstück. »Als ich die Gabel in seiner rechten Hand sah, wußte ich, daß etwas nicht stimmte.«

Wallis blickte nachdenklich ins Leere. Mit dem Zeigefinger tippte sie auf die Tischplatte. »Soweit ich mich erinnere, hat er für seine Kletterei beide Hände genommen. Ja, ich glaube schon. Wie nennt man das noch? Beidhändig?«

»Wallis, ich war fünf Jahre lang mit ihm verheiratet. Jay ist Linkshänder.«

»Darling, ich habe ihn geboren und von der Wiege auf erzogen.« Sie lachte und schüttelte das Handgelenk mit ihren Glücksbringern. Sie nahm Jays zwischen die Fingerspitzen. »Ich hab den hier nach seiner Geburt anfertigen lassen, aber das weißt du ja bereits. Ich kann einfach nicht aufhören, von ihm zu schwärmen, stimmt's?«

Sophie spürte einen altvertrauten Stich. Manchmal war es nicht einfach für sie, Wallis bei ihrer Schwärmerei über ihre beiden Jungen zuzuhören, denn es erinnerte Sophie daran, daß sie ein uneheliches Kind gewesen war, das niemand haben wollte. Alles, was sie über ihre bescheidenen Anfänge wußte, war, daß ihre Mutter, eine vierzehnjährige Ausreißerin, tot in der Toilette einer Tankstelle aufgefunden worden war, Sophie in ihren Armen. Das Mädchen war an einem Blutsturz als Folge der Geburt gestorben. Sophie war daraufhin widerwillig von ihrer Tante aufgenommen worden, die kaum älter war als ihre tote Schwester. Sophie hatte sich sozusagen allein großziehen müssen. Bis sie mit vierzehn zu den Babcocks gekommen war, hatte sie keine wirkliche Familie gekannt. Aber selbst das war unter so ungewöhnlichen Umständen geschehen, daß nie jemand darüber sprach.

»Ja, ich glaube, Jay ist Beidhänder«, sagte Wallis und riß Sophie aus ihren Gedanken. »Weißt du noch, wie er immer die Frisbeescheibe für seinen Hund warf, erst mit der einen, dann mit der anderen Hand?«

Selbst wenn in diesem Moment nicht die Kellnerin mit ihren Tee-Sandwiches aufgetaucht wäre, hätte Sophie sich geschlagen gegeben. Es war möglich, daß Jay latent zur Beidhändigkeit neigte, etwas, das ihr zuvor nie aufgefallen war – oder das sie schlichtweg vergessen hatte. Auf jeden Fall spielte es im Moment keine Rolle mehr.

»Also, du mußt unbedingt diese Schokoladensandwiches probieren«, gurgelte Wallis und hielt ein kleines Dreieck hoch, das mit Schokoladenchips und irgendwelchen Trockenfrüchten gefüllt zu sein schien. Ein kleiner Biß zierte das Brötchen. »Das wird dir schmecken, du wirst sehen. Das Sandwichbrot ist mit Zimt und Rosinen.«

Sophie ließ den Blick über die zarten Sandwiches schweifen, doch sie war nicht hungrig, obwohl sie es eigentlich sein müßte. Sie hatte heute morgen nichts gegessen, doch beim Gedanken an ein *Schokoladensandwich* wurde ihr fast übel. Ihr Magen krampfte sich zusammen, und Wallis' fröhliches Geplapper machte alles nur noch schlimmer.

»Weißt du, was Jay gesagt hat, als er mich heute vormittag wieder zu Hause absetzte?« Sie beugte sich vor, in der Hoffnung, zu ihrer Schwiegermutter durchdringen zu können. »Er hat gesagt, es tut ihm leid, daß er mir Angst eingejagt hat, daß er gedacht hat, der Mann würde nach einem Messer greifen. Einfach so – ›tut mir leid, daß ich dir Angst eingejagt hab, Sophie‹. Ich hab ihn gefragt, wer der Mann war, und Jay hat geschworen, ihn nie zuvor gesehen zu haben.«

Sophie stieß ihren unberührten Teller beiseite. »Das ergibt einfach keinen Sinn, Wallis. Fast alles, was heute vormittag passiert ist, ergibt keinen Sinn. Es war wie ein schlimmer Traum.«

Ihre Schwiegermutter wurde mit einem Mal ernst. Sie beugte sich ebenfalls über den Tisch und sprach mit leiser Stimme, die blauen Augen durchdringend auf Sophie gerichtet. Das erinnerte Sophie an Jay, obwohl er nicht die hellblauen Augen der Babcocks geerbt hatte. Seine waren viel dunkler.

»Ganz genau, Sophie«, meinte Wallis eindringlich. »Es war wie ein schlimmer Traum, und du kannst noch nicht klar denken. Jay hat getan, was jeder Mann tun würde, wenn er glauben müßte, daß die Frau, die er liebt, sich in Gefahr befindet. Falls er ein wenig extrem wurde, dann doch nur, um dich zu beschützen. Um Himmels willen, Sophie, dieser Mann in der Gasse hatte eine Waffe.«

»Ich hab keine gesehen.« Sophie hatte etwas Silbernes aufblitzen sehen und gedacht, daß es Stahl wäre, aber es hätte auch das Band einer Armbanduhr sein können.

»Dein Mann hat furchtbar viel durchgemacht«, fuhr Wallis fort, »und dafür müssen wir alle Verständnis haben. Es gibt Dinge, die er uns nie erzählen wird, weil er einfach nie darüber reden können wird.«

Sophie kam sich fast ausgescholten vor, und vielleicht wurde sie das ja auch. »Ja, selbstverständlich«, beeilte sie sich zu versichern, kam jedoch nicht weiter. Wallis ließ sich nicht mehr bremsen, und Sophie hatte sie schon lange nicht mehr derart unnachgiebig erlebt. Das war die alte Wallis, das Kernkraftwerk. Kein Zeichen mehr von der zerbrechlichen, zarten Wallis.

»Natürlich wird es Probleme geben«, räumte Wallis ein. »Das haben die Ärzte zugegeben. ›Eingewöhnungsprobleme‹ nannten sie es, glaube ich, und Aggressionen verspätet auszuleben, ist ein Symptom von Streßverarbeitung. Aber er würde dir nie weh tun, Sophie. Das weißt du doch, oder? Jay betet dich an.«

Ihr Tonfall hatte sich auf subtile Weise verändert. Sie klang jetzt schmeichelnd und gewinnend.

»Dieses neue Medikament scheint das reinste Wundermittel zu sein«, fuhr sie fort. »Für Jay und für die Firma, Sophie. Aber Jay braucht unsere Unterstützung, wenn er's schaffen will, von uns allen, und ganz besonders von dir. Bitte versuch's, Darling. Er hat große Aufgaben vor sich.«

Sophie wünschte, sie könnte ihm eine Stütze sein. Sie wollte niemanden im Stich lassen, aber da war noch so vieles, das sie nicht verstand. »Falls du die Leitung von Babcock meinst«, sagte sie, »woher willst du wissen, daß Jay das auch machen will? Er hatte bisher noch nie Interesse daran. Noah hat ihn schon vor Jahren angefleht, sich auf die Übernahme der Firma vorzubereiten, aber er hat immer abgelehnt.«

Blütenblätter fielen sanft von den Kletterrosenbüschen, in deren Schatten sie saßen, und die Kellnerin harrte geduldig in der Nähe, um ihren Tee aufwärmen zu können. Wallis schickte sie mit einem ungeduldigen Wink fort.

»Jay ist nicht mehr derselbe, Sophie. Er hat eine Menge durchgemacht, und das hat ihn reifen lassen. Sobald er diese Eingewöhnungsphase einmal hinter sich hat, wirst du sehen, daß er zu einer tiefen, erfüllten Beziehung fähig sein wird.«

»Wallis ...« Sie wußte nicht, wie sie die Frage formulieren sollte, aber sie mußte gestellt werden, sonst würde sie nie Ruhe finden. »Du hast gesagt, er ist ein anderer geworden. Ist es nicht möglich, daß dieser Mann, der zurückgekommen ist, nicht Jay ist? Daß er sich nur als Jay ausgibt?«

Ein heftiges Kopfschütteln von Wallis verriet, daß sie dies für Unsinn hielt. »Ich kenne meinen Sohn«, beharrte sie. »Ich bin hundertprozentig sicher. Und falls du es nicht bist, werden dich die Tests beruhigen. Jay wird die ganze Latte machen – Bluttests, DNS, Fingerabdrücke. Wir scheuen keine Kosten, um seine Identität zweifelsfrei festzustellen.«

»Tests? Ist das denn nötig?«

»Ich fürchte, ja. Falls Jerry White nicht darauf besteht, dann sicher der Vorstand. Es geht hier um ein Vermögen, Sophie. Um Karrieren. Um die Zukunft. Es gibt Leute, die Jay nicht an der Spitze sehen wollen, eine ganze Menge sogar, unglücklicherweise. Sie werden versuchen, ihn als inkompetent hinzustellen oder als instabil, alles, damit er nicht die Leitung der Firma übernimmt.«

Jay würde getestet werden, und Wallis schien sich darüber

nicht die geringsten Sorgen zu machen. Das hätte Sophie eigentlich beruhigen sollen, nur leider hatte sie es mit einem intuitiven Gefühl zu tun, das sich nicht durch Tests verscheuchen ließ, und dieses Gefühl sagte ihr, daß etwas nicht stimmte. Allmählich jedoch begann sie sich zu fragen, ob vielleicht sie es war, mit der etwas nicht stimmte, und nicht Jay.

Wallis mochte ja davon überzeugt sein, daß er ihr Sohn war, doch der Mann, der zurückgekehrt war, kam Sophie wie ein Fremder vor. Es gab Momente, in denen sie sich so verzweifelt wünschte, daß er Jay war, daß sie alles getan hätte, ihre Zweifel außer acht gelassen, sie verdrängt, nur um wieder mit ihm glücklich sein zu können. Doch irgend etwas hielt sie zurück, vielleicht ihre Angst, wieder verletzt zu werden. Vielleicht wollte sie ja gar nicht wirklich, daß er Jay war, damit sie ihn nicht wieder lieben mußte.

»Manchmal macht er mir richtig angst, Wallis«, gestand sie nach einer Weile. »Er ist anders als früher, so intensiv, so fokussiert. Ist dir das schon aufgefallen? Wie er einen ansieht, als ob er ein Brennglas wäre und du ein Stück dünnes Papier, das gleich in Flammen aufgeht.«

»Das liegt wohl an der Augenklappe. Ich finde sie sehr attraktiv.«

Das tat Sophie auch, sehr attraktiv, doch es gab Zeiten, in denen sie das Gefühl hatte, er würde ihr Innerstes ausspionieren wollen. »Das klingt vielleicht verrückt, aber er scheint mehr über mich zu wissen, als er wissen kann, selbst wenn er wirklich Jay ist, Gedanken und Gefühle, derer ich mir selbst kaum bewußt bin. Er ist mehr wie der Jay aus meinen Tagträumen als der Mann, der verschwand.«

Sie lehnte sich verlegen zurück. »Du denkst jetzt sicher, daß ich wieder zu spinnen anfange.«

»Nein, Darling, ganz sicher nicht. Er hat sich wirklich verändert. Keiner würde das bestreiten. Aber was du da beschreibst, klingt nicht so schlimm. Die meisten Frauen würden sich wünschen, daß ihre Männer so aufmerksam und interessiert wären.«

Sie streckte die Hand aus, wie um Sophie zu tätscheln, begnügte sich dann jedoch mit einem Lächeln. Ihre Serviette lag zerknüllt neben ihrem Teller. Sie begann sie sorgfältig zusammenzufalten, wobei sie zuvor die Falten glättete.

»Sei vorsichtig«, flüsterte sie plötzlich.

Sophie beugte sich vor. Sie war sich nicht sicher, ob sie richtig gehört hatte, doch Wallis hatte sich bereits umgewandt, um die Kellnerin mit einem Wink auf sich aufmerksam zu machen. Sophie befürchtete, daß es nicht viel Sinn hatte zu fragen, was sie damit meinte. Wallis würde ihr ohnehin nicht die Wahrheit sagen.

Nach dem Verlust von Noah und Jay hatte sich ihre Schwiegermutter in ihre eigene Welt der Stille und des Flüsterns zurückgezogen. Sie hatte jeden ausgeschlossen, auch Sophie. Nur El besaß Zugang zu dieser Welt, und sie waren einander beinahe symbiotisch nahegekommen. Sophie war anfangs verletzt gewesen, besonders als Wallis sie bat, Noah nicht mehr im Pflegeheim zu besuchen. Sophie hatte den strengen alten Mann, dem sie es zu verdanken hatte, daß sie bei den Babcocks ein Heim fand, schon immer sehr gern gehabt, und obwohl sein geistiger und körperlicher Verfall erschreckend rapide vor sich ging, waren ihr diese Besuche immer eine Freude gewesen.

Aber Wallis hatte gemeint, sie würden Noah aufregen, und Sophie hätte sich nie gegen die Wünsche ihrer Schwiegermutter gestellt. Dennoch fragte sie sich, warum Wallis wohl immer so geheimnisvoll tat. Selbst nach Jahren weigerte sie sich, über die Tragödien zu reden.

Wir alle horten irgend etwas, dachte Sophie. Wir klammern uns an die Dinge, die uns das Gefühl geben, etwas Besonderes zu sein, die uns Glück und Erfüllung schenken. Für sie war das ihr »Ramsch«. Claude hortete seine nautischen Schätze. Sophie war sich nicht sicher, was Jay jetzt hortete, doch damals waren es Adrenalinstöße gewesen. Muffin hortete Liebe in Form von Essen. Und dann gab es da noch Wallis. Ihre Schwiegermutter hortete Geheimnisse.

Wo immer Claude Laurent auch hinblickte, starrte ihm diese lange, dürre, leicht gebeugte Gestalt entgegen. In den gläsernen Bücherregalen, den Bürofenstern, ja selbst in den glänzenden Plaketten an den Wänden konnte er sich sehen. Es gab kein Entrinnen vor sich selbst, vor diesem skelettartigen Monster, das er war.

In der Schule hatten ihn die Mädchen immer aufgezogen, waren um ihn herumgehüpft, hatten ihm Namen gegeben, um dann rasch wieder fortzuspringen. Sie hatten gelacht und gequietscht, wenn er versuchte, sie einzufangen, ein trauriges Spiel, bei dem er sich immer wie eine Art Monster vorgekommen war. Doch nie hatte er sich mehr wie ein Monster gefühlt als in den letzten beiden Wochen.

Menschen mit seiner akademischen Vorbildung glaubten nicht daran, daß einen die Liebe wie durch ein Wunder vollkommen verwandeln konnte. Das waren Ammenmärchen, dieser Mist aus Liebesromanen. Eine Therapie war ein langsamer, quälender Prozeß, der Monate, in manchen Fällen sogar Jahre dauerte. Und dennoch: Ihre Liebe hatte ihn verwandelt. So absurd es klingen mochte, es war wahr. Sie hatte den Frosch geküßt und einen Prinzen aus ihm gemacht.

Was war er nun, da sie fort war?

Ein Prinz? Ein Frosch? Oder ein Monster?

»Ahhh ...« Ein leuchtendroter Blutstropfen quoll aus der Spitze seines Zeigefingers. Überrascht ließ er die Spritze, die er gerade hatte aufziehen wollen, ins Waschbecken fallen. Er hatte sich gestochen.

»Dr. L-Laurent?«

»Ich bin gleich bei Ihnen, Mary.«

Die Angst in der Stimme seiner Patientin riß Claude abrupt in die Wirklichkeit zurück. Sie war eine neue Patientin und schrecklich nervös. Aufgrund ihrer Vorgeschichte und der Antworten, die sie ihm auf seine Fragen gegeben hatte, vermutete er bereits, daß es sich bei ihr aller Wahrscheinlichkeit nach um eine multiple Persönlichkeit handelte. Er hatte sie dazu überredet, sich von ihm unter Einwirkung von Sodium-Amythol befragen zu lassen, wobei er ihr jedoch verschwieg, daß es sich bei dem Barbiturat um das aus diversen Fernsehfilmen bekannte »Wahrheitsserum« handelte. Die Chancen, mehr Wahrheit als Fantasie aus ihr herauszubekommen, standen dennoch schlecht, aber immerhin würde er einen Einblick in die Funktionsweise ihres Unbewußten bekommen.

»Bequem?« fragte er. Er schenkte ihr ein väterliches Lächeln, um ihr die Angst zu nehmen, während er die kontaminierte Spritze wegwarf und durch eine neue aus dem Medizinschränkchen ersetzte. Die Patientin, eine zierliche Schullehrerin, lag auf der Couch, die er für die meisten seiner Therapiesitzungen benutzte, einschließlich Hypnosebehandlungen und auch der nun folgenden Befragung.

Sie nickte verkrampft, eine Geste, die ihm all das verriet, was sie nicht sagen konnte. Sie hatte Angst vor ihm und davor, was er wohl mit ihr machen würde, doch noch mehr fürchtete sie sich vor sich selbst und davor, wie sie mehr und mehr die Kontrolle über ihren Körper und ihren Verstand zu verlieren schien. Sie fürchtete, verrückt, ein hoffnungsloser Fall zu werden, weshalb sie sich schließlich dazu bereit erklärt hatte, sich von ihm betäuben und sich, wie einige es sahen, psychisch von ihm vergewaltigen zu lassen. Es war das geringere Übel.

Claude wußte das, denn er hatte schon mit vielen ähnlichen Patientinnen zu tun gehabt. Er war bekannt dafür, sich Menschen anzunehmen, denen sonst keiner mehr helfen konnte, und seine Erfolgsrate war hoch, denn er tat weit mehr, als gewöhnlich von einem Therapeuten erwartet wurde. Nichts Unethisches natürlich, er war einfach immer für seine Patienten da, egal, wann, wenn nötig auch rund um die Uhr.

Der überwiegende Teil seiner kleinen Patientenschar war als Kind mißbraucht worden, und buchstäblich keiner hatte die Fürsorge erfahren, die ein Kind benötigt, um sich gesund entwickeln zu können. Sie alle brauchten sozusagen eine Ersatzmutter oder einen Ersatzvater, der ihnen bedingungslose Liebe entgegenbrachte, der sie so akzeptierte, wie sie waren, und sie brauchten diese Zuneigung öfter und regelmäßiger als zweiundfünfzig Minuten pro Woche, die sogenannte »Therapiestunde«.

Claudes kleines Ritual bestand darin, seinen Patienten am Ende der Behandlung immer ein Medaillon mit Saint Jude darauf zu geben, dem Helfer in aussichtslosen Nöten. Egal, welcher Religion seine Patienten auch angehörten, sie alle verstanden, was er ihnen mit dem Geschenk sagen wollte.

Sophie hatte es auch verstanden. Jetzt, wo sie wieder wohlauf war, verließ sie ihn wie irgendwann alle. Das war schließlich das Ziel seiner Therapie, und obwohl es ihm immer weh tat, wenn ein Vögelchen das Nest verließ, so überwog der Stolz über seinen Erfolg doch bei weitem die Verlustgefühle. Außer bei ihr. Bei ihr zerriß es ihn fast. Er versuchte mit aller Kraft, sie gehen zu lassen, wie auch sie Jay hatte gehen lassen müssen, doch das Traurigste an der Sache war die Ironie. Er hatte sie vor Jay Babcock gerettet, nur um sie ihm jetzt wieder zurückgeben zu müssen.

Energisch bemühte er sich, das Zittern in seinen Händen unter Kontrolle zu bekommen, während er noch einmal die Meßskala der Spritze überprüfte, um sicherzugehen, daß die Dosis auch stimmte. Er hatte gar keine andere Wahl gehabt, als sich sofort aus Sophies Leben zurückzuziehen und ihr alles Gute zu wünschen. Es war das einzige, was er tun konnte, angesichts der Tatsache, wer er war. Aber der Preis dafür war höher, als es je jemand erahnen konnte.

Gott sei Dank waren da Menschen, die ihn brauchten, Menschen wie Mary.

Seine neue Patientin lächelte ihn tapfer an, als er mit der Spritze zu ihr trat, aber ihre Hand in der seinen fühlte sich eiskalt an. »Mary, haben Sie Angst vor mir?« fragte er. »Wissen Sie, es ist sehr wichtig, daß Sie sich bei mir sicher fühlen, daß Sie mir vertrauen, wenn wir das hier machen.«

Er sah, wie sie den angehaltenen Atem ausstieß, und wußte

in dem Moment, daß sie den Rettungsring losgelassen hatte. Jetzt war er ihre Stütze, ihr Führer, die Brücke zu einem neuen Leben. Sie würde sich an ihn klammern wie eine Ertrinkende, und er mußte stark genug sein, um sie beide über Wasser zu halten. Aber vielleicht brauchte er das ja ebensosehr wie sie.

»Gut«, sagte er, »sehr gut, Mary. Stellen Sie sich vor, ich wäre Ihre Rettungsleine. Ich kann Sie nämlich retten, aber nur, wenn Sie mich lassen.«

Sie zuckte zusammen, als er ihr die Spritze gab. Er hatte seine Hände noch immer nicht ganz unter Kontrolle und hatte ihr unabsichtlich weh getan. Aber das Medikament würde ihr alle Schmerzen nehmen. Für eine Zeitlang würde sie wie durch ein Wunder von all ihren Ängsten und Sorgen befreit sein und den Seelenfrieden genießen, nach dem sie sich so sehnte. Außerdem würden die Geheimnisse ihrer Psyche ans Tageslicht kommen, auch jene, die sie selbst nicht kannte.

Claudes Pieper ertönte, gerade als er mit der Befragung beginnen wollte. Er überlegte, ob er ihn einfach ignorieren sollte, aber viele seiner Patienten litten unter schweren Depressionen, und der Sonnenuntergang war oft die Zeit, in der es ihnen am schlechtesten ging. Er hatte Leben damit gerettet, daß er immer erreichbar war.

Das Abfragegerät steckte in seiner Jackentasche. Er fischte es heraus und rief die Nummer des Anrufers auf der Digitalanzeige auf. Er erkannte sie sofort, und seine erste Reaktion war tiefer Schock. Seine Durchwahl hatte sich nur um eine Zahl unterschieden, als er noch in der Forschungsabteilung von Babcock Pharmaceuticals in La Jolla gearbeitet hatte. Die Frage war, warum El Martin ihn wohl gerade jetzt kontaktierte.

Er starrte die blinkende, leise piepsende Nummer an, und da wußte er es auf einmal. Ganz plötzlich begriff er. Es war logisch, was jedoch nichts an der eiskalten Wut änderte, die sich mit einem Mal wie eine Faust in seinen Magen rammte und den Schock in bittere Gewißheit verwandelte. Er konnte sich nur einen Grund vorstellen, warum der Leiter der Forschungsabteilung von Babcock Pharmaceuticals ihn gerade jetzt kontaktierte. Der Grund war Jay Babcock.

6

Eine blauweiße Flamme schoß aus der Spitze des Acetylen-Kolbens hervor, um das nächste Stück Metall zu verschlingen. Schweißen war für Jay schon immer ein irgendwie sinnlicher Zeitvertreib gewesen, doch heute konnte er das Zischen des Schweißkolbens nur mit zusammengebissenen Zähnen ertragen. Die Flamme war beinahe ebenso heiß wie die Oberfläche der Sonne, und wie die Sonne, so vermochte auch sie Elemente zu verschmelzen. Es war ein hungriges, heißes, destruktives Geräusch.

Wie die Flamme, die in seinem Innern loderte.

Jay zog sich die Schweißermaske vom Kopf und warf sie ungeduldig beiseite, wo sie klappernd auf dem hölzernen Arbeitstisch unweit von ihm landete. Eine ruckartige Drehung am Düsenventil tötete die Flamme. Wenn es nur immer so einfach wäre, dachte er. Bei einem Gerät brannte die Flamme nie höher oder heißer, als man wollte. Das Sicherheitsventil sorgte dafür, daß die Hitze nicht zerstörerisch wirkte. Wahrscheinlich war das das Problem mit der menschlichen Natur. Es gab keine Sicherheitsventile.

Sophies Jeep stand aufgebockt in der kleinen Werkstatt neben dem Großen Haus und wartete darauf, repariert zu werden. Der Wagen war auf seine Anweisung hin hierher abgeschleppt worden, und seine erste Reaktion beim Anblick der verkrümmten, aufgerissenen Achse war Erstaunen darüber, daß Sophie, ein so harmlos aussehendes kleines Ding, einen so stabilen Geländewagen hatte ruinieren können. Nun, das Aussehen konnte täuschen. Er wußte das besser als die meisten.

Mit einer Schulterbewegung ließ er die schwere schwarze Schürze zu Boden gleiten. Er hatte ein Bild von ihr in der Gesäßtasche seiner Jeans. Es war in seiner Brieftasche gewesen, als er in der Schweizer Klinik erwachte, und obwohl er Sophie darauf erkannte, konnte er sich nicht an das Foto selbst erinnern. Die abgerissenen Ecken und vielen Knicke in dem Bild ließen darauf schließen, daß er es schon seit Jahren bei sich trug, sogar im Gefängnis. Doch laut El und dem Team von Ärzten, das ihn derzeit behandelte, hatte er das meiste aus seiner Zeit im Gefängnis verdrängt. Himmel, er hätte am liebsten alles weggeblockt, wenn er bloß das Sicherheitsventil finden würde.

Er fischte den Schnappschuß aus seiner Gesäßtasche und lehnte sich an die Arbeitsplatte. Sie hatte sich verändert. Das Mädchen auf dem Foto sah nicht älter aus als ein Teenager. Ein scheues, linkisches Entlein, dem man den künftigen Schwan jedoch schon ansehen konnte. Ein Mädchen, das auf den Prinzen wartet, auf den Mann, der die linkische Fassade durchblickt und die dahinterliegende innere Schönheit entdeckt. Ein Blinder hätte sie entdecken können, dachte er. Ein Mädchen wie sie leuchtet sogar im Dunkeln.

Mit einer gewissen Ironie verglich er dieses Bild mit dem anderen, dem frischeren, das er von ihr im Gedächtnis hatte. Die Frau neben dem Steinway-Piano hatte ausgesehen, als hätte sie jede Hoffnung auf einen Prinzen aufgegeben. Sie war entschlossen, nur noch sich selbst zu genügen, voller Stolz und Würde, staubige Füße hin oder her. Auf ihre eigene, unauffällige Art war sie sehr resolut. Falls der scheue Teenager noch da war, so mußte er irgendwo in ihrem Innern versteckt sein.

Jay wußte nicht, wer von beiden anziehender war – das scheue Mädchen mit den traurigen Augen oder die Frau, die sich verzweifelt bemühte, es nicht zu sein.

Wer bist du, Sophie Weston? Ein feines Lächeln umspielte seinen Mund, als ihm der Gedanke kam, daß sie sich wahrscheinlich genau dasselbe in bezug auf ihn fragte.

Er verschränkte die Arme, das Foto zwischen den Fingern.

Wer war Jay Babcock? Er besaß sämtliche Erinnerungen dieses Mannes, ein ganzes Leben voller Erinnerungen. Aber das war auch schon alles. Mehr gab es nicht, keine Färbungen, keine Zusammenhänge. Keine Emotionen. Es war, als würde man einen Videofilm ohne Ton ansehen.

Die Schweizer Ärzte hatten ihm gesagt, daß sein Erinnerungsvermögen möglicherweise beeinträchtigt sein würde. Das war eines der zahlreichen Symptome von unbewältigtem Streß, doch er hatte gedacht, sie meinten damit Erinnerungslücken, Amnesien, nicht diesen seltsamen Dämmerzustand, in dem er gefangen zu sein schien. Der Mann aus seinen Erinnerungen – der Mann, der er sein sollte –, hegte offenbar starke Gefühle für seine Frau. Ein zwar liebevoller Beschützer, aber nicht besonders aufmerksam. Doch das erklärte nicht die Gefühle, von denen Jay nun beherrscht wurde. Es gab keinerlei Anzeichen dafür, daß er je irgendwie von Sophie Weston besessen gewesen wäre. Nichts erklärte die machtvolle Anziehung, die selbst dieses Bild auf seinen Körper und seinen Verstand ausübte.

Er lag auf der Lauer. Dieses Warten, dieses Lauern beherrschte beinahe jeden wachen Gedanken in seinem Hirn. Er umkreiste sie aus einiger Distanz, geduldig wartend, dauernd dem Drang widerstehend, sie von der Herde abzudrängen wie eine flüchtende Gazelle und in den Blinddarm eines Canyons zu treiben. Was ihn motivierte, war das übermächtige Bedürfnis, Sophie Weston besitzen zu wollen, aber nicht hastig und brutal. Darin lag für ihn keine Befriedigung. Für einen wahren Jäger lag die Befriedigung darin, die Beute in die Enge zu treiben, bevor es ihr überhaupt bewußt wurde, um dann allmählich, Schritt für Schritt, immer weiter vorzudringen, bis sie sein war, mit Haut und Haaren.

Das waren die Dinge, die ihn Tag und Nacht beschäftigten. Sie zu beobachten, sie zu verfolgen. Und auch wenn er diesen Drang und die dahintersteckende, dunklere Bedeutung nicht ganz verstand, so machte es ihn deshalb nicht weniger zwingend. So erging es ihm seit dem Moment, in dem er einen Blick auf ihr Bild geworfen hatte.

Er war wegen ihr zurückgekommen. Alles andere war Bockmist.

Er schnappte sich die Schweißermaske, setzte sie auf und zündete den Schweißkolben wieder an. Das laute Zischen entfachte auch das in ihm lodernde Feuer. Funken sprühten in alle Richtungen, als er die Flamme hochdrehte und sich wieder über die gebrochene Achse hermachte. Mit großer Befriedigung beobachtete er, wie das Metall schmolz und sich mit dem Lötzinn verband, wie es rotglühend wurde, wie die Elemente eins wurden.

Mit chirurgischer Präzision schnitt er eine Naht in das Metall und studierte dann das Ergebnis. Ein klarer, sauberer Schnitt. Der Trick bei der Arbeit mit komprimierten Gasen bestand darin, den Druck so zu kontrollieren, daß ein perfekter, blauweißer Flammenkern entstand. Zuviel Druck konnte eine explosive Mischung ergeben. Das war offenbar auch der Trick bei ihr: Kontrolle. Sein Sicherheitsventil war die Firma, die Kampagne zur Übernahme von Babcock Pharmaceuticals. Das entzog ihm gerade genug Energie, damit die Mischung nicht explodierte.

Er freute sich schon auf das morgige Treffen mit El Martin, weil es ihm das bot, was er im Moment am meisten brauchte: Ablenkung. El wollte ihn den wichtigsten Vorstandsmitgliedern und einigen Treuhändern vorstellen und ihn über die Veränderungen der letzten fünf Jahre unterrichten, unter anderem auch darüber, wo Babcock Pharmaceuticals im Moment im Vergleich zu anderen Pharmazie-Giganten wie Eli Lilly und Johnson & Johnson stand.

Jay hatte bereits von Wallis erfahren, daß das Hauptproblem bei Babcock in den Differenzen zwischen den Abteilungen Marketing und Forschung bestand. Wissenschaft versus Kommerz also. Die jungen Köpfe, Jerry White und sein Partner, wollten den Forschungsetat minimieren und die Einnahmen maximieren. Ihr Ziel war es, mehr Babcock-Medikamente über die Ladentische zu bekommen, höhere Profite einzufahren und das Angebot möglicherweise noch auf Kosmetika auszudehnen. El und Wallis, die alte Garde, wollten wieder zurück zu mehr Forschung, zur Entwicklung wichtiger neuer Medikamente, wie es seit jeher Tradition bei den Babcocks gewesen war.

Sie machten sich Sorgen wegen der Firmenübernahme. Nach Jays Ansicht zu viele Sorgen. Er hatte seine eigenen Gründe dafür, die Firma für die Familie übernehmen zu wollen. Private und äußerst persönliche Gründe, und keiner konnte ihn davon abhalten. So wie er die Dinge sah, stellte das Imperium kein Problem dar. Alles, was man brauchte, um einen Machtkampf zu gewinnen, waren Muskeln, Mut und gute Nerven – und die Bereitschaft, zu tun, was kein anderer tun wollte oder konnte. Es gab andere mit genug Nerven und Willen, aber Jay besaß etwas, das keiner von ihnen besaß: Er hatte nichts zu verlieren.

»Ist das Zeug wirklich eßbar?« fragte Muffin und schabte ein wenig von dem ungarischen Moorschlamm ab, den sie als Maske im Gesicht hatte. Interessiert beäugte sie den braunen Brei. Sie kostete ihn mit der Zungenspitze und nickte, nicht ohne eine gewisse Befriedigung. »Besser als der Eierkuchen bei *Lola's*.«

Ein amüsiertes Schnauben ertönte aus dem Mund von Delilah, Muffins Geschäftspartnerin. Die gertenschlanke, scheußlich attraktive Rothaarige aalte sich auf einem Liegestuhl neben dem blubbernden Schlammloch, in dem Muffin gerade bis zum Hals in schönem, grünem Brei steckte.

»Wieder auf Freßtour?« Delilah blickte von ihrem Notizblock auf, den Bleistift gezückt.

Bei dem heutigen Treffen ging es nicht nur um Muffins Schönheitspflege. Sie wollten Jerry White auf die Fruchtöle ansetzen, die Delilah zusätzlich zu ihrer Kosmetiklinie entwickelte. Aber Muffin hatte es bis jetzt noch nicht geschafft, einen Termin beim derzeitigen Vorstandsvorsitzenden von Babcock Pharmaceuticals zu bekommen, was sie zutiefst erboste. Das hätte er nie gewagt, wenn Colby noch am Leben gewesen wäre.

»Leck mich«, brummte Muffin, mußte dann aber lachen. »Ich hatte heute morgen einen getoasteten Jalapeña-Bagel mit Halbfettfrischkäse, also kann ich mindestens vier Tage lang nichts mehr essen.«

Delilah tat, als wäre sie schockiert. »Nicht mal blaugrüne Algen, die Antwort des Meeres auf Prozac und Hormonkuren?«

»Sie müssen recht viel Weizengraswasser trinken«, riet ihr die junge Angestellte, die auf dem Wannenrand saß und Muffins Brüste mit grünem Schlamm zukleisterte. Das Zeug stand Muffin mittlerweile buchstäblich bis zum Hals. »Das neutralisiert freie Radikale, hilft gegen Blähungen und hält frisch.«

Wieder ein Schnauben.

In Muffins Augen war dies ein unpassendes Geräusch für ein so angepaßtes und gebildetes Wesen wie Delilah, und nicht zum ersten Mal fragte sie sich, wo wohl die sexuellen Vorlieben ihrer Partnerin liegen mochten. Sie besaß noch andere verdächtige Tricks, und offen gesagt war Muffin um ihrer selbst willen neugierig. Sie dachte, sie hätte ein über ihre geschäftlichen Beziehungen hinausgehendes Interesse in den Blicken ihrer Partnerin entdeckt, und diese Möglichkeit machte sie mehr als nur ein bißchen neugierig. Spielte Delilah etwa mit ihr?

»Ich brauche das alles nicht; dafür habe ich meinen persönlichen Trainer«, prahlte Delilah. »Der Knabe ist besser als Vollkorn. Nennt sich Roto.«

»Roto? Nicht Robo, wie in Roboter?« meinte Muffin hinterhältig.

Ein drittes Schnauben.

Die Frau hatte Probleme mit ihrer Sinuskurve, entschied Muffin, nicht mit ihren sexuellen Vorlieben. Dennoch, die Kosmetikerin war überaus faszinierend, da so vielschichtig, und das war es auch, was Muffin an dieser Geschäftsbeziehung so anziehend fand. Zusätzlich zu den eher ungewöhnlichen Kosmetikprodukten, die Delilah kreierte, besaß sie außerdem einen Schönheitssalon mit allen Raffinessen.

Man bekam dort Massagen und Masken, Kräuterpackungen und Cellulitebehandlungen. Es gab Fitneßräume ebenso wie einen Frisiersalon und Maniküre. Delilahs Kundinnen gehörten zur Schickeria von Los Angeles, eine Kundschaft, die sie mit kleinen Extras lockte, wie einer Sauerstoffbar mit Masken und O_2 mit Fruchtgeschmack. Inzwischen gehörte ihr Salon zu den ganz heißen Tips von Südkalifornien. Man erzählte sich, daß sogar Hillary Clinton einmal für eine Generalüberholung hereingeschaut hatte, als sie sich auf Werbetour für ihr neues Buch befand.

»Hat Sauerstoff mit Fruchtgeschmack eigentlich Kalorien?« fragte sich Muffin laut. »Oder könnte ich schnüffeln bis zum Abwinken?«

»Ich sage nur zwei Worte«, warnte Delilah. »Michael Jackson.«

»Nun, vielleicht sollte ich mir lieber eine Kräuterpackung gönnen.« Muffin erhob sich aus der prähistorischen Kotze wie das sprichwörtliche Ding aus dem Sumpf und kletterte schmatzend aus der Wanne. Delilah schenkte ihr nicht einen einzigen Blick, als sie nackt, eine grüne Schlammspur hinterlassend, an ihr vorbei zu den Duschen schlenderte.

Aber die Assistentin guckte. Muffin lächelte zurück.

»Etwas, worauf die Snobs anspringen!« rief Muffin einen Augenblick später über das Rauschen der Dusche hinweg. Delilah versuchte gerade, das Verkaufspotential ihrer einzelnen Produkte zu errechnen, und jammerte wegen der teuren Zutaten, die sie dafür brauchte.

Tulpenessenz, feingeriebene Orangenschalen und Blütenpollen mochten ja toll sein, aber die brachten nicht die großen Verkaufszahlen ein, wie Muffin gerade klargeworden war. »Etwas, worauf die Snobs anspringen«, wiederholte sie, entzückt über ihre Idee. »Wie dieser Senf.«

Aufgeregt beeilte sie sich, mit ihrer Dusche fertigzuwerden, tapste dann zu einem Gestell mit Bademänteln und schnappte sich eines von den flauschigen, nach Veilchen duftenden Dingern, die überall für die Besucher des Schönheitssalons herumhingen. Delilah hat beim Ausbau ihres Salons wahre Wunder vollbracht, dachte Muffin mit einem anerkennenden Rundumblick. Sie hat aus einem süßen kleinen, in Santa Monica gelegenen Frisiersalon eine luxuriöse Zuflucht für die Reichen und Ehrgeizigen gemacht. Reich und ehrgeizig wie ich, dachte Muffin.

Köstliche Düfte drangen aus einem Raum am anderen Ende des Gangs, in dem Delilah Aromatherapien aus ihren Mixturen anbot. Muffin liebte tolle Gerüche über alles. Nur das Essen, das diese Gerüche verursachte, liebte sie noch mehr. Ach, wie schön wäre es doch, magersüchtig zu sein, dachte sie leidenschaftlich. Eine Abneigung vor dem Essen mußte doch besser sein als der Drang, alles in sich hineinstopfen zu wollen, was sich bewegte. Igitt, wie oral!

Sie schlang den Frotteegürtel um den Bademantel und zog ihn fest um ihre schlanke Taille. Sie hatte Größe 38 und war sicher, daß niemand sich vorstellen konnte, was sie durchmachte, aber war das ein Fluch oder ein Segen? Außen hui und innen? Das war eben ihr Problem. Wenn es andersherum wäre, dann müßte sie zumindest etwas unternehmen.

»Was meinst du mit ›etwas, worauf die Snobs anspringen‹?« fragte Delilah, als Muffin heranschlenderte und sich aufs Fußende von Delilahs Liege hockte. Es gab jede Menge anderer Sitzgelegenheiten, aber so war's gemütlicher, fand Muffin. Mehr wie ein Plausch zwischen Freundinnen.

»Du weißt doch, was sie mit ›Grey Poupon‹ gemacht haben, oder?« erklärte sie. »Die Herstellung dieses Senfs kostet auch nicht mehr als der normale, aber die kamen auf die Idee, das Ganze in süße kleine Fläschchen abzufüllen und als Feinschmeckersenf zu verscherbeln.«

Muffin platzte vor Stolz über ihre Idee. »Die Leute waren

ganz wild darauf, zweimal soviel zu bezahlen, denn plötzlich war Senf ein Statussymbol. Und die bezahlen auch zweimal soviel für deine Sachen, wenn wir sie ein bißchen aufpeppen. Die natürlichen Zutaten sind ja gut und schön, aber wir brauchen noch was anderes, oder meinst du nicht?«

Delilah schürzte nachdenklich ihre vollen, ungeschminkten Lippen. »So was wie die Sporen von irgend so einem tropischen Pilz oder wilde Yampaste mit natürlichem Progesteron?«

»Ganz genau.«

Sie seufzte tief auf, als hätte sich soeben eine Zentnerlast auf ihre attraktiven Schultern gelegt. »Also gut, ich laß mir was einfallen. Aber derweil erzähl mir doch ein bißchen vom Kronprinzen, deinem geheimnisvollen Schwager. Ich brenne vor Neugier. Ist er wirklich so umwerfend?«

Spontan schwang sich Delilah mit einer ballettartigen Bewegung über die Armlehne ihrer Liege und landete anmutig zu Muffins Füßen. »Und, ist er?«

Muffin verspürte tatsächlich so was wie ein Herzflattern, als sie an den kleinen Leberfleck neben Jays Mund denken mußte. Wie der wohl schmeckte? Besser als Bitterschokolade? »Das könnte man sagen, ja.«

»Na los, nun pack schon aus, Mädel!«

»Also, da kommen mir so einige Adjektive in den Sinn«, erklärte sie in verschwörerischem Ton. Jetzt, wo sie sich über Typen unterhielten, befand sie sich auf vertrautem Terrain.

»Was? Hinreißend? Gefährlich? Atemberaubend?«

»Das auch. Man könnte ihn als die Wiedergeburt von Errol Flynn bezeichnen, außer daß er mehr wie der Typ aus der Diet-Coke-Werbung aussieht, nur finsterer und sinnlicher. Er hat so was Bedrohliches, das den anderen fehlt.«

Delilah fand mit einem Mal Interesse an Muffins nackten Füßen, und Muffin war kitzlig. »Der Teufel mit 'ner Diätcola«, brachte Muffin gerade noch heraus.

»Auf wessen Seite steht er?« wollte Delilah wissen.

»Du solltest besser fragen, wer, zum Teufel, ist er?«

Delilah blickte fasziniert von ihrer Beschäftigung auf. »Wie?« Der zarte, weißgoldene Ring in ihrem Nasenflügel schimmerte im gedämpften Licht.

Anscheinend sind Frauen mit Piercings doch nicht zu cool für einen richtig saftigen Tratsch, dachte Muffin, zufrieden darüber, daß sie diesem exotischen Wesen etwas zu bieten hatte – außer ihren Füßen, natürlich.

»Ich hab so meine Zweifel, ob er wirklich Jay Babcock ist – und seine Frau übrigens auch.« Muffin merkte auf einmal, daß ihr Mund trocken war. Wie das wohl passiert war? Sie hätte es auf Jay geschoben, wenn da nicht das ungewöhnliche Interesse ihrer Partnerin an ihren Fußsohlen gewesen wäre.

Delilah strich mit dem Fingernagel über Muffins Rist und zwinkerte ihr zu. Also, die spielt doch mit mir, dachte Muffin. Das bilde ich mir nicht ein.

»Teri«, krächzte Muffin der Assistentin zu, die gerade damit beschäftigt war, schmutzige Badetücher in einen Wäschekorb zu stopfen, »ein Glas Mineralwasser, bitte. Evian mit Zitrone. Danke.«

Muffins Bademantel klaffte auf und gab den Blick auf ein großzügiges Stück ihres eher kleinen, dafür aber perfekt gerundeten Busens frei. Delilah, die sich mittlerweile ziemlich schamlos an dem Anblick weidete, blickte lächelnd auf.

Muffins Mundhöhle fühlte sich an wie die Wüste Gobi. »Ich weiß nicht, auf wessen Seite er steht«, gestand sie heiser. »Aber ob Jay oder nicht, es besteht die große Wahrscheinlichkeit, daß er schon bald das Sagen haben wird, also werde ich's rauszufinden wissen.«

Delilah nickte, schien jedoch mehr an dem interessiert, was sich in Muffins Bademantel befand, als an irgend etwas anderem. Und inzwischen zeichnete sie bestimmte Wörter auf Muffins Fußsohlen.

Muffin zog vorsichtig den Fuß zurück.

»Sind wir etwa kitzlig?« erkundigte sich Delilah.

»Wir haben einen kleinen Muskelkrampf.« Muffin regte sich

wie beiläufig, streckte die Arme hoch und tat, als müsse sie ihre Wirbelsäule dehnen. Der Ausschnitt schloß sich wieder, und zu ihrer grenzenlosen Erleichterung war damit auch wieder alles schön züchtig verpackt. Vielleicht bin ich dem lockeren Leben gegenüber ja doch nicht so aufgeschlossen, wie ich dachte, gestand sich Muffin ein.

»Mach dir keine Gedanken«, versicherte sie der anderen. »Ich kümmere mich schon um Jay.«

»Da bin ich mir sicher. Der arme Junge, ich wette, er ist nicht mehr der alte.«

Zu schade, schien Delilahs Gesichtsausdruck zu sagen, während sie die Beine zum Schneidersitz einschlug und ebenfalls lässig die Wirbelsäule dehnte. »Teri!« rief sie ihrer Assistentin zu. »Bring unserer Freundin hier rasch ein Glas Wasser, bevor sie uns noch vollkommen vertrocknet.«

7

Nur weil Sophie sich nicht vorstellen konnte, je so ein Kleid wie diesen nachtschwarzen, beinahe rückenfreien Schlauch tragen zu können, hieß das noch lange nicht, daß sie es nicht sehnsüchtig anstarren durfte. Es war mittlerweile beinahe zu einem Ritual geworden. Immer wenn sie nach Laguna Beach kam, um Bastelsachen für ihre verschiedenen Projekte mit ihren Schützlingen einzukaufen, schaute sie ebenfalls bei *Vavoom* vorbei, um ins Schaufenster zu gucken.

Die winzige Boutique war auf außergewöhnliche Mode mit einem dramatischen Touch spezialisiert. Alles, was derzeit »heiß« und »in« war, der nächste und der letzte Schrei. Diese Woche war es nachtschwarzer »Glimmer-Trash«, etwas, das Sophie nicht mal nach einer Million Jahren Fen-Phen oder Massagemarterbänken tragen könnte. Doch sie hatte irgendwann beschlossen, das Ganze als Visualisierungstherapie zu betrachten. Wenn sie die Klamotten nur lange genug anstarrte, würde sie es vielleicht sogar schaffen, sich Sophie Weston in einem rückenfreien Schlauchkleid vorstellen zu können. Eine dringend benötigte Therapie, mußte sie zugeben, um das Bild von der Frau in der weiten Jeanslatzhose und dem Pferdeschwanz mit der Tüte voller Fingerfarben in der Hand zu verdrängen.

Ihre Aufmerksamkeit wurde einen Moment lang abgelenkt, denn sie glaubte plötzlich, eine weitere Gestalt hinter sich im Schaufenster zu erblicken. Ihr Kopf fuhr hoch, und ihr blieb fast das Herz stehen. Tatsächlich, da stand ein Mann hinter ihr, und sie hatte das Gefühl, daß er schon die ganze Zeit dagestanden und sie beobachtet hatte. Seine schattenhaften Züge kamen ihr erschreckend vertraut vor, und beim Anblick der schwarzen Augenklappe entrang sich ihr sein Name.

»Jay?« Sie berührte die Fensterscheibe, um wieder Kontakt zur Wirklichkeit zu bekommen. Sie blickte ihn direkt an, aber irgendwie war sein Bild in ihrer Vorstellung eingefroren gewesen, denn es dauerte eine Sekunde, bevor ihr klar wurde, daß er nicht mehr da war. Er war fort.

Ein Mann marschierte mit langen Schritten den Hügel hinauf davon. Sein Haar glänzte im Licht der Nachmittagssonne wie poliertes Onyx. Sophie drehte sich gerade herum, als er um die Ecke am Ende des Häuserblocks verschwand. Sie wollte ihm folgen, aber ihre Beine zitterten wie Espenlaub. Die untere Hälfte ihres Körpers fühlte sich an wie Äther, und sie fragte sich, was sie überhaupt noch auf den Beinen hielt.

Wieder entschlüpfte ihr sein Name, doch sie wußte, daß er es unmöglich gewesen sein konnte. Jay war in der Klinik in La Jolla, dem Forschungszentrum von Babcock, in dem die meisten klinischen Tests durchgeführt wurden, und unterzog sich seiner Behandlung.

Zwick dich, Sophie. Schnell. Wach auf.

Jeder andere hätte die Erscheinung als Halluzination abgetan, als einen Streich, den ihr ihre Augen spielten, aber das konnte Sophie nicht. Sie hatte zu oft, zu viele Nächte, von ihm geträumt, war zu oft mit seinem Namen auf den Lippen aus dem Schlaf geschreckt. Sein Geist hatte sie jahrelang verfolgt, flüchtig und unfaßbar, und einen Moment lang hatte sie das Gefühl gehabt, wieder in dieser schrecklichen Schattenwelt zu versinken.

Sie senkte den Blick auf die zartgeäderte Innenseite ihres Handgelenks und sah die roten, halbkreisförmigen Abdrücke ihrer Fingernägel. Sie träumte nicht. Es gab keinen Grund mehr zum Träumen. Das schrecklich leere Gefühl in ihrer Brust war überflüssig. Jay war nach Hause gekommen.

8

»Hiiiiii!« quietschte das pummelige kleine Engelchen entzückt, während es über die riesige Plane schlitterte. Die Rüschen an seinem leuchtendrosa Badeanzug wippten fröhlich, und die kleinen knallgrünen Füße hinterließen lange, fluoreszierende Farbspuren auf der Stoffplane, die bereits ein Netzwerk aus knallbunten Fußspuren zierte.

Hinter dem kleinen Mädchen stand eine lange Schlange kleiner Künstler neben einer Aufreihung von orangefarbenen, gelben und blauen Farbtöpfen und wartete darauf, die Zehen eintauchen und ein paar neue Kunstwerke schaffen zu können. Brian, einer von Sophies Aushilfsstudenten aus dem örtlichen College, war ebenfalls da. Er saß auf der Kinderschaukel und beobachtete das Spektakel aus einiger Entfernung.

Sophie hatte sich in der Nähe der Terrassentür postiert, den Gartenschlauch in der Hand. Im gelben Regenmantel und Regenhut wartete sie darauf, daß ihre Schützlinge ihre künstlerischen Ambitionen endlich ausgetobt hatten und zum Abspritzen kamen, was, wie sie hoffte, jeden Moment eintreten würde.

»Komm schon, Arschi! Beweg dich!«

»Weg da, lahme Ente!«

»Sophieeeeee! Katy haut einfach nich' ab!«

Es gab einen Stau bei den Farbtöpfen. Die Kleinen hüpften erregt auf und ab und wanden sich vor Ungeduld, und soweit Sophie das beurteilen konnte, war es das kleine Mädchen an der Spitze der Schlange, das den Betrieb aufhielt.

»Komm schon, Katie-Schätzchen!«, rief Sophie dem kulleräugigen kleinen Engelchen zu. »Du mußt ja nicht rutschen, Liebling. Tauch einfach nur die kleinen Zehen in die Farbe und komm hier rüber zu Soapy, okay?«

Sophie gab Brian einen Wink, das gestrandete Kind aus der Klemme zu holen, aber Katie quiekte protestierend, sobald der hochgewachsene, schlaksige Collegestudent versuchte, sie bei der Hand zu nehmen. Das »Engelchen« wollte es selbst machen. Ohne einen weiteren Gedanken auf die Farbtöpfe zu verschwenden, trottete Katie energisch über die Plane auf Sophie zu, doch sie hatte sie kaum halb überquert, als sie entzückt stehenblieb, weil sich der bunte Matsch so herrlich zwischen ihren Zehen anfühlte. Das mußte näher untersucht werden.

Als sie mit einem glücklichen Platsch auf der bekleckste n Plane landete, heulten die anderen erbost auf. »Schaff sie da weg, oder ich verfütter sie an die Mäuse!« ertönte es erstickt. Das zornige Stimmchen klang verdächtig nach Albert.

Sophie winkte Brian zurück und ging selbst auf Rettungsmission.

Glücklicherweise stieß Katie nur ein Gurgeln aus, als Sophie sie schwungvoll hochhob und aus der Gefahrenzone schaffte.

»Ich hab gerade deine süße Haut gerettet«, sagte sie zu der Kleinen, die entzückt vor sich hin blubberte und Sophie eine kleine, knallorange Hand an die Wange klatschte. »Und das ist der Dank dafür?«

Die anderen Kinder machten sich, quietschend vor Vergnügen, wieder ans Schlittern und überließen Sophie das Saubermachen.

»Du Glückliche, du bist meine erste Kundin«, teilte sie der grinsenden Katie mit, während sie den Schlauch aufdrehte. Einen Augenblick später verschwand Katie nahezu in einer Wolke regenbogenfarbener Seifenblasen.

»Was, zum Teufel, soll denn das?«

Sophie fuhr beim Klang der tiefen Männerstimme erschrocken herum. »O Entschuldigung!« rief sie entsetzt, als sie merkte, daß sie vergessen hatte, den Schlauch abzudrehen.

In ihrer Terrassentür stand Jay Babcock in einem einreihigen schwarzen Anzug, der wohl einmal sehr elegant gewesen sein mochte, bevor Sophie ihn bis auf die Haut durchnäßte. Der Schlauch war voll aufgedreht, und ihrem tropfnassen Besucher hatte es offenbar die Sprache verschlagen. Aber Sophie fiel im Moment nichts Besseres ein, als Entschuldigungen zu stammeln.

»Entschuldigung! Ach, es tut mir so leid!«

»Richtest du das Ding auch mal woanders hin?« fragte Jay trocken.

»Nein«, erwiderte sie energisch und eilte zum Hahn. »Ich dreh ihn ab. Ich dreh ihn ab, siehst du?«

Sie ließ den Schlauch fallen und zwang sich, den angerichteten Schaden zu begutachten. Ihn. Was nicht wenig Mut erforderte.

»Es tut mir wirklich leid«, sagte sie. »Mit dir alles in Ordnung?«

»Mir geht's gut, was man von ihr nicht behaupten kann.« Sein Blick glitt an Sophie vorbei zu etwas, das sich hinter ihr befand. »Warum hat dieses Kind Schaum vor dem Mund?«

Sophie fuhr verwirrt herum und sah, daß Katie sich in ein farbiges Miniatur-Alka-Seltzer verwandelt hatte. Sie steckte bereits bis zum Halskragen in Seifenblasen, und es sah aus, als würde sie jeden Moment von dem blubbernden Schaum verschlungen werden. Ihr Gurgeln erweckte den Eindruck, als kämen ihr die leuchtenden Blasen aus Mund und Nase. Doch dem süßen Fratz schien das überhaupt nichts auszumachen. Fröhlich krähend fuchtelte sie mit den Armen und ließ die Blasen fliegen.

»Mr. Bubble«, erklärte Sophie. »Ich tu das Zeug immer in die

Fingerfarben. Die Kinder sind dann hin und weg, wenn sie beim Abspritzen Blasen werfen.«

»Das kann ich mir denken.«

Der trockene Unterton in seiner Stimme ließ Sophie noch einmal hoffen. Wenn er das Ganze auch nur im mindesten amüsant fand, würde er sie ja vielleicht nicht mit dem Kopf nach unten aufknüpfen, und ihr fiel ein Stein vom Herzen. Sie wollte nicht, daß ihre Kinder eventuell etwas mitbekamen, wovon sie einen lebenslangen Schaden davontragen konnten: nämlich Jay in Aktion.

»Du wolltest zu mir?« fragte sie, während sie zum Schlauch ging, um Katy abzuspritzen, die mittlerweile mehr Ähnlichkeit mit einem tollwütigen kleinen Engelchen hatte, wie sie so im Kreis herumhüpfte, mit Schaum vor dem Mund.

Er fing an, sich mit spitzen Fingern das Jackett aufzuknöpfen. »So hatte ich das ursprünglich geplant, ja.«

»Wie nett von dir, dich extra fein anzuziehen«, sagte sie leise.

Er bedachte sie mit einem vernichtenden Blick, während er sich mühsam aus seiner Jacke schälte. »Wenn ich das geahnt hätte, hätte ich mich vorher gar nicht erst zu duschen brauchen. Nein, ich treffe mich später mit El Martin. Ich hatte gehofft, wir könnten miteinander reden, aber es scheint, als wäre ich zu einem ungünstigen Zeitpunkt …«

»Nein, das ist schon okay. Brian …« Sie gab ihrem Mitarbeiter einen Wink. »Könntest du Katie saubermachen? Und vergiß nicht, ihr nachher was Trockenes anzuziehen, okay? Ich helf dir dann mit den anderen, wenn sie genug haben.«

Sophies Schlechtwetterausrüstung landete vor der Terrassentür, und einmal im Haus, wies sie Jay zu ihrem Schlafzimmer, das sie früher miteinander geteilt hatten. Das Häuschen war ihr erstes gemeinsames Heim gewesen.

»Zieh die nassen Sachen aus«, wies sie ihn an. »Ich werd sie mit dem Fön ein wenig trocknen und dann noch mit dem Dampfbügeleisen drübergehen.« Das war das mindeste, was sie für ihn tun konnte, nachdem sie ihn beinahe ertränkt hatte.

Als er wieder aus dem Bad auftauchte, trug er einen Morgenmantel mit Kapuze, den sie sofort als seinen wiedererkannte. Er hatte ihn einmal von einer Bergsteigerexpedition in Marokko im Atlasgebirge mitgebracht. Erstaunt fragte sie ihn, wo er den denn gefunden hatte. Sie war der Meinung gewesen, daß sie alles weggepackt hatte. Das hatte zum Loslassen dazugehört, ein sehr wichtiger Schritt in ihrer Therapie.

»Er war in der Zedernholztruhe«, sagte er mit einem Naserümpfen. »Riecht zwar nach toten Motten, aber die einzige andere Wahl, die ich hatte, war dieses weiße Spitzendings, das du in unserer Hochzeitsnacht getragen hast. Das war auch da drin.«

Etwas in Sophie wurde totenstill. Er mußte das Negligé meinen, das sie noch unbedingt hatte kaufen wollen, als sie auf und davon gingen, um zu heiraten. Da sie keine richtige Hochzeitsfeier haben konnten, hatte sie zumindest auf diesem kleinen Rest Tradition bestanden, dem Negligé für die Hochzeitsnacht. Sie hatten es noch rasch in einem dieser Discount-Märkte gekauft, wo es alles gab, vom Toilettenpapier bis zu Gartenmöbeln. Sophie war das egal gewesen. In dem hauchzarten Rüschennegligé hatte sie sich wie eine Prinzessin gefühlt. Und er hatte sie auch so behandelt.

Aber kein junges Mädchen sollte das tun, was Sophie Weston in jener Nacht getan hatte. Sie hatte wie blind nach dem Ersehnten gegriffen und alles andere verdrängt. Er hatte sie geheiratet, also mußte er sie ja wohl lieben. Das hatte sie sich eingeredet und hätte es sehnlichst gerne auch geglaubt. Eines Tages würde er sie so lieben wie sie ihn. In dieser Hoffnung hatte sie sich ihm vollkommen hingegeben, hatte ihm ihren Körper in der Gewißheit geschenkt, daß er ihn wie einen kostbaren Schatz behandeln würde. Und ihr Herz hatte sie ihm in der Gewißheit geschenkt, daß er es ihr brechen würde.

Eine Bewegung riß sie aus ihren Gedanken. Er kam auf sie zu.

»Ich nehm deinen Anzug«, stieß sie ruppig hervor.

»Es ist schon in Ordnung.« Er hatte sich die Kleidungsstücke über den Arm gehängt und schien die Veränderung in ihr zu spüren. »Ich kann sie trocknen. Gib mir den Fön.«

Sie streckte ungehalten die Hand aus. »Ich hab ihn naß gemacht. Ich werd ihn auch wieder trocknen.«

»Sophie ...«

»Gib sie mir!« Sie schrie die Worte beinahe, und beide erschraken.

»Bitte«, sagte er ruhig und reichte ihr die Sachen.

Ohne richtig wahrzunehmen, was sie tat, knetete sie den Anzug. Für kurze Zeit in jener Nacht war sie glücklicher gewesen, als sie es je für möglich gehalten hätte. Alles, was sie sich erträumt hatte, war wahr geworden. Und alles, wovon sie geträumt hatte, war er, dieser Mann, ihr Ehemann. Er liebte sie in jener Nacht mit solch süßer, primitiver Lust, daß sie beinahe geglaubt hätte, er liebe auch ihre Seele.

Trunken von ihren Träumen, hatte sie ihm die eine Frage gestellt, die eine Frau einem Draufgänger nie stellen sollte. Hättest du mich auch geheiratet, wenn ich nicht schwanger gewesen wäre? Liebst du mich so sehr, Jay Babcock? Liebst du dieses Kind? Sein Schweigen hatte sie vernichtet. Die Antwort lautete, nein, das hätte er nicht, und beide wußten es. Er war ein Nomade, ein Abenteurer, der sich nur seinem Stern verpflichtet fühlte.

Jetzt stand er schweigend da und sah zu, wie sie seinen Anzug in der Hand zerknüllte, während sie im Besenschrank nach ein paar Kleiderbügeln suchte. Ohne zu merken, wieviel Lärm sie dabei verursachte, hängte sie hastig Jacke und Hose auf zwei Bügel und dann an die Griffe des Küchenschranks.

Ich bin froh, daß ich nicht schwanger war, dachte sie und wünschte, sie könnte ihm das ins Gesicht schleudern und ihn damit genauso vernichten wie er sie damals. Ihre Bitterkeit war so groß, daß ihr der Gedanke, wie sehr dieser potente Mann gelitten haben mußte, als er erfuhr, daß er keine Kinder zeugen konnte, überhaupt nicht in den Sinn kam. Das war seine Strafe. Er hätte ohnedies einen lausigen Vater abgegeben.

Wir sind nicht die Bösewichte, die Leid und Bitterkeit wollen. Das Leid macht uns grausam: Claudes Worte. Sophie fühlte sie in ihrem Innern wüten, diese Worte, den Schmerz, die Grausamkeit, aber sie kam einfach nicht dagegen an. Die Wunde war alt, aber der Schmerz war noch frisch.

»Aus dem Weg«, meinte sie brüsk und schrammte an ihm vorbei ins Badezimmer, um den Fön zu holen.

Als sie wieder in die Küche zurückkam, hatte er sich an den Eßtisch gesetzt, aber nicht zurückgelehnt, mit den Füßen auf der Tischplatte, wie der alte Jay es immer getan hatte. Sein Blick ruhte mit stiller Wachsamkeit auf ihr, einen Arm hatte er auf den Tisch gelegt, die Finger gespreizt, sprungbereit. Und er beobachtete sie wieder mit dieser kontrollierten Intensität. Immer beobachtete er sie, als ob er nur deswegen hierhergekommen wäre.

Der Fön war ein lautes, altes Ding, aber er fühlte sich gut an in ihrer Hand. Wie eine Pistole, dachte sie. Metall kratzte über Metall, als sie den Kleiderbügel herunterriß und umdrehte, so daß sie nun die Rückseite des Jacketts fönen konnte. Der dunkle Stoff flatterte und blähte sich unter dem starken Heißluftstrahl. Etwas wallte in Sophie auf, als sie merkte, was sie tat. Es war Zorn, heißer, blindwütiger Zorn. Sie wollte diesen Anzug nicht trocknen. Sie wollte das verdammte Ding verbrennen.

Auf einmal lag das Jackett auf dem Boden. Sie hatte keine Ahnung, wie es passiert war, aber es war ihr auf die Füße gefallen, und sie fühlte, wie ein ungeheuerlicher Impuls sie zu übermannen drohte. Sie wollte die Jacke mit einem kräftigen Tritt quer durch den Raum befördern. Mit einem verzweifelten Aufstöhnen riß sie den Fuß zurück und merkte zu ihrem Entsetzen, daß sie sich mit dem Schuh in dem verdammten Ding verfangen hatte. Der Haartrockner dröhnte laut in ihrer Hand.

Jay trat von hinten an sie heran und ergriff sie beim Arm. »Was ist los?«

Sie konnte ihm nicht antworten. Er nahm ihr den Fön aus der Hand und schaltete ihn ab. Er schüttelte sie sogar ein wenig, damit sie ihn wahrnahm, doch sie stand einfach nur da, vollkommen geschockt.

»Verdammt noch mal, Sophie, was ist los?«

»Red nicht so mit mir«, stieß sie erschöpft hervor und weigerte sich, ihn anzusehen. »Es sind Kinder hier. Das ist mein Job, falls du's noch nicht bemerkt hast. Ich kümmere mich um *Kinder* …«

Er riß sie herum und sah die Tränen in ihren Augen. Seine Kiefermuskeln spannten sich, und sein Mund bildete einen gequälten Strich.

»Herrgott, Sophie, was ist? Geht es um neulich? Wenn ja, dann laß uns darüber reden.«

»Nein, es ist nichts. Ich arbeite einfach zu viel. Ich bin müde.«

»Das glaube ich dir nicht.« Seine Stimme klang rauh vor Sorge. »Hat es was mit *Dirty Dan's* zu tun? Ich dachte, der Typ hätte ein Messer, und da ist einfach die Sicherung bei mir durchgebrannt. Aber ich wollte dir doch keine Angst einjagen. Ich wollte dich nur beschützen.«

Sie konnte ihn immer noch nicht ansehen, konnte kaum sprechen. »Ist schon in Ordnung, wirklich …«

»Ist es nicht. Ich will, daß du mich verstehst. Ich brauche …«

»Es ist mir egal, was du brauchst, Jay. Wann geht es endlich mal darum, was *ich* brauche?«

Falls sie ihn damit überrascht hatte, ließ er sich nichts anmerken. »Jetzt«, sagte er und holte tief Luft. »Jetzt geht's um dich. Das war schon immer so. Nur, daß ich's nicht gemerkt hab.«

Genau das hatte sie immer hören wollen, aber Sophie fürchtete sich, es zu glauben. Er hatte den Bruchteil einer Sekunde gezögert, bevor er es sagte. Niemand sonst hätte das bemerkt, aber Sophie war die reinste Antenne, wenn es um jene winzigen Gesprächspausen ging, die bedeuteten, daß ein Mann nicht ganz aufrichtig war.

»Sophie, bitte, ich will es wiedergutmachen«, sagte er. »Was immer ich falsch gemacht hab, laß es mich wiedergutmachen.«

Am ganzen Leib zitternd, schüttelte sie den Kopf.

Seine Stimme senkte sich zu einem Flüstern, doch sie vibrierte mit jener magischen Eindringlichkeit, die sie in den Jay-Sog zu ziehen vermochte. Sie sprach ihre tiefsten Sehnsüchte an, diese Stimme, ihre Sehnsucht nach dem richtigen Mann, dem starken Mann, der sie bis zum Wahnsinn liebte. All das, was Jay Babcock nicht war.

»Warum willst du mich nicht ansehen?« fragte er. »Wovor hast du Angst?«

Sein Ton war leise, aber herausfordernd, und obwohl sie sich am liebsten irgendwo verkrochen hätte, ließ etwas in ihr das nicht zu. Sie konnte und durfte ihn nicht länger gewinnen lassen, selbst wenn das bedeutete, sich auf einen Streit mit ihm einzulassen. Er hatte schon viel zu oft gewonnen.

Als sie jetzt den Kopf hob, sah sie den schmerzvollen Ausdruck auf seinem Gesicht, und das überraschte sie. Sie fühlte, wie sie wider Willen darauf ansprach, obwohl sie wußte, wie gefährlich das war. Wenn sie mit ihm zusammen war, schien sie sich immer irgendwie zu verlieren, zumindest einen wichtigen – einen überlebenswichtigen! – Teil von sich. Doch selbst wenn sie alles verlor, durfte sie eines nicht vergessen: Er hatte ihr Herz aus seinem Versteck gelockt. Er war der Dieb.

Sie wich zurück und bückte sich, um sein Jackett aufzuheben. Teures Stöffchen, dachte sie, als sie es vom Boden nahm. Maßgeschneidert. Das paßte so gar nicht zu Jay.

»Du bist hergekommen, um mit mir über etwas zu reden. Also rede.« Das Jackett hing auf dem Kleiderbügel und dieser am Schrankknauf, bevor sie wiederholte: *»Rede.«*

Er stand schweigend hinter ihr und sah sie an, als sie sich zu ihm umdrehte. Schließlich meinte er: »Du bist ein richtiges Biest geworden, weißt du das?«

Sie preßte entsetzt die Hand auf den Mund. Lieber Gott, wie gerne hätte sie ihn in diesem Moment geohrfeigt. Doch etwas hielt sie zurück. Ihre Finger schlossen sich zu einer Faust, und sie starrte ihn mit einem fassungslosen Kopfschütteln an. Tränen traten in ihre Augen. Das war alles, was sie in letzter Zeit zu können schien – den Kopf schütteln und heulen.

Sie wich bis zur Anrichte zurück und lehnte sich vollkommen erschöpft dagegen. Sie fühlte sich total ausgelaugt, jeder Widerstand in ihr war erstorben. »Was immer du mir auch sagen wolltest, sag's ruhig. Ich hör dir zu«, meinte sie. Aber er war bereits an die Terrassentür getreten und starrte hinaus zu den Kindern, die noch immer jauchzend über die Plane schlitterten und nicht so aussahen, als würden sie bald genug davon haben. Klein Katie hatte inzwischen wieder trockene Sachen an und saß mit Brian auf der Schaukel.

»Nichts Weltbewegendes«, meinte er. »Ich wollte einfach noch mal wegen neulich mit dir reden. Und ich wollte das hier vorbeibringen.«

Er zog einen dunklen Gegenstand aus der Tasche des Morgenmantels und drehte ihn verlegen in den Händen. Es war die Kappe, die es ihr vom Kopf gerissen hatte, als er wie ein Wahnsinniger die Gasse hinaufgerast war, die Kappe, die sie sich vor fünf Jahren so sehnlichst gewünscht hatte.

Er blickte sie über die Schulter hinweg an und warf die Mütze auf den Tisch. Seine Stimme klang gepreßt. »Es tut mir leid, was da passiert ist, Sophie. Lieber würde ich mir das Herz rausreißen, als dir weh zu tun. Das weißt du doch, oder?«

Sie wußte nicht, was sie sagen sollte, und als keine Antwort von ihr kam, drehte er sich wieder zum Fenster zurück. Auf der Anrichte stand eine Schüssel mit Karotten und Sellerie, die sie zuvor gewaschen und aufgeschnitten hatte, als Nachmittagssnack für die Kinder. Sie nahm eine Karotte heraus und begann, sie in kleine Stücke zu zerbrechen.

Er brachte ihr die Kappe zurück?

Das melodiöse Lachen der Kinder drang von draußen herein. Sie klangen so glücklich, so fröhlich. Sophie fragte sich, ob sie wohl je wieder so glücklich sein würde oder ob sie's überhaupt je gewesen war.

»Süße Bälger«, sagte er nach einer Weile. »Wallis hat mir von deinem Antrag auf Bezuschussung erzählt. Sie meinte, die Kinder stammen aus sehr armen Familien und daß du das alles hier umsonst machst. Sie meinte außerdem, daß du nur von der Rente aus meinem Treuhandfonds lebst und dich weigerst, auch nur einen Pfennig von der Familie anzunehmen. Ich finde es ja bewundernswert, daß du versuchst, das alles allein zu machen, aber …«

»Ich weiß nicht, ob das bewundernswert ist oder nicht«, unterbrach sie ihn. Sie wollte nicht abweisend klingen, aber ihre Schwiegermutter hatte sie diesbezüglich schon zu oft unter Druck zu setzen versucht. »Mir bleibt keine andere Wahl. Ich muß es auf diese Weise machen oder gar nicht.«

»Warum läßt du dir nicht ein bißchen helfen? Wenn schon nicht von Wallis, dann von mir. Ich würde dir gerne helfen.«

»Ich will keine Almosen …«

»Almosen?« Er wirkte aufrichtig überrascht. »Darum geht es doch überhaupt nicht. Nicht, was mich betrifft, jedenfalls. Vielleicht ist mir ja was entgangen, aber ich hatte den Eindruck, daß es dir darum geht, den Kindern die bestmögliche Betreuung zukommen zu lassen. Ein wenig Hilfe anzunehmen mindert doch nicht das, was du bis jetzt erreicht hast. Sieh dich doch an, Sophie. Du bist unabhängig. Du bist einfach unglaublich. Was immer du auch beweisen wolltest, es ist dir gelungen.«

Sein Lob überraschte sie. Sie wurde von einer Welle der Dankbarkeit übermannt und mußte gegen ein Lächeln ankämpfen. Niemand wußte, wie viele Nächte sie über behördlichen Formularen geschwitzt hatte, um einen staatlichen Zuschuß für ihre Kindertagesstätte zu bekommen. Nicht mal er. Doch ein wenig Anerkennung für all die Knochenarbeit tat richtig gut. Aber hatte er nicht auch angedeutet, daß ihr Stolz sie davon abhalten würde, den Kindern die bestmögliche Betreuung zukommen zu lassen? Das schmerzte.

Sie war inzwischen dabei, die Karotte zu zerbröseln. »Ich denk darüber nach.«

»Wie sieht's mit den Klamotten aus? Sind sie einigermaßen trocken?«

Er war verärgert. Das konnte sie an seinem Ton hören. Er wollte, daß sie seine Hilfe annahm. Oder vielleicht wollte er ja nur, daß sie aufhörte, so kalt und abweisend zu sein. »Das Jackett vielleicht, ich weiß nicht.«

»Gib mir die Sachen. Ich komm schon zurecht.«

Sie fingerte mit den Kleiderbügeln herum. »Hier«, sagte sie.

Er nahm die Sachen und war schon halb aus der Küche, als er mit einem zornigen Kopfschütteln stehenblieb. Tief Luft holend, drehte er sich wieder zu ihr herum. Seine Stimme klang gepreßt und traurig.

»Es gibt so vieles, was ich tun will, jetzt, wo ich wieder zu Hause bin, und ich möchte das alles mit dir tun, Sophie. Du bist der Grund, warum ich hier bin. Das weißt du doch, oder? Ich bin wegen dir zurückgekommen.«

Wegen ihr? Sie hätte ihn wahnsinnig gerne gefragt, was er damit meinte. Sie wollte es so sehnlichst wissen, daß sie sich nicht traute zu fragen. Vielleicht benahm sie sich ja wirklich ein bißchen biestig. Alles, was er wollte, war, ihr zu helfen.

Die Karotte war ein einziger Krümelhaufen. Zerknirscht wie eines ihrer Kinder legte sie die kläglichen Überreste auf der Küchentheke ab. »'tschuldigung«, murmelte sie.

»Falls du ein schlechtes Gewissen hast, kann ich dir sagen, wie du's wiedergutmachen kannst.«

»Wie meinst du das?«

»Geh noch mal mit mir dorthin.«

Etwas Rohes, Verwundbares hatte sich in seine Stimme gestohlen, und sie schüttelte den Kopf, noch bevor sie aufblickte. »Wohin?«

»Zum Pilson's Creek.«

»Ich – aber wieso?« Sie wußte wieso. Pilson's Creek war ihr geheimer Zufluchtsort gewesen, dort hatten sie sich vor einer Welt versteckt, die nicht wollte, daß sie beide ein Paar waren. Dort hatten sie auch zum ersten Mal miteinander geschlafen.

Sie konnte nicht zum Pilson's Creek gehen. Das würde das wackelige Gerüst, das sie zum Schutz um sich herum errichtet hatte, zum Einsturz bringen. Sie hatte geschworen, auf alles, was ihr heilig war, nie wieder dorthin zu gehen.

Ein scharfer, wolfsähnlicher Pfiff zischte an Wallis Babcocks ungeschützten Ohren vorbei. Sie erschrak so sehr, daß sie sich beinahe mit dem Lockenstab brannte, den sie gerade dazu benutzte, um einen neuen Look in ihr dickes, graumeliertes Haar zu zaubern. Rauch stieg auf, als sie eine Korkenzieherlocke losließ.

»Werden Sie bloß nicht frech, junger Mann. Ich habe eine Waffe!« Sie fuchtelte mit dem Apparat vor El Martins Nase herum, der mit vor der Brust verschränkten Armen in der Badezimmertür stand und sie unverschämt angrinste.

»Was hast du mit dem Ding vor?« fragte er. Er trug seine übliche legere Kleidung: Khakihosen, Jackett und ein frisch gebügeltes, weißes Hemd. Das war ihm am liebsten, ungeachtet der Tatsache, daß er Vizepräsident und Leiter der Forschungsabteilung von Babcock Pharmaceuticals war. Er prahlte gerne damit, erst einmal in seinem Leben eine Krawatte getragen zu haben, ohne jedoch verraten zu wollen, bei welcher Gelegenheit.

Wallis wußte, daß es weder bei seiner Hochzeit noch bei der Nobelpreisverleihung gewesen war, denn sie war bei beiden Anlässen zugegen gewesen. »Pscht«, zischte sie. »Ich hab's mir von Muffin ›geborgt‹. Ich glaub nicht, daß sie's in dem Chaos in ihrem Badezimmer je vermissen wird.«

»Du hast's dir geborgt? Darf ich fragen, warum?«

»Na, wegen eines neuen Looks natürlich.«

»Stimmt was nicht mit dem alten?«

»Nun, er ist *alt,* das ist es, was nicht stimmt.« Wallis fragte sich oft, was der Herrgott sich wohl dabei gedacht hatte, als er die Männer erschuf. Solche Dummköpfe. Nun, mehr Beweise brauchte es wohl nicht, um zu erkennen, daß der Schöpfer männlich war, oder? Sie zuckte zusammen, als sich das Folterinstrument in einer weiteren Strähne verhakte.

Ein Klavierkonzert von Schumann bildete den sanften Hintergrund zum luxuriösen Ambiente des riesigen, marmornen Badezimmers. Es kam von einem altmodischen Schallplattenspieler. Kunst und Musik waren Wallis' Leidenschaften, aber jahrhundertealte Herrenhäuser waren nun mal nicht von Natur aus mit modernen Hifi-Systemen ausgestattet, und Noah Babcock hatte nichts von solch modernem Schnickschnack hören wollen. Als Babcock der fünften Generation und aufrechter Traditionalist, war er in seinen Jahren als Patriarch der Familie ein unbeirrbarer Gegner jeglicher Veränderungen gewesen.

Wallis hatte sich in den langen Jahren ihrer gemeinsamen Ehe seinen Wünschen gefügt, und zwar einfach um des lieben Friedens willen. Und jetzt waren es ihre Schuldgefühle, mehr als alles andere, die sie so weitermachen ließen wie bisher. Dennoch hatte sie einige unverschämt luxuriöse Umbauten durchführen lassen, seit Noah ins Pflegeheim gekommen war. Der kleine Tivoli-Wasserbrunnen, der in der Mitte des Ankleidezimmers fröhlich vor sich hin gurgelte, gehörte schon von Anfang an zum Herrenhaus, war dieser Tage jedoch nicht das einzige Wasserspiel im Großen Haus. Wallis hatte sich eine enorme Marmorbadewanne einbauen lassen, komplett mit Jacuzzi und vergoldeten Wasserhähnen, aus denen es wie aus einem Springbrunnen sprudelte. Herrlich dekadent.

Noah hätte das nicht gefallen.

»Autsch! Das verdammte Ding beißt ja!« Wallis legte den Lockenstab mit einem tiefen Seufzer beiseite. »Das ist Haarselbstmord, El. Ruf die Telefonseelsorge.«

El verfolgte ihre Krise mit einem warmen, liebevollen Lächeln. Du willst's ja nicht anders, schien seine Miene zu sagen. Er war eines dieser »Mannsbilder«, über die sie sich so oft beschwerte. Er hatte nicht die blasseste Ahnung von dem, was sie bedrückte, aber anscheinend liebte er sie genug, um es herausfinden zu wollen.

Tapferer Bursche, dachte sie. Nicht sehr helle, aber mutig.

Prüfend musterte sie ihr Spiegelbild, die Krähenfüße, die etwas lockere Haut um Kinn und Hals und ihre Stirnfalten. »Das Schiff ist abgesegelt, El. Zeit, den Bootsbauer anzurufen.«

»Haben wir gerade das Thema gewechselt?«

Wallis' hervorstehende Wangenknochen traten noch mehr hervor, als sie ihre Gesichtshaut zurückschob, eine Haut, die noch immer zart und feinporig war, wenn auch ein wenig schlaffer als früher. Prüfend drehte sie den Kopf hin und her. »Männer«, murmelte sie.

»Damit kann ich dir helfen. Bootsbau ist nicht so ganz meine Stärke.«

»Du bist einfach unverbesserlich. Wie kannst du Witze reißen, wenn ich mir überlege, ob ich mein Leben nicht völlig umkrempeln sollte?« Sie verschränkte die Finger beider Hände, legte sie über ihre Stirn und zog beide Augenbrauen hoch. »Na ... was denkst du, El? Im Ernst. Sollte ich nicht was wegen meines Aussehens tun?«

»Was denn, zum Beispiel?«

»Ich weiß nicht. Ein Lifting? Ein kleiner Schnitt hier, eine kleine Korrektur dort? Irgendwas?«

Er trat dicht hinter sie und blickte forschend in ihr stirnrunzelndes Spiegelbild. »Wie wär's mit 'ner kleinen Nummer?« meinte er dann und umfaßte ihre Pobacken mit beiden Händen. »Das kann ich, und es würde dich nichts kosten.«

»Du bist wirklich unmöglich.« Jetzt steckte sie in einem ganz anderen Dilemma. Wenn sie ihre Hände wegnahm, um seine vorwitzigen wegzuschieben, würde alles wieder zurückrutschen, und irgendwie gefiel ihr ihr neues, »frisches« Aussehen. Ach die liebe Eitelkeit, dachte sie. Also hielt sie die Stellung, drückte sich an ihn und überließ sich seinen forschenden Händen. »Ich muß was tun.«

»Oh, laß dich bloß nicht davon abhalten. Tu nur was ... mit mir.« Er knabberte genüßlich an ihrem Hals und entlockte ihr einen kleinen Seufzer.

»Du nützt die Situation schamlos aus«, teilte sie ihm streng mit, aber immer noch nicht willens, ihre Stirn loszulassen.

»Gute Idee.« Sein wolfsähnliches Grinsen blitzte im Spiegel auf, und er drückte sanft ihre Hinterbacken, bevor er sie zu sich herumdrehte.

»Nicht!« rief sie und mußte hilflos zusehen, wie er mit gierigem Blick ihre Brüste und alle möglichen anderen verbotenen Stellen verschlang.

»Ich finde, du solltest so durchs Leben gehen«, sagte er und packte sie an den Aufschlägen ihres Kimonos. Er lachte, als sie sich entsetzt aus seinem Griff zu winden versuchte. Dann umfaßte er ihre Taille und hob sie kurzerhand auf den Schminktisch.

»Was ist in dich gefahren?« stieß sie keuchend hervor, als er ihre Beine auseinanderschob und sich dazwischendrängte. »Wir müssen über Jay reden. Du hast mir noch gar nichts von deinem Treffen mit ihm erzählt.«

»Ich kann reden und vögeln, Wallis, paß nur auf.«

»Hast du den Verstand verloren?« Sie zuckte zurück und blickte ihn mißtrauisch an. »Ihr entwickelt gerade eine neue Potenzpille, stimmt's? Du hast irgendwas genommen.«

»Dich will ich nehmen …«

»El!« Wallis war ehrlich verblüfft. Sie dachte, sie würden ein bißchen herumflirten, nichts weiter. Das hatten sie vorher schon das eine oder andere Mal gemacht, eine flüchtige Berührung – ein zufälliges Streifen der Schultern, Händchenhalten. Aber heute schien er ernst zu machen. Eine derartige Forschheit paßte überhaupt nicht zu ihm, und ganz bestimmt hatte er ihr gegenüber noch nie derartige Wörter gebraucht. Keiner hatte das Wallis Babcock gegenüber jemals gewagt.

Zugegeben, ihr Herz hämmerte wie wild, was zweifellos bedeutete, daß sie das Ganze irgendwie stimulierend finden mußte. Doch was ihm vorschwebte, war unmöglich. Das kam überhaupt nicht in Frage. Sie konnte doch nicht …

»Küß mich.« Es war ein Befehl, keine Bitte. Er hätte genausogut »verdammt noch mal« hinzufügen können.

Wallis' Hände flatterten nervös und sanken dann hilflos in

ihren Schoß, als er sich näherbeugte. Er fiel geradezu mit den Lippen über sie her, während er sie gleichzeitig heftig in die Arme riß. Sie konnte die harte Wölbung zwischen seinen Beinen fühlen und hielt schockiert den Atem an.

Doch als er mit den Händen an ihre Brüste wollte, entwand sie sich energisch seinem Griff und brach den Kuß ab. »El«, bat sie ihn in ernstem Ton, »was denkst du dir bloß dabei? Das geht nicht. Ich bin noch immer verheiratet. Noah ist noch nicht tot.«

»Noah ist nicht hier«, stieß er schweratmend hervor. »Ich bin hier.« Sanfter, als sie es erwartet hätte, ließ er sie wieder auf das Schminktischchen sinken, wo sie wie ein unartiges kleines Mädchen hockte. Sein Mund war zusammengepreßt, es schien ihm große Mühe zu machen, sich zu beherrschen, doch sein Zögern verriet Wallis, daß auch er sich im Zwiespalt befand. Noah war sein bester Freund und Kollege gewesen.

Sie wollte wieder zum Anfang zurück, zum leichten Flirt. »Zwing mich nicht, das hier zu benutzen«, drohte sie und packte den Lockenstab. »Jetzt hör sofort mit dem Unsinn auf und erzähl mir von Jay.«

Er hielt die Hände hoch wie der Besiegte in einem Western. Doch als er zurückwich, sah sie, was ihre kurze, leidenschaftliche Begegnung bei ihm angerichtet hatte, und es verstörte sie zutiefst. Ihre Halsschlagader pochte heiß und wild. Sie befürchtete, daß er es sehen könnte – und wie erregt sie war.

Das Ganze fühlte sich eher schmerzhaft als schön an, aber Wallis wußte, daß es ihr dennoch auf angenehm erregende Weise in Erinnerung bleiben würde. Etwas war heute zwischen ihr und El geschehen, und so sehr sie ihm insgeheim vielleicht hätte nachgeben wollen, so sehr fürchtete sie, daß die Dinge zwischen ihnen von nun an nie mehr so sein würden wie bisher.

»Rede, oder du bist des Todes«, drohte sie scherzhaft.

Ein flüchtiges, verlegenes Lächeln begleitete ihre Drohung. Sie wünschte sich sehr, daß er bei diesem ihrem Spiel mitmachte, denn so viel hing davon ab, daß sie jetzt zusammenhielten, wo Jay zurück war. Wallis bekam Angst, wenn sie daran dachte, was wirklich auf dem Spiel stand. Alles. Die Zukunft des pharmazeutischen Imperiums stand auf dem Spiel.

Das leise Plätschern des Zimmerbrunnens erweckte mit einem Mal tiefe Sehnsüchte in ihr. Hoffnung. Dafür war sie wieder auferweckt worden. Das glaubte sie manchmal wirklich. Ihre fünf Jahre andauernde Wanderschaft unter den emotional Toten war vorüber. Wie Lazarus war sie wieder zum Leben erweckt worden, aber nur aus einem Grund: um die Firma in den Schoß der Familie zurückzuführen.

Noah hätte es so gewollt. Ihr Körper mochte sich ja nach der Leidenschaft sehnen, die ihr Els Arme zu verheißen schienen. Ihr Herz mochte danach schreien, aber es sollte nicht sein.

»Jay hat alle kennengelernt, die er im Moment kennenlernen sollte«, erklärte El gerade. »Und sogar ein paar mehr, einfach weil er darauf bestanden hat. Er hat sie höllisch beeindruckt, kann ich dir sagen. Aber dein Sohn hat seinen ganz eigenen Kopf, Wallis.«

»Ist das ein Problem?«

»Nicht, wenn ich wüßte, was es ist, das er im Visier hat. Er scheint auf unserer Seite zu sein, aber ich hab das dumpfe Gefühl, er hat noch 'ne Überraschung im Ärmel.«

»Aber doch sicher nicht für uns?«

»Für irgend jemanden«, sagte El.

Das gefiel Wallis gar nicht. Sie hatten ursprünglich geplant, daß Jay die wichtigsten Vorstandsmitglieder und Treuhänder kennenlernen sollte, um sie auf seine Seite zu ziehen. Rein technisch würde er zum Hauptaktionär werden, sobald er Colbys und Noahs Stimmanteile übernommen hätte. Aber ein Führer benötigte dennoch die Unterstützung seiner »Untergebenen«. Was das betraf, unterschied sich das Ganze nicht von einem Wahlkampf. Es durfte keine Überraschungen geben.

»Hat er sich schon nach Noah erkundigt?« fragte El leise. Wallis schüttelte den Kopf.

»Was willst du ihm sagen, wenn er fragt?«

»Daß es besser ist, wenn er seinen Vater so im Gedächtnis

behält, wie er war, besonders jetzt, wo er noch nicht ganz wiederhergestellt ist. Es wäre ein zu großer Schock für ihn.«

El musterte sie nachdenklich. »Du willst ihm also nicht sagen, daß Noah jedesmal einen Wutanfall kriegt, wenn Jays Name auch nur erwähnt wird? Oder daß er Jay an allem die Schuld gibt?«

»Du liebe Güte, nein, El. Warum auch? Was Jay nicht weiß, tut ihm nicht weh – und uns auch nicht.«

»Er wird von der Gerichtsverhandlung erfahren, Wallis. Es mag Jahre her sein, aber es stand in allen Zeitungen.«

»Sicher, aber er wird nie erfahren, was wirklich passiert ist. Keiner wird das, El. Das ist unmöglich.« Sie blickte ihn forschend an und fragte sich, wie er überhaupt an so etwas denken konnte. Wenn überhaupt jemand begriff, wie prekär ihre Lage war, dann El. Er steckte ebenso tief drin wie sie. Vielleicht noch tiefer, wenn man alles betrachtete.

»Und was ist mit Sophie?« fragte er.

»Sie könnte ein Problem werden«, gab Wallis zu. »Jay hat ihr gestern auf dem Motorrad eine Heidenangst eingejagt. Ich glaube, ich hab sie davon überzeugen können, daß das Symptome von Streßaufarbeitung waren. Ich hab sie angefleht, ihm mehr Zeit zum Einleben zu geben. Aber sie fängt an, an seiner Identität zu zweifeln, El. Und offen gesagt, ich mache mir Sorgen.«

Er murmelte einen unterdrückten Fluch. »Wenn sie sich gegen uns stellt, sind wir verloren. Das begreifst du doch, oder? Jay Babcocks Frau glaubt nicht, daß er Jay Babcock ist? Himmel noch mal, dann sind wir geliefert.«

Wallis schwieg und versuchte, das Gesagte zu verdauen. Das leise Gurgeln und Plätschern des Zimmerbrunnens übte normalerweise eine beruhigende Wirkung auf sie aus. Doch jetzt kam ihr das Geräusch wie ein Echo ihrer eigenen Nervosität vor.

»Willst du, daß ich was unternehme?« fragte er.

Sie war sich nicht sicher, was er damit meinte, und wollte es auch gar nicht wissen. Sie hatten bereits viel zuviel unternommen, soweit es sie betraf. Ihrer Erfahrung nach hatten Wissenschaftler kaum Probleme mit den Extremen von Leben und Tod. Sie spielten ja regelmäßig Gott in ihren Laboratorien, und für einige von ihnen war die Erde einfach nur ein einziges großes Laboratorium. Aber diese Hölle konnte sie nicht noch mal durchleben. Sie war doch gerade erst dabei, einen Ausweg aus dem Labyrinth von Schmerz, Schwermut und Verwirrung zu finden, in dem sie jahrelang gefangen gewesen war.

»Überlaß mir Sophie«, sagte sie in bemüht energischem Ton. »Ich glaube, sie vertraut mir. Sie kommt mit ihren Sorgen zu mir, und ich glaube, ich kann ihr da durchhelfen. Das hoffe ich zumindest.«

9

Lügnerin, dachte er. Ein Muskel in seiner Wange zuckte genüßlich, ein Widerhall der Gefühle, die seinen Magen – und tieferliegende Regionen – sich genüßlich zusammenziehen ließen. Unwiderstehliche kleine Lügnerin.

Jay, der hoch oben über einer Felswand kauerte, konnte sie sehen, wie sie sich durch den Obsthain stahl. Ihr leichtes Sommerkleid flatterte dabei im lauen Frühlingswind. Sie war auf dem Weg zur Flußwiese und hatte keine Ahnung, daß sie ertappt worden war.

Ein abgebrochener Zweig voller zarter Blüten lag auf dem Boden. Sie bückte sich, um ihn aufzuheben, und ein Schauer weißer Blüten regnete auf die Erde, als sie den Zweig anhob, um seinen schweren, süßen Duft tief einzuatmen. Gewöhnlich trug sie ihr Haar zum Zopf geflochten oder in einem Pferdeschwanz, doch heute war es offen, und so, wie sie dort kniete, den Kopf über den Zweig gebeugt, ergoß es sich in seiner ganzen rotgoldenen Pracht über die kniende Gestalt. Sie sah aus wie eine Prinzessin aus einem dieser Walt-Disney-Märchenbücher.

Niemand außer ihr hätte die leichte Krümmung seiner Lippen als Lächeln erkannt, und vielleicht war es das ja auch nicht wirklich, aber sie hätte gewußt, was es bedeutete.

Er dachte dabei an sie, süße kleine Lügnerin, die sie war. Sie hatte ihn hingehalten, hatte behauptet, noch nicht bereit zu sein für einen Besuch bei ihrer geheimen kleinen Flußwiese. Doch da unten war sie und schlich sich ausgerechnet dorthin, klammheimlich wie ein kleines Gespenst.

Vielleicht war es ja sogar besser so, dachte er, und sein Magen zog sich erregt zusammen. Jetzt, wo er sie ertappt hatte, würde sie für ihr Vergehen bezahlen müssen. Das konnte interessant werden.

Er war heute ohne jedes Hilfsmittel, außer seinen Kletterschuhen und dem Säckchen mit Kreide, die Felswand hinaufgeklettert. Er wischte seine kreideweißen Hände an den Jeans ab, wobei er sorgfältig darauf achtete, kein Geröll loszutreten, um sich nicht zu verraten. Er hatte es sich selbst als Kind beigebracht, die Felswand hinaufzuklettern, aber deshalb war er heute nicht hierhergekommen. Er war hier, weil ihn ein Bild nicht mehr losließ, ein Bild, das ihn seit seiner Rückkehr plagte.

Er sah eine blutige Hand in eine dunkle Höhlung greifen und hörte das Klirren von etwas Metallischem. Manchmal kam es ihm so vor, als würde er jemand anderen dabei beobachten, doch dann war es auf einmal seine eigene Hand, und er fühlte etwas Kaltes und Schweres darin, wie Stahl, wie eine Pistole – aber es war keine Pistole. Was immer sich in dieser Höhlung befand, war irgendwie wichtig, aber er wußte nicht, warum, oder auch nur, was es war.

Für Noah ist es zu spät, wiederholte eine Stimme in seinem Kopf wieder und wieder, was aber auch keinen Sinn ergab, denn es war Noahs Stimme. *Er ist verloren. Schau nicht zurück.* Sein Vater sprach mit jemandem, vielleicht mit ihm, und da war das ferne Rauschen von Wind oder Wasser, also mußte es irgendwo draußen sein, wie Jay vermutete. Die Felswand wimmelte nur so von dunklen Löchern und Höhlungen, und als Kind hatte er sie alle erforscht. Dieser Ort war ihm als erstes in den Sinn gekommen, und er war ganz früh heute morgen hierhergekommen, um der Sache auf den Grund zu gehen. Aber bis jetzt hatte er nichts gefunden – bis auf sie.

Sophie, das süße kleine Überraschungspaket.

Er verfolgte sie mit einem Auge. Seit er am rechten Auge blind geworden war, hatte sein linkes eine beinahe unheimliche Schärfe entwickelt. Vielleicht hätte er wissen sollen, daß sie vor ihm hierherkommen würde. Es war leicht, sie als selbstverständlich hinzunehmen, weil sie in vielerlei Hinsicht so normal war. Aber sie konnte auch unberechenbar sein. Und jetzt, wenn sie wollte, sogar gefährlich, besonders für ihn.

Sie blieb stehen, als sie die Wiese erreichte. Sie blickte über das kleine, gewundene Flüßchen hinweg, das sich über die weite Wiese schlängelte, und hob dabei den Blütenzweig an ihre Wange, um sich geistesabwesend damit zu streicheln. Sie hatte ihm den Rücken zugewandt, aber er sah, wie sie den Kopf leicht hin und her wiegte, und stellte sich vor, daß sie die Augen geschlossen hatte – und in Erinnerungen schwelgte.

Ob sie an dasselbe dachte wie er? Besonders ein Treffen war ihm glasklar in Erinnerung – ein wahres Juwel von Erinnerung –, und zwar ihr erstes Rendezvous, in dem sie ihrer jungen, jauchzenden Leidenschaft freien Lauf gelassen hatten. Die meisten Erinnerungsbilder in seinem Kopf waren verschwommen und emotionslos. Aber dieses eine Mal damals am Fluß stand ihm so lebhaft vor Augen, als hätte ihn sein Körper mit den fehlenden Gefühlen versorgt.

Sie hatte am Fluß auf ihn gewartet und gezittert vor Nervosität, als er auf sie zukam. Doch trotz ihrer Angst hatte er gespürt, daß sie den nächsten Schritt in ihrer Beziehung, wie immer er auch aussehen mochte, sehnlichst erwartete. Was ihn betraf, so wußte er ganz genau, wie dieser nächste Schritt aussehen und wie weit er gehen würde, aber wohin *sie* ihn führen würde und wie weit, das traf ihn vollkommen unvorbereitet.

Vielleicht hatte sie es ja von Anfang an so geplant gehabt.

Sie hatte ihn damals wieder und wieder mit ihrer Kühnheit überrascht. Das erste Mal mit ihrem Kuß. Er spürte, daß etwas anders war, sobald er sie beim Flüßchen stehen sah. Anstatt auf ihn zu warten, kam sie auf ihn zugeflogen, legte ihm die Hände auf die Brust, hüpfte hoch und küßte ihn auf den Mund.

Er war sofort hart geworden, schmerzhaft hart. Sie hatte etwas Atemloses an sich, als ob sie nicht mehr denken, nur noch fühlen wollte. Das war eine Sophie, die er nicht kannte. Und auch wenn sein Verstand nicht gleich begreifen wollte, sein Körper reagierte blitzartig.

Die nächste Überraschung kam, als sie ihm zuflüsterte, daß sie unter ihrem Kleid nichts anhatte, außer einem seidenen Höschen. Sie konnte nicht gewußt haben, was sie damit bei ihm anrichtete, wie verrückt ihn allein die Vorstellung machte, oder sie hätte es nicht gewagt, ihm das zu sagen. Er war so wild nach ihr gewesen, daß er sie am liebsten sofort, im selben Moment, genommen hätte.

»Ich liebe dich, Jay«, hatte sie ihm zugeflüstert, die Lippen weich geöffnet, der Körper wie Wachs in seinen Händen.

Ich liebe dich, Jay.

Sein Herz zog sich zusammen, als er daran dachte, wie süß ihre Stimme geklungen hatte. Aber der eigentliche Schock kam erst, als er ein wenig zurücktrat und die Träger ihres Sommerkleidchens von ihren Schultern schob. Da sah er nämlich, daß ihr das Höschen um die Fußgelenke hing. Er hatte es nicht angefaßt, was bedeutete, daß sie es sich irgendwie selbst runtergezogen haben mußte.

Nichts hätte ihn mehr aufhalten können, nicht mal ihre spitzen kleinen Schreie. Der Anblick raubte ihm die letzte Beherrschung. Er glaubte, aus der Haut fahren zu müssen vor Lust. Es erregte ihn auch jetzt noch, und sofort richteten sich seine Gedanken auf ihr leichtes Sommerkleid, das sich in der Brise blähte, und darauf, was sie wohl darunter anhaben mochte oder ob sie überhaupt etwas darunter anhatte. So, wie die Sonne auf sie fiel und der Wind mit ihr spielte, war es gut möglich, daß sich unter dem Kleid nichts als seidenweiche, weiße Haut befand.

Sophie schärfte ihren Kindern immer ein, den Garten nie ohne Begleitung eines Erwachsenen zu verlassen. Sie könnten sich sonst im umliegenden Wald verirren, warnte sie. Sie hätte sich ihren Rat selbst zu Herzen nehmen sollen. Ihr harmloser kleiner Spaziergang durch den Obsthain hatte sie irgendwie hierhergeführt, zum Pilson's Creek, und wo sie auch hinsah, stürzten Erinnerungen auf sie ein, Erinnerungen daran, wie jung und töricht sie in jenen Tagen, in denen sie sich hier mit Jay zu treffen pflegte, gewesen war.

Das silbrige Plätschern des Flüßchens vor ihr. Der betäubende Duft der voll erblühten Obstbäume. Das alles wirkte wie ein Schlüssel auf sie, mit dem eine alte, staubige Kiste geöffnet wurde. Es fühlte sich an, als hätte jemand ein Brecheisen an ihrem Herz angesetzt und würde es nun an den Nähten aufreißen. Alles, was sie in den letzten Jahren wie den Teufel gemieden hatte, war hier, scharf und unmittelbar. Sie konnte die abgerissenen Seufzer hören, konnte seine Hände fühlen, konnte das junge Mädchen sehen, den Kopf ehrfürchtig gebeugt.

Sophie hätte am liebsten geheult, so süß waren die Erinnerungen. Schmerzhaft auch, das schon, aber ihr romantisches Herz war drauf und dran, wieder mit ihr durchzugehen, genau wie damals. Sie war fünfzehn gewesen, brennend vor Sehnsüchten, und allesamt ausgerichtet auf ihn. Sie kam sich auf einmal wieder wie zwölf vor. Das Erwachsenwerden hatte alles nur noch verschlimmert.

»He«, murmelte sie mit einem bekümmerten Seufzer, »wer hier nicht weich in der Birne wird, ist nicht normal. Das ist der reinste Garten Eden.«

Sie schüttelte die weißen Apfelblüten von ihrem Kleid und

erhob sich wieder. Wenn sie doch nur ihre Gefühle ebenso leicht abschütteln könnte. Aber die Schleusen begannen sich zu öffnen, und es war sinnlos, zu versuchen, sie wieder schließen zu wollen. Dazu fehlte ihr einfach die Kraft.

Das Flüßchen blitzte und funkelte im Sonnenlicht.

Als sie auf das glitzernde Band zuschritt, fiel auf einmal ein Schatten über ihre Gedanken und ließ sie aufblicken in den gleißenden Himmel. Dort war jedoch nichts, außer einer vagen schwarzen Silhouette, irgendwo weit oben im grenzenlosen Blau. Es konnte ein Vogel gewesen sein oder auch ein Zweig, der sich in der Frühlingsbrise wiegte. Sie würde es nie erfahren, denn der Schatten war bereits wieder verschwunden, doch schien er ihr irgend etwas mitteilen zu wollen.

Mit einem unguten Gefühl blieb sie am Ufer des Flüßchens stehen. Etwas Bedrohliches lag in der Luft, und das kam nicht nur von ihren süßen, wehmütigen Erinnerungen. Es kroch ihr über die Haut wie ein Fieberschauer. Sie sagte den Kindern immer wieder, daß die Angst ihre Freundin war, daß sie sie warnen und beschützen konnte, aber das hohle Gefühl in ihrem Magen fühlte sich nicht gerade freundlich an.

Sie spürte eine Bewegung hinter ihrem Rücken und wandte sich um. Dort stand eine weitere Silhouette, größer und vage bedrohlich. Ein Mann stand auf der Lichtung, keine sechs Meter von ihr entfernt, aber die Sonne schien so hell, daß sie nichts erkennen konnte außer einem kleinen, rautenförmigen Flecken.

»Jay?« Sie blinzelte, um besser sehen zu können. Das mußte die Augenklappe sein, die sie sah, sie konnte aber noch immer keine Einzelheiten erkennen, nur eine dunkle, furchteinflößende Gestalt. Wie hatte er ihr so nahe kommen können, ohne daß sie etwas gehört oder gesehen hatte? Und warum kam es ihr immer so vor, als ob sie träumen würde, sobald sie es mit ihm zu tun hatte?

»Was machst du hier?« fragte er. Sein Ton ließ sie erschauern. Er klang scharf und durchdringend. »Nichts ... bloß ein kleiner

Spaziergang.« Vielleicht lag es ja an ihrer Angst, doch auf einmal drückten sie Schuldgefühle, als ob sie sich vor ihm rechtfertigen müßte. Konnte sie denn nicht spazierengehen, wann und wohin sie wollte? Das war schließlich ein freies Land. »Und du?«

»Ich hab dich im Obstgarten gesehen.«

»Und bist mir bis hierher gefolgt?«

Ein Schmetterling flatterte vorbei, ein blendend weißer Kontrast vor der schwarzen Gestalt.

»Hab ich was mißverstanden?« fragte er. »Ich dachte, du hättest gesagt, du wärst noch nicht bereit, hierherzukommen.«

»Bin ich auch nicht.« Zögernd wickelte sie eine lose Haarsträhne um ihren Finger und strich sie sich dann hinters Ohr, wobei sie verlegen aufs Wasser blickte. »Ich hätte nicht herkommen sollen.«

»Aber das bist du … warum, Sophie?«

Die Frage hätte sie sich selbst stellen sollen. Es gab einen Grund dafür, daß sie diesen Ort seit seinem Verschwinden nicht mehr betreten hatte. Sie hatte gewußt, was es sie kosten würde, hierherzukommen. Ihr dünner Schutzpanzer würde zerbrechen. Noch schlimmer, es würde sie daran erinnern, wie sehr sie ihn geliebt und was *er* sie gekostet hatte. Sie hatte es gewußt. Sie hatte es gewußt, war aber trotzdem gekommen.

Ein kleiner Schauder ließ ihre Schultern hilflos zucken. »Die Apfelblüten«, sagte sie. »Ich wollte die Apfelbäume in Blüte sehen.«

»Lügnerin«, murmelte er.

»Was?« Sie mußte sich verhört haben. Er hatte so leise gesprochen, es hätte ebensogut das Flüßchen sein können, das ihr dieses Wort zuflüsterte, oder der Wind.

Sie bemühte sich, ihn besser sehen zu können, und zum Glück wanderte das Licht in diesem Moment ein wenig von seinem Rücken fort, so daß sie zwar noch immer keine Einzelheiten, aber doch mehr Farbe und Form zu erkennen begann. Ihre Erleichterung wandelte sich jedoch in Überraschung, als sie ihn näher in Augenschein nahm. Er trug Jeans und ein weißes T-

Shirt, und abgesehen von der Augenklappe sah er genauso aus wie der Jay von damals, die große Liebe ihrer Jugendjahre, an den sie genau hier, auf dieser Wiese, ihre Jungfräulichkeit verloren hatte.

Einen Augenblick lang war die Vergangenheit ebenso lebendig wie die Gegenwart.

Es war damals. Und es war er. *Jay.*

Blütenblätter flatterten vorbei, als hätte der Wind aufgefrischt. Sophie würde diesen Tag nie mehr vergessen, solange sie lebte. Hier hatten sie sich vor neugierigen und mißbilligenden Augen versteckt. Hier hatte sie alles mit ihm geteilt, alles, was sie war und fühlte, ihre geheimsten Träume, die geheimsten Winkel ihres Herzens. Hier hatte er ihren nach Liebe hungernden, jungen Körper in solch fiebrige Höhen getrieben, daß sie lernte, was es hieß, einen anderen mit jeder Faser seines Seins zu brauchen.

An jenem Tag hatte er gesagt, daß sie schön wäre, und der erstickte Klang seiner Stimme bei diesen Worten hatte sie davon überzeugt, daß er die Wahrheit sprach. Aber bei der Art, wie er sie jetzt anstarrte, krampfte sich ihr Magen angstvoll zusammen. Es kam ihr vor, als würde er sie sezieren, sie auseinandernehmen und untersuchen wie ein Spielzeug.

»Für mich siehst du bereit genug aus«, sagte er.

Jay hatte sie nie so angesehen. Er hatte nie so mit ihr gesprochen, als ob es nur sie für ihn gäbe und nichts sonst, als ob die Welt ringsum unwichtig wäre. Jetzt begriff sie, warum sein Ton so scharf war. Er war zornig, weil sie ohne ihn hierhergekommen war. Er wollte jene Stunden wieder zurückhaben, sie vielleicht noch mal erleben. Aber das konnte sie nicht, lieber Gott, das konnte sie nicht. Sie wurde ja kaum mit den Erinnerungen fertig.

Er starrte sie an, als wollte er sich mit jedem Detail vertraut machen. Noch nervöser machte sie jedoch die Richtung, die sein Blick genommen hatte. Sie konnte die Hitze dieses Blicks auf ihren Brüsten fühlen. Ihr weit ausgeschnittenes Sommerkleid war an einer Schulter ein wenig verrutscht, und wenn sie nicht den Atem angehalten hätte, wäre es noch tiefer geglitten. Was noch peinlicher war – sie hatte keinen BH an, und durch den dünnen Stoff konnte man auch das kleinste Anzeichen von sexueller Erregung erkennen.

Sie legte schützend die Hand über ihre Brust. Sophie fühlte die Wärme der Verlegenheit in sich aufsteigen und hoffte inständig, daß er nicht sah, wie sich ihre Haut rötete.

»Laß es so«, sagte er, als sie das Kleid zurechtziehen wollte. »Es erinnert mich an die Sommerkleider, die du früher immer anhattest.«

Die heisere Kraft seiner Stimme ließ sie einen Moment lang zögern. Sie war sich nicht sicher, was sie jetzt tun sollte, und er ließ ihr keine Zeit zum Überlegen. Ihre Hand hing noch in der Luft, da trat er auch schon auf sie zu, hakte die Daumen in den Ausschnitt ihres Kleids und zog es entschlossen wieder dorthin, wo es zuvor gehangen hatte.

»So soll es getragen werden«, sagte er.

»Nein«, protestierte sie, »so nicht.«

»So sieht es aber besser aus.«

Seine Hände strichen an ihren Armen hinab. Warme Handflächen schmiegten sich an die Seiten ihrer Brüste, und sein hungriger Blick glitt über sie hinweg, als wäre sie seine Lieblingsspeise, nach der er sich qualvoll sehnte.

»Deine Haut erinnert mich an die weißen Apfelblüten.«

»Aber ich hab doch überall Sommersprossen und ...«

»So *weich* wie die Blüten«, unterbrach er sie.

»Also, ich glaub kaum, daß sie so weich wie ...«

»Und das hier«, flüsterte er und riß sie mit einem besitzergreifenden Ruck hoch, so daß sie auf Zehenspitzen stehen mußte, »erinnert mich an die Art, wie du mich geküßt hast – und an ein paar andere Dinge, die du gemacht hast.«

Sophie drängte ihre Überraschung zurück. Der Druck an den Seiten ihrer Brüste fühlte sich herrlich hart und unnachgiebig an.

»Jetzt bin ich dran«, sagte er und hob sie höher, an seinen

Mund diesmal. Er schob ihre Brüste derart besitzergreifend zusammen, daß sie aus ihrem Ausschnitt zu rutschen drohten.

Er küßte sie nicht, aber sein Mund verharrte dicht über dem ihren, bis sie ihn förmlich zu schmecken glaubte, tief in ihrer ausgehungerten Kehle. Es war herrlich, einfach *herrlich.* Seine Lippen senkten sich mit einem zarten Seufzer auf die ihren – oder zumindest stellte sie es sich so vor. Dies war ein neuerlicher Beweis dafür, wie plötzlich er sich in einen äußerst *maskulinen,* äußerst *fordernden* Mann verwandeln konnte, einen leidenschaftlichen Mann, der sie brauchte, und der Himmel möge ihr helfen, sie brauchte ihn auch.

Ihr Magen zog sich qualvoll zusammen. Sie war vollkommen leer und so erregt, daß sie am liebsten geheult hätte. Die Intensität ihrer Gefühle verriet ihr, wie riskant das Ganze war. Er hätte sie hochnehmen und mit ihr auf die duftende Wiese sinken können, genau wie damals, und sie hätte sich ihm mit einem Seufzen hingegeben. Wie war das möglich? Wie konnte sie so reagieren, wo sie doch so lang und so hart darum gerungen hatte, ihre Gefühle unter Kontrolle zu bekommen? Herrgott, was sie gelitten hatte wegen dieses Mannes. Aber das alles schien im Moment überhaupt keine Rolle mehr zu spielen. So erregt sie war, so groß war ihre Verzweiflung.

Sie konnte diese Folter nicht mal dadurch beenden, daß sie sich den Kuß holte, den er ihr so teuflisch in Aussicht stellte. Er hielt sie viel zu fest umklammert, und ihr Kopf war beinahe unangenehm weit zurückgebeugt.

»Was hast du unter diesem Kleid an?« fragte er. »Ist es so weich wie die Blütenblätter?«

»Weicher.«

Er umfing ihre Brüste mit einem tiefen, kehligen, aber zufriedenen Grollen. Sie konnte fühlen, wie seine Daumen über ihre Brustwarzen strichen, aber nur ganz zart, so zart wie eine Brise, die die Wasseroberfläche kaum kräuselt. Nichts hätte sie mehr erregen können – außer seine Hand *in* ihrem Kleid, Haut an Haut.

»Streichle mich«, brachte sie keuchend hervor.

Sein Brustkorb hob sich mit seinem tiefen, kontrollierten Atem. Die feuchtheiße Atemluft aus seinen Nüstern benebelte ihre Sinne, während sie gleichzeitig fühlte, wie er ihr Kleid von einer Schulter schob und eine Brust freilegte. Sie paßte perfekt in seine Hand, voll und rund, und wieder stieß er ein wildes, aber zutiefst befriedigtes Grollen aus.

Dieser wild vibrierende Laut durchschoß Sophie wie Strom. Er erschütterte und schockierte sie. Er hob ihre Brust an seinen Mund und leckte sie, umzüngelte sie. Dann saugte er die feuchtglänzende Knospe auf einmal in seinen Mund, was sie so erregte, daß sie sich in seinen Armen aufbäumte. Ihre Hände krallten sich in seine Schultern, und sie hatte nur noch eines im Sinn: der süßen Folter seiner Hände und seines Mundes zu entrinnen.

»Jay, ich kann nicht ...« Es war einfach zuviel für sie.

»Du kannst nicht?« Er richtete sich zu voller Größe auf und zog sie heftig an sich. Sie konnte fühlen, wie erregt er war. »Warum nicht?«

Weil du mich noch nicht mal geküßt hast.

Er vibrierte förmlich an ihrem Bein, hart wie die Felswände, die er so mühelos bezwang. »Es tut mir leid«, versuchte sie ihm zu erklären, »aber wir müssen uns bremsen. Ich bin mir nicht sicher, ob ich schon so weit bin.«

»Lügnerin.« Er nahm ihr Gesicht in beide Hände und hielt sie so, wie man ein Kind halten würde. Dann blickte er lange forschend in ihre verzweifelte Miene. Die Augenklappe dominierte sein Gesicht, deshalb wurde ihr Blick zuerst dorthin gezogen – zu dem Auge, das sich dahinter verbarg, und dann erst zu dem anderen.

»Jay, bitte.«

»Wir sind verheiratet, Sophie, Mann und Frau. Wir haben uns die Treue geschworen, und wir begehren einander noch immer.« Seine Stimme klang rauh. Sie zitterte. »Wenigstens ich will dich noch.«

»Ja, wir sind verheiratet, aber wir sind uns auch fremd, Jay. Wir kennen uns kaum und sollten genug Achtung vor unserer Ehe haben, um uns die Zeit zu nehmen, die wir brauchen, so lange das auch sein mag.«

Es war die richtige Begründung. Selbst er konnte das akzeptieren.

Er wandte kurz den Blick ab, dann gab er sie mit einem abrupten Kopfnicken frei, das nur allzu deutlich davon sprach, wieviel Willenskraft ihn das kostete – man meinte förmlich, die Räder quietschend zum Stillstand kommen zu hören. Irgendwie überstieg das ihren Erfahrungshorizont. Die Art, wie er seine Kiefermuskeln spielen ließ, war ein weiterer Beweis dafür, wie schwer es ihm fiel, sich wieder unter Kontrolle zu bekommen.

»Es gibt nur eines, das du über mich wissen mußt«, lächelte er und strich ihr ein paar seidige, honigfarbene Haarsträhnen aus dem Gesicht.

Er liebkoste ihren Mund mit dem Daumen, und Sophie dachte, daß er sie nun vielleicht doch noch küssen würde. Statt dessen hob er sie auf seine Arme und trug sie zum Flüßchen. Verblüfft merkte sie, was er vorhatte.

»Jay, nicht!«

Er stellte sie ins eiskalte Wasser, das ihr bis zu den Fußknöcheln reichte. Es war so kalt, daß es ihr förmlich die Knochen einfror.

»Kämpf nicht dagegen an«, sagte er. »Fühl einfach. Und atme.«

Sie packte verzweifelt seine Hände. Es war so kalt, daß sie sich nicht rühren konnte, daß sie nicht atmen konnte. Ihr blieb einfach die Luft weg. Wie Nadeln stach es in ihre empfindlichen Fußsohlen, und der feurige Schmerz schoß ihr bis hinauf in die Beine. Sogar ihre Zähne taten höllisch weh.

»Was soll das?« rief sie. »Das Wasser ist saukalt.«

»Ich weiß.« Er hob ihr Kinn an, was ihr keine andere Wahl gab, als ihn anzusehen, dennoch waren seine Hände sanft. »Genau darum geht es.«

»Was meinst du?«

»Fühlst du die Eiseskälte? Fühlst du das Brennen?«

In der Tat – es war gleichzeitig heiß und kalt. »Ja.«

»Aber *wie* fühlt es sich an?«

»Es tut weh.«

»Genau so geht's mir«, sagte er, wobei seine Stimme zu einem Flüstern absank. »Ich brenne, Sophie. Ich brenne wie eine Fackel.«

Er zog ihre Hände an seine Lippen und küßte ihre Fingerknöchel, und obwohl sie seine Geste überraschte, konnte sie nur noch an das denken, was er gerade gesagt hatte. Er brannte. War das möglich? Brannte er etwa nach ihr? So sehr, daß es weh tat?

»Bitte hilf mir.« Sie stöhnte.

»Na, dann komm«, stieß er heiser hervor. »Laß uns gehen. War doch keine so gute Idee.«

Es war schwer, wieder rauszukommen, selbst mit seiner Hilfe. Sie konnte ihre Beine kaum noch bewegen. Sie waren völlig taub und ungelenk, und schließlich mußte er ihr einen Arm unter die Kniekehlen legen und sie auf diese Weise tragen. Falls das eine Lektion gewesen sein sollte, dachte sie, dann aber eine verdammt gute. Was er ihr gesagt hatte, würde für immer in ihr Gedächtnis eingegraben sein. Weder die Vorstellung noch seine Worte und auch nicht, wie weh es getan hatte, würde sie je vergessen.

Doch so seltsam es auch klingen mochte, sie war noch immer schrecklich erregt. Wenn er sie jetzt nehmen würde, dann würde sie sich ihm vollkommen hemmungslos und wild hingeben, sie würden sich so explosiv lieben, wie sie einander noch nie geliebt hatten. Dessen war sie sich sicher. Ein Teil von ihr wünschte sich genau das, doch der andere hatte Angst. Aber es sollte nicht sein.

Er dachte wohl, daß ihre Hände von der Kälte so zitterten und daß sie deshalb dieses kleine, scharfe Stöhnen ausgestoßen hatte. Anstatt also ihre Fantasien wahr zu machen, setzte er sie behutsam auf einem Felsbrocken am Flußufer ab, riß sich das T-

Shirt über den Kopf und fing an, Wärme in ihre erfrorenen Füße zurückzureiben.

Doch selbst das fand sie stimulierend. Er war herrlich muskulös. Seine Schulter- und Armmuskeln traten deutlich hervor, ebenso wie seine dicken, mit einem schönen schwarzen Pelz überwucherten Brustmuskeln. Sie sah, wie sie sich bewegten, während er ihr galant die Füße massierte. Ironisch war nur, wie er sein Bestes gab, um sie vor einer Unterkühlung zu bewahren, wo sie doch brodelte vor Erregung.

Er kauerte vor ihr, den Kopf über ihre Füße gebeugt, aber als er sich aufrichtete, konnte sie auch den Rest von ihm bewundern. Seine Bauchmuskeln ließen sich beinahe zählen. Sein ganzer Körper sah sehniger und hagerer, aber irgendwie auch breiter aus. Sie zerbrach sich noch den Kopf darüber, als ihr Blick auf die Narbe fiel. Lang und zickzackförmig, verlief sie über seinen gesamten Unterarm bis zum Handgelenk.

»Der Autounfall«, sagte sie. »Das ist passiert, als du dich mit dem Mustang überschlagen hast.«

Vollkommen perplex blickte er zu ihr auf. »*Was* ist passiert?«

»Na, davon hast du doch diese Narbe, die an deinem rechten Arm.«

Eigentlich war es der linke, wie ihr in diesem Moment klar wurde. Da sie ihm gegenübersaß, hatte sie die Seiten verwechselt. Aber er griff nach genau der richtigen Stelle, und seine Finger zeichneten die alte Verletzung nach.

Er blickte zuerst seinen Arm an, dann wieder sie. Offenbar verstand er nicht, wovon sie redete. »Diese Narbe hab ich mir im Gefängnis geholt. Ein Wärter hat sich über mich hergemacht, mit 'ner ...«

Sie konnte ihn beinahe zusammenzucken sehen. Offensichtlich gehörte dies zu den Dingen, an die er nicht mehr erinnert werden wollte, aber sie konnte nicht glauben, was sie da gehört hatte.

»Machete«, beendete er seinen Satz.

Sie war entsetzt über das soeben Gehörte – und auch über

das, was ungesagt geblieben war. Sie verstand natürlich, daß er über ein so traumatisches Erlebnis nicht gerne sprechen wollte, doch ebensowenig konnte sie ihn in dem Glauben lassen, daß er die Narbe auf diese Weise bekommen hatte. Der Wärter und die Machete waren vielleicht nur ein Traum oder eine Einbildung, die ihm sein Martyrium vorgaukeln wollte.

»Es war der Autounfall«, beharrte sie. »Dein altes Mustang-Cabrio, das du so geliebt hast, erinnerst du dich noch? Wir haben uns überschlagen, und du hast dich an der zerbrochenen Scheibe geschnitten, als du mich aus der Fahrertür zogst.«

Er starrte sie an, und langsam schienen die Erinnerungen zurückzukehren. »An den Unfall erinnere ich mich noch, aber das ist die falsche Narbe.« Er deutete auf seinen anderen Arm, wo sich eine weiße, verblaßte Linie bis zu seinem Ellbogen hochzog. »Du meinst wohl die hier.«

Sophie schwieg verwirrt. Die hatte sie nicht gemeint. Sie wußte alles über die Verletzung, die er sich bei dem Autounfall zugezogen hatte, sogar wieviel Blut er verloren hatte und mit wie vielen Stichen die Wunde genäht werden mußte. Daß der Arm auch gebrochen gewesen war, hatte man erst später bei einer Röntgenuntersuchung festgestellt. Sie konnte sich deshalb noch so genau erinnern, weil sie sich selbst damals verantwortlich gefühlt hatte.

Sie hatten einen Streit gehabt, den er natürlich, wie immer, mit fliegenden Fahnen gewonnen hatte. Mit seinem Charisma und seinem lebhaften Temperament gewann er fast immer, egal, worum es ging. Aber dieses eine Mal hatte Sophie die Nase voll gehabt und versucht, wieder ein wenig Gerechtigkeit herzustellen. Und ihr unangreifbarer Ehemann war eben nur auf eine Weise angreifbar: er war schrecklich kitzlig. Heute schämte sie sich dafür, doch damals hatte sie sich teuflisch geschickt ans Werk gemacht. Das Resultat ihrer Racheaktion war ein schrottreifes Mustang-Cabrio gewesen, doch zum Glück waren weder sie noch er ernsthaft verletzt worden. Das einzige, was passiert war, war die Verwundung an seinem Arm, seinem linken Arm.

Er kauerte noch immer vor ihr, richtete jetzt jedoch den Oberkörper auf und zog sich das T-Shirt auf eine Weise über den Kopf, die besagte, daß das Thema für ihn damit erledigt war. Sie hatte nicht vor, weiter in ihn zu dringen, wie sie auch bei der Sache mit seiner Linkshändigkeit nicht weiter in ihn gedrungen war, doch etwas stimmte nicht. Sie fühlte es deutlicher als je zuvor. Dieses leere, eisige Gefühl in der Magengrube, das sie kurz auf dieser Party im Großen Haus verspürt hatte, dieses Gefühl der Gewißheit, daß er nicht Jay Babcock war. Dieses Gefühl war sofort wieder verschwunden, doch diesmal blieb es.

Sophie, dachte sie, dieser Mann, an den du dich wie eine Verrückte rangeschmissen hast, der, mit dem du's beinahe auf der Wiese getrieben hättest? Das ist nicht dein Ehemann, Sophie. Er ist es nicht.

10

»Leben heißt leiden, Sophie«, bemerkte Wallis, während sie mit zusammengekniffenem Blick die Leinwand begutachtete und hier und da Farbtupfer in einer reichlich blutähnlichen, rotbraunen Farbmischung auftrug. »Wenn du die Leute fragst, was sie sich unter dem perfekten Glück vorstellen, haben sie keine Ahnung. Wenn du sie aber fragst, was sie in ihrem Leben am meisten bereuen, können sie's dir sofort sagen. Interessant, nicht? Und traurig.«

Wallis schien keine Bestätigung ihrer Theorie zu erwarten, doch Sophie merkte, wie sie den Kopf schüttelte. Und es *war* auch ein interessanter Gedanke. Es hatte Zeiten in ihrem Leben gegeben, in denen es anscheinend nur noch Leid gab, und wenn man sie fragen würde, was sie am meisten bedauerte, dann wohl ihre blinde, unvernünftige Liebe für Wallis' Sohn. Und dennoch, ohne dieses Leid wäre sie nicht, was sie jetzt war – oder wo sie jetzt war. Das Leid hatte sie reifer gemacht, hatte sie gezwungen, erwachsen zu werden und auf eigenen Beinen zu stehen. Und zwar rasch.

»Wie findest du's?« fragte Wallis und trat ein wenig zurück, damit Sophie das Bild sehen konnte.

Sophie studierte die seltsam verstörende Interpretation eines Vogels im Flug und wußte nicht so recht, was sie dazu sagen sollte. Es war Jahre her, seit ihre Schwiegermutter das letzte Mal einen Pinsel in der Hand gehabt hatte. Wallis Babcock war früher einmal eine in hiesigen Kreisen gefeierte Malerin gewesen. Sie arbeitete mit Aquarellfarben und Pastellkreiden, und ihr Lieblingsthema waren Naturbilder. Doch nachdem Noah erkrankt und Jay verschwunden war, hatte sie ihr Malstudio fest verschlossen und nie wieder betreten. Erst in dieser Woche hatte sie dort gelüftet und sich wieder eingerichtet. Und jetzt, wo die Sonne so herrlich durch die Deckenfenster hereinschien und Wallis zufrieden vor ihrer Staffelei stand, brachte es Sophie einfach nicht übers Herz, sie zu entmutigen, selbst wenn das Bild ziemlich gruselig auf sie wirkte.

»Nun ... also, es ist anders, als was du sonst machst.«

Wallis lachte. »Du fragst dich, was, zum Teufel, das sein soll, stimmt's, Darling? Sei ruhig ehrlich.«

Sophies Antwort war ein entschuldigendes Schulterzucken. Sie war hergekommen, um über Jay zu reden, über ihre immer größer werdenden Befürchtungen, aber Wallis' Situation schien im Moment drängender zu sein. Warum ist das immer so? fragte sie sich. Egal, wie sehr man auch leidet, irgend jemand leidet mehr als man selbst. Nie ist die rechte Zeit oder der richtige Grund, um einmal über sich selbst zu reden.

Ein dicker, irdener Marmeladentopf mit Pinselwasser stand auf einem kleinen, farbbespritzten Holztischchen neben Wallis' Malkasten. Sie ließ den Pinsel hineinplumpsen und holte sich ein Zeichenmesser aus einer Messingdose.

»Um ganz ehrlich zu sein«, gestand sie, während sie mit dem Messer auf ihrer Palette herumfuhrwerkte, »ich bin ebenso perplex wie du. Ich bin heute morgen mit dem Gedanken aufgewacht, unbedingt Vögel malen zu müssen, und der Würger ist doch so ein tapferer kleiner Krieger, findest du nicht? Du brauchst nur zu sehen, wie er seine Beutetiere auf dornigen Ästen aufspießt. Tot oder lebend, lieber Himmel.«

Sie benutzte das Messer, um einen anmutigen, schwarzweißen Vogel im Sturzflug auf die Leinwand zu zaubern. Das Ganze wäre ja sehr hübsch gewesen, wenn das Tier nicht eine tote Maus im gekrümmten Schnabel gehabt hätte. Unweit davon im Hintergrund befand sich ein kahler Dornbaum, in dem alle seine Opfer hingen – kleine Nager, Insekten, ja sogar ein paar Reptilien. Sie alle hingen da wie eine Art gespenstischer Baumschmuck.

Sophie konnte das entsetzliche Ding kaum ansehen. Ihr wurde fast schlecht dabei. Wallis' »tapferer kleiner Krieger« war eher ein Jeffrey Dahmer im Vogelgewand.

»Das sind seine Opfergaben«, sagte Wallis und zeichnete mit dem Messerchen mehr Bäume in den Vordergrund. »Das denke ich jedenfalls. Aber nicht mal die Ornithologen sind sich darüber einig, warum der Würger das tut. Sie behaupten, daß er damit irgendein evolutionäres Ziel verfolgt. Alle Wissenschaftler, sogar El, scheinen zu glauben, daß nichts im Leben ohne eigennütziges Motiv geschieht … aber ich finde das nicht.«

Der Rucksack drückte Sophie schwer zwischen den Schulterblättern. Er war gestopft voll mit Lebensmitteln, die sie vorhin auf dem Bauernmarkt gekauft hatte. Sie schlüpfte aus einem Träger, nahm ihn jedoch nicht ganz ab. Sie hatte heute früh angerufen, um zu fragen, ob sie vorbeischauen könnte, wenn sie mit ihren Einkäufen fertig war, und Wallis war entzückt darüber gewesen und hatte sogar eine Überraschung angedeutet. Sie mußte dieses entsetzliche Werk gemeint haben.

Nun, das Verhalten des Vogels war zwar makaber, aber rein instinktiv. Wallis' Gründe, ihn zu malen, waren dagegen weit undurchsichtiger, und Sophie bezweifelte, daß sie einfach waren. Trotzdem war's gut, daß sie ihr Studio wieder aufgemacht hatte. Sophie hatte das sonnige Dachstudio mit seinen warmen, einladenden Deckenbalken und den Gerüchen nach Leinwand und Lösungsmitteln immer gemocht.

Ein Goldfunkeln erregte Sophies Aufmerksamkeit. Das Armband ihrer Schwiegermutter blitzte in der Sonne, während sie arbeitete. Sophie verspürte einen scharfen Stich und fragte sich, ob sie neidisch war auf Wallis' neuerwachte Lebensfreude. Jays Rückkehr schien die ältere Frau von ihren selbstauferlegten Fesseln befreit zu haben, während sich Sophie seitdem irgendwie eingeengt fühlte. Angst, wahrscheinlich. Angst konnte einen ganz schön einengen.

»Ist alles in Ordnung, meine Liebe? Du bist heute so still.« Wallis wandte sich zu ihr um, als hätte sie Sophies Gedanken erraten. Wallis hatte einmal, während eines Dinners, den Fehler gemacht zu behaupten, sie besäße hellseherische Fähigkeiten, und Jerry White und sein Partner, die sich unter den Gästen befanden, hatten das später gegen sie verwendet. Sie konnten den Vorstand davon überzeugen, daß Wallis emotional instabil und außerdem medikamentenabhängig war.

Sophie selbst hätte nicht sagen können, ob Wallis wirklich so zart und zerbrechlich war oder einfach nur die kalifornische Version einer Magnolie aus Stahl. Jeder, der es schaffte, Muffin einzuschüchtern, mußte doch irgendwas auf dem Kasten haben. Und seit kurzem strotzte Wallis nur so vor Kraft und Energie. Sophie konnte es sogar von dort, wo sie stand – am anderen Ende des Raums – spüren.

Beide Babcock-Söhne hatten sowohl die Größe als auch die beeindruckende Physis ihres Vaters geerbt, aber Jays Charisma stammte von Wallis. Auch ihre messerscharfe Intuition schien er mitbekommen zu haben.

»Vielleicht sollte ich eine kleine Pause machen, und wir trinken eine Tasse Tee?« schlug Wallis vor. »Wie wäre das, Sophie? Ich habe ein wenig von diesem Rosy Posy aus dem reizenden Gartenlokal, wo wir neulich Lunch hatten, mitgebracht.«

Sophie, die nun doch lieber gehen wollte, umfaßte entschlossen den Träger ihres Rucksacks. Sie trug ein robustes Sommerkleid aus Jeansstoff von Laura Ashley, das nicht nur ihre etwas rundliche Figur kaschierte, sondern auch jede Menge Taschen für ihren Krimskrams besaß, was auch die Liste mit den noch zu erledigenden Dingen miteinschloß. Diese »Rüstung« aus Denim paßte so viel besser zu ihr, fand Sophie, als das flattrige Sommerkleidchen, das sie gestern auf dem Ausflug zu ihrer Wiese getragen hatte.

»Wag es ja nicht, eine Pause zu machen«, drohte sie Wallis mit gespielter Strenge. »Mir geht's gut, bin bloß ein bißchen müde. Diese Kinder laugen mich ganz schön aus.«

»Und wie steht's mit meinem Sohn?« Eine verschwörerische Wärme stahl sich in Wallis' Ton. »Er laugt dich doch hoffentlich auch aus, oder?«

Sophie wußte nicht so recht, was sie davon halten sollte. Wallis machte nie sexuelle Anspielungen, also konnte sie es wohl kaum so gemeint haben, und mochte es noch so offensichtlich klingen. In jedem Fall hatte sich Sophie mittlerweile ohnehin dafür entschieden, ihre neuesten Befürchtungen für sich zu behalten. Sie würde Wallis damit nur aufregen, und Verständnis für ihre Sorgen konnte sie von ihr ohnehin nicht erwarten. Wallis würde bloß wieder behaupten, daß Sophie überreagierte und Jay nicht genug Zeit gab, um sich einzugewöhnen.

Und vielleicht hat sie damit sogar recht, dachte Sophie. Wenn man in Betracht zog, was Jay alles durchgemacht hatte, war es verständlich, daß er möglicherweise ein wenig durcheinander war, was die Ereignisse der Vergangenheit betraf, speziell die traumatischen. Sophie kam außerdem der Gedanke, daß ihr Mißtrauen ihm gegenüber vielleicht sogar mehr mit ihr selbst als mit ihm zu tun hatte. Ihre bisherige Weigerung, ihm eine zweite Chance zu geben, lag möglicherweise daran, daß sie Angst hatte, sich noch einmal auf ihn einzulassen. An seiner Identität zu zweifeln bot einen wirksamen Schutz. Sie konnte ja wohl kaum mit dem Mann schlafen, wenn er nicht ihr Ehemann war. Auf diese Weise blieben die Dinge hübsch in der Schwebe.

»Du gehst doch nicht etwa?« Wallis ließ das Messerchen ins Wasserglas zu den Pinseln plumpsen und schlüpfte aus ihrem geblümten Arbeitskittel. Die Leggings und der Pulli, den sie anhatte, waren von ebenso leuchtendem Blau wie ihre Augen. »Ich hatte gehofft, wir könnten uns miteinander unterhalten.«

»Aber natürlich. Worüber möchtest du reden?«

»Die Ergebnisse von Jays Test sind heute morgen reingekommen. Ich dachte, du würdest vielleicht gern hören, wie sie ausfielen.«

Sophie konnte sie nur verständnislos anstarren. *Würdest vielleicht?* Also das war die Untertreibung des Jahrhunderts.

»Komm, setzen wir uns hierher.« Wallis deutete auf ein Ledersofa beim großen Fenster. Als sie es sich auf den chintzbezogenen Kissen bequem gemacht hatten, stieß Wallis einen Seufzer aus, der sich anhörte, als würde sie gleich platzen. Doch Sophie zuckte unwillkürlich zurück, als Wallis ihre Hand nehmen wollte.

»Sophie, was ist in letzter Zeit bloß los mit dir?« rief Wallis besorgt aus. »Du mußt wirklich versuchen, dich ein wenig zu entspannen. Ich habe die besten Neuigkeiten für dich. Deine Befürchtungen in bezug auf Jay sind vollkommen grundlos, meine Liebe, das ist jetzt sozusagen offiziell.«

In Sophies Brust ertönte ein dumpfes Donnergrollen. Das konnte unmöglich ihr Herz sein. Ihr war beinahe schlecht, so heftig raste das Blut durch ihren Körper. Falls sie einen Beweis dafür brauchte, daß es bei ihr mehr um einen inneren Konflikt ging, ließ ihr plötzlicher Schwindelanfall daran keinen Zweifel. Aber hatte sie Angst zu glauben, daß er wirklich Jay war? Oder wollte sie es nicht glauben?«

»Er hat die Tests bestanden?« fragte sie. »Alle? Auch den DNS-Test?«

Wallis wirkte beinahe kindlich in ihrem Überschwang. »Bestanden ist nicht ganz der richtige Ausdruck, aber, ja, sie bestätigen seine Identität.«

»Aber doch nicht hundertprozentig? Es gibt immer eine

Wahrscheinlichkeit für einen Irrum, oder? Sogar beim DNS-Test. Kein Test ist narrensicher.«

Jetzt ergriff Wallis doch ihre Hand und umschloß sie fest. »Darling, die Fingerabdrücke sind von Jay. Es gibt keine zwei identischen Fingerabdrucksätze auf der ganzen Welt. *Er ist wirklich Jay.* Glaub es, und hör auf, an ihm zu zweifeln. Du liebst ihn doch, oder?«

In Sophie tobten Gefühle, die sie nicht verstand. Ihn lieben? Diese Frage hätte sie nicht beantworten können, selbst wenn das Leben ihrer kleinen Racker auf dem Spiel gestanden hätte, doch die Worte, die aus ihr hervorsprudelten, waren: »Ja, ich liebe ihn.«

»Wo liegt dann das Problem? Ich verstehe nicht.«

Sophie befreite ihre Hände und erhob sich von der Couch. Der Raum war so groß und so hell, daß sie sich ebensogut im Freien hätte befinden können, dennoch hatte sie das Gefühl, ersticken zu müssen. Ich versteh's ja auch nicht, dachte sie. Aber es gibt ein Problem.

Sie ging zögernd, den Rucksack fest an sich gedrückt, zur Tür. Hinter sich hörte sie Wallis hektisch weiterreden. Am liebsten wäre sie gerannt. Etwas stimmte nicht, etwas stimmte ganz und gar nicht, und es lag nicht nur an ihrer Angst davor, andere an sich heranzulassen. Ihre Reaktion war zu heftig. Es mußte auch an ihm liegen, an Jay Babcock. Er war von den Toten wiederauferstanden wie ein schwarzer Magier. Er war ihr ein Rätsel. Warum war sie die einzige, die das merkte?

»Jay hat letzte Woche mit seiner Behandlung angefangen«, sagte Wallis gerade. »Es wird ein Wunder geschehen, Sophie, verlaß dich drauf. Der Erfolg von Phase Eins ist einfach phänomenal. Man redet schon über unser Neuropro als *das* Wundermittel der Neunziger, also brauchst du dir wirklich keine Sorgen mehr zu machen. Jay wird mit fliegenden Fahnen da durchgehen. El und die Ärzte in La Jolla werden schon dafür sorgen.«

Sie zögerte, als würde sie sich ihre nächsten Worte sorgfältig überlegen. »Jay wird natürlich sorgfältig beobachtet, und er macht auch eine Psychotherapie als Bestandteil der Behandlung. Aber ich habe mich gefragt, ob du vielleicht auch mit jemandem reden möchtest. Das ist eine ebenso große Umstellung für dich wie für ihn.«

Sophie krallte die Fingernägel in den Segeltuchstoff ihres Rucksacks. Sie hatte gewußt, daß das kommen würde. Die arme Sophie. Zuerst sieht sie vor lauter Kummer und Verzweiflung über Jays Verschwinden überall seinen Geist, und jetzt, wo er wieder da ist, will sie's nicht glauben, nicht mal angesichts unumstößlicher Beweise. Arme, *verrückte* Sophie.

»Mit mir ist alles in Ordnung, Wallis.« Mit einem gezwungenen Lächeln wandte sie sich zu ihrer Schwiegermutter um. Wallis meinte es nur gut, und es hatte nicht viel Sinn, sie ebenfalls aufzuregen. »Oder zumindest bald wieder«, versprach sie. »Ich brauche nur ein bißchen Zeit, um mich wieder an ihn zu gewöhnen.«

»Aber natürlich brauchst du das. Genau darum geht es ja. Ein wenig Zeit und die richtige Umgebung.« Aufgeregt erhob sie sich von der Couch. All ihre Träume lagen mit einem Mal in Reichweite. »Hast du noch mal darüber nachgedacht, wieder hierher zu uns zu ziehen? Das Hyazinthen-Cottage ist doch so hübsch. Ich werd's für euch herrichten lassen, und dann habt ihr es ganz für euch allein. Noah und ich waren so glücklich dort, bevor die Kinder auf die Welt kamen.«

Das Hyazinthen-Cottage war tatsächlich ein wenig benutzter Gebäudeflügel des Großen Hauses, vollkommen abgelegen und mit einem separaten Eingang. Wallis und Noah hatten dort gelebt, bis Colby geboren wurde, und waren dann ins Haupthaus gezogen.

Das Cottage war ein Liebesnest, aber Sophie war noch nicht bereit für eheliches Glück, ob Jay Babcock nun Jay Babcock war oder nicht. Aber das konnte sie Wallis nicht sagen. Ihre Schwiegermutter war aus ihrem Schneckenhaus herausgekommen und arbeitete mit einer solchen Begeisterung an der Verwirklichung ihres großen Traums, daß Sophie es einfach nicht übers Herz brachte, die Seifenblase zerplatzen zu lassen.

Wallis eilte auf Sophie zu und umarmte sie innig. Sophie konnte nur nicken und hoffen, daß ihr nicht noch schlechter wurde. Es röhrte und rauschte immer noch irgendwo in ihrem Innern. Sie fühlte es an ihren Schläfen, in ihren Ohren.

»Ich kann nicht«, sagte sie. »Ich muß bei den Kindern im Haus sein. Sie brauchen mich dort.«

Wallis drückte sie noch einmal kurz, bevor sie sich wieder zurückzog. »Willst du diese Kindertagesstätte wirklich weiterführen, Sophie? Ist dir das so wichtig?«

»O ja, das ist es. Meine Arbeit gebe ich auf keinen Fall auf.«

Wallis strahlte sie mit warmherziger Toleranz an. »Aber selbstverständlich. Wenn es dir so wichtig ist, werden wir das schon irgendwie hinkriegen. Zerbrich dir jetzt nicht den Kopf darüber. Denk daran, was das für eine Bedeutung hätte und daß du das Richtige tust, Sophie. Und es wäre das Richtige.«

»Was es für eine Bedeutung hätte?«

Aber Wallis schlenderte bereits wieder fort. Sie blieb am großen Fenster beim Sofa stehen und blickte hinaus zu den Bergen am Horizont. Ihre Stimme hatte einen leisen, ehrfürchtigen Klang. Sie schien sich an bessere Tage, an süßere Zeiten zu erinnern.

»Was es für die Familie für eine Bedeutung hätte«, sagte sie, »und für die Firma. Ihr beide seid ein völlig neuer Anfang. Die Entwicklung neuer Medikamente, innovative Forschung, das ist die Tradition, auf die Babcock Pharmaceuticals zurückblicken kann, eine Tradition, die ein ganzes Jahrhundert zurückreicht. Der Gedanke, daß ein in der Forschung weltmarktführendes Unternehmen von ein paar geldgierigen Anwälten in eine ›Drogeriemarkthure‹, wie Noah es nennen würde, verwandelt werden soll, ist für mich einfach unerträglich. Jay wird das nicht zulassen. Unter seiner Führung wird die Firma wieder aufblühen, so wie sie früher war.«

Mit einem panischen Ausdruck auf dem Gesicht fuhr sie zu

Sophie herum. »Ohne dich kann er das nicht, Sophie. Er braucht deine Unterstützung. Oh, ich kann alles so deutlich vor mir sehen. Ich kann euch beide sehen, wie ihr Hand in Hand diese stolze Tradition an die nächste Generation von Babcocks weitergebt.«

Die nächste Generation? Es würde keine nächste Generation geben. Jay war unfruchtbar. Wallis hatte das entweder vergessen, was ihr unmöglich erschien, oder sie war so irrational, wie die Anwälte behaupteten.

Sophie, die auf einmal total erschöpft und sehr verwirrt war, stammelte irgendeinen Vorwand, warum sie gehen müßte. Da sie wußte, daß Wallis sonst keine Ruhe geben würde, versprach sie, sich die Sache mit dem Cottage durch den Kopf gehen zu lassen, doch als sie sich zum Gehen wandte, sah sie etwas aus dem Augenwinkel, das sie herumfahren ließ: ein schwarzes Dreieck.

Es funkte vor ihrem geistigen Auge wie ein Warnschild. So sehr assoziierte sie dieses Zeichen mit Jay, daß sie ängstliche Blicke durch den Raum schweifen ließ, um zu sehen, ob er vielleicht irgendwo herumstand. Aber das Bild war es, das ihre Aufmerksamkeit erregt hatte. Erst jetzt merkte sie, daß die Zeichnungen auf den Federn des Würgers Dreiecke waren. In starken, beeindruckenden Schwarzweißkontrasten. Tapferer kleiner Krieger, hatte Wallis ihn genannt, der eine Art Blutopfer darbrachte. Der Gedanke, der Sophie in diesem Moment ungebeten durch den Kopf schoß, war, ob sie eines dieser Blutopfer sein würde.

In ihrer Angst hörte sie auf einmal eine Stimme in ihrem Kopf. Wallis' Stimme, die ihr warnend in den Ohren klang, während sie blindlings aus dem Dachstudio eilte.

Er ist Jay. Das mußt du einfach glauben ...

11

Eine achtsame, kluge Frau brauchte einfach ein paar Grundsätze in ihrem Leben. Sophie hatte mehrere. Die meisten Leute hätten sie für Klischees gehalten, aber nicht Sophie. Für Sophie waren es Lebensweisheiten. Sogar ihren Kindern predigte sie sie immer wieder, um sie zu motivieren. Der Lieblingsspruch ihrer Racker war: »Wenn dir das Leben Zitronen gibt, zieh eine Schnute«, was sie meist jedoch nur zum Kichern motivierte.

Aber ihre neueste Lebensregel behielt Sophie lieber für sich. »Verliere nie dein Herz an einen Fremden«, predigte sie dem schwarzen Filzdeckel, den sie in ihren Händen zerknüllte. Es war die Dirty-Dan's-Kappe, die er ihr gekauft hatte. Eigentlich wollte sie sie ja in den Müll werfen, aber wie gewöhnlich plagten Sophie Trennungsängste.

Also gut. Sie war eine emotionale Packratte.

Sie hatte Jahre gebraucht, um all die anderen Erinnerungsstücke an ihr Leben mit Jay loszuwerden. Alles, was er berührt hatte, war wie ein kostbarer Schatz für sie gewesen, selbst die schwarzen Haare in seiner Bürste aus Wildschweinborsten. Seine Sachen loszulassen bedeutete, ihn loszulassen, ein so schmerzhafter Prozeß, daß sie sich danach vollkommen leer und verlassen gefühlt hatte. Vielleicht waren ihr deshalb all ihre anderen Schätze noch mehr ans Herz gewachsen.

Ihre Schlafzimmerkommode war zu einer Ausstellungsfläche für ihre diversen Souvenirs verkommen. Da stand zum Beispiel ein Schokoladennikolaus mit winzigen Zahnabdrücken, ein Mickymaus-Jojo, das sich Albert von seinem kleinen Herzen gerissen hatte, weil er dachte, sie würde es ebenso sehr mögen wie er, und in ihrem Schrank stand ein Paar riesiger Plüschhausschuhe in Form zweier Nilpferde, die ihr ihre Kleinen gekauft hatten, weil sie wußten, wie sehr sie Tiere mochte.

Die meisten Leute hätten das als Ramsch bezeichnet, wie ihre

Tante früher, aber Sophie brachte es einfach nicht übers Herz, sich auch nur von einem der Gegenstände zu trennen. Es ging ihr nicht um die Sachen, es ging ihr um das, was sie dabei empfand. Sie hortete Gefühle. Gute Gefühle.

»Und das Ding hier fällt nicht unter diese Kategorie.« Der schmutzige, verbeulte Hut schien all die zwiespältigen zerrissenen Gefühle, die sie in bezug auf Jay Babcock plagten, zu repräsentieren. Noch schlimmer, das Ding war ein Abbild unerwiderter Liebe.

Mit einem Ruck ließ sie den Filzlappen quer durch den Raum segeln, nur um ungehalten die Arme zu heben, als er an einem Bettpfosten hängenblieb, anstatt im Papierkorb zu landen. »Wahrscheinlich hätte ich den Deckel sowieso wieder aus dem Müll gegraben ... wie ich mich kenne.«

Der zerbeulte Hut sah gut aus an dem Bettpfosten, als ob er dort hingehörte. Er paßte zur Einrichtung des Zimmers, die Sophie im Geiste immer als »Spielzeugbarock« bezeichnete. Sie mochte nun mal bequeme, alte Sachen, was man an ihrer Tagesdecke, einem alten Patchworkding sehen konnte, das sie auf einem Flohmarkt aufgegabelt hatte und auch an den Fenstervorhängen, gerüschten Stores. Den Boden bedeckte ein dicker Plüschteppich, und das Doppelbett aus weißlackiertem Korbgeflecht hatte sie vom Großen Haus mitgebracht.

Dieses Bett war ihre Zuflucht und wahrscheinlich das wichtigste Möbelstück im Haus. Es war das erste Bett, in dem sie sich sicher genug fühlte, um tatsächlich darin schlafen zu können. Überall sonst plagten sie Alpträume, aus denen sie gewöhnlich schweißgebadet und auf der Suche nach dem nächsten Mauseloch zum Verstecken aufwachte.

Sie nahm die Kappe vom Bettpfosten und schlug sie einmal kräftig gegen das Peddigrohrbett, um den Schirm wieder geradezubiegen. Dieselben Mächte, die interveniert hatten, als sie versuchte, das Ding loszuwerden, veranlaßten sie nun, sich den unförmigen Filzdeckel auf den Kopf zu setzen.

Der Schrankspiegel gegenüber machte es ihr unmöglich, das

flotte Küken in der Jeanslatzhose und der Baseballmütze, die ihren Pferdeschwanz zusammenquetschte, zu übersehen. Sie drehte die Mütze um, Schirm nach hinten, so daß ihr Haar völlig verschwand. Und dennoch, die Kappe stand ihr gar nicht so schlecht, wie sie zugeben mußte. Warum versuchte sie also, sie loszuwerden? Und ihn?

Der Mann war jahrelang im Gefängnis, Sophie. Was willst du eigentlich? Ghandi? Spirituelle Vollkommenheit? Du machst dich verrückt, bloß weil sein Gedächtnis ein bißchen gelitten und er eine grundlose Aggressionsattacke gehabt hat, die vielleicht gar nicht so grundlos war, wenn er dich wirklich nur beschützen wollte. Vielleicht ist es ja dein Hirn, das Löcher hat.

Sie stöhnte. Sie hatten recht, die anderen hatten alle recht. Sie wurde wirklich allmählich verrückt, und paranoid noch dazu. Es gab keinen vernünftigen Grund, warum sie es nicht noch mal mit Jay versuchen sollte. Wieviel mehr Beweise brauchte sie noch, um zu glauben, daß er wirklich ihr verschollener Ehemann war? Er erinnerte sich an Begebenheiten aus ihrer Beziehung, die er von keinem anderen hätte erfahren können. Er erinnerte sich nicht nur an die Sache mit der Mütze, er wußte auch noch alles über die Gasse, in der sie dieses Schild mit ihrer ganz persönlichen Wahrheit bekritzelt hatten. LOVING ALLOWED.

Sie sollte ihn mit offenen Armen willkommen heißen, in ihrem Bett und in ihrem Leben. Sie fand ihn, weiß Gott, attraktiv, und ihr Körper fühlte sich eher flüssig als fest an, wenn er in der Nähe war. Aber hier ging es nicht um gegenseitige Anziehung, und es hatte nichts mit Wallis oder Babcock Pharmaceuticals oder mit diesem Zurück-in-den-Schoß-der-Familie-Unsinn zu tun. Hier ging es um einen Mann und um eine Frau, die sowohl Kameraden als auch Liebende gewesen waren. Es ging darum, einander wiederzuentdecken, und um das Wiederfinden von Verlorenem. Es ging um eine zweite Chance.

Jay hatte ihr ein Kompliment wegen ihrer Unabhängigkeit gemacht, und es stimmte. Sie war eigenständig. Aber sie war nie wirklich aus ihrem Versteck herausgekommen. Bei ihrer Tante waren es Betten oder Schränke gewesen, aber jetzt war es der von ihr gewählte Beruf. Ihre Kindertagesstätte nahm all ihre Zeit in Anspruch. Es blieb keine Minute übrig, und der Mann ihrer Wahl war ihr Therapeut gewesen. Wieviel sicherer konnte man es noch machen?

Sie hatte sich in eine Festung der Selbstgenügsamkeit und Eigenständigkeit verwandelt. Aber Jay Babcock lockte ihr Herz aus seinem Schneckenhaus. Wieder einmal.

»Blaze! Hierher!« Sophie hatte gerade das letzte Junge aus einem Wurf brandneuer kleiner Wüstenmäuse aus dem Brutkasten genommen, als sie ihren irischen Setter wie wild draußen vor dem Haus bellen hörte. Die kleinen Mäuschen waren zu früh auf die Welt gekommen, und sie versuchte sie am Leben zu erhalten, doch etwas mußte den Hund aufgeregt haben. Sie beeilte sich, die sich windenden Würmchen am Bauch ihrer Mutter zurechtzulegen, während sie schon mit einem Ohr nach der Türklingel lauschte. Vielleicht stand ja irgendeine tapfere Seele vor der Tür.

Als Sophie Sekunden später hektisch ins Wohnzimmer rannte, sah sie sofort, was mit dem Hund los war. Es war dasselbe, was mit ihr geschah: Jay. Sie konnte ihn durchs große Wohnzimmerfenster sehen. Er stand auf dem Gehsteig, neben einem Sedan, den er sich von Wallis geborgt hatte, aber zu ihrem Entsetzen sah es so aus, als würde Blaze ihn jeden Moment anspringen.

Der Setter knurrte und japste bedrohlich. Sophie hatte ihn noch nie so erlebt. Er war ein ausgezeichneter Wachhund, aber bösartig war er noch nie gewesen, nicht mal bei Fremden.

»Blaze, nicht!« schrie sie, als der Hund auf Jay losrannte. Sie eilte zum Fenster, in der Erwartung, Jay ins Auto springen zu sehen. Doch er ging statt dessen in die Hocke und blickte dem Hund entgegen.

Erstaunt sah sie zu, wie Jay die Arme ausbreitete, während

der Hund sich ihm mit ganzer Kraft entgegenwarf. Der Köter sah aus wie ein zähnefletschender Dämon, und Sophie hämmerte wie wild gegen die Fensterscheibe. Aber die Schreie blieben ihr im Hals stecken, als sie die leuchtende blaue Scheibe in Jays Hand erblickte – ein Frisbee.

»Ach du lieber Gott«, flüsterte sie und wußte sofort, was los war. Jay wurde nicht angegriffen. Ganz im Gegenteil. Ein geheiligtes Ritual spielte sich vor ihren Augen ab. Sie spielten Frisbee, als gäbe es die dazwischenliegenden fünf Jahre Hölle überhaupt nicht.

Japsend wie ein Verrückter warf Blaze Jay einfach um und ertränkte ihn in nassen Hundeküssen. Sophie beobachtete die beiden mit einem bittersüßen Kopfschütteln. Es war offensichtlich, daß Blaze keine Probleme hatte, Jay im Schoß der Familie willkommen zu heißen. Nicht mal die Augenklappe hatte ihn irritiert, doch Hunde orientierten sich ja ohnehin mehr mit der Nase als mit den Augen. Und wer war sie, den Instinkt eines Tiers in Frage zu stellen?

»Was machst du mit meinem Hund?« schrie sie Jay in gespieltem Entsetzen an, nachdem sie die Haustür aufgerissen hatte.

»Das siehst du falsch, Lady«, brachte Jay zwischen den nassen Hundeküssen hervor. »Was macht dein Hund mit mir? Diese Zunge ist ja 'ne tödliche Waffe.«

»Brauchst du vielleicht Hilfe?« Sie ging zu der Stelle, wo sich die beiden balgten. Von Jay war nicht mehr als seine langen Arme und Beine zu sehen.

»Wie wär's mit der Nationalgarde?«

»Sorry, nur ich weiß, wie man den Köter zurückpfeift, also behandle mich gut«, warnte sie ihn.

»Was willst du haben? Geld? Eine Niere?«

»Blaze! Bei Fuß!« kommandierte sie. Der Hund erschauderte heftig, zögerte kurz und sprang dann mit einem Kläffen zurück.

Jay wischte sich das Gesicht am Ärmel seines Parkas ab und setzte sich auf. »Kannst du auch Löwen bändigen?« Er trug einen weißen, gerippten Rolli unter der schwarzen Jacke, und seine Bluejeans waren am Knie aufgerissen. Die meisten Männer hätten nicht so gut ausgesehen mit den Erd- und Grasflecken, aber bei ihm erhöhte das nur seinen Naturburschen-Charme. Seine Aufmachung entsprach ganz dem alten Jay.

»Ich hab Blaze dressieren lassen.« Sie kniete nieder, um den Setter mit einer Umarmung und einem kräftigen Kinnkraulen zu belohnen. »Es war nötig, mit all den Kindern.«

Jay streckte den Arm aus, um den Hund hinter den Ohren zu kratzen, und Blaze gab ein ekstatisches Seufzen von sich. »Ist lange her, Kumpel«, sagte Jay mit vor Emotion heiserer Stimme. »Zu lang.«

Blaze schien sich nicht entscheiden zu können, wen er mit seiner Zuneigung überhäufen sollte, also zog sich Sophie großmütig zurück. Diesmal unterwarf sich Jay freiwillig dem Hundebad, und der Setter begann mit rührendem Eifer, das Gesicht seines lang verloren gewesenen Herrchens abzulecken.

Das scharfe, atemlose Winseln, das Blaze dabei ausstieß, zerrte an Sophies Herz. Der sehnsuchtsvolle Laut spiegelte all ihre eigenen unerfüllten Bedürfnisse wider. Sie wußte alles über diese Art von hilfloser, hündischer Liebe.

Kurz darauf befanden sich alle drei in der Küche des kleinen Häuschens, Jay am Spülbecken, um sich das Gesicht zu waschen, und Blaze schwanzwedelnd zu Füßen seines Herrchens. Es schien ihm überhaupt nichts auszumachen, daß Jay alle Spuren seiner überschwenglichen Zuneigung mit heißem Wasser und Seife beseitigte.

»Kaffee?« fragte Sophie und merkte selbst, wie schroff das klang. Jetzt, wo sie den Entschluß gefaßt hatte, ihrer Beziehung noch eine Chance zu geben, war sie auf einmal nervös. Natürlich wußte er nicht, was ihr im Kopf herumging, und sie mußte es ihm auch nicht sagen, bevor sie sich wieder ein wenig gefangen hatte.

»Nein danke«, sagte Jay und schüttelte seine nassen Hände aus.

Er drehte sich zu ihr um, und Sophie trank hastig einen Schluck aus ihrer Kaffeetasse. »Kluge Entscheidung«, sagte sie. »Er schmeckt lausig.«

Er wischte sich gerade die Hände am Geschirrtuch ab, und sie konnte nicht anders, als zu bemerken, wie maskulin selbst diese einfachen Bewegungen an ihm wirkten. Sobald er die Küche betreten hatte, hatte er seinen Parka über einen Stuhl gehängt und sich die Ärmel seines Rippenrollis hochgeschoben, wobei kräftig geäderte, sehnige Unterarme mit herrlichen schwarzen Haaren zum Vorschein gekommen waren. Sie konnte die fragliche Narbe sehen, die ihrer Meinung nach von dem Autounfall stammte. Die kleineren Narben mußte er von seinen zahlreichen Kämpfen mit den Elementen haben.

Sophie war von seinen Schultern und Armen schon immer widerwillig fasziniert gewesen, selbst als junges Mädchen, was wohl an der Kraft und Macht lag, die sie repräsentierten. Eine Frau wußte instinktiv, was die Arme eines Mannes tun konnten, wie sie einem Halt und Geborgenheit schenken, einen aber auch unterdrücken und fesseln konnten. Irgendwo in ihrem Frauenverstand begriff sie, daß diese Kraft für oder gegen sie verwendet werden konnte, selbst bei einem Mann, dem sie vollkommen vertraute. Deshalb war ein Teil von ihr immer auf der Hut, akzeptierte jedoch gleichzeitig die überlegene Stärke dieser Arme. Es hing ganz von dem Mann ab.

Sophie hatte Jay dabei zugesehen, wie er nur mit seinen Händen und Füßen steile Felswände erklomm. Als junges, leicht zu beeindruckendes Mädchen hatte sie das vollkommen in den Bann geschlagen, ganz besonders die Art, wie seine Finger über den Granit tasteten und streichelten, wie sie wie durch Zauberhand unsichtbare Nischen und Vertiefungen fanden. Seine Fingerspitzen hatten im Lauf der Zeit beinahe einen sechsten Sinn entwickelt. Er kletterte mit geschlossenen Augen, »las« die Felswand mit seinen Fingern, wie ein Blinder die Blindenschrift, entlockte dem Felsen jedes noch so kleine Geheimnis … jede zitternde Lüge.

Lüge? *Lügnerin?* Woher hatte er das gewußt?

Sie erbebte irgendwo tief in ihrem Innern und war froh, als sie seine Stimme aus ihren Gedanken riß.

»Ich könnte ein Bier vertragen, wenn du eines hättest.«

Hatte sie nicht. Claude trank nur Pernod, und irgendwie konnte sie sich nicht vorstellen, daß Jay die Vorlieben ihres Exverlobten teilte. Sie waren so unterschiedlich, wie zwei Männer nur sein konnten.

Er ließ das Geschirrtuch auf den Tresen fallen und überraschte sie damit, daß er ihr die Kaffeetasse aus der Hand stibitzte. »Laß uns die hier teilen«, schlug er vor und blickte sie über den Rand der Tasse an, während er einen Schluck trank.

Er konnte die Stelle, von der sie getrunken hatte, nicht mit den Lippen berührt haben, doch das hielt sie nicht davon ab, sich das vorzustellen.

»Nicht schlecht«, sagte er.

»Du bist ja bloß höflich«, erwiderte sie in fast bitterem Ton. Wie konnte sie sich auf Intimitäten mit einem Mann einlassen, der sie andauernd aus der Fassung brachte? Eine Frau brauchte ein Gefühl von Sicherheit, bevor sie sich den Freuden der Sexualität hingeben konnte. Und mit ihm fühlte sie sich ganz und gar nicht sicher.

»Ich bin nie bloß höflich.« Er umfaßte die Tasse mit beiden Händen und hielt sie ihr hin. »Nicht, wenn's um Kaffee geht, jedenfalls. Jetzt du.«

So wie er die Tasse hielt, war es nicht möglich, sie ihm abzunehmen, ohne ihn dabei zu berühren. Er lächelte, als er ihr Zögern bemerkte.

»Tolle Kappe, die du da aufhast«, bemerkte er.

Trug sie etwa noch immer die Dirty-Dan's-Mütze von heute morgen? »Ach du liebe Güte!« Rasch riß sie sie vom Kopf. »Sie ist so zerknautscht, daß ich sie eigentlich wegwerfen wollte, aber irgendwie ist sie auf meinem Kopf gelandet.«

»Wirklich? Direkt auf deinem Kopf? Cleverer Mütze.« Er hatte die Kaffeetasse genommen und lehnte sich nun an die

Küchentheke, ohne sie dabei aus den Augen zu lassen. Sie glaubte sich zu erinnern, daß er das auch früher schon gemacht hatte. Blaze lag zufrieden vor dem Kühlschrank und genoß die warme Luft, die dem Haushaltsgerät unten entströmte. In der Küche duftete es nach Hefeteig, den Sophie in einer großen Schüssel zugedeckt auf den Kühlschrank gestellt hatte, damit er aufgehen konnte.

Sie hatte vor, Brot zu backen. Zimtbrötchen wahrscheinlich Sie backte gerne, denn es wirkte immer so beruhigend auf sie, was wahrscheinlich der Grund für die zusätzlichen Pfunde war, die sie seit seinem Verschwinden zugelegt hatte.

»Hast du noch mal über mein Angebot nachgedacht?« fragte er.

Sie nickte stumm. Beide wußten, daß er damit sein Angebot meinte, ihr finanziell unter die Arme zu greifen, und sie hatte es tatsächlich in Erwägung gezogen. Seine Argumente waren nicht von der Hand zu weisen, und ernüchternd noch dazu. Sie wollte nicht, daß ihre Kinder litten, nur weil sie zu stolz war und sich ihre Unabhängigkeit um jeden Preis bewahren wollte. Das war nicht nur selbstsüchtig, es war kontraproduktiv.

»Es muß ja nicht Geld von mir sein, falls dir das gegen den Strich geht. Babcock hat die Finger in allen möglichen Wohlfahrtsprojekten. Wir können später über die Einzelheiten reden. Denk einfach, ich wär die Geldfee.«

Sie mußte ein Lächeln unterdrücken. Er hatte sie immer wegen ihres Glaubens an eine kosmische Fee aufgezogen, die bei unerwarteten Geldproblemen in die Bresche sprang. Aber nach so vielen Jahren, in denen sie einen erfolglosen Antrag nach dem anderen gestellt hatte, hatte sie keine Illusionen mehr. »Ich denk darüber nach. Ehrlich.«

»Ich würde dir wirklich gerne helfen, Sophie«, sagte er in ernstem Ton. »Wenn auch nur ein bißchen. Es würde nichts von dem schmälern, was du schon erreicht hast.«

Sie drehte sich zum Backofen um und sah dort ihr Spiegelbild. Sie war froh, daß sie die Latzhose mit einem T-Shirt und

Shorts vertauscht hatte. Das Gute an den zusätzlichen Pfunden war, daß sie sie ein wenig aufpolsterten. Sie hatte deswegen noch lange nicht das, was man als eine üppige Figur bezeichnen konnte, aber der Stoff ihres T-Shirts spannte sich doch recht deutlich über ihren Brüsten. Selbst sie konnte das sehen.

»Irgend jemand da drinnen, den wir kennen?«

Jays Spiegelbild tauchte hinter dem ihren auf, und Sophie kam sich ertappt vor. Er konnte unmöglich gewußt haben, daß sie sich taxiert hatte, aber es war ihr dennoch peinlich, dabei erwischt zu werden, wie sie derart in ihren Anblick und in die mysteriöse Anziehungskraft, die sie besitzen mochte, versunken war. Woher nahm er bloß diese unheimliche Fähigkeit, ihren Verteidigungspanzer zu durchdringen und ihre verwundbarsten Gefühle und Gedanken aufzudecken? Dafür könnte sie ihn beinahe hassen. Gewiß war das der Grund dafür, warum es ihr so schwerfiel zu glauben, daß er Jay war. Ihr junger, abenteuerhungriger Gatte hatte das nie gekonnt oder auch nur gewollt, wie sie zugeben mußte.

Das mußte es sein, ja natürlich. Auf diese Weise schaffte er es, sie ständig aus der Fassung zu bringen, und sie war sich ziemlich sicher, daß ihm das auch bewußt war. Sie kam sich vor wie ein Fleck unter dem Mikroskop, so wie er sie anstarrte. Ein Gewicht schien auf ihre Brust zu drücken und machte ihr das Atmen schwer. Ihr Körper war der Beweis dafür, daß er sie mit einem einzigen Blick in Mus verwandeln konnte. Aber das wollte sie nicht. Sie wollte nicht, daß irgend jemand eine solche Macht über sie besaß, besonders jetzt nicht, wo sie überlegte, ob sie wieder mit ihm intim werden sollte. Sex sollte nichts mit Macht zu tun haben.

»Warum bist du hergekommen?« fragte sie. Es klang wie eine Anschuldigung, und vielleicht war es das ja auch.

»Wo sollte ich sonst sein? Du bist schließlich hier.«

Ihre Kehle schnürte sich mit einem Mal fast schmerzhaft zusammen. So fängt es immer an, erkannte sie, im Hals, und von da geht es nach unten.

»Was willst du von mir?« Was für eine blöde Frage, aber sie mußte sie einfach stellen.

Er brauchte einen Moment für die Antwort. »Eine Chance.«

»Wofür?«

»Um dir zu beweisen, wer ich bin. Um dich glauben zu machen.«

Verlier nie dein Herz an einen Fremden. Sex sollte nichts mit Macht zu tun haben – ihre zwei neuen Grundsätze.

»Du mußt es tun, Sophie. Zumindest soviel schuldest du mir. Das schuldest du *uns.*«

»Was meinst du mit ›Chance‹?«

»Ich will Zeit mit dir allein verbringen. Ich möchte die Zeit und Gelegenheit für uns schaffen, herauszufinden, wer wir sind und was wir einander bedeuten.«

Das hätte sie nicht überraschen sollen. Was er sagte, war vollkommen logisch. Darum ging es ja bei einer Versöhnung – Zeit allein miteinander zu verbringen, einander neu zu entdecken. Sie faßte sich an die Schulter und rieb sich. Es fühlte sich an, als hätte sie eine Muskelzerrung.

»Keine Bedingungen«, sagte er, »jedenfalls nicht die Art, an die du denkst. Ich will einfach nur, daß wir zusammen sind, uns wieder kennenlernen.«

»Meinst du damit, daß wir miteinander ausgehen sollen?«

»Ja, genau das meine ich. Ich will dich zu Hause abholen und mit dir ausgehen. Wirst du mitkommen?«

Sie hatte keine Grundregeln fürs Ausgehen parat, aber vielleicht mußte Macht ja nichts damit zu tun haben. »Was würden wir tun?«

»Laß es mich so sagen: Das ist ein Geheimnis.«

Ihr Gesicht im Backofenfenster sah überrascht aus. Seines wachsam und erwartungsvoll.

»Was meinst du damit – ein Geheimnis?« wollte sie wissen.

»Wenn ich's dir sagen würde, wär's ja kein Geheimnis mehr. Ich kann dir nur so viel verraten – es ist was, wonach sich dein Herz immer gesehnt hat.«

Etwas, wonach sich mein Herz immer gesehnt hat. Nur Jay Babcock konnte mit so einer Äußerung aufwarten. Wirklich nur Jay. Das Geheimnisvolle an der Sache war jedoch, warum er das ausgerechnet jetzt tat, warum er ihr gerade jetzt all die Dinge sagte, die sie schon immer hatte hören wollen. Das kam ihr beinahe grausam vor. Es hatte eine Zeit gegeben, da war *er* alles gewesen, wonach sich ihr Herz immer gesehnt hatte, aber das konnte er unmöglich meinen.

12

Der Helikoptermotor dröhnte bereits, und die Rotorblätter drehten sich kraftvoll, doch Muffin, die in der runden Kabine auf dem einen der beiden Passagiersitze saß, war ein Ausbund an Gelassenheit, obwohl sie die Ankunft ihrer Geisel erwartete.

Ihre Mensa-Kameradinnen hätten ihre kleine Idee wahrscheinlich als Prahlerei abgetan. Aus blankem Neid hätten sie nicht zugeben können, wie brillant ihr Plan war, aber Muffin litt nicht unter solch falscher Bescheidenheit. Ihre Idee, Jerry White zu kidnappen, war schlichtweg genial. Der Anwalt mußte ihr wenigstens für eine Stunde seine ungeteilte Aufmerksamkeit schenken, und der sicherste Weg, ihr Ziel zu erreichen, bestand darin, einfach seinen Hubschrauber zu entführen.

Ihr brandneues Chanel-Kostüm war genau das richtige für eine solch kühne Aktion. Es war bonbonrosa, mit schwarzen Samtaufschlägen an Ärmel und Kragen, und der Rock war die diesjährige Antwort auf den Mini. Aber was ihr an dem Ganzen am besten gefiel, war ihre Taktik: Angriff. Keine Waffen waren dazu nötig, bis auf die eine, die sie ohnehin für die wirksamste hielt: Geld. Sie hatte einfach Jerrys Piloten bestochen und einen eigenen angeheuert.

Als sie aufblickte, nachdem sie ihr goldenes Armband zurechtgezupft hatte, sah sie eine rundliche Gestalt über die Hubschrauberlandefläche auf sich zulaufen. Das wird wohl die Geisel sein, dachte sie und konnte nicht umhin zu bemerken, daß, falls überhaupt jemand die Dienste eines Schönheitssalons benötigte, dann er. Falls er auch nur ein bißchen Verstand besaß, würde er ihr für diese Gelegenheit danken.

Jerrys Aktenmappe kam vor ihm in den Hubschrauber gesegelt und landete polternd zu Muffins Füßen, wo sie sie auch liegenließ, während sie dabei zusah, wie er sich mühsam und mit Hilfe eines Mannes vom Bodenpersonal in den Helikopter hievte. Er merkte überhaupt nicht, daß Muffin auf einem Sitz saß, nicht mal, nachdem er sich schwer auf den anderen hatte plumpsen lassen und der Hubschrauber abhob.

Er fischte ein zerknülltes Taschentuch aus seiner Jackeninnentasche und wischte sich die Stirn ab, ohne auch nur einen einzigen Blick in ihre Richtung zu werfen. Muffin nahm an, daß er ihr erst dann seine Aufmerksamkeit schenken würde, wenn er mit dem Trocknen seines Gesichts fertig war. Da sie jedoch nicht gerne ignoriert wurde, zog sie kurzerhand ihren Rock gerade, schlug die Beine übereinander und strich sich die Nylons glatt, alles direkt vor seiner Nase.

»Was haben Sie hier zu suchen?« Jerry, krebsrot und immer noch keuchend, blickte sie über den Rand seines Taschentuchs hinweg an. »Das ist der Firmenhubschrauber.«

»Wirklich?« meinte sie zuckersüß. »Und ich dachte, es wäre Ihr fliegender Teppich und ich Ihre bezaubernde Jeannie. Aber da hab ich mich wohl geirrt?«

Sein verständnisloser Blick verriet ihr, daß es Zeitverschwendung war, sich mit witzigen Bemerkungen aufzuhalten. Es fiel ihr schwer, sich vorzustellen, wie eine solche Dumpfbacke es zu einer derartigen Machtstellung gebracht hatte, aber vielleicht war sein träger Verstand ja ihr Vorteil.

»Ich bin dabei, Sie zu kidnappen, Jerry. Sie sind einen Nachmittag lang meine Geisel, und das wird ein Nachmittag, den Sie nie vergessen, das garantiere ich Ihnen.«

Es sah aus, als würden dem amtierenden Vorstandsvorsitzenden nun endlich ein paar Tatsachen dämmern. Sie bemerkte, daß Panik in seinen zusammengekniffenen, schlauen, kleinen Schweinsäuglein aufkeimte, während er sie mit offenem Mund anstarrte. Er blickte sich verwirrt um, dann hinaus und auf die Erde.

»Zu weit, um zu springen«, bemerkte sie in sanftem Ton. »Warum entspannen Sie sich also nicht einfach und genießen den Flug, hm?«

»Wovon reden Sie, zum Teufel? Ich bin auf dem Weg in die Century City, zum Lunch um eins.«

»Nicht mehr. Ich hab angerufen und für Sie abgesagt.«

Er schoß hoch wie ein Schachtelteufelchen und stieß sich prompt den Kopf an der Plexiglasdecke. »Sie haben was?! Aber das ist unmöglich. Das ist eine Konferenz der *American Association of Pharmaceutical Scientists.* Ich bin ihr Tafelredner.«

Der Helikopter sackte abrupt ab und schwang zur Seite. Der Pilot drehte den Kopf zu ihnen herum und brüllte Muffin etwas zu, das sie nicht verstand, aber sie begriff, was er meinte.

»Jerry, setzen Sie sich!« schrie sie und haßte ihn dafür, daß er so ein ungeschickter Klotz war. Der Mann machte sich total lächerlich. Wo war bloß seine Würde? »Sie bringen uns alle in Gefahr!«

Die ganze Freude an ihrem kühnen Plan verpuffte, verschwendet an diesen trampeligen Neandertaler. Merkte er denn nicht, daß vor ihm ein Genie saß, ein Mensa-Mitglied? Er war zu blöde, um einen raffiniert ausgeklügelten Plan zu erkennen, selbst wenn er ihm in sein Mondgesicht lachte.

Kochend vor Frustration packte ihn Muffin am Arm und zerrte ihn wieder auf seinen Sitz zurück. Der Helikopter schwankte und hüpfte wie ein Boot kurz vorm Umkippen, aber sie war zu wütend, um darauf einen Gedanken zu verschwenden. Sie hatte sich das Ganze mehr wie eine Szene aus einem James-Bond-Film vorgestellt, und er machte eine Dick-und-Doof-Version daraus. Aber sie würde sich ihre Idee nicht von ihm zerstören lassen, auf gar keinen Fall. Er sollte sich hinhocken und ihr gefälligst zuhören wie ein braver VIP, der von einer wunderschönen, unglaublich klugen Frau entführt worden war.

Der Anwalt sank scheinbar besiegt in den Sitz zurück. Muffin griff sich sein feuchtes Taschentuch und tupfte ihm geziert die Schläfen ab.

»Das ist schon viel besser«, murmelte sie beruhigend. »Hier, lassen Sie es mich Ihnen ein bißchen bequemer machen.« Sie wollte nach seiner Krawatte fassen, aber er packte ihre Hand und zerdrückte sie fast.

Muffin keuchte vor Schmerzen. Der Atem zischte aus ihrer Kehle, aber Jerry ließ trotzdem nicht los. Seine Schweinsäuglein bohrten sich in die ihren, und seine Stimme bebte vor Wut.

»Wohin, zum Teufel, bringen Sie mich?«

»Zu einer Schönheitsfarm ...«

»Wie bitte?«

»Lassen Sie mich los, bitte. Ich werd alles erklären – ahhhh!« Er ließ los, und sie massierte sich ihre schmerzende Hand. Sie merkte, daß sie ihn unterschätzt hatte. Hinter diesem runden, gemütlichen Mondgesicht verbarg sich ein würdiger Gegner, einer, der zu rascher, rücksichtsloser Vergeltung fähig war.

Während sich Muffin wieder zu beruhigen suchte, wurde ihr mehr denn je klar, daß sie ein Wolf im Schafspelz war. Die meisten Leute hätten nach so einer Attacke eine Heidenangst bekommen, aber sie war erleichtert. Jerry White hatte ihr gerade bewiesen, daß er die Zeit und Mühe, die sie sich gab, am Ende doch wert sein mochte. Sie stand vor der Herausforderung, aus einem Gegner einen Verbündeten zu machen, aber vielleicht war ihr Fehler ja wiedergutzumachen.

»Entweder Sie befehlen dem Piloten, diesen Hamsterkäfig auf dem Dach des Sun-America-Gebäudes zu landen«, warnte er, »oder ich tu's für Sie. Und meine Methoden würden Ihnen nicht gefallen, glauben Sie mir.«

Sie wußte nicht, wohin mit seinem ekelhaften Taschentuch, also behielt sie es angewidert zwischen zwei Fingern. »Würden

Sie mich zuerst vielleicht anhören? Es könnten die wichtigsten zehn Minuten Ihres Lebens sein.«

»Dann reden Sie. Aber tun Sie's schnell«. Er warf einen Blick auf seine Armbanduhr von Jaeger Le Coultre, die viel zu zierlich war für sein kräftiges Handgelenk. »Dieser Lunch fängt in genau zehn Minuten an, und es gibt echte New Yorker Pastrami auf Roggenbrötchen. Das ist der einzige gottverdammte Grund, warum ich überhaupt hingehe.«

Arroganter Klotz, dachte sie. Er würde sich nicht so aufführen, wenn sie über die Stimmanteile verfügte, die seit Colbys Tod rechtmäßig ihr zustanden. Aber solange die Rechtslage in bezug auf die Aktien unklar war, bestimmte nun mal Jerry White.

»Ich mag ja den Namen Babcock tragen, aber deshalb liegen meine Loyalitäten noch lange nicht dort«, versicherte sie ihm, in der Hoffnung, daß er ihr glaubte. »Ich bin vollkommen Ihrer Meinung, was die künftige Entwicklung der Firma betrifft. Deshalb bin ich hier. Ich habe eine Idee, wie das Unternehmen expandieren könnte, eine Idee, die ein Vermögen wert ist – Millionen, wenn Sie wollen, zweistellig wohlgemerkt.«

»Mit einer Schönheitsfarm?« Er schauderte. »Seh ich aus wie einer, der auf Schönheitsfarmen geht? Ich hasse alles, was damit zu tun hat.«

»Es geht mir nicht um die Schönheitsfarm«, versicherte sie ihm hastig. »Ich möchte, daß Sie die Produktlinie der Eigentümerin kennenlernen – Kosmetika, Toilettenartikel, Kräuterkuren. Das Ganze ist etwas vollkommen Neues und Revolutionäres. Täuschend einfache Rezepte, aber die Ergebnisse sind schlicht umwerfend. Sie können sogar Ihren Appetit zügeln.«

»Auf Essen?«

»Auf buchstäblich alles.«

Sie berührte seinen Handrücken mit einem leichten, aber leidenschaftlichen Druck. »Das müssen Sie einfach sehen, Jerry. Wirklich. Es ist revolutionär. Sie haben sicher von Delilah gehört. Sie hat die Produkte selbst aus Naturkräutern entwickelt. Die Idee kam ihr, als sie in Ecuador war und den Regenwald besuchte.«

»Delilah?«

»Sie wird Ihnen eine komplette Demonstration geben. Wir haben dort sogar eine Sauerstoffbar.«

Sein Magen knurrte so laut, daß man es sogar trotz des Dröhnens des Rotors hören konnte. »Was gibt's da zu essen, auf dieser Farm?« brummte er. »Keine Pastrami, wette ich.«

Muffin fühlte ihr Selbstbewußtsein wiederkehren. Sie fing an, Jerry White und was ihn bewegte, zu verstehen. Er mochte ja die Kontrolle über alles andere in seinem Leben haben, aber das Essen kontrollierte ihn. Er war süchtig danach. Sie wußte, wie das war, und sie wußte auch, was die Kontrolle darüber wert war – für ihn. Für Millionen von Menschen.

Sie begann, mit dem Zeigefinger über seinen Anzugärmel zu streichen. Endlich kannte sie Jerry Whites Sprache. »Einen Pastrami-Lunch kann ich Ihnen nicht versprechen, aber wie wäre es, wenn ich Ihnen folgendes verspreche: Für die Dauer von zwei Stunden werden Sie vergessen, daß Pastrami je existierte.«

Er musterte sie neugierig. »Wir reden nicht über Sex, richtig?«

Sie zuckte bedauernd mit den Schultern.

»Pastrami ist sowieso besser.«

»Ja, das stimmt«, pflichtete sie ihm bei, »jederzeit. Ein Tripledecker heiße Pastrami auf russischem Brötchen, mit jeder Menge Senf und Pickels extra. All das saftige, würzige, herrlich duftende Fleisch. Da läuft einem das Wasser im Mund zusammen, wenn man bloß dran denkt, stimmt's?«

Sein Magen knurrte vernehmlich. »Hm«, murmelte er.

»Ich schaff's, daß Sie es vergessen.«

»Das ist unmöglich.«

Sie lachte entzückt. Jetzt hatte sie ihn. Er gehörte ihr. »Vertrauen Sie mir, Jerry. Ich kann's beweisen.«

Die Leute nannten ihn *Raptor,* Raubvogel, wegen seiner unglaublichen Höhe und der zahlreichen Todesspiralen. Das war typisch für den Flug des Greifs, und wenn man der modernen Vergnügungspark-Saga Glauben schenken durfte, dann waren bereits zwei Menschen in den Krallen des *Raptors* umgekommen, bevor die Achterbahn auch nur ein Jahr geöffnet gehabt hatte. Beide waren schon tot, ehe das Personal des Vergnügungsparks sie aus ihren Sitzen schnallen konnte, einer wegen Herzstillstands und der andere schlicht und einfach aus Angst, soweit man das nachher noch beurteilen konnte. Die offiziellen Behörden bestritten die Gerüchte energisch, doch egal, ob sein Ruf als Killer nun verdient war oder nicht, der *Raptor* war nach wie vor das furchterregendste und gefragteste Gerät im ganzen Six-Flags-Magic-Mountain-Vergnügungspark. Und natürlich hatte Jay genau dieses Ding im Visier.

Der lange Weg die kurze Rampe hinauf kam Sophie vor wie ein Gang über die Todesplanke, doch leider gebot ihr ihre Ehre, das durchzuziehen. Jay hatte sie doch noch überreden können, sich auf sein geheimnisvolles Date einzulassen, und ihr nebenbei gleich noch ein Versprechen abgerungen. Er hatte sie gebeten, ihr Herz und ihren Geist zu öffnen, sich ihm und dem, was er plante, anzuvertrauen, einen Akt des Glaubens nannte er das, wobei er nicht versäumte, sie daran zu erinnern, daß junge Liebende einen besonderen Schutzengel hatten.

»Weißt du, was du da von mir forderst?« hatte sie gefragt.

»Ja«, hatte er gemeint, und eine gewisse Heiserkeit hatte seine dunkle Stimme beben lassen, »und ich habe kein Recht dazu.«

Zu dem Zeitpunkt stand es jedoch schon mehr oder weniger fest, daß sie ja sagen würde, egal, was er von ihr verlangte, aber sie ließ sich aus den falschen Gründen darauf ein – da sie nicht wußte, wie sie die qualvolle Sehnsucht in ihrem Innern sonst hätte lindern sollen. Sie würde einen Glaubensakt vollbringen, und zwar nur, weil er sie darum bat. Sie hoffte jedoch, daß er diesmal dasein würde, um sie aufzufangen. Herrgott, das hoffte sie aus ganzem Herzen.

Viel zu früh rückte die Schlange der Wartenden so weit vor,

daß Sophie erkennen konnte, wie die Fahrgäste in glänzende schwarze Wagen, die schlangengleich aneinandergehängt waren, geschnallt wurden. Ihr nervöses Geschnatter verriet Sophie, daß sie eher aufgeregt als ängstlich waren, und das bestätigte eine lange gehegte Vermutung in ihr. Sie lebte in einer Gesellschaft von Adrenalin-Junkies, die auf Nahtoderlebnisse abfuhren. Noch verstörender waren für sie jedoch die nach Luft ringenden Opfer, die hysterisch kichernd aus den Wägen stolperten, voller Überschwang darüber, einmal mehr überlebt zu haben. Einige von ihnen benötigten ganz offensichtlich Hilfe, doch alle waren sie im Siegesrausch.

»Warum macht man das bloß?« fragte sie die rostige Metallrampe unter ihren Füßen.

»Weil's Spaß macht.«

Überrascht darüber, daß er sie gehört hatte, warf sie Jay einen Blick zu. »Und du glaubst, daß ich darauf mein Leben lang gewartet habe? Auf ein billiges Vergnügen?«

Sie entdeckte ein verdächtiges Glimmen in seinem schwarzen Auge. Machte er sich etwa über sie lustig?

»Also gut«, meinte er in vernünftigem Ton, »mag ja sein, daß das nicht gerade das ist, wonach sich dein Herz schon immer gesehnt hat. Aber da wir jetzt hier sind, was haben wir zu verlieren?«

»Sehr viel sogar.« Sie beäugte einen kreidebleichen Teenager, der steif die Exitrampe herunterstolperte. »Wann kommen wir zu dem Teil, wo mein Herz – du weißt schon.«

»Manchmal brauchen die Dinge, nach denen wir uns schon immer gesehnt haben, eben ein wenig länger«, erwiderte er in beruhigendem Ton. »Vertrau mir, es ist das Warten wert.«

Sophie blieb abrupt stehen, und damit auch die Schlange hinter ihr. »Das Warten? Was soll das heißen?« Sein Schweigen war verdächtig. Äußerst verdächtig. »Das ist doch unsere geheimnisvolle Verabredung, oder nicht? Deshalb bin ich doch hier, stimmt's?«

Er nahm sie beim Ellbogen und zog sie mit sich, wobei er sie daran erinnerte, daß sie den Betrieb aufhielt. Und immerhin war das das beliebteste Gerät im ganzen Park. »Ich hab nie gesagt, daß es sich dabei nur um einen Abend handeln würde.«

Sophie blieb erneut stehen, ohne Rücksicht auf den Stau, der sich hinter ihr bildete. »Laaaady«, winselte einer.

»Was ist bloß los mit der?« brummte ein anderer.

Sophie wäre ihnen über den Mund gefahren, aber sie konnte die Augen nicht von Jay abwenden. Jetzt begriff sie, was er vorhatte. Dies war ein raffinierter Versuch, sie zu noch mehr Verabredungen zu zwingen. Und er benutzte dazu den bestmöglichen Köder: ihren Herzenswunsch, was immer das auch sein mochte.

»Das ist Erpressung«, versetzte sie. »Schlicht und einfach Erpressung.«

Er grinste sie frech an, ein Grinsen, das schon den ganzen Abend hinter seiner Fassade lauerte. »Mir gefällt der Ausdruck *Anreiz* besser als Erpressung. Gib's zu, Sophie, du würdest jetzt ohnehin bloß zu Hause stehen und Karotten für die Kinder schneiden, wenn du nicht hier mit mir wärst. Du bist so mit deinen Kleinen beschäftigt, daß du überhaupt keine Zeit mehr hast, selbst mal ein Kind zu sein.«

Das mochte sogar stimmen. Und dennoch, sie hätte sich, um Spaß zu haben, lieber ein Theaterstück angesehen oder wäre in ein gemütliches, kleines italienisches Restaurant gegangen.

Er zupfte an ihrem Sweatshirt und lockte sie so die Rampe hinauf, wobei er ihre verhungerte Kinderseele mit seiner männlichen Samtstimme zu verführen suchte. »Sei einfach mal wieder ein Kind, Sophie. Wenn schon nicht für dich, dann wenigstens mir zuliebe. Bloß dieses eine Mal. Ich will dich wieder lachen hören.«

»Und schreien?«

Ihr skeptischer Gesichtsausdruck entlockte ihm ein Lachen. »O ja, das auch.«

Sophie schrie sich an dem Abend tatsächlich die Seele aus dem Leib. Zu Jays Entzücken krallte sie sich an ihn, als ginge es um ihr Leben, und fiel überdies beinahe in Ohnmacht. Als die Fahrt vorbei war, mußte sie sich von ihm ablösen wie Tesafilm, nur um bei der nächsten Fahrt wieder Klebstoff zu spielen. Aber er hatte recht gehabt. Sie hatte unheimlichen Spaß dabei, vielleicht mehr als je in ihrem Leben.

An diesem Morgen hätte sie ebenfalls schreien können, aber aus einem ganz anderen Grund. Letztes Wochenende war Teil eins des geheimnisvollen Rendezvous dran gewesen. Dieses Wochenende kam die zweite Runde auf sie zu, und Jay konnte jeden Moment eintreffen. Aber Sophie wußte immer noch nicht, was sie anziehen sollte, und das war zum Teil seine Schuld. Er weigerte sich nämlich, ihr zu sagen, wohin es ging, also sah sie sich gezwungen, das perfekte Allzweck-Ensemble aus ihrem Schrank zu zaubern, was selbst für Cindy Crawford eine Herausforderung dargestellt hätte, denn bis auf ausgebeulte Jeanslatzhosen und flattrige T-Shirts hatte sie nicht viel.

Sie wühlte in dem Kleiderhaufen auf ihrem Bett herum und nahm schließlich ein einfaches, limonengrünes Leinenkleid heraus, das auch ihre erste Wahl gewesen war. Sie hielt es sich vor den Körper und versuchte sich vorzustellen, wie es wohl auf ihn wirken würde. Das Kleid war nicht gerade männermordend, was schade war, denn Sophie hätte nichts gegen ein bißchen Blue-Velvet-Effekt gehabt. Tatsächlich hoffte sie genau darauf.

Jay war seit ihrem *Raptor*-Date ein paarmal unerwartet bei ihr aufgetaucht, und Sophie war selbst überrascht gewesen über das, was ihr dabei so durch den Kopf ging und was sie zu ihm gesagt hatte. Sie hatte ihm schelmisch angedroht, seinen Morgenmantel zu behalten, weil er ja ohnehin immer nackt geschlafen hatte, und als er ihr gestand, daß er das nach wie vor tat, war sie doch tatsächlich errötet. Seine Witze riefen atemloses Lachen bei ihr hervor, ob sie nun lustig waren oder nicht, und sie mußte sich regelrecht dazu zwingen, den Blick nicht zu gewissen verbotenen Regionen seines Körpers gleiten zu lassen. Sie redete sich ein, daß es nichts bedeutete. Sie waren übereingekommen, miteinander auszugehen, und das taten sie nun auch. Aber als sie sich dann dabei ertappte, wie sie Haarsträhnen zwirbelte und mit den Wimpern klimperte, konnte sie es nicht länger vor sich verleugnen: Sie flirtete mit ihm.

Und falls sie das überraschte, dann überraschte sie seine Reaktion noch mehr. Er benahm sich wie ein perfekter Gentleman. Sicher, er flirtete auch, aber das war's dann. Sie hatte zwar nicht erwartet, daß er den Küchentisch mit einem Schwung abräumen und sie auf der Platte nehmen würde – obwohl die Vorstellung interessante Reaktionen ihres Pulses hervorrief. Aber mehr als heiß und erregt dreinschauen, das könnte er schon, oder? Er könnte sie zum Beispiel anfassen. Im Geiste tröstete sie sich jedoch mit der Vorstellung, daß er vollkommen besessen von ihr war und daß ihn bereits der Gedanke, sie zu berühren, total verrückt machte.

Bei seinem zweiten Überraschungsbesuch begann sie, sich vorzustellen, was er tun könnte – schwüle kleine Tagträume davon, wie er sich ihr von hinten nähern und mit den Lippen über ihren Nacken streichen würde, wie er ihren Namen flüsterte, sie herumwirbelte und fest an sich drückte. Aber während ihre Fantasie allmählich mit ihr davongaloppierte, blieb er vollkommen beherrscht, was sie ehrlich verblüffte. Wie konnte er nicht merken, daß sie inzwischen zu mehr bereit war als nur zu anzüglicher Konversation, daß sie sich qualvoll danach sehnte, von ihm berührt zu werden, an den Stellen, die er immer so gerne berührt hatte? Nichts allzu Intimes, bloß ein paar genüßliche kleine Kreise auf der Innenseite ihres Handgelenks. Himmlisch wäre das.

Nach seinem dritten Besuch war Sophie davon überzeugt, daß er sie nicht attraktiv fand. Was sie nicht überraschte. Er hatte sie einmal zu oft ohne ihren Denim-Panzer gesehen und wohl entschieden, daß die für die Ewigkeit gebaute Frau darunter nicht seine war. Entweder das, oder er besaß übermenschliche Kräfte.

»Entscheide dich, Sophie«, warnte sie sich, »oder begrüß ihn in BH und Höschen.«

Wenigstens paßt das Kleid noch, dachte sie, nachdem sie sich den Schlauch über den Kopf gezogen hatte. Es gefiel ihr, wie schlank sie darin aussah und wie gut die Farbe zu ihren grasgrünen Augen paßte. Auch gefiel ihr, wie der Kupferton in ihren Haaren dadurch hervorgehoben wurde. Sie hatte sich große Mühe gemacht, den langen, dicken Zopf, den er früher immer so geliebt hatte, wiederauferstehen zu lassen. Einmal hatte er sich sogar die Ehre gegeben, die lange, honigfarbene Fülle in einen goldschimmernden Zopf zu flechten.

Sie trug gerade Lippenstift auf, als es an der Tür klingelte.

»Wie bist du nur so schön geworden?« Das waren seine ersten Worte, als er das Häuschen betrat und sie bei der Couch stehen sah. Sie war nicht zur Tür gegangen, als er klingelte, sondern hatte ihm zugerufen, hereinzukommen. In der Hoffnung, ihn zu verblüffen, hatte sie sich neben der Couch in Pose gestellt, und es hatte funktioniert. Er bat sie, ins Licht zu treten und sich einmal umzudrehen, damit er sie besser ansehen konnte.

»Gefällt mir«, sagte er mit einem Anflug von Nostalgie in der Stimme und wippte auf den Zehen vor und zurück, die Hände in die Hüften gestemmt, während er ihren Anblick in sich aufsog. »Dein Haar sieht wirklich toll aus. Dreh dich noch mal für mich.«

Sophie drehte sich verlegen herum, doch der kichernde Teenager in ihr hätte sich drehen und drehen und drehen mögen, ohne je wieder aufzuhören. Am liebsten wäre sie herumgewirbelt wie ein Kind, aus purer Freude am Schwindligwerden. Sie war total verrückt nach diesem Mann. Immer noch. So unglaublich es auch klang, es stimmte, und ein Teil dieser Verrücktheit kam daher, daß sie es sich endlich eingestand.

In den Sekunden, in denen sie ihm den Rücken zuwandte, machte sie die Augen zu und ließ sich in diesem Gefühl schwimmen, ließ sich gerade so viel Zeit, um ihren Puls wieder einigermaßen auf normal zu bringen. Als sie sich zu ihm herumdrehte, ging ihr Atem wieder regelmäßig. Aber seiner nicht.

Er hatte den Gesichtsausdruck eines Mannes mit einem Heißhunger auf Limonensorbet, und sie fürchtete, daß sie ganz oben auf der Speisekarte stand. Sein erregter Gesichtsausdruck war nur eine Variante jenes Laserblicks, der sie immer so nervös machte – das berühmte Brennglas –, doch nun freute sie sich darüber und konnte gar nicht genug davon bekommen. Sie wollte, daß er sie so ansah, so heiß und besitzergreifend.

»Also, ehrlich, wie bist du nur so schön geworden?« meinte er flüsternd.

Die Ironie des Ganzen entlockte ihr ein Lächeln. Also gut, sie konnte wohl davon ausgehen, daß ihre Attraktivität außer Zweifel stand, und das ließ nur noch eine Möglichkeit übrig. Selbst Achilles hatte seine Schwachstelle gehabt. Jay Babcock war kein Übermensch, er sah nur so aus.

»Du siehst selbst ganz schön sexy aus«, sagte sie anerkennend.

Sein leicht zur Seite geneigter Kopf verriet ihr, daß ihn ihre Äußerung doch ein wenig überraschte, und Sophie konnte selbst nicht glauben, daß sie das gesagt hatte. Es paßte so gar nicht zu ihr. Zu Muffin, vielleicht, aber nicht zu Soapy, der Tagesmutter.

»Wirst du etwa rot?« fragte er leise.

»Wer … ich?« Ihr Gesicht glühte. Vorübergehend boten ihre Handtasche und Jacke, die sie auf dem Couchtisch abgelegt hatte, Ablenkung, doch selbst als ihr keine Variante mehr einfiel, wie sie die Jacke über den Arm drapieren konnte, fühlte sie seinen Blick noch auf sich.

»Du hast nicht vor, mich so einfach davonkommen zu lassen, stimmt's?« meinte sie seufzend. »Wie wär's mit einer Allergie? Würdest du mir das glauben? Ich kriege immer Flecken um diese Jahreszeit. Der Frühling, du weißt schon.«

»Ich würde glauben, daß du anbetungswürdig bist.«

Sie duckte verzweifelt den Kopf, aber es war ihr insgeheimes Entzücken, das sie ihm nicht zeigen wollte.

Er war anständig und nahm sie bei der Hand. »Ihr Berg erwartet Sie, Mylady«, sagte er und zog sie aus dem Haus und hinein in seinen brandneuen Jeep Cherokee, den er sich offenbar gekauft hatte.

»Mein Berg?« fragte sie, während sie auf die Straße hinausrollten.

»Hab ich's dir nicht gesagt? Wir fahren zu einem Kloster in den Sierras. Wie sagt man noch: himmelhoch und höllentief. Genau das wird mit uns passieren.«

Sophie war neugierig, verkniff sich aber jede weitere Frage. Ein Kloster paßte nicht zu Jay, so daß sie nicht wußte, was sie davon halten sollte. Aber nach seinem rätselhaften Gesichtsausdruck zu schließen, war dieser Satz alles, was er vorhatte, ihr zu sagen.

Es war eine interessante Erfahrung, mal wieder mit ihm in einem Auto zu sitzen. Sie waren kaum einen Block weit gekommen, als Sophie merkte, daß sich auch sein Fahrstil geändert hatte. Der alte Jay hatte gelbe Ampellichter immer für Starterpistolen gehalten. Egal, wie weit er noch von der Ampel entfernt war, ob in einem Auto oder auf dem Motorrad, er war aufs Gas getreten. Und Freeways waren Rennstrecken, einzig und allein zum Vergnügen von Jay Babcock gebaut.

Aber der Mann neben ihr hatte zwar einen aggressiven Fahrstil, fuhr jedoch nicht rücksichtslos. Er schien ein intuitives Gefühl für die Straße zu haben, und wenn er aufs Gas trat, dann nur, um ein langsamer fahrendes Auto zu überholen, und nicht wegen des Adrenalinstoßes. Es war beeindruckend, wie er das Fahrzeug beherrschte, und auch sein Reaktionsvermögen war erstaunlich. Glattes Leder glitt durch lange, schlanke, entspannte Finger, gebräunte Männerhände umfaßten das Lenkrad, ein vollkommener Einklang von Mensch, Straße und Maschine.

Er geht mit dem Auto um wie mit einer Frau, dachte sie.

Sie mußte sich nicht erst fragen, ob er auch im Bett anders sein würde. Sie wußte es. Der andere Jay war einfach atemberaubend, wenn nicht sogar ein bißchen erschreckend gewesen. Jedes Zusammensein war eine Herausforderung in Sachen Verführung für ihn gewesen, jeder Lustschrei, den er ihr entlockte, ein Geständnis. Sie hatte in jenen Tagen nur selten darüber nachgedacht, ob sie nun glücklich war oder nicht. Er hielt sie viel zu sehr in Atem, selbst wenn er fort war. Erst nach seinem Verschwinden wurde ihr klar, wie wenige ihrer Bedürfnisse er tatsächlich befriedigt hatte.

Dieser Mann war Schatten, wo Jay Licht gewesen war. Das Geheimnisvolle, das ihn umgab, verriet ihr, daß er auch an die Verführung einer Frau anders herangehen würde. Atemberaubend würde es trotzdem sein, das stand außer Zweifel. Aber er würde keine Spiele mehr spielen. Jetzt meinte er es ernst.

Sie versuchte, sich zu räuspern, und es klang wie ein rauhes Lachen.

»Verrätst du mir, was so lustig ist?« fragte er und warf ihr einen Seitenblick zu.

»Wie wär's mit einer Allergie? Würdest du mir das abnehmen?«

»Was ich dir abnehmen würde, ist, daß du ein kleines Biest bist.«

»Was ist aus anbetungswürdig geworden?«

»Ganz einfach. Sag mir, daß ich sexy bin, dann seufze und erröte.«

Sie fiel laut lachend in den Sitz zurück. Dieser neue, verbesserte Jay Babcock gefiel ihr gar nicht so schlecht, sie mochte beinahe alles an ihm.

13

Das Kloster lag buchstäblich *in* den Bergen, ja, es war regelrecht damit verwachsen. Hoch aufragend wie eine mittelalterliche Burg, strebten die Granitwände des Gemäuers dem strahlendblauen Himmel entgegen – eine natürliche Fortsetzung der stolzen Klippen, in die das Kloster hineingebaut worden war.

Gebaut für die Ewigkeit, dachte Sophie. Das kam einem unwillkürlich in den Sinn, wenn man das über den Wolken liegende Kloster erblickte. Der Anblick löste bei ihr starke Emotionen aus, doch das Gefühl, das sie am meisten bewegte, war Ehrfurcht. Berge besaßen etwas Unvergängliches, uralte Symbole von Macht und Mysterium, und das Kloster mit seiner religiösen Ausstrahlung wirkte ebenfalls machtvoll und mysteriös. Es reichte über den Bereich des Physischen hinaus in die Sphäre des Spirituellen, und die Felsen, die es umarmten, schienen beständig dem Himmel entgegenzustreben.

Sophie war überrascht, daß sie noch nie etwas von diesem Ort gehört hatte.

»Mount Hope war bis in die siebziger Jahre ein Benediktinerkloster«, erklärte Jay, während er über die enge, gewundene Zufahrtsstraße ihrem Ziel entgegenfuhr. »Dann fingen die Mönche an, UFOs zu sehen, und machten ein paar Sachen, die für die Kirche ein bißchen zu verrückt waren. Also spalteten sie sich von der Kirche ab, fuhren aber weiter fort, ihren Glauben zu praktizieren.«

Sophie strich den dicken, honigfarbenen Zopf glatt, der über ihrer Schulter lag. »Klingt ein bißchen wie die Kirche des Intergalaktischen Lichts und Lebens in Azuza. Ich hab mal eine ihrer Messen im Fernsehen gesehen, und da wurden medizinische Experimente gemacht, Jay, der Austausch von Körperflüssigkeiten mit zweifingrigen Aliens.«

»Besser als einfingrigen, schätze ich«, meinte Jay philosophisch, während er auf die Lichtung einbog, die dem Kloster als Parkplatz diente. »Falls du kleine grüne Männchen erwartest, könnte das hier eine Enttäuschung für dich werden. Ich hab gehört, es gibt hier einen Wasserfall, der im Dunkeln leuchtet, und er soll angeblich alles mögliche heilen – aber von Invasoren vom Mars hab ich nichts gehört.«

Würde sie hier die Antwort auf die Frage finden, die sie am

meisten beschäftigte, fragte sich Sophie, während er aus dem Jeep stieg und um den Wagen herum zu ihr ging. Würde sie hier die Wahrheit über diesen Mann erfahren?

»Man sagt, einige von den Mönchen hätten besondere Fähigkeiten.« Er half ihr aus dem Wagen und nahm sie dann am Ellbogen, um ihr die lange, steile Holztreppe hinaufzuhelfen, die sie erwartete. »Sie können Störungen im menschlichen Körper erspüren, meist sogar nichtdiagnostizierte. Soll was mit Zellmitose und dem daraus resultierenden Geruch zu tun haben.

Und wenn sie was entdecken, dann laden sie einen ein, aus dem Wasserfall zu trinken. Die Heilungsrate soll phänomenal sein.«

»Babcock sollte sich die Wasserrechte sichern und das Ganze in Flaschen abfüllen.«

»Glaub ja nicht, daß mir das noch nicht in den Sinn gekommen wäre.«

Ihr Gelächter hallte wie Donnergrollen, als Jay die massive Holztür öffnete. Das höhlenähnliche Innere wurde durch brennende Fackeln erhellt, die in Wandhaltern steckten, aber als sie den düsteren Vorraum betraten, flackerten die Fackeln wild. Ihr Gelächter brach abrupt ab. Ich nehme an, daß Lachen hier nicht erlaubt ist, dachte Sophie, während sie sich umblickte. Sie befanden sich in einer finsteren, achteckigen Kammer, bei der sie vage an eine Radnabe denken mußte. Gänge führten von der Kammer aus in alle Richtungen wie die Speichen an einem Rad, aber sie sahen mehr aus wie Tunnels. Aber noch beeindruckender als die Kammer war die Stille, die hier herrschte. Sie war so drückend, daß ihr die Ohren weh taten.

Ein schlurfendes Geräusch kündigte die Ankunft eines zierlichen Mannes in einer braunen Kapuzenkutte an, der genau in Sophies Vorstellungen von Klostermönchen paßte. Er tauchte aus dem Mittelgang auf, und sie war erleichtert, als sie sah, daß er ziemlich menschlich aussah und noch alle seine Finger besaß. Ihre Befürchtungen hinsichtlich dieses Ortes legten sich etwas, als er sie mit einem ehrerbietigen Kopfnicken begrüßte.

Er stellte sich als Bruder Larry vor, und nach ein paar höflichen Fragen nach dem Grund ihres Besuchs bat er sie, ihm in den Gang zu folgen, aus dem er aufgetaucht war.

»Falls einer von Ihnen das *domus necessarium* benutzen muß«, warnte er, »sollte er es bitte gleich tun, denn nachher wird es keine Gelegenheit mehr geben.«

»Domus ...« flüsterte Sophie, die versuchte, ebenso leise zu sprechen wie er.

»Die Toiletten«, erklärte er.

»Oh ...« Sophie mußte nicht dorthin, war aber versucht, dennoch zu gehen, nur um zu sehen, wie ein *domus necessarium* aussah.

»Mag sein, daß das nun folgende Ihnen ein wenig ungewöhnlich vorkommt«, meinte Bruder Larry vorsichtig, während er mit der Führung durch das Kloster begann.

Eine gewaltige Untertreibung, fand Sophie Augenblicke später. Der Mönch bezeichnete die gewundenen Tunnels als Katakomben, und gerade als Sophie glaubte, sie hätten sich hoffnungslos in dem Labyrinth von Gängen verirrt, tauchte eine Reihe von in den Felsen gehauene Stufen vor ihnen auf, die sie aus dieser unterirdischen Welt in die sonnige Landschaft eines friedlichen Parks führte, voller großzügiger Arkaden und herrlich bepflanzter Laubengänge.

Das Refektorium und die meisten anderen Gebäude befanden sich über der Erde, und Sophie war hingerissen von der Einfachheit der Architektur, die dennoch einen großen Charme ausstrahlte. Ihr Lieblingsort war das *columbarium,* ein Taubenhaus, in dem Dutzende dieser anmutigen Vögel nisteten und sich je nach Lust und Laune sammelten oder weiterflogen. Bruder Larry machte sich die Mühe, ihnen zu erklären, daß die Vögel im Europa des Mittelalters als Delikatesse gegolten hatten, auf Mount Hope jedoch symbolisierten sie die friedliche Koexistenz aller Lebewesen, die die Gesellschaft von heute fast nicht mehr kannte.

»Unser Ziel ist es, die Bedürfnisse des Fleisches auf ein Minimum zu reduzieren«, erklärte Bruder Larry. »Wir sind auf der Suche nach dem Kern unserer Existenz, und irdische Besitztümer halten uns nur davon ab. Unser Leitprinzip ist die Präsenz der Absenz.«

»Weniger ist mehr?« warf Jay hilfreich ein.

Der Mönch lächelte ernst. »Der Grundsatz der Subtraktion, ja.«

Sophie spürte, daß Jay ebenso beeindruckt von der Friedlichkeit dieses Ortes war wie sie, aber als sie schließlich wieder in die Vorkammer zurückkehrten, hatte er sich in sich selbst zurückgezogen und war schweigsam geworden. Sie hatte bereits früher beobachtet, wie er sich in finstere Grübeleien flüchtete, aber das hier war anders. Die dunklen Gänge mit ihren verborgenen Nischen schienen ihn nicht mehr loszulassen. Sie hatte ihn immer in Ruhe gelassen, wenn er in eine seiner finsteren Launen verfiel, doch diesmal hätte sie etwas gesagt, wenn sie allein gewesen wären.

Da traf sie auf einmal eine beunruhigende Erkenntnis. Sie fing an, sich um ihn zu sorgen, wie Frauen das tun, wenn sie sich auf einen Mann einlassen: sein Innenleben war mit einem Mal von lebenswichtiger Bedeutung für sie. Sie wollte wissen, was er dachte und ob es etwas mit ihnen zu tun hatte. Mit ihrer Beziehung. Sie hoffte beinahe, daß das der Fall war, selbst wenn es etwas Schlimmes war. Denn ihre Beziehung deutete zumindest die Aussicht auf Kompromisse und Lösungen an. Vielleicht hatte sie ja Angst davor, daß es etwas anderes sein könnte, ein dunkler Ort, an dem sie ihn nicht erreichen oder in den er sie nicht einlassen würde.

»Wenn Sie jetzt bereit zum Besuch der unterirdischen Quelle sind ...«, sagte Bruder Larry und winkte ihnen, ihm zu folgen. Ständig winkte er. Er schwebte auf die Tunnels zu wie ein Geist, der in seine Krypta zurückkehrt.

»Beachten Sie bitte das Schweigegebot in den Katakomben«, erinnerte er sie, während er auch schon in der Dunkelheit verschwand.

Der enge Gang, durch den er sie führte, verlief steil nach unten. Sophie kam es vor, als würden sie tatsächlich in die Tiefen der Hölle hinabsteigen, doch dann öffnete sich der Gang zu einer wunderbaren Höhlenwelt mit einer nebelverhangenen Grotte. Der von Jay erwähnte Wasserfall war eine natürliche Quelle, die aus dem felsigen Grund sprudelte und in einen leuchtenden Teich lief.

Das Wasser schimmerte in leuchtenden Blau-, Grün- und knalligen Pinktönen. Es funkelte wie ein riesiger Feueropal. Es gab hier gar keine Fackeln, wie Sophie zu ihrem Erstaunen feststellte. Das alles kam ihr vor wie ein Märchenland. Die vom Teich aufsteigenden Dunstschwaden schimmerten so hell, daß sie den Raum zu erleuchten vermochten.

Sophie war so versunken in diese zauberhafte Welt, daß sie erst jetzt bemerkte, wie Bruder Larry ihr mit einem Wink andeutete, zu ihm an den Rand des Teichs zu treten. Er ging in die Knie und simulierte, die Hände zu einer Schale zusammengelegt, den Akt des Trinkens, womit er ihr zu verstehen geben wollte, daß sie eben das tun sollte.

Sie fühlte Jays Hand in ihrem Rücken, die sie vorwärtsdrängte, was ihr ihr Zögern erst richtig zum Bewußtsein brachte. Nur Kranke durften aus dem Pool trinken, was bedeutete, daß der Mönch bei ihr etwas gespürt haben mußte. Da sie jedoch an das Schweigegebot gebunden war, konnte sie nicht fragen, was es war oder wie leuchtendes Wasser dagegen helfen sollte. Ihre Fragen mußten ihr jedoch vom Gesicht abzulesen gewesen sein, als sie sich zu Jay umdrehte, denn er nickte ihr beruhigend zu. Bei mir bist du sicher, schien sein Blick zu sagen. Weißt du das denn immer noch nicht? Dir kann nichts passieren, solange du bei mir bist.

Die tiefe Traurigkeit, die Sophie plötzlich verspürte, verriet ihr, wie sehr sie sich wünschte, daß das auch wahr wäre. Es gehörte zu den Ironien des Lebens, daß das Herz nie dazulernte, egal, wie sehr der Verstand sich auch mühte. Immer wollte es hoffen, immer glauben. Und immer wollte es lieben, selbst im Angesicht der Narben, die ihm die Liebe schon geschlagen hatte. Sie war zweifellos die Königin im Wunschträumen, aber hier und jetzt, an diesem Ort mit dem Namen Mount Hope, Berg der Hoffnung, was konnte sie schon anderes tun?

Das silbrige Wasser rann wie Mondlicht zwischen ihren Fingern hindurch. Es schmeckte eigenartig süß, hatte aber auch einen bitteren Nachgeschmack, der sie an Meeresmineralien wie Eisen und Kupfer denken ließ.

Als sie fertig war, winkte Bruder Larry Jay heran und deutete ihm, sich ebenfalls hinzuknien. Jay tat es mit einem forschenden Blick auf Sophie und trank dann ohne Zögern. Als er fertig war, bedeutete ihnen der Priester, aufzustehen und sich mit dem Gesicht zum Wasserfall zu stellen. Innerhalb von Sekunden waren sie von einem leuchtenden, feinen Wassernebel umhüllt. Es war, als würde man in einer Regenwolke stehen, doch schienen die glitzernden Tröpfchen bei Körperkontakt sofort zu verdunsten.

Sophie erschauerte, als sich der Wassernebel verzog, aber das lag weder daran, daß ihr kalt war, noch an der Feuchtigkeit. Ihr war nicht kalt, sie zitterte vor Emotionen. Es kam ihr so vor, als wäre der Nebel bis in ihr Innerstes vorgedrungen und erfüllte sie nun von innen her mit seinem Glitzern. Es kitzelte wie winzige, zarte Lichtstrahlen.

Ein schwaches Echo erregte Sophies Aufmerksamkeit. Es klang, als käme es aus einiger Entfernung wie ein leichter Kiesschauer in einem der Tunnels. Sie ergriff Jays Hand, und zusammen wandten sie sich der höhlenartigen Leere der Grotte zu. Bruder Larry schien verschwunden zu sein. Sie waren allein in diesem Labyrinth.

»Weißt du, wie man hier rauskommt?« wisperte sie ihm zu.

Er gebot ihr zu schweigen und deutete auf einen Gang, der ihr vage vertraut vorkam, obwohl sie sich beim besten Willen nicht vorstellen konnte, woher er wissen wollte, daß es der richtige war.

Immer noch wie betäubt, wandte sie den Blick zurück zum Teich. »Heißt das, daß wir beide nicht gesund sind?«

Ein weiterer Steinchenschauer kündigte eine leise männliche Stimme an, die aus einiger Entfernung zu ihnen drang. »Nicht nicht gesund«, sagte die Stimme, »aber etwas war unvollständig.«

Es konnte Bruder Larry sein, der da gesprochen hatte, aber Sophie war sich nicht sicher. Sie ließ den Blick forschend über die Kalksteinwände und Säulen gleiten, um zu sehen, ob sie ihn irgendwo entdecken konnte, aber der Teich leuchtete nun nicht mehr so stark, so daß die nähere Umgebung in tiefe Schatten getaucht war. Alles, was sie erkennen konnte, war eine schwarze Gestalt in der Mündung eines Tunnels. Vielleicht hatte sich der Mönch ja zurückgezogen, damit sie ungestört waren.

»Und jetzt sind wir wieder vollständig?« fragte sie ihn.

»Das seid ihr ... und wart es immer. Geht den Weg zurück, auf dem wir hergekommen sind. Geht in Frieden.«

»Moment – aber was soll das heißen?« Sie versuchte, die Dunkelheit zu durchdringen, aber das Licht wurde rasch schwächer, ebenso wie seine Stimme.

»Es liegt nicht an mir, Ihnen das zu sagen. Nur Sie können wissen, was es heißt, vollkommen zu sein.«

»Aber Bruder ...«

»Nun komm schon«, sagte Jay ruhig und zog sie mit sich.

Glücklicherweise hatte er den richtigen Gang gewählt, und ihr Marsch aus den Eingeweiden des Berges ging zwar rasch vonstatten, war aber sehr ermüdend, da es fast ständig bergauf ging. Sophie behielt ihre Fragen für sich, obwohl ihr der Kopf schwirrte. Aber sobald sie draußen und in Sicherheit waren, ließ sie sich mit einem Keuchen, das wie ein ungläubiges Lachen klang, gegen die schwere Holztür des Klosters fallen.

»Was sollte das alles?« fragte sie.

»Ich denke, das werden wir wissen, wenn's soweit ist.«

»Vollständig«, flüsterte sie und ließ das Wort auf ihrer Zunge zergehen, ebenso wie das angenehme, lustvolle Zucken in ihrem Innern. »Vollständig.«

Sie sahen einander tief in die Augen, und Sophie fragte sich, ob ihm wohl auch der Kopf schwirrte. Seine Selbstbeherrschung war einfach phänomenal. Sie hatte die Hoffnung fast aufgegeben, daß ihn irgend etwas erschüttern konnte, aber es gab einige kleine Anzeichen dafür, daß er ebenso fassungslos war wie sie. Sein Auge glitzerte rabenschwarz, die Pupille war trotz des hellen Sonnenscheins erweitert, und dieser Blick war mit finsterer Intensität auf sie gerichtet. Sein Atem ging tief und langsam.

Langsam wurde ihr klar, was sie da unten in der Grotte getan hatten. So surreal es auch gewesen sein mochte, es war eine Art Zeremoniell gewesen, eine Vereinigung. Sie waren jetzt vollständig. Das Wort wirkte magisch auf sie. Sie wollte es noch mal sagen und hatte das Gefühl, daß er es auch noch mal hören wollte, aber sie beherrschte sich. Es wäre zu intim gewesen.

Er zog ihr den Zopf über eine Schulter nach vorn und tastete mit den Fingern, wie weich er war. »Sophie ...« Seine Hand schien zu zittern, und Sophies Herz machte einen erschrockenen Satz.

»Warum leuchtet das Wasser?« fragte sie hastig.

Er ließ sich Zeit mit der Antwort. Es war klar, daß er es nicht mochte, abgelenkt zu werden. »Einige glauben, es ist Plankton. Andere sagen, es ist die göttliche Energie. Wer weiß, vielleicht ist's göttliches Plankton.«

Ihr Lachen verklang in einem Schaudern. Er hatte ihr seinen Parka gegeben, während sie durch die kalten Gänge marschiert waren, und sie zog ihn fester um ihre Schultern.

»Ich denke, wir sollten jetzt gehen«, sagte er. »Wir haben eine lange Rückfahrt vor uns, und dir ist kalt.«

»Nein, mir ist nicht kalt, überhaupt nicht, aber ich versteh das alles nicht.« Sie fühlte, daß er sich wieder zu verschließen begann, aber da gab es noch zu vieles, was ihr unklar war.

»War es das?« erkundigte sie sich. »War das das Etwas, nach dem sich mein Herz schon immer gesehnt hat?«

»Hat sich dein Herz schon immer danach gesehnt, vollständig zu sein?«

»O ja, das hat es.«

»Dann muß es das wohl sein.« Er war bereits einen Schritt zurückgetreten und verschränkte nun die Arme vor seiner Brust. Der grüne Rolli, den er trug, unterstrich die sehnige Stärke seines Halses und seiner Schultern, was ihn ungeheuer kraftvoll und männlich wirken ließ. Er sah aus, als könne ihn nichts aus der Ruhe bringen, und wieder studierte er sie mit diesem durchdringenden Blick, die Fassade intakt.

»Können wir jetzt gehen?« fragte er.

»Nein, das können wir nicht, nein, Jay – warum hast du mich hierhergebracht?« insistierte sie. »Warum ausgerechnet hierher? Und warum in den Vergnügungspark, wo wir schon dabei sind? Ich glaub nicht, daß das Zufälle waren. Ich glaub es einfach nicht.«

Er sah den sturen Ausdruck auf ihrem Gesicht und leckte sich abwesend die Lippen. Sie bezweifelte jedoch, daß er Limonensorbet im Sinn hatte. »Was den Park betrifft, das hab ich dir ja schon erklärt«, antwortete er mit einem lässigen Schulterzucken. »Ich wollte bloß Spaß mit dir haben. Ich wollte dich laut lachen hören ... und wissen, daß ich was damit zu tun habe.«

Der heisere Unterton in seiner Stimme veranlaßte sie, ihn genauer anzusehen. Sie wollte – mußte – einfach glauben, daß er nicht so kühl und unbeteiligt war, wie er erschien, daß auch in ihm etwas gärte. Seine Schultern hoben und senkten sich deutlich, was ihr bestätigte, daß sie recht hatte. Sein tiefer Atem wallte auf wie leise Musik.

Ein leises Gurren erhob sich über der sanften Frühlingsbrise, eine andere Art von Musik, diesmal von den Tauben und dem Wind, der durch die Bäume strich.

Sein Lächeln wirkte ein wenig traurig. Und ihres ebenso, wie sie jetzt erkannte. Sie war gefährlich nahe daran, etwas Dummes zu tun, wie ihn anzuflehen, ihr doch zu sagen, was in ihm vorging, was er fühlte, ob ihm etwas an ihr lag, ob er je so gelitten hatte wie sie. Solch sanfte kleine Fragen, doch sie konnten alles auseinanderbrechen lassen – seine eiserne Selbstbeherrschung und all die sorgfältigen kleinen Nähte, die ihre Welt zusammenhielten.

»Und dieser Ort hier?«

»Dieser Ort ist wie deine Grundsatzregeln. Alles wird auf seinen eigentlichen Kern reduziert. Mit anderen Worten, Bruder Larry hat gesagt, daß wir nicht nach etwas suchen müssen, um vollständig zu sein. Wir müssen etwas loslassen.«

Einige Äußerungen waren logisch nur schwer zu fassen, machten aber intuitiv einen Sinn. Diese gehörte dazu, wie Sophie erkannte. Sie hätte es nicht erklären können, aber sie wußte, was er meinte.

»Falls du dich fragst, was du heute verloren hast, dann kann ich das nicht für dich beantworten. Angst vielleicht. Oder Zweifel. Wie der Mann gesagt hat, ›nur du weißt, was es heißt, vollständig zu sein‹.«

Zweifel? Eine interessante Möglichkeit. Sie konnte nicht bestreiten, daß sie sich anders fühlte, obwohl sie nicht hätte sagen können, warum. Vielleicht fiel es ihr ja ein, wenn sie Brot backte. Dabei tauchten die meisten Wahrheiten in ihrem Kopf auf.

Er schlüpfte mit der Hand in den Ärmel des Parkas, den er ihr geliehen hatte, und fand die ihre. Mit einem warmen Druck meinte er: »Bereit zum Gehen?«

Als sie die Holzstufen zum Auto hinuntergingen, verspürte Sophie den überwältigenden Drang, sich umzudrehen und zurückzugehen. Sie wollte diesen friedlichen Ort mit seiner »Präsenz der Absenz«, was immer das auch heißen mochte, nicht verlassen. Es war so schön hier, eine wahre Zuflucht. Am liebsten würde sie den Rest ihres Lebens hier verbringen, in vollkommenem Frieden, und, was noch mehr war, sie wollte ihre Tage mit *ihm* verbringen. Das wünschte sie sich aus tiefstem Herzen. Noch nie hatte sie sich so verbunden mit einem anderen Wesen gefühlt wie mit diesem Mann, der neben ihr ging. Doch so überwältigend dieses Gefühl auch sein mochte, es ließ ihr Herz rasend schnell klopfen. Nein, ihre Angst war sie heute sicher nicht losgeworden.

Als sie den Jeep erreichten, griff er an ihr vorbei, um die Beifahrertür zu öffnen, und zog sie dann einen Moment lang in seine Arme, bevor er ihr in den Wagen half. In warmem, neckendem Ton sagte er: »Vergnügungsparks. Klöster. Alles, was noch übrigbleibt, ist das, wonach sich dein Herz schon immer gesehnt hat.«

»Wirklich? Aber ich dachte, das hätte ich heute bekommen – daß wir wieder vollständig sind.«

»Das hast du auch, *wir* haben es, aber das glaubst du noch nicht so ganz. Mit dem Verstand magst du es akzeptiert haben, aber ich habe das Gefühl, daß dein Herz noch ausharrt, oder du hättest nicht gesagt ›ich dachte‹. Es braucht schon ein bißchen mehr, um dich glauben zu machen.«

»Und du hast nicht vor, mir zu sagen, was dieses bißchen mehr ist.«

»Oh, aber sicher doch«, sagte er mit einem typischen Jay-Lächeln. »An deinem Geburtstag.«

Sophie schwirrten so viele Dinge durch den Kopf, daß sie ganz vergessen hatte, daß sie in ein paar Tagen dreißig Jahre alt wurde. Die Kinder wollten ihr einen Kuchen aus Erdnußbutter-Play-Doh machen – die Sorte, die nicht gebacken werden mußte –, doch sie bezweifelte, daß Jay etwas ähnlich Zahmes vorschwebte. Was immer es auch war, es würde sicher was mit Zähneklappern zu tun haben, während er in aller Seelenruhe zusah. Man mochte ihr gern Mißtrauen vorwerfen, aber sie konnte nicht anders, als sich zu fragen, ob er gewußt hatte, was heute passieren würde.

Oder war das wieder nur Wunschdenken ihrerseits?

Jay zog sich die nasse Badehose aus, während er sein Zimmer betrat, und hängte das tropfende Kleidungsstück an die große Doppeltür. Er hatte nur die Terrasse vom Swimmingpool her überquert, war sich jedoch ziemlich sicher, daß keiner mehr wach war, der ihn beobachten konnte. Es war schon spät, und die Bewohner des Großen Hauses waren bereits vor Stunden schlafen gegangen, selbst Muffin, die sich beim Abendessen hochnäsig danach erkundigt hatte, wie denn das »Hofieren« von Sophie liefe.

»Wir sind uns noch nicht an die Gurgel gegangen«, hatte er schlagfertig erwidert.

»Dann wart's ab«, hatte sie nur entgegnet.

Das hättest du wohl gern, dachte er jetzt, während er zur Ankleidekommode ging, wo er seine Augenklappe abgelegt hatte. Er streifte sie sich über, ohne einen Blick in den Spiegel zu werfen. Er mußte das häßlich vernarbte Loch, das früher einmal sein Auge gewesen war, nicht sehen. Er wußte, wie grotesk es aussah und wie die anderen darauf reagierten. Er hatte erlebt, wie sie entsetzt vor ihm zurückwichen, selbst die Ärzte.

Tatsächlich hatte er heute abend allein sein wollen, um in Ruhe zu schwimmen und den gemeinsam verbrachten Tag mit Sophie noch einmal nachwirken zu lassen, obwohl er bezweifelte, daß Muffin das verstanden hätte. Er hatte Sophie die ganze Zeit über genau beobachtet, immer auf der Suche nach einem Anzeichen dafür, daß sie begann, ihm zu vertrauen, doch heute war mehr passiert, als er sich in seinen kühnsten Träumen hätte ausmalen können. Er hatte die Sehnsucht in ihren Augen gesehen, hatte gewußt, was sie wollte, was sie brauchte.

Es hatte sich angefühlt, als würde sich ein Fleischerhaken in seine Eingeweide bohren, und der Schmerz verriet ihm, wie sehr er sich wünschte, dieses Bedürfnis erfüllen zu können, wie sehr er es ebenfalls brauchte. Aber heute wäre zu früh gewesen. Was immer zwischen ihnen geschehen mochte, es würde sich zu einem Tornado auswachsen, einem Tsunami, der sie packen und hochschleudern und nicht eher loslassen würde, als bis die Wolken sie wieder freigaben.

Der Tag heute war nur ein Vorgeschmack gewesen, aber der eigentliche Sturm war schon im Anzug. Seit Tagen, ja Wochen, ja vielleicht schon seit Jahren, braute er sich in seinem Innern zusammen. Er ließ sich nicht mehr aufhalten. Das Beste, was er tun konnte, war durchzuhalten, bis sie bereit war … bereit, im Sturm genommen zu werden.

Er verwarf den Gedanken an eine heiße Dusche und streckte sich statt dessen auf seinem Bett aus. Er fühlte sich, als befände er sich noch immer im Wasser, als würde er noch immer mit ruhigen Bewegungen durch die Wellen streichen, und die stille, tiefe Ruhe des Wassers würde zu ihm sprechen. Aber was er tatsächlich zu hören glaubte, während er auf dem Rücken lag und an die Decke starrte, war nicht die friedliche, alles umarmende Stimme des Wassers, sondern etwas vollkommen anderes. Etwas zutiefst Verstörendes.

Ein kehliger Schrei durchbrach den stillen Ozean seiner Gedanken.

Jays Wirbelsäule bog sich wie die eines Turners. Die Hände waren an den Seiten geballt. Sein Körper reagierte wie auf eine physische Bedrohung, sein Verstand dagegen wurde mit einem Mal vollkommen still und reglos. Der Schweiß brach ihm am ganzen Körper aus, während vor seinen Augen, an der Decke, ein Bild Gestalt anzunehmen begann.

Der rationale Teil seines Gehirns wehrte sich mit aller Kraft dagegen, den Bezug zur Realität zu verlieren, wollte seinen aufgewühlten Nerven mitteilen, daß dies nur eine Halluzination war, aber die Eindrücke, die über ihn hereinbrachen, waren einfach zu stark. Etwas, vielleicht sogar die Lüftungsschlitze an der Decke, lösten eine Flut von Erinnerungen aus. Ein schwarzes Loch tat sich ohne Vorwarnung über ihm auf und drohte, ihn in seine giftigen, übelriechenden Tiefen zu saugen.

Er sah einen Mann, den man in einem stinkenden Betonloch festhielt, das wie ein Grab in die gefrorene Erde eingelassen worden war. Der einzige Lichtschimmer, der in die unterirdische Gruft des Gefangenen kam, drang durch ein kleines Metallgitter hoch über ihm. Man hatte ihm seine Kleidung weggenommen, alles weggenommen. Nichts befand sich in diesem Loch, außer einer Betonpritsche zum Schlafen, während die

Wachen oben über das Gitter trampelten und ihm Beschimpfungen zuriefen.

»Du Schwein! Du dreckiges, stinkendes Schwein!«

Jemand riß den Metalldeckel seines Grabs auf, und das hereinflutende Licht tat mehr weh als der Eimer eiskaltes Wasser, den sie über ihn ausschütteten. Man hatte ihn geschunden und geprügelt, hatte versucht, seinen Geist zu brechen. Und jetzt war es seine Männlichkeit, die sie zerstören wollten, der einzige Trieb, der sich gleichsam trotzig weigerte, ebenfalls zu verschwinden. Als er so erwacht war – bretthart, den Kopf voller Träume von einer Frau, das einzige Vergnügen, das sich seine geschundene Seele noch ausmalen konnte –, hatten es die Wachen durch das Gitter bemerkt.

»Du rammelndes Wildschwein!« bellten sie.

Einer war in das Loch heruntergesprungen und näherte sich ihm mit einer Machete. Der Gefangene besaß nichts außer einem Stück Beton, das er von der Pritsche abgebrochen hatte. Es war ein erbarmungsloser Kampf, aber irgendwie schaffte er es, den Wärter bewußtlos zu schlagen, bevor ihm selbst schwarz vor Augen wurde. Als er wieder zu sich kam, ein Haufen aus blutigem Fleisch und Knochen, war der Wärter verschwunden gewesen. Der Gefangene war noch am Leben, aber die Hand war ihm beinahe vom Handgelenk abgetrennt worden. Und man hatte ihm ein Auge herausgeschnitten.

»Lieber Gott«, flüsterte Jay schweißgebadet. Er befreite sich mit Mühe aus dem schrecklichen Alptraum und ließ den Blick prüfend durch den Raum gleiten. Er erwartete, jeden Moment die Zimmertür auffliegen und Wärter hereinstürmen zu sehen. Das hatte er schon mal erlebt. *Er* war dieser Gefangene.

Zusammengeklappt wie ein Taschenmesser, versuchte er dem Zittern Herr zu werden.

Es dauerte einen Augenblick, bevor sein Herz zu dröhnen aufhörte und er die Ruhe seiner Umgebung wahrnahm. Alles wirkte vollkommen normal. Er blickte sich um und studierte jede Einzelheit seines Zimmers. Seine Badehose hing noch tropfend am Türknauf, und der Jahresbericht von Babcock Pharmaceuticals lag noch auf seinem Schreibtisch, wo er ihn hingeworfen hatte, weil er ihn während der Nacht durchlesen wollte. *Man griff ihn nicht an. Keiner brach die Tür ein. Es war fast Mitternacht, und alle im Haus schliefen friedlich. Es war nur in seinem Kopf, die Gewalt, das Blut.*

Sein Atem normalisierte sich allmählich, ebenso die Gedanken, die durch seinen Kopf schwirrten.

Ein paar Dinge wurden ihm jetzt schlagartig klar – warum er beispielsweise so schrecklich lichtempfindlich gewesen war, als er in der Schweizer Klinik erwachte, warum er überall Waffen versteckte und warum er heute in den Katakomben von Gewaltbildern und schrecklichen Lauten heimgesucht worden war. Die Tunnels hatten ihn an sein Gefängnisgrab erinnert, und die kühle Nachtluft auf seiner Haut heute abend hatte den Rest besorgt, hatte alles mit einem Schlag wieder zutage befördert.

Nackt und in Schweiß gebadet lag er auf dem Bett.

Als er sich aufrichten wollte, schoß ihm mit einem Mal ein unerträglicher Schmerz in sein nicht mehr vorhandenes Auge. Er drückte den Handrücken auf die Augenklappe und merkte, daß sie sich kühl und naß anfühlte, wahrscheinlich von seinem Schweiß. Er hatte den Ärzten in der Klinik gesagt, daß er von Zeit zu Zeit schlimme Kopfschmerzen bekam. Man hatte es jedoch als eine starke Migräne abgetan, und El hatte ihm versichert, daß dies zu den Symptomen von verspäteter Streßbewältigung gehörte. Neuropro, das neue Medikament gegen posttraumatische Streßsyndrome, wie es derzeit von Babcock Pharmaceuticals erprobt wurde, konnte bis zu einem Monat brauchen, bevor es Wirkung zeigte, hatte El erklärt und Jay um Geduld gebeten.

Aber Jay begann sich allmählich zu fragen, ob er tatsächlich Neuropro bekam, ja sogar, ob bei ihm nach derselben Testprozedur vorgegangen wurde, die bei klinischen Tests üblich war. Entweder war El nachlässig geworden, oder er hatte vergessen, daß Jay Pharmazie studiert hatte und mit dem Prozedere vertraut war. Er wußte, wann und in welchen Abständen Antidepressiva – wie die zu testende Wunderdroge – ausgegeben wurden.

Ein scharf pulsender Schmerz durchzuckte sein Auge und warf ihn fast um.

»Mist.« Das Schimpfwort entwich ihm, während er sich auf den Bauch rollte und die Stirn auf den Bettrand stützte. Er wußte, daß er nichts gegen die Schmerzen tun konnte, also versuchte er den Anfall, so gut es ging, zu ertragen. Immer noch besser als die anderen Schmerzen weiter unten, die ewige Qual in seinen Lenden.

Er hatte gelernt, jeden Nerv in seinem Körper zu kontrollieren, einschließlich des Zuckens in seinen Augenlidern, aber über sein Unterbewußtsein besaß er keine Kontrolle. Sie war die Frau, von der er in diesem Loch geträumt hatte. Er war besessen von ihr, und nicht einmal die Brutalität der Wärter hatte etwas daran ändern können.

Der Flashback hatte mehr als nur die Erinnerung an eine durchlebte Hölle ausgelöst. Er hatte das wilde Tier namens Lust in ihm geweckt, unerträgliche, knüppelharte Lust. Das Bedürfnis, sich einfach auf den Rücken zu rollen und sich die unerträgliche Qual zu erleichtern, war so groß, daß er alle Willenskraft aufbieten mußte, um dagegen anzukämpfen. Nicht, daß er diesem Bedürfnis nicht nachgeben wollte. Er wollte es, o ja. Aber das durfte er nicht riskieren. In seinem jetzigen Zustand einem Bedürfnis nachzugeben, bedeutete, das Schleusentor für alle anderen zu öffnen.

Nach einiger Zeit ließen die Kopfschmerzen wieder nach, so daß er sich bewegen konnte, ohne das Gefühl zu haben, ihm würde jeden Moment der Schädel zerplatzen. Jetzt war doch noch eine heiße Dusche fällig, aber vorher mußte er noch etwas tun. Er stemmte sich mühsam hoch und fuhr mit der Hand unter die Matratze. Er zog ein Messer hervor, ein wertvolles silbernes Erbstück. Die vielen in Einzelhaft verbrachten Jahre mochten erklären, warum er das gefährlichste Objekt auf dem

Frühstückstablett, das Mildred heute morgen vorbeigebracht hatte, unter der Matratze versteckte. Doch da gab es zu viele Dinge, die er sich nicht erklären konnte.

Das Besteckmesser lag schwer und solide in seiner Hand, so wie das kalte metallische Objekt, das ihm einfach nicht mehr aus dem Kopf gehen wollte. Die schwarze Höhle, und die Anschuldigungen seines Vaters. *Blut an deinen Händen.*

Jay sagte sich, daß es das Vernünftigste wäre, das Messer auf seinen Schreibtisch zu legen, wo Mildred es finden konnte, wenn sie morgen ihre Runde machte. Aber Vernunftgründe hatten nicht viele Chancen, wenn es um den Überlebensinstinkt ging. Leise vor sich hin fluchend – er fürchtete, allmählich wirklich verrückt zu werden –, schob er das Messer zornig wieder unter die Matratze.

Kurz darauf, er stand unter dem dampfend heißen Strahl der Dusche, den Kopf glücklicherweise wieder klar, dachte er über jenen anderen Schmerz nach, den, der nie verschwand: diese tiefe Sehnsucht. Er brauchte diese Frau. Er sehnte sich so sehr nach ihr, daß er es kaum noch aushielt. Doch die Qual, die sich jetzt beinahe lustvoll anfühlte, würde bald Erfüllung finden. Entweder das, oder er würde sterben.

14

»Happy birthday, Baby …«

Wenn sie Jay so ansah, wie er in ihrem Wohnzimmer stand, die Sonne, die durch die Fensterfront hereinschien, im Rücken, dann wußte Sophie auf einmal wieder, warum sie mehr und mehr auf verlorenem Posten stand, wenn es um ihren Verstand ging. Der Mann sah einfach nicht real aus. Vor dem grellen Licht der Sonne wirkte er eher wie das gesichtslose Monster aus ihren Alpträumen, gleichzeitig grausam und wunderschön. Die Sonne blendete so stark, daß sie nicht einmal das schwarze

Dreieck seiner Augenklappe erkennen konnte. Was sie jedoch sah, war, daß er die Hände hinter dem Rücken versteckt hielt. Er verbarg etwas vor ihr.

»Danke«, sagte sie und machte ein paar Schritte vorwärts. »Werde wohl bald auch zum Club der Dreißiger gehören.« Sie wollte nahe genug heran, um zu sehen, ob sie recht hatte, aber nicht so nahe, daß er sie packen konnte, sollte er sich am Ende doch noch als ihr gesichtsloses Traummonster entpuppen. Jetzt wurde sie wegen ihm also auch noch kindisch.

»Bereit für die Einlösung der letzten Rate?« fragte er.

»Sicher. Zu allem bereit.«

»Tapferes Mädchen«, erwiderte er in trockenem Ton. »Ich weiß, daß du's kaum abwarten kannst anzufangen, aber ich hab dir eine Kleinigkeit mitgebracht. Es ist kein Kuchen mit Kerzen oder Pelze und Diamanten oder irgendwas von dem, was sich Frauen angeblich erträumen. Aber es kam heute durch, und ich dachte, du würdest's sicher gleich erfahren wollen.«

»Was kam durch?« Sie hatte nicht den blassesten Schimmer, wovon er redete. Doch als er ihr seine Hände entgegenstreckte, hielt er einen großen Briefumschlag mit einem behördlichen Siegel. »Mein Antrag auf Bezuschussung?«

»Yep. Jetzt ist's offiziell.« Er hatte die Worte kaum ausgesprochen, da stand er schon mit leeren Händen da, und Sophie riß den Umschlag auf.

Jay hatte eines Abends – während ihrer »Verabredungsphase« – überraschend vorbeigeschaut und Sophie über einem Haufen Formulare vorgefunden: ihr x-ter Antrag auf Bezuschussung ihrer Kindertagesstätte. Da hieß es, das Budget bis in alle Einzelheiten auszuarbeiten, ihre Ziele und Absichten darzulegen sowie zu begründen, warum sie der Ansicht war, daß ihr bescheidenes Projekt eine Bezuschussung verdiente. Als Jay daraufhin meinte, daß er ihr möglicherweise helfen könnte, hatte sie ihm die Formulare mitgegeben, damit er sie sich zu Hause durchsehen konnte. Sie hatte jedoch gedacht, er meinte, er könne ihr bei der Formulierung helfen.

Jetzt überflog sie mit angehaltenem Atem den Inhalt des Schreibens. »Sieh dir das bloß an! Dort stehe ich als alleinverantwortliche Leiterin der Kindertagesstätte. Ich!«

Er lachte über ihren triumphierenden Schrei. »Ich geb dir ein Jahr«, sagte er. »Bis dahin hast du den Formularkram so satt, daß du mich auf Knien anflehst, die nötigen Gelder über eine entsprechende Stiftung, die Babcock einrichtet, lockerzumachen. Bis dahin, viel Glück, Frau Kindertagesstättenleiterin.«

»Lieber Gott, ich kann's gar nicht fassen ...« Sophie hielt die Hand an den Mund, weil er nicht sehen sollte, daß ihr Kinn zitterte. Tränen schossen ihr in die Augen. Seit Jahren kämpfte sie nun schon um diesen blöden Zuschuß, und ob nun mit Hilfe oder ohne, sie war überglücklich. »Danke«, stieß sie bewegt hervor.

»Ich hab nichts gemacht, außer dafür zu sorgen, daß dein Antrag auch gelesen wurde«, versicherte er ihr. »Du warst einfach bereit. Das wußten die in der Sekunde, in der sie sahen, was du schon erreicht hast.«

Das Schreiben wurde ein wenig in Mitleidenschaft gezogen, als sie sich ihm spontan an den Hals warf. Bitte sei kein Traum, dachte sie und krallte sich an seinem weichen Hemd fest. Bitte sei noch da, wenn ich wieder aufwache. Bitte sei real.

Die Sehnsucht wallte in ihm auf, als er sie ebenfalls fest umarmte.

»Das ist das schönste Geschenk, das ich je bekommen habe.« Soviel brachte sie noch heraus, bevor ihr die Stimme brach. Das Brennen in ihrer Kehle verriet ihr deutlich, daß sie sich schleunigst zusammenreißen mußte, was ihr nur eine Wahl ließ: sich von ihm loszumachen und wieder ein wenig auf Abstand zu gehen.

»Meine Bewilligung! Sie ist völlig zerknittert!« krächzte sie.

Er löste seine Umarmung, aber das Papier in ihrer Hand sah wirklich ziemlich mitgenommen aus. »Wenn ich's nun wieder aufbügle?« meinte sie hoffnungsvoll und versuchte, so gut es ging, die Falten zu glätten. »Ich wollte sie doch einrahmen.«

»Ich kann dir eine neue beschaffen«, beruhigte er sie.

Seine Stimme klang auch rauh, und das berührte sie sehr. Ob ihn das Ganze auch ein wenig mitnahm? Der Gedanke nistete sich in ihrem Kopf ein, während sie das Zertifikat wieder in den Umschlag steckte, aber sie konnte sich nicht dazu überwinden, ihn anzusehen, denn was sollte sie tun, wenn sie recht hatte?

»Das wäre dann wohl geschafft, oder?« meinte sie, als alles wieder sicher verstaut war. »Irgendwie war dieser Zuschuß mein größter Herzenswunsch. Du weißt schon, den Kindern helfen zu können, ihnen das geben zu können, was sie brauchen.«

Er sah sie ein wenig perplex an. »Aber hier geht's nicht ums Geben, Sophie, es geht ums Nehmen, ums Annehmen. Es geht darum, jemandem genug zu vertrauen, um sich zur Abwechslung auch einmal helfen zu lassen. Ist es nicht das, wonach sich dein Herz schon immer gesehnt hat?« Er studierte sie, als würde er wieder den scheuen, linkischen Teenager vor sich sehen. »Hast du dich nicht immer danach gesehnt, jemandem vertrauen zu können?«

Sophie blickte ihn mit großen Augen an. Er hatte recht. »Du hast recht.«

»Und wo ich schon dabei bin«, fuhr er fort, »laß uns annehmen, daß ich mit dem folgenden auch recht habe. Gibt's nicht auch einen Brauch, der sich Geburtstagstanz nennt?«

»Du willst mir was vortanzen?«

»Nein, ich will mit dir tanzen. Komm schon.«

Er nahm sie bei der Hand und wirbelte sie herum. Sophie folgte ihm verwirrt. Aber sie tanzten nicht. Er führte sie aus dem Wohnzimmer. »Wohin gehen wir?«

»In die Küche.«

»Zum Tanzen? Aber da ist nicht viel Platz.«

Er lachte.»So, wie ich tanze, brauch ich auch nicht viel Platz.«

Als Sänger gab er nicht gerade viel her, aber das war nicht wichtig, als er sie in die Arme nahm und mit tiefer Stimme die Melodie von Springsteens »Desire« zu brummen begann. Die

Tatsache, daß er nicht immer ganz die richtige Tonlage fand, machte seine Geste nur noch unwiderstehlicher.

Sophies anfängliche Befangenheit verflog, als er die Hand an ihren Rücken preßte und sie dicht an sich zog. Mit einem Seufzer drückte sie ihr Gesicht an seinen Hals. Hm, roch der Mann gut. War das sein Rasierwasser? Sie hätte ihn am liebsten mit Haut und Haaren eingeatmet, wenn so was möglich gewesen wäre.

Er vergrub den Mund in ihrem Haar und murmelte etwas – ihren Namen wahrscheinlich. Sie fühlte seinen Arm an ihrem Rücken und seine gespreizten Finger an ihrer Taille. Richtig besitzergreifend, wie er sie festhielt. Sie konnte es fühlen, und es war herrlich. Sie kam sich geborgen vor, rundum geborgen.

»Was ist los?« fragte er kurz darauf.

Sie legte den Kopf ein wenig zurück und blickte lächelnd zu ihm auf. »Die Musik ist aus. Brauchst du noch eine Münze?«

Ihr Schlüsselbein war im weiten U-Boot-Ausschnitt ihres T-Shirts zu sehen. Aus diesem Grund hatte sie es auch angezogen, um ihm genau diesen Anblick zu gönnen. Nun, er genoß ihn. Das sah sie an der Art, wie seine Augen aufleuchteten, während seine Blicke tiefer glitten und sie dort berührten. Er blickte ihren Mund an, aber nur einen Moment lang. Ihr Schlüsselbein war die Stelle, an der er sich aufhalten wollte.

»Was ich brauche«, sagte er, »ist das hier.«

Jetzt berührte er sie wirklich, so wie er's früher immer getan hatte, federleicht, nur mit dem Daumen, als ob der Schwung ihres Halses so faszinierend wäre, daß man ihn Stunde um Stunde erforschen könnte, ohne aber je das Mysterium um die samtige Weichheit der weiblichen Haut lösen zu können.

Etwas zog in Sophies Eingeweiden. Gefühle regten sich tief in ihrem Innern. Sie waren ihr erregend vertraut, diese Gefühle, und da war auch wieder diese herrliche, wahnsinnige Wärme, diese alles überwältigende schmelzende Wärme.

»Gibt's nicht auch einen Brauch, der da lautet: ›Geburtstagskuß‹?«

Diese unschuldige kleine Frage kam von ihr, und zwar ziemlich nüchtern wie von jemandem, der sich auf der Straße nach dem richtigen Weg erkundigt. Aber es war ihr nie im Leben ernster gewesen. Sie wollte es wirklich wissen, obwohl sie kaum atmen konnte, als sie nun zu ihm aufblickte.

Er sah ihren Mund an. »Sollen wir einen anfangen?«

»Wäre vielleicht keine schlechte Idee. Es herrscht soviel Kälte und Gleichgültigkeit in der heutigen Gesellschaft.«

»Nicht um dich herum.«

Belustigt nahm er ihr Gesicht in beide Hände. Seine Schultern hoben sich, und sein Atem ging etwas heftiger als gewöhnlich. Das gefiel ihr. Es gefiel ihr, daß er ebenfalls Probleme mit dem Atmen hatte. So war sie wenigstens nicht die einzige, der die Kontrolle davongaloppierte.

»Alles Gute zum Geburtstag«, flüsterte er und neigte sich weiter vor.

Sophie schloß die Augen und reckte sich auf die Zehenspitzen. Sie schwebte.

Allein beim Gedanken an die Wärme seiner Lippen krampfte sich ihre Kehle sehnsüchtig zusammen, und als er mit dem Mund über den ihren strich, stöhnte sie auf. Lieber Gott, das muß Liebe sein, dachte sie. Es muß einfach. Was soll es auch sonst sein? Diese wilde, scharfe Erregung wird nie weggehen, nicht bevor ich sterbe jedenfalls.

Er küßte sie genau so, wie er sie berührte, federleicht und hauchzart, was eine süße, wilde Gier bei ihr auslöste. Er schenkte ihr einen Vorgeschmack aufs Paradies, aber eben nur einen Vorgeschmack, gerade genug, um sie fast zur Verzweiflung zu treiben.

Sie packte ihn am Arm und fühlte, wie er erbebte.

»Mehr«, wisperte sie, »mehr.« Sie war wie ein Kind, das um Eiscreme bettelt. Sie hätte alles getan, um mehr von dieser Süße zu bekommen, um ihr Verlangen zu erfüllen.

Er zog sie enger an sich und vertiefte den Kuß. Seine Hand glitt an ihrem Rücken entlang nach unten zu ihrem Po. Beide

Backen fest umschließend, zog er sie an sich, und als Sophie ihn spürte, war es vollkommen um sie geschehen.

»Jay ...«, stieß sie keuchend hervor.

Blendend helles Licht schien jeden Berührungspunkt ihrer Körper zu erfüllen. Seine Hitze verwandelte ihr Inneres in ein heilloses Chaos, und auf einmal konnte sie nur noch an eines denken, nur noch eines wollen. Geburtstagssex, und zwar sofort. Falls es keinen solchen Brauch gab, dann mußte man ihn umgehend einführen.

»Schlaf mit mir ...«

Die Worte waren schon heraus, da wurde ihr erst klar, wie panisch sie geklungen hatten. Sie zitterte geradezu, zitterte wie Espenlaub vor Erregung, vor Sehnsucht danach, ihn in sich zu spüren. Aber es war mehr als das. Sobald sie einmal miteinander geschlafen hatten, würde sie's wissen. Die Frage, wer er wirklich war, würde endgültig beantwortet sein. Ihr Körper würde nicht lügen. Wenn dieser Mann Jay war, dann würde sie's wissen.

»Bitte«, flüsterte sie.

Er löste sich ein wenig von ihr und blickte ihr forschend in die Augen. Seine Atmung vertiefte sich, und sein Griff lockerte sich, aber er sagte eine ganze Zeitlang nichts. Schließlich meinte er: »Warum?«

»Was meinst du?«

»Warum tust du das, Sophie?«

Sie hatte keine Ahnung, was sie darauf sagen sollte, und was noch schlimmer war, es war ihr peinlich, sich überhaupt rechtfertigen zu müssen. »Ich hätte gedacht, das wäre offensichtlich. Ich ... ich will mit dir zusammensein. Ich dachte, es ginge dir genauso.«

Er lachte überrascht und gleichzeitig frustriert auf. »Sophie, bitte versteh mich nicht falsch. Ich komme mir vor, als würde ich jeden Moment platzen, so sehr will ich dich.«

»Warum hast du mich dann gestoppt?«

»Weil etwas nicht stimmt. Du zitterst am ganzen Leib, und

das nicht aus Erregung. Ich weiß nicht, was los ist, aber so will ich's nicht. Nicht bei unserem ersten Mal.«

Sie zuckte zurück, riß sich dann von ihm los und lief verwirrt aus dem Raum. Sie war viel zu durcheinander, um gegen die aufkeimende Scham ankämpfen zu können, war sich aber sicher, daß er es nicht so gemeint hatte. Sie verstand auch nicht, was los war – warum sie das getan hatte, warum er sie aufgehalten hatte. Mein Gott, sie hatte ihn mehr oder weniger angefleht, mit ihr zu schlafen, und er hatte sie abblitzen lassen. Eigentlich sollte sie hier die Fragen stellen. Sie begriff einfach nicht, woher er die Willenskraft nahm. Sie war vom ersten Moment, von Beginn des Kusses an, verloren gewesen.

Bis auf das Surren des Kühlschranks herrschte vollkommene Stille in der Küche. Und sobald Sophie sich ein wenig beruhigt hatte, merkte sie auch, in welcher Zwickmühle sie steckte. Wahrscheinlich sollte sie ihm dankbar sein, daß er sie aufgehalten hatte, anstatt sich in Grund und Boden zu schämen, aber ihr Hirn hatte bereits einen anderen Grund für sein Verhalten ausfindig gemacht. Zweifellos hatte er sie durchschaut. Sie war sich noch immer nicht sicher, was seine Identität betraf. Und er hatte es gemerkt.

»Du bist eine Frau von Welt, Muffin.« Sophie stockte der Atem, als sie zu ihrer großen Freude feststellte, daß sie die hautengen Calvin-Klein-Shorts, die sie sich letztes Jahr als Diätanreiz gekauft hatte, nun nicht nur bis obenhin zuziehen konnte, sondern sogar den Hosenknopf zubrachte! »Wie lange kann es ein Mann ohne Sex aushalten?«

»Du meinst die Rekordmarke?« Muffin stand im Türrahmen zu Sophies Schlafzimmer und beäugte den billigen Ramsch, der überall herumstand. »Ich glaub nicht, daß das Guinnessbuch den Rekord im Sexentzug aufführt. Warum fragst du?«

»Aus Neugierde.« Sophie kehrte dem bodenlangen Garderobenspiegel den Rücken und beäugte sich interessiert aus diesem Winkel.

»Fünf Pfund weniger, und das ist ein Klassearsch«, meinte Muffin. »Miststück.« Das nur gebrummelt.

»Im Ernst?« Aus Muffins Mund war das das ultimative Kompliment. Sophie riskierte einen weiteren Blick. »Ich glaub, die sind Größe achtunddreißig.«

Muffin, selbst eine alte Diätveteranin, zupfte zerstreut an ihrem Goldarmband herum. »Streß und Ärger«, sagte sie. »Diese Kombi brutzelt dir sämtliche Pfunde weg. Klasse Sex ebenfalls. Aber davon kriegst du wohl nicht viel.«

»Woher willst du das wissen?« Sophie konnte den Blick nicht mehr von ihrem Hintern losreißen. Er sah wirklich gut aus. *Sie* sah gut aus, was das betraf, besser als seit Jahren. Streß, Nervosität – alles dasselbe. Sie war ein Nervenbündel, seit Jay aus der Versenkung aufgetaucht war. Sie aß nicht, schlief nicht, und Sex hatte sie schon gar nicht. Aber sie dachte daran, an letzteres, so viel war sicher.

»Du kannst mir unmöglich weismachen, daß der Mann Probleme mit seiner Libido hat.« Muffin blickte sie mit zusammengekniffenen Augen an. Antwort her, aber sofort. »Nicht Dirty Harry. Das glaub ich einfach nicht. Das glaub ich nie im Leben.«

Sophie überlegte, ob sie sich ihrer Schwägerin anvertrauen sollte. Mit irgend jemandem mußte sie reden, und Muffin hatte ihr bereits mehr geholfen, als ihr bewußt war, ob nun gewollt oder nicht. Aber sie stellte in letzter Zeit auch immer wieder seltsam bohrende Fragen über Jay, was Sophie allmählich zu der Ansicht brachte, daß Muffin möglicherweise eigene Pläne verfolgte. Sie würde es ihrer Schwägerin zutrauen, Jays Anspruch auf die Firma anzugreifen. Und dennoch, Muffin hatte Sophie von ihrer Kosmetikserie erzählt, als das Ganze noch ein tiefes, finsteres Geheimnis gewesen war, und sie war eine von Sophies wenigen Freunden, seit die Verbindung zu Claude abgerissen war, obwohl das ein trauriges Licht darauf warf, wie sehr sich Sophie in den letzten Jahren abgeschottet hatte.

»Ich bin sicher, Jays Libido hat all die Kraft und Power eines hochentwickelten Rennwagens. Er ist der reinste Grand-Prix-Ferrari. Das Problem ist nur« – und hier stieß Sophie einen kleinen Seufzer aus –, »wie bring ich ihn dazu, daß er die Bremse löst?«

»Du verarschst mich, richtig? Sag mir, daß das ein Scherz ist.«

»Ich wünschte, das wär's«, seufzte Sophie. »Entweder er versucht, mich in den Wahnsinn zu treiben, oder er will mich vor mir selbst retten. Ich hab noch nicht ganz raus, was. Wir gehen jetzt offiziell seit zwei Wochen aus, und alles, was er getan hat, war, mich einmal zu küssen. Und das war auch noch meine Idee. Glaubst du, es liegt an mir?«

»Mein liebes Kind, ich war auf dieser memorablen Willkommensparty und habe den Rauch aufsteigen sehen. Was zwischen euch abging, hätte eigentlich das automatische Sprinklersystem in Gang setzen müssen, glaub mir.«

Muffin stieß ein nostalgisches Schnaufen aus. »Ein Mann aus Stahl. Dieser Typus ist einfach unwiderstehlich, nicht wahr? Colby konnte schon mal geizig werden mit seinem ›Großen‹, wenn er wollte. Hab ihn am Ende aber doch noch drangekriegt. Ich hab sein Sperma einfrieren lassen, falls ich mich dazu entschließen sollte, die Babcocks mit einem ›offiziellen Erben‹ zu beglücken.«

Die Geschichte mit dem gefrorenen Sperma hatte Sophie schon gehört, war aber nicht sicher, ob sie sie glauben sollte. Muffin ließ nur zu gern solche Bomben platzen. Aber den streberischen Colby konnte sie sich gut dabei vorstellen, wie er ein Stillhalteabkommen in bezug auf Sex ausrief. Auf seine Art war er ein kleiner Leuteschinder gewesen, der Gute, wohingegen Jay das genaue Gegenteil war, eher ein Hedonist, falls überhaupt.

Sophie zog den Reißverschluß der Jeansshorts mit einem erleichterten Stöhnen hoch. Noch fünf Pfund mußten weg. Mindestens. »Vielleicht sollte ich doch noch 'ne Weile bei ›Eine Größe für alles‹ bleiben«, meinte sie zu sich selbst.

Muffin bedachte diesen Verrat an allen Frauen, die sich je luftschnappend in enge Sachen gezwängt hatten, mit einem

Kopfschütteln. »Eng ist Trumpf, Schätzchen. Du hast die Goodies, dann zeig sie auch.«

Sophie klatschte sich mit beiden Händen auf den Hintern. »Ein Blick auf dieses Prachtstück, und die Männer fallen reihenweise um. Schwörst du das?«

»Ich glaub, ein ganz bestimmter Mann will, daß *du* umkippst«, erklärte Muffin mit einem weisen Nicken. »Vergiß nicht, daß es kein größeres Aphrodisiakum gibt als die Vorfreude. Vielleicht verführt dich Jay ja, indem er dich nicht verführt.«

»Na, das funktioniert jedenfalls«, bemerkte Sophie trocken.

»In diesem Fall ist das, was du brauchst, ein Killer-Top. Etwas, in dem du aussiehst, als hättest du einen Wonder-Bra an.«

Sophie streckte die Waffen, ohne überhaupt gekämpft zu haben. Mit Muffin als absolut letzter Instanz, was Chic betraf, probierte Sophie eine Reihe von Oberteilen aus, darunter ein blaßrosa Polohemd, das prompt als zu »metzgerhaft« abgetan wurde, ein kurzes Cardiganjäckchen, das angeblich »geradezu nach L. L. Bean stank«, und eine Karobluse, die eine angeekelte Grimasse auslöste. »Mutterhenne«, flüsterte Muffin. »Wirf's weg.«

Also, wenn man mir die Wahl überläßt, dachte Sophie, dann entscheide ich mich fürs »Stinken«. Bei dem kurzen Jäckchen konnte man nämlich die obersten Knöpfe verführerisch offenstehen lassen, und außerdem lenkte es den Blick hervorragend auf ihr hübsches Popöchen, worum es ja schließlich ging.

Muffin zog eine Augenbraue hoch. *»Le pièce de resistance«*, meinte sie glattzüngig. »Und dazu ein Trip zu Delilah's für 'ne Generalüberholung. Das, das schwör ich dir, Sophie, treibt Jay an den Rand des sexuellen Wahnsinns.«

Sophie machte sich mehr als nur ein wenig Sorgen darüber, aus Delilahs »Generalüberholung« als zweite Delilah hervorzugehen, ließ sich aber dennoch breitschlagen, und Muffin versprach ihr prompt, einen Termin für sie zu vereinbaren. Die Frau wußte, wie man Geschäfte macht.

Muffin hatte ihren Ekel vor dem Ramsch anscheinend weitgehend überwunden, denn sie kramte nun neugierig in den Mementos auf der Ankleidekommode herum. Sie nahm den Schokoladensanta mit einigem Interesse hoch, ließ ihn jedoch fallen wie eine heiße Kartoffel, als sie die kleinen Bißspuren darauf entdeckte.

»Sophie ... hast du dich je gefragt, warum er gerade jetzt zurückgekommen ist?«

»Jay? Was meinst du damit?«

»Ist das nicht ein wenig zu passend? Und diese Kampagne, ihn wieder an die Macht zu bringen?« Muffin warf ihr einen eigenartigen Blick zu. »Hast du dich je gefragt, ob er *wirklich* Jay ist?«

Sophies Schweigen war beredt genug.

Muffin wurde auf einmal ernst. »Hör zu, sei vorsichtig«, sagte sie. »Wenn er das Imperium wirklich um jeden Preis haben will, und ich glaube, das will er, dann könntest du leicht zu einem Hindernis werden.«

»Was willst du damit sagen?«

»Daß du diejenige bist, die ihn am leichtesten entlarven könnte. Und falls ihm das klar ist, stellst du jetzt schon eine Bedrohung für ihn dar.«

Sophie hatte Muffin alles anvertraut, was sie ihr anzuvertrauen wagte. Vielleicht sagte Muffin das ja nur, weil sie ihre eigenen Pläne verfolgte, vielleicht aber auch, weil sie sich wirklich Sorgen um sie machte. Was immer es auch sein mochte, ihrer Schwägerin war es gelungen, sie gründlich in Alarmzustand zu versetzen. »Die Tests haben seine Identität bewiesen.«

»Tests können immer gefälscht sein.«

»Nicht die, nicht die Fingerabdrücke.«

Muffin rieb die Fingerspitzen aneinander, das universelle Symbol für Pinkepinke. Sie warf einen Blick in den Spiegel und zog ihren knallroten Blazer zurecht. »Also, war nett mit dir«, sagte sie, »aber ich muß los – zu 'nem Dinner mit einem der Vögel vom Vorstand. Wir aufblühenden Unternehmer müssen eben ... na, blühen.«

Muffin war schon eine Weile fort, als Sophie sich endlich die Frage stellte, wie lange sie noch so mit gekreuzten Beinen auf dem Bett herumsitzen und das Jäckchen auf ihrem Schoß anstarren wollte. Aber die Cardiganjacke war's gar nicht, die ihr nicht mehr aus dem Kopf wollte. Gerade ging, mit einer großen Portion Paranoia, die Saat auf, die Muffin vorhin gesät hatte.

Zuerst hatte sie angedeutet, Jays Taktik wäre, sie sich selbst verführen zu lassen. Und falls das zutraf, falls das alles tatsächlich Teil eines Plans war, dann war er ein geradezu teuflisch raffinierter Mann, denn es war die perfekte Art, eine Träumerin wie Sophie Weston zu verführen. Absolut perfekt. Die Vorstellung allein genügte, um paranoide Wahnvorstellungen bei ihr auszulösen. Doch es war das, was Muffin außerdem noch gesagt hatte, was Sophie in Wahrheit am meisten zusetzte.

Hast du dich je gefragt, warum er ausgerechnet jetzt zurückgekommen ist?

Sophies Ängste reichten schon längst weit über diese Frage hinaus. Bereits seit einiger Zeit hatte sie ein Gefühl beschlichen, das sie niemandem gegenüber zugegeben hätte, nicht einmal sich selbst gegenüber, was wahrscheinlich an den Wahnvorstellungen lag, unter denen sie während ihrer Krankheit des öfteren gelitten hatte. Aber so sehr sie auch versuchte, es zu verdrängen, sie wurde das Gefühl nicht los, daß sie von jemandem beobachtet wurde. Nicht verfolgt, nein, nichts derart Finsteres. Es fühlte sich mehr so an, als beobachte sie jemand, als lauere da jemand, genau an der Peripherie ihres Lebens.

Angefangen hatte es an dem Tag, an dem sie Jay im Schaufenster dieser Modeboutique gesehen hatte. Sie hatte den Vorfall sofort wieder verdrängt, ebenso wie dieses unheimliche Gefühl, das sie seitdem immer wieder beschlich. Aber der Drang, einen Blick über die Schulter zu werfen, in finsteren Winkeln zu forschen, ließ sich nicht abschütteln.

Sie blickte sich im Zimmer um und kam sich reichlich blöd dabei vor, weil sie wußte, daß niemand da war. Ihre Beziehung zu Jay war schon schwierig genug, ohne noch weitere Komplikationen oder gar Bedrohungen heraufbeschwören zu müssen. Sie konnte sich auch beim besten Willen nicht vorstellen, warum er sie beobachten lassen sollte, und ihr erster und stärkster Impuls war, den Gedanken einfach beiseitezuwischen, ihn als ein Produkt ihrer allzu lebhaften Fantasie abzutun. Während ihrer Genesung war das absolut unerläßlich gewesen, oder sie wäre nie gesund geworden. Der Gedanke an Jay hatte sie Tag und Nacht verfolgt. Überall hatte sie ihn gesehen, und da war es doch nur natürlich anzunehmen, daß dies nun wieder der Fall war, daß sie wieder Dinge »sah«, die gar nicht da waren.

Der kuschelige Wollstoff des Jäckchens wärmte Sophies eiskalte Hände. Sie hielt sich das Oberteil an die Wange und wünschte, sich darin vergraben zu können, so wie früher als Kind unter einer Decke, um die bösen Geister von sich fernzuhalten. Wie einfach das doch wäre. Wie einfach alles wäre, wenn es Zauberdecken gäbe, die man sich über den Kopf ziehen konnte, wenn die Dinge schwierig wurden.

Sie drückte das Jäckchen fest an sich, aber das eiskalte Gefühl in ihrer Magengrube verriet ihr, daß das Leben nicht mehr einfach war. Es würde nie mehr einfach sein. Es mochte ihr ja gelingen, ihre Ängste und Alptraumvorstellungen abzublocken, sie weit, weit an einen Ort zu verdrängen, wo sie ihren Einflüssen nicht mehr ausgesetzt war, doch mit Muffins Prophezeiungen ging das nicht so einfach.

15

»Also, wie sieht's aus … wollen Sie nun ein Pastrami-Sandwich oder nicht?«

»Teufel noch mal, natürlich will ich ein Pastrami-Sandwich. Selbst wenn ich an 'ner Herz-Lungenmaschine hängen würde, würd ich ein Pastrami-Sandwich haben wollen. Ich will immer

Pastrami, schon aus Prinzip, und daran wird auch kein Fruchtzeugsparfüm irgendwas ändern. Wahrscheinlich nicht mal mein Tod.«

Muffin gelang es nicht, ihre Enttäuschung zu verbergen. Sie wußte, daß ihr Gesicht mindestens doppelt so lang wie sonst aussehen mußte. Jerry White war einer der schwierigsten Kunden, mit denen sie es je zu tun gehabt hatte. Er hatte sich prächtig amüsiert in Delilahs Schönheitssalon, hatte sich im Schlammbad gewälzt wie ein kleines, rosiges Nilpferd, aber das Tarty-Tangerine-Fruchtöl war trotzdem ein Flop gewesen.

Delilah hatte ihn mit dem Appetitzügler förmlich überschüttet, aber er hatte trotzdem hartnäckig behauptet, am Verhungern zu sein, selbst nachdem er alle Behandlungen durchlaufen hatte. Schließlich mußten sie bei einem Deli um die Ecke anrufen und etwas für ihn kommen lassen. Muffin, noch nie auf den Kopf gefallen, hatte ihm daraufhin versichert, die Wirkung wäre kumulativ. Sie wüchse mit der Zeit an, und sie gab ihm ein Röhrchen mit der Substanz mit.

Es hatte sie eine Woche hartnäckiger Anrufe gekostet, um dieses Lunchtreffen in Newport Beachs bestem Deli-Restaurant mit ihm zu bekommen – und das für nichts, wie sich nun herausstellte. Wer immer auch behauptet hatte, Hartnäckigkeit zahle sich am Ende aus, hatte offenbar Jerry White und seine Pastrami-Besessenheit nicht gekannt.

Muffin sank mit einem müden Seufzer gegen die hölzerne Lehne der knarzenden Sitznische. Bernie's Pastrami Palace war immer gut besucht. Kellnerinnen riefen ihre Bestellungen in Richtung Küche, und Küchenjungen sammelten laut klirrend die schmutzigen Gedecke mit Rollwägen ein. Normalerweise hätte sie sich allein von den köstlichen Gerüchen ernähren können. Die Pastrami hier war weltberühmt, und niemand sonst an der Westküste machte so guten New Yorker Käsekuchen mit frischen Erdbeeren wie Bernie's. Aber heute hatte Muffin keinen Appetit, und Tarty Tangerine konnte dafür kein bißchen Lob einheimsen.

»Nur weil's bei Ihnen nicht funktioniert«, sagte sie, »heißt das noch lange nicht, daß es auch bei anderen nicht funktioniert.« Du liebe Güte, Muffin, geht's nicht noch lahmer?

Jerry rieb sich die Hände. Ein koboldhaftes Lächeln ließ augenblicklich seine fleischigen Züge auseinanderfließen.

Er war ein mächtiger Mann, und ein wahrer Menschenfreund hätte sein idiotisches Grinsen wahrscheinlich als charmant bezeichnet. In Muffins Augen jedoch sah er aus wie ein zu groß geratener Zwerg mit einer massiven Eßstörung und einem gemeinen Sinn für Humor.

»Hab nie gesagt, daß es nicht funktioniert.« Sein Lächeln wurde richtig selbstgefällig, bevor er die fetten Lippen um den Strohhalm seiner Cola Light legte.

»Wie bitte?«

Die Hälfte der Cola verschwand mit zwei mächtigen Zügen. »Sie haben mich gefragt, ob ich Pastrami will. Natürlich will ich Pastrami. Aber das heißt noch lange nicht, daß ich Hunger habe. Ich hatte in den letzten paar Tagen überhaupt keinen.«

»Und Sie haben sich immer das Fruchtöl draufgetan?«

»Immer.«

»Und ...?« Muffin hatte Angst, zu voreilig zu sein.

»Also – was ist bloß in dem Zeug *drin*?«

Er ließ sich kichernd gegen die Sitzbanklehne fallen. Die dunkelbraune Eichennische ächzte, und Muffin war inzwischen zu dem Schluß gekommen, daß er ein total charmanter, einnehmender Mann war. Entzückt ließ sie sich ebenfalls zurückfallen und lachte unbeschwert mit, bis er sie schließlich mit zusammengekniffenen Augen musterte. Er wartet auf meine Antwort, erkannte Muffin. Doch da gab es dieses kleine Problem, also ...

»Wir wissen es nicht«, platzte sie heraus.

Sein Lächeln verpuffte. »Was wollen Sie damit sagen? Ihre Partnerin hat doch die Formel entwickelt, oder nicht?«

»Sicher hat sie das«, beruhigte ihn Muffin. »Delilah entwickelt ihre Kosmetika ausschließlich selbst. Aber einige Zutaten sind ziemlich ungewöhnlich und selten. Sie sammelt sie auf ihren Reisen nach Mexiko und Südamerika – meist wildwachsende Pflanzen und Kräuter –, aber sie hat sie nie auf ihre chemische Zusammensetzung hin untersuchen lassen.«

Und damit kommen wir zu dir, dachte sie.

Er schob das Colaglas von sich, und da wußte Muffin, daß er ganz Ohr war.

»Wie funktioniert Tarty Tangerine?« wollte er wissen. »Über den Geruchssinn? Oder dringt es durch die Haut in den Körper? Oder handelt es sich hier um die Kraft der Einbildung?«

Etwas riet Muffin, nicht zu bluffen. Wenn Jerry White annehmen durfte, daß er hier möglicherweise an einer unglaublichen Neuentdeckung beteiligt war, dann würde er viel eher die Finanzmittel rausrücken, die sie brauchten. Er würde zum Team gehören, statt nur ein Geldgeber zu sein.

»Das wissen wir auch nicht.«

Seine Stirn runzelte sich wie die eines Pinschers, und sie hoffte, daß dies nicht etwa am Duftöl lag. Eine Kellnerin kam ungeduldig näher, um ihre Bestellung aufnehmen zu können. Jerry winkte sie fort, ohne sie eines Blickes zu würdigen.

»Es könnte nichts als Einbildung sein, ich hoffe, das ist Ihnen klar.« Ganz Geschäftsmann, beugte er sich vor und stützte die Ellbogen auf den Tisch. An jeder Sitznische gab es bronzefarbene Garderobenhaken, und er hatte sein Jackett dort aufgehängt. Muffin war das Andrew-Fezza-Label aufgefallen. Sein Hemd stammte zweifellos von Charvet, und seine Manschettenknöpfe besaßen eindeutig einen vierundzwanzigkarätigen Schimmer. Muffin kannte sich mit Mode aus, und sie wußte darüber hinaus, daß, wenn Jerry White mal anfing zu essen, die feinen französischen Manschetten mit Senf beschmiert sein würden.

»Sie sagen mir, daß dadurch mein Hungergefühl verschwindet«, fuhr er fort, »und schon setzt der Placeboeffekt ein. Das genügt, damit es vorübergehend funktioniert.«

Muffin gab zu, daß er recht haben könnte. »Ist das nicht unwichtig, solange es funktioniert?« Das wollte sie wirklich gerne wissen. »Würde es überhaupt jemanden interessieren?«

Das Grinsen tauchte wieder auf, diesmal jedoch mit neugewonnenem Respekt. Jerry White hatte einen Seelenverwandten gefunden, oder besser, einen Komplizen. Auf jeden Fall war dies eine Frau, die dachte wie er.

Muffin las das alles in seinem Gesichtsausdruck und hoffte, nicht zu optimistisch zu sein. Sie hatte zu lange gewartet und zu hart gearbeitet, um ihre Träume jetzt im Sand verlaufen zu sehen. Bei allem, was sie bisher in ihrem Leben getan hatte, einschließlich ihrer Heirat mit Colby Babcock gegen den Willen seiner Mutter, war es irgendwie darum gegangen, die Oberhand zu gewinnen.

Sie war sich dessen früher zwar nicht so bewußt gewesen, aber sie hatte schon immer alles tun, alles kontrollieren und *gewinnen* wollen. Sie war eine geborene Führungspersönlichkeit, jemand, der Imperien schafft, obwohl sie auch nichts dagegen hatte, sich das Imperium eines anderen unter den Nagel zu reißen.

»Ich möchte jetzt was bestellen«, sagte er. »Und wie steht's mit Ihnen?«

Muffin schüttelte wehmütig den Kopf.

»Bedienung!« Jerry reckte den Kopf um die Sitznische herum, um nach der Frau Ausschau zu halten, die er kurz zuvor weggeschickt hatte. »Bringen Sie mir Pastrami auf Roggenbrot, okay? Extra mager und jede Menge Senf, bitte.«

»Ich dachte, Sie hätten keinen Hunger«, meinte Muffin.

»Was hat Hunger mit Essen zu tun?« Er fuchtelte noch immer nach der Kellnerin. »Und 'n paar Pickels extra, auf 'nem Teller«, rief er ihr zu, »ja, und vielleicht noch 'nen Kartoffelsalat dazu. Danke!«

Als er sich wieder zu ihr herumdrehte, sah er aus wie einer, der soeben eine Verabredung mit einer Hure für eine Spezialbehandlung getroffen hatte, so erregt glühte sein rundes Gesicht.

Er zwinkerte Muffin zu und trank den Rest seiner Cola aus.

Der Glückliche, dachte Muffin, ist mit ein paar Scheiben Pastrami zufrieden. Colby war auch nicht gerade ein Mann mit einem starken sexuellen Appetit gewesen, was Muffin ganz recht gewesen war. Ihre Einstellung zum Sex war: Was hab ich davon? Vielleicht war das ja auch ihre Einstellung allem anderen gegenüber. Und sie fuhr damit nicht schlecht.

»Möchten Sie auch etwas?« fragte die Kellnerin Muffin, als sie an ihren Tisch kam.

Muffin blickte nachdenklich das Glas Mineralwasser an, das sie noch nicht angerührt hatte, und entschied, sich daran zu halten. »Nein, danke«, sagte sie und merkte, wie der Hunger in ihr wieder mächtig wurde, eine alles verschlingende Bestie, die ihr angst machte. Sie hätte sich zu gerne etwas bestellt, das nur so vor Schokolade und Kohlehydraten triefte. Vielleicht ihren Spezialkäsekuchen aus der Kuchenbar.

Ihr Magen zog sich bei diesem Gedanken krampfhaft zusammen, ihre Kehle wurde schlaff, und ihr lief der Speichel im Mund zusammen. Aber kein Gericht der Welt konnte ihre Sehnsüchte befriedigen, das wußte sie. Sie hatte es versucht, hatte alles an Süßigkeiten und Schokolade in sich hineingefressen, bis ihr schlecht oder bis sie ohnmächtig wurde. Sie hatte alle Arten von »Abführmitteln« probiert: Kotzen, Diuretika und Laxativa, ja selbst Einläufe. Doch nichts konnte ihren immensen Hunger befriedigen. Und vielleicht wußte sie ja irgendwo tief in ihrem Innern, daß nichts das je können würde.

Ein Psychiater hatte ihr mal gesagt, ihr »inneres Kind« leide unter Vernachlässigung. Sie bräuchte Liebe, nicht Essen. Muffin hatte dem Mann seine hundertfünfzig Dollar auf den Tisch geknallt und war aus der Tür stolziert, mit wackelndem Hinterteil, das ihm sagen sollte, was er mit seiner Theorie machen konnte. Von ihrer Mutter war sie ihr halbes Leben lang auf strikter Diät gehalten worden, weil sie ein pummeliges Kind gewesen war, und ihr Vater hatte ihr mal den Kopf rasiert, um ihr die Fettrollen in ihrem Nacken zu zeigen, als Strafe dafür, daß sie sich heimlich etwas zu essen genommen hatte. Ganz schön abscheulich, das Ganze, aber sie bezweifelte, daß ihre Kindheit eine größere Hölle gewesen war als die der meisten anderen. Außerdem war sie jetzt erwachsen. Was sollte sie mit einem verhungerten inneren Kind anfangen?

Die Bedienung stellte klirrend einen Teller vor Jerry ab, auf dem ein zehn Zentimeter hohes Sandwich wackelte, aus dem der Senf und die Fleischsäfte nur so tropften. Muffin hätte für den Duft allein schon jemanden umbringen können. Und Jerrys Augen leuchteten wie die einer hungrigen Hyäne.

Er hatte den Nagel auf den Kopf getroffen. Was hatte Hunger mit Essen zu tun? Sie beide wußten, daß das Fruchtöl keine Eßprobleme lösen würde, aber die Leute waren derart »hungrig« nach Hilfe, daß es ihnen egal war. Muffin verstand diesen Hunger. Sie würden Tarty Tangerine in rauhen Mengen kaufen und eine reiche, mächtige Frau aus ihr machen. Das wußte sie, weil sie es auch kaufen würde.

Muffin schnappte sich ihr Mineralwasser und lehnte sich mit einem mörderischen Lächeln zurück. Zur Hölle mit dem Psychiater *und* seinem inneren Kind. Ihr Problem war, daß noch niemand ihr Potential erkannt hatte, oder vielleicht hatte es ja jemand erkannt und dann kehrtgemacht. Auf jeden Fall hatte man sie bisher immer unterschätzt. Dieser Mann würde das nicht tun, dafür würde sie sorgen.

Das kleine weiße Pelzknäuel richtete sich ruckartig auf den Hinterbeinchen auf und stieß ein schrilles Quieken aus. Ein Laie mochte den Laut als blankes Entsetzen verstanden haben, aber Ellis Martin, Nobelpreisträger für Neurophysiologie, war nicht so dumm, das Verhalten einer Laborratte zu vermenschlichen. Es war unwissenschaftlich, die Reaktion von einem humanistischen Standpunkt aus zu betrachten. Und überhaupt, falls El dazu geneigt hätte, der Reaktion dieser speziellen Ratte einen Namen zu geben, dann wäre es Freude gewesen. Lucy war nicht in Panik, sie war ekstatisch.

Das Modell, über das El sich gerade beugte, war in etwa so groß wie ein mittelgroßer, freistehender Swimmingpool. Lucy hatte soeben zum ersten Mal den Weg durch das Wasserlabyrinth gefunden und saß nun auf der Zielplattform, knabberte an Fruit Loops und erhielt über die in ihr Hirn implantierten Elektroden Stimulationen. Das Ziel war, sie zu belohnen und darüber hinaus die gelernte Route unauslöschlich in ihr kleines Hirn einzugraben.

In Els Augen handelte es sich hier um das, was spontanem Lernen in der modernen Wissenschaft noch am nächsten kam. Die digitale Fernbedienung in seiner Hand war nur etwa halb so groß wie eine fürs Fernsehen, aber unglaublich vielseitig. Er konnte sowohl das Programm als auch Lucys Stimulierung mit einem einzigen Knopfdruck regeln.

Lucy konnte gar nicht schnell genug loskommen, als El sie ein zweites Mal durchs Wasserlabyrinth schickte. Sie paddelte eifrig die gelernte Route entlang und krabbelte dann eilends, und ohne auch nur eine Sekunde zu zögern, auf die Zielplattform. Mit aufgestellten Öhrchen und bebenden Schnurrhaaren reckte sie die Schnauze. Ihr scharfes kleines Quieken übertönte fast das Geräusch der sich öffnenden Tür hinter Els Rücken.

»Toll, mein Mädchen«, meinte El lachend und drehte sich um, um zu sehen, wer zur Tür hereingekommen war. »Ratte gewinnt. Auf der ganzen Linie.«

El hatte einen Laborassistenten erwartet und nicht seinen alten Freund und Kollegen, mit dem er heute zum Lunch verabredet war. Dr. Claude Laurent nahm die Szenerie mit trockenem Interesse auf. Sein dunkles Haar schrie förmlich nach einer Friseurschere, und Jacke und Hose waren hoffnungslos zerknittert.

Normalerweise kündigte ihm seine Sekretärin Besucher vorher an, aber dieser spezielle Herr Doktor kannte sich hier aus wie in seiner zerknitterten Westentasche. Vor ein paar Jahren hatte er genau hier, im Werk in La Jolla, gearbeitet.

»Claude, komm doch rein!« El winkte ihn heran und dachte,

daß Laurent ihn immer noch an einen Bären erinnerte, den man mitten im Winterschlaf aufgeweckt hatte. Groß, zottelig und unterernährt genug sah er ja aus. Aber da lag auch etwas äußerst Wundes in seinen Augen, als ob man ihm bereits in einem zarten Alter sehr, sehr weh getan hätte.

Komische Ansicht über einen Psychiater, dachte El. Claude hatte in seiner Zeit bei Babcock sowohl mit menschlicher als auch tierischer Psychologie zu tun gehabt, aber eine Meinungsverschiedenheit mit Noah über die Sicherheit eines Antidepressivums, damals der Hauptverkaufshit der Firma, hatte zu seinem Ausscheiden aus dem Pharmaunternehmen und der Gründung einer Privatpraxis geführt. El aber hatte Claude schon immer gemocht und ihn daher auch Wallis empfohlen, als diese Probleme hatte.

»Hast ihr alles beigebracht, was sie weiß, hm?« Claude wies mit einem Kopfnicken auf den kleinen Nager.

El blähte sich auf wie ein stolzer Vater. »Wenn man den IQ von Ratten messen könnte, dann wäre Lucy in Einsteins Bereich.«

Beide Männer schwiegen, während El die Ratte für ihre letzte Aufgabe vorbereitete. Claude kannte die Vorgehensweise bei diesen Versuchen so gut, daß kein Kommentar notwendig war. Dies war nicht die Zeit, sich über das Testprozedere zu unterhalten oder Smalltalk zu führen. Beide Männer wirkten so gespannt wie zwei Footballfans während der Play-Offs.

»Jetzt paß auf«, sagte El, als alles bereit war. Er drückte auf einen Knopf auf seiner Fernbedienung, und Lucy stieß ein verwirrtes kleines Wimmern aus. Sie kauerte sich in dem kleinen Käfig zusammen. »Was der Herr gibt, das nimmt er auch wieder.«

Als sich der Boden des Käfigs langsam öffnete, fiel das zitternde kleine Wesen ins Wasser. Lucy schien vollkommen desorientiert zu sein. Sie wußte nicht, wohin sie schwimmen sollte, obwohl es nur einen Weg gab. Sie erreichte die erste T-förmige Kreuzung und schwamm, hoffnungslos verwirrt, im Kreis herum. El behielt den Finger auf dem Knopf und Lucy strampelte und zappelte.

»Wie rasch sie doch vergessen«, murmelte er. Genau auf diese Reaktion hatte er gehofft. Lucy war auf verlorenem Posten, ihre brillante Leistung war vollkommen aus ihrem Hirn ausradiert, so rasch und wirkungsvoll, wie sie eingepflanzt worden war.

Die Ratte war durch ihr panisches Zappeln erschöpft, und es fiel ihr immer schwerer, sich über Wasser zu halten. El sah, wie sie bemüht war, die Schnauze über Wasser zu halten, und fragte sich, ob sie genug behalten hatte, um sich selbst retten zu können. Alles, was sie tun mußte, war, zu dem kleinen Käfig zurückzuschwimmen, wo sich eine weitere Plattform befand. Na komm schon, Lucy, dachte er.

Aber die Ratte schwamm weiter im Kreis herum, hoffnungslos in einem neuen Lernmuster gefangen: erlerntes Versagen. Selbst ihre Fähigkeit zum Wassertreten schien gelitten zu haben, was El nicht beabsichtigt hatte. Sie sollte vergessen, wohin sie schwimmen sollte, aber nicht das Schwimmen selbst.

Lucy stieß ein erbärmliches Quieken aus und ging unter. In ihrer Panik, wieder aus dem Wasser zu kommen, begann sie wie wild zu zappeln. Sie kämpfte hart, aber ihre Kräfte schwanden rasch. Schließlich sank sie mit langsamen, schweren Bewegungen auf den Beckenboden.

Claude trat an den Tank. »Sie ertrinkt«, sagte er und sah El an.

El signalisierte dem Psychiater, sich rauszuhalten. In scharfem Ton meinte er: »Gib ihr 'ne Chance.«

»Zur Hölle mit dir.« Claude rollte sich die Hemdsärmel auf und tauchte die Hand ins Wasserbecken. Er bekam die Ratte nicht gleich zu fassen und wurde patschnaß, aber er gab nicht auf.

El war versucht, Claudes Verhalten seinen schwachen Nerven zuzuschreiben. Es war lange her, und eine Privatpraxis erforderte nicht die wissenschaftliche Emotionslosigkeit, ohne die man in einem Labor nicht weiterkam. Doch eine ganz andere Sorge keimte auf, als er den anderen bei seinen Bemühungen beobachtete. Bildete er sich das nur ein, oder zitterten Claudes Hände? Auch sein Mund kam ihm irgendwie komisch verzerrt vor.

El wollte schon helfen, da erwischte Claude endlich die Ratte.

Die arme Lucy lag leblos in seinen Fingern.

Doch Claude legte das Tierchen unbeirrt auf die weiße Plastiktheke. Mit nun vollkommen ruhigen Händen begann er den schlaffen, triefenden kleinen Körper durchzukneten, bis die Ratte erschauderte und einen kleinen Geysir Beckenwasser ausspuckte. Die Lungen befreit, hustete Lucy ein weiteres graues Rinnsal hervor und fing wieder an zu atmen.

»Gottkomplex?« meinte El, der den heroischen Anstrengungen mit ironischer Resignation zugesehen hatte. »Oder ein zu weiches Herz für die grausame Wissenschaft?«

»Gottkomplex?« schnaubte Claude. »Also, das sagt der Richtige. Lieber rette ich eine Ratte im Namen der Menschlichkeit, als sie im Namen der Wissenschaft zu opfern. Und die eine oder andere Ratte kommt mir auch in meiner Praxis unter, das kannst du mir glauben.«

El nickte, hauptsächlich Claude zuliebe, doch mit den Gedanken war er bereits wieder bei seinem Experiment. »Ganz schön beeindruckend, nicht wahr?« Er deutete auf die Fernbedienung, die er auf die Arbeitsfläche gelegt hatte, während er im Geiste bereits eine Liste der Dinge durchging, die schiefgegangen sein könnten. »Sobald mal alle Fehler ausgemerzt sind.«

Soviel mußte Claude schulterzuckend zugeben.

»Aber da ist noch mehr«, vertraute ihm El an. »Wir arbeiten mit Licht in unterschiedlichen Frequenzen, das wir zusammen mit dem Neurohormonfaktor dazu benutzen, um bestimmte Gehirnbahnen zu stimulieren und andere zu blockieren. Keine Drogen oder Elektroden, keine Läsionen, keine Eingriffe.«

Jetzt nickte Claude. »Welche Methode benutzt ihr zur Stimulierung?«

»Hab mir doch gedacht, daß dich das interessiert«, sagte El lachend, »weshalb ich dich auch angerufen habe, außer um mich danach zu erkundigen, was mein alter Freund so macht. Wir haben das Ganze bereits erfolgreich an Häftlingen getestet. Leider jedoch mit unerwünschten Nebenwirkungen – Dämmerzustände, Dissoziationen –, die Art von Problemen, mit denen du's zu tun hast.«

»Und da willst du meinen Kommentar dazu hören?«

»Komm mit.« El schritt zur Tür und winkte Claude, ihm zu folgen. »Ich bezahl das Mittagessen und darf dafür Weisheiten aus deinem Hirn ziehen, was meinst du? Wir überlassen Lucy der Obhut eines Laborassistenten.«

»Du hast mir noch nicht gesagt, womit ihr stimuliert«, erinnerte ihn Claude, während sie den langen weißen Gang hinuntergingen, erneut in ihr Fachgebiet vertieft wie zwei Footballkumpel. »Irgendwelche anderen Anomalien? Kopfschmerzen? Auren?«

16

»Sophie? Laß mich bitte nicht so hängen. Ich versuch schon den ganzen Tag, dich zu erreichen. Die Kinder sind doch jetzt weg, oder?« Ein harter Seufzer durchbrach die Stille. »Du machst mir richtig angst.«

Sophie stand vor dem offenen Kühlschrank, konnte sich aber beim besten Willen nicht mehr erinnern, warum sie ihn aufgemacht hatte. Sie ließ die Tür wieder zuschwingen, ohne das Küchengerät dabei aus den Augen zu lassen. Das war Jay gewesen am Telefon, aber sie hatte nicht abgehoben. Sie konnte nicht abheben. Noch nicht.

Sie hatte ihn seit ihrem Geburtstag an jenem Wochenende nicht mehr gesehen. Zuerst hatte sie etwas Zeit gebraucht, um sich wieder in den Griff zu bekommen, und dann war er für eine längere Behandlungspause in die Klinik gegangen. Sie hatte eigentlich vorgehabt, nach seiner Rückkehr mit ihm zu reden, auch über ihre Befürchtungen, anstatt sie länger in sich reinzufressen. Sie hatte gedacht, sie könnten ihre Situation bei Tageslicht betrachten wie zwei Erwachsene, die Dinge wieder auf den Boden der Realität stellen und vielleicht ihren immer größer werdenden Ängsten ein Ende bereiten. Aber allein seine Stimme am Telefon hatte sie erstarren lassen. Nur seine Stimme.

Muffins Warnung und ihre Befürchtungen verpufften wie eine Streichholzflamme, als sie seine Stimme hörte. Das dunkle, ein wenig heisere Vibrato seiner Stimme, das Emotion verriet, die aufrichtige Wärme und Sorge, mit der er ihren Namen aussprach, all das hatte Erinnerungen an Geburtstagstänze und Küsse geweckt – und an ihre große Scham, sich ihm aufgedrängt zu haben.

Eine Schüssel mit Geleebuchstaben stand auf der Anrichte neben dem Kühlschrank, und der glibberige Pudding löste sich um die Ränder herum bereits ein wenig auf. Aha, deshalb hatte sie wohl den Kühlschrank aufgemacht. Sie wollte die Jelly-Jiglers, die sie und die Kinder heute während der »Kochstunde« gemacht hatten, wegstellen.

»Schönes Genie«, meinte sie mit einiger Empörung. »Gelee schmilzt nun mal, wenn man's nicht in den Kühlschrank stellt.«

Sie hievte die überraschend schwere Porzellanschüssel von der Anrichte und öffnete, die Schüssel auf der Hüfte balancierend, die Kühlschranktür mit einem Fußtritt. Sie schaffte Platz, indem sie Kokosbällchen und Bananensnacks – die morgigen Köstlichkeiten – beiseite schob. Und als das erledigt war, knallte sie die Tür zu und sank erschöpft dagegen.

Warum konnte sie nicht so sein, wie sie gewesen war, bevor er wieder auftauchte? Normal.

Gerade hatte sie sich wieder gefangen, gerade hatte sie gelernt, wieder frei zu atmen – Dinge, die für jeden anderen selbstverständlich waren. Sie hatte das endlich auch geschafft, knapp, aber immerhin, und dann war er aufgetaucht, und schon war alles verändert.

Sie benahm sich wie eine liebeskranke Idiotin, als ob sie vollkommen ausgehungert wäre, soviel war sonnenklar. Aber Tatsache war, es war wirklich schon eine ganze Zeitlang her, so daß ausgehungert vielleicht gar nicht so übertrieben war, wie sie zugeben mußte. Claude hatte warten wollen, um die »Heiligkeit ihrer Verbindung sicherzustellen«, und da dies seine erste und einzige Ehe war, hatte sie sich natürlich seinen Wünschen gefügt. Also gut, dann war sie eben ausgehungert, und ihr Verhalten kam ihr unter diesem Gesichtspunkt auf einmal viel einleuchtender vor. Aber das hieß noch lange nicht, daß sie sich deshalb wie eine Idiotin benehmen mußte. Jay mußte doch ebenfalls ausgehungert sein. Fünf Jahre in einem Dritte-Welt-Knast, und er hat alles unter Kontrolle. Einfach unglaublich.

Am Kühlschrank lehnend, den Kopf zurückgelegt, kam Sophie allmählich eine weitere Erkenntnis. Wenn es um Jay Babcock ging, war sie sich selbst der schlimmste Feind. Der Mann besaß eine Macht über sie, die fast Drogenabhängigkeit gleichkam. Sie wäre an jenem Tag in der Küche mehr als bereit gewesen, mit ihm zu schlafen, hätte er nicht die Bremse gezogen. Ironischerweise war sein Geburtstagsgeschenk an sie eine Lektion in Vertrauen gewesen, dennoch stand genau dieses Thema nach wie vor ungelöst zwischen ihnen. Sophie wußte jetzt, warum. Es war nicht er, dem sie nicht vertraute, es war sie selbst.

Das Gefühl, beobachtet zu werden, kam ihr vor wie eine ganz eigenständige Bedrohung, aber vielleicht gehörte es ja zu einem großen Ganzen. Als Mädchen hatte er sie einfach überwältigt, als hinterbliebene Ehefrau hatte er sie verfolgt, und jetzt war sie drauf und dran, sich wieder in den Sog ziehen zu lassen. Der Sirenenruf tönte laut und süß. Sehnsucht. Wilde Sehnsucht. Eine tödliche Mixtur für die nach Liebe hungernde Seele eines vernachlässigten Kindes. Klar, daß sie danach süchtig wurde. Aber die Wahrheit war, sie *wollte* diesem Ruf folgen, denn sonst würde sie ja gar nicht in dieser Zwickmühle sitzen.

Ich bin deinetwegen zurückgekommen, Sophie.

Was sollte das heißen? Was wollte er?

»Um Himmels willen, Mädchen«, flüsterte sie und umfaßte fest ihre Ellbogen. So ernst war es ihr noch nie gewesen, seit sie vor dreißig Jahren mit ihrer Suche nach einem sicheren Ort begonnen hatte. »Finde heraus, wer er ist und was er vorhat, bevor du wieder in seine Nähe kommst.«

Sie ging nicht ans Telefon.

Jay hatte es den ganzen Tag lang versucht, aber sie war nicht rangegangen, obwohl er wußte, daß sie da sein mußte. Er legte das Handy auf den Schalensitz neben sich und warf einen zerstreuten Blick in den Rückspiegel und auf den starken Feierabendverkehr, um dann von der rechten auf die linke Fahrbahn zu wechseln. Krank oder verletzt konnte sie nicht sein. Einer ihrer Assistenten hätte in so einem Fall sofort angerufen. Hier ging's um das, was an ihrem Geburtstag passiert war.

Sein sanfter Abwehrversuch mußte sie ganz schön verletzt haben. Vielleicht war er ja gar nicht so sanft gewesen, wie er dachte, aber sie schien mit einem Mal jede Vorsicht, jede Hemmung fallengelassen zu haben, eine Frau auf einer Selbstmordmission, und irgendwie hatte er sich verpflichtet gefühlt, sie aufzuhalten. Anscheinend hatte sie einem verbotenen Drang nachgegeben und konnte nun gar nicht schnell und tief genug in ihr Loch zurückkriechen.

Wenn sie ihn gefragt hätte, er hätte ihr sagen können, daß das das Verkehrteste war, was sie tun konnte. Es weckte zwangsläufig den Jagdinstinkt in einem Mann. Wenn sich die Beute zurückzieht, rückt der Jäger vor. Wenn sie wegrannte, dann jagte er sie. Es war reiner Reflex, ein animalischer Instinkt. Zum Glück für sie hatte Jay auf die harte Tour lernen müssen, Triebe wie diesen unter Kontrolle zu halten.

Er erspähte eine Lücke in der dichten Autoschlange, riß das Lenkrad herum und zwängte sich auf die linke Spur. Er kam gerade von einem Besuch bei den Vorstandsbüros, die im Zentrum von Newport lagen. Er hatte den ganzen Vormittag dort verbracht, hatte mit den Leuten von der Marketing-Abteilung geredet und am Nachmittag mit den Erbsenzählern. Er hatte eine kleine Überraschung in petto für die nächste Vorstandsversammlung und wollte zuvor soviel wie möglich über die Firma in Erfahrung bringen.

Seine Nacht in der Klinik in La Jolla war auch interessant gewesen. Die Ärzte wollten seinen Schlaf beobachten, während er auf Neuropro war. Nun, das war das, was *die* wollten. Er wollte etwas ganz anderes, und er wollte da sein, wenn El abwesend war. Ein wenig Wachsamkeit seinerseits hatte seine Befürchtungen, daß man ihm die Wunderdroge gar nicht verabreichte, verhärtet. Er hatte nur so getan, als würde er die Tablette schlucken, die ihm der Assistenzarzt verabreichte, und siehe da, es handelte sich lediglich um ein leichtes Beruhigungsmittel. Leider gab es keine Möglichkeit, der Spritze aus dem Weg zu gehen, die ihn prompt vollkommen aus dem Verkehr zog, doch er hatte genug herumgeschnüffelt, um zu wissen, daß Neuropro nicht auf diese Weise verabreicht wurde.

Ihm fehlten im Moment noch die nötigen Beweise, zumindest hatte er nicht genug in der Hand, um sich El vorknöpfen zu können, was sich jedoch nach den nächsten ein, zwei Behandlungsschüben ändern würde. Im Moment war er unterwegs zum Strandhaus, um nach dieser Höhle oder Vertiefung und dem Metallgegenstand zu suchen, der ihm nicht mehr aus dem Kopf gehen wollte. Er hatte ein arbeitsreiches Wochenende vor sich.

Als er kurz darauf auf den Freeway fuhr, warf er erneut einen nachdenklichen Blick auf das Telefon. Es hatte nicht viel Sinn, sie noch mal anzurufen, aber er konnte nicht anders, als sich zu fragen, ob sie wohl wußte, wie stark ihr Widerstand auf ihn wirkte. Egal, wohin seine Gedanken ihn auch führten, sie landeten unweigerlich wieder bei ihr.

Seine Hände schlossen sich liebkosend um das Lenkrad. Die Verführung der Sophie Weston, dachte er und blickte wieder in den Rückspiegel. Diesmal war es ihr Bild, das er dort sah, das schiefe, sehnsuchtsvolle Lächeln, die riesigen grasgrünen Augen. Es mochte ja ihr Geburtstag gewesen sein, den sie gefeiert hatten, aber sie war das Geschenk. In einer perfekten Welt wäre sie alles, was ein Mann brauchte, schön hübsch verpackt in einer einzigen Frau. Oh, wie gern wollte er sie auspacken. Sophie, sein süßes kleines Überraschungspaket, weiche, üppige Kurven, die alle möglichen, süßen Geheimnisse versprachen.

Aber er lebte nicht in einer perfekten Welt. Und sie wurde dieser Tage zunehmend unberechenbarer. Er wußte nie, was sie als nächstes tun, welche Richtung sie einschlagen würde, und das machte sie gefährlich.

Er trat aufs Gas und blickte wieder in den Rückspiegel, auf der Suche nach ihr, aber sie war verschwunden. Das atemlose Mädchen, das am Ufer des Flüßchens gestanden hatte, war verschwunden, und an ihre Stelle war ein Mann getreten, den er kaum kannte, ein Mann, der am liebsten laut gelacht hätte über den haarsträubenden Gedanken, der ihm gerade gekommen war.

Sophie Weston – gefährlich?

»Was du brauchst, ist ein richtiges, lebendiges Modell und nicht dieses tote Obst. Wie wär's mit mir? Ich arbeite billig.«

Ellis Martin stand im Türrahmen von Wallis' Malstudio und sah zu, wie sie ein Arrangement von d'Anjou-Pfirsichen und Käse auf einem marmornen Hackblock skizzierte. Das Ganze stand neben einer Tiffanylampe auf einem ziemlich zerkratzten Beistelltischchen. Nicht das, was Wallis gewöhnlich malte, fiel ihm auf, obwohl das faulige Obst und der schimmelige Käse dem Begriff *Stilleben* einen ganz neuen Sinn gaben, wie er zugeben mußte.

»Aber bist du auch als Nacktmodell zu haben?« fragte sie trocken, ohne ihre Augen von dem Pfirsich abzuwenden, den sie gerade skizzierte.

»Aber klar doch.« Er trennte sich von seinem Jackett, das auf dem Boden landete, und fing an, sich das Hemd aufzuknöpfen. »Und die Erektion kriegst du ganz umsonst.«

Sie warf ihm einen warnenden Blick zu, doch in ihren Augen glitzerte es schelmisch. »Angeber«, sagte sie.

Er trat von hinten an sie heran, das Hemd halb aufgeknöpft, das Herz voller Bewunderung dafür, wie gut sie in einem Kittel aussah. Bewunderung mit einem bißchen Geilheit vermischt, räumte er freimütig ein. Sie wollte ihm nicht sagen, wie alt sie war, aber El war mit ihrem Mann zur Schule gegangen, und viel jünger als Noah konnte sie nicht sein. Er selbst war gerade zweiundsechzig geworden, also mußte Wallis auf jeden Fall um die sechzig sein.

Nun, aussehen tat sie nicht so, jedenfalls nicht heute vormittag. Sie sah aus, als hätte sie den Jungbrunnen entdeckt, und obwohl El wünschte, er wäre der Quell ihrer Verjüngung, so hätte er sich auch mit der Rolle des Profiteurs an ihrer neuen Lebenslust zufriedengegeben. Nun, wenn er ehrlich war, würde er nehmen, was er kriegen konnte.

Sie trug schwarze Leggings unter einem schwarzen, tunikaähnlichen Top, und die Wirkung war erstaunlich sexy. Wenn ihre Sachen weiß gewesen wären, hätte sie gut und gerne eine seiner Laborassistentinnen sein können, aber keine von ihnen übte eine derartige Wirkung auf ihn aus.

»Willst du ›Sag die Wahrheit‹ spielen?« Er schlang einen Arm um ihre Taille und zog sie an sich. Er liebte es, wie ihr kleiner Hintern in die Krümmung seines Beckens paßte und wie ihr anmutig geschwungenes Rückgrat sich einladend an seinen Bauch drängte. »Woran denke ich gerade? Sag die Wahrheit, wenn du dich traust.«

»Solche Spiele sind aber nicht deine Art.« Sie heuchelte Empörung, aber er sah, wie die Hand, die den Graphitstift hielt, langsam heruntersank, und dann ließ sie sich mit einem weichen Seufzer an ihn sinken.

Els Brust verengte sich plötzlich. Zu eng, dachte er ironisch. Es kam ihm vor, als würde er mit einer Kranzarterie flirten.

»Du fühlst dich so gut an«, sagte sie. »Ich wünschte, es wär nicht so.«

»Das ist noch gar nichts im Vergleich dazu, wie ich mich anfühle, wenn du dich umdrehen würdest.«

»Für wen von uns beiden wäre das gut?«

»Für uns beide, Dummchen. Liebe Güte, Wallis, ich könnte dich so glücklich machen, wenn du mich ließest.« Er rieb seine Wange an ihrem seidigen Salz-und-Pfeffer-Haar, wobei er ihren Duft tief in sich einsog. Sie roch heute nach Babypuder, und das gefiel ihm viel besser als die teuren Parfüms, nach denen sie sonst manchmal duftete.

Sie schmiegte den Kopf in die Vertiefung an seiner Schulter und nickte. »Das will ich ja auch, El. Das weißt du doch, alles, was du willst. Und eines Tages ...«

Er ließ sie los, als sie sich umdrehte, aber der sorgenvolle Ausdruck auf ihrem Gesicht verriet ihm, daß heute nicht dieser Tag sein würde. Die Enge in seiner Brust wurde ein wenig besser, dafür trat aber ein dumpfer Schmerz an ihre Stelle. Dieses Gefühl kannte er nur zu gut. Schon fast sein ganzes Leben lang lebte er damit. Warum konnte er nicht das eine haben, was er sich am allermeisten wünschte?

»Ich weiß, ich weiß.« Er trat zurück, die Hände ergeben erhoben. »Du bist verheiratet, und das mit einem Mann, der nicht mal weiß, daß du lebst. Himmel, Wallis, Noah weiß ja nicht mal mehr, daß *er* lebt.«

Er hatte sich schon vor langer Zeit davon überzeugt, daß seine Schwäche für Wallis nichts mit Noah, ihrem Mann, dem aufrechten, freundlichen Rivalen zu tun hatte, der über ein Imperium geherrscht und ihn auf beinahe jedem Gebiet, außer in der Schule, übertroffen hatte – wahrscheinlich auch in seiner Liebe für diese Frau.

Mit einer halben Drehung ließ sie ihren Stift in eine Dose fallen und beschäftigte sich dann eifrigst mit der Anordnung der Dinge, die sie für die nächste Phase ihrer Arbeit brauchte: rote Bleistifte hier, blaue dort. »Es geht hier nicht um uns, El. Es geht um Jay und Sophie.«

Wie oft will sie die Stifte denn noch umräumen? dachte er.

Nach einiger Zeit schien sie endlich zufrieden zu sein oder es zumindest satt zu haben. Mit einem ungehaltenen Kopfschütteln trat sie zur Fensterfront, schwieg aber so lange, daß er schließlich fragte: »Also was? Sie können sich nicht ausstehen?«

Er scherzte natürlich. Aber sie nicht.

»Sie will sich nicht mit ihm treffen, beantwortet seine Anrufe nicht, ja nicht mal meine. Ich nehme an, ich hab sie wohl zu sehr unter Druck gesetzt. Aber ich wünschte mir so sehr, daß es funktioniert.«

All die in ihr schlummernden Ängste wallten mit einem Mal auf. »Es muß einfach klappen, El, es muß.«

Er wäre am liebsten zu ihr gegangen, um sie zu beruhigen und ihr zu sagen, daß alles gut werden würde. Das wollte er, weil er wußte, daß sie recht hatte. Es mußte klappen. Aber da lehnte ein unfertiges Bild an der Wand neben dem Fenster, und El konnte die Augen einfach nicht mehr davon abwenden. Es sah aus wie ein ganz gewöhnlicher Vogel im Flug, bloß daß er irgendeine blutige Beute im Schnabel trug. Im Hintergrund hingen noch mehr »Opfergaben«, aufgespießt an einem dornigen, kahlen Baum. Was, um Himmels willen ...? Konnte Wallis das gemalt haben? Das paßte so gar nicht zu ihr. Es war einfach gespenstisch.

»Hast du mit Jay darüber gesprochen?« fragte er.

»Jay erzählt mir zur Zeit nur sehr wenig, aber er hat mir immerhin gesagt, daß Sophie denkt, es würde alles ein bißchen zu schnell gehen mit ihnen beiden, und daß sie sich deswegen ein wenig zurückgezogen hat. Es ist nur eine Vermutung, aber ich glaube, daß sie sich ein wenig hinreißen ließ und daß ihr das jetzt angst macht.«

»Klingt, als ob's bei denen schneller vorwärtsginge als bei uns«, brummelte er.

»Sie sind verheiratet, El, das ist was anderes.«

»Sie mögen ja verheiratet sein, aber Jay war jahrelang weg«, erinnerte er sie. Und was uns betrifft, habe ich auch recht, fügte er im stillen hinzu, immer voller Hoffnung, immer wartend, immer zu Ihren Diensten, Mylady. Selbst jetzt, wo sie so verzweifelt aussah, fühlte er den unwiderstehlichen Drang, mit irgendeiner Art Lösung aufzuwarten. Womit er seine eigene These bestätigte.

»Wo ist Jay jetzt?« fragte er, nun ganz der analytische, immer auf Problemlösungen bedachte Wissenschaftler.

Sie drehte sich überrascht vom Fenster zu ihm herum. »Newport Center, hab ich's dir nicht gesagt? Er wollte mit unseren Leuten von der Marketing-Abteilung reden. Ich dachte, das wäre deine Idee gewesen. Er ist direkt von der Klinik aus hingefahren – also, das *mußt* du aber gewußt haben – und sagte, er würde heute vielleicht im Strandhaus übernachten.«

El wußte überhaupt nichts, aber er wollte Wallis nicht noch mehr beunruhigen. Jay hatte was dagegen, zur Übernahme »gestriegelt« zu werden, wie El bemerkt hatte, aber ein kleiner Alleingang würde schon keinen Schaden anrichten. Es überraschte ihn vielmehr, daß Jay derart aggressiv voranstürmte, wo er zuvor doch so zufrieden gewesen war mit Els Rolle als »Mentor«. Nun, er würde wohl dafür sorgen müssen, daß das nicht noch mal passierte, besonders wenn Jay anfing, seinen Behandlungszyklus eigenmächtig in die Hand zu nehmen. Da blieb El keine andere Wahl, als einzuschreiten.

»Und wo ist Sophie?« fragte er.

»Warum?« Wallis neigte neugierig den Kopf zur Seite. »Hast du einen Plan?«

»Wann hätte ich mal keinen gehabt?«

Ihr Interesse wuchs, und er konnte sehen, daß sie das Ganze faszinierte. Es schien, daß die Leute Dingen, die ihnen vorenthalten wurden, nie widerstehen konnten, auch nicht der Andeutung eines Geheimnisses. Nun, soll sie ruhig neugierig sein, dachte er. Es gefiel ihm sehr, zur Abwechslung mal die Oberhand zu haben. Mehr würde er ihr nicht verraten, keine Silbe mehr … nicht, bevor sie tat, was er verlangte.

»Was hast du vor?« fragte sie und näherte sich mit übertriebener Wachsamkeit. Sie trippelte ihm direkt in die Falle.

»Nichts Weltbewegendes. Ich glaube, man nennt es Verkuppeln.«

»Tatsächlich?« Ihre Augen wurden so groß, daß er innerlich lächeln mußte. Frauen, dachte er, sie konnten einer guten Kuppelei einfach nicht widerstehen und sich einfach nicht aus den Privatangelegenheiten anderer raushalten.

»Nun sag schon«, drängte sie, eine Schnute ziehend.

»Was ist dir die Information wert?«

»Laß es mich so sagen.« Mit einem Sprung war sie bei der Bleistiftbüchse und schnappte sich einen davon. »Sag's mir, oder du stirbst.«

Törichtes Weib, dachte er. Sie war ihm nahe genug gekommen, daß er sie schnappen und an sich reißen konnte. Der Stift flog davon, als er sie gewaltsam in seine Arme riß, was ihr ein Keuchen entlockte. Jesus, er liebte es, wenn sie so keuchte, liebte die rasche Hitze, die Schock und Erregung auslösten. »Küß mich, oder du stirbst«, sagte er.

»Ja, sonst sterb ich«, flüsterte sie und preßte ihren Mund auf den seinen, bevor er reagieren konnte.

Die Erregung wallte so blitzartig in El auf, daß ihm schwindlig wurde. Er hatte erwartet, daß sie sich wehren würde, wenn auch nicht ernsthaft, und er hatte Mühe, die Balance zu halten, als sie nun die Arme um seine Taille schlang und sich an ihn schmiegte.

Er hatte sie nie für eine kleine Frau gehalten, obwohl er sie mit seinen sehnigen einszweiundachtzig um einiges überragte, aber jetzt kam sie ihm richtig winzig vor, wie sie sich so eifrig an ihn drängte. Er fuhr mit gespreizten Fingern durch ihr silberschwarzes Haar und verschränkte die Finger in ihrem Nacken, und so hielt er sie fest, während er sie mit all der Lust und Leidenschaftlichkeit eines Zwanzigjährigen küßte. Denn so fühlte er sich in ihrer Gegenwart.

»Ich will dich, Wallis«, stöhnte er. »Und ich werde alles tun, um dich zu kriegen.«

Seine Worte schienen sie zu elektrisieren, aber als sie den

Kopf zurückbog, um ihn anzusehen, waren ihre Augen dunkel vor Angst. »El, wir müssen vorsichtig sein. Niemand darf wissen, was wir getan haben. Auch das über Jay nicht. Es würde zu viele Leben zerstören.«

»Keiner wird es je erfahren.« Das konnte er ihr guten Gewissens versprechen, aber das, was ihm sonst noch durch den Sinn ging, durfte er ihr keinesfalls verraten. Das war *seine* Chance. Es fügte sich alles geradezu perfekt, und er würde seine Chance ergreifen. Er würde alles besitzen, was ihm rechtmäßig zustand.

17

Sophie hatte fast den ganzen Vormittag darauf gewartet, zu Raymond Navares, dem Chefgenetiker und Leiter des *Southern California Center for Human Genome Research,* kurz UCI, vorgelassen zu werden. Jetzt saß sie im makellosen Büro des renommierten Wissenschaftlers, und da seine ungeteilte, kühle Aufmerksamkeit im Moment ausschließlich ihr galt, fiel es ihr ein wenig schwer, ihre Schüchternheit zu überwinden und von Mensch zu Mensch mit ihm zu reden. Aber das mußte sie tun, wenn sie ihn dazu bringen wollte, ihr zu helfen.

Ein Großteil von Sophies Schwierigkeiten hatte mit dem Mann selbst zu tun. Zu sagen, daß er arrogant und einschüchternd wirkte, hieß, das allzu Offensichtliche zu bemühen. Wie er so vor einer Wand voller glänzender Diplome, Preise und Auszeichnungen saß, sah er aus wie Gott in einem Designerjackett. So etwas wie eine Krone zierte die Jackentasche seines grauen Anzugs.

Im Büro hingen Bilder von ihm mit mehreren Präsidenten, darunter auch Clinton. Und eine Büste von Navares selbst prangte stolz auf einem Marmorsockel beim Fenster. Zweifellos von jemand Bedeutendem angefertigt, dachte Sophie.

»Dr. Navares«, meinte sie nun, »ich verstehe Ihre Position,

aber ich bin schließlich die Ehefrau des Patienten. Wenn Babcocks Vorstandsvorsitzender und sämtliche anderen Vorstandsmitglieder die Testergebnisse sehen durften, warum dann ich nicht?«

»Mrs. Babcock, die Tests wurden von Jerry White und dem Vorstand in Auftrag gegeben. Man hat mich als unabhängigen Experten beauftragt, die Identität Ihres Gatten zu verifizieren, also habe ich besagten Personen die Testergebnisse natürlich zugänglich gemacht.«

Sophie zog an ihrem kurzen Leinenrock, während sie die Beine übereinanderschlug. Sie hatte das marineblaue Kostüm mit den breiten Schulterpolstern seit Jahren nicht mehr angehabt, und obwohl der Stil allmählich wieder in Mode kam, glaubte sie nicht, daß man sie mit einem Trendsetter verwechseln könnte.

»Wollen Sie damit sagen, daß ich deren Erlaubnis brauche, um die Testergebnisse einsehen zu können?« fragte sie.

»Ich will damit sagen, daß *ich* ihre Autorisierung benötige, um die Akte Ihres Mannes zu öffnen.«

Er berührte die medizinische Akte, die auf einer Seite seines glänzenden schwarzen Lackschreibtisches lag. Sophie konnte von ihrem Sitz aus sein Spiegelbild in der Tischoberfläche sehen, aber es waren nicht seine leicht ergrauten Schläfen und die aristokratischen Züge, die ihre Aufmerksamkeit auf sich zogen. Sie fragte sich, wie er es bloß fertigbrachte, überhaupt etwas zu arbeiten, wenn er dabei den ganzen Tag sein Spiegelbild sah. Es war beinahe unmöglich, in diesem Büro seinem Bildnis aus dem Weg zu gehen, stellte sie fest. Der Raum war eine einzige, gigantische Spiegelfläche.

»Ich kann Ihnen die Testergebnisse sagen«, erbot er sich. »Aber man gab mir zu verstehen, daß die Babcocks bereits darüber informiert wurden.«

Sie wich seinem durchdringenden Blick mit einem Nicken aus. »Meine Schwiegermutter hat gesagt, er hätte mit fliegenden Fahnen bestanden, wenn ich mich recht erinnere.«

Er zwang sich zu einem Lächeln. »Ich glaube nicht, daß man im Labor genau diese Worte benutzt hat, aber wir konnten immerhin mit einem hohen Grad an Gewißheit bestätigen, daß er der leibliche Sohn von Noah und Wallis Babcock ist. Und dann gibt es da natürlich noch die Blutgruppe und die Fingerabdrücke.«

Als sie nichts darauf sagte, meinte er: »Diese Ergebnisse schienen für jeden akzeptabel zu sein, außer für Sie, Mrs. Babcock. Kommt Ihnen das nicht seltsam vor? Mir schon.«

»Was meinen Sie damit?« Sie hatte den Blick auf ihre fest zusammengepreßten Knie gerichtet, jetzt hob sie ihn.

»Ich meine damit, daß selbst meine Klienten, deren Führungsposition auf dem Spiel steht, sollte Ihr Mann die Firma übernehmen, diese Testergebnisse akzeptiert haben. Warum können Sie das nicht?«

Er lehnte sich in seinem Stuhl zurück und studierte sie. »Geht es Ihnen wirklich um die Tests, Mrs. Babcock? Oder ist das Ganze vielleicht nicht etwas persönlicherer Natur? Vielleicht brauchen Sie ja ein wenig Hilfe in dieser Übergangszeit, so kurz nach der Rückkehr Ihres Mannes.«

Schon wieder ein sanfter Schubs in Richtung Therapie. Bald würden sie sie einweisen lassen. Sie würde sich eine Zelle im Sanatorium mit Noah teilen. Auf jeden Fall ging das Navares einen feuchten Kehricht an, und sie hatte nicht die Absicht, zu antworten. Aber er ließ ihr sowieso keine Zeit dazu.

»Wenn Sie die Laborergebnisse einsehen wollen, müssen Sie mit meinen Auftraggebern reden«, wiederholte er.

Sophie wollte aber weder White noch die anderen Vorstandsmitglieder fragen. Jay würde es sicherlich herausfinden, wenn sie das tat. Jeder würde es erfahren, und man würde nach ihren Motiven fragen, wie auch dieser Mann hier es tat. Navares allein war schwierig genug – um nicht zu sagen, ein Risiko. Sicher würde er, kaum daß sie sein Büro verlassen hatte, zum Hörer greifen und seine Auftraggeber anrufen.

»Sind Sie bereit, das zu tun, Mrs. Babcock?«

Ihr abruptes Kopfschütteln verriet ihren Zorn. Wahrscheinlich hatte sie von Anfang an geahnt, daß er ihr nicht helfen würde, aber allmählich war sie doch verzweifelt. Lieber Gott, zu was für einem Alptraum sich das Ganze auswuchs. Sie hatte gedacht, sie könnte sich mit ihrem Besuch bei Navares ein für allemal beweisen, daß Jay Jay war, und all den Wahnsinn hinter sich lassen. Sie wußte nicht, was sie sonst noch tun sollte. Sie hatte sich so von der Welt abgeschottet, daß für sie nur noch Claude und ihre Tageskinder existierten. Und jetzt hatte sie niemanden, an den sie sich wenden konnte, niemanden, dem sie vertrauen konnte. Sie brauchte Hilfe. Jemanden, der auf ihrer Seite stand. Irgend jemanden.

Auf einmal, und für sie unerklärlicherweise, schossen ihr die Tränen in die Augen. Da sie dies nicht zeigen wollte, beugte sie sich rasch vor und griff nach ihrer Handtasche, die sie zu ihren Füßen abgestellt hatte. Da war doch noch irgendwo eine Packung Tempos. Die blanke Verzweiflung, die sie plötzlich packte, verriet ihr, daß sie kurz vor dem Zusammenbrechen stand, und all das hektische Blinzeln machte es nur noch schlimmer. Ihre Wimpern waren schon ganz naß. Reiß dich zusammen, Sophie, dachte sie. Doch nicht hier, vor diesem Mann.

»Mrs. Babcock ... alles in Ordnung mit Ihnen?«

Nun hatte sie die Tempos, konnte aber nicht mehr sehen, was sie tat. Er rief sie noch einmal bei ihrem Namen, und sie versuchte, ihm zu sagen, daß es ihr gutging, aber ihre Stimme brach, und sie konnte nicht weitersprechen.

»E-eine Minute, bitte«, stieß sie hervor und tupfte hektisch an ihren Augen herum. Sie mußte sich dringend schneuzen und wollte gar nicht daran denken, wie ihr Make-up aussehen mußte, wahrscheinlich war ihre Wimperntusche schon vollkommen verschmiert. Der Kummer brannte wie ein Feuer in ihrem Innern und stieg ihr bis hinauf in die Kehle. Was war bloß los mit ihr? Was tat sie hier?

»Kann ich irgendwas für Sie tun?« fragte er. »Möchten Sie, daß ich meine Sekretärin rufe?«

Sie hörte seinen Stuhl knarzen und befürchtete, daß er Anstalten machte, aufzustehen. »O nein, bitte nicht!«

Sophie wollte wirklich nicht noch einen Zeugen. Es war ihr peinlich genug, vor ihm die Beherrschung zu verlieren. Sie hatte das unterschwellige Entsetzen in seiner Stimme gehört. Er versuchte zwar, es mit Höflichkeit zu kaschieren, aber sie hatte es trotzdem herausgehört. Der Gedanke an eine Szene war ihm ebenso unangenehm wie ihr. Vielleicht noch unangenehmer.

Raymond Navares war ein Perfektionist, bei ihm mußte alles seine Ordnung haben, dachte Sophie, während sie über ihrer Handtasche kauerte. Wahrscheinlich konnte er Unordnung und Schlampigkeit jeglicher Art nicht ertragen, und ganz besonders Tränen nicht. Auch Sophie verabscheute öffentliche Gefühlsausbrüche, aber die Verzweiflung hatte sie einfach übermannt. Und jetzt sagte ihr ein Instinkt, wohl eine Art Überlebensinstinkt, daß es die falsche Zeit war, sich gegen die Tränenflut zu stemmen. Wenn Navares so nervös war, wie er klang, dann besaß sie vielleicht sogar einen kleinen Vorteil dem guten Doktor gegenüber.

»Mrs. Babcock, Sie sind wirklich vollkommen durcheinander. Ich ...«

Sie zwang sich, den Kopf zu heben, um ihn anzublicken. Ihr Gesicht war tränenüberströmt, und ihrer Stimme hörte man ihre tiefe Verzweiflung ebenfalls an. Sie konnte kaum reden, doch zu ihrer Überraschung verspürte sie auf einmal eine Art von Trotz, der sie Dinge preisgeben ließ, die sie normalerweise nie jemandem erzählt hätte.

»Es hat mich fast umgebracht, als ich Jay verlor«, vertraute sie ihm an. Ein Schluchzer schnürte ihr die Kehle zu, aber sie fuhr dennoch fort. »Und jetzt, wo er wieder da ist, kann ich nicht glauben, daß er es ist. Verstehen Sie, was ich meine, Dr. Navares? Haben Sie sich je etwas so heiß und innig gewünscht, daß Sie es nicht glauben konnten, als Sie es bekamen? Daß Sie Angst hatten, es zu glauben? Angst, daß man es Ihnen wieder wegnehmen würde?«

»Es tut mir leid, Mrs. Babcock. Wirklich.«

Navares starrte sie kopfschüttelnd an. Er schien vollkommen verblüfft zu sein, und trotz ihrer eigenen Seelenqualen begriff Sophie, daß dieser Mann sich dermaßen von seinen eigenen Gefühlen isoliert hatte, daß jeder Anflug davon, selbst der Kummer einer anderen Person, ihn vollständig zu lähmen vermochte. Sie vermutete außerdem, daß er die Art von Angst auch schon mal erlebt und sich deshalb von allen Gefühlen abgeschnitten hatte und sich nur noch mit seinem glänzenden Spiegelbild umgab.

»Ich könnte Mr. White anrufen«, erbot er sich und griff nach dem Telefonhörer. »Ich bin sicher, er hätte nichts dagegen, wenn Sie sich unter diesen Umständen die Testergebnisse ansehen würden.«

Sie schüttelte den Kopf, und die Tränen begannen erneut zu fließen. Es kam ihr vor, als könnte sie überhaupt nicht mehr aufhören. Sie fragte sich flüchtig, ob sie vielleicht auch seinetwegen weinte, konnte es aber beim besten Willen nicht sagen. Sie war wirklich total verzweifelt.

»Ich dachte, wenn ich mir die Tests ansehen könnte«, meinte sie flehentlich und schämte sich gleichzeitig dafür, daß sie so verzweifelt klang. »Nur ansehen, mit meinen eigenen Augen, dann könnte ich aufhören, soviel Angst zu haben, und akzeptieren, daß ich ihn wiederhabe. Das ist alles, was ich mir dabei erhoffe. Ich will weder Jerry noch die Firma mit hineinziehen. Das wäre viel zu peinlich.«

»Ach so, ich verstehe.«

»Na, egal. Ich komme mir sowieso schon total blöd vor.«

»Nein, warten Sie.« Er erhob sich mit der Akte und ging um den Schreibtisch herum.

Sophie zerrte noch ein Taschentuch aus der Jumbopackung, die sie fest umklammert hielt, und wischte sich die Augen ab. Sie konnte es kaum glauben, als er die Akte auf die Schreibtischecke legte, die ihr am nächsten war, und sie zum Hineinsehen aufforderte.

Zitternd und peinlich berührt, gehorchte sie ihm. »Das paßt so gar nicht zu mir«, stieß sie hervor und zerknüllte das Papiertuch in ihrer Hand. »Ich tue so was sonst nie.«

»Nein, natürlich nicht.« Seine Stimme klang beinahe besänftigend, aber er ging jeden Test rasch durch, wobei er die jeweilige Bedeutung in Worten erklärte, denen Sophie nur deshalb folgen konnte, weil sie solche Prozeduren schon des öfteren im Court-TV, dem Gerichtsfernsehen, verfolgt hatte. Offenbar wollte Navares sie so schnell wie möglich aus seinem Büro haben, damit alles wieder seinen normalen Gang nehmen konnte.

Sophie hatte wirklich gehofft, daß mit den Beweisen, schwarz auf weiß, auch ihre Zweifel verschwinden würden. Da waren sie, richtige, authentische DNS-Proben, und Navares zeigte ihr, wie die unterschiedlichen Schlingen von Jays Probe mit denen von Noah und Wallis übereinstimmten. Aber etwas nagte auch weiterhin an ihr, selbst als Navares fertig war.

»Können Sie eine Fälschung absolut ausschließen?« Sie wies auf die Ergebnisse der Blutproben. »Haben Sie die hier machen lassen?«

Er griff um sie herum und schloß die Akte mit einem enervierten Seufzer. Offenbar war sein Mitgefühl ziemlich verbraucht.

»Mrs. Babcock, man hat mich gebeten, die Tests zu überwachen und zu koordinieren, und ich war mir die ganze Zeit über sehr wohl bewußt, was für jeden der Beteiligten auf dem Spiel steht. Ich habe vollständiges Vertrauen in die Experten, die die Tests durchgeführt und die Ergebnisse analysiert haben. Sie gehören alle zum Universitätspersonal und sind hochgeschätzte Kollegen, mit denen ich seit Beginn meiner Anstellung hier zusammengearbeitet habe.«

»In Ordnung«, versicherte sie rasch. Er hatte ihre Frage persönlich genommen, und so hatte sie sie überhaupt nicht gemeint. Alles, was sie wollte, war, ihre Zweifel zu beseitigen, nicht seine Integrität anzuzweifeln.

»Die Ergebnisse könnten gar nicht schlüssiger sein«, fuhr er fort. »Aber wenn Sie mehr wollen, können Sie auch das haben.«

Er kehrte zu seinem Schreibtisch zurück, knallte die Akte auf den Tisch, öffnete ein Fach und zog etwas hervor, das wie Röntgenbilder aussah. Einen Augenblick später hielt er zwei Bilder nebeneinander vors Licht.

»Sehen Sie diese Fissur im Radiusknochen, beziehungsweise der Unterarmspeiche?« fragte er. »Ich denke, sogar Sie müssen zugeben, daß beide in jeder Hinsicht identisch sind. Das eine Bild wurde gemacht, als Jay Babcock in den Zwanzigern war, das andere am selben Tag wie die Blut- und Speichelproben für besagte Tests. Das hier sind Röntgenbilder Ihres Mannes.«

Er legte ein Bild über das andere. Bis auf den abweichenden Ellbogenwinkel waren beide identisch.

Sophie spürte ein eisiges Zittern in ihrer Magengrube. Es gab keinen Grund, warum dieser Beweis hier zwingender sein sollte als all die anderen, bis auf die Tatsache, daß sie dabeigewesen war, als Jay sich den Arm gebrochen hatte. »Wie ist das passiert, wissen Sie das?«

»Ein Autounfall, glaube ich. Ich habe Kopien seiner Krankenakte in meinen Unterlagen.«

»Danke, das ist nicht nötig.« Ihre Stimme sank zu einem Flüstern herab. »Also doch der Autounfall. Vielen Dank«, sagte sie. Ihr war gefährlich schwindelig. Einen Moment lang befürchtete sie, in Ohnmacht zu fallen. Es war der Autounfall, den sie mit ihrem kindischen Drang, es ihm endlich einmal heimzuzahlen, verursacht hatte. Er mußte Jay sein. Entweder das, oder sie wurde verrückt und träumte das alles nur.

»Sind wir jetzt fertig, Mrs. Babcock?«

Sie nickte. Das waren sie. Diesmal wirklich.

»Gut, dann entschuldigen Sie mich bitte.« Er wies mit einem Wink auf seine Bürotür. »Sie wissen hoffentlich, daß ich Ihnen das nie hätte zeigen dürfen.«

»Aber sicher. Ich möchte auch, daß unser Treffen geheim bleibt.«

»Aber sicher«, echote er, »denn falls etwas davon an die Öffentlichkeit dringt, werde ich alles abstreiten und Sie wegen übler Nachrede verklagen.«

Daran zweifelte Sophie keine Sekunde. Navares war sein Ruf viel wichtiger als die Genauigkeit der Tests, und wahrscheinlich würde er vor nichts zurückschrecken, um seinen Ruf zu schützen. Aber dieser Gedanke bekümmerte Sophie überhaupt nicht, als sie sein Büro verließ, denn auch sie zweifelte nicht an der Korrektheit der Tests. Nicht mehr, jedenfalls. Das war Jay, der getestet worden war. Wenn es sich hier also nicht um irgendeine bizarre Verschwörung handelte, um ihren verschollenen Gatten wiederauferstehen zu lassen, dann gab es keinen Grund mehr für sie, an seiner Identität zu zweifeln. Und eine Verschwörung konnte es nicht sein, da Jerry White bei Jays Rückkehr alles zu verlieren hatte.

Nein, Sophie zweifelte nicht länger an den Tests. Sie zweifelte an etwas anderem: an sich selbst, an ihren eigenen Wahrnehmungen, ihrem Verstand.

Liebe Sophie,
alles lief gut heute. Die Kids hatten einen Riesenspaß mit der neuen Klümpchenfarbe, und Alberts »Meisterwerk« ist ein Porträt von dir, sagt er. Hab's an den Kühlschrank gehängt. Ich persönlich glaub, er hat dich irgendwie mit Benny Hill verwechselt.
Die Tierchen sind gefüttert, die Käfige saubergemacht. Das war unser »Nachmittagsprojekt«. Aber Blaze konnten wir nicht finden. Ist wohl irgendwo im Wald unterwegs. Wir sehen uns nächste Woche.

Ellen.

Sophie legte den Zettel erleichtert auf die Küchenanrichte. Sie war froh, daß alles gut lief mit ihrer neuen Mitarbeiterin, die sie auf Vollzeitbasis eingestellt hatte. Ellen war Anfang Fünfzig und früher Lehrerin gewesen. Sie hatte einen wundervollen

Sinn für Humor, hatte jedoch den ewigen Schulstreß satt gehabt und war vorzeitig in den Ruhestand gegangen. Da sie jedoch weiterhin mit Kindern arbeiten wollte, hatte sie sich bei Sophie beworben.

»In dem Alter wissen sie doch noch nichts über Bum-bum-Schachteln, nicht wahr?« hatte sie beim Vorstellungsgespräch gefragt. Ihre Zeugnisse und Empfehlungen waren ausgezeichnet gewesen, und auch die Kinder schienen sie zu mögen.

Sophie mochte sie ebenfalls. Jetzt, wo Ellen da war, konnte sie sich gelegentlich sogar einen ganzen Tag freinehmen, so wie heute, ohne fürchten zu müssen, daß die Kinder nicht in guten Händen waren. Das hatte sie nicht mehr machen können, seit sie ihre Tagesstätte gegründet hatte und Jay hin und wieder für sie eingesprungen war.

Ihr Magen knurrte vernehmlich und erinnerte sie daran, daß sie seit dem Morgen nichts gegessen hatte. Das Treffen mit Navares hatte ihr den Appetit mehr oder weniger genommen, und danach hatte sie den ganzen Nachmittag Einkäufe gemacht. Diese Ablenkung hatte sie dringend gebraucht, weshalb sie auch störrisch einen Punkt nach dem anderen auf der Liste erledigt hatte. Jetzt war sie vollkommen erschöpft, hatte aber zumindest das Gefühl, noch ein wenig Kontrolle über ihr Leben zu besitzen.

Sie freute sich außerdem darüber, daß dieses unheimliche Gefühl, beobachtet zu werden, verschwunden war. Den ganzen Tag lang hatte sie keinen Moment das Gefühl gehabt, von irgendwelchen Augen verfolgt zu werden oder über die Schulter blicken zu müssen.

»Benny Hill?« Sophie blickte das Bild, das mit einer Magnetkarotte am Kühlschrank festgemacht war, mit hochgezogenen Brauen an. Ellen wollte nett sein. Das Mondgesicht mit dem breiten Grinsen erinnerte schon vage an den englischen Komiker, aber Sophie hätte das Antlitz eher für Cheeta, den Schimpansen, an einem schlechten Tag gehalten.

Ihr Kühlschrank war zu einer Miniaturgalerie für ihre Arbeit mit den Kindern verkommen. Überall hingen Kinderzeichnungen und Schnappschüsse von den Kleinen. In einem Anfall von Ordnungswahn klebte sie das Porträt von ihr neben ein Foto von Albert und malte einen Pfeil darauf, der zu ihm zeigte.

»Der Künstler«, murmelte sie, während sie einen Magnetstift von der Kühlschranktür nahm und diese Worte auf das Bild kritzelte.

Es amüsierte sie, daß Albert sie offenbar für eine grinsende Idiotin hielt. Nach dem gerade durchlebten Tag konnte sich Sophie jedoch Schlimmeres vorstellen – eine brabbelnde Idiotin zum Beispiel. Tatsächlich fühlte sie sich sogar geschmeichelt. Die Zeit seit Jays Rückkehr war wie eine Achterbahnfahrt für sie gewesen. Es gab Augenblicke, in denen sie richtig glücklich war, zum ersten Mal seit Jahren. Albert mußte ihr Stimmungsumschwung aufgefallen sein, Kinder waren in diesen Dingen sehr feinfühlig. Für ihn war ihr Lächeln wohl die umwälzendste Veränderung an ihr.

Sie war versucht, einen Blick in die Backofentür zu werfen, um zu sehen, ob irgendwelche Ähnlichkeiten zu Alberts Zeichnung festzustellen waren, aber Ellen hatte erwähnt, daß Blaze unauffindbar gewesen wäre, und Sophies erste Sorge galt dem Hund.

Bei Sonnenuntergang war sie fast in Panik. Blaze war wie vom Erdboden verschluckt. Er hatte weder auf ihre Rufe reagiert, obwohl sie mehrmals über die große Wiese gelaufen war und sich sogar in den Wald hineingewagt hatte. Sie vermutete das Schlimmste: Vielleicht war er von einem Rudel Kojoten angefallen worden. Aber die Kojoten kamen nur selten so weit aus den Bergen herunter, und diejenigen, die es taten, hatten meist mehr Angst vor Blaze als er vor ihnen.

Gerade hatte sie im Großen Haus angerufen, falls er dort aufgetaucht sein sollte, aber Mildred hatte ebenfalls keine Spur von ihm gesehen. Sophie war sogar die Straße entlang bis fast zur nächsten Stadt gefahren, weil sie fürchtete, er könnte vielleicht überfahren worden sein.

Gegen Mitternacht ging sie alle zehn Minuten hinaus, um nach ihm zu rufen. Sie hatte alle Nachbarn angerufen und jeden, der ihr sonst noch einfiel. Vergebens. Groteske Schreckensbilder von Blazes Schicksal plagten sie, obwohl sie wußte, daß das mehr mit ihrer Erschöpfung als mit der Wirklichkeit zu tun hatte.

Irgendwann in dieser Nacht sank sie quer übers Bett und fiel sofort in einen unruhigen Schlaf, in dessen Verlauf sie davon träumte, wie er verletzt und blutend an irgendeinem abgelegenen Highway lag. Sirenen heulten in ihrem Kopf, und da war auch ein entsetzlicher, schriller Schrei, der nur von Blaze kommen konnte.

Gegen Morgengrauen rappelte sie sich aus ihrem Erschöpfungsschlaf und stellte fest, daß der schrille Schrei weder von einer Sirene noch von dem Hund stammte. Es war das Telefon. Im stockdunklen Zimmer konnte sie nur die Ziffern ihres Radioweckers erkennen. Warum sollte jemand um diese Zeit anrufen? fragte sie sich und befürchtete das Schlimmste. Sicher hatte man den Hund gefunden.

18

»Sophie? Bist du da? Sophie!«

Sophie, noch ganz benommen vom Schlaf, hörte, wie jemand auf sie einbrüllte. Sie hing mit dem Kopf über der Seite ihres Bettes und tastete im Dunkeln nach dem Telefon. Sie hatte es vom Nachttischchen gefegt, als sie die Lampe anschalten wollte. Mit beiden Händen herumfuchtelnd, verlor sie das Gleichgewicht und plumpste zum Telefon auf den Boden.

»Wer ist da?« flüsterte sie heiser und hoffte, daß es das Mundstück war, in das sie hineinsprach. Ihr Sleepshirt hatte sich irgendwo um ihre Taille herumgewickelt, und sie bekam es einfach nicht frei.

»Vermißt du was?«

Beim vertrauten Klang dieser männlichen Stimme durchzuckte Sophie ein Adrenalinstoß. Das Blut pochte in ihren Schläfen, aber mit dem Denken funktionierte es irgendwie noch nicht so recht. »Jay?«

»Du vermißt *mich*? Ich dachte, du würdest mir aus dem Weg gehen.« Sein rasches Ausatmen hätte auch ein Lachen sein können. »Ich meine Blaze. Er ist bei mir.«

»Gott sei Dank.« Sie drückte das Telefon mit einem erleichterten Ausatmen an sich. »Geht es ihm gut?« fragte sie. »Wo bist du? Ich hab letzte Nacht im Großen Haus angerufen, aber Mildred meinte, sie hätte ihn nicht gesehen.«

»Ich bin übers Wochenende zum Strandhaus gefahren«, antwortete er. »Irgendwie hat er mich dort aufgestöbert. Es geht ihm gut. Hungrig, aber gut, und ich weiß nicht, was ich ihm zu fressen geben soll, außer ich finde noch einen Supermarkt, der vierundzwanzig Stunden geöffnet hat.«

Der Radiowecker zeigte vier Uhr morgens an, und Sophie begann allmählich zu kapieren, was passiert war. Sie hätte sich denken können, daß Blaze möglicherweise zum Strand laufen und Jay suchen würde. Am Anfang ihrer Ehe waren sie oft an den Sommerwochenenden dorthin gefahren, und den Setter hatten sie immer mitgenommen. Nach Jays Verschwinden war Blaze regelmäßig dorthingelaufen, um nach seinem Herrchen zu suchen.

»Ist irgendwas im Kühlschrank?« erkundigte sie sich.

»Nur 'ne tiefgefrorene Pizza und ein Sixpack. Warum?«

»Blaze mag beides. Wärm die Pizza in der Mikrowelle auf, kühl das Bier, und er wird glauben, er wär im Paradies.«

»Bist du sicher?«

»Ich muß ihn immer abwehren, wenn ich mir eine Pizza mache. Und ich bin dabei meist knauserig, was seinen Anteil betrifft, also wird es was ganz besonderes für ihn sein.« Auf einmal fiel der Groschen. »Was machst du überhaupt im Strandhaus?«

»Ich war den ganzen Tag über im Newport Center in den Vorstandsbüros und hab mich mit irgendwelchen steifen Anzügen unterhalten. Und da das Strandhaus von dort aus gleich um die Ecke in Laguna Beach liegt, hab ich beschlossen, das Wochenende hier zu verbringen. Blaze war 'ne nette Überraschung, obwohl ich bezweifle, daß sich die Nachbarn sehr über sein trauriges Heulen gefreut haben. Du mußt es nur sagen, und ich bring ihn dir zurück. Gleich jetzt, wenn du willst.«

Sophie wollte den Hund bei sich haben. So wie die Dinge in letzter Zeit liefen, fühlte sie sich nicht mehr sicher ohne Blaze. Aber wen sie nicht sehen wollte, das war Jay, besonders nicht im Morgengrauen. Das war das erste Mal seit dem vergangenen Wochenende, daß sie überhaupt miteinander sprachen.

»Jetzt nicht mehr«, sagte sie. »Ich komme morgen vorbei und hole ihn mir. Ich muß sowieso in die Stadt – Einkäufe und so.« Die hatte sie alle am gestrigen Nachmittag erledigt, aber irgendwie fühlte sie sich besser, glaubte, die Situation besser im Griff zu haben, wenn sie zu ihm fuhr, um den Hund abzuholen.

»Ich werde dasein«, versicherte er ihr.

Sophie konnte Blaze im Hintergrund leise winseln hören und wußte, daß der Setter außer sich vor Glück sein mußte, sein Herrchen gefunden zu haben. Ekstatisches Gewimmer über Jay Babcock um vier Uhr morgens stand ganz oben auf ihrer Top-Ten-Liste von Dingen, die sie nicht hören wollte. Dennoch schoß ihr ein eigenartiger Gedanke durch den Kopf. Wenn Tiere wirklich genauso tief wie Menschen um ihre verlorenen Lieben trauerten, dann mußte Jays Verschwinden Blaze das Herz gebrochen haben. Dennoch konnte der Hund sein Herrchen mit all seiner Liebe überschütten, als wäre überhaupt nichts passiert – und ohne diese schreckliche, alles verzehrende Angst davor, daß es wieder passieren könnte.

Tiere lebten in einem Zustand der Gnade, entschied sie. Sie mußten sich nicht mit Dingen wie Vertrauen und Nähe und emotionaler Sicherheit auseinandersetzen. Nein, innere Konflikte gab es nicht für Blaze. Wenn Jay da war, war er glücklich, und wenn Jay fort war, traurig. So herrlich einfach war das.

»Ich komme morgen so um die Mittagszeit vorbei«, sagte sie.

»Komm früher.«

Seine sexy Stimme, die so verlockend zärtlich klang, war das letzte, was Sophie hörte, bevor sie auflegte.

Sophie tauchte am nächsten Morgen um sieben Uhr beim Strandhaus auf. Offenbar hatte Jay sich entschieden, wieder ins Bett zu gehen, denn sie war gezwungen, Sand an sein Schlafzimmerfenster zu werfen, um ihn zu wecken.

Er tauchte in Shorts auf, und es sah so aus, als hätte er sie sich hastig übergestreift. Es waren graue Gym-Shorts aus weichem Sweatshirtstoff. Früher hatte er zeitweise nur noch so was getragen, und wie damals hatte er auch jetzt die Kordel nicht zugezogen. Obwohl sie ihm dieses Geheimnis nie im Leben anvertraut hätte, es gefiel ihr noch immer, wie seine Shorts tief auf seinen Hüften hingen, festgehalten nur durch männliche Hüftknochen und einer lässigen Lieber-wär-ich-ganz-nackt-Einstellung. Und sie liebte es, wie weich sich der kuschelige Stoff anfühlte – und er.

Offenbar war er sich der Wirkung seines beinahe nackten und überaus männlichen Körpers auf die weibliche Bevölkerung noch immer nicht bewußt, aber Sophie schon. Dieses hartnäckige Ziehen in ihrer Magengrube wurde ihr allmählich immer vertrauter.

Er warf einen Blick auf sein Handgelenk, wo sich eine Armbanduhr befinden sollte. »Mittag kommt auch immer früher in diesen Tagen.«

»Ich hab mir Sorgen um Blaze gemacht. Ich hab Hundefutter dabei.« Sie hielt eine Tüte hoch und ließ die Dosen klappern.

»Da wird er sich sicher freuen. Anchovispizza war nicht gerade seine Lieblingssorte.«

»Anchovis? Das hast du ihm gegeben?«

»Es war alles, was ich hatte.«

»Ach, mein armes Baby. Wo ist er?«

Jay war ein ziemlich großer Mann, und wie er so schräg im Türrahmen lehnte, versperrte er ihr sehr effektiv den Weg. Während sie darauf wartete, was er als nächstes tat, war sie sich einer gewissen lässigen, männlichen Faszination bewußt, mit der er sie studierte. Sein Blick schien zu sagen, ich bin mir zwar nicht sicher, ob ich wissen will, was in diesem Frauenkopf vorgeht, aber irgendwie kann ich nicht anders.

Sophie fühlte diesen täuschend lässigen Blick auf sich lasten und wurde so nervös, daß sie die Hände zu Fäusten ballte. Mit dieser Art von männlicher Aufmerksamkeit hatte sie es bisher noch nie zu tun gehabt, außer von seiten dieses Mannes hier, und wahrscheinlich würde sie sich nie daran gewöhnen.

Claude war viel distanzierter und auch väterlicher. Und der alte Jay, zwar leidenschaftlich genug, hatte immer nur daran gedacht, was er als nächstes anstellen könnte, welches Abenteuer als nächstes auf ihn wartete. Sophie war sich dabei immer wie eine Art Zwischenstation vorgekommen, eine angebetete zwar, aber dennoch eine Zwischenstation, bei der er Rast machte, bevor's wieder losging. Doch bei diesem Mann hatte sie das Gefühl, daß *sie* sein nächstes Abenteuer war.

Er konnte noch immer ein Loch in Papier brennen, so bohrend war sein Blick. Das lag vielleicht daran, daß sich all seine Energie nun durch ein einziges Auge Bahn brechen mußte. Das erklärte den Brennglaseffekt, aber es erklärte nicht, was er so faszinierend an ihrer Kleidung fand, falls es das war, was er sich ansah.

Die Jeansshorts, die sie sich heute morgen ausgesucht hatte, schmeichelten ihren Oberschenkeln, das mußte sie zugeben, und ihr kurzes buttergelbes T-Shirt paßte gut zu ihrem hellen Teint. Außerdem sah der weite V-Ausschnitt aus, als könnte er jeden Moment von einer Schulter rutschen, was alles in allem den Effekt hatte, irgendwie nur halb angezogen in der Öffentlichkeit herumzulaufen. Das gefiel ihr, und ihm offenbar auch.

»Läßt du mich auch mal rein?« erkundigte sie sich trocken.

»Könnt ich machen.« Er trat beiseite, ein leichtes Grinsen auf dem Gesicht.

Also ab in den Wolfsbau, dachte sie. Dennoch schritt sie energisch durchs Haus und in die Küche, wobei sie sorgfältig darauf achtete, ihn beim Vorbeigehen nicht zu streifen. Sie war heilfroh, etwas zu tun zu haben. Armer, verhungerter Blaze. Sie würde dem Setter rasch was zu Fressen geben und dann gehen.

»Brauchst du Hilfe, oder weißt du, wo alles ist?« fragte Jay, der die Küche betrat, als sie soeben eine Dose Hundefutter in die metallenen Kiefer eines elektrischen Dosenöffners zwängte.

»Nein, danke. Ich weiß noch, wo alles steht.«

Die Küche war klein, aber gemütlich mit ihren warmen, rotbraunen Walnußholzschränkchen und den geblümten Vorhängen. Jeder freie Platz, jede noch so kleine Nische war mit Sophies Sammlung von Salz- und Pfefferstreuern belegt, die sie hierhergebracht hatte, weil die Sachen der Kinder mehr und mehr Platz beanspruchten. Blaze hockte schwanzwedelnd zu ihren Füßen, während sie sein Fressen vorbereitete.

»Der alte Blaze hätte dich längst aus dem Weg geschubst und wäre auf die Anrichte gesprungen«, meinte Jay trocken, »wo er fröhlich aus der Dose fressen würde.«

»Gehorsamstraining«, sagte sie. »Wirkt Wunder.«

»Nicht bei allen.«

Sie hätte sich gerne umgedreht, unterließ es aber. Falls er von sich selbst sprach, dann konnte er nur seine Haftzeit meinen. Sie stellte sich vor, daß er jetzt wahrscheinlich im Rahmen der Küchentür lehnte. Sie versuchte, nicht daran zu denken, wie er in dieser lässigen Haltung aussehen mochte. Keiner konnte so dastehen wie Jay.

Eine Sekunde war es ihr tatsächlich unmöglich zu atmen, so stark war ihr Wunsch, hier zu sein, mit ihm zusammenzusein. Sie hatte keine Ahnung, ob sie sich gerade in ein neues Desaster hineinmanövrierte oder ob sie endlich die Wirklichkeit zu akzeptieren begann – und wer er war. Doch wenn sie es sich erlaubte, ihn wieder zu lieben, dann konnte er ihr auch wieder weh tun.

Sie konnte sich des Gefühls nicht erwehren, daß sie dabei war, ihm etwas ungeheuer Kostbares anzuvertrauen, das er schon mal zerbrochen hatte – und zu wissen, daß er's wieder tun würde. *Also gut, dann zerbrich es ruhig, Jay, aber diesmal bitte nicht nur in zwei Teile. Diesmal zerbrich es bitte in tausend Scherben, so daß nichts mehr übrig ist. Denn genau das wird passieren, wenn du mich nicht ebenfalls liebst.*

Falls es etwas Schrecklicheres, etwas Beängstigenderes gab, als jemanden zu lieben, dann konnte es sich Sophie nicht vorstellen.

»Du willst dich sicher anziehen«, sagte sie und machte ein Schränkchen auf, um einen Napf fürs Hundefutter herauszuholen. Das Ganze war ein Gourmetmix aus Truthahnfleisch, Innereien und irgendwelchen Flocken. »Laß dich nicht aufhalten.«

»Ich bin schon angezogen. Hab nicht vor, recht viel mehr anzuziehen. Immerhin ist das hier ein Strandhaus, oder?«

Er wollte nicht mehr anziehen als ein paar Unterhosen? Friß schnell, Blaze, dachte sie, als sie den Napf vor ihn hinstellte.

Aber Blaze schien keine Eile zu haben, weder was das Fressen noch was das Gehen betraf. Er verputzte gemütlich die Leckerbissen im Napf, und als er fertig war, trottete er zu Jay hinüber und hockte sich schwanzwedelnd und mit leuchtenden Augen neben ihn, wie um Sophie zu sagen, daß es *ihm* im Strandhaus sehr gefiel und er nicht die Absicht hatte, irgendwo anders hinzugehen, was immer sie auch vorhaben mochte.

Sophie warf ihm einen wütenden Blick zu. *Verräter.* Seine Leine war in ihrer Handtasche, doch als sie sie einen Augenblick später herausgefischt hatte, war Blaze zwischen Jays Beine gekrochen und winselte erbärmlich. *Bitte, Mom, ich will noch nicht nach Hause. Kann ich nicht noch bleiben und ein bißchen weiterspielen?*

»Gehorsamstraining wirkt Wunder?« murmelte Jay trocken.

Er bückte sich und kraulte den Hund hinter den Ohren. »Sieht so aus, als würde er nicht gehen wollen, nicht ohne mich.«

»Das werden wir schon sehen.«

Sophie versuchte es tapfer. Sie flötete, sie streichelte und sie lockte. Und schließlich befahl sie: »Blaze, hierher!« Aber wie sich herausstellte, hatte Jay recht gehabt. Der Setter wich nicht von der Seite seines Herrchens, nicht mal, als Sophie versprach, Frisbee mit ihm zu spielen, wenn sie nach Hause kamen. Und Blazes einzige Antwort auf ihre eintrainierten Befehle war ein gelegentliches Aufjaulen oder -heulen. Der Hund rührte sich nicht.

Mit einem finsteren Blick warf Sophie Jay die Leine zu. »Okay, dann versuch du's.«

»Sorry.« Er hängte sich die Leine um den Hals und trat ans Spülbecken. Blaze sprang auf und folgte ihm. »Bevor ich nicht Kaffee getrunken habe, bin ich zu gar nichts nütze. Wie wär's mit Frühstück?«

»Ich sollte wirklich gehen.«

»Na, wenn das so ist, dann viel Glück mit dem Hund.«

Während Jay mit dem Kaffee beschäftigt war, kauerte Blaze zu seinen Füßen und beäugte Sophie, als wäre sie der Hundefänger aus »Susi und Strolch«. Sophie, in deren Kopf eine finstere Vermutung aufkeimte, sah den Begriff »bester Freund des Mannes« auf einmal mit ganz anderen Augen. Vielleicht geisterte ihr ja noch ihre seltsame Erfahrung in Dr. Navares' Büro im Kopf herum, aber die ganze Situation roch verdächtig nach Verschwörung.

Sie zweifelte nicht daran, daß Blaze von allein hier aufgetaucht war, aber seine Weigerung, mit ihr nach Hause zu gehen, war sehr bequem für Jay. Und wie er sich an den Mann dranhängte. Die zwei steckten unter einer Decke, dachte Sophie. Jay hatte nie die Absicht gehabt, sie hier lebend mit dem Hund wieder rauszulassen, und vielleicht hatte er Blaze das Ganze sogar eingetrichtert. Wenn der Setter nicht fast so viel wie sie selbst gewogen hätte, hätte ihn Sophie einfach hochgenommen und rausgetragen. Nun, jedenfalls würde sie nicht ohne ihn von hier fortgehen, denn sie fühlte sich schon seit einiger Zeit nicht mehr sicher in ihrem Häuschen.

Jay war zum Herd gegangen, wo Fett in einer Pfanne brutzelte, und hackte Champignons aus dem Kühlschrank sowie rote Zwiebeln, grüne Paprika und mundgroße Stücke von in Honig gebackenem Schinken. O nein. O Gott, dachte sie, Denver-Omeletts. Sie waren Jays Spezialität, und er hatte während ihrer Flitterwochen welche für sie gemacht.

Wie konnte er ihr das bloß antun? Sie liebte Denver-Omeletts, und das wußte er ganz genau.

Die eine Woche mit ihm im Strandhäuschen war wahrscheinlich die glücklichste in ihren damaligen zwanzig Lebensjahren gewesen. Es war ihr so vorgekommen, als könne einem das Leben nichts Herrlicheres bieten als eine Zukunft mit einem aufregenden Mann wie Jay Babcock. Er war ein unverbesserlicher Abenteurer, und seine Stellung im Familienunternehmen war ebenfalls gesichert, und er konnte kochen! Was sie selbst betraf, so wollte sie einen Abschluß in Sonderpädagogik machen und mit sozial benachteiligten Kindern arbeiten. Der Horizont hatte hell und vielversprechend ausgesehen.

Unwiderstehliche Gerüche drangen ihr in die Nase – gehackte Zwiebeln und Paprika, die in schäumend heißer Butter vor sich hinbrutzelten. Das Wasser lief ihr im Mund zusammen, während sie zusah, wie er die Eier mit einer Gabel vermischte und die goldgelbe Masse in die Pfanne goß. Ihr Magen knurrte. Kein Zweifel: das *war* eine Verschwörung. Die lebhaften Erinnerungen allein hätten eigentlich ausreichen sollen, um ihr den Appetit zu verderben, aber komischerweise erinnerte sie sich auf einmal besser an die guten als an die schlechten Zeiten, wie glücklich sie gewesen war, und nicht, wie sehr sie gelitten hatte. Und als er dann das Omelett geschickt auf einen Teller gleiten ließ, ein riesiges, dickes, flockiges Rund mit einem knusprigen braunen Rand, da hatte ihr Magen längst die Oberhand über ihren Kopf gewonnen.

»Also gut, dann eben erst Frühstück«, sagte sie. »Wie lang kann's schon dauern, ein paar Eier zu essen? Und vielleicht ist Blaze ja dann bereit zu gehen.«

In der Küche gab es einen kleinen, sonnenüberfluteten Erker, in dem ein runder Eßtisch stand. Unterteilte Fenster auf drei Seiten gewährten einen freien Blick über Sanddünen, und duftende Blumentöpfe hingen von der knorrigen Kiefernholzdecke. Immer wenn sie in diesem Erker saß, verspürte sie eine besondere Verbundenheit mit den Elementen, der kobaltblauen See, dem kalkweißen Strand. Jay trat an den alten Holztisch und stellte ihr Omelett auf einem Platzdeckchen ab, das aussah wie eine riesige Sonnenblume.

»Du kannst's mir ruhig sagen, falls ich meinen Touch verloren hab«, sagte er und zog einen Stuhl für sie zurück.

Sie schlüpfte auf einen anderen Stuhl und bemerkte lächelnd: »Mit den Omeletts, meinst du?«

»Womit sonst?« Er ging, um den Rest zu holen, seine Hälfte des Omeletts und den Kaffee. Als er einen Augenblick später mit einem gutbeladenen Tablett wiederkam, hatte er sich anscheinend auch an seine Tischmanieren erinnert, denn er trug ein T-Shirt. Sie hatte das alte, weinrote Poloshirt über einem Wohnzimmerstuhl hängen sehen. Es sah ganz so aus wie die Shirts, die er früher immer getragen hatte. Sie stieß einen Überraschungslaut aus, als sie auf einmal etwas bemerkte, das ihr bis dahin noch nicht aufgefallen war. Ein Knopf fehlte, der oberste an der kurzen Leiste, und Sophie konnte sich noch genau erinnern, wie's passiert war.

»Alles in Ordnung?« fragte er. Er hatte soeben die Gabel mit einer großen Portion Omelett zum Mund führen wollen, ließ sie dann aber sinken, als er ihren Gesichtsausdruck sah.

»Dein Hemd ...« Spontan streckte sie die Hand aus und berührte die Stelle. Das Gefühl des Wiedererkennens war so stark, daß es sie wie ein elektrischer Schlag durchzuckte. Sie konnte unmöglich wissen, ob es dasselbe Hemd war, indem sie es berührte, aber ihr Gefühl sagte ihr, daß es so war.

»Weißt du noch, wie das passiert ist, Jay? Weißt du's noch?«

Sie war gezwungen, die Hand zurückzuziehen, als er sich vorbeugte und nach dem Zucker griff. Es kam ihr fast so vor, als hätte er ihre Frage überhaupt nicht gehört, denn er gab einen gehäuften Löffel Zucker in seinen Kaffee, dann noch einen. *Er benutzt seine linke Hand.*

Sie dachte schon, daß er nicht mehr antworten würde, als er plötzlich den Löffel beiseite legte. Ohne auch nur einen Blick auf die Stelle an seinem Hemd zu werfen, blickte er sie durchdringend an. »Ja, ich erinnere mich. Wir haben rumgealbert – uns gebalgt –, und deine Haare haben sich in dem Knopf verfangen. Wir konnten keine Schere finden, also hab ich den Knopf einfach abgerissen.«

Sie nickte, sagte aber nichts. Ihre Lippen waren auf einmal staubtrocken und ganz taub, als ob sie an ihren Zähnen kleben würden. Er hatte den Löffel wieder zur Hand genommen und klopfte nun damit auf die Tischdecke.

»Hab ich richtig geantwortet?« fragte er.

Es war ihr gar nicht bewußt geworden, daß sie ihn auf die Probe gestellt hatte, aber so kam es ihr nun vor. »Ja, so war's. Du hast mir meine Glücksmuschel geklaut, und ich hab versucht, sie mir wiederzuholen.«

Er lächelte zerknirscht. »He, schieb mir nicht den schwarzen Peter zu. Ich hab versucht, deine ›Goldlöckchen‹ zu retten, aber du mußtest am Ende doch ein ganzes Stück davon abschneiden«, räumte er ein. »War die einzige Möglichkeit, den ›Teufelsknopf‹ da wieder rauszukriegen.«

Er hörte auf, mit dem Löffel zu klopfen, als er merkte, daß sie ihn noch immer anstarrte. »Was ist? Du hast doch gesagt, so wär's gewesen.«

»Das war's auch. Es ist der Kaffee.«

Er warf einen Blick auf seine Tasse.

»Du tust nie Zucker in deinen Kaffee«, sagte sie. »Das hast du immer gehaßt wie die Pest. Du hast gesagt, er würde dann wie Molasse schmecken.«

»Herrgott noch mal.« Seine Stimme klang bedrohlich leise. Er schüttelte den Kopf.

Sie vermutete, daß er deshalb zornig war, weil sie ihn ertappt hatte. Sicher verstand er das, denn sie war diejenige, die das größte Risiko einging. Sie mußte schließlich wissen, worauf sie sich einließ und mit wem. Sie konnte die Fragen, die ihr das Herz abdrückten, nicht einfach schweigend schlucken. Sie taten viel zu weh, und sie mußte einfach Antworten darauf haben.

Sie wartete, aber er machte keine Anstalten, die Situation zu erklären. Und ihr Lächeln wurde traurig, als ihr allmählich klar wurde, was sie ihm eigentlich antat und daß er ein Recht darauf hatte, zornig zu sein. Wollte sie ihn denn in alle Ewigkeit auf die Probe stellen? Für den Rest ihres Lebens? Sie mußte damit aufhören.

Sie schob ihren Stuhl zurück und verließ die Küche, ohne recht zu wissen, wohin sie gehen sollte. Das einzige, was sie wußte, war, daß sie nichts essen konnte, obwohl ihr Magen so laut knurrte, daß er's sicher gehört hatte.

Es gab eine weitere, wenn auch viel kleinere Sammlung im Strandhaus: ihre Muscheln. Sie zögerte, als sie vor dem Schränkchen stand, in dem sie sich befanden. Das Rosenholzkabinett, es stand in der entferntesten Ecke des L-förmigen Wohnzimmers, quoll geradezu über von den Schätzen, die sie – sie, Jay und Blaze – im Lauf der Zeit hier am Strand gesammelt hatten. Jays Beitrag war wahrscheinlich nur eine gutwillige Geste, mit der er seine Toleranz für ihre Sammelleidenschaft ausdrücken wollte. Doch Blaze war eine genauso große Packratte wie Sophie.

»Wenn du hungrig genug bist, dann ißt du alles, Sophie. Erde, schleimigen Käse, Fäkalien ... Insekten waren eine Delikatesse.«

Er war von hinten herangekommen. Die Sonne warf seinen Schatten auf das Glasschränkchen und die Wand dahinter, was ihr das Gefühl gab, im Dunkeln zu stehen.

»Hat man dir im Gefängnis nicht genug zu essen gegeben?« fragte sie. Alles, was sie wollte, war, daß er es ihr erklärte. Sie hatte die Tests gesehen und stand dicht davor, ihm zu glauben. Aber es kam ihr dennoch vor, als würde sie von einer Klippe springen, und sie mußte einfach wissen, ob er da sein und sie dieses Mal auffangen würde. Wenn er doch all ihre Zweifel ausräumen und sie davon überzeugen könnte, daß er Jay war. Das wünschte sie sich so sehr. O Gott, ja.

Bitte, dachte sie, hilf mir, an dich zu glauben.

»Man hat uns zweimal die Woche was zu essen gegeben, so eine Art Brei, aber manchmal bekamen wir auch Zuckerpäckchen. Ich war 'ne Weile in 'ner Gemeinschaftszelle mit zwei anderen Häftlingen. Irgendwann sind beide krepiert, aber ich hab's den Wärtern tagelang verschwiegen. Ich hab ihre Zuckerrationen gehortet, und das hat mich am Leben gehalten.«

Kein Wunder, daß er nicht über die Zeit im Gefängnis reden wollte. Es mußte schlimmer gewesen sein, als sie es sich vorgestellt hatte. Sie fragte sich, wie viele andere Dinge es gab, die er nicht zugeben – oder an die er sich nicht erinnern wollte. »Es muß schrecklich gewesen sein. Es tut mir so leid.«

»Na, zumindest bin ich wieder rausgekommen. Es gab Hunderte, die's nicht geschafft haben. In diesem Schlangenpfuhl sind jeden Tag welche gestorben.«

Wahrscheinlich fühlte er sich deswegen auch schuldig. Die Schuldgefühle eines Überlebenden. Wenn man berücksichtigte, was er durchgemacht hatte, sollte sie sich wahrscheinlich ebenfalls schuldig fühlen, weil sie ihm nicht glaubte, aber die Zweifel ließen sich trotzdem nicht abschütteln. Es kam ihr unmöglich vor, daß jemand so etwas durchgemacht hatte und dennoch so gesund wirkte. »Du mußt ja nur noch Haut und Knochen gewesen sein.«

»Nur noch Knochen, soweit ich mich erinnere. In der Reha haben sie sich zuerst mal darauf konzentriert, mich mit Nahrung, Physiotherapie und Bodybuilding wieder aufzupäppeln. Und natürlich Psychotherapie, damit ich die Dämonen los wurde. Ich glaub, daß diese Leute auch meine Familie benachrichtigt haben.«

Sie nestelte Knitterfalten in ihr T-Shirt.

»Geht's dir gut?« erkundigte er sich.

»Nein.« Ihre Kehle war wie zugeschnürt, und aus irgendeinem Grund war sie frustrierend nahe daran, in Tränen auszubrechen. Vielleicht ging's ja gar nicht darum, daß er da war, um sie aufzufangen, vielleicht war sie einfach unfähig zu springen. Es kam ihr allmählich so vor, als ob sie die Unzulängliche, die mit all den Fehlern und Makeln wäre.

»Ich will das alles ja glauben«, sagte sie und wandte sich zu ihm um. »Das weißt du doch, nicht wahr? Aber du kommst mir nicht vor wie Jay. Ich weiß nicht, was es ist, aber etwas ist anders.«

»Natürlich ist etwas anders, Sophie. *Ich* bin anders. Wenn du die ganze Zeit über gewußt hättest, daß ich im Gefängnis war, dann hättest du doch auch nicht denselben Mann zurückerwartet, oder?«

»Nein, wahrscheinlich nicht.«

Sie umfaßte ihren Ellbogen und legte ihren anderen Arm diagonal über ihre Brüste. Es war eine Schutzhaltung, aber schließlich merkte sie, daß etwas ihr Handgelenk berührte, unten an ihrer Taille, eine so leichte Berührung, daß sie nur eine gewisse Wärme spürte, sonst nichts. Er machte wieder seine kleinen Kreisbewegungen, bei denen ihr Hirn immer zu Brei wurde, und auf seinem Gesicht lag ein Ausdruck hingerissener Konzentration. Beinahe hätte sie laut gelacht. Nie im Leben hätte sie glauben können, daß jemand sie so faszinierend finden könnte, wie dieser Mann es anscheinend tat.

»Vielleicht solltest du dir ein wenig Zeit geben, um mich wieder kennenzulernen«, sagte er. »Das ist alles, worum ich dich bitte, um ein wenig Zeit. Was kann dich das schon kosten.«

Sehr viel sogar. *Alles.* Je mehr Zeit sie mit ihm verbrachte, desto wahrscheinlicher war es, daß sie sich wieder in ihn verliebte. Und doch – wie konnte sie leben, wenn sie ihm, ihnen beiden, keine faire Chance gab. Sie würde sich immer fragen, wie es wohl gewesen wäre – und das Versäumte bereuen.

»Wir könnten's noch mal versuchen«, schlug er vor, »jetzt

gleich. Ich versprech dir, keine Überraschungen, keine Vergnügungsparks, keine Klöster. Du bestimmst die Regeln. Wir werden nichts tun, bei dem du dich nicht wohl fühlst.«

Sie dachte an seine Hand, die sie mit der leichtesten Liebkosung verführen konnte. Schon jetzt spürte sie deutlich dieses Ziehen in ihrem Magen. »Keine Berührungen«, sagte sie.

»Berührungen?« Er zögerte. »Definier das für mich.«

Sie warf einen Blick nach unten, und er hielt abrupt mit dem Streicheln inne.

»Das meinst du doch nicht ernst. Diese Art von Berührung? Ich darf nicht mal deine Hand halten?«

»Du *hältst* nie bloß meine Hand, Jay. Du spielst damit, du befingerst sie. Das machst du immer, wenn du mich berührst, egal, *wo* du mich berührst.«

»Und es gefällt dir nicht?«

Ihre Stimme wurde weich und heiser. Ihre Lider fühlten sich mit einem Mal tonnenschwer an, als sie nun zu ihm aufblickte. »Es gefällt mir zu sehr. Das ist ja das Problem.«

Sein Blick verdunkelte sich, während er von oben bis unten über sie hinwegglitt, so heiß und leidenschaftlich, so erregend, daß sie die Augen abwenden mußte.

»Wenn mir was gefallen würde«, sagte er, »dann würde ich wahrscheinlich nicht genug davon kriegen können.«

»Ja, aber wenn deine Fußgelenke dabei zu Wasser werden, deine Innereien zu Suppe, dein Hirn zu Brei, und du könntest nicht mehr richtig denken?«

»Also, das wär, glaub ich, ein Problem.«

Sie hörte ihn seufzen.

»Wie wär's damit?« fragte er. Plötzlich waren seine Arme vor der Brust verschränkt, die Hände verschwunden. »Besser?«

Sein jungenhaftes Lächeln entlockte ihr ebenfalls eines. Wenn sie jetzt noch vergessen könnte, wie heiß, besitzergreifend und sinnlich dieser Mund sich auf dem ihren angefühlt hatte. Wenn sie vergessen könnte, wie die Leidenschaft in ihr aufgeflammt war, als er sie küßte.

Es ist hoffnungslos, dachte sie. Man konnte mit ihm einfach nicht normal umgehen. Am liebsten hätte sie ebenfalls geseufzt.

Ein leises Winseln kündigte Blaze an. Der Setter kam hereingeschlendert, als wäre er auf der Suche nach ihnen, dann erblickte er Jay und sprang auf ihn zu. Sophie verspürte einen kleinen Stich Eifersucht über Blazes plötzliche, vollkommene Hingabe an Jay. Blaze benahm sich, als wäre sie Luft, dabei war sie diejenige gewesen, die ihn all die Jahre gefüttert und sich um ihn gekümmert hatte. Trotzdem konnte sie sein Verhalten verstehen. Jay schaffte das, er schaffte es, daß man alles andere um sich herum vergaß.

»In Ordnung, wenn ich den Hund anfasse?« erkundigte er sich.

»Bediene dich ruhig.« Sie lehnte sich, erleichtert darüber, wieder ein wenig Raum zum Atmen zu haben, an das Vitrinenschränkchen, während Jay in die Hocke ging und Blaze in seine Charmeschraube nahm. Innerhalb weniger Augenblicke stöhnte und japste das arme Geschöpf vor Lust und lag hilflos auf dem Rücken. Der Setter schien in eine Art hypnotischen Trancezustand zu verfallen, als Jay ihn unter dem Kinn kraulte. Seine Augen flatterten, und sein Kopf rollte in den Nacken.

Sophie beobachtete die Vorgänge mit einer gehörigen Portion Skepsis, wobei sie sich im Geiste immer wieder die Gründe herunterbetete, warum es ratsamer war, nicht von der Klippe zu springen. Muffins Warnung schoß ihr durch den Kopf, ebenso wie das unheimliche Gefühl, das sie in letzter Zeit immer wieder beschlich, das Gefühl, dem Auge dieses Mannes nicht entrinnen zu können, selbst wenn er nicht da war. Sie versuchte gar nicht erst, ihre Sorgen beiseite zu schieben. Ganz im Gegenteil, sie hatte beschlossen, sie zu einem wichtigen Bestandteil ihrer Entscheidung über die Situation zu machen.

Aber je länger sie zusah, desto lächerlicher kamen ihr all die Gründe vor, die sie zur Vorsicht mahnen wollten. Muffin hatte ihre eigenen Gründe dafür, Jay schlechtmachen zu wollen, und Sophies Gefühle waren zu vage, zu wenig greifbar. Während die

Minuten dahintickten, fiel es ihr immer schwerer, an ihren Zweifeln festzuhalten. Vielleicht lag's ja an der Meeresluft, an der Melodie der Wellen, aber mit einem Mal schienen ihre Vorbehalte in der Brise davonzuflattern. Der einzige Gedanke, der sich noch hielt, während sie zusah, wie Jay den Hund mit seiner Magie bearbeitete, war ihre Intuition, was Tiere betraf. Sie lebten in einem Zustand der Gnade. Sie beneidete Blaze. Das tat sie wirklich.

19

Es war eine überwältigende Nacht, die Art Nacht, die einem die Sinne mit Düften und Lauten verwirrte, so daß man sie in sich hineinlöffeln wollte wie das köstlichste Dessert. Der Sonnenuntergang war himbeerrot, mit orangefarbenen Streifen. Die ansteigende Flut küßte den blaßrosa Strand mit sanften, rhythmischen Wellen. Es roch nach Lagerfeuern, und die pechschwarzen Umrisse von Seevögeln kreisten rastlos vor dem Horizont.

Sophie lutschte an einer Orangenscheibe, die sie aus ihrem Glas Sangria gefischt hatte, und fragte sich, wieso sie heute vormittag eigentlich so eilig hatte weglaufen wollen. Bis jetzt war es ein geradezu perfekter Tag gewesen. Sie war so zufrieden, daß sie sich kaum mehr vom Fleck rühren konnte. Sie und Jay und Blaze hatten tagsüber den Strand nach Muscheln für ihre Sammlung abgesucht. Danach hatten sie sich in der Sonne geaalt und waren anschließend zum Einkaufen gegangen, denn Jay wollte *albóndiga*-Suppe und *chilis rellenos* machen, Spezialitäten aus dem Südwesten des Landes.

Und jetzt saßen sie in Liegestühlen auf der Holzterrasse, verdauten das köstlich scharfe Gericht und nippten am Sangria, den Jay mit frischen Orangen- und Limonenscheiben sowie leuchtend roten Erdbeeren angereichert hatte. Sophie hätte am liebsten gewimmert vor Glück.

»Wie wär's mit Schwimmen?«

Sie saßen nebeneinander in bequemen Liegestühlen, und Sophie wußte, daß er die Hand ausgestreckt und sie gestreichelt hätte, wenn sie nicht ein Verbot dagegen verhängt hätte. Was sie allmählich bereute. Sie vermißte bereits die Wärme seiner Berührungen.

»Nach all dem Essen würde ich sinken wie ein Stein. Ich bin viel zu voll, und außerdem hab ich keinen Badeanzug.« Nach dem Lärm zu schließen, den Blaze veranstaltete, stand sie mit ihrer Entscheidung allein da. Der Setter befand sich bereits unten am Strand, wo er aufgeregt japsend herumsprang. Offenbar konnte er es kaum abwarten, ins Wasser zu kommen.

»Es sind jede Menge Badesachen im Haus.« Jay wies mit einem Kopfnicken dorthin. »Ich glaub, einer davon ist sogar von dir.«

»Was? Der muß doch uralt sein.« Seit Jays Verschwinden war sie nicht mehr im Strandhaus gewesen, nicht mal um nach ihren Sammlungen zu sehen, denn ihre Muschelexkursionen hatten sie immer gemeinsam unternommen – er, sie und Blaze.

»Wohl aus der Mode?« fragte er spöttisch.

Es ging gar nicht um den Badeanzug. Es ging um sie, um ihre Figur. Sie hatte seit Jahren keinen mehr angehabt. Claude schwamm nicht, und die Kinder nahmen zuviel von ihrer Zeit in Anspruch, und dann gab es da natürlich noch dieses andere Problem. Feigling, dachte sie und versuchte sich vorzustellen, was Jay wohl sagen würde, wenn sie es ihm erklärte. Sie wollte sich noch immer verstecken. Es war ein bißchen spät, sich jetzt noch unter Betten zu verkriechen, aber ihre Kinder boten ihr den perfekten Vorwand, sich vor dem Leben zu drücken, ebenso wie ihre alles andere als makellose Figur.

»Ich würd bloß untergehen«, wiederholte sie, aber schon weit weniger überzeugt. Sie dachte, daß die Sache damit erledigt wäre, aber zu ihrer Überraschung erhob er sich aus seinem Stuhl und zog sich das Hemd aus. »Sieht so aus, als sollte einer von uns besser in den sauren Apfel beißen, bevor Blaze uns noch die Polizei auf den Hals hetzt wegen Ruhestörung.«

Blaze hatte angefangen, jämmerlich zu heulen, was man den ganzen Strand entlang hören konnte. Jay sprang die paar Stufen zum Strand hinunter und lief mit langen, lässigen Schritten, den Bewegungen eines geborenen Athleten, auf Blaze zu. Als er jedoch an dem Hund vorbei aufs Wasser zuflitzte, machte dieser keine Anstalten, ihm zu folgen. Der Setter warf statt dessen Sophie einen Blick zu, der sagen wollte, na los, wo bleibst du? Jays Aufforderungen ignorierend, kauerte er sich nieder, sah sie an und rührte sich nicht von der Stelle.

»Du schlüpfst besser doch in den Badeanzug«, rief ihr Jay zu. »Er geht nicht ohne dich.«

Sophie stellte mit einem lauten Klirren ihr Glas ab und erhob sich aus dem Liegestuhl. »Sag mal, hast du das Vieh abgerichtet?«

Sophie steuerte auf ihr Badetuch zu, als sie aus dem Wasser kam. Sie war tropfnaß und zitterte vor Kälte, aber warm zu werden war ihr im Moment lange nicht so wichtig, wie dieses verflixte Badetuch um die Taille zu bekommen.

Sie hatte sich schließlich doch noch aufgerafft und in den fünf Jahre alten Badeanzug gezwängt, was einigen Mut gekostet hatte, da es sich noch dazu um einen dieser getigerten Einteiler handelte, wie sie sechzehnjährige Olympiaschwimmerinnen trugen, an denen alles feste Haut und Sehnen war. Sie sah zwar weit besser darin aus, als sie geglaubt hätte, aber das hieß noch lange nicht, daß sie schon bereit war, ihre klumpigen Oberschenkel dem Amüsement der Massen preiszugeben, zumindest nicht mehr, als sie das ohnehin schon getan hatte.

»Tapferes Mädel«, ertönte Jays Stimme hinter ihr. Sophie war sich nicht sicher, was er damit meinte, bis er sein eigenes Badetuch zur Hand nahm und ihr damit Schultern und Rücken abrieb. »Das Wasser ist wirklich saukalt.«

Blaze sprang noch immer fröhlich bellend durch die Wellen und wollte, daß sie wieder reinkamen. Sophie lachte über die ungehemmte Freude des Hundes. Auch durch ihre Adern floß ein gewisses Siegesgefühl; nicht nur, daß sie den eisigen Pazifik erobert hatte, auch ihre Angst, aus dem Versteck zu kommen, hatte sie – für diesmal zumindest – überwunden. Sie war recht zufrieden mit sich selbst, als ihr auf einmal das Badetuch, das sie sich so fest um die Taille gewickelt hatte, weggerissen wurde.

Die Wellen verschluckten Sophies überraschten Aufschrei.

Blaze rannte den Strand entlang davon. Das Badetuch flatterte zwischen seinen kräftigen Kiefern wie ein Banner. Offenbar war er, als er merkte, daß er mit Bellen ihre Aufmerksamkeit nicht auf sich ziehen konnte, herangesprungen und hatte ihr das Handtuch weggerissen. Sophie blickte auf ihre blassen, nackten Schenkel herunter und auch auf einen Bauch, der sich noch immer weiter vorwölbte, als ihr lieb war. Also gut, dachte sie. Hier bin ich. Kein Versteck weit und breit.

Jay spürte sofort, daß etwas mit ihr nicht stimmte. »Geht's dir gut?« fragte er. »Frierst du? Ich kann schnell ins Haus laufen und dir ein anderes Badetuch holen.«

»Nein, nein, mir geht's gut.« Entweder er war ausgesprochen galant, was diese peinliche Situation betraf, oder er begriff wirklich nicht, was ihr fehlte. Sie hoffte auf letzteres. Männer schienen die Probleme, die Frauen mit ihrem Körper hatten, nicht verstehen zu können, und wahrscheinlich war das auch besser für die menschliche Rasse. Es war schlimm genug, daß sie in seiner Gegenwart unter diesen peinlichen Unsicherheiten litt; ganz sicher wollte sie nicht auch noch mit ihm darüber reden. Sollte er glauben, daß sie fror.

»Vielleicht solltest du besser sehen, wo Blaze abgeblieben ist«, schlug sie vor.

»Gleich.« Sein Blick glitt beinahe unauffällig über ihren Körper, und dann sah er ihr tief in die Augen. Nach einem kurzen Moment des Schweigens meinte er: »Liegt's am Badeanzug?« Es schien ihm vollkommen ernst zu sein. »Schämst du dich wegen irgendwas?«

»Nein. Oder doch, ja … kann sein.«

»Deine Beine?«

Sie starrte ihn mit offenem Mund an. »Woher weißt du das?«

»Aus der Art, wie du versuchst, sie mit den Händen zu verdecken?«

Sie hatte die gespreizten Hände unbewußt auf die Oberschenkel gelegt. Jetzt nahm sie sie weg und umschlang ihre Taille.

Daraufhin sah er sie sich wirklich genau an. Sein Laserblick glitt so langsam über ihren Körper wie ein Sonnenaufgang. »Sophie, du hast wunderschöne Beine«, versicherte er ihr ein wenig heiser. »Worüber machst du dir Gedanken? Ein kleiner Makel hier und da.«

»Kleiner Makel? Ich hab Ricottakäse als Beine!«

»Wenn das so ist, dann ist ja alles in Ordnung. Ich liebe nämlich Ricotta.«

Sie rang hörbar nach Luft. »Willst du damit sagen, daß meine Beine wirklich so schlimm sind?«

Er stieß ein verzweifeltes Lachen aus. »Das will ich damit ganz und gar nicht sagen. Ich will sagen, daß mir das Wasser im Mund zusammenläuft, so lecker siehst du in diesem Badeanzug aus.«

Das glaubte sie ihm keine Sekunde lang, aber immerhin lag dieser heisere, sexy Unterton in seiner Stimme, und sein Blick hatte sich mittlerweile sichtbar verändert. Der eigenartige Feuerring, der seine Iris umgab, hatte einen langsam glimmenden Brand entfacht.

»Also, dieser Badeanzug ist fünf Jahre alt, und ich hab ein paar Pfund ...«

Er unterbrach ihre Erklärungsversuche mit einem Kopfschütteln. »Wenn du hierherkommen würdest, dann bräuchtest du dir keine Sorgen darum zu machen, ob dich jemand sieht oder nicht, falls es das ist, was dir Kopfzerbrechen bereitet.«

Als er nun die Arme ausbreitete und sie so herrlich schief anlächelte, hatte sie das Gefühl, sich kneifen zu müssen. »Na komm schon, du scheues kleines Reh«, sagte er leise. »Laß mich dein Handtuch sein.«

Sophie erwachte leicht verwirrt in einem gemütlichen Raum, der im goldenen Morgenlicht lag. Die Umgebung war ihr erregend vertraut. Sie merkte, daß sie in dem großen Schlafzimmer lag, in dem sie und Jay immer zu nächtigen pflegten, mit den Fenstern mit den hübschen Läden davor. Aber sie brauchte dennoch einen Moment, um sich ihrer Umgebung gewahr zu werden, was vor allem daran lag, daß sie nicht auf ihren eigenen zwei Beinen hierhergelangt sein konnte. Sie war letzte Nacht vor dem Feuer eingeschlafen, den Kopf auf Jays Schoß gebettet.

Sie war vollkommen erschöpft gewesen von dem ausgiebigen Strandspaziergang am Nachmittag und dem abendlichen Schwimmen, dennoch konnte sie sich nicht erinnern, sich je freier gefühlt zu haben. Die Haßliebe, die sie ihrem Körper gegenüber empfand, schien sich ein wenig gelegt zu haben, da Jay sie so gelassen und selbstverständlich akzeptierte. Als er sie schützend in seine Arme genommen hatte, hatte er sie gleichzeitig so willkommen geheißen, wie sie war, mit all ihren Makeln, den eingebildeten und den anderen.

Sie stützte sich auf die Ellbogen und blickte sich nach einem Wecker um. Es war kaum zu fassen, daß sie noch immer im Strandhaus war, mit ihm. Normalerweise würde sie den Tag mit dem Reinigen von Tierkäfigen und den Vorbereitungen auf die Aktivitäten der nächsten Woche verbringen. Dem Himmel sei Dank für Ellen. Sie hatte ihre Mitarbeiterin angerufen und gebeten, diese Dinge für sie zu erledigen.

Sophie hatte noch immer keine Uhr entdeckt, als sie die Bettdecke zurückschlug und merkte, daß sie nichts weiter anhatte als sein rotbraunes Poloshirt. Sie sprang erschrocken auf die Füße, noch bevor ihr einfiel, wie es dazu kommen konnte. *Er* hatte sie nicht so angezogen, obwohl sie sich das wohl insgeheim gewünscht haben mußte, wenn man bedachte, welch lustvolle Gedanken sich in ihr müdes, wehrloses Hirn geschlichen hatten, sobald ihr Kopf einmal auf seinen muskulösen Oberschenkeln ruhte. Er hatte ihr sein Hemd angeboten, nachdem sie aus dem Wasser gekommen waren, und Sophie, deren

Hemmschwelle in dem Moment ziemlich niedrig gelegen hatte, hatte es übergestreift und dann einfach den Badeanzug ausgezogen, direkt vor seinen Augen.

Er hatte ihr mit einem etwas gequälten Lächeln zugesehen, den nassen Badeanzug genommen und über einen Lampenschirm zum Trocknen gehängt. Vielleicht war sie ja ein ganz klein wenig enttäuscht gewesen, daß er nicht zu schnauben und mit den Hufen zu scharren angefangen hatte, doch seine Beherrschung beeindruckte sie wie immer zutiefst. Ihr Verbot, was Berührungen betraf, war wegen des Vorfalls mit dem geklauten Badetuch vorübergehend außer Kraft gesetzt worden, aber er hatte ihr sein Versprechen gegeben, nichts zu tun, wenn sie sich unwohl fühlen könnte, und offenbar war er fest entschlossen, das auch zu halten, selbst wenn sie sich *dabei* allmählich unwohl zu fühlen begann.

Ein Mann, ein Wort. Was sollte sie sagen?

Wahrscheinlich war das der Grund, warum sie die ganze Nacht lang von ihm geträumt hatte. Es waren belastende, emotionsgeladene Träume, in denen immer jemand versucht hatte, zu ihr zu gelangen, sie zu finden, ein Mann, der sie aus dem Dunkeln beobachtete, aber verschwand, wenn sie sich ihm zuwandte.

Irgendwann in dieser Nacht hätte sie schwören können, daß er dagewesen war, mit ihr, im selben Raum. Sie hatte die Augen geöffnet oder dachte zumindest, daß sie das getan hatte, und hatte auf einmal jemanden neben ihrem Bett stehen und auf sie herabblicken sehen. Als sie seinen Namen rief, antwortete er jedoch nicht, und Jay konnte es nicht gewesen sein, denn der Mann trug keine Augenklappe.

War ihr Phantom wieder zurückgekehrt? Das Monster aus ihren Träumen, das sie spüren konnte, selbst wenn es nicht da war, das sie beobachtete, sie verfolgte, das sie aus der Scheibe eines Schaufensters anstarrte. Es war überall, dieses Phantom. Aber gegen Morgen hörte sie nur noch seine Stimme aus einiger Entfernung, die sie zu sich rief, die sie anflehte, zu ihm zu kommen.

»Sophie, wo bist du?« hatte er wieder und wieder gerufen.

Sie litt noch unter dem Eindruck dieses Traums, als sie ins Badezimmer ging. Ein Blick in den antiken Badspiegel ließ sie entsetzt innehalten. »Der Herr steh mir bei«, flüsterte sie.

Die Verzierungen auf dem Spiegel verliehen ihrem Bild eine wilde Aura, doch selbst ohne diesen Effekt hätte sie ausgesehen wie die Irre von Chaillot. Ihr Haar stand in allen Richtungen aus ihrem Zopf hervor, und ihre Wimperntusche war übers ganze Gesicht verteilt. Komisch, daß sie gestern abend überhaupt keinen Gedanken daran verschwendet hatte.

Kurz darauf stand sie übers Waschbecken gebeugt, den Kopf dicht vor dem Spiegel, und beendete ihre Reparaturarbeiten, so gut das eben möglich war. Den Zopf neu zu flechten erschien ihr viel zu mühsam, also faßte sie ihn kurzerhand zu einem Pferdeschwanz zusammen, den sie mit einem Samtbändchen zusammenband, das sie für solche Notfälle immer bei sich hatte. Glücklicherweise hatte Jay ihr ihre Handtasche aufs Nachtkästchen gelegt, so daß sie an das kleine Schminktäschchen herankam, das sie immer bei sich trug. Aber ihr kurzes T-Shirt und die Shorts waren nirgends zu sehen.

Die Küche war leer, als sie hereingeschlendert kam, und es gab keine Anzeichen dafür, daß Jay bereits wach gewesen wäre, also richtete sie etwas frisches Hundefutter und Wasser für Blaze her und machte sich daran, Kaffee zu kochen. Die Digitalanzeige auf der Kaffeemaschine zeigte zehn Uhr vormittags an, was Sophie ein ungläubiges Kopfschütteln abrang. Sie schlief nie so lange. Und wo waren Jay und Blaze? Die Tür zum zweiten Schlafzimmer, in dem Jay geschlafen haben mußte, war geschlossen gewesen, als sie vorhin daran vorbeigegangen war, was bedeutete, daß er wahrscheinlich noch immer im Bett lag, der faule Sack. Offenbar waren sie alle von einer Tsetsefliege gestochen worden.

In den Fächern der Kühlschranktür lagen mehrere aromaversiegelte Packungen Kaffee. Sie nahm eine mit der Aufschrift JAMAICAN BLUE MOUNTAIN und riß sie auf. Die Aromapackung zischte und gab einen so starken Duft frei, daß ihr beinahe schwindelig wurde. Sie fühlte sich, als hätte sie bereits mehrere Tassen getrunken, noch bevor der erste Tropfen durch die Maschine geronnen war.

Sie schüttete gerade den letzten Löffel Kaffeepulver in den Filter, als auf einmal ein Schatten über die Anrichte fiel. Der Löffel fiel ihr aus den Fingern und landete klappernd auf dem Fliesenboden, als sich zwei große Hände über ihre Augen schoben. Sie legten sich eng wie ein Tuch über sie, und alles wurde schwarz.

»Rate, wer da ist?« flüsterte ihr eine vertraute Stimme ins Ohr.

Sophies Herz flatterte, als sie merkte, was er machte. Es war ein Spiel, das sie immer gespielt hatten, wenn Jay von einer seiner Fahrten zurückkam. Er schlich sich morgens immer von hinten an sie heran und hielt ihr die Augen zu, und sie tat, als wäre sie zu Tode erschrocken.

»Ist es der Schwarze Mann?« fragte sie dann. »Der Würger von Boston? John Wayne Gacy?«

»Der Mann, der dich letzte Nacht zum Schreien gebracht hat«, flüsterte er dann immer.

Irgendwann während ihres Spiels zog er sie fest an sich, so daß sie merkte, wie erregt er war, wie hart und wie bereit dazu, sie noch mal zum Schreien zu bringen. Und wenn sie sich dann umdrehte, würde er sie in seine Klauen reißen und genau das tun, genau dort, wo sie sich gerade befanden, würde ihr kleine Schreie der Erregung und des Entzückens entlocken. Würde sie vor Sehnsucht nach ihm erzittern lassen. Sie war damals beinahe besinnungslos gewesen vor Liebe. Und sie hatte ihn wirklich geliebt – diesen Jay – über alle Maßen.

»Rate«, flüsterte er noch mal, drängender diesmal.

»Der Sohn von Sam? Der Enkelsohn von Sam?«

»Letzte Chance. Entweder du kommst drauf, oder du mußt bezahlen.«

»Wie … bezahlen?«

»Du machst Frühstück ...«

»Das mach ich sowieso. Du wirst meine Frühstücksflocken mit M&Ms mögen. Man tut sie kurz vor dem Servieren hinein, dann schmelzen sie nicht.«

»... nur mit einer Schürze.«

»He! Sind das neue Regeln?«

»Rate.«

Der Befehlston in seiner Stimme ließ Sophie auf angenehme Weise zusammenzucken. »Ist das der Mann, der letzte Nacht mein Badetuch war?«

Es hätte ein Lachen sein können. Sicher war sie sich nicht, aber sie fühlte seinen Atem auf ihrem Nacken. »Das ist der Mann, der dich gestern nacht gern zum Stöhnen gebracht hätte.«

»Stöhnen?« Jetzt flüsterte sie. »Nicht schreien?«

»Das auch.«

Er stieß hart den Atem aus und regte sich dicht hinter ihr. Sophie hatte Angst, ihn mit ihrem Körper zu streifen, Angst vor dem, was sie möglicherweise spüren würde. Angst davor, wie sehr sie sich dieses Etwas wünschen könnte. Sie schloß die Augen unter seinen Händen und rief all ihre anderen Sinne zur Ruhe, um nur noch ihn, nur noch das Wunderbare spüren zu können. Etwas Unwiderstehliches flammte zwischen ihnen auf. Es konzentrierte sich in seinen Fingerspitzen, aber es rann ihr auch durch die Wirbelsäule, hinab und wieder hinauf. Es war Licht. Er schien es förmlich zu verströmen, in sie hinein, ein scharfer, blendend heller Lichtstrahl.

»Rate, Sophie«, wiederholte er. »Rate, wer hinter dir steht.«

Sie blinzelte, doch vor ihren geöffneten Augen war noch immer Dunkelheit. Sie war einen Augenblick lang nur im Licht ihrer beider Körper dahingeschwommen, hatte alles andere vergessen, selbst ihr Spiel. Sie überlegte, ob ihr noch eine scherzhafte Bemerkung einfiel, doch seine Stimme hatte geklungen, als ob es ihm sehr, sehr ernst wäre. Er wollte, daß sie ihn akzeptierte. Er wollte, daß sie glaubte, was sie nicht glauben konnte.

»Jay«, stieß sie hervor, und die Überzeugung, mit der sie das sagte, überraschte sie selbst. »Du bist es. Du bist Jay.«

Er stieß zitternd den Atem aus, und einer seiner Arme sank herab und umschlang ihre Brust, zog sie fest an sich. »O Gott«, stieß er mit hoffnungslos heiserer Stimme hervor. »Ich dachte schon, du würdest es nie sagen.«

Angesichts seiner abgrundtiefen, ehrlichen Erleichterung wäre sie am liebsten hier und jetzt dahingeschmolzen, jeder Widerstand verpufft. Sie konnte ihr Herz flüstern hören: *Laß es gut sein, Sophie, laß es gut sein, wenigstens für ein Weilchen. Stoß ihn nicht wieder von dir. Stoß* ihn *nicht von dir.*

Mit einem schweren Seufzer ließ sie den Kopf an seine Schulter sinken. »Jay«, flüsterte sie, und das Herz wollte ihr förmlich zerspringen, so herrlich war es, seinen Namen auszusprechen, darauf zu vertrauen, daß er da sein würde.

Seine Stimme zitterte vor Bewegung. »Du hast gewonnen. Was willst du zum Frühstück?«

»Bloß das hier«, sagte sie, »so … so mit dir zusammen sein.« Ihre Augen waren wieder frei. Er hatte sie fest in seine Arme genommen, aber sie hielt sie dennoch geschlossen, weil sie sicher war, die Magie dieses Augenblicks würde verschwinden, sobald sie sie öffnete.

»Das hier«, flüsterte er, »ist mir sehr recht.«

Wärme ging von seinem Körper aus. Sie hatte das Gefühl, in diese Wärme zu sinken, als er sich sanft ein wenig zurechtrückte, so daß ihr Kopf nun zurückgebeugt auf seiner Schulter lag und er ihr Gesicht und ihren Hals liebkosen konnte. Seine Berührungen waren federleicht, aber dennoch besitzergreifend. Mit einer Hand hob er die feinen Härchen von ihrer Stirn und strich sie sanft zurück. Sein anderer Arm war noch immer fest um ihre Taille geschlungen.

»Hm«, murmelte sie und drehte ihr Gesicht diesen liebevollen Fingern zu, die zart über ihren Mund strichen und über ihren Hals flatterten wie Schmetterlingsflügel. Es war ein so herrliches Gefühl, daß sie mehr wollte. Ihre Lippen öffneten sich wie die eines hungrigen Kindes, feucht, voller Erwartung. Ein honigsüßer, unbekannter Geschmack in ihrer Kehle, eine Ahnung kommender Genüsse, ließ sie lustvoll erschaudern.

Sie konnte nicht mehr richtig denken, alles schien durcheinandergeraten zu sein. Nur ein Gedanke kam an die Oberfläche.

Ich liebe die Art, wie er mich berührt.

Eine betäubend süße Welle der Erregung schlug über ihr zusammen, als seine Finger den zarten Schwung ihrer Augenbrauen nachzeichneten. Seine federleichten Liebkosungen kitzelten ein wenig, aber seine Bewegungen waren flüssig, und der stetige Rhythmus versetzte sie in eine Art Trance. Vorstellungen von zarten Blütenblättern tauchten vor ihrem geistigen Auge auf, aber sie wurden nicht vom Wind getragen. Gemächlich flossen sie einen Fluß hinab, auf einen Wasserfall zu, angezogen von einer unwiderstehlichen Kraft. Jedes Streicheln brachte sie näher an den Abgrund. Stürzten sie sich willig ins süße Nichts? Hatten sie denn eine Wahl?

Etwas in ihrem Innern zog sich sehnsüchtig zusammen.

Alles, was sie sich seit Tagen gewünscht hatte, war, berührt und gestreichelt zu werden. Das wurde ihr in diesem Moment schlagartig klar. Sie hatte es sich so sehr gewünscht, daß sie es nicht zulassen konnte. Das hier war ihr Himmel, ihre Droge. Er überschüttete sie mit Liebkosungen, und eigentlich hätte das genügen sollen. Doch da war er wieder, dieser süße, quälende Schmerz, der einfach nicht weichen wollte, so tief sie auch durchatmete.

»Jay«, murmelte sie. Sie wollte sich zu ihm umdrehen, aber er hielt sie fest.

»Ich bin noch nicht mit dir fertig«, sagte er und widmete sich nun jener Stelle direkt unter ihren Augenbrauen, jener zarten Wölbung, die Make-up-Künstler so gerne hervorheben. Bei Sophie gehörte diese Stelle zu den besonders empfindsamen wie ihre Lippen, die eine einzige Liebkosung erwecken konnte.

Die sehnsüchtigen Krämpfe in ihrem Magen wurden zu einem scharfen Zucken.

Sie hatte keine Ahnung, daß sie den Arm angehoben hatte und ihn nun ebenfalls berührte. Das merkte sie erst, als sie seinen harten Kiefer spürte. Ihre Lider waren schwer vor Erregung, aber da gab es etwas, das sie unbedingt sehen mußte: ihn. Sie mußte einfach sehen, wer diese Gefühle bei ihr auslöste. Ihre Finger tasteten nach dem Leberfleck neben seinem Mund und strichen dann suchend in Richtung Augenklappe. Aber er stoppte sie, bevor sie sie erreichen konnte, schnappte ihre Hand einfach aus der Luft.

»Darf ich sehen?« bat sie flehentlich.

Sie dachte, daß er ihr die Finger zerquetschen würde, statt dessen zog er sie an seinen Mund. Mit einem Stöhnen küßte er sie, ein Stöhnen, das sich genüßlich in ihrem Bauch ausbreitete und dort wispernd verging wie eine sanfte Sommerbrise. Sophie streckte sich seufzend. Sie hätte die Beine angezogen, wenn sie im Bett gelegen wäre.

Solch herrliche, herrliche Gefühle ... aber er war wirklich noch nicht fertig mit ihr.

Er liebkoste ihre Fingerknöchel mit dem Mund, dann drehte er ihre Hand um und strich sanft mit den Lippen über die Innenseite ihres Handgelenks.

Ihre Finger krümmten sich ekstatisch.

»Hör auf«, flüsterte sie, als er mit der Zungenspitze ihre Handfläche berührte. Warm und zärtlich erkundete er die zarte, fleischige Schüssel, so warm und so zärtlich, daß sie einen leisen Schrei ausstieß. Die nächste zarte Zungenbewegung ließ die Lust in ihr auflodern wie eine Flamme. Sie konnte nicht länger warten. Sie brauchte ihn jetzt, dringend. Ihre Lust war so groß, daß sie wimmerte.

Tränen stiegen in ihre Augen, und er sah sie. »Sophie?«

Da drehte er sie zu sich herum und nahm ihr Gesicht in beide Hände. Mit einem Ausdruck gequälter Leidenschaft blickte er sie an.

»Weinst du?«

»Ja.«

»Meinetwegen?«

Sie konnte nicht antworten, aber das war auch gar nicht nötig.

Er berührte ihre zitternden Lippen mit den Fingern. Seine Wangenmuskeln traten deutlich hervor.

Und dann ging auf einmal alles ganz schnell. Jeder Gedanke an Beherrschung, jede Vorschrift, jedes Verbot, das Sophie je erlassen hatte, jeder geheime Vorsatz, den sie vielleicht gehabt haben mochte, der lodernden Leidenschaft zu widerstehen, gingen buchstäblich in Flammen auf. Er beugte sich zu ihrem Mund herab, und sie streckte sich ihm entgegen. Der erste Kuß brannte sich hell lodernd durch ihren Körper. Der zweite transformierte sie, eine Art Alchimie, und als sie seinen Namen diesmal aussprach, bebte ihre Stimme vor Überzeugung. »Jay ...«

Ein animalischer Laut grollte in seinem Innern. Seine Lippen waren auf ihrem Hals, einer jener weichen, knurrenden Küsse, von denen sie als junges Mädchen immer geträumt hatte. Sie waren auf ihrem Mund, ein loderndes Inferno.

Als er sie auf seine Arme hob und aus der Küche trug, wurde alles unwirklich, die Zeit, ihre Umgebung. Sie wußte nicht, ob es Sekunden oder Jahre später war, daß sie am ganzen Leib bebend vor Erregung unter ihm auf der Wohnzimmercouch lag, das Poloshirt hochgezogen, so daß eine Brust freilag. Ihre Warze war zartrosa und pulsierte süß unter seinen suchenden Lippen.

Sie sah ihn über ihr, ein finsteres, geheimnisvoll-sinnliches Dreieck. Sie fühlte ihn zwischen ihren Schenkeln, und ein Laut qualvoller Sehnsucht wollte sich aus ihrer Brust lösen. Er schwoll an und erstarb in ihrer Kehle. Alles war verloren, als er sich zu ihr beugte, um sie zu nehmen, verloren in der anschwellenden, alles überspülenden Welle der Lust, alles, außer einer letzten Bitte.

»Du sollst er sein.«

Er zuckte zurück, als ob sie ihn geschlagen hätte. Sie wußte nicht, was sie sagen sollte, aber einen Augenblick später normalisierte sich seine Atmung, und seine Hand verharrte zögernd auf einer ihrer goldenen Locken. »Und wenn nicht?«

Diese Frage raubte ihr den Atem. Sie wußte nicht, warum er das gesagt hatte. Oder vielleicht wollte sie es ja nicht wissen. Ihr Verstand zögerte, aber ihr Körper tat das Gegenteil. Er schrie, sie solle ihre Bedürfnisse nicht erneut verleugnen. Er schrie und wehrte sich. Jay drängte sich an die empfindsamste Stelle ihrer Anatomie, und ihre Schenkel sehnten sich schmerzlich danach, ihn zu umschlingen. Ihre Bauchdecke zitterte. Süße, unerträglich süße Leidenschaft übermannte sie.

O Gott, wie sollte sie ihm antworten?

Sophie streckte den Arm hoch und berührte seinen Mund. Er war nicht ihr Ehemann, dieser Mann, der es schaffte, sie mit einer einzigen Berührung zu verführen. Dieser Mann, dessen Leib zitterte, der darauf wartete, mit wilder, süßer, heftiger Leidenschaft in sie einzudringen, dieser Mann war nicht Jay.

War es das, was er ihr sagen wollte?

Sein Gesicht lag im Schatten, und obwohl ihr seine Züge ebenso vertraut waren wie ihre eigenen, waren sie nicht der Beweis, den sie brauchte. Nur ihr Körper konnte ihr sagen, wer er war. Wenn sich ihre Schenkel je für diesen Mann geöffnet hatten, dann würde sie es wissen. Und diese Härte, diese hungrige, suchende Härte, wenn sie sie je tief in sich gespürt hatte, dann würde sie auch das wissen.

Mit einem inneren Schauder begriff sie. Die Ratespiele waren vorbei. Der Mann, dem sie sich hingeben würde, konnte sehr wohl ein vollkommen Fremder sein. Das schien er ihr sagen zu wollen, aber selbst wenn das so war, gab es nichts, was sie hätte tun können. Eine eigenartige Macht hatte von ihr Besitz ergriffen, und sie war jetzt ebenso wehrlos wie damals mit fünfzehn.

Seine Finger streichelten rastlos ihre Lippen. Sein Körper bewegte sich an dem ihren. »Sag mir, was du willst, Sophie. Soll ich aufhören?«

»Aufhören?« Nein.

»Nicht mal, wenn ich nicht er bin?«

Er ließ nicht zu, daß sie auch nur das geringste zurückhielt, nicht einmal das.

Sie zog ihn zu sich herunter und drückte sein Gesicht an ihren Hals. »Willst du mich?« flüsterte er. »Wirklich mich? Schreit dein Körper nach mir?«

Die Worte blieben ihr im Hals stecken. Was sie ihm gestehen wollte, machte sie wild. Ihre Hände flogen zu seinem Nacken, und sie bäumte sich ihm entgegen, während er sie gleichzeitig anhob.

Mit einer heftigen Hüftbewegung drang er tief in sie ein. Sophie krallte sich an ihn. Er ließ sie auf den Rücken sinken und drang so tief ein, wie er nur konnte. Ihr Körper krampfte sich zusammen.

Sie sagte nichts mehr. Alles, was sie tun konnte, war den Kopf schütteln, aber er wußte, was sie meinte.

»Dann weine für mich«, flüsterte er rauh. »Freudentränen.«

Er bewegte sich so herrlich in ihr, daß Sophie vor Glück vergehen wollte. Sie wollte weinen, das wollte sie wirklich. Ihr Herz wollte zerspringen vor Freude. Sie krallte sich an ihn, beinahe brutal, so groß war ihre Sehnsucht. So wild war sie nie zuvor gewesen. Erstickte, primitive Schreie klangen ihr in den Ohren. Es waren ihre Schreie. Sehnsucht. Glück. Nackte Verwundbarkeit. Sie klang wie eine Wahnsinnige. Lieber Gott, sie fühlte sich auch so!

Er stützte sich über ihr auf, und das war, als würde ein Traum Gestalt annehmen. Sein wildes schwarzes Haar, die schwarze Augenklappe, die unglaubliche Kraft seines gebräunten, muskulösen Körpers. Da war es, das schreckliche Phantom, das sie überallhin verfolgt hatte, die Vision, die solch unglaubliche Macht über sie besaß, und sie mußte ihn einfach berühren. Irgendwie mußte sie sich davon überzeugen, daß das Ganze real war, daß *er* real war und nicht eine Traumgestalt. Sie mußte Haut berühren, Haare. Sein hartes, bronzenes Fleisch, sein Brustkorb, der sich sichtbar hob und senkte – all das würde sie davon überzeugen, daß er keine Vision war.

»Sophie, nicht!«

»Das wollte ich nicht ...« Diesmal wirklich nicht. Alles, was sie wollte, war ihm nahe sein, aber ihre Finger hatten sich in dem Elastikband seiner Augenklappe verfangen, und sie hätte sie beinahe heruntergerissen, wenn er nicht ihr Handgelenk ergriffen hätte.

»O doch, das wolltest du.« Er ließ sich auf sie fallen und drückte ihre Arme in die Kissen. »Du hast es so gemeint, Sophie. Alles. Alles, was du gesagt oder getan hast, hast du auch so gemeint.«

»Nein.«

»Du wolltest sehen, wer ich bin, wer dieser Mann ist, der auf dir liegt, der *in* dir ist.«

»Ja.«

Er senkte den Kopf, um sie zu küssen, zögerte jedoch. Sein Mund war dem ihren so nahe, daß sie spürte, wie sein Atem zitterte, wie seine Hüften vibrierten vor Anspannung. Gleich würde er ihr die Wahrheit sagen.

»Nicht, warte«, flüsterte sie plötzlich. »Es ist mir egal.« Sie war so entsetzt, daß ihre nächsten Worte ganz rostig klangen. »Es ist mir egal, wer du bist und was du getan hast. Ich will dich trotzdem.«

Erschaudernd zog er sie an sich und blickte ihr forschend ins Gesicht. Seine Arme zwangen ihren Rücken in ein Hohlkreuz, so daß ihre Brüste sich weit aufrichteten und sich ihr Becken an ihn preßte. Der Feuerbrand zwischen seinen Beinen brannte sich nicht nur in ihr Fleisch, sondern auch in ihr Hirn.

»Ich kann sein, was immer du willst, Sophie. Was immer du dir erträumst.«

Ihr Hals schnürte sich qualvoll zusammen, so sehr sehnte sie sich danach, ihn zu schmecken. Willenlos ließ sie den Kopf zurückfallen und sank mit ihm in die Kissen. Ihre Finger waren tief in seinen Haaren vergraben, und seine Zunge war tief in ihrem Mund. Er lag auf ihr, und das Gewicht seines männlichen Körpers erdrückte sie beinahe.

»Mach mich ganz«, hauchte sie. »Bitte ... das ist mein sehnlichster Wunsch.«

Sie küßten sich, und seine Zunge glitt über die ihre, dann darunter, liebkoste sie dort. Seine Bewegungen waren jetzt gelassen und sicher. Sie war sein, ihre Tränen, ihre Seufzer.

Seine Zähne bissen so süß, daß sie keuchte.

Ihr Mund wurde schlaff vor Sehnsucht, und da begann er endlich wieder, sich in ihr zu bewegen. Er bohrte sich in sie hinein mit seiner Zunge, nahm sie überall gleichzeitig. Seine Männlichkeit versuchte, so tief wie möglich in sie einzudringen, heißes, hartes Fleisch, das nur eines wollte: Erlösung. Der Druck intensivierte sich, bis sie ihn überall fühlte: an den Wänden ihrer Scheide, ihren Nervenenden, ihrem Rückgrat. Es war so herrlich, so wunderschön, daß ihr die Worte fehlten. Er fühlte sich an wie ein Teil von ihr, der perfekte Teil von ihr.

Es begann. Sie konnte es fühlen, jenes gloriose Aufwallen, den nervenzerfetzenden Sturz in den Abgrund. Aber sie wehrte sich. Diesen Sprung hatte sie gegen Ende ihrer Beziehung nicht mehr machen können. Sie konnte sich einfach nicht mehr so weit gehenlassen. Sexuelle Erfüllung war ihr mehr und mehr vorgekommen wie eine seelische Entblößung, und dafür hatte sie ihm nicht genügend vertraut.

Ihre Muskeln zuckten und zogen sich zusammen, während er sich immer langsamer, aber gleichzeitig kraftvoller zu bewegen begann. Er tat genau das Gegenteil von dem, wonach ihr Körper schrie. Sie wollte sexuellen Irrsinn, das süße Vergessen. Aber er war reglos wie ein Stein. Und schließlich begriff sie auch, warum. Sie begriff in dem Moment, in dem er ganz aufhörte, sich zu bewegen und sich ihre hungrigen Muskeln sehnsuchtsvoll zusammenzogen.

»Komm für mich, Sophie», flüsterte er. O Gott, er fühlte sich so riesig in ihr an. »Nicht zurückhalten. Ich will deinen Körper weinen fühlen. Für mich. Ertränk mich in deinen Tränen.«

Er tat wenig mehr, als sie langsam und zärtlich mit seinen Muskeln zu drücken und zu massieren, sie mit der süßen, heiseren Sinnlichkeit seiner Stimme an den Abgrund zu locken. Ihr Körper erledigte den Rest. Ihr Körper wollte ihn lieben. Mit jeder Faser ihres Körpers wollte sie sich an ihn klammern, ihn fieberhaft umarmen. Und während er mit zärtlich-rauher Stimme auf sie einredete, fühlte sie, wie die Welle allmählich anschwoll, bis sie zu brechen drohte.

Und als das geschah, als der Wellenberg über ihr zusammenbrach, da wurde sie hochgerissen und durcheinandergewirbelt, alles, Körper, Geist und Seele, vollkommen außer Kontrolle, kreischend wie ein kleines Kind, hinunter in das herrliche Nichts namens Jay Babcock.

Es kam ihr vor, als würde sie sterben und neu geboren werden, zutiefst erschreckend und wunderschön zugleich. Und während sie im Strudel der Erfüllung herumgewirbelt wurde, da wußte sie es – wer er war, wer sie war, was das alles bedeutete. Ja sogar, warum sie wieder zusammengeführt worden waren. Und das Ausmaß dessen, was sie sah, trieb ihr die Tränen in die Augen.

Als ihre Körper wieder ihnen selbst gehörten, rollte sie sich auf die Seite, ihm den Rücken zukehrend, und fing an zu schluchzen. Er berührte ihre Schulter, wahrscheinlich um ihr zu verstehen zu geben, daß er für sie da war, aber auch, um ihr zu versichern, daß er sich nicht aufdrängen würde. Er schien zu verstehen, daß dies etwas war, durch das sie hindurch mußte, ob er sich nun um sie sorgte oder nicht, und er ließ sie sich ausweinen.

Verlier nie dein Herz an einen Fremden, Sophie.

Die Schluchzer schüttelten sie, sie weinte aus grenzenloser Erleichterung und Fassungslosigkeit. Der Fremde, dem sie soeben ihr Herz geschenkt hatte, hatte ihr auf die einzige ihm mögliche Weise seine Identität bewiesen. Mit seinem Körper. Mit ihrem Körper. Mit der Sprache ihrer beider Körper. Sie beide hatten diese Melodie schon einmal gesungen, diesen Tanz schon einmal getanzt, wenn auch vielleicht nicht so eloquent. Diesmal war es *ein und dieselbe* Melodie gewesen.

Seit seiner Rückkehr beherrschte Angst ihr Leben. Es war leichter, nicht zu glauben, denn zu glauben bedeutete, ihn möglicherweise noch einmal zu verlieren, und das hätte sie nicht ertragen können. Aber nun mußte sie sich ihren Zweifeln stellen und den Mut finden, mit ihnen fertig zu werden. Sie mußte furchtlos sein, denn dieser Mann war wirklich Jay Babcock. Er war ihr Ehemann.

Ihr Körper hatte ihr verraten, was all die Röntgenbilder und Tests ihr nicht hatten sagen können: Daß er ihre Jugendliebe war, der Mann, der sie aus ihrer Reserve gelockt hatte. Das war Jay, ihr Jay. Aber er war auch ein Fremder, ein vollkommen anderer, den sie neu kennen und lieben lernen mußte.

Sophie, die zusammengerollt und tränennaß neben ihm lag, spürte auf einmal etwas zwischen ihren Schulterblättern. Das war er, aber diesmal zog er nicht die gemächlichen kleinen Kreise, die seine Spezialität waren. Er schrieb etwas auf ihren Rücken, einen Buchstaben, obwohl sie nicht genau sagen konnte, welchen.

Ich schreibe etwas auf deinen Rücken, dachte sie. Das war ein Spiel, das sie oft mit den Kindern spielte, vor allem, wenn sie sie dazu bringen wollte, ihr Mittagsschläfchen zu halten. Man schrieb dem anderen mit kräftigen Strichen einen Buchstaben auf den Rücken, und dieser mußte erraten, welcher es war.

»M?« riet sie. Er antwortete nicht. Er war schon mit dem nächsten Buchstaben fertig. »E?«

Sophie wurde still, während er zwei weitere Buchstaben auf ihren Rücken schrieb, und dann fing sie an zu lachen. MEIN. Er hatte das Wort *mein* auf ihren Rücken geschrieben.

»Bist du's?« flüsterte er.

Sie rollte sich zu ihm herum und warf ihm lachend und weinend die Arme um den Hals. »Ja! O Gott, ja, Jay. Ich bin dein.«

20

Ellen kam aus der Küche gestürzt, als sie Sophie kreischen hörte. »Was ist los?« fragte die Ältere. »Ist jemand verletzt?«

Sophie starrte offenen Mundes auf den Inhalt eines Pakets, das soeben eingetroffen war. Die Schachtel lag geöffnet auf dem Wohnzimmertisch, und laut Aufschrift stammte sie von *Vavoom's*, Sophies ganz spezieller Boutique. Sie hatte sie sofort geöffnet, obwohl sie sicher war, nichts bestellt zu haben.

»Das Kleid«, flüsterte sie. »Es ist das Kleid.«

Sie hatte die zarte schwarze Kreation aus der Schachtel genommen und über das goldene Füllpapier gelegt, bevor ihr klar wurde, daß es dasselbe war, das sie im Schaufenster der Boutique bewundert hatte. Das Kleid, das sie nicht in einer Million Jahren tragen würde.

»Die Dinge laufen wohl gut mit Jay«, bemerkte Ellen.

»Sogar besser, als *ich* glaubte.«

»Das Kleid wird ihm höllisch gut gefallen.«

»Ich glaub, er hat's mir geschickt.« Sophie wedelte mit der beiliegenden Karte. »Aber woher wußte er, daß ich mir das hier gewünscht habe?«

»*Er* hat es dir geschickt? Jay? Interessanter Geschmack.«

»Wenn er's nicht war, dann hab ich einen heimlichen Bewunderer mit 'ner Schwäche für schwarz und rückenfrei.«

Ellens leiser Überraschungspfiff machte Sophie erst bewußt, was sie getan hatte. Sie hatte ihrer Mitarbeiterin, ohne zu denken, die Karte gereicht. Glücklicherweise waren sie allein im Wohnzimmer. Die Kinder waren mit Brian draußen im Garten und »tapezierten« eine große Tupperwareschachtel mit selbstbemaltem und beklebtem Papier.

»›Nochmals alles Gute zum Geburtstag‹«, las Ellen laut vor, und ihre Stimme senkte sich dabei zu einem verführerischen Alto. »›Trag das für mich … mit nichts darunter, außer dir.‹ Ach du liebe Güte!« Sie fuhr sich mit der Hand an den Hals.

»Das ist eindeutig Jay«, erklärte sie mit einiger Entschiedenheit. »Ich kenne den Mann zwar noch nicht, aber nach allem, was du mir von ihm erzählt hast, muß er's sein.«

Sophie widersprach ihr nicht. Es *war* typisch Jay. Seit ihrem Wochenende am Strandhaus waren sie beinahe unzertrennlich, und Sophie war noch nie so glücklich gewesen. Jay konnte noch immer ziemlich mysteriös sein und Dinge wie dieses hier tun. Er war kein ein Mann, den man für selbstverständlich nehmen konnte, aber das änderte nichts, aber auch gar nichts an ihrer Meinung über ihn und darüber, wer er war. Die gemeinsam verbrachte Zeit hatte ihre Überzeugung, daß er wirklich ihr Ehemann war, noch bestärkt.

»Aber woher wußte er das?« fragte sie sich laut.

Ellen, deren Slips wahrscheinlich mehr Stoff besaßen als dieses Kleid hier, tippte besagtes Objekt mit dem Finger an, als könnte es ihr jeden Moment ins Gesicht springen. »Willst du das wirklich anziehen?«

»Nur, wenn seine Augen verbunden sind.« Sophie merkte, wie das klingen mußte, und errötete. Das mit dem Kleid mußte einfach ein Zufall sein. Sie hatte an jenem Tag das Spiegelbild eines Mannes in der Schaufensterscheibe gesehen, und obwohl es ihrem Mann geähnelt hatte, konnte er es unmöglich gewesen sein, denn Jay war zu dem Zeitpunkt in der Klinik.

Ellen hob das Kleid hoch und begutachtete es von allen Seiten. Sie riß die Augen auf, als sie sich das Fähnchen an den Körper hielt, dann grinste sie Sophie an. Sophie nickte und verbannte alle Fragen aus ihrem Hirn. Zur Abwechslung einmal wollte sie sich nicht von ihren Ängsten und Zweifeln beherrschen lassen. Jeder verdiente ein wenig Glück im Leben, selbst Sophie Weston. Zum ersten Mal seit Jahren war sie glücklich. Hatte sie nicht alles, was sie sich wünschte?

Ellen legte das Unterröckchen – und so sah es tatsächlich aus – in die Schachtel zurück. Sophies nervöser Stoßseufzer ließ sie aufblicken. »Du wirst's wirklich tun, stimmt's?« Ellen war tief beeindruckt.

»Ja, werd ich wohl.«

»Na, ich wünsch dir das Allerbeste.«

Sophie umfaßte mit beiden Händen ihre Taille und tauschte einen Blick mit ihrer Mitarbeiterin. Einen Augenblick lang, diesen Augenblick, waren sie Schwestern, zwei Frauen, verbunden durch die Mysterien der Weiblichkeit, uralte Rituale, die zwar nur teilweise verstanden, aber tief empfunden wurden. In den zwei Augenpaaren lag Überraschung und Erstaunen, Kameradschaft und Bewunderung, während sie etwas in Erwägung zogen, das sich keine von beiden in ihren kühnsten Träumen auch nur hätte vorstellen können, eine Rolle, die den Mutigsten unter ihren Geschlechtsgenossinnen vorbehalten war. Das hier war das Territorium von Sharon Stone oder Madonna.

»Ich hab nicht die Figur dafür«, stöhnte Sophie, die es auf einmal mit der Angst zu tun bekam.

»Dann tu so, als ob«, beharrte Ellen.

»In *dem* hier?« Sophie deutete mit einem entsetzten Aufschrei auf das Kleidchen.

Ellen nickte fröhlich lachend. »Du kannst es, Baby.«

»Ja, das kann ich, verdammt noch mal.« Aber als Sophie hörte, wie die Schiebetür zur Terrasse aufging und kleine Füßchen hereintappten, stürzte sie sich panisch über die Schachtel. »Daß es bloß nicht die Kinder sehen!«

Was bin ich doch für ein gerissenes kleines Luder, dachte Muffin, öffnete die obersten Knöpfe ihres schwarzen Seidenpyjamas und zupfte dann noch mit dem Finger am Ausschnitt herum, bis sie zufrieden war. Ein wenig mehr Busen, das war es, was gefehlt hatte. Wenn Jay ein Beine-Mann gewesen wäre, dann hätte sie ihre seidenen Babydolls angezogen und ihn mit einem saftigen Stück Frauenbein in Versuchung gebracht. Mindestens zwei Keulchen, dachte sie amüsiert.

»Abendessen ist fertig«, rief sie der geschlossenen Badezimmertür zu, unter der heißer Dampf hervorquoll. »Komm, solange es noch heiß ist.«

Er war unter der Dusche, als sie vor wenigen Augenblicken sein Zimmer betreten hatte, also erwartete sie, daß sich die Tür schon bald öffnen und den Babcock-Kronprinzen ausspucken würde, vielleicht sogar nackt und tropfnaß. Hätte nichts dagegen, dachte sie. Aber noch neugieriger war sie auf seine Reaktion, wenn er das »Betthupferl« sah, das schon für ihn bereitlag, oder besser gesagt, -saß. Auf seinem Bett nämlich. Und das bereits um sechs Uhr abends. Sandmännchenzeit.

Der schwarze Anzug, der über dem Kleiderständer hing, ließ darauf schließen, daß er vorhatte, heute abend auszugehen ... falls sie seine Meinung nicht ändern konnte.

Muffin setzte sich auf der dicken, weichen Paisley-Tagesdecke zurecht: Beine anmutig angewinkelt, eine Schulter nach vorn, so wie sie sich das perfekte Victoria's-Secret-Modell vorstellte. Als die Dusche zu rauschen aufhörte, schüttelte sie mit einer raschen Kopfbewegung ihr Haar aus. Und schließlich setzte sie noch ein strahlendes Lächeln auf. Perfekt.

Jay tauchte mit dem Handtuch über dem Kopf aus dem Bad auf, die Augen geschlossen, der Bizeps mächtig arbeitend, während er sich konzentriert die Haare trockenrubbelte. Muffin war sichtlich enttäuscht über das Handtuch, das er um seine Hüften geschlungen hatte. War vielleicht ein wenig kraß von ihr, aber sie hatte auf eine volle Frontansicht gehofft. Doch die Augenklappe faszinierte sie. Sie hatte ihn noch nie ohne gesehen, nicht mal jetzt. Er trug sie doch nicht etwa auch unter der Dusche?

Sie fragte sich allmählich, wie lange sie ihn wohl unbeobachtet bewundern könnte, da öffnete er auf einmal das Auge.

»Einer von uns scheint im falschen Zimmer zu sein«, sagte er und durchbohrte sie mit einem harten Blick. Er schien nicht allzu entzückt zu sein, sie zu sehen. Dennoch mußte sie zugeben, daß ihr der Magen schon ein wenig flatterte, als er sie mit typisch männlicher Gründlichkeit in Augenschein nahm. Sein Blick glitt von ihren nackten Zehen bis hinauf zu den blonden Locken, die sie und ihr Lockenstab gezaubert hatten.

»Ich schlafwandle«, erklärte sie zuckersüß und rollte eine Schulter, so daß ihr Pyjamaoberteil herunterrutschte.

Das Handtuch, mit dem er seine Haare getrocknet hatte, landete auf dem Boden vor der Badezimmertür. »Soll ich dir helfen, wieder zurückzufinden?« Er griff nach dem weißen Anzughemd, das ebenfalls auf dem Kleiderständer hing.

»Vielleicht … später.« Muffin reagierte auf seinen verschlossenen Gesichtsausdruck mit einem schnellen Lächeln und merkte, daß sie sich in seiner Gegenwart zunehmend unbehaglich fühlte, was ihr gar nicht gefiel. Sie traute sich nicht, ihm den wahren Grund für ihren Besuch zu verraten. Jerry White hatte sie heute nachmittag einfach umgehauen. Er hatte ihr am Telefon gesagt, daß es, so wie die Dinge im Moment lagen, buchstäblich unmöglich sein würde, Jays Nachfolge zu verhindern, außer man griff zu drastischen Mitteln. »Kennen Sie irgendwelche Killer?« hatte er spöttisch gefragt und ihr dann einen eiskalten, knallharten Ratschlag gegeben.

»Wenn Sie Babcock hinter Ihrer Kosmetikserie haben wollen, dann sind Sie hinter den falschen *cojones* her«, hatte er gemeint. »Machen Sie sich an die richtig großen Eier ran.«

Muffin beäugte interessiert das Handtuch und fragte sich, wie groß sie wirklich waren. Eigentlich brauchen sie nur in Proportion zum Rest von ihm zu stehen, überlegte sie, mehr wäre gar nicht nötig. Seine Schultern waren herrlich breit und muskulös, und bei seinen tollen Brustmuskeln mußten einem Bildhauer die Finger jucken. Sie konnte nicht sehen, was sich unter dem Frotteehandtuch befand, aber die langgezogene Linie schwarzer Haare, die darunter verschwand, versprach noch mehr männliche Herrlichkeiten.

»Heißes Date?« fragte sie.

»Brandheiß«, lautete seine trockene Antwort. »*Krakatoa,* östlich von Java.«

»Dann kann's nicht Sophie sein«, brummelte sie. Das war nicht für seine Ohren bestimmt gewesen, aber natürlich hörte er es trotzdem.

»Entdecke ich da etwa eine gewisse Mißbilligung?« Er sah sie an, während er sich das Hemd anzog.

»Eher Enttäuschung.« Sie war ehrlich. Warum mußte er sie so ansehen? »Sophie ist wirklich süß, Jay, aber ich hätte gedacht, du hättest ein wenig mehr Fantasie. Sie ist so unheimlich *brav*, und das meine ich gar nicht böse. Es ist wahr. Brauchst du nicht ein bißchen mehr Stimulierung?«

»Was denn, zum Beispiel? Elektroschocks, um mein Herz wieder in Gang zu setzen?«

»Echt?« Muffin rutschte vom Bett und kam vorsichtig näher. Ihr Pyjama hing ihr noch immer verführerisch von der Schulter. »Ist sie wirklich so heiß? Vampira, als Dorothy vom ›Zauberhaften Land‹ verkleidet?«

Sie schlang einen Arm um den Bettpfosten und lehnte sich dagegen, wobei sie sich unheimlich albern vorkam. Warum konnte er sich nicht einfach ein wenig interessiert zeigen und sie aus dieser Misere erlösen? Ich steh im Schlafanzug vor dir, Jay!

Aber nein. Das Hemd offen, war er im Moment mit der tückischen Aufgabe, die Manschettenknöpfe zuzukriegen, beschäftigt. Der Mann war ungefähr so zugänglich wie die Felsen, auf die er immer zu klettern pflegte, was, wie Muffin annahm, die noble Art war, wenn man die Einzelheiten seiner Beziehung zur süßen kleinen Sophie in Betracht zog. Und was sie betraf, so hatte er ihren Kampfgeist wachgekitzelt.

»Eigentlich bin ich wegen was ganz Speziellem hier«, verkündete sie und löste ihren Würgegriff um den Bettpfosten. Dieses Kokettieren war überhaupt nicht ihre Sache, aber wenn die scheue kleine Sophie ihn antörnte, was hatte sie dann schon zu verlieren.

Sie stand jetzt nahe genug vor ihm, um ihn berühren zu können, und bevor er sie noch daran hindern konnte, wischte sie seine ungeschickten Finger beiseite und machte sich selbst an die Manschette heran. »Laß mich das machen«, beharrte sie.

»Bist du etwa gekommen, um mich anzuziehen?«

Muffins Gelächter klang ein wenig nervös. Sie bekam allmählich kalte Füße und konnte sich beim besten Willen nicht vorstellen warum, außer daß es zum Körperkontakt gekommen war. Von den beiden Babcock-Brüdern war ihr Jay schon immer als der erotischere erschienen. Wer hätte anders gedacht? Aber Colby war der Erbe, und das war alles, was ihr damals wichtig gewesen war. Und auch jetzt noch.

Sie räusperte sich. »Ich bin hier, weil ich dir ein Geschäft vorschlagen wollte, aber deine Idee gefällt mir noch besser.« Jetzt war sie aber wirklich nahe dran, sich bis auf die Knochen zu blamieren. Sie wurde mit den Manschetten kein bißchen besser fertig als er.

Sie erstarrte, als er zurückwich. Trotz ihrer Chuzpe litt sie unter einer tiefverwurzelten, lähmenden Angst vor Zurückweisung. Ihr Vater hatte ihr ständig zu verstehen gegeben, daß sie nicht gut genug war. Ja, er hatte ihre »Unzulänglichkeiten« sogar vor aller Öffentlichkeit entblößt.

»Danke, Muffin, aber ich zieh mich schon seit 'ner ganzen Weile selbst an«, meinte Jay nicht unfreundlich, aber das Kind war in den Brunnen gefallen.

Die goldenen Manschettenknöpfe fielen klirrend zu Boden, und dieses Geräusch haßte sie mehr als alles andere. Türen, die zufielen. Rücken, die sich ihr zukehrten. Er wollte sich nicht von ihr anfassen, geschweige denn von ihr anziehen lassen. Wieso war sie nicht überrascht?

»Ich hab's schon«, meinte sie in scharfem Ton und bückte sich, um die goldenen Teile aufzusammeln. Ihre Nase brannte, als hätte sie geweint, obwohl sie das nie und nimmer tun würde. Und dennoch, sie wußte, daß ihre Augen höchstwahrscheinlich rot waren. Es wäre leichter für sie gewesen, auf allen vieren aus seinem Zimmer zu kriechen, als sich so vor ihm sehen zu lassen.

»Muffin?«

Alles in ihr zog sich zusammen, als sie diesen Ton hörte. *Stimmt was nicht mit dir?* wollte er sagen. Wenn man die Umstände in Betracht zog, dann wirkte seine Besorgnis alles andere als tröstlich auf Muffin. All ihre Ängste, daß ihr Vater am Ende vielleicht doch recht hatte, was sie betraf, kamen schlagartig an die Oberfläche. Egal, wie sehr sie sich auch bemühte, um cool und modisch zu wirken, in ihrem Hirn war sie noch immer das dicke, häßliche Kind, das niemand lieben konnte und das, ja, vielleicht besser tot wäre.

»Ich hab's«, sagte sie, als sie die Schmuckstücke unter dem Kleiderständer entdeckte. Wie sollte sie ihm jetzt unter die Augen treten? Wie?

Muffin brachte ihre Gefühle mit einer enormen Willensanstrengung unter Kontrolle. Angriff war noch immer die beste Verteidigung. Sie mußte ihn ablenken, soviel war klar. Mit dem Manschettenknopf in der Faust tat sie so, als wolle sie aufstehen, doch dann verlor sie die Balance. Sie stieß mit ihm zusammen und griff blindlings nach dem nächstbesten Ding, um sich daran festzuhalten. Was sie erwischte, war sein Handtuch.

Prompt landete es mit ihr auf dem Boden.

»Mama mia«, flüsterte sie und sank fassungslos auf die Fersen zurück. Offenen Mundes starrte sie zu dem nackten Mann hinauf. Sie hatte sich gefragt, wie groß sie wohl sein mochten. Jetzt wußte sie's. Herrgott, war Rache süß. Außerdem schien ihr da ein vollkommen unerwarteter Bonus in den Schoß zu fallen. Falls Jay Babcock nicht bestückt war wie ein Zuchtstier, dann war da eine Erektion im Entstehen!

Muffins Puls ging auf und davon mit ihr, ebenso wie ihre Fantasie. Was machte es schon, daß ihm das Ganze nicht peinlich zu sein schien. Er konnte nicht länger bestreiten, daß er sie attraktiv fand. Der Beweis lag beziehungsweise stand vor ihr. Hoffnung wallte in ihr auf und drohte, ihr das Herz abzudrücken.

»Es tut mir leid«, flehte sie ihn lachend an. »Ich bin ein solcher Trampel. Ich kann gar nicht glauben ...«

»Muffin!«

Sie haßte es, wenn er ihren Namen so aussprach.

Er bückte sich und hob das Handtuch auf. Dabei sprach er in leisem, entschuldigendem Ton. »Ich geb zu, daß ich dieser Tage leicht erregbar bin. Aber ich würde lügen, wenn ich behaupten würde, daß es …«

»An mir liegt?« Muffins Herz fiel in sich zusammen wie ein Ballon, aus dem die Luft wich. Wenn sie jetzt versucht hätte aufzustehen, dann wäre sie wirklich hingefallen. Sie konnte kaum noch sprechen.

»He«, sagte er und blickte sie besorgt an. Offenbar wollte er ihr auf keinen Fall weh tun. »Nimm's nicht persönlich. Das ist mein Handtuchkarma«, erklärte er mit einem jungenhaften Lächeln, das gleichzeitig ein wenig einfältig wirkte. »Sophie würd's verstehen.«

Muffin hatte keine Ahnung, wovon er redete, außer daß ihn ihr jämmerlicher Ablenkungsversuch an die kleine heilige Sophie erinnert hatte, und egal, wie sinnvoll ihm das auch erscheinen mochte, für sie war es unvorstellbar. Sie wurde nicht nur ignoriert und zurückgewiesen, sie war ganz einfach unsichtbar für diesen Mann. Sie existierte nicht.

Ein bitterer Geschmack erfüllte auf einmal ihren Mund, die Art von Geschmack, der sich nicht hinunterschlucken ließ. Irgendwie mußte es ihr gelingen, ihr letztes bißchen Stolz zusammenzuraffen und von hier wegzukommen. War es zu spät, auf allen vieren rauszukriechen und sich nie wieder blicken zu lassen? Zu spät, um zur Godiva-Theke bei *Saks* zu kriechen? Das schrecklich hohle Dröhnen in ihrer Brust fühlte sich an, als würde man sie mit einem Diamantbohrer durchbohren.

Muffin wußte, daß hier nur die Königin aller Freß- und Kotzorgien Abhilfe schaffen konnte.

»Ziehst du mir den Reißverschluß hoch?« Sophie drehte Jay ihren gewagten Rückenausschnitt zu und erwartete seine Antwort mit zur Seite geneigtem Kopf. Seine beeindruckende Gestalt füllte den Schlafzimmerspiegel, aber sie mied bewußt jeden Blickkontakt. Die Motte war heute nacht zu einem Schmetterling geworden, da konnte die Flamme ruhig zu ihr kommen.

Er nahm alles mit finster loderndem Interesse in sich auf: das heiße Kleid, ihre kühne, selbstbewußte Haltung, Sophie, die Verführerin. Sie konnte seinen bewundernden Blick fühlen, wie er ihren nackten Rücken hinaufkroch und dann wieder dorthin zurückglitt, wo ihr enganliegendes Fähnchen aufklaffte. Das registrierte sie, während er durchs Zimmer zu ihr ging.

»Dieses Kleid macht mich schwindelig«, sagte er. »Ist es neu?«

Sophie, die beschloß, mit Körpersprache zu antworten, spitzte die Lippen und zuckte lächelnd die Schultern. Das wußte er doch ganz genau.

»Gefällt's dir?« erkundigte sie sich.

»Der reinste Killer. Wie für dich gemacht.«

War die Formulierung ein Zufall? Sophie glaubte es nicht. Das Reißverschlußhäkchen befand sich am unteren Ende ihres Rückens, dort, wo ihre sanft geschwungene Wirbelsäule in festes, rundes Fleisch überging. Als sie seine Hände spürte, durchlief sie ein erregter Schauder.

»Du bist heute abend in einer seltenen Stimmung«, bemerkte er.

»Kann sein.« Es macht solch einen Spaß, dachte sie, endlich einmal mit *ihm* zu spielen und nicht immer nur das Opfer zu sein.

»Was ist aus dem Zopf geworden?«

Das klang beinahe wie eine Anschuldigung, was Sophie noch mehr freute. Jetzt lächelte sie ihn doch an, und zwar mitten ins Gesicht. Rotgoldenes Haar fiel in einer langen, schimmernden Rolle bis zu ihrem Halsansatz. Und auf der anderen Seite wurde es von einer gebogenen, goldenen Spange hinter dem Ohr festgehalten, ein Stil, der an die Hollywood-Diven der vierziger Jahre erinnerte. Ein kühler, glatter Look, den sie mit heißen Jumborollern und einer Tube Haargel zustande gebracht hatte.

»Keine Zöpfe heute«, sagte sie und erwiderte seinen Blick. »Sieh zu, wie du damit fertig wirst.«

Und mit mir, dachte sie und amüsierte sich dabei köstlich. Sie war wirklich in einer seltenen Stimmung heute abend, alles andere als kühl und unberührt. Eher frech und selbstbewußt und so gar nicht sie selbst. Aber es fühlte sich gut an. O Gott, ja, das tat es.

»Erinnerst du dich noch daran?« fragte Jay.

»Hm?« Sophie warf einen Blick über ihre Schulter. Eigentlich sollte er ja ihren Reißverschluß zuziehen. Statt dessen schien er ihr mit einer Art Stift über den nackten Arm zu streichen. Aber alles, was sie sehen konnte, war ein kleines, gebogenes weißes Stöckchen. »Was machst du da?«

»Ich wünsch mir was.«

Sie hatte noch nie gehört, daß sich jemand etwas wünschte, indem er einem anderen über den Arm strich, aber sie fand den Gedanken richtig süß. »Was wünschst du dir denn?«

»Den Weltfrieden.« Er lächelte.

»Ist das alles?«

»Und eine Packung Malomars, nicht unbedingt in dieser Reihenfolge.«

»Oh.« Ihre Enttäuschung war unüberhörbar. Er hätte sich doch wenigstens etwas wünschen können, das mit ihr zu tun hatte. Er ließ ihr nun schon seit einer Woche Zeit, und sie hatte allmählich genug davon, vielen Dank. Merkte er denn nicht, daß sie das Fähnchen nur angezogen hatte, damit er verrückt wurde und es ihr vom Leib riß?

Als er fortfuhr, gemütlich seine Linien zu ziehen, über ihr Rückgrat und dann eine zärtliche kleine Acht am Übergang zu ihrem Po, überlief sie zwar ein genüßlicher kleiner Schauder, doch ansonsten blieb sie ungerührt.

»Gut?« fragte er.

»Hm ...«

»Sicher?«

»Hm ...«

»Ich hab auf etwas mehr Begeisterung gehofft.«

Hatte er. Na so was. Sie regte sich fast unmerklich. Es war ein flüchtiger Kontakt, aber als sie ihn mit ihrer Hüfte streifte, fühlte es sich an, als würden zwei Stromkontakte aneinandergeraten. Ein tief befriedigtes Brummen entstieg seiner Brust. Unter den gegebenen Umständen hätte es sie eigentlich alarmieren sollen, aber heute abend veranlaßte es sie, sich noch einmal sanft an ihm zu reiben.

Du willst also Begeisterung? dachte sie atemlos. Ich zeig dir, was Begeisterung ist. »Ich hab kein Höschen an«, flüsterte sie und hatte Angst, daß er es hören würde, Angst, daß er es *nicht* hören könnte.

Er riß sie zu sich herum, und diesmal kam das Knurren aus seiner Kehle. Sein Lächeln verfinsterte sich, wurde beinahe roh, während er sich mit all seiner Kraft beherrschte und nur seine Blicke über sie wandern ließ, sie auffraß mit diesen Blicken. Sein Griff um ihre Arme verstärkte sich, als wolle er sie unterwerfen, und Sophie wurde von einem süßen, erregten Schauder durchzuckt. Sie ließ den Kopf zurückfallen, als er am weißen Fleisch ihres Halses zu knabbern begann. Er biß nur ganz leicht zu, so daß zartrosa Spuren zurückblieben, dann nahm er ihr Kinn zwischen die Zähne und biß zu. Sie hatte Angst, daß er sie auffressen würde, Angst, daß er's nicht tun würde.

»*Du* bist der Weltfriede«, sagte er. »Mit Malomars dazwischen.«

»Hmm.« Er sah aus, als wolle er sie an Ort und Stelle verschlingen. Aber mit seiner phänomenalen Selbstbeherrschung begann er statt dessen, sie wieder mit diesem kleinen Stöckchen zu traktieren. Ihr Kleid war vorn über ihren Brüsten geschlossen und ließ den Bauch frei, wobei jede Menge cremeweißes Dekolleté entstand, das natürlich erforscht werden wollte. Sanft und genüßlich strich er über ihre Haut, und leicht, dennoch fühlte es sich erstaunlich scharf an.

Er kitzelte sie. Nun gut, vielleicht war er ja wirklich mal dran. »Was ist denn das, was du da hast?« fragte sie. Ihre kribbelnde Haut hatte ihre Aufmerksamkeit schließlich doch auf das Stöckchen gelenkt, was er wohl von Anfang an beabsichtigt hatte.

Er hielt das Ding hoch, und sie sah, daß es in Wirklichkeit die längere Hälfte eines auseinandergebrochenen Wunschknochens war.

Sie konnte nicht schlucken und auch nicht atmen. Sie hatte das Gefühl, als würde ihr das Ding im Hals stecken. »Oh ... oh, Jay! Ist das ...«

Fassungslos sah sie ihn nicken. Das konnte doch nicht derselbe Wunschknochen sein, den sie in ihrer Hochzeitsnacht zerbrochen hatten. Wie hatte er es bloß geschafft, ihn all die Jahre nicht zu verlieren? Sie hatte keine Ahnung, wo ihre Hälfte war, obwohl sie in den vergangenen Jahren mehrmals alles auf den Kopf gestellt hatte, um sie zu finden, ja selbst Blaze hatte sie ein ums andere Mal auf die Suche geschickt. Es zerriß ihr fast das Herz, daß sie ihren verloren hatte, während er seine Hälfte offenbar wie einen Schatz gehütet hatte.

»Jay«, flüsterte sie.

Er tippte ihr mit diesem Erinnerungsstück auf die zitternde Unterlippe. »Du hast den hier in einem Eimer Kentucky Fried gefunden, in der Nacht, in der wir ausgebüchst sind und geheiratet haben«, sagte er. »Weißt du noch?«

»Wie könnte ich das vergessen? Du hättest ihn beinahe weggeschmissen, bevor ich dir eine Standpauke über die Bedeutung von Wunschknochen in Hochzeitsnächten halten konnte.«

Jay, der ewige Glückspilz, hatte natürlich die längere Hälfte erwischt und sie danach pausenlos wegen seines Wunsches aufgezogen, aber sie hatte nicht zugelassen, daß er ihr verriet, was es war. Sie hatte nicht einmal raten wollen, aus Angst, der Wunsch könne sonst nicht in Erfüllung gehen.

»Er war in meinen Sachen, als ich die Klinik verließ«, erzählte er. »Jemand muß gemerkt haben, daß es sich um einen Glücksbringer handelt, aber er ist viel mehr als das. Er war meine Verbindung zur Vergangenheit, zu dir, und hat mich wahrscheinlich vor dem Verrücktwerden bewahrt.«

Sie, mehr als jede andere, verstand, wie wahr das war. Als Kind hatten ihre Schätze einen ähnlichen Stellenwert gehabt. »Du hast mir nie gesagt, was du dir an jenem Abend gewünscht hast.«

»Wenn ich's dir sage, geht's doch nicht in Erfüllung.«

»Du wünschst es dir immer noch?«

»Das kannst du zweimal sagen.«

Etwas in seinem Gesichtsausdruck war ihr rätselhaft. Da war Sinnlichkeit und körperliche Erregung, doch es ging um mehr als Sex. Uralte männliche Instinkte waren am Werk. Das wußte sie, weil ihr Körper heftig darauf reagierte. Eine tiefe, unbekannte Sehnsucht erfüllte sie. Was, um Himmels willen, hatte er sich gewünscht? Sie wollte es verzweifelt gerne wissen.

»Verrat's mir nicht«, warnte sie ihn. »Es kann immer noch in Erfüllung gehen.«

Er hob den Kopf. »Das muß es einfach.«

Die Lust flammte zwischen ihnen auf wie ein Streichholz. Sophie erkannte es an dem Flackern in seinem Auge, und die Hitze fachte auch das Feuer in ihr an. Sie waren wie zwei Funken, die aufeinander zustrebten, bereit, einander zu entzünden.

Aber Sophie wollte nicht, daß die Dinge außer Kontrolle gerieten. Nicht heute abend. Heute abend war sie die Sirene.

Sie schnappte sich ihre Handtasche von der Ankleidekommode und schlenderte hüftwackelnd an ihm vorbei, das Kleid noch offen. Es schadet nicht, wenn er ein wenig Appetit entwickelt, entschied sie. Als sie die Schlafzimmertür erreichte, drehte sie sich zu ihm um, ein sinnliches Lächeln auf den Lippen. »Hab ich dir schon für das verspätete Geburtstagsgeschenk gedankt? Es ist einfach himmlisch.«

»Ich find's auch himmlisch, aber es stammt nicht von mir.«

Das Kleid war nicht von ihm? Aber das war doch nicht möglich.

Sie blickte ihn verblüfft an, bis ihr allmählich dämmerte, daß er es ihr vielleicht wirklich nicht geschickt hatte. Er wirkte tatsächlich ziemlich sexy in seiner hilflosen Verwirrung, und er war mindestens ebenso verblüfft wie sie.

Aber das konnte nicht sein. Er mußte es ihr geschickt haben. Von wem sollte es sonst kommen?

21

»Sieht so aus, als hätte Cupidos Pfeil sein Ziel getroffen«, flüsterte El Martin Wallis zu.

Die beiden tauschten wissende Blicke, und Wallis mußte ein triumphierendes Lächeln unterdrücken. Sie trank ein Schlückchen von ihrem gekühlten Sauternes, um sich ein wenig zu beruhigen. »Ich glaube, mitten ins Schwarze wäre nicht übertrieben«, pflichtete sie ihm bei.

Wallis war insgeheim entzückt darüber, daß ihre kleine Dinnerparty für Jay und Sophie so gut lief. Sie hatte das Paar auf der anderen Seite des Tisches plaziert, ein wenig oberhalb von ihr, damit sie sie beobachten konnte, ohne daß es zu offensichtlich wirkte, und was sie bis jetzt gesehen hatte, übertraf all ihre Erwartungen.

El hatte sich geweigert, ihr die Einzelheiten seiner kleinen Kuppelei zu verraten, doch was immer er auch ausgeheckt haben mochte, es schien offensichtlich funktioniert zu haben. Die beiden trafen sich nun offiziell seit mindestens einer Woche, und heute abend konnten sie die Augen kaum voneinander lassen. So abgedroschen es auch klingen mochte, es stimmte: Wallis konnte das Knistern bis hierher spüren. Romantische Funken stoben nur so zwischen den beiden hin und her. Sie hatte Sophie noch nie schöner gesehen – oder glücklicher.

Sie sah aus, als wäre sie aus feinem Gold gesponnen. Ihr goldgelbes Sommerkleid hatte ein Oberteil aus zarter Spitze, das ihre Taille eng umschloß, was Sophie unglaublich schlank erscheinen ließ, und auch ihr Haar glänzte golden. Es konnte nicht nur an dem sanften Licht des großen Kronleuchters liegen, daß Sophie heute abend so zart und hübsch aussah. Sie strahlte geradezu, besonders im Vergleich zu dem dunklen, attraktiven Mann neben ihr. Sie sahen aus wie eines dieser Paare aus den Märchen, die Wallis als Kind immer gelesen hatte.

Was Jay selbst betraf, so beobachtete Wallis, wie er Sophie anstarrte, und verspürte einen unwillkommenen Stich der Eifersucht. Heute abend sollte nur Freude herrschen, redete sie sich ein, doch es war ihr unmöglich, das Gefühl abzuschütteln. Jay verhielt sich in letzter Zeit ziemlich distanziert. Wallis verstand, daß zwei Menschen allein sein wollten, wenn sie frisch verliebt waren, doch sie konnte nicht anders, als sich ein wenig ausgeschlossen zu fühlen. Sie hatte nicht denselben Jay erwartet, den sie verloren hatte, aber auf eine warme, tiefe Beziehung, auf eine Art Band zwischen ihnen hatte sie schon gehofft. El hatte versprochen, daß die Behandlung vieles ändern würde, aber allmählich begann sie sich zu fragen, wann das sein würde, beziehungsweise ob überhaupt.

Ihr Glücksarmband klirrte leise, als sie ihr Glas abstellte. Sie berührte den Kreis mit dem Pfeil, Jays Symbol, verspürte aber nichts dabei. Furcht begann sich in ihr Herz zu schleichen. Sie hoffte, daß die Inszenierung dieses kleinen romantischen Szenarios zwischen den beiden kein Fehler gewesen war. Aber sie konnte sich nicht vorstellen, wie jetzt noch etwas schiefgehen könnte, außer Sophie fing an, zu viele Fragen zu stellen oder sich in Dinge zu mischen, die sie nichts angingen. Damit konnte sie zu einem Problem für einige Leute werden, einschließlich Jay. Nein, sie hoffte, daß ihre Schwiegertochter auch weiterhin so brav kooperieren würde wie bisher. Das wünschte sie sich wirklich, weil es besser für alle Beteiligten war.

»Wann erfolgt die große Ankündigung?« fragte El mit gedämpfter Stimme. Er nahm einen Löffel Crème Brûlée in den Mund, verzog das Gesicht und legte den Dessertlöffel prompt beiseite.

Das Dinner war köstlich gewesen: geröstete Schweinelende mit Waldpilzen und Knoblauchkartoffeln, aber das Dessert schmeckte Wallis nicht. Sie mußte Mildred sagen, daß sie ein wenig großzügiger mit dem caramelisierten Zucker umgehen sollte.

»Ich denke doch, bald«, meinte sie. »Immerhin wird gleich der Kaffee serviert.« Jay hatte sie gebeten, eine kleine Party für die engsten Familienmitglieder zu arrangieren, aber alles, was sie aus ihm herausbringen konnte, war, daß er etwas zu verkünden hätte. Männer. Immer diese Geheimniskrämerei. Sie seufzte ungeduldig. Wallis hoffte und nahm an, daß es etwas mit ihm und Sophie zu tun hatte. Sobald die beiden wieder zusammen wären, würden sicher auch die Probleme mit Jay verschwinden, womit dann wirklich alles perfekt wäre.

Um den großen Eßtisch vollzubekommen, hatte sie El und noch ein paar Cousins und Cousinen und deren Ehegatten von Noahs Seite der Familie eingeladen. Beide Kinder von Noahs verstorbener Schwester besaßen Stimmanteile und saßen auch im Firmenvorstand, und sie wollte sich deren Unterstützung für Jays Machtübernahme sichern.

»In Ordnung, Mildred, Sie können jetzt den Kaffee servieren.« Wallis hatte die Haushälterin mit der silbernen Kanne an der Türschwelle stehen sehen und winkte ihr nun zu.

»Für mich nicht.« Muffin drehte ihre feine Porzellantasse um, als befände sie sich in irgendeinem billigen Lokal.

Wallis erschauderte bei dem lauten Klirren.

»Ist sie schon ziemlich angeheitert«, brummte El, »oder bilde ich mir das bloß ein?«

Er meinte natürlich Muffin, und Wallis mußte zugeben, daß er recht hatte. Ihre erste Schwiegertochter hatte darauf bestanden, heute abend zu kommen, obwohl sie Wallis' Dinnerparties sonst mied wie die Pest. Noch schlimmer, sie hatte eine Freundin mitgebracht, ein mysteriöses Geschöpf namens Delilah, mit jadegrünen Augen, die zu ihrem schwarzen Seidenoverall, der eine cremeweiße Schulter freiließ, nur ein Schmuckstück trug: einen feinen, goldenen Nasenring.

Nicht gerade ein märchenhaftes Paar, dachte Wallis, die auch diese beiden nicht aus den Augen ließ. Muffin hatte seit dem ersten Gang, einem köstlichen Salat aus geröstetem Paprika und cremigem Schafskäse, keinen Bissen mehr angerührt. Sie hatte ihr Essen auf dem Teller hin und her geschoben, aber jedes Glas Wein geleert, das Mildred ihr einschenkte.

Ihre Freundin Delilah war auch nicht gerade eine zurückhaltende Trinkerin, und die beiden machten schon den ganzen Abend ein Riesentheater um ihre revolutionäre Kosmetikserie, womit sie offenbar Jay und seine Cousins beeindrucken wollten. Nun, wie auch immer, in Wallis' Augen war es jedenfalls ein unverzeihlicher Fauxpas, beim Dinner über Geschäftliches zu reden. Noch schlimmer jedoch war, daß Muffin Jay unverhohlen schöne Augen machte. Nun, wenigstens hatte sie genug Voraussicht besessen, Muffin auf dieselbe Tischseite wie Jay und Sophie zu plazieren, was es Muffin schwerer machte, jede Regung des Pärchens zu verfolgen.

Jay erhob sich, als die Haushälterin herbeigeeilt kam. »Mildred, könnten wir eine Runde Champagner bekommen, bevor Sie den Kaffee servieren?« bat er.

»Champagner! Das klingt schon viel besser«, meinte Muffin und applaudierte lautstark. Delilah klopfte mit dem Löffel an ihr Weinglas.

Die beiden benahmen sich wie zwei ungezogene Gören, und Wallis konnte sich nur vorstellen, wieviel Spaß ihnen ihr schlechtes Benehmen insgeheim machen mußte. Sie war fest entschlossen, die zwei zu ignorieren, aber Jay warf Muffin einen bitterbösen Blick zu, während er wieder Platz nahm. Bei dem frechen Grinsen, mit dem sie ihm darauf antwortete, fühlte sich Wallis noch unbehaglicher. Muffin liebte es zu provozieren, und Wallis befürchtete, daß sie Jays Mißbilligung als einen Anreiz betrachten könnte, ihn noch mehr aus der Reserve zu locken.

Mildred rettete die Situation, als sie mit einem Tablett voll Champagnerflöten und einer offenen Magnumflasche Dom Pérignon in einem Eiskübel auftauchte. Nun, zumindest müßte Muffin nun Jays Ankündigung abwarten, bevor sie weitertrinken konnte, dachte Wallis voller Genugtuung.

Jay war schon wieder auf den Beinen, als alle Gläser mit der prickelnden Flüssigkeit gefüllt waren. »Sophie und ich haben euch etwas zu sagen«, meinte er. Er schlang den Arm um Sophies Taille, als diese sich ebenfalls erhob, und Wallis bemerkte, daß sie irgend etwas in der Hand hielt. Es sah aus wie die Hälfte eines Wunschknochens.

»Meine wunderschöne Frau hat mich zum glücklichsten Mann der Welt gemacht«, sagte Jay mit vor Emotion heiserer Stimme und einem zärtlichen Blick auf Sophie. »Sie ist einverstanden, wieder ins Große Haus einzuziehen, sobald es arrangiert werden kann. Wir haben uns wieder versöhnt.«

»Jay! O Jay, das ist ja wundervoll!« Wallis sprang auf, die Augen voller Freudentränen. »Sophie, das freut mich ja so für dich, für euch beide.«

Die Gäste standen alle gleichzeitig auf. Selbst Delilah hob ihr Glas. Die einzige, die sitzen blieb, war Muffin. Mit einem trotzigen Lächeln leerte sie ihre Champagnerflöte und streckte zornig das Glas vor, damit Mildred es wieder auffüllte. Die Haushälterin, die an Wallis' Ende der Tafel stand, rührte sich jedoch keinen Zentimeter.

»El?« meinte Wallis besorgt, da sie die Runde der Glückwünsche so schnell wie möglich eröffnen wollte, um die Aufmerksamkeit von Muffin abzulenken. »Warum fängst du nicht an.«

El gratulierte dem Paar mit erhobener Champagnerflöte. »Bei der Liebe geht es nicht darum, einander in die Augen zu sehen«, verkündete er mit seiner sonoren Stimme. »Es geht darum, den Blick gemeinsam in dieselbe Richtung zu lenken. Aber wo immer ihr auch hinseht, Kinder, mögt ihr gemeinsam auf ein und demselben Kissen alt werden.«

Gelächter löste die gespannte Stimmung ein wenig, aber Muffin blieb weiterhin stur sitzen, während die Glückwünsche die Runde machten und die Reihe schließlich an sie kam.

Wallis setzte sich rasch hin und bedeutete den anderen, dasselbe zu tun. »Wir wollen jetzt den Kaffee trinken«, meinte sie.

Aber während die Gäste sich hinsetzten, erhob sich Muffin. Wallis hätte sie am liebsten erwürgt. Sie würde sie erwürgen.

»Jetzt, wo jeder mit Kriechen fertig ist, würde ich auch gern einen kleinen Toasty-Woasty aus-s-sprechen.« Muffin erhob ihr leeres Glas. »Auf Sophie und den Schlangenbeschwörer …«

Wallis rang entsetzt die Hände.

Ein empörtes Keuchen war zu hören.

»Ach? Hab ich jemanden schockiert?« erkundigte sich Muffin zuckersüß. »Hab ich jemanden beleidigt? Aber ich hab's doch so nett gemeint, wie man's nur meinen kann. Schlangenbeschwörer gehören zu den begabtesten Menschen, die ich kenne. Denkt doch nur, wieviel Geschick es erfordert, eine tödliche Viper dazu zu bringen, das zu tun, was man will.«

»Muffin«, sagte Wallis streng, »Mildred würde gerne den Kaffee servieren.«

Mit einer lässigen Handbewegung tat Muffin Wallis' Hinweis ab. »Natürlich ist unsere Sophie keine Schlange«, räumte sie ein. »Dafür ist sie nicht schlank oder gemein genug, also hinkt der Vergleich wohl etwas, nicht wahr?«

Delilah stieß Muffin den Ellbogen in die Hüfte und meinte in leise drängendem Ton: »Jetzt reg dich wieder ab.«

Aber Muffin war nicht mehr zu bremsen. Sie schob die Ärmel ihres puderrosafarbenen Wolljäckchens hoch, als würde sie sich für eine dieser Massagen bereitmachen, die auch Colby, ihren verblichenen Göttergatten, gefügig gemacht hatten. »Aber einige von uns sind schlank und auch gemein genug, um qualifiziert zu sein, findest du nicht auch, Jay? Hm? Wie wär's? Willst du nicht Maß nehmen?«

Wallis stieß El an, aber Jay erhob sich als erster.

»Muffin, auf ein Wort.«

Es war keine Bitte, es war ein Befehl, und seine Stimme enthielt genug Stahl, um dem Befehl Nachdruck zu verleihen. Jay stieß seinen Stuhl zurück, und zum ersten Mal an diesem Abend sah Muffin überrascht aus. Als er ihren Stuhl erreichte, zog er ihn ebenfalls zurück, ergriff sie höflich, aber hart am Ellbogen und zog sie auf die Füße.

»Wohin gehen wir?« erkundigte sie sich unsicher.

»Dir den Mund auswaschen«, warnte er sie leise.

»Das könnte funktionieren.« Ein benommenes Lächeln huschte über ihre Züge. »Nur, daß ich nichts runterschlucke«, entgegnete sie scharfzüngig und warf ihre elegante silberblonde Mähne zurück.

Wallis sah zu, wie er sie aus dem Raum bugsierte, und wußte, daß sie recht hatte. Muffins Interessen gingen über das rein Geschäftliche hinaus. Wenn sie das Königreich selbst schon nicht haben konnte, warum dann nicht den rechtmäßigen Thronfolger.

Wallis flüsterte ein Wort hinter ihren vorgehaltenen Fingern, das nur für ihre Ohren bestimmt war, doch El hörte es und erwiderte flüsternd: »Nicht gefährlich, verzweifelt. Und verzweifelte Menschen machen Fehler.«

Muffins Füße berührten kaum den Boden, dafür sorgte Jay. Er blieb weder in der marmornen Vorhalle stehen, die sich an den formellen Speisesaal anschloß, noch im blauen Salon, wo Wallis einst ihre »Musiktees« für die Damen aus ihrem Literaturclub zu servieren pflegte. Ja, er hielt nicht einmal in der großen, achteckigen Eingangshalle mit ihrer beeindruckenden Freitreppe an. Er dirigierte Muffin durch die zweistöckige Eingangstür und hinaus in die eiskalte Nachtluft.

»Was tust du denn da?« zischte sie ihm zu wie eine empörte Katze, während die riesigen, mondbeschienenen Eingangssäulen sie richtig klein erscheinen ließen. »Es ist s-saukalt hier draußen.«

Ihr Schluckauf ließ ihn lächeln. Er erlaubte es ihr, sich von ihm loszureißen. Es war ihm egal, wohin sie von hier aus ging, nur ins Haus würde er sie nicht wieder reinlassen. »Mach 'nen Spaziergang«, meinte er, »zum Kutschenhaus und wieder zurück.«

Sie packte ihre Arme und rieb sie wütend. »Das werd ich ganz bestimmt nicht. Das ist ja f-fast 'n Kilometer bis dahin.«

»Mindestens. Ab mit dir.« Das Kutschenhaus war ein Lagerhauskomplex mit Wohnquartieren, der an der Ziegelmauer entlanggebaut worden war, die das Grundstück umgab. Während

Noahs Regime hatte dort ein Vollzeitgärtner gewohnt. Jetzt residierte das Sicherheitspersonal in den einfachen Quartieren, und falls es irgendeine Gerechtigkeit auf dieser Erde gab, dann würden sie Muffin nicht erkennen und in Eisen legen. Nun, Jay konnte ja immerhin hoffen.

Sie starrte zornesrot die dunkle Straße hinauf. Wieder erschütterte sie ein heftiger Schluckauf.

»Du hast die Wahl, Muffin. Werd nüchtern, oder verbring die Nacht draußen im Freien.«

Sie wirbelte zu ihm herum, doch was immer sie auch hatte sagen wollen, es wurde durch die aufschwingende Tür und Delilahs Erscheinen abgeschnitten. Sie trug ihr dickes, leuchtend rotes Haar in einem engen Knoten dicht über dem linken Ohr. Doch selbst so sah sie noch wunderschön aus, mußte sich Jay insgeheim eingestehen. Diese Frau war auch noch schön, wenn sie einen Sack über dem Kopf hatte. Zu schade, daß sie von einem anderen Planeten kam.

»Okay, was immer ihr hier draußen auch treiben mögt ...« Sie stieß ein eigenartiges kleines Schnauben aus. »Macht ruhig weiter. Ich seh gerne zu.«

»Ja, bleiben Sie ruhig hier«, bemerkte Jay höhnisch. »Dann können Sie zusehen, wie sich Muffin ihren Rausch abläuft.«

»Ich geh nirgendwohin, außer zu deiner öffentlichen Exekution«, fauchte Muffin. »Komm, laß uns gehen, Delilah. Die Typen hier langweilen mich.«

»Auf gar keinen Fall. Ich liebe Familienkräche.«

»Dann sind Sie hier genau richtig«, brummte Jay.

»Hm-mm-mmm.« Delilah zog die Augenbraue hoch. »Sollte das etwa eine Einladung sein?«

Muffin stieß ein gereiztes Stöhnen aus. »Delilah! Du flirtest doch nicht etwa mit diesem Arschloch? Du hast doch gesehen, was er mit mir gemacht hat.«

»Biest!« Delilah zwinkerte Jay zu und eilte an Muffins Seite, um sie schützend in den Arm zu nehmen. »Keine Sorge, Schätzchen, ich weiß genau, was dir fehlt. Wie wär's mit einer Sitzung mit Roto, dem Wundertrainer?« Sie warf Jay einen Blick über die Schulter zu. »Wollen Sie mit?«

Jay lächelte nur.

»Sind Sie sicher?« beharrte Delilah. »Roto übernimmt auch Gruppen. Autsch!«

Offenbar hatte ihr Muffin einen Tritt versetzt.

Jay sah zu, wie die beiden Frauen die Stufen zu einem metallic-gelben Maserati hinuntergingen. Delilah sah aus wie eine Frau, die mit einem PS-starken Sportwagen umgehen konnte – und mit allem anderen, was ihr zwischen die Finger kam. Muffin hielt sich im Vergleich zu ihr nicht so gut. Sie wirkte wie eine Sicherung, die jeden Moment durchzubrennen drohte, und Jay mußte nicht lange überlegen, um zu wissen, warum. Es war seinetwegen.

Als die Frauen den Wagen erreichten, drehte sich Muffin noch einmal zu Jay um und brachte die folgenden zwei Sätze ohne Schluckauf heraus. »Etwas Schlimmes wird deinem süßen kleinen Frauchen zustoßen, du wirst sehen. Etwas *Unaussprechliches.*«

Jay blickte sie zornig an und schüttelte den Kopf. »Sei nicht dumm. Du wirst Sophie nichts antun. Du wirst niemandem etwas antun. Dazu fehlen dir einfach die Nerven.«

»Ich spreche nicht von mir. Vor *dir* sollte sie Angst haben.«

Autotüren knallten. Ein Motor heulte auf. Der Maserati stob davon, eine orangefarbene Lichtschlange hinter sich herziehend, die man noch sehen konnte, als der Wagen längst verschwunden war. Jay lauschte dem verklingenden Motorengeräusch nach. Als nichts mehr zu hören war, war ihm der Spaß vergangen, wie gering er auch gewesen sein mochte.

Er hätte sich nichts aus ihrem Gerede gemacht, wenn sie Sophie nicht mit hineingezogen – und dann den Spieß umgedreht und eine Anschuldigung draus gemacht hätte. Jetzt mußte er sie wohl oder übel ernstnehmen. Sie hatte ihn herausgefordert. Wenn überhaupt jemand Grund zur Furcht hat, dachte er finster, dann Muffin.

Sophie zuckte erschrocken zusammen, als es an der Badezimmertür klopfte.

»Bist du da drin? Darf ich reinkommen, Liebes?«

Es war ihre Schwiegermutter. Sophie hatte sich seit zehn Minuten im Badezimmer eingeschlossen und sollte eigentlich nicht überrascht darüber sein, daß Wallis den Unterhändler spielte und gekommen war, sie wieder herauszulocken. Es wäre überraschender gewesen, wenn sie nicht aufgetaucht wäre.

Sophie hatte sich entschuldigt, nachdem Muffin gegangen worden war, denn die peinliche Stille und die scheuen Blicke waren schwerer zu ertragen gewesen als das, was Muffin gemacht hatte. Jay hätte die Situation vielleicht mit einem Scherz oder einer winzigen Bemerkung gerettet, aber Sophies soziale Talente beschränkten sich auf den Umgang mit Vorschulkindern.

»Ja, komm ruhig rein«, entgegnete sie.

Die Tür öffnete sich einen Spaltbreit, und Wallis schlüpfte herein wie eine kleine Elfe durch einen Geheimgang. »Ich hoffe, ich stör dich nicht.«

»Nein, ganz bestimmt nicht.« Sophie versuchte zu lächeln, aber Wallis ließ sich nicht täuschen. Sie ergriff spontan Sophies Hände und hielt sie fest.

»Sie ist bloß eifersüchtig, Sophie. Das weißt du doch, oder? Du bist dabei, alles zu bekommen, was sie sich wünscht.«

»Das muß es wohl sein, aber es war trotzdem ein Schock für mich. Ich dachte, Muffin wäre meine Freundin.«

Wallis schüttelte ihre Hände. »Ich hasse es, dir die Illusionen zu nehmen, Darling, aber wenn es um Macht und Reichtum geht, ist ihr nichts heilig, selbst ihre engsten Freundschaften gelten nichts mehr. Muffin ist hinter der Firma her, seit Colby gestorben ist. Sie fand von Anfang an, daß sie eigentlich ihr zusteht, und vielleicht hätte sie sie auch bekommen, wenn sich die Anwälte und der Vorstand nicht eingeschaltet hätten.«

Sophie merkte gerade, wie stark Wallis' Parfüm war. Ein schwerer, blumiger Duft rang mit dem Geruch, der den Duftkerzen entströmte. »Ich wollte die Firma nie haben. Das weiß sie.«

»Aber du kriegst sie trotzdem, du und Jay, und das ist alles, was für sie zählt. Das Imperium steht rechtmäßig dir zu, aber vergiß nie, daß Eifersucht Menschen vergiften kann. Es verdreht ihren Verstand auf gefährliche Weise.«

Wallis stöhnte verzweifelt, als sie Sophies Gesichtsausdruck sah. »Was ist bloß in mich gefahren? Ich hätte das nicht sagen sollen. Jetzt habe ich dir Angst gemacht.«

Sophie hatte nicht nur Angst bekommen, sie war auch nachdenklich geworden. Es war ihr unmöglich, nicht zu überlegen, wer außer Muffin sonst noch von Neid geplagt wurde. Wie viele andere wollten das haben, was sie bekam? Wallis selbst mochte auf dieser Liste stehen, nur daß ihre Schwiegermutter das Ganze als eine Angelegenheit betrachtete, in der die Familie gegen die Anwälte stand. Die waren die Feinde, und Sophie gehörte zur Familie. Muffins Position war nicht annähernd so klar.

Wallis' Glücksarmband klirrte leise. »Ich würde es mir nie vergeben, wenn ich die Dinge noch schlimmer gemacht hätte. Bitte sag mir, daß das nicht der Fall ist.«

»Nein, natürlich nicht.«

»Gut.« Sie strahlte lobend und gab Sophies Hände mit einem raschen Drücken frei. »Und jetzt laß uns diese Tränen hier trocknen«, meinte sie und zog ein Taschentuch aus einer vergoldeten Box auf der marmornen Schminkkonsole.

Ausnahmsweise hatte Sophie nicht geweint, aber das schien für Wallis keine Rolle zu spielen. Sie war entschlossen, sie so oder so zu ärgern. Sie tupfte an Sophies Augenlidern herum und trat dann zurück, um ihr Werk zu begutachten. Sie nickte zufrieden und wendete sich dann ihrem eigenen Spiegelbild zu, um auch hier noch einige Korrekturen vorzunehmen.

Sophie beobachtete sie bewundernd. Selbst im grellen Lampenlicht war Wallis' Make-up makellos. Sie hatte eine Ausstrahlung, die Sophie schon immer bewundert hatte, aber heute abend stimmte etwas nicht mit ihr. Sie wirkte irgendwie nervös und gezwungen. Normalerweise hätte sie das zerbrechlich wirken lassen, dachte Sophie, doch heute abend wirkte sie übernervös, als ob sie beim kleinsten Druck in tausend Teile zerspringen könnte. Sophie ertappte sich bei dem Gedanken, ob sich Wallis wohl genug erholt hatte, um mit Jays Rückkehr fertig zu werden. Sie wurde ja kaum mit sich selbst fertig.

Wallis blickte von ihren Bemühungen auf und sah, daß Sophie sie beobachtete. Die beiden betrachteten einander einen ungeschützten Augenblick lang, und Sophie glaubte, eine gewisse Feindseligkeit bei Wallis zu spüren. Nein, sie mußte sich irren. Sie und ihre Schwiegermutter hatten einander immer nahegestanden. Wahrscheinlich war sie noch durcheinander wegen des Vorfalls mit Muffin.

Wie durch Zauberhand verwandelte sich Wallis' Miene wieder in ihr altes, warmherziges Selbst. »Was ist los, Darling? Du bist noch immer aufgebracht, nicht wahr?«

»Um ehrlich zu sein, ich bin nicht sicher, ob ich mein Versprechen Jay gegenüber halten kann. Ich hab gesagt, ich würde wieder hier einziehen, weil er sich's so sehr gewünscht hat. Aber ich weiß nicht, wie wir nach allem, was Muffin heute abend gesagt hat, noch unter ein und demselben Dach leben können.«

»Ach Sophie, das würde ihm das Herz brechen. Ich hab ihn noch nie so glücklich gesehen.« Wallis hielt sich flehentlich die Hand an die Brust. »Du mußt Jay einfach vertrauen. Er kümmert sich schon darum. Muffin ist ihm nicht gewachsen. Das hast du doch heute abend gesehen.«

Sophie war gerührt von Wallis' Emotionalität. Sie begann jetzt zu erahnen, wie wichtig das alles für ihre Schwiegermutter sein mußte. »Wir müssen das ja nicht heute abend entscheiden«, meinte sie. »Jay wird ohnehin den Großteil der nächsten Woche fort sein, und es wäre sinnlos, vorher schon hier einziehen zu wollen.«

»Ach, das hatte ich ja ganz vergessen«, rief Wallis aus. »Jay soll ja die nächsten Tage in der Klinik verbringen, nicht wahr?

El sagte, es wäre eine entscheidende Phase in seiner Behandlung. Nun gut ...« Sie hob die Hände in die Höhe, offenbar zufrieden mit der vorläufigen Lösung. »Wir werden uns eben darauf einstellen.«

Wallis, die damit offenbar zufrieden war, beeilte sich, ihr Haar glattzustreichen, um wieder zu ihren Gästen zurückkehren zu können, und Sophie versprach, sich ihr anzuschließen, sobald sie ihren Lippenstift aufgetragen hatte. Sie tat, als würde sie in ihrem Schminktäschchen danach suchen, als Wallis ging. Aber auch nachdem die ältere Frau schon eine ganze Weile weg war, stand Sophie noch reglos vor dem Spiegel, den Lippenstift in der Hand.

Muffins Ausbruch traf sie weit mehr, als sie zugeben wollte. Sophie hatte keine Ahnung gehabt, daß Muffin so viel Bitterkeit in sich trug. Sie hatte wirklich gedacht, daß sie Freundinnen wären, und trotz Muffins Warnung in bezug auf Jay hatte Sophie geglaubt, daß es ihre Schwägerin gut mit ihr meinte. Doch jetzt wußte sie nicht mehr, was sie denken sollte. Es klang, als würde Muffin sagen wollen, daß Sophie sich von Jay hatte übertölpeln lassen, daß er sie aus ganz persönlichen Gründen zu dieser Versöhnung überredet hatte.

Wieder stieg eine Welle des Zweifels in ihr hoch, doch das wollte Sophie weiß Gott nicht mehr. Es war zu schrecklich. Also sagte sie sich, daß Muffin getrunken hatte und daß die Leute dumme Sachen sagten, wenn sie betrunken waren. Es wäre töricht von ihr, sich Muffins Bemerkungen zu Herzen zu nehmen. Doch noch während sich Sophie schwor, nicht überzureagieren, fiel ihr der Termin ein, den Muffin in Delilahs Schönheitssalon für sie ausgemacht hatte. Das war kommende Woche, in der Zeit also, in der Jay fort sein würde. Sophie hätte es vorgezogen, nicht hinzugehen, aber sie hatte es schließlich versprochen. Und eine Absage würde die Dinge zwischen ihr und Muffin nur noch schlimmer machen.

Sophie trug rasch ein wenig Lippenstift auf und zupfte ihr Haar zurecht. Als sie den Lippenstift in ihr Schminktäschchen plumpsen ließ, fiel ihr Blick auf Jays Hälfte des Wunschknochens. Sie hatte ihn zur Sicherheit in das Täschchen gelegt.

Er hatte ihn ihr geschenkt, als sie zugegeben hatte, ihre Hälfte verloren zu haben. Danach hatte sie dann, getrieben von Schuldgefühlen ebenso wie von dem Wunsch zu erfahren, ob die beiden Hälften zusammenpassen würden, das Häuschen noch mal auf den Kopf gestellt. Selbst Blaze hatte sie auf die Spur angesetzt, in der Hoffnung, daß seine scharfe Nase vielleicht etwas finden würde. Der Setter war daraufhin wirklich mit einigen Knochen aufgetaucht, einem halben Dutzend, um genau zu sein, die er allesamt aus dem Garten ausgegraben hatte.

Jetzt nahm Sophie den zierlichen Knochen in die Hand und wünschte sich mit aller Kraft, daß er ihr verraten möge, wo seine andere Hälfte war. Der Wunschknochen war für sie zum Symbol ihrer Beziehung zu Jay geworden, in all ihren unterschiedlichen Phasen: zuerst vereint, ein Ganzes, dann auseinandergebrochen, und jetzt die Möglichkeit einer Wiedervereinigung, dem Zusammenfügen eines perfekten Ganzen.

Mit Verblüffung und einem Gefühl von Ehrfurcht erkannte sie noch etwas: sie war dabei, alles zu bekommen, was sie sich je gewünscht hatte: den Mann ihrer Träume und die Stabilität, nach der sie sich immer gesehnt hatte. Ja, selbst ihr Traum von einer Kindertagesstätte war wahr geworden!

Und wo steckst du jetzt, Wallis? dachte sie lachend, während sie ein Tempo aus ihrer Handtasche fischte. Jetzt waren ihre Augen tatsächlich feucht geworden, und während sie die Tränen wegtupfte, fragte sie sich, wie sie so viel Glück überhaupt verdient hatte. Würde ihr der Himmel wirklich alles schenken, was sie sich erträumte?

22

Muffin war sich ziemlich sicher, was zwei Dinge betraf: Erstens, sie lag nicht in ihrem eigenen Bett, und zweitens, das nackte Bein, auf das sie soeben einen Blick erhascht hatte, gehörte nicht ihr. Sie vergrub ihr Gesicht in einem bauschigen, daunenweichen Kissen und hoffte, die Erscheinung damit verbannen zu können. Vorausgesetzt, es war eine Erscheinung und kein richtiges Bein. Worum sie inständig betete.

»Wo bin ich?« murmelte sie.

»Du bist bei mir zu Hause, Schätzchen.« Ein sinnlich-heiseres Lachen begleitete das Quietschen der Bettfedern. »Und vermischst Arbeit mit Vergnügen. Ist das nicht ein Riesenspaß?«

Muffin stöhnte auf, womit sie bewies, daß es mit dem Spaß nicht sehr weit her war, was sie betraf. Das war Delilahs Stimme gewesen, was nur bedeuten konnte, daß dies Delilahs Bein war. Was wiederum bedeutete …

Muffin hielt den Atem an, aber in ihrem Kopf ging es ab wie eine Rakete. Regungslos daliegend versuchte sie angestrengt, sich an den gestrigen Abend zu erinnern, doch das einzige, dessen sie sich noch entsinnen konnte, war, daß sie Jay Babcock einen Schlangenbeschwörer genannt und Wallis' Dinnerparty mit einem Knall hatte platzen lassen. Alles, was danach passiert war, war irgendwie konfus, als hätte jemand einen schwarzen Vorhang darüber gezogen.

»'tschuldige mich«, sagte sie, als ihr allmählich dämmerte, daß Delilah nicht die einzige war, die *au naturel* im Bett lag. Sie selbst trug auch nicht eine Faser am Leib. Und was noch schlimmer, viel schlimmer war, sie konnte sich nicht rühren. Sie wand sich ein wenig und versuchte, sich aufzurichten, gab jedoch rasch auf und sank besiegt in die enormen Kissen zurück. Das Bettzeug schien sich irgendwie gegen sie verschworen zu haben, und außerdem dröhnte ein Rasenmäher in ihrem Kopf. Ihr Magen war auch nicht der robusteste heute morgen, viel eher fühlte er sich an wie Püree au gratin. Sie mußte gestern abend ja schrecklich besoffen gewesen sein.

»Hör auf, dich zu wehren. Du machst dich nur fertig damit.« Delilah versetzte Muffins blankem Hinterteil einen leichten Klaps und sprang aus dem Bett.

Muffin machte die Augen zu und betete, daß das Bett aufhören möge, sich zu bewegen. Sie hatte Angst hinzusehen, während ihre Geschäftspartnerin durchs Zimmer auf ihre Seite des Raums flitzte. Und sie wußte, daß Delilah flitzte, denn das war es, was Delilah gewöhnlich tat: flitzen. Wer immer mich auch hören mag, bitte notieren: falls ich mich je gefragt habe, wie sie wohl nackt aussieht, jetzt nicht mehr!

»Wir haben wohl einen Kater, hm? Wie wär's mit etwas O_2? Ich hab 'nen Tank voll im Haus. Mit Cappuccino-Geschmack.«

»Ich verzichte.«

»Bist du sicher? Ohne Kalorien? Beste Qualität?«

»Nein, danke. Ich kann immer noch allein atmen. Aber ich würde gerne wissen, was gestern nacht hier passiert ist.«

Muffin riskierte einen Blick und stellte zu ihrer Erleichterung fest, daß Delilah doch etwas anhatte, wenn auch nicht viel. Es ähnelte einem dieser Strampler, die Sophies Zweijährige trugen, aber zumindest mußte Muffin nicht mit prallen Brüsten und ähnlichem fertig werden.

Soweit sie das Schlafzimmer überblicken konnte, bestand die Einrichtung aus einer seltsamen Mischung vom Schweizer Karostoffen mit Rüschen und schwarzem Samt. Gleich hinter Delilah stand ein Sessel mit jeder Menge Plüschkissen. Und in der Ecke, an einer Metallkette hängend, befand sich ein Schalensitz mit Beinlöchern, bei dem Muffin den Kopf verdrehte, als sie sich vorzustellen versuchte, zu was er wohl gut sein mochte.

»Delilah, was ist das?«

»Ein Adam-und-Eva-Intimitätsstuhl oder besser bekannt als Sexschaukel.«

Warum war sie nicht überrascht? Immerhin handelte es sich

hier um das unentbehrliche Utensil für das Schlafzimmer einer Frau der neunziger Jahre. »Hast du …? Haben wir …?«

Delilah ging in die Hocke und blickte sie mit schiefgelegtem Kopf an. Ein unschuldiges Lächeln breitete sich auf ihren Zügen aus. »Haben wir was?«

»Haben wir … hat sich letzte Nacht einer von uns die Schaukel gegönnt?«

»Das weißt du nicht mehr?« Sie platzte beinahe vor Vergnügen. »In diesem Fall, ja natürlich, *Muff.*«

»Ich war betrunken! Das hast du ausgenutzt.«

Muffin war ernstlich empört, doch Delilah bedachte sie lediglich mit einem herablassenden Blick zwischen ellenlangen Wimpern hervor. »Da hast du den Nagel auf den Kopf getroffen. Du warst wirklich betrunken, und genau deshalb hab ich die Situation *nicht* ausgenutzt. Sex mit Bewußtlosen widerspricht meiner Ethik.«

Muffin wandte den Kopf ab und murmelte etwas Bösartiges, ohne sich danach jedoch besser zu fühlen. Sie selbst war es, auf die sie wütend war. Zuerst das Fiasko mit Jay in seinem Zimmer, dann die Dinnerparty und jetzt das hier? Zum Glück war das Leben kein Baseballspiel, denn sonst wäre sie jetzt draußen.

Doch eines war Muffin: sie war pfiffig und smart, und das wußte sie. Sie besaß Verstand. Ihr IQ lag laut Test im Geniebereich, doch selbst der schien sie nun im Stich zu lassen. Delilah überlegte wahrscheinlich schon, ob sie ihre Geschäftsbeziehung lösen sollte. »Es gibt Neuigkeiten von Sophie«, warf Delilah verlockend ein.

»Und um welche Sophie handelt es sich dabei?« brummte Muffin. »Die, die dabei ist, sich *mein* Erbe unter den Nagel zu reißen? Falls es sich nicht um ihre Todesanzeige handelt, will ich's gar nicht wissen.«

»Sie kommt nächste Woche in den Salon. Hat heute morgen wegen eines Termins angerufen.«

»Vergifte ihren Sauerstoff«, brummelte Muffin und vergrub das Gesicht in einer erstickenden Wolke von Daunenkissen. Sie befürchtete, daß ihr jeden Moment schlecht werden könnte, gleich hier in Delilahs Bett. »Oder noch besser, mach sie häßlich.«

»Also sieh sich das einer an! Sie sehen einfach zum Anbeißen aus!«

Sophie errötete bei diesem unverhohlenen Kompliment und war sich alles andere als sicher, wie sie den glühenden Blick in Delilahs Augen auffassen sollte. Die Kosmetikerin sah aus, als würde sie kleine Mädchen wie Sophie jeden Morgen zum Frühstück verspeisen.

»Und? Gefällt Ihnen Ihre neue Frisur?« Delilah stellte sich vor Sophie hin und fuhr mit den Fingern in den stufigen, duftigen Haarschnitt. Die glänzende Mähne schwang hoch und senkte sich dann wieder locker um ihr Gesicht. Richtig dramatisch und eindrucksvoll, das Ganze.

»Und wie«, versicherte ihr Sophie.

»Das sollte sie auch«, meinte Delilah ohne eine Spur von falscher Bescheidenheit. »Das hier ist mehr als nur eine neue Frisur. Es ist der ultimative Wunderhaarschnitt: einfach waschen und ausschütteln. Und dazu noch die roten und blonden Strähnchen – einfach Zucker!«

Aus der Galerie ertönte ebenfalls Applaus, wo die anderen Stylisten und Kosmetikerinnen beschäftigt waren. Einige von ihnen waren auch an Sophies »Generalüberholung« beteiligt gewesen. Sie hatte beinahe jede Behandlung genossen, die der Schönheitssalon zu bieten hatte, was auch das Einsprühen mit einem gewissen Fruchtöl mit einschloß, einem wirksamen Appetitzügler, wie Delilah versicherte. Und er schien tatsächlich zu wirken, denn sie war nicht hungrig, obwohl ihr mittlerweile ein wenig schwindelig im Kopf war, was aber eher daran lag, daß sie seit dem frühen Morgen nichts mehr gegessen hatte und es inzwischen später Nachmittag war.

Oder vielleicht lag's ja an dem Sauerstoff mit Milchschokoladengeschmack …

»Wie wär's mit etwas Wein und Käse?« fragte Delilah und wies mit einer Handbewegung auf die Lounge, einem großen, achteckigen Vorraum mit bequemen Sitznischen in Leopardenmuster, der wie ein modischer Treff für die High-Society wirkte. »Wir hätten heute einen köstlichen Meursault Rougeot-Latour und einen Gruyère, bei dem einem das Wasser im Mund zusammenläuft.«

Sophie war nicht sicher, was der Wein und was der Käse war, doch da sie sich ohnehin schon Sorgen wegen des starken Feierabendverkehrs von Los Angeles machte, wollte sie auf ersteres lieber verzichten. Der Verkehr konnte um diese Zeit wirklich höllisch sein. »Ich würde gern ein wenig Käse für unterwegs mitnehmen, aber nicht etwa, weil ich hungrig wäre«, beeilte sie sich hastig hinzuzufügen. »Sondern um bei Kräften zu bleiben.«

Während eine Assistentin ein Paket für Sophie zurechtmachte, erkundigte sich diese bei Delilah nach Muffin, die sie seit dem Dinner bei Wallis nicht mehr gesehen hatte.

»Sie hat die letzten paar Tage bei mir zu Hause verbracht«, erklärte Delilah, »und erholt sich von ihrem Auftritt. War schon ein Heuler, nicht wahr?«

»Ja, ein richtiger Heuler«, pflichtete ihr Sophie trocken bei. »Sagen Sie ihr bitte, daß mir meine neue Aufmachung riesig gefällt, okay? Schließlich war's ihre Idee.«

»Das weiß sie sehr genau, glauben Sie mir. Sie können keinen Schritt tun, ohne daß sie's weiß. Sie, liebes Kind, sind für Muffin, was Jodie Foster für John Hinckley war.«

Delilahs Worte verursachten Sophie ein momentanes Unbehagen. Ob darin eine Warnung steckte? Sophie war sich nicht sicher. Sie hatte sich seit jenem Vorfall gefragt, was wohl von Muffin zu erwarten sei, und gehofft, mit ihr über das Geschehene reden zu können. Bis zu diesem Moment war es Sophie nicht in den Sinn gekommen, daß sie die Dinge, was ihre Schwägerin betraf, noch verschlimmern könnte.

Glücklicherweise blieb ihr eine Antwort erspart, denn in diesem Moment tauchte Teri mit Sophies Proviant auf, und Sophie konnte sich gar nicht mehr beruhigen, als sie sah, wie niedlich das Ganze in einem Folienschwan mit Crackern angerichtet war.

Das Dilemma mit Muffin ging Sophie noch im Kopf herum, als sie vom Salon wegfuhr. Doch keine Viertelstunde später steckte sie Stoßstange an Stoßstange im Feiertagsverkehr auf der 405 Richtung Süden fest und mußte all ihre Konzentration aufbieten, um die richtigen Abfahrten nicht zu übersehen. Wieder war ihr irgendwie schwindelig, und sie war froh um den Käse und die Cracker, die Teri ihr eingepackt hatte. Ihr Magen fühlte sich schon den ganzen Tag irgendwie komisch an, aber sie wußte nicht, ob das an dem Fruchtöl oder einfach am Hunger lag.

Eigentlich fühlte sie sich schon seit ein paar Tagen nicht mehr gut, wenn sie so darüber nachdachte, besonders seit Jay fort war, aber eigentlich schon vorher. Es schien an dem Abend angefangen zu haben, als sie diesen Traum vom Strand hatte. Die Nächte danach war sie jedesmal in einen erschöpften, unruhigen Schlaf gesunken, und obwohl sie diesen Traum seitdem nicht mehr gehabt hatte, war sie doch von anderen, allesamt verstörend realen Träumen geplagt worden, die alle auf die eine oder andere Weise mit Jay zu tun hatten. Was ihr jedoch am meisten Sorgen bereitete, war die Befürchtung, daß ihre Halluzinationen wiederkehren könnten, und das konnte sie nicht noch einmal ertragen.

Du hast dir deine eigene Fluchtmöglichkeit erschaffen, Sophie. Wie der Spiegel in »Alice im Wunderland«, aber vergiß nicht, daß es mit jedem Mal schwerer wird, wieder zurückzufinden.

Claudes Worte. Aber Sophie hatte nicht das Gefühl, sich aus freiem Willen in diese seltsamen, labyrinthähnlichen Träume zu flüchten, die sie seit kurzer Zeit wieder plagten. Es kam ihr vielmehr so vor, als würde sie dort hineingesaugt werden. Sie war dem Strudel zu nahe gekommen und zusammen mit dem Badewasser im Ausguß verschwunden, ohne sich dagegen wehren zu können. Es hatte keine Wahl gegeben.

Das leise Winseln des Jeepmotors zog ihre Aufmerksamkeit auf sich. Der Stop-and-Go-Verkehr überlastete die Klimaanlage allmählich, so daß Sophie sie abschaltete und die Fenster herunterkurbelte. Frische Luft war vielleicht ohnehin das beste für sie. Nicht daß die Luft auf einem verstopften, kalifornischen Highway als besonders frisch bezeichnet werden konnte.

Der Verkehr geriet ein wenig in Bewegung, und während sie den Wagen auf eine schnellere Spur lenkte, dachte sie an den Lebenswandel, den sie in letzter Zeit geführt hatte, an ihre Eß- und Schlafgewohnheiten, all die Dinge also, die dazu beigetragen haben mochten, daß sie sich nun so erschöpft und benebelt fühlte. Natürlich gab es da auch noch Jay. Bis vor kurzem hatte sie sich seinem Charisma, seiner sinnlichen Anziehungskraft, stur widersetzt, beinahe als ob es ihre Zerstörung bedeuten würde, wenn sie nachgab.

Der Wunschknochen war dann jedoch der Tropfen gewesen, der das bereits volle Faß zum Überlaufen brachte. Ihr kostbarer Schatz hatte buchstäblich die Dämme niedergerissen, die sie um sich errichtet gehabt hatte, und sie waren einander seit jenem Abend erschreckend nahe gekommen, teilten Erinnerungen miteinander, die so sensibel waren, daß sie nur mit größter Vorsicht hervorgeholt werden durften. Sie liebten sich mit drängender Leidenschaft und öffneten einander das Herz in einer Weise, wie es sich Sophie nie hätte vorstellen können. Der alte Jay wäre zu solcher Intimität nicht fähig gewesen, und sie vielleicht auch nicht, da war sich Sophie nicht sicher. Auf jeden Fall hatte sie sich noch nie zuvor so verletzlich und so offen gefühlt. Oder so glücklich. Sie war schrecklich glücklich.

Aber ihre Ängste waren seit jenem Abend ebenfalls in schwindelnde Höhen gestiegen. Besonders ihre Angst davor, zuviel von sich aufzugeben. Zu lieben war riskant, wie sie entdeckte. Je mehr man einen anderen brauchte, desto mehr Macht räumte man ihm ein – was nicht ungefährlich war. Das Gefühl hatte sie jedenfalls manchmal bei Jay – daß es riskant war, ihn zu lieben. Doch irgendwie schien sie keine Wahl mehr zu haben. Sie konnte sich nicht länger vor ihm zurückziehen, das war ihr nicht mehr möglich.

Der Streß, unter dem sie wegen ihrer aufreibenden Beziehung stand, mochte wohl eine Menge mit den seltsamen Erschöpfungszuständen zu tun haben, unter denen sie in letzter Zeit litt. Aber als typische Wunschdenkerin hoffte sie natürlich, daß die Ursache woanders zu suchen war, zum Beispiel in einer simplen Sache wie dem Rosy-Posy-Tee, den sie von Wallis geschenkt bekommen hatte. Sie trank davon mehrere Tassen am Tag, und das darin enthaltene Teein konnte sehr wohl an ihren Schlafstörungen schuld sein.

Die eineinhalbstündige Fahrt im Feierabendverkehr erklärte die Müdigkeit, die sie fühlte, als sie schließlich bei ihrem Häuschen eintraf, doch Sophie wollte an diesem Abend noch viel erledigen. Sie fand einen Zettel von Ellen vor, auf dem sie ihr mitteilte, was noch zu erledigen war und daß noch eine Portion Gemüselasagne für sie im Kühlschrank stand, die vom Mittagessen der Kinder übriggeblieben war. Abgesehen davon und von Blazes überschwenglicher Begrüßung, umfing sie nur Stille in dem kleinen Haus.

Zuviel Stille, dachte Sophie, während sie dem Setter den Napf fürs Fressen herrichtete. Jay hatte ihr gesagt, daß er sie in dieser Phase seiner Behandlung nicht würde anrufen können, da das Umfeld wie bei jeder Versuchsphase sorgfältig kontrolliert werden müßte. Dennoch war sie enttäuscht, keine Nachricht von ihm auf dem Anrufbeantworter vorzufinden, was ihr bewußt machte, daß sie trotz allem darauf gehofft haben mußte, daß er den Ärzten entwischen und sich verbotenerweise mit ihr in Verbindung setzen würde. Enttäuscht und niedergeschlagen machte sie sich daran, die Lasagne aufzuwärmen, obwohl sie noch immer keinen Appetit verspürte.

Während sie erschöpft auf ihrem Stuhl saß und in ihrem Essen herumstocherte, kam ihr der Gedanke, daß der Schlafmangel und der Streß, daß das alles einfach zuviel für sie wurde. Sie hatte kaum die Hälfte ihrer Portion gegessen, als sie beschloß, den Kampf gegen ihre Erschöpfung aufzugeben und früh zu Bett zu gehen. Die Arbeit konnte bis morgen warten.

Ihre Gabel klirrte gegen ihren Teller, und sie stützte einen Moment den Kopf in ihre Hand. Nein, sie schien kein Fieber zu haben, obwohl sie sich ein wenig heiß anfühlte. Vielleicht brütete sie ja was aus.

Ich muß mich hinlegen, dachte sie. Einfach hinlegen.

Ihr weißes Peddigrohrbett war ihr noch nie so einladend vorgekommen wie in diesem Moment, als sie das Schlafzimmer betrat. Mit einem Seufzer der Erleichterung ließ sie sich darauf fallen und rollte sich auf die Seite, ohne sich die Mühe zu machen, ihre Sachen auszuziehen. Alles, was sie jetzt brauchte, war ein kleines Nickerchen, ein paar Stunden Schlaf, um wieder auf die Beine zu kommen. Wenn sie aufwachte, würde sie den Abwasch erledigen und sich fürs Bett fertigmachen.

Es roch leicht nach Mandarinen, und ein schwaches Geräusch drang noch in ihr rasch schwindendes Bewußtsein, eine Art Kratzen, das von Blaze stammen mußte. Sicher versuchte er ins Haus zu kommen. Aber sie konnte sich nicht erinnern, ihn rausgelassen zu haben. Sie hoffte, daß er keinen Riß ins Fliegengitter machte.

»Blaze«, murmelte sie, »hör auf damit.«

Warum kratzte der Hund noch immer an der Tür?

Sophie erwachte von diesem leisen Geräusch, diesem komischen widerlichen Kratzgeräusch, das klang, als würde jemand Styroporbrocken aneinanderreiben. Es gelang ihr, aus dem Bett zu kommen, aber sie wankte zunächst orientierungslos durchs Zimmer, bevor sie schließlich die Schlafzimmertür fand. Sie konnte dieses komische Schwindelgefühl einfach nicht abschütteln, als hätte sie irgendwelche Tabletten oder Drogen genommen. Was noch schlimmer war, sie war eingeschlafen, ohne die Lichter im Haus anzumachen, so daß sie nun im Stockdunkeln stand.

Endlich fand sie den Schalter. Das Deckenlicht flammte mit einem hörbaren Klicken auf, und sie konnte nun genug sehen. Der uralte Linoleumboden fühlte sich kalt und klamm unter ihren nackten Füßen an, als sie durch das Haus tappte. Sie mußte wohl irgendwann die Schuhe ausgezogen haben, konnte sich aber nicht mehr genau erinnern, wann.

»Blaze?« Ihre Stimme dröhnte in der Stille des Hauses, und sie zuckte zusammen. Sie spürte das harte, kalte Metall des Schiebetürgriffs, als sie die Tür leise zurückschob. Jetzt konnte sie den Hund nicht mehr hören, obwohl sie wußte, daß er es gewesen sein mußte. Das Kratzen hatte aufgehört, doch er war nirgends zu sehen. Nicht im Haus jedenfalls.

Ein rascher Rundumblick über die Terrasse überzeugte sie davon, daß er auch dort nicht war. Sie schob die Tür ganz auf, streckte den Kopf nach draußen und rief nach ihm. Da stimmte doch was nicht. Blaze wäre normalerweise längst hiergewesen, aufgeregt japsend und hüpfend. Gehorsamstraining hin oder her, er hätte sie in seiner Ungeduld, ins Haus zu kommen, bestimmt überrannt.

Kein Lüftchen regte sich, als sie auf die Betonplatten der Terrasse hinaustrat. Die Nacht war so still, daß sie die Laute ihrer eigenen Angst hören konnte: das Pochen ihres Herzens, das Gurgeln ihres leeren Magens. Das Wohnzimmerlicht beschien sie von hinten und warf ihren Schatten vor sie auf die Platten.

»Blaze?« Der Garten wurde von einem stabilen Zedernholzzaun eingefaßt, doch zu ihrer Rechten stand ein kleiner Baum, der mit saftigen Weinreben und süß duftenden Bougainvilleen überwuchert war. Sie glaubte, daß die Geräusche aus dieser Richtung gekommen waren. »Bist du da?«

Da lauerte doch etwas in den Büschen. Sie konnte sehen, daß sich etwas bewegte. Ein Schatten. Vielleicht ein wildes Tier, das von den Hügeln heruntergekommen und sich unter dem Zaun hindurch in ihren Garten gegraben hatte. Sie näherte sich vorsichtig den Büschen, wobei sie alle paar Schritte einen Blick über die Schulter warf, um zu sehen, ob sich hinter ihr jemand befand. Als sie näher kam, sah sie, daß sich im Halbdunkel der Büsche tatsächlich etwas verbarg.

»Wer ist da?« flüsterte sie. »Ist da jemand?«

Sie wollte schreien, doch ihr Hals war wie zugeschnürt. Da war ein Mann im Gebüsch, und soweit sie dies beurteilen konnte, sah er aus wie *ihr* Mann, wie Jay. Ja, er sah aus wie Jay. Blindlings stolperte sie näher. Es war Jay, aber die Augenklappe fehlte, und sein Hemd war zerrissen und blutbeschmiert. Das war nicht der Mann, der zu ihr zurückgekommen war. Das war der Mann, der verschwunden war.

Nein, das war unmöglich.

Sophie hatte das Gefühl, jeden Moment das Bewußtsein verlieren zu müssen. Sie wäre wohl gestolpert und zu Boden gestürzt, wenn ihre Beine nicht wie erstarrt gewesen wären. Die Zweifel hielten sie ebenso zurück wie ihre Angst. Sie wußte nicht, sollte sie zu ihm gehen oder davonlaufen. Und in dem Sekundenbruchteil, in dem ihr diese Überlegung durch den Kopf schoß, war er auch schon wieder verschwunden, hatte sich in Luft aufgelöst wie eine Erscheinung.

Sie wich einen Schritt zurück und wirbelte zum Haus herum. Ein Hund bellte wie verrückt, und dieses Geräusch kam von irgendwo aus dem Innern des Hauses. Panisch rannte sie auf dieses Geräusch zu. Als sie durch die Terrassentür hineinstürzte, sah sie Blaze an der Haustür, wie er daran hochsprang und das Holz zerkratzte. Die Schiebetür schloß sich mit einem dumpfen Knall hinter ihr. Sie riß hektisch den Verschlußhebel hoch und rannte dann zur Haustür, die sie eilig zuschloß.

Zitternd sank sie zu Boden und drückte Blaze an sich. »Schsch«, flüsterte sie ihm zu, da ihr in diesem Moment das richtige Kommando einfach nicht einfallen wollte. Das Gebell des Hundes übertönte das, was sie unbedingt hören mußte, aber inständig hoffte, nicht zu hören: die Geräusche von jemandem, der versuchte, ins Haus einzudringen.

Das konnte nicht Jay gewesen sein, sagte sie sich. Er konnte nicht vor ihrem Haus stehen, er war in der Klinik. Und wenn er's nicht gewesen war, dann war's ja vielleicht bloß ein Schatten, eine Einbildung gewesen. Immerhin war es mitten in der Nacht, und im Dunkeln glaubte man immer, irgendwelche Gespenster oder gar den Schwarzen Mann zu sehen. Die Angst gaukelte einem leicht etwas vor.

»Hier spricht Mrs. Jay Babcock«, flüsterte sie einen Augenblick später in den Telefonhörer. »Mein Mann ist diese Woche bei Ihnen in der Klinik. Könnte ich ihn sprechen, bitte?«

»Mrs. Babcock, ist etwas nicht in Ordnung? Es ist nach Mitternacht. Ihr Mann schläft schon seit einer ganzen Weile. Ich brauche die Erlaubnis des Arztes, um ihn wecken zu können.«

Dann war's also nicht Jay gewesen. Er lag in der Klinik. Sophies Hand begann zu zittern, als sie ihren Griff um den Hörer lockerte. Dennoch war sie erleichtert.

»Schon nach Mitternacht?« Sie heuchelte Überraschung. »Das tut mir leid. Ich hab gar nicht gemerkt, daß es schon so spät ist.« Sie hörte die Besorgnis in der Stimme der Frau und wußte, daß es keinen Sinn hatte, ihr zu erzählen, was passiert war. Wahrscheinlich sprach sie ohnehin nur mit einer Rezeptionistin oder Lernschwester, und nun, da Sophie wußte, daß Jay dort war, daß er es nicht gewesen sein konnte, wollte sie niemanden aufschrecken oder gar seine Behandlung unterbrechen. Sie wollte statt dessen die Polizei anrufen und melden, daß jemand um ihr Haus herumschlich.

»Soll ich den Doktor anpiepsen?«

»Nein, nein, ist schon in Ordnung«, beruhigte Sophie die Frau. »Sie brauchen auch Jay nicht zu sagen, daß ich angerufen habe. Ich bin einfach aufgewacht und wußte nicht gleich, wo ich war. Ich hab nicht gemerkt, wie spät es schon ist. Trotzdem vielen Dank.«

»Gern geschehen«, erwiderte die Frau.

Das Freizeichen ertönte, doch Sophie legte nicht gleich auf. Sie starrte wie gebannt auf ihre heftig zitternde Hand, die den

Hörer hielt. Sie konnte kaum fassen, daß sie ihn nicht hatte fallen lassen, *konnte nicht fassen, was als nächstes geschah.* Eine Hand schoß aus dem Nichts hervor, aus dem Dunkeln, und umklammerte die ihre. Es blieb ihr keine Zeit zum Reagieren. Als sie versuchte, sich umzudrehen, wurde sie mit einem Ruck hochgezerrt und gewaltsam gegen die Wand gedrückt. Eine zweite Hand legte sich blitzschnell über ihren Mund und riß ihren Kopf zurück. Der Hörer wurde ihr aus der Hand gerissen und auf die Gabel geknallt.

Gegenwehr war vollkommen nutzlos. Ihr Angreifer schien übermenschliche Kräfte zu besitzen. Sophie war innerhalb von Sekunden überwältigt. Sie konnte ihm nicht einmal einen Ellbogen in die Rippen rammen, da hatte er ihr auch schon einen Knebel in den Mund geschoben und die Hände hinter den Rücken gebunden. Mit dem Körper hielt er sie fest gegen die Wand gedrückt.

»Mach keinen Scheiß, dann passiert dir auch nichts«, drohte er. »Hast du verstanden? Nicke gefälligst.«

Sie nickte verängstigt. Wo, zum Teufel, war Blaze? Warum hatte er den Mann nicht angegriffen? Die Antwort fiel ihr mit einer Gewalt ein, daß sie stöhnen mußte. Sophie hatte das Gefühl, als hätte ihr jemand mit der Faust in den Magen gehauen, obwohl ihr ihr Angreifer bis jetzt nichts getan hatte, außer sie in seinem Schraubstockgriff zu halten. Der Hund stand an der Tür und beobachtete sie, als ob das Ganze ein Spiel wäre.

Blaze kannte diesen Mann, wie sie ihn kannte.

»Wer ist Jay?« erkundigte sich der Eindringling barsch. »Wer ist er? Was bedeutet er dir?«

Er war tatsächlich der Mann, den sie draußen gesehen hatte. Entweder war er zur Vordertür hereingekommen, oder sie hatte die Schiebetür in ihrer Hast nicht richtig verriegelt.

»Du wirst mir gefälligst antworten«, fauchte er ihr nun ins Ohr. »Du wirst mir alles sagen, was ich wissen will, oder ich werde dir weh tun.«

Wieder nickte Sophie. Sie hatte bereits beschlossen, sich

nicht gegen ihn zu wehren. Er war einfach zu stark und das Risiko zu groß. Er hatte das Gewicht seines Körpers ein wenig verlagert, drückte sie aber immer noch gegen die Wand. Jetzt war sie froh, daß sie zuvor keine Kraft mehr gehabt hatte, sich fürs Bett auszuziehen.

Seine Hände waren überall, die Arme quer über ihrem Rücken wie Riegel, die sie regungslos gefangenhielten. Stahlriegel. Mit einer Hand hielt er ihre Hände auf dem Rücken zusammen und mit der anderen fuhr er ihr ins Haar und riß ihren Kopf zu sich herum. »Wer ist der Junge?« fragte er und hielt ihr ein Foto vor die Nase.

Es war ein Bild von Albert. Er mußte es von der Kühlschranktür genommen haben. Sophie verharrte vollkommen reglos. Sie würde ihm nichts über Albert sagen, egal, was er mit ihr machte. Das Kind befand sich in ihrer Obhut. Sie mußte es um jeden Preis schützen.

Plötzlich riß ihr der Eindringling den Knebel aus dem Mund und ließ ihn um ihren Hals hängen. Es sah aus wie ein Stoffstreifen, der von einem weißen Laken abgerissen worden war. Er zog sich ein paar Schritte von ihr zurück. Offenbar war er sich sicher, daß sie nicht versuchen würde, ihm zu entwischen. Das Foto von Albert landete vergessen auf dem Küchentisch, als er begann, sie mit Fragen zu bombardieren. Er hatte es ernst gemeint, als er sagte, er wolle alles über sie erfahren. Er wollte wissen, wie lange sie schon hier lebte, welchen Beruf sie ausübte. Ja, er fragte sie sogar nach ihrem Alter und ihrem Geburtstag.

Sie stand nach wie vor mit dem Gesicht zur Wand, merkte jedoch, wie er hinter ihr in der engen Küche auf und ab lief wie ein nervöser Tiger. Sie versuchte, einen unauffälligen Blick auf ihn zu werfen, ohne daß er es merkte. Die Art, wie er sich bewegte und wie er klang, ließ eine Ahnung in ihr aufsteigen, bei der ihr beinahe übel wurde. Auf bizarre Weise war dies der Jay, an den sie sich von früher erinnerte. Dieser Mann besaß jene explosive Leidenschaft, jene Wildheit, die sie immer mit ihrer ersten Liebe assoziiert hatte. Tränen schossen ihr in die Augen. Es konnte nicht Jay sein. Wurde sie etwa wieder verrückt?

Ein abscheulicher Geschmack schoß ihr in den Mund, eine Mischung aus Angst und Magensäure. Gleich mußte sie sich übergeben. Ihr war so schwindelig, daß sie gegen die Wand sank, und nur noch mit allergrößter Mühe konnte sie sich auf den Beinen halten.

Sie strengte sich an, seine Fragen zu beantworten. Als er wissen wollte, wer Jay war und warum sie ihn mit diesem Namen anredete, versuchte sie, es ihm zu erklären. »Jay ist mein Mann. Er ist vor fünf Jahren verschwunden, und du siehst aus wie er. Du *könntest* er sein.«

Die abrupt eingetretene Stille verriet ihr, daß er sie anstarrte, wahrscheinlich so, als hätte sie nun total den Verstand verloren.

»Ich bin nicht dein Mann«, stieß er mit heiserer, emotionsgeladener Stimme hervor. Mit Jays Stimme. »Ich kenne dich ja nicht mal, außer aus meinen Träumen. Diese Frau, die mich, *verflucht noch mal,* nicht in Ruhe läßt. Die Frau mit Namen Sophie. Das bist du.«

Er kannte ihren Namen?

»Und hier ist noch ein Name für dich. Noah. Warum will mir der nicht aus dem Kopf? Wer, zur Hölle, ist Noah?«

»Du bist es! Du bist Jay ...« Das war alles, was sie herausbrachte. In ihrer totalen Verwirrung schüttelte sie heftig den Kopf. Sie hatte keine Ahnung, was er mit diesen Träumen meinte, außer daß dies hier einer sein mußte. Es konnte nicht real sein. Das konnte nicht wirklich geschehen.

Ihre Erschöpfung wuchs. Sie wagte kaum zu atmen und merkte allmählich, wie still es im Haus geworden war. Ihr erster Gedanke war, daß er gegangen sein mußte. Ihr zweiter, daß er nie dagewesen war. Die Stille zog sich scheinbar endlos lange hin, und schließlich wagte sie es, einen Blick über ihre Schulter zu werfen.

Sie machte sich auf einen Gegenschlag gefaßt, aber es geschah nichts. Sie konnte ihn nirgends entdecken. Immer noch voller

Angst vor Drohungen oder einem möglichen Übergriff löste sie sich vorsichtig von der Wand und drehte sich ruckartig herum. Sie war allein. Die Panik überfiel sie mit einer solchen Macht, daß sie kaum mehr denken konnte. Nein, sie konnte sich das Ganze nicht eingebildet haben. Oder ihn. Es konnte keiner ihrer Alpträume gewesen sein. Denn das würde bedeuten, daß sie tatsächlich wahnsinnig wurde. Ein Mann hatte sich gewaltsam Zugang zu ihrem Haus verschafft, ein Mann, der aussah und klang wie Jay.

Aber das war ebenfalls unmöglich. Jay befand sich in der Klinik, wo er rund um die Uhr überwacht wurde. Jay trug eine Augenklappe. Er konnte ihr nicht all diese Fragen gestellt haben. Er wußte, wer sie war. Er liebte sie. Er war ihr Ehemann.

Sie machte die Augen zu und ließ sich in dem schwarzen Meer treiben. Sie war froh um die Dunkelheit. Mochten die Wellen sie ruhig überspülen, sie wollte Vergessenheit finden. Die schwarze Leere. Den Frieden. Und während sie sich das mit aller Kraft wünschte, fühlte sie, wie sie an der Wand entlang zu Boden glitt.

Aufhören, dachte sie, bitte, aufhören. Das Geräusch machte sie noch völlig verrückt, schon wieder dieses abscheuliche Kratzen. Es war, als würde es in ihr Hirn kriechen und ihre Gedanken mit scharfen Krallen zerfetzen.

Sie öffnete die Augen und sah dasselbe schwarze Meer vor sich, in das sie versunken war. Sie brauchte ein paar Sekunden, bevor sie genug sah, um erkennen zu können, daß sie sich in ihrem eigenen Schlafzimmer befand. Der dünne Streifen gelben Lichts, der unter der Schlafzimmertür aus dem Gang zu ihr hereindrang, beschien den Spitzensaum ihres Nachthemds und ihre weit gespreizten Beine.

Eine dunkle Vorahnung keimte in ihr auf. Sie konnte sich nicht erinnern, ein Nachthemd angezogen zu haben oder wie sie ins Bett gekommen war. Und so wie ihre Beine gespreizt dalagen, sah es aus, als ob …

Sie setzte sich so rasch auf, daß sich das Zimmer um sie herum zu drehen begann. Eine Welle der Übelkeit überrollte sie, und sie klammerte sich an den Bettrand und fing an zu würgen. Nach mehreren trockenen Krämpfen fiel sie erschöpft aufs Bett zurück. Ihr Magen war vollkommen leer gewesen.

Das Kratzen wurde drängender.

Es war kein Traum. Es war Wirklichkeit. Sie war wach und hörte alles. Die ganze Nacht lang war ihr das schreckliche Geräusch ins Hirn gekrochen und hatte sie beinahe wahnsinnig gemacht. Es mußte aufhören, koste es, was es wolle.

Sie brauchte mehrere Minuten, um zur Terrassentür zu gelangen.

Der Hund war da, als sie die Tür zurückschob. Blaze war da. Er schoß japsend und um Aufmerksamkeit heischend ins Haus. Am liebsten hätte sie ihn umarmt. Sie brauchte Trost, aber im Moment fehlte ihr einfach die Kraft.

Auf dem Türrahmen aus Aluminium waren Kratzspuren. Sie bückte sich, um sie zu berühren und näher in Augenschein zu nehmen. Als sie die scharfen Kanten fühlte, hätte sie am liebsten geheult. Der Hund hatte die Geräusche verursacht, er wollte ins Haus. Also hatte sie sich wenigstens das nicht eingebildet.

Sie erhob sich und drehte sich langsam zum Küchentisch herum, nur einen Gedanken im Kopf. »O mein Gott«, flüsterte sie in ihre Hand. Das Foto war fort. Der Eindringling hatte Alberts Foto auf den Tisch geworfen. Sophie hatte es mit eigenen Augen gesehen. Doch jetzt war es wieder an der Kühlschranktür, genau an der Stelle, an der es gehangen hatte.

Sie schluchzte erstickt auf. Ein so verzweifelter Mann wie er hätte sich nicht die Mühe gemacht, das Foto wieder an seinen Platz zu hängen.

Ihr Nachthemd fühlte sich wie Eis an, als sie durchs Zimmer zum Telefon eilte. Vor Kälte zitternd, tippte sie die Nummer ein. Sie wußte nicht, an wen sie sich sonst wenden sollte. Es überraschte sie, als sie nur den Anrufbeantworter hörte, doch dann fiel ihr ein, daß es ja mitten in der Nacht war.

»Claude«, stammelte sie, »hier ist Sophie. Ich weiß, es ist spät, aber könntest du zu mir kommen, wenn du diese Nachricht hörst? Bitte. Ich brauche dich dringend.«

23

»Ich werde dir ein Beruhigungsmittel geben, Sophie. Dann kannst du ruhig einschlafen.«

»Mir geht es gut, Claude, wirklich. Ich brauche nichts.«

Sophie lag auf der Wohnzimmercouch, und Claude saß auf einem Fußschemel, den er sich herangezogen hatte. Er hielt ein Glas Wasser in der einen und eine dicke grüne Kapsel in der anderen Hand, was Sophie nicht gefiel. Seit Tagen schon fühlte sie sich so, als würde sie unter starken Medikamenten stehen, auch ohne etwas genommen zu haben.

»Du bist vollkommen außer dir«, beharrte er. »Entweder du nimmst die Tablette, oder ich rufe Wallis an, damit sie bei dir bleibt. Ich kann dich so nicht allein lassen.«

»Also gut.« Sophie besaß nicht genug Energie für eine Auseinandersetzung mit Claude, doch er hätte sich kein besseres Druckmittel ausdenken können. Sie wollte nicht, daß ihre Schwiegermutter auch nur das geringste über die Vorkommnisse dieser Nacht erfuhr. Wallis glaubte sowieso schon, daß Sophie kurz vor einem Zusammenbruch stand.

Sie nahm ihm zuerst das Glas aus der Hand, wobei sie die vertraute Wärme seiner Finger fühlte. Alles an Claude war ihr geradezu tröstlich vertraut, einschließlich seiner Cardiganjacke und dem süßen Duft seines Pfeifentabaks. Er rauchte schon seit Jahren nicht mehr, dennoch füllte er seinen Beutel jeden Morgen mit aromatischem Bombay Court, seiner Lieblingsmarke, weil er den Geruch liebte, behauptete er, und auch das Ritual des Tabakauffüllens. Selbst seine Stimme wirkte beruhigend auf sie, tief und klangvoll.

»Dann gib mir schon diese dumme Pille«, meinte sie unwirsch, weil sie ihm am liebsten gesagt hätte, wie schön es war, ihn wiederzusehen. Erst jetzt merkte sie, wie sehr ihr seine ruhige Art gefehlt hatte.

Die Kapsel ließ sich nur schwer schlucken. Sie trank das ganze Glas Wasser aus, um sie hinunterzubekommen. Ja, sie war wirklich noch ziemlich aufgewühlt.

»Ich hab den Eindringling nicht gut sehen können, aber er klang ganz genauso wie Jay, wie der alte Jay, der verschwunden ist. Wirklich, Claude. Du glaubst mir doch, oder?«

»Ja, Sophie, ich glaube dir.«

Sie hatte ihm bereits erzählt, was passiert war, doch irgendwie fand sie es nötig, alles noch einmal zu erklären. »Er hat mir Fragen gestellt, Fragen über ihn und mich.« Sie wollte so sehr, daß er ihr glaubte. »Und du glaubst nicht, daß ich das alles nur geträumt hab?«

Er schwieg. Sie hatte das Gefühl, er hätte seine Hand weggezogen, wenn sie sie nicht festgehalten hätte.

»Es tut mir leid, Sophie, aber es besteht die sehr reale Möglichkeit, daß das nur wieder einer von deinen halluzinativen Träumen war. Vielleicht bist du ja sogar schlafgewandelt. Die Leute tun alles mögliche, wenn sie schlafen, einschließlich morden. Es kann durchaus sein, daß du in die Küche gegangen bist, um den Hund reinzulassen, und dir dein Nachthemd angezogen hast und all das.«

»Moment, Blaze kannte ihn«, rief sie, als ob dies alles beweisen würde. »Blaze hat nicht gebellt!«

»Blaze hat nicht gebellt, weil dieser Mann gar nicht da war. Es war ein Traum.«

»Nein!«

»Ich sage nur, es ist sehr gut möglich. Es könnte von dem Schock über Jays unerwartete Rückkehr kommen. Du hattest dir ein völlig neues Leben aufgebaut, eine völlig neue Zukunft. Wir beide, du und ich, wir waren glücklich, oder zumindest glaubte ich das. Vielleicht will dir der Traum ja etwas sagen.«

Er liebt mich noch immer, dachte Sophie. Sie hatte das Gefühl, als würde ihr die Riesenpille noch im Hals stecken wie ein Hühnerknochen, der sich nicht hinunterschlucken ließ. Es schmerzte sie, daß er noch immer litt, aber ihr war einfach zu schwindelig im Kopf, um darauf reagieren zu können. Alles, was sie sagte, konnte als Ermutigung mißverstanden werden, und das wäre einfach grausam gewesen. Sie liebte ihn auch noch, aber auf eine andere Art. Sie liebte ihn wie einen engen, treuen Freund, ja, das alte Klischee, doch das konnte sie ihm unmöglich sagen.

»Claude, und wenn es nun kein Traum war? Wenn es wirklich Jay war?«

Sein walnußbrauner Schnauzer war fast so schiefergrau geworden wie seine Schläfen. Das fiel ihr erst jetzt auf, als er mit den Fingern darüberstrich. »Wenn das Jay war, wer ist dann der Mann, der dabei ist, Babcock Pharmaceuticals zu übernehmen? Willst du damit andeuten, daß er ein Schwindler ist? Das klingt ein bißchen weit hergeholt.«

»Aber doch nicht unmöglich? Es könnte doch so sein? Und ich bin nicht die einzige, die das denkt. Muffin hat von Anfang an –«

Er tätschelte beruhigend ihre Hand, und Sophie spürte einen dumpfen Schmerz. Die Innenseite ihres Handgelenks war ganz blau. »Das ist von den Stricken«, flüsterte sie. »Schau, Claude. Das ist der Beweis, daß er da war. Er hat mich gefesselt!«

Sie fuhr mit den Fingern über die schmalen, rotblauen Striemen und hielt ihren Arm hoch, damit er es sehen konnte. Diese blauen Flecken bildete sie sich nicht ein, die waren Wirklichkeit. Sie zuckte zusammen, als er sie untersuchte. Aber er schüttelte den Kopf.

»Was stimmt nicht? Er hat mich gefesselt. Das hab ich dir doch gesagt.«

»Ja, aber das hier kommt nicht von den Fesseln, Sophie. Das hast du früher schon gemacht, wenn du dich erinnerst. Du hast dich gekniffen, um festzustellen, ob du träumst oder nicht. Vielleicht hast du das heute nacht während des Traums ja auch gemacht.«

Das konnte und wollte sie einfach nicht glauben. Verwirrt sank sie in die Kissen zurück. Irgendwie konnte sie nicht mehr richtig denken. Doch was er behauptete, konnte sie klar vor sich sehen. Ihr Handgelenk hatte tatsächlich so ausgesehen, als sie noch bei ihm in Behandlung war: übersät mit kleinen blauen Flecken, und sie hatte nicht mal gewußt, daß sie das gewesen war. Aber das war vor Jahren passiert, nicht heute nacht. Sie konnte sich nicht gekniffen haben. Sie war gefesselt gewesen. Das mußte er doch verstehen.

Claudes Stimme klang beruhigend. »Jetzt komm schon«, drängte er sie liebevoll. »Du sollst dich beruhigen, damit die Tablette wirken kann. Vergiß nicht, daß Muffin ihre eigenen Gründe hat, nicht zu wollen, daß er Jay Babcock ist.«

»Muffin?« Er war auf ihre Bemerkung zurückgekommen. Er wollte nicht über die blauen Flecken reden, er wollte sie ablenken. Nun, die Tablette begann zu wirken. Sie drehte den Kopf zur Seite. Auf einmal war ihr ganz schwer und traurig zumute. Offenbar hatte sie gehofft, daß Claude ihr glauben würde, der Arzt, der sie durch die Schreckenszeit geführt hatte. Es war nur natürlich, daß er nun glaubte, sie würde wieder in die alten Muster zurückfallen, ein Rückfall beim ersten Anzeichen von Streß.

Vielleicht wollte er sogar glauben, daß es ihr ohne ihn schlechtging.

»Ich werd allmählich müde«, sagte sie.

Er ließ ihre Hand los, und da wußte sie, daß er bald gehen würde. Es war richtig gewesen, ihr die Pille zu geben. Die Traurigkeit war bereits wieder verschwunden. Alle Gefühle begannen zu verschwinden, die guten wie die schlechten. Irgendwie machte ihr die Panik, die wieder aufkeimen wollte, weil sie bald allein sein würde, nichts mehr aus. Das hohle, leere Gefühl war da, aber es machte ihr nichts mehr aus.

»Danke, daß du gekommen bist«, sagte sie und seufzte auf, ein Seufzen, das sich unversehens in ein gewaltiges Gähnen verwandelte. »Es geht mir jetzt wieder gut. Wahrscheinlich war's ja nichts ... bloß ein Traum ...«

Sie schloß die Augen und spürte, wie etwas Warmes über ihre Wange strich, sein Handrücken mit den dunklen Haaren darauf. Sie fragte sich, ob die auch schon grau wurden.

»Ja, nur ein Traum, Sophie«, sagte er. »Aber das ist der letzte, das verspreche ich dir. Keine Träume mehr, Sophie.«

Keine Alpträume mehr, dachte sie, während sie auf einen Ort zudriftete, der ebenso warm und sanft war wie seine Hand. Keine Alpträume mehr. Das mußte er meinen.

Sophie wurde vom lästigen Schnarren des Telefons geweckt. Halbwach stellte sie fest, daß es früh am Morgen war und sie immer noch auf der Wohnzimmercouch lag, zugedeckt mit einer Decke, die Claude über sie gelegt haben mußte. In einem warmen Niemandsland dahinschwimmend, konnte sie sich nicht vorstellen, wer sie um diese Zeit anrufen mochte, und wollte es auch gar nicht wissen. Claudes grüne Pille hatte wahre Wunder gewirkt. Schon lange hatte sie sich nicht mehr so sicher und sorglos gefühlt.

Es schnarrte noch dreimal, dann schaltete sich der Anrufbeantworter mit einem lauten Knacken ein. Blaze regte sich in der Küche. Wahrscheinlich hatte er an seinem Lieblingsplatz vor dem Kühlschrank geschlafen.

Auf einmal durchschnitt eine tiefe Männerstimme die Hintergrundgeräusche.

»Wo bist du? *Sophie, wo bist du?*«

Sophie erstarrte. Das war Jays Stimme, genau wie in dem Traum. Ja, er stellte sogar dieselbe Frage. Wo bist du? Sie setzte sich ruckartig auf und umschlang ihre in die Decke gewickelten Knie. Eine Welle der Verzweiflung drohte sie zu übermannen. Da spielte jemand ein ganz gemeines Spiel mit ihr, jemand, der wollte, daß sie an ihrem Verstand zweifelte. Der Gedanke, daß er es sein könnte, war ihr unerträglich.

Ihre Kehle war wie zugeschnürt. *Ach, Jay, wie kannst du nur?*

Wie kann jemand so grausam sein. Alles, was ich dir je angetan habe, war, dich zu lieben. Alles, was ich je von dir wollte, war, daß du mich liebst.

Sie sank verzweifelt gegen die Couchlehne. Von all den Dingen, die ihr in den letzten vierundzwanzig Stunden am unmöglichsten erschienen wären, war dies das erste: daß er ihr absichtlich weh tun würde.

Etwas stupste sie hartnäckig am Bein und riß sie für einen Moment aus ihren Grübeleien, etwas Kaltes und Feuchtes. Es war Blaze, der versuchte, mit der Schnauze unter die Decke zu kommen. Sie mußte lachen und beugte sich vor, um den Hund am Kopf zu kraulen. Wir brauchen alle Liebe, dachte sie, wie die Luft zum Atmen. Ohne Liebe geht es nicht. Aber warum ist es so schrecklich schwer, dieses Bedürfnis erfüllt zu bekommen?

»Sophie? Bist du da? Nimm ab, wenn du da bist ...«

Blazes Kopf zuckte hoch. Sophie erstarrte erneut und lauschte. Es war tatsächlich Jay. Er wollte, daß sie ans Telefon ging. Das verzweifelte Drängen in seiner Stimme schnitt ihr ins Herz, aber sie konnte einfach nicht. Der andere Mann stand ihr noch zu lebhaft vor Augen. Ob nun Traum oder nicht Traum, das Entsetzen und die Verwirrung der letzten Nacht waren noch viel zu frisch.

»Sophie?« Er rief ihren Namen mehrmals, bevor ihr ein lautes Klicken verriet, daß er aufgelegt hatte. Es machte sie ganz krank, aber sie hätte im Moment unmöglich mit ihm reden können, nicht über die Ereignisse der vergangenen Nacht. Zumindest hatte sie jetzt ein wenig Zeit, sich zu beruhigen und zu überlegen, wie sie ihm von dem Eindringling erzählen sollte. Claude hatte sie keineswegs davon überzeugt, daß alles nur ein Traum gewesen war, aber sicher konnte sie sich ebenfalls nicht sein. So groß auch ihr Bedürfnis war, sich alles von der Seele zu reden, so wenig sicher war sie, wozu das gut sein sollte, außer daß sie Jay damit aufregte.

Das Telefon schnarrte schon wieder, gerade als sie sich und den Hund aus der Decke gewickelt hatte.

»Sophie, bist du da? Verdammt noch mal, ich hab jeden angerufen …« Seine Stimme brach.

Sophie hörte nicht, was er noch sagte. Sie sprang auf und rannte in die Küche. Plötzlich erschien es ihr lebenswichtig, zum Telefon zu gelangen, bevor er auflegte. Es klang, als wäre er drauf und dran, ins Auto zu springen, rüberzufahren und ihre Tür einzutreten.

Atemlos griff sie nach dem Hörer. »Jay?«

»Sophie, bist du das?«

»Ja, tut mir leid …«

»Himmel noch mal, du machst mir vielleicht Sorgen. Ich wußte, daß du dasein mußtest, und konnte mir einfach nicht erklären, warum du nicht ans Telefon gehst. Die Kids kommen doch heute morgen, oder nicht?«

Die Kids? Was für ein Tag war heute? Sie drehte sich um und warf einen Blick auf den Wandkalender, der neben der Uhr hing. Für heute war ein Ausflug geplant, und weil sie keinen Kleinlaster zur Verfügung hatte, war vereinbart worden, daß die Mütter ihre Kinder direkt vor dem Aquarium ablieferten. Sie sollte sich dort in einer Viertelstunde mit Ellen treffen.

»Ich hab verschlafen«, sagte sie lahm.

»Dann will ich dich nicht lang aufhalten. Ich bin gerade zurück von La Jolla, hab noch nicht mal ausgepackt, aber ich mußte einfach deine Stimme hören. Apropos Auspacken, ich bin bereit, heute deinen Umzug über die Bühne zu bringen. Jetzt gleich. Was sagst du dazu?«

Er klang so sicher, so stark. Sophie wünschte, sie könnte ihm die richtige Antwort geben. Sie hätte alles dafür gegeben, ihre Zweifel loszuwerden. Erneut kämpfte sie mit sich, ob sie ihm von dem Eindringling erzählen sollte, entschied sich jedoch dagegen. Sie hatte genau zugehört, jedes Wort, das er sagte, sein Tonfall, hatte jedoch nichts gehört, das sie in dem Glauben bestärkt hätte, er sei's gewesen. Ganz im Gegenteil: Er war wie ein Sonnenstrahl, der eine dunkle Wolke durchdrang.

Die traurige Wahrheit war, daß sie ihren eigenen Wahrnehmungen nicht mehr traute. Auf eine Weise wäre es sogar einfacher, zu glauben, daß die Belastungen der letzten Zeit sie aus der Bahn geworfen hatten, zumindest hatte sie das schon einmal mitgemacht und wußte, was zu tun war. Claude konnte ihr einen Therapeuten empfehlen.

Ja, vielleicht war's auch nur ein Traum gewesen. Andererseits jedoch ... Sie klemmte den Hörer zwischen Schulter und Wange und strich nachdenklich mit dem Finger über ihr mißhandeltes Handgelenk. Nein, die Konsequenzen wären in diesem Fall einfach zu beängstigend.

»Wenn du nicht nein sagst«, meinte er, »dann stehe ich in einer Viertelstunde mit einem Umzugslaster vor deiner Tür.«

»Es geht nicht, Jay, heute nicht. Wir machen einen Ausflug, und Ellen kann nicht zehn Kinder allein betreuen.«

»Kommst du dann wenigstens heute abend? Und bleibst über Nacht? Allerdings sollte ich dich warnen, daß Wallis wieder mal eine Party gibt – ein Barbecue draußen am Pool. Ich komme mir allmählich wie ein Wahlkampfkandidat vor. Sie hat ein paar Vorstandshemden eingeladen, denen ich Honig ums Maul schmieren soll, aber ich hoffe, daß Muffin sich wieder besäuft und jemanden in den Pool stößt.«

»Sich selbst vielleicht?« fragte Sophie gehässig. Sie war nicht gerade in der Verfassung für noch eine Party, aber sie wollte Jay sehen. Sie mußte ihn sehen. Nur so konnte sie den Sturm in ihrem Innern zur Ruhe bringen, wie es schien. »Ich werde kommen«, versprach sie.

Und sie würde ihm sagen, was passiert war, das nahm sie sich fest vor, sobald die Party im Gange war und sie mit ihm allein sein konnte.

Er seufzte, als wäre ihm eine große Last genommen worden. »Hab ich dir schon gesagt, wie sehr ich dich vermißt hab?« erkundigte er sich mit heiserer Stimme. »Einmal haben sie mich an ein EEG gehängt, und meine Alphawellen haben deinen Namen gezwitschert. Ich glaube, ich werd Probleme haben, heute abend die Hände von dir zu lassen, das merke ich jetzt schon.«

Sie fing allmählich an zu glauben, daß seine Stimme genauso sinnlich war wie seine Berührungen. Wenn sie diesen leisen, heiseren, *hungrigen* Ton annahm, fiel sie schlichtweg auseinander. »Wie lang wird diese Party denn dauern?«

»Ich schmeiß sie raus, sobald sie ihre Rippchen gefuttert haben.«

Sie mußte gegen ein Lächeln ankämpfen und war froh, daß er sie nicht sehen konnte. »Gibt es eine Kleidervorschrift?«

»Die übliche.«

»Und die wäre?«

»Was dich betrifft, so wenig wie möglich.«

»Sorry, das ist ein Familientreffen. Irgendwas muß ich anziehen.«

»Wie wär's mit einem Kleid und nichts sonst?«

Sie lachte. »Mit nichts als einem Lächeln.«

Seine Stimme wurde noch heiserer. »Wenn du so weitermachst, müssen sie mich wieder festschnallen.«

Er bekam einen Anruf über die andere Leitung herein und legte sie kurz auf die Warteschleife. »Die Party fängt früh an, so um sechs«, sagte er, als er wieder dran war. »Schaffst du das?«

Sie wußte, daß es knapp werden würde, versprach jedoch, ihr Bestes zu versuchen.

»Toll. Also komm bitte pünktlich, ich hab nämlich eine kleine Überraschung geplant, die du gewiß nicht verpassen willst. Ich muß jetzt unbedingt diesen Anruf annehmen. Hab ich dir je gesagt, daß mich dein Lächeln einfach umwirft? Flach auf den Rücken?«

Ihre einzige Antwort war eine Frage: »Was für eine ›kleine Überraschung‹?« Aber er hatte bereits aufgelegt, bevor sie ihm eine Antwort abringen konnte. Sie blickte den Hörer an, während sie auflegte, und fragte sich, wie er das immer wieder schaffte. Wie schaffte er es, sie zum Lächeln zu bringen?

Muffin hatte vor, sich rasch in die Küche zu schleichen, solange niemand dort war, und sich dann mit ein wenig Proviant auf ihr

Zimmer zurückzuziehen. Ihre Beute bestand aus einem Päckchen Reiskuchen mit Karamelüberzug und einer Thermoskanne mit heißem Kaffee, was für die nächsten Stunden, ja vielleicht sogar für den Rest des Tages reichen sollte. Seit ihrer Rückkehr von Delilahs Wohnung gestern abend hatte sie sich unbemerkt im Haus herumgedrückt, mit Erfolg: bis jetzt war es noch zu keiner Konfrontation mit der lieben Familie gekommen. Und das sollte auch noch eine Weile so bleiben, wenn es nach ihrem Willen ging. Besonders Jay wollte sie aus dem Weg gehen, der heute vormittag aus der Klinik zurückgekommen sein mußte.

Die Luft schien rein zu sein, als sie ihr Zimmer verließ, aber als sie sich der Eingangshalle näherte, drang Mildreds Altstimme an ihr Ohr.

»Es tut mir leid, Dr. Laurent«, sagte die Haushälterin gerade, »aber Mrs. Babcock ist bereits ausgegangen, und wir erwarten sie nicht vor dem Lunch zurück. Soll ich sie bitten, Sie anzurufen, wenn sie wieder da ist?«

»Ja, bitte. Ich würde sie gerne so bald wie möglich sprechen.«

Muffin war sofort ganz Ohr. Falls sie sich nicht sehr irrte, handelte es sich bei diesem Dr. Laurent um Sophies Exverlobten, Claude. Sie schob ihr weites T-Shirt fester in ihre Jeans, froh darüber, daß sie nicht im Morgenmantel heruntergekommen war.

»Warten Sie, Mildred!« rief Muffin der Haushälterin zu, als diese Anstalten machte, die Tür hinter ihrem Besucher zu schließen. »Vielleicht kann ich Dr. Laurent helfen. Hallo, Claude, wie geht es Ihnen?«

Der Therapeut verharrte überrascht im Türrahmen, doch er lächelte, als Muffin mit ausgestreckter Hand auf ihn zuschritt.

»Es geht mir sehr gut, danke.«

Seine tiefe Stimme schnurrte wie ein Lastermotor im ersten Gang. Nicht unangenehm, dachte Muffin, auch wenn sie immer ein wenig rostig klang, als ob die Federung geölt werden müßte. Dieselbe Unsicherheit strahlte auch seine Haltung aus, was sie dazu veranlaßte, seine Hand nur um so fester zu schütteln. Sie hatte keineswegs die Absicht, eher loszulassen, als bis sie mit ihm fertig war.

»Danke Mildred, ich kümmere mich jetzt um Dr. Laurent.« Sie entließ die Haushälterin mit einem hoheitsvollen Nicken und wandte sich wieder an Claude. »Wallis wird noch ein Weilchen auf sich warten lassen. Kann ich vielleicht etwas für Sie tun?«

Er versicherte ihr, daß das nicht der Fall sei, aber Muffin ließ sich nicht so schnell abschütteln und bestand darauf, ihn nach draußen zu begleiten. »Was für ein wunderschöner Tag«, schwärmte sie, während sie ihn die Eingangsstufen zur runden Auffahrt mit dem klassischen Springbrunnen in der Mitte hinunterführte. »Warum genießen wir ihn nicht einen Moment.«

Aus einem Moment wurden mehrere, und während sie zwischen den kunstvoll beschnittenen Hecken herumschlenderten, holte Muffin geschickt den Grund für Claudes Besuch aus ihm heraus.

»Ich mache mir Sorgen um Sophie«, vertraute er ihr an. »Ich habe kürzlich mit ihr gesprochen, und sie kam mir ungewöhnlich verängstigt vor. Ich dachte, ich könnte Wallis vielleicht darum bitten, ein Auge auf sie zu haben.«

»Verängstigt?« Muffin mußte sich anstrengen, um mit seinen langen Schritten mitzuhalten. »Was meinen Sie damit?« Er war wirklich ein Riese. Ein sanfter Riese zwar, wie sie sich vorstellen konnte, dennoch umgab ihn eine gewisse Bedrohlichkeit. Doch wahrscheinlich war das bei allen großen Männern der Fall.

Er schien nicht mehr verraten zu wollen, aber Muffin besaß seit jeher eine Spürnase für die Schwachstellen ihrer Mitmenschen und auch dafür, wie man sich diese zunutze machte. Claude war Sophies Therapeut gewesen und fühlte sich offenbar noch immer verantwortlich für sie, was Muffin auf den Gedanken brachte, daß hier das Universaldruckmittel ideal sein müßte: zwick ihn bei seinen Schuldgefühlen.

»Ich weiß wirklich nicht, wieso Sie mit Wallis darüber reden können und nicht auch mit mir«, meinte sie in verletztem Tonfall. »Sophie und ich sind seit Jahren gute Freundinnen, selbst in der Zeit, als die Babcocks kein Wort mehr mit ihr reden wollten. Sie können doch nicht vergessen haben, daß ich als einziges Familienmitglied auf ihrer Verlobungsfeier gewesen bin.«

Mit einem Nicken bestätigte er, daß sie recht hatte. »Aber worüber ich mir Sorgen mache, ist Sophies Privatsphäre«, gestand er.

»Und ich mache mir Sorgen um ihr Wohlergehen.«

Sie gingen eine Weile schweigend nebeneinander her, wobei Muffin die Anspannung absichtlich wachsen ließ. Einer von ihnen würde als erster das Wort ergreifen müssen, und das war bestimmt nicht sie. Sie war schließlich diejenige, die er für unwürdig hielt – und darauf beabsichtigte sie herumzureiten.

»Ja, das ist es tatsächlich, worum es geht, um Sophies Wohlergehen«, räumte Claude ein.

Mehr brauchte Muffin nicht zu hören. Nur noch einen sanften Schubs, und er brach auf wie eine reife Frucht und erzählte ihr alles. Muffin wußte ehrlich nicht, was sie davon halten sollte. Sophie war überfallen worden, oder sie dachte zumindest, daß es passiert war, und zwar von jemandem, der genauso aussah und so klang wie Jay Babcock. Entweder ihre Schwägerin verlor allmählich den Verstand, oder sie hatte wirklich Grund, sich zu fürchten.

»Ich hab ihr ja gesagt, es könnte gefährlich werden«, meinte Muffin.

Claude blieb stehen und starrte sie mißtrauisch an. »Was wollen Sie damit sagen?«

»Sie glaubt nicht, daß er wirklich Jay ist. Und das macht sie zu einer Bedrohung für ihn.«

»Sie halten ihn für fähig, ihr etwas anzutun?«

»Vielleicht hat er's ja bereits versucht.« Muffin war nicht sicher, ob sie das selbst glaubte oder ob sie's Jay Babcock einfach heimzahlen wollte. Nach kurzem Überlegen entschied sie, daß das egal war. Denn nun hatte sie endlich eine Handhabe gegen diesen Bastard.

Jay hob seine Faust und starrte verständnislos den zerschmetterten antiken Glasbilderrahmen an. Jemand hatte ihn zu tausend Scherben zerschlagen. Den Rahmen, das Glas, das Foto von seinem Vater, alles war mit einem einzigen Faustschlag zertrümmert worden. Blut tropfte von der einen Seite seiner Hand auf die lederne Schreibunterlage. Dicke, leuchtend rote Tropfen landeten auch auf den Scherben, was den Anschein erweckte, als wäre der Jäger selbst die Beute.

Noahs Miene wirkte ebenso unheilvoll wie das Gewehr unter seinem Arm. Ein Jäger, wie er im Buche stand. An dem Tag, an dem das Bild aufgenommen worden war, war er mit einer stattlichen Anzahl von erlegten Wachteln zurückgekehrt und hatte den ganzen Haushalt um sich versammelt, um sich feiern zu lassen. Jay konnte zu der Zeit nicht älter als zehn Jahre gewesen sein, und damals hatte er den ausgeprägten Jagdinstinkt seines Vaters nicht verstanden. Jetzt schon. Er war seine zweite Natur gewesen.

Aber falls ihn das beunruhigte, dann nicht so sehr wie die Scherben vor ihm.

Jemand hatte das Bild zerschmettert.

Es brauchte wohl kaum noch Beweise, um zu erkennen, daß er selbst es gewesen war, aber er konnte sich nicht daran erinnern. Er konnte sich an gar nichts erinnern, außer an den blendenden Schmerz in seinem zerstörten Auge. Es mußte so schlimm gewesen sein, daß er für einen Moment nicht mehr gewußt hatte, was er tat. So schlimm, daß er etwas hatte zerschlagen müssen.

Eine Packung Papiertaschentücher lag auf dem antiken Sekretär, den er in einen Schreibtisch verwandelt hatte. Er zog eine Handvoll heraus und drückte sie gegen die blutenden Schnitte. Der alte Schreibtischsessel, ebenfalls ein Erbstück, quietschte protestierend, als er sich zurücklehnte und die Augen schloß. Wann hatten sie angefangen, diese Absencen, dieser grelle, unerträgliche Schmerz?

Die Medikamente hatten sein Kopfweh nicht gelindert, ganz

im Gegenteil, es war schlimmer geworden, und es traten inzwischen noch andere Symptome auf, wie der Vorfall eben oder der heftige Wunsch, gewalttätig zu werden, der ihn ab und zu überfiel. Das Foto war nicht der erste Gegenstand, den er kaputtgeschlagen hatte. Neulich war das verspiegelte Medizinschränkchen einfach in Scherben gegangen, und alles, woran er sich erinnern konnte, war, daß er in den Spiegel gestarrt hatte, und im nächsten Moment war das Ding vor seiner Nase explodiert.

Du hast Blut an den Händen. Du bist genauso schuldig wie wir alle!

Diese Anschuldigung von Noah war ihm durch den Kopf gegangen, während er die Glassplitter in seiner Hand anstarrte. Heute war es dasselbe. Und er war genauso ratlos wie zuvor. Was, zum Teufel, geschah mit ihm?

Er preßte zornig die Lippen zusammen, während er die Taschentücher gegen die Wunde drückte, um die Blutung zu stillen. Jemand wollte dasselbe mit ihm tun – ihn stoppen. Sein Leiden wurde mit der Behandlung nicht besser, die Behandlung war die Ursache für seine Anfälle! Jemand plante, ihn aufzuhalten – ihn unschädlich zu machen, wenn möglich –, und die Liste der Verdächtigen war endlos.

Selbst sie befand sich darauf: Sophie.

Er hatte sich einzureden versucht, daß das unmöglich war. Sie konnte nicht zu seinen Feinden gehören. Sie war alles andere als hinterlistig oder geldgierig. Und doch ergab es einen Sinn. Sie verhielt sich seit einiger Zeit sehr seltsam, als wollte sie etwas vor ihm verbergen. Und sie änderte beinahe täglich ihre Meinung in bezug auf seine Identität. Doch keiner der genannten Gründe war der eigentliche, wie er zugeben mußte. Sie war gefährlich, weil er ihr gegenüber auf eine Weise verwundbar war wie sonst bei keinem.

Sie löste finstere, gewaltige, *herrliche* Regungen in ihm aus. Regungen, die seine Seele verbrennen wollten. Sie war die Fackel, die lodernde, weißglühende Flamme in seinem Innern.

Ohne sie gab es nichts als Dunkelheit und die Leere, der er entstiegen war.

Ja, er war verwundbar, wurde von seinen Gefühlen geschüttelt. Er war nicht ganz bei Verstand. All das und mehr, bloß wegen einer süßen kleinen Frau namens Sophie. Er flüsterte ihren Namen, sanft und federleicht, und sofort rammte sich die Faust der Lust in seinen Leib. Ja, genauso fühlte es sich an, als würde ihm jemand die Faust in den Unterleib stoßen, so daß ihm die Luft wegblieb.

Was ist das nur für eine Macht, die sie über mich hat?

Diese Frage quälte ihn bis zur Besessenheit, während er die blutigen Scherben auf dem Schreibtisch anstarrte. In seinem Schädel begann es wieder zu pochen, doch während er das Chaos um sich herum beäugte, fiel sein Blick auf etwas, das ihn aus dem Stuhl hochfahren ließ. Etwas war auf die Schreibunterlage geschrieben worden, ein Wort quer über den Kalender.

Anbinden. Das hatte jemand wiederholt niedergeschrieben, und das konnte nur er gewesen sein. Die Handschrift war die seine, und während er die vertrauten Buchstaben studierte, fiel ihm schlagartig ein, daß er dasselbe Wort auch in den Tisch im *Dirty Dan's* geritzt hatte. Er wußte nur nicht mehr, wann oder warum.

Voller Verwirrung und Frustration erhob er sich aus seinem Stuhl. Zu viele Fragen bestürmten sein schmerzendes Hirn, zu viele Ungewißheiten. Jemand trieb ein schmutziges Spiel mit ihm, doch er würde zurückschlagen. Heute abend noch würde er den Köder auslegen und sehen, wer anbiß.

24

Nichts als ein Lächeln. Dieser Satz ging Sophie schon den ganzen Abend lang nicht mehr aus dem Kopf, aber es war fast neun Uhr geworden, bevor Jay wieder darauf zu sprechen kam.

»Ich muß mit dir zusammensein«, flüsterte er. »O Gott, das brauch ich so sehr.«

Er war von hinten an sie herangetreten, und sie erschauderte, als er die Finger über ihren nackten Arm gleiten ließ und ihre Hand nahm. Die Party hatte schon seit etwa einer Stunde ihren Höhepunkt überschritten, und Sophie war bei Wallis' »Hinterhofbarbecue« davongeschlendert und stand nun auf der anderen Seite des großen Swimmingpools und genoß das weiche Laternenlicht und das gedämpfte Stimmengewirr der Partygäste. Das Ganze wirkte auf sie wie ein Traum, ein wunderschöner, beinahe hypnotischer Traum, und obwohl sie an Jay gedacht hatte, hatte sie ihn nicht kommen hören.

»Na, hast du den Vorstandshemden genug Honig ums Maul geschmiert?« fragte sie mit einem verschmitzten Lächeln.

»Klar.« Er zog ihre Hand auf ihren Rücken und hielt sie dort besitzergreifend fest. »Und jetzt bist du dran.«

»Ich? Weil ich so brav war und mich an die Kleiderordnung gehalten habe?«

»Was willst du damit sagen? Daß du kein Höschen ...«

Sie lachte, erfreut darüber, daß ihr schwarzweißbedrucktes Sommerkleid ihm den restlichen Abend über Rätsel aufgeben würde. »Du weißt doch, daß ich mich immer an die Vorschriften halte.«

Es war ganz schön leichtsinnig, Jay Babcock zu reizen, und sie sollte das besser wissen als jeder andere, doch irgendwie schien sie einfach nicht anders zu können. Er brachte etwas in ihr zum Vorschein, eine Sehnsucht nach dem Risiko, das sie ohne ihn vielleicht nie an sich entdeckt hätte.

Ein sanftes Knurren ertönte tief aus seiner Brust. »Falls du mich in den Wahnsinn zu treiben versuchst, es funktioniert.«

Er preßte den Beweis dafür an sie. Er war hart und bereit für sie. Wenn die Umstände anders lägen, dann würde er in diesem Moment bereits bei einer Inspektion der Kleiderordnung sein, gleich hier am Pool. Sie bezweifelte, daß sie es zu einer der Umkleidekabinen schaffen würden.

»Zeit für die Überraschung«, sagte er.
»Wird sie mir gefallen?«
»Befriedigung garantiert«, flüsterte er. »Aber deine kommt erst später. Zunächst mal muß ich meine Ankündigung machen.«
»Hat's was mit der Firma zu tun?«
»Wirst schon sehen.«
Er tat ungeheuer geheimnisvoll, was sie nur noch neugieriger machte. »Stimmt was nicht?« fragte sie einen Augenblick später, da er sich immer noch nicht bewegt hatte.
»Ein anatomisches Problem. Oder willst du, daß alle Welt sieht, was du mit mir anstellst?«
»Nun, du könntest ja den ganzen Abend über hinter mir gehen.«
»Glaubst du nicht, daß das breite Grinsen auf meinem Gesicht mich verraten würde?«
»Auch nicht mehr als meine atemlosen kleinen Seufzer.«
Glücklicherweise erholte er sich rasch wieder, so daß niemand zum Grinsen oder Seufzen Zuflucht nehmen mußte. »Ich glaube, jetzt bin ich wieder einigermaßen präsentabel«, meinte er mit leiser Stimme. »Kommst du mit? Ich hätte dich gern an meiner Seite, wenn ich meine Imitation von Heinrich dem Fünften abgebe.«
Sie wäre lieber in ihrer eigenen kleinen Welt geblieben, auf der abgewandten Seite des Pools, und hätte weiter von ihm geträumt, aber sie hatte das Gefühl, daß er sie wirklich bei sich haben wollte, und außerdem war sie neugierig auf das, was er der gelackten Gesellschaft, die seine Mutter versammelt hatte, zuzumuten gedachte.
Als sie Hand in Hand zur Party zurückkehrten, konnte Sophie nicht anders, als sich über die Wirkung zu wundern, die er auf sie hatte. Was sie wirklich in Erstaunen versetzte, war, wie rasch er sie von den Ängsten abgelenkt hatte, die sie während seiner Abwesenheit geplagt hatten. Es schien, als könne er sie mit einem einzigen Blick, einem Wort oder einer Berührung in

eine empfängliche Stimmung versetzen. Manchmal brauchte es nicht mehr als den Klang seiner Stimme am Telefon. Der Anruf heute morgen war der Beweis.

Sie hatte noch immer vor, ihm von dem Eindringling zu erzählen, doch kam ihr die Situation nun nicht länger lebensgefährlich oder dringend vor. Was sie jedoch liebend gerne erfahren würde, war, wie er es fertigbrachte, wie er ihr die Sorgen vollkommen austrieb und sie glauben ließ, daß es nichts anderes auf der Welt gäbe, außer sie beide. Vielleicht war die Bezeichnung Schlangenbeschwörer doch nicht so weit hergeholt. Jedenfalls kam es ihr wie Magie, wie Zauberei vor, was er da mit ihr trieb. Als stünde sie vollkommen unter seinem Bann.

Als er sich nun zu Wort meldete, schien das jeden zu überraschen, einschließlich Wallis. Sophie konnte sehen, daß ihr die Verwirrung ins Gesicht geschrieben stand, als Jay mit einer Coladose an einen Eimer mit Eiswürfeln klopfte, um auf sich aufmerksam zu machen.

»Amüsiert ihr euch auch alle?« erkundigte er sich laut von dem Balkon aus, der ihnen früher immer als Plattform für die Band oder als Bühne gedient hatte, wenn sie als Kinder eine Party feierten.

Aller Augen wandten sich ihnen beiden zu, einschließlich die von Jerry White, Muffin und den zahlreichen Babcock-Cousins und Cousinen. Sophie war es peinlich, aber sie konnte nichts dagegen machen, denn Jay hielt sie fest bei der Hand.

»Da heute abend so viele von der Babcock-Sippe versammelt sind«, verkündete er, »dachte ich, es wäre eine gute Gelegenheit, um euch einen Lagebericht zu erstatten. Es hat eine Menge Spekulationen darüber gegeben, ob ich die Firma nun übernehmen würde oder nicht, und ich weiß, daß sich viele von euch schon gefragt haben, wann das stattfinden würde – wenn überhaupt.« Er lachte entwaffnend. »Die schlichte Antwort ist: ja. Ich habe nicht nur vor, Babcock zu übernehmen, sondern ich werde noch heute damit anfangen, heute abend.«

Die Bewegung, die nun durch die Leute ging, verriet nicht

gerade viel Enthusiasmus. Überall wo Sophie hinsah, gab es verschlossene Gesichter, und Jerry Whites Blick hätte Stahlträger durchbohren können.

Wallis war vor Schreck blaß geworden. Sie umfaßte einen der Anhänger an ihrem Armband, und El eilte an ihre Seite. Seine Reaktion war es jedoch, die Sophie am meisten Sorge bereitete. Er kochte vor Wut, und seine Augen schossen förmlich Blitze.

Falls Jay irgend etwas davon bemerkte, so verriet er es mit keiner Miene.

»Ich erwarte nicht von euch, mir das so einfach abzukaufen«, fuhr er fort. »Ich will euch erklären, warum ich bereit dazu bin, und auch, wie ich Babcock zu mehr Macht und Umsatz führen will, womit ich auch meine, daß eure Aktien einen nie gekannten Spitzenwert erreichen werden. Und dann könnt ihr etwas für mich tun.«

Alle wurden still, selbst Jerry White.

Einfach so, dachte Sophie. Ein paar Worte, die richtigen Worte, und sie fressen ihm aus der Hand. Was immer er mit ihr anstellte, er machte es auch mit ihnen. Alle hingen an seinen Lippen, dennoch legte er eine Kunstpause ein, wie um ihre hingerissenen Mienen auf ihre Aufrichtigkeit zu prüfen.

Hört ihr mir auch zu? schien er zu fragen. *Paßt ihr auch gut auf? Denn ich werde das hier nur einmal sagen, und wenn ihr nicht gleich kapiert, dann sollen andere von meinem Goldhändchen profitieren. Dann mache ich andere stinkreich.*

»Ich mußte einige Hürden überwinden, bevor ich an die Übernahme der Firma denken konnte«, fuhr er fort. »Keiner hat's laut ausgesprochen, aber ihr alle wußtet es. Und ich wußte es auch. Zunächst einmal mußte ich den Beweis erbringen, daß ich wirklich Jay Babcock bin, und dann mußte ich mich wegen meines posttraumatischen Streßsyndroms behandeln lassen, das ich aufgrund meiner, wollen wir sagen, ›unfreiwilligen Inhaftierung‹ erlitten hatte.«

Er warf einen raschen Blick auf Sophie, drückte ihre Hand und gab sie dann frei. »Was das betrifft, kann ich euch gute

Nachrichten bringen. Nicht nur ich habe diese Hürde mit fliegenden Fahnen überwunden, sondern auch *wir*, die Firma. Die Versuchsphase ist zwar noch nicht ganz abgeschlossen, aber wir sind inzwischen so weit zu wissen, daß unsere Behandlung von Patienten mit posttraumatischen Streßsyndromen erfolgreich ist. Neuropro ist erfolgreich. In Verbindung mit unserem Beta-Blocker Endol konnten wir Erfolge erzielen wie noch kein anderes trizyklisches Antidepressivum in der Geschichte der Pharmakologie. Nicht nur, daß damit das erneute Durchleben des Traumas geblockt wird, man kann das Medikament auch zur vorbeugenden Behandlung gegen posttraumatische Streßerkrankungen einsetzen.«

Wieder entstand ein Gemurmel, doch wirkten die Leute nun viel aufnahmebereiter. Sie waren gebannt, ebenso wie Sophie. Wer würde das nicht sein? dachte sie, Jay stellte ja außergewöhnliche Behauptungen auf.

»Denkt doch nur mal an die Auswirkungen auf die Zukunft«, meinte er. »Ich sehe eine Zeit vor mir, in der unser Militär gegen Kriegstraumata immunisiert werden kann, bevor auch nur ein Fuß auf das Schlachtfeld gesetzt wird. Angst- und Panikattacken werden ebenfalls der Vergangenheit angehören. Studien dieser Art werden derzeit in unseren deutschen und französischen Niederlassungen durchgeführt. Stellt euch eine Bevölkerung vor, die keine Flugangst mehr kennt. Die Luftfahrtgesellschaften sollten *uns* für unsere Forschungsarbeit bezahlen.«

Er öffnete geräuschvoll die Coladose und hielt sie zum Toast auf Neuropros Erfolg hoch. Die Leute brachen in Gelächter aus, sie waren aufgeregt. Genau wie er's gewollt hat, erkannte Sophie. Sie konnte nicht anders, als sich zu fragen, ob das alles auch wahr war, all seine fantastischen Neuigkeiten, doch sie hoffte inständig, daß das der Fall war. Sie wünschte es sich ebensosehr wie alle anderen.

»Es stimmt, wir könnten unsere Anstrengungen verwässern, indem wir uns auf andere Tätigkeitsfelder ausweiten«, erklärte er, »aber das sollten wir nicht tun. Es wäre falsch. Dafür steht der Name Babcock nicht. Unser Schwerpunkt liegt in der Forschung, und man kann noch immer ein Vermögen damit machen, indem man sich auf wichtige Neuentdeckungen auf dem Gebiet der Medizin und Pharmakologie konzentriert. Neuropro allein ist einen Zuwachs im achtstelligen Bereich wert.«

Er gab den Leuten einen Moment Zeit, diese Zahl zu verdauen, während er einen Schluck aus seiner Coladose trank. »Und das bringt mich zur letzten Hürde, der schwersten von allen. Ich habe es mir zum persönlichen Ziel gemacht, mich mit allen Bereichen der Firma vertraut zu machen, von der Forschung über das Marketing bis zum Management. Ich wollte Babcock in- und auswendig kennen – und ganz besonders die Gründe dafür, warum die Profite sowie das Vertrauen der Kunden gesunken und die Aktienkurse gefallen sind. Ich kann euch sagen, daß ich genau das getan habe ...«

Er stellte die Coladose auf der Balkonbrüstung ab. »Und ich kann euch noch mehr sagen. Babcock war einst weltführend auf dem Gebiet von Forschung und Innovation, aber ich will das Unternehmen nicht zum früheren Glanz zurückführen, ich will diesen Glanz noch übertreffen. Ich will, daß Babcock ebenso mit Pharmakologie assoziiert wird wie die Marke Coca-Cola mit dem gleichnamigen Getränk.«

Er scharrt mit den Hufen wie ein alter Politikveteran, dachte Sophie. Er könnte sich auch mit den hohen Tieren ins Hinterzimmer verdrücken und von dort aus seine Fäden ziehen, doch ihm ging es um eine öffentliche Unterstützung seiner Person und Ziele. Er appellierte an die Babcock-Cousins, an jene Fraktion, die nichts anderes von der Firma wissen wollte als den Wert ihrer Dividendenschecks.

»Hat das auch jeder mitbekommen?« Er hob beide Hände, ein Prediger, der die Zuhörer um Ruhe bat, damit sie die Worte hörten, die ihre Fahrkarte ins Paradies darstellten. »Hab ich laut genug geredet? Ich sagte Forschung. Babcock ist keine Kosmetikfirma – und wird es auch nie werden, solange ich das

Sagen habe. Wir stellen nicht Lippenstifte her, wir retten Menschenleben und heilen Krankheiten.«

Muffins Reaktion war unüberhörbar. Sie fluchte unterdrückt und zuckte zurück, als hätte ihr jemand ins Gesicht geschlagen, dann drängte sie sich durch die überraschte Menge und verschwand im Haus. Sophie war ebenso schockiert wie die anderen. Nach ihrem Termin im Schönheitssalon hatte sie Delilahs Kosmetika und besonders ihren Appetitzügler als vielversprechende Möglichkeit empfehlen wollen. Doch Jay hatte diese Tür soeben mit einem Knall zugeschlagen.

Ein kühner Handstreich. Ein Führer, der seine Antrittsrede hält, bevor er gewählt wird. Jerry White war nicht glücklich, das konnte Sophie sehen. Der amtierende Vorstandsvorsitzende gab seiner Frau, die an die Bar gegangen war, um sich noch einen Drink zu holen, einen Wink, und nun machten sich beide auf den Weg zur Tür.

Doch die Cousins und Cousinen hingen noch an Jays Lippen, und während er seine Vision für Babcock näher ausführte, begann eine Frau zu applaudieren. Schon bald hörte man hier und da Applaus aufflammen, und die Leute drängten sich, wie von einer unsichtbaren Kraft gezogen, näher an den Balkon heran.

Wallis fiel es ebenfalls auf. Mit einem Ausdruck verzweifelter Hoffnung blickte sie sich um.

El schien zu Sophies Überraschung der einzige Unbeteiligte zu sein. Der Wissenschaftler bedachte Jay noch immer mit einem Blick, als hätte er eine Art Monster vor sich, obwohl Jays Entscheidung für eine forschungsorientierte Firma mit Sicherheit all seine frühere Macht wiederherstellen würde. El hatte am meisten zu gewinnen, was man aufgrund seiner Reaktion jedoch nie glauben würde. Dennoch glaubte Sophie nicht, daß er der aufkeimenden Begeisterung oder Wallis' zittriger Erleichterung noch lange würde widerstehen können.

»Ihr gehört alle zur Familie«, erklärte Jay nun. »Also fühlt euch bitte wie zu Hause. Es gibt noch jede Menge zu essen, und wir haben auch Badesachen in den Kabinen, falls ihr schwimmen wollt. Ihr seid hier immer willkommen, ebenso wie in meinem Büro. Ab nächster Woche könnt ihr mich im Zentralbüro der Firma in Irvine erreichen. Ich bin sicher, daß man noch ein Plätzchen für mich finden wird in dieser riesigen Bürosuite.«

Mit der »riesigen Bürosuite« meinte er Jerry Whites und Phil Wexlers Domäne. Wexler war nicht zur Party erschienen. Er befand sich zur Zeit nicht in der Stadt, aber der geräuschvolle Abgang von Jerry White und seiner Frau ließ darauf schließen, daß sie offenbar alles gehört hatten, was sie hören wollten. Jerry knallte seine Bierflasche in den nächsten Abfalleimer, und seine Frau machte beinahe genausoviel Krach mit dem eisernen Gatter am Parkplatz. Jay ließ sich, falls es ihm auffiel, nichts anmerken.

»Und wenn ihr jetzt mich und meine Frau entschuldigen würdet«, sagte Jay. Er legte einen Arm um Sophies Schulter und zog sie an sich. »Seit meiner Rückkehr sind wir in den zweiten Flitterwochen, das versteht ihr sicher.«

Es gab noch einmal Applaus, und diesmal konnte sogar Sophie die Energiewelle spüren, die von den Leuten auf sie überschwappte. Sie kuschelte sich an Jays Schulter und legte eine Hand auf seine Brust, ganz die hingebungsvolle Gattin. Das alles kam ihr wie eine Art Spiel vor, das sie jedoch genoß.

»Lieber Gott, Jay«, flüsterte sie, »du hast sie in der Tasche. Sie gehören dir.«

»Die will ich gar nicht«, flüsterte er zurück. »Dich will ich.«

Beim rauhen, maskulinen Klang seiner Stimme überlief sie ein erregter Schauder. Doch selbst er konnte nicht bestreiten, daß eine eigenartige Stimmung von den Leuten Besitz ergriffen hatte. Ihre freudige Erregung schien sich auf ihn zu übertragen. Er strahlte die Hitze und Energie förmlich ab, sie umgab ihn wie die Aura einer Kerzenflamme. Sophie hatte das Gefühl, den Strudel zum ersten Mal beinahe sehen zu können – und alle wurden sie hineingezogen, vielleicht sogar Jay selbst.

»Laß uns gehen«, sagte er. »Bevor sie uns noch auf unsere Flitterwochen begleiten wollen.«

»Welche Flitterwochen?«

Jay grinste. »Hab ich's dir nicht erzählt? Wir gehen heute abend auf eine kleine Reise. Ich hab das beste Zimmer des Hauses gebucht, nur sanftes Licht und Blumen. Du wirst begeistert sein.«

Er zog sie mit sich, und Sophie dachte, sie würden ins Haus gehen. Doch statt dessen ging er auf das Gatter zu, das in den parkähnlichen Garten führte. Sie merkte jedoch erst, was er vorhatte, als sie den mit wildem Wein bewachsenen Torbogen erreichten, der zum Rosengarten führte. Er wollte mit ihr ins Gewächshaus.

Als er die Tür öffnete und sie auf seine Arme hob, sah sie, daß überall Kerzen brannten. Er trug sie über die Schwelle und einen mit herrlichen Wisterien und Kletterrosen bestandenen Gang entlang, an dessen Ende sie eine Flasche Champagner in einem Kühler und einen kleinen, exquisit gedeckten Tisch für zwei entdeckte. Die weiße Spitzendecke reichte bis zum Boden, und die runde Platte war mit Silberschälchen voll Kaviar, Gänseleber, frischen Erdbeeren und weißer, frisch geschlagener Sahne gedeckt.

»Hunger?« fragte er und setzte sie ab.

»Ich könnte sicher ein bißchen was vertragen.« Das stimmte nicht, denn ihr Magen war viel zu nervös, um sich mit Essen befassen zu können, doch sie hatte ohnehin das Gefühl, daß er etwas ganz anderes gemeint hatte.

»Hat es Zeit, bis ich damit fertig bin?« Er drehte sie zu sich herum und drängte sie gegen einen Arbeitstisch. Sie trug ihr Haar heute abend zu einem Zopf geflochten, weil sie wußte, daß er das liebte, und er war auch schon dabei, die hauchfeinen goldenen Härchen, die ihr Gesicht umrahmten, zu studieren.

»Womit?« fragte sie.

Jay strich ihr mit einer blonden Haarlocke über den Mund, was angenehm kitzelte. »Damit ... meine Frau anzusehen, ihren Anblick aufzusaugen, sie mit den Augen aufzufressen ...«

Meine Frau. Zwei Worte, die sie in den siebten Himmel katapultieren oder mit einem Knall abstürzen lassen konnten. »Schmecken, anknabbern, auskosten?« fragte sie in gezwungen leichtem Ton, weil sie sich nicht anders zu helfen wußte. »All diese sexy Metaphern?«

»Hm, lutschen, genießen …«

Seine Worte verklangen, da er sich auf das Streicheln ihres Mundes mit der Haarlocke konzentrierte. Sophie unterdrückte ein ekstatisches Seufzen. Es fühlte sich so herrlich an, dieses federleichte Streicheln mit ihrem eigenen Haar.

Er war an sich der Kitzlige von ihnen beiden, nicht sie. Nun, vielleicht war dies seine karmische Rache für all die Gelegenheiten, bei denen sie ihn gequält hatte. Sie kam sich vor, als würde sie von Glühwürmchen heimgesucht.

»Mehr«, wisperte sie. Es war eine Einladung, sie bei der Hand zu nehmen und bis ans Ende des Wegs zu führen, bis zur Ekstase. Das wußte er sicherlich, dennoch hielt er sich zurück, was ihr ein erregtes Stöhnen entlockte. Die Funken sprühten heftiger, greller. Es war Wahnsinn. Und als er endlich seinen Mund auf ihren legte und sie küßte, da erbebte sie unter der Intensität dieses Kusses, der ihre Seele verbrennen wollte.

»Jay, ich liebe dich.«

Die Worte waren von irgendwoher aus ihrer Brust aufgestiegen, nachdem er ihren Mund freigegeben hatte. Und nun konnte sie mit eigenen Augen sehen, welche Wirkung sie auf ihn ausübten. Sein Kopf zuckte zurück, und er stöhnte gegen seinen Willen laut auf. Aber als er sich wieder gefangen hatte, packte er ihre Arme und ließ sie nicht mehr los. Sein Blick glitt forschend über ihre Züge, auf der Suche nach der Wahrheit, nach den Lippen, die sie gesprochen hatten. Ein Grollen, als wolle er sie mit Haut und Haaren verschlingen, entstieg seiner Kehle.

»Warte«, flüsterte sie. Aber dafür war es zu spät. Sie hatte in dem Moment die Kontrolle über die Situation verloren, in der sie das erste Anzeichen von Verwundbarkeit erkennen ließ. Ohne auf ihre halbherzigen Proteste zu achten, hob er sie auf einen Tisch mit einer rotkarierten Plastikdecke.

Mit einem anerkennenden Laut schob er die Hände unter ihr schwarzweißbedrucktes Kleid und glitt dann an ihren Flanken entlang nach oben, wobei er den Stoff ihres Kleids mit hinaufschob. Erregung wallte so heiß und plötzlich in Sophie auf, daß sie fast erschrak und unwillkürlich die Beinmuskeln anspannte, während seine Hände immer höher glitten. Eine feuchte Wärme breitete sich zwischen ihren Schenkeln aus.

»Ach du liebe Güte ...« Mehr brachte sie nicht heraus, als er vor ihr auf die Knie sank. Unter schweren Lidern sah sie ihm zu, diesem Mann, der beinahe wie ein schwarzer Engel aussah, wie er so zwischen ihren Schenkeln kniete, doch als sie seine Zunge fühlte, wäre sie beinahe gestorben. Eine langsame, gleitende Liebkosung, und Sophie war verloren. Sie begann zu schreien ... und konnte nicht mehr aufhören.

Wallis schlenderte zwischen den Trauerweiden umher, die ihren aufblühenden Sommergarten in einem Halbkreis umschlossen. Die anmutigen Bäume übten eine beruhigende Wirkung auf sie aus, die sie heute nacht ganz besonders brauchte. Die Blätter der Trauerweiden sahen aus wie schlanke, schwarze Lanzen, deren leuchtendes Grün von der Nacht verhüllt wurde. Aber Wallis war froh um die Dunkelheit. Den ganzen Abend über war es ihr nicht gelungen, das Rasen ihrer Gedanken oder ihres Herzens zu beruhigen, und hier unten, in der stillen Abgeschiedenheit des Gartens, wo sie die grellen Lichter des Hauses nicht erreichen konnten, verbargen die tiefen Schatten, was sie nicht zu verbergen vermochte.

Sie krallte ihre Hände ineinander und hob sie an ihre Brust. Würde sie das Zittern denn nie unter Kontrolle bekommen? Die Leute mußten sie ja für eine tatterige alte Schachtel halten, die nicht mal sprechen konnte, ohne zittrig und übernervös zu klingen. Und genau so hatte sie heute abend geklungen. Sie hatte nicht mal einen Bissen runtergebracht, weil sie so nervös gewesen war.

»Sich hier zu verstecken ist auch keine Lösung, Wallis.«

Sie wandte sich zu dem zornigen Mann um und wußte auf einmal, daß es das war, wovor sie geflohen war: vor einer Konfrontation mit El. Er war wütend. Noah hatte sie immer zu Staub zermahlen mit seiner Wut, und trotz all ihrer Zähigkeit und Energie welkte Wallis noch immer dahin wie eine zarte Blume, wenn sie mit dem Zorn eines Mannes konfrontiert wurde.

Sie stammte aus einer alteingesessenen Südstaatenfamilie, die in der Depressionszeit ihren Reichtum verloren hatte. Sie gehörten zur »verarmten Oberschicht«, wie ihre Mutter es stolz nannte, was in Wallis schon früh ein starkes Gefühl für Tradition und überkommene Werte entstehen ließ. Aber Wallis wollte sich nicht mit einem Leben in »vornehmer Armut« zufriedengeben. Sie wünschte sich den Status und Wohlstand von einst zurück, und Noah glich ihrem prinzipienstrengen Vater so sehr, daß Wallis vom ersten Moment an in Ehrfurcht und Bewunderung erstarrte. Es gelang ihr nie ganz, ihre Heldenverehrung abzuschütteln, aber es wäre ohnedies zu keiner wirklichen Liebesverbindung oder Partnerschaft zwischen ihr und Noah gekommen. Noah war kein Mann, der Macht mit anderen teilte. Wallis sah sich gezwungen, im Verborgenen, hinter den Kulissen sozusagen, Einfluß zu nehmen, doch entwickelte sie im Lauf ihrer Ehejahre ein nicht unbedeutendes Geschick darin, zu bekommen, was sie wollte.

Heute abend erinnerte El Martin sie an die beiden übermächtigen Männer in ihrem Leben. Normalerweise würde sie mittlerweile bereits Entschuldigungen stammeln und die Wogen zu glätten versuchen, ob ihr nun danach war oder nicht. Doch etwas in ihr veranlaßte sie dazu, sich unversehens aufzurichten und trotzig das Kinn vorzustrecken.

»Er muß aufgehalten werden, Wallis«, behauptete El. »Das weißt du so gut wie ich.«

»Was meinst du damit?« Das silbrige Rascheln der Weidenzweige übertönte beinahe die geflüsterte Frage.

Er war bei dem großen runden Blumenbeet stehengeblieben,

als würde er darauf warten, daß sie aus dem Schatten der Bäume hervortrat. Doch nun löste er sich aus seiner Starre und kam mit ein paar langen Schritten zu ihr. Wallis konnte seine Wut und Frustration förmlich spüren, doch sie wich keinen Millimeter. Sie würde sich nicht einschüchtern lassen.

»Ich meine damit, daß *ich* ihn aufhalten werde«, sagte er. »Unser Plan ist nach hinten losgegangen. Wir haben Jay nicht länger unter Kontrolle.«

»Ich fand sein Auftreten heute abend einfach großartig«, stieß sie leidenschaftlich hervor. »Mein Gott, El, hast du nicht gesehen, wie selbstbewußt er die Zügel in die Hand genommen hat? Ganz wie Noah, bloß noch machtvoller.«

El starrte sie ungläubig an. Er hatte zwar einen gewissen Widerstand von ihrer Seite erwartet, aber nicht das, nicht eine Lobrede auf den Abtrünnigen.

»Er ist noch zu instabil, um die Zügel in die Hand nehmen zu können, und das weißt du ganz genau. Das war ohnehin nie geplant. Jedenfalls nicht so, verdammt noch mal!«

»Vielleicht ist er ja doch bereit, El. Vielleicht unterschätzen wir ihn.«

»Mist, du bist genauso verrückt wie er.« Er schlug sich mit der Faust in die Hand. »Ich mach das auch ohne dich, wenn's sein muß, aber ich werde auf keinen Fall einem grünen Jüngling einfach so die Firma überlassen.«

»Er ist fast vierzig, das würde ich kaum einen grünen Jüngling nennen.« Der Vergleich mit Noah war gar nicht so unpassend, wie sie in diesem Moment erkannte. Die gleichen Einschüchterungspraktiken, die auch Noah eingesetzt hatte. El meinte, die Macht schon mit Händen greifen zu können, und das machte ihn so aggressiv. Gewinnen durch Einschüchterung. Jage ihnen Angst ein, und zwinge sie, an dich zu »glauben«. Wallis wußte genau, wie machthungrige Männer reagierten, wenn sie sich bedroht fühlten.

»Wo willst du hin?« fragte sie.

Er hatte sich von ihr abgewandt, wohl um ein wenig Klarheit

in seine Gedanken zu bringen. Doch plötzlich marschierte er mit energischen Schritten aufs Große Haus zu.

»Mit Jerry White und Phil Wexler reden. Das einzige, was Jay jetzt vielleicht noch aufhalten kann, ist eine vereinte Front.«

»Nein, das wirst du nicht!« rief sie schrill. Nichts hätte sie mehr elektrisieren können als diese Drohung. Er wollte zum Feind überlaufen. »Das kannst du nicht!«

Er sah sich nicht nach ihr um, aber seine starre Haltung löste eine beinahe kindliche Panik in ihr aus. Sie rannte hinter ihm her, konnte ihn jedoch nicht einholen. Sie stolperte, weil ihre hohen Absätze im weichen Grasboden versanken.

»El, warte! Tu nichts Übereiltes. Ich hab eine Idee.«

»Was denn? Ein mütterliches Gespräch mit deinem *Sohn*?«

Seine Stimme triefte vor Verachtung, und ihr wurde übel vor Angst. Nie zuvor hatte er in solch einem Ton mit ihr gesprochen, hatte sie immer nur mit Verehrung und Achtung behandelt, selbst in ihren schlimmsten Zeiten. Etwas hatte sich geändert. Er bluffte nicht. Aber sie durfte ihn einfach nicht an Jerry White verlieren, nicht an diesen aufgeblasenen Opportunisten. Sie durfte El nicht verlieren.

»Bitte«, flüsterte sie. Er hat gewonnen, erkannte sie mit einem Mal. Sie würde ihn bitten und anflehen, sie würde alles tun.

Er drehte sich zu ihr herum, die Arme trotzig verschränkt, scheinbar unbeeindruckt von ihrem Flehen.

Dafür haßte sie ihn, und auch dafür, daß er sie zu folgenden Sätzen zwang. »Ich hab nachgedacht. Es gäbe eine Möglichkeit, über Sophie an Jay heranzukommen.«

Sie öffnete den obersten Knopf ihres seidenen Batikkleids. Sie konnte kaum fassen, was sie im Begriff war zu tun. »Sie ist seine Achillesferse, El. Hör mich wenigstens an, bevor du etwas tust.«

»Was meinst du mit ›Achillesferse‹?«

»Sie ist sein wunder Punkt. Sein einziger wunder Punkt.« Sie wußte, daß sie Zeit schindete. Sie hatte wirklich eine Idee, aber eine ziemlich riskante, genau das also, wovon sie ihn abzuhalten versuchte. Sie brauchte Zeit, um alles zu durchdenken. Atemlos merkte sie, daß das Oberteil ihres Kleids nun offenstand. Sie hatte nichts als ein hauchdünnes Hemdchen und einen Slip darunter an. El konnte wahrscheinlich alles sehen, im weißen Licht des Mondes. Vielleicht sah er ja sogar bis in ihre Seele.

»Wallis ...«

Sie freute sich über seine Verwirrung, besonders weil die ihre beim ersten Anzeichen von Interesse seinerseits verschwunden war. Wenn sie sich nicht irrte, so war das Glitzern in seinen Augen pure männliche Lust.

Es fielen keine weiteren Worte, aber in der Stille zwischen ihnen formte sich eine Art unausgesprochenes Übereinkommen. Die Machtbalance hatte sich verlagert. Jetzt war sie die Stärkere.

Mit einer anmutigen Bewegung schlüpfte sie aus ihrem Kleid und ließ es zu Boden gleiten. Sie zitterte leicht in der kühlen Brise, wußte aber gleichzeitig, wie verführerisch sie im Mondlicht aussehen mußte. »Wenn du jetzt gehst«, meinte sie, »dann könnte es zwar sein, daß du die Firma bekommst, aber zwischen uns wäre es dann aus. Es liegt an dir. Entscheide dich jetzt.«

25

Den Arm unterm Kopfkissen, betrachtete Sophie ihren schlafenden Mann und wußte auf einmal, warum es ihr so schwerfiel, einzuschlafen – abgesehen von der Tatsache, daß es wohl jeder Frau schwerfallen würde, neben einem nackten Adonis, der dahingegossen im Mondlicht lag, die Augen zu schließen. Sie hatte noch nie irgendwo anders schlafen können außer in ihrem weißen Peddigrohrbett, also war es kein Wunder, daß es ihr hier in seinem Bett auch nicht gelang. Aber das war eigentlich auch nicht das Problem.

Das Problem war die Frage, was sie heute nacht hier getrieben hatten. So leidenschaftlich sie sich auch geliebt hatten, es hatte sie einander dennoch nicht nähergebracht. Als sie danach erschöpft in seinen Armen lag, hatte sie eher das Gefühl gehabt, in Besitz genommen worden zu sein, aber nicht geliebt.

Dieses Gefühl hatte sie auch jetzt noch. Die Dinge hatten sich irgendwie verändert, seit er aus der Klinik zurückgekehrt war. Anfangs war sie von seiner Leidenschaft und Ungeduld mitgerissen worden, doch irgendwann hatte sie gemerkt, daß diese Leidenschaft von etwas anderem, Finsterem, genährt wurde. Nach dem Gewächshaus hatte er sie auf seine Arme genommen und hierher in sein Schlafzimmer getragen, wo er sie noch einmal nahm. Anders ließ es sich nicht beschreiben. Sie war in Besitz genommen worden.

Er hatte sie förmlich verschlungen mit seinen Küssen, als wolle er sie einatmen wie die laue Nachtluft, durch den Mund hinein in seinen Körper. Bei seinen Berührungen hatte sie nach Luft gerungen, so süß, so herrlich waren sie. Sophie konnte sich problemlos vorstellen, daß dieser Mann sie nur mit seinen Fingerspitzen in seine Gewalt bekam. Und sie hatte ihn aufhalten müssen, denn sonst hätte er sie die ganze Nacht lang verschlungen, so lange, bis nichts mehr von ihr übrig war.

Bei ihm hatte sie schon von jeher das Gefühl gehabt, ein Stückchen von sich selbst aufzugeben, wann immer sie mit ihm zusammen war, aber diesmal wollte er alles, wollte Dinge, die sie ihm nie würde geben können. Ja, er erschreckte sie, aber was sie noch viel mehr erschreckte, war die Tatsache, daß sie es sich einen Augenblick lang ebenfalls gewünscht hatte – vollkommen in Besitz genommen zu werden, bis sie aufhörte zu existieren, außer durch ihn. Einen kurzen Augenblick lang hatte sie sich gewünscht, wieder in den Strudel gezogen zu werden, und das erschreckte sie zu Tode. Das war, als würde man am Rand einer Klippe stehen und mit aller Macht springen wollen.

Laut seufzend setzte sie sich auf und schlüpfte aus dem Bett. Allmählich kam es ihr so vor, als hätte sie es mit zwei verschiedenen Männern zu tun, und einer von beiden jagte ihr eine Heidenangst ein. Das wunderschöne, geradezu perfekte Wochenende im Strandhaus kam ihr nun beinahe wie ein Irrtum, eine Abweichung von der Norm vor, und sie war es allmählich müde, immer nur durcheinander zu sein und nicht zu wissen, wie er sich bei der nächsten Begegnung verhalten würde, sogar wenn sie miteinander schliefen. Das Leben wurde allmählich wie in ihren Träumen, wo der herzzerreißend romantische Mann sich von einem Augenblick zum nächsten in ein gesichtsloses Monster verwandeln konnte.

Die aggressiv-selbstverständliche Art, mit der er nach dem Babcock-Thron griff, hatte sie tief beeindruckt. Seine Hingabe an die Firma versprach eine Sicherheit, von der sie bei dem alten Jay nicht hätte träumen können. Doch selbst diese Hingabe fand auf eine riskante, rücksichtslose Art statt.

Ein Schaudern überlief sie. Im Haus war es kühl, und da sie nicht vorgehabt hatte, über Nacht zu bleiben, hatte sie nichts anzuziehen, außer einem weiten weißen Hemd von Jay. Die Arme fest um den Körper geschlungen, trat sie ans Fenster. Sie sah die nahegelegene Hügelkette, die Felswände, in denen Jay schon lange, bevor sie ihn kennengelernt hatte, zu klettern pflegte. Die Wälder, in denen sie von Noah Babcock beinahe erschossen worden wäre. Damals war sie fünfzehn Jahre alt gewesen.

Mit heftig pochendem Herzen starrte Sophie die Bergkette an.

Das Geräusch eines Gewehrschusses katapultierte sie in die Vergangenheit zurück. Diesen ohrenzerfetzenden Knall würde sie nie mehr vergessen, ebensowenig das beängstigende Aufeinandertreffen mit dem Mann, der ihr Pflegevater werden sollte. Sie versteckte sich damals schon seit einigen Wochen in den Wäldern, als sie unversehens auf die einschüchternde Gestalt eines Jägers in Khakiweste und rotem Hut stieß. Der Lauf seines Gewehrs war auf eine verletzte Hirschkuh gerichtet, und er war dabei abzudrücken. Er konnte natürlich unmöglich gewußt haben, daß es sich hierbei um ein Tier handelte, das eine abgemagerte Ausreißerin mit viel Mühe gesund zu pflegen versuchte, und daß dieser Kampf um das Leben des Tiers auch sie am Leben gehalten hatte.

Sophie war vor Schreck wie gelähmt. Sie konnte ihm nicht mal zurufen, daß er aufhören solle. Aber als sie sah, wie sich sein Finger um den Abzug krümmte, sprang sie aus den Büschen hervor und warf sich vor das zitternde Tier. Er riß den Gewehrlauf in letzter Sekunde hoch, so daß der Schuß ins Leere ging. Er war fuchsteufelswild. Sie hatte ihm einen solchen Schrecken eingejagt, daß er zitterte, als er sie von dem Tier wegriß und wegen ihrer unglaublichen Dummheit anschrie.

In seiner Wut schleuderte er sie zu Boden und stürmte davon. Doch schon einen Augenblick später war er wieder da, kniete bei ihr nieder und blickte sie besorgt und auch ein wenig mißtrauisch an. Hier legte jemand eine Tapferkeit an den Tag, die selbst ihm fremd war, die Bereitschaft, das eigene Leben für ein hilfloses Geschöpf zu opfern. Er hatte sein bisheriges Leben in der Überzeugung verbracht, daß die Schwachen zertreten werden müßten, doch sie war bereit, ihr Leben für sie zu geben. Auch wenn er ihre Motivation nicht verstehen konnte, so achtete er doch wahren Mut.

Als er herausfand, daß sie ihrer Tante, die sie vernachlässigte, davongelaufen war, weil sie nicht in ein Internat geschickt werden wollte, nahm er sie mit zu sich nach Hause und übergab sie Mildred, damit sie sie badete, fütterte und sich ihrer annahm. Eine solche Fürsorge hatte Sophie noch nicht einmal von Blutsverwandten erfahren, geschweige denn von völlig Fremden. Selbst Wallis hieß die magere kleine Waise im Schoße der Familie willkommen, wenn auch mit einer gewissen Reserviertheit, die Sophie jedoch eher auf Noahs offene Bewunderung für sie als auf ihre fragwürdige Herkunft zurückführte.

So war sie als Schützling der Babcocks im Großen Haus gelandet, und das war auch der Grund dafür, warum sie sich später für die Arbeit mit unterprivilegierten Kindern entschieden hatte. Sie wußte, was es hieß, eine Hand gereicht zu bekommen. Noah hatte sich als guter Mann erwiesen, streng zwar, aber gut. Er fehlte ihr.

»Sophie?«

Sie fuhr herum, weil sie dachte, daß Jay aufgewacht wäre, doch er lag noch genauso da wie vorhin, als sie aus dem Bett gestiegen war. Er wälzte sich plötzlich auf den Rücken und streckte den Arm aus, als wolle er nach etwas greifen.

»Ich bin hier«, meinte sie. Als er darauf nichts sagte, wußte sie, daß er schlief. Auf dem schneeweißen Laken wirkte er noch finsterer und rastloser als sonst, doch sein Herumwälzen und Murmeln hatte sie auf eine Idee gebracht. Sie wußte nicht, ob es tatsächlich stimmte, daß man sich mit Menschen, die im Schlaf redeten, manchmal unterhalten konnte, aber sie war ernstlich versucht, es zu probieren. Ohne eine Ahnung zu haben, was sie tun sollte, wenn er aufwachte, trat sie ans Fußende des Betts.

»Wer bist du?«

Er warf den Kopf hin und her und murmelte etwas, das sie nicht verstand. Es klang, als würde er ihre Frage wiederholen.

Sie trat näher. Jetzt stand sie ihm gegenüber beim Fenster. Langsam wiederholte sie ihre Frage.

»Noah«, entgegnete er. »Frag Noah.«

»Noah? Deinen Vater?« Sie konnte sich beim besten Willen nicht vorstellen, was er damit meinte. Noah konnte ihr nichts sagen. Tragischerweise wußte er meist nicht einmal mehr, was in den letzten fünf Minuten passiert war. Sophie hatte ihn regelmäßig in dem Pflegeheim besucht, bis Wallis es ihr verbot. Ihre Schwiegermutter hielt es für unangebracht, besonders nachdem sie und Claude zusammengekommen waren. Im Grunde hatte sie Sophie aus dem Kreis der Familie verbannt, vielleicht weil sie die Frechheit besessen hatte, einen anderen Mann als Jay zu lieben.

»An … anbinden … frag Noah.«

Sie beugte sich über ihn und strengte sich an, um ihn besser zu verstehen, aber nichts von dem, was er sagte, ergab einen

Sinn. Ihr Blick fiel auf die Augenklappe, und da schoß ihr der Gedanke durch den Kopf, daß sie sie jetzt anheben könnte, ohne daß er es je erfahren würde. Eine innere Stimme wollte ihr schon seit einiger Zeit beharrlich einreden, daß ihre Zweifel mit einem Schlag bestätigt oder beseitigt würden, wenn sie nur sehen könnte, was sich darunter befand. Ein faszinierender Gedanke, aber wohl kaum logisch.

Schon befanden sich ihre Finger dicht über der Klappe, doch im letzten Moment zögerte sie. Nein, sie traute sich einfach nicht. Sicher würde er aufwachen und sie erwischen.

Ihr Schatten flackerte über ihn hinweg, als sie sich langsam von ihm zurückzog. Sie hörte ihren aufgeregten Atem, was ihr das Gefühl gab, noch einmal knapp entronnen zu sein. Aber dieses Gefühl hatte ebensoviel mit dem zu tun, was sie möglicherweise entdeckt hätte, und mit ihrer Angst, ihn zu wecken. Etwas Schreckliches verbarg sich unter dieser Augenklappe. Sie fühlte es genau.

Der Schlaf war ihr jetzt ferner denn je, und so blickte sie sich im Zimmer um. Er hatte seine Jeans nachlässig über einen Stuhl geworfen. Wahrscheinlich befand sich in der Gesäßtasche sein Portemonnaie, aber sein Ausweis würde nichts Neues enthüllen, da war sie sich ziemlich sicher. Nein, der war bestimmt in Ordnung. Aber der Mahagonischrank mit seinen zahlreichen Schubladen war wiederum eine andere Sache.

Jay zog sie immer damit auf, daß sie sich jederzeit an die Vorschriften hielt, aber es stimmte. Sie würde nie die Sachen anderer Leute ohne deren Erlaubnis durchwühlen, und auch jetzt fiel es ihr nicht leicht, nicht mal unter diesen Umständen. Jay war derjenige, der sich nichts aus Konventionen machte, was zweifellos einen Teil seiner Faszination für sie ausmachte. Es gab Zeiten, da wünschte sie, mit seinem Mut zum Risiko gesegnet zu sein, was vielleicht das nervöse Flattern in ihrer Magengrube erklärte, als sie sich nun dem Objekt der Begierde näherte.

Schon in der ersten Schublade stieß sie auf etwas äußerst Seltsames. In einer baumwollenen Schlafanzughose, die er ihres

Wissens nie angehabt hatte, fand sie ein tückisch aussehendes Objekt. Es sah aus, als könne es zu seiner Kletterausrüstung gehören, ein ungewöhnlich spitzer Kletterhaken, aber sicher war sie sich dessen nicht. In den vier kleineren Schmuckschubladen befand sich nichts Nennenswertes, aber in der vorletzten Schublade fand sie ein fünfundzwanzig Zentimeter langes Metallrohr mit vier Löchern darin, das ihr selbst für Jays Finger zu groß erschien. An einem Ende befand sich ein scharfer Haken, der in einem aufgerollten Paar Sportsocken steckte.

Doch die unterste Schublade barg eine wahrhaft erschreckende Überraschung. Mit spitzen Fingern zog sie unter einem Stapel T-Shirts einen axtähnlichen Gegenstand hervor. Was ihr noch immer nicht klar war, war, ob sie es hier mit Ausrüstungsgegenständen oder mit Waffen zu tun hatte. Das Mondlicht funkelte kurz auf der langen, geschwungenen Klinge, was dem Objekt eine gewisse Ähnlichkeit mit dem Dreizack des Teufels verlieh. Aus dem anderen Ende des Holzgriffs ragte eine messerscharfe Stahlspitze hervor.

Sie konnte sich vorstellen, daß man damit den Schädel eines Menschen mit einem Schlag zertrümmern konnte. Dieser gräßliche Gedanke schoß ihr ganz unfreiwillig durch den Kopf, und sie hätte das schreckliche Ding am liebsten sofort wieder in die Schublade gelegt. Doch statt dessen erhob sie sich, trat einen Schritt von dem Schrank zurück und zwang sich, das Objekt näher zu betrachten. Noch während sie das tat, flammte unversehens das Deckenlicht auf und tauchte den Raum in grellweiße Helligkeit. Sie riß benommen den Kopf hoch.

»Was machst du da?«

Jay war von hinten an sie herangetreten. »Ich konnte nicht schlafen.« Ihre Finger schlossen sich um den hölzernen Griff, während sie mühsam um Fassung rang. Sie konnte unmöglich so tun, als hätte sie nicht seine Sachen durchwühlt. Der Beweis lag in ihrer Hand.

»Ist dir je der Gedanke an ein Glas warme Milch in den Sinn gekommen?«

Er war zornig, aber das konnte ebensogut von einem schlechten Gewissen stammen, wie sie sich eilig versicherte. Ihr eigenes Gewissen hatte sich schlagartig erholt, als sie auf die erste Waffe stieß. Nach den Geschehnissen neulich nachts in ihrem Haus hatte sie allen Grund, an seiner Identität zu zweifeln. Jemand war eingebrochen und hatte sie überfallen. Und jetzt, sieh mal, was wir hier haben.

Sie hatte bereits erkannt, worum es sich bei diesem Objekt handelte, fragte aber dennoch mit unüberhörbarem Vorwurf in der Stimme: »Was ist das für ein Ding?«

Er nahm es ihr aus der Hand und legte es mit einer leichten Grimasse in die Schublade zurück. »Ein Eispickel«, meinte er. »Die sind ganz praktisch im Himalaya.«

»Warum ist er in deiner Schublade versteckt?«

»Ich weiß nicht.«

Sie blickte ihm fest in die Augen, mit einem Blick, dem er ohne Wimpernzucken standhielt. »Jemand anderer hat ihn hier reingelegt?« erkundigte sie sich.

»Ich hab ihn da reingelegt. Ich horte Sachen, alles, was auch nur im entferntesten als Waffe zu gebrauchen ist. Ich tu das, ohne zu denken, manchmal sogar, ohne mich daran zu erinnern. Ich nehme an, daß das von meiner Zeit im Loch stammt.«

Sophie ließ den Kopf hängen. »Ein Mann ist bei mir eingebrochen, während du in der Klinik warst«, sprudelte sie hervor.

»Eingebrochen? Was soll das heißen? Hat er dich ausgeraubt?«

Er packte sie bei den Schultern und riß sie hoch.

»Nein, er hat mich gefesselt und mir Fragen gestellt.«

»Um Himmels willen, Sophie, warum hast du mir nichts davon gesagt? Hast du die Polizei geholt?«

»Nein, ich hab niemandem was erzählt.«

»Warum denn nicht?« Seine Finger bohrten sich in das Fleisch ihrer Oberarme. »Hat er dir was getan? Hat er dich vergewaltigt?«

Sie schüttelte den Kopf, unfähig, ihn anzusehen, während er

in ihrem Gesicht forschte. Wenn er nicht bald aufhörte, sie zu schütteln, würde sie sich übergeben.

»Ein Mann ist bei dir eingebrochen, aber du hast nicht die Polizei gerufen. Du hast niemandem was erzählt, nicht mal mir?« Mit einer verwirrten Geste ließ er sie los. »Das mußt du mir erklären, Sophie. Das kapier ich einfach nicht.«

»Er sah aus wie du«, flüsterte sie. »Er klang wie du. Ich dachte, daß du es warst.«

Sie drehte sich zum Schrank herum und erschauderte, als sie den Eispickel sah. Sie zweifelte zwar nicht daran, daß es sich bei dem mörderischen Ding um eine Kletterhilfe handelte, wünschte aber trotzdem, die Schubladen nie geöffnet zu haben.

»Jemand, der vorgab, ich zu sein, ist bei dir eingebrochen?« insistierte er.

Sie wußte nicht, ob sie erleichtert oder verärgert darüber sein sollte, daß er sie so aggressiv ausfragte. Er schien keine Ahnung von den Geschehnissen jener Nacht zu haben, was die Dinge aber auch nicht klarer machte. Es war möglich, daß er log oder sich nicht erinnern konnte, was ebenfalls keinen Sinn ergab. Ihr fiel überhaupt keine Erklärung ein, die einen Sinn machte, außer daß der Eindringling doch jemand anders gewesen sein mußte.

»Er hat nicht so getan als ob, Jay. Und ich hab das auch nicht geträumt. Es ist wirklich passiert.«

Sein Kopf zuckte hoch, und er blickte sie starr an. »Aber wie? Ich lag in der Klinik und hing die ganze Nacht lang an einem EEG, ein Apparat, der die Gehirnwellen aufzeichnet.«

Sie schob die Schublade mit ihrer Fußspitze zu, da sie den Anblick der Stahlaxt und des Dorns nicht länger ertragen konnte. »Dann mußt du einen Doppelgänger haben. Denn dieser Mann hätte du sein können. Alles an ihm erinnerte mich an dich, außer …«

Ein lebhaftes Bild stand mit einem Mal vor ihrem geistigen Auge. »Außer, daß er keine Augenklappe trug.«

Seine Hand zuckte hoch, wie um sicherzugehen, daß die

Klappe richtig saß. Er stieß ein abfälliges Schnauben aus. »Das hätte dir sagen sollen, daß ich es nicht war.«

Ja, das hätte es vielleicht, hatte es aber nicht. Und da gab es noch zu viele andere Ungereimtheiten, um die Sache auf sich beruhen zu lassen. »Ich hab dich schon mal gebeten, mir zu zeigen, was mit deinem Auge passiert ist, aber du wolltest nicht. Jetzt mußt du, Jay, bitte. Ich will es sehen.«

»Nein, das willst du nicht«, entgegnete er kühl. »Vertrau mir, das willst du ganz bestimmt nicht. Es ist kein schöner Anblick.«

Er ging mit ein paar langen Schritten zum Stuhl, und da merkte sie, daß er nackt war. Das wollte sie nicht sehen, wollte ihn nicht sehen, wie er sich zornig die Jeans überstreifte. Einen Augenblick später saß er auf dem Bett und schnürte ein Paar Turnschuhe zu.

»Gehst du noch weg?« Bitte sag nein, dachte sie. Bitte bleib und rede mit mir.

»Ja, ich geh weg. Ich brauch frische Luft. Ich nehme an, du willst sicher nicht einen Abendspaziergang mit dem Mann machen, der bei dir eingebrochen ist und dich gefesselt und geknebelt hat.«

Es war kalt in Jay Babcocks Zimmer, so kalt, daß Sophie erschauderte. Aber sie spürte die Kälte kaum, während sie zusah, wie er eine Kapuzenjacke über den Kopf zog und durch die Tür verschwand. Mit den Gedanken war sie noch bei dem, was er vor ein paar Sekunden gesagt hatte. Sie hatte nie erwähnt, daß sie geknebelt worden war. Es war ihr unverständlich, wie er das wissen konnte, außer er hatte glücklich geraten. Und warum hatte er sich nicht nach den Fragen erkundigt, die ihr der Mann gestellt hatte?

Nichts half, nicht mal aus dem Bett wälzen und sich mühsam auf die Beine stellen. Er versuchte, sich zum Badezimmer vorzutasten, als er plötzlich über etwas stolperte, das sich wie Kleidung anfühlte, und beinahe hingefallen wäre. Er war blind wie ein Maulwurf, doch wahrscheinlich handelte es sich bei dem

Hindernis um die Jeanshose, die er bei seiner Rückkehr letzte Nacht einfach auf dem Boden hatte liegen lassen. Besoffen genug war er ja gewesen.

Sophie war zu der Zeit bereits verschwunden, was wahrscheinlich auch gut war. Sein Zustand hätte ihr gewiß nicht gefallen. Scheiße, wenn er gewußt hätte, daß er am nächsten Morgen einen solchen Kater haben würde, dann hätte er sich letzte Nacht gleich die Kugel gegeben und sich den Rest erspart.

Der Schmerz saß wie immer in seinem kaputten Auge, und von dort zuckte es wie grelle Blitze in alle Richtungen. Und es knackte und knisterte wie bei elektrischem Strom. Es kam ihm beinahe so vor, als könnte er hören, wie seine Nervenenden verbrutzelten. Und Farben, die gab es auch noch, grellrote Blitze und blaue Feuerzungen.

Als er den Weg zum Bad endlich gefunden hatte, tastete er sich bis zum Waschbecken vor und drehte den Kaltwasserhahn voll auf. Mit einem häßlichen Knurren riß er sich die Augenklappe herunter und warf sie beiseite. Der Schmerz fiel wie ein wütendes Tier über ihn her, mit Krallen, die seinen Schädel zerreißen wollten.

Er warf einen Waschlappen in das sich rasch mit eiskaltem Wasser füllende Becken, um ihn gleich danach auszuwringen und sich auf die vernarbte Stelle, die einmal sein Auge gewesen war, zu drücken. Doch das brachte ihm nicht mehr als einen Moment der Erleichterung, bevor der Schmerz mit neuerlicher Gewalt über ihn herfiel. Sein Sehvermögen war zwar noch stark beeinträchtigt, doch immerhin erkannte er genug, um Abscheu vor dem, was er sah, zu empfinden.

Warum sollte jemand diese Abscheulichkeit ansehen wollen? Warum wollte sie? Ein ebenso lebhaftes wie verstörendes Bild tauchte vor seinem geistigen Auge auf: Sophie, zornig und voller Mißtrauen. Auch er war zornig, verstand jedoch erst warum, als er sah, wie sie sich auf ihn stürzte und ihm die Augenklappe herunterriß. Er hörte ihr angeekeltes Keuchen, doch was ihn zutiefst schockierte, war seine eigene Reaktion. Er schlug sie. Eine weitausholende Handbewegung, und sie lag am Boden.

Lieber Gott, nein, das konnte nicht er gewesen sein. Er schüttelte den Kopf, um das schreckliche Bild loszuwerden, und der Schmerz raste durch seinen Schädel wie ein Feuersturm. Jemand schrie aus Leibeskräften. Es war eine Frau.

Er beugte sich übers Waschbecken, beide Hände über den Augen, und in dem dunklen Theater seines Geistes sah er den Grund für ihr Entsetzen. Sie lag im heißen Wasser einer Badewanne und schlug verzweifelt um sich, kämpfte um ihr Leben. Jemand drückte sie unters Wasser und versuchte, sie zu ertränken.

Jay konnte weder das Gesicht der Frau noch des Mannes sehen, dennoch wußte er, wer die beiden waren. Mit einem gequälten Ächzen sank er auf die Knie und stieß das einzige Gebet hervor, das er je geäußert hatte.

Bitte lieber Gott, laß nicht zu, daß ich ihr weh tue.

»Ich weiß nicht, wie's mit dir steht, Delilah« – Muffin hob eine Flasche rosa Champagner, Marke »Kopfweh«, hoch –, »aber ich hab vor, mir ordentlich einen anzusaufen und dann was zu tun, was ich mein Leben lang bereue.«

Delilah wrang das Wasser aus dem Beinausschnitt ihres Badeanzugs. »Und dafür brauchst du billigen Fusel?«

Muffin war schon mit dem Drahtgeflecht beschäftigt, das den Korken in Schach hielt. »Schwimm ruhig«, sagte sie und warf sich auf einen der Liegestühle am Poolrand. »Ich weiß, es ist nicht nett, dich mit 'nem Nervenzusammenbruch zu überfallen, also laß dich nicht vom Brustschwimmen abhalten.«

Mit einem ironischen »danke« hechtete Delilah wieder in ihren Pool mit den olympiareifen Ausmaßen.

Als der Korken endlich flog, wurden Muffins Leinenhose und ihre Crêpe-de-Chine-Bluse prompt von der schäumenden Flüssigkeit durchnäßt. Sie trank einen großen Schluck, und das Zeug schoß ihr ebenso prompt in die Nase, was sie in gurgelndes Lachen ausbrechen ließ. Sie hatte wirklich Pläne, die lebenslange Reue nach sich ziehen mochten, und auch die sehr ernste Absicht, sich ordentlich zu betrinken. Nur so war sie in der Lage, zu tun, was zu tun war. Die einzige noch zu treffende Entscheidung war, ob sie ihren Verzweiflungsplan Delilah anvertrauen sollte oder nicht, da diese ja immerhin ihre Geschäftspartnerin war und unter möglichen Konsequenzen zu leiden haben würde.

»Wie ich sehe, scheint das Barbecue nicht gerade gut gelaufen zu sein«, bemerkte Delilah kurz darauf, als sie ihre Runden beendet hatte. Mit einer fließenden Bewegung zog sie sich aus dem Pool und richtete ihren glänzenden, sportlich-gestählten Körper auf seine stolzen Einsachtzig auf.

Kann sie nicht einfach nur dünn sein? dachte Muffin bitter. Nein, sie muß schlank, graziös und stark sein. Miststück.

Muffin war direkt nach dem Fiasko auf Wallis' Party zu Delilah in ihre Dachwohnung in Beverly Hills gefahren. Sie hatte nur einmal angehalten, um den Champagner zu kaufen. Nicht mal angerufen hatte sie vorher und konnte sich wahrscheinlich glücklich schätzen, daß ihre Freundin nicht gerade »beschäftigt« gewesen war.

»Jay Babcock hat uns allen heute abend den berühmten Mittelfinger gezeigt.« Muffin kochte vor Wut. »Allen, die dachten, sie könnten sich ein Stück aus dem Babcock-Kuchen rausschneiden.«

»Wünschte, ich wär dabeigewesen.«

»War auch ein Knaller. Er war gut«, mußte Muffin einräumen. »Aber es war seine letzte Vorstellung. Er ist zu verdammt arrogant, als gut für ihn ist.«

»Und du willst ihn also über die Klinge springen lassen? Willst du dich deshalb besaufen?«

Muffin stellte die Magnumflasche auf den Tisch neben ihrem Liegestuhl. »Nein, Gänschen, ich werd Jay nicht killen. Das wäre ein bißchen zu offensichtlich. Ich lasse ihn beenden, was er angefangen hat.«

Sie erzählte Delilah Claudes Geschichte, wobei sie besonders hervorhob, daß Sophie der Ansicht war, es handele sich bei dem Eindringling um Jay. »Sophie könnte das Ganze jederzeit platzen lassen, falls sie sich's in ihr süßes kleines Köpfchen setzen sollte, und das weiß sie ganz genau. So wie ich das sehe, ist das alles bloß noch eine Frage der Zeit. Er ist ein Psycho.«

»Tut mir leid, dir in einem solchen Moment mit mondäner Logik zu kommen, aber hast du schon mal dran gedacht, eine gerichtliche Verfügung gegen ihn zu erwirken, die ihn von der Übernahme der Firma abhält?«

Muffin wußte nichts über solche Sachen, hatte allerdings auch kein Interesse daran. Das einzige, was sie wirklich gut konnte, war, die Schwachstelle ausfindig zu machen und dann solange an der Kette zu zerren, bis sie zerriß. Teufel, logischer konnte man doch gar nicht sein.

Delilah stand noch am Poolrand und ließ sich lufttrocknen. *Quelle exhibitioniste,* dachte Muffin trocken. Tatsächlich jedoch hatte sich Muffin der anderen Frau von Anfang an unterlegen gefühlt, was wohl ebenso an ihrer ruhigen Art lag, sich selbst und das, was sie vom Leben wollte, zu akzeptieren, als auch an der kühlen Schönheit, die sie ausstrahlte. Delilah war mutig und stand ein für das, was sie wollte. Sie war authentisch. Eine Vorstellung, die Muffin eine Heidenangst einjagte.

»Brauchst du kein Handtuch?« erkundigte sie sich.

Delilah grinste und zuckte die Schultern, wobei die Tropfen flogen. Ein sehr interessanter Effekt. »Also, warum besäufst du dich? Woher die Reue?«

Ach ja, die Reue. Muffin schnappte sich die Flasche und erhob sich aus dem Liegestuhl. Sie hatte den ganzen Tag nichts gegessen, und der Champagner begann bereits, ihr zu Kopf zu steigen. Mit einem abgrundtiefen Seufzer schritt sie zur offenen Terrassentür und blickte nachdenklich in den Raum hinein, den Delilah ihren Salon nannte. In Muffins Augen sah er wie ein Wohnzimmer im Art-déco-Stil aus, aber was wußte sie schon? Sie stammte aus der Arbeiterklasse.

»Muffin, ich glaube, ich verstehe, worum es hier geht, aber du packst die Sache völlig falsch an. Du bist nicht schlecht, nur weil du dir deine Herzenswünsche erfüllen willst. Du verdienst es, alles zu bekommen, was du dir wünschst.«

Delilahs Stimme klang eigenartig, irgendwie atemlos. Muffin wußte nicht, was sie von dieser plötzlichen Anteilnahme halten sollte. Sie hatte Delilah noch nie für besonders sensibel gehalten, aber was sie sagte, berührte sie zutiefst. Ihre Augen brannten, und ihre Kehle ebenso. »Ich bin dabei, was so Verrücktes zu tun, daß nicht mal ich selbst es glauben kann«, gestand sie. »Gott möge mir beistehen, aber so ist es.«

»He, ist schon okay«, meinte Delilah beruhigend. »Ich weiß, was du brauchst, wirklich.«

»Du weißt – *was*?« Muffin fuhr verblüfft herum und erstarrte dann, vollkommen fassungslos. Delilah war splitternackt. Sie hatte ihren Badeanzug ausgezogen, der nun tropfnaß zu ihren Füßen lag.

»Was tust du da?« keuchte Muffin.

»Geht es denn hier nicht um uns? Um ...«

Muffin bekam einen Schluckauf, als ihr blitzartig dämmerte, was ihre Freundin sagen wollte. »Um *Sex*? Deswegen hab ich keine schlaflosen Nächte, obwohl ich das vielleicht sollte, denn so gut war's eigentlich noch nie.« Sie trank noch einen Schluck aus der Flasche und wäre erneut beinahe erstickt, doch diesmal an ihren Tränen.

Delilah machte einen ratlosen Eindruck. Sollte sie nun mit ihrer Freundin weinen oder über die haarsträubende Situation lachen? Schließlich lief sie über den gefliesten Boden zu Muffin und streckte energisch die Hand aus. »Gib mir die Flasche, Muff. Ich glaube, du hast genug gehabt.«

Muffin zuckte vor ihr zurück und sank dann, ein Häuflein Elend, zu Boden, die Flasche fest an ihren Busen gedrückt. Ein wenig betrunken und ein wenig entsetzt, erkannte sie, daß sie an einen Scheideweg gekommen war, aber nicht mit Delilah. Keiner der Pfade, die sich vor Muffins innerem Auge erstreckten, führte zu einem erotischen Abenteuer mit ihrer Geschäftspartnerin. Doch einer davon mochte sie direkt in die Hölle führen.

»Zieh dich wieder an, Gänschen«, befahl sie Delilah. »Hier geht's nicht um uns. Es geht um meinen Untergang … oder meine Rettung. Im Moment weiß ich nicht, was es sein wird.«

26

»Sophie? Bist du da?« Ellen hämmerte laut an die Haustür von Sophies Tagesstätte. Sie konnte drinnen ein Kind weinen hören, doch niemand kam, um zu öffnen.

Es war noch früh am Morgen, erst halb sieben, aber Sophie war um diese Zeit gewöhnlich auf, um alles für die Ankunft der Kinder vorzubereiten. Wahrscheinlich war es Albert, der da drinnen weinte. Seine Mutter lud ihn meist recht früh ab, was bedeutete, daß Sophie dagewesen sein mußte, um ihn hereinzulassen.

»Sophie!« Die Tür erzitterte unter Ellens harten Schlägen. Es war ein verwittertes altes Ding, und wenn da nicht der Riegel gewesen wäre, hätte sie sie wahrscheinlich aufdrücken können. Doch sie wollte nichts tun, was das Kind erschrecken könnte. Die Polizei zu holen kam ihr ebenfalls ein wenig übertrieben vor.

Sie wollte schon ums Haus herum zur Hintertür gehen, da hörte sie ein vertrautes Klicken. Die Tür öffnete sich quietschend einen Spalt breit.

»Albert?« fragte sie und blickte in ein Paar feuchte braune Augen, die durch den Spalt zu ihr hochspähten.

»Ich glaub, Soapy hat Bauchweh«, sagte er so leise, daß sie ihn kaum hören konnte.

»Albert, mach Platz und laß mich rein, mein Schatz.« Sie drückte gegen die Tür und hoffte inständig, daß die Kette nicht vorlag. Zu ihrer Erleichterung schwang sie auf, und sie sah sofort, was der kleine Junge meinte. Sophies Füße lagen im Gang, wie man sehen konnte, der Rest in der Küche. Es sah aus, als wäre sie gestürzt.

»Sie hat ih'e Co'n Pops nich' gegessen«, verkündete Albert mit Grabesstimme. »Is sie 'rank? Ode' bloß müde?«

»Wahrscheinlich ruht sie sich bloß aus.« Ellen wollte nicht, daß der Junge sah, wie erschrocken sie war, aber als sie in die Küche kam und Sophie mit dem Gesicht nach unten dort liegen sah, wußte sie, daß ihre Freundin bewußtlos war.

Ellen kniete bei ihr nieder und fühlte ihren Puls. Er war schwach, aber stetig. Mit ruhiger Stimme erkundigte sie sich bei Albert, ob Sophie hingefallen wäre. »Ist sie über was gestolpert? Oder hat sie sich am Essen verschluckt?«

»Kann sein.« Er zuckte die Schultern, und seine Augen füllten sich erneut mit Tränen. »Sie is' eingeschlafen, als ich pipi wa'. Wi'd sie wiede' gesund?«

Das Kind hatte offenbar nichts mitbekommen, und Ellen wollte nicht, daß er das Gefühl hatte, es könnte seine Schuld gewesen sein.

»Na, wie wär's«, sagte sie mit einer Zuversicht, die sie ganz und gar nicht fühlte, »möchtest du an dem Puzzle weitermachen, das wir gestern angefangen haben?«

Als Albert kurz darauf friedlich am Küchentisch saß und puzzelte, trat sie wieder zu Sophie und schaute nach, ob sie gut atmen konnte und ob sie eine Beule am Kopf hatte, was auf eine Gehirnerschütterung schließen ließe. Sie fand nichts, traute sich aber dennoch nicht, sie auf den Rücken zu drehen, da sie nicht sicher sein konnte, ob sie sich möglicherweise etwas gebrochen oder gar eine innere Blutung hatte. Sie hoffte zwar, daß es sich um einen einfachen Ohnmachtsanfall handelte, wollte aber sicherheitshalber kein Risiko eingehen. Der Notarzt mußte kommen.

Als sie kurz darauf neben Sophie auf dem Boden saß und auf die Sanitäter wartete, fiel ihr ein, daß sie Albert gar nicht gefragt hatte, ob heute morgen noch jemand im Haus gewesen war. Sophie hatte ihr erzählt, daß jemand eingebrochen war, und hatte ihr eingeschärft, besonders darauf zu achten, daß die Tür beim Gehen zugeschlossen wurde. Sie erschrak bei dem Gedanken, daß der Einbrecher möglicherweise zurückgekehrt sein könnte.

Sophie erwachte in einem Krankenhausbett, das von dunkelgrünen Vorhängen umgeben war. Das Plastikband an ihrem Handgelenk und die allgemeine Hektik, die von jenseits der Vorhänge zu ihr drang, ließ vermuten, daß sie in der Notaufnahme gelandet war.

Sie konnte sich beim besten Willen nicht vorstellen, was sie hier sollte, einmal abgesehen von dem dumpfen Pochen an ihrem Halsansatz. Das einzige, woran sie sich vage erinnern konnte, war, daß sich die Küche auf einmal gedreht hatte wie bei einer Achterbahnfahrt. Danach wußte sie nichts mehr.

»Ach, Sie sind ja wach.« Eine Krankenschwester steckte den Kopf durch den Vorhang und lächelte Sophie an. »Wie fühlen Sie sich?«

»Schwindlig ... was ist passiert?«

»Offenbar sind Sie ohnmächtig geworden.« Sie schob den Vorhang beiseite und kam herein, eine hübsche Brünette mit einem Thermometer in der Hand. »Bis auf ein paar Prellungen scheint Ihnen nichts passiert zu sein, aber der Doktor möchte Sie gleich nachher noch genauer untersuchen.«

»Sicher ...« Alle weiteren Fragen, die Sophie auf der Zunge lagen, wurden abgewürgt, da ihr das Thermometer in den Mund geschoben wurde.

»Ihre Freundin Ellen hat angerufen«, berichtete die Schwester. »Sie hat gefragt, ob sie jemanden für Sie benachrichtigen soll, und ich soll Ihnen außerdem sagen, daß es den Kindern gutgeht. Ich schicke jetzt den Doktor rein, okay?«

Sophie nickte. Was hätte sie auch sonst tun sollen?

»Wohin, Ma'am?« erkundigte sich der Taxifahrer, während er

die hintere Tür eines klapprigen, schlachterprobten Lincoln öffnete und Sophie hineinwinkte.

»Zum Anwesen der Babcocks beim Silverado Canyon. Wissen Sie, wo das ist?« Bitte sag ja, dachte Sophie flehentlich. Ich glaub nicht, daß ich im Moment Richtungsangaben machen könnte. Mir fällt ja nicht mal mehr ein, wo *ich* wohne.

»Ich bring Sie auf direktem Weg dorthin.« Als sie sich hineingesetzt hatte, nickte er ihr freundlich zu und schloß die Tür.

Sophie war dankbar für seine Freundlichkeit und die selbstverständliche Art, mit der er seine Mission erfüllte. Glücklicherweise herrschte kaum Verkehr, und das Anwesen war auch nicht weit, denn ihr wurde speiübel, kaum daß sich der Wagen in Bewegung setzte und die Krankenhausauffahrt verließ.

Sie hätte nie auch nur im entferntesten angenommen, daß in ihrem Leben noch mehr schiefgehen könnte. Wenn irgend jemand versucht hätte, ihr weiszumachen, was heute vormittag passieren würde, wie es ihr Leben von einer Sekunde auf die andere auf den Kopf stellen würde, sie hätte ihn für komplett irre erklärt.

Sie hatte einmal einen Artikel gelesen, in dem Streßpunkte für die traumatischen Ereignisse im Leben eines Menschen vergeben wurden: Geburt, Todesfälle, Hochzeiten, sogar Beförderungen. Je mehr Streß, desto mehr Punkte, und je mehr Punkte, desto kürzer die Lebensspanne. Sie glaubte, daß sie allein letzte Woche genug Punkte angesammelt hatte, um frühzeitig im Grab zu landen.

Ihr Magen schlug einen Purzelbaum, als der Fahrer den Wagen auf die andere Spur lenkte. Sie wühlte in der Brusttasche ihrer Latzhose nach den Pfefferminzdrops mit der magenberuhigenden Wirkung, die der Arzt ihr mitgegeben hatte. Was sie jedoch fand, war ein Pezspender mit einem Clownskopf und ein Bonbonpapier. Keine Pfefferminzdrops.

»Keine Pfefferminzdrops«, flüsterte sie. Ihre Stimme brach. Sie hörte sich schon an wie eines ihrer Kinder, wenn ein besonders geliebtes Spielzeug kaputtgegangen war.

Egal, wie alt man war, es gab Zeiten im Leben eines Menschen, da brauchte man eine Mutter oder einen Therapeuten. Sophie hatte weder eine Mutter noch einen Therapeuten, also tat sie das einzige, was sie tun konnte. Sie fuhr nach Hause.

Mildred öffnete auf Sophies Klingeln die Eingangstür des Großen Hauses. Sophie war noch immer nicht wohl bei dem Gedanken, selbst aufzusperren, obwohl ihr Jay einen Schlüssel gegeben hatte und obwohl sie wußte, daß Wallis und die anderen es von ihr erwarteten. Immerhin war das ja ihr Zuhause, ihre Familie, jetzt wieder.

»Falls Sie Jay suchen, er hat etwa um die Mittagszeit das Haus verlassen«, erklärte Mildred. »Ich weiß nicht, wohin er gegangen ist. Er hat es nicht gesagt, aber er trug Anzug und Krawatte.«

Die Haushälterin erteilte diese Auskünfte mit sichtlicher Nervosität, doch was das betraf, so war Mildred eigentlich immer nervös. Sie schien zu erwarten, daß Sophie enttäuscht sein würde, aber Sophie war erleichtert. Zutiefst erleichtert.

»Ist Wallis zu Hause?« erkundigte sie sich.

»In der Bibliothek, wo sie an ihrer Korrespondenz arbeitet. Soll ich ihr sagen, daß Sie da sind?«

»Nein, danke, das ist schon in Ordnung, Mildred.« Sophie schlüpfte rasch an der Haushälterin vorbei. »Ich hab Neuigkeiten, die nicht warten können.«

Die Bibliothek befand sich im Erdgeschoß, es war der letzte Raum im nordöstlichen Gebäudeteil, kurz bevor sich der Gang zum Flitterwochenflügel teilte. Sophie fand die Bibliothek ein wenig finster und bedrückend, mit all den schweren Samtvorhängen und den alten englischen Eichenregalen und dem Schnitzwerk. Doch heute waren die Vorhänge zurückgezogen und zusammengebunden, und Wallis saß in einem Sessel vor dem wunderschönen alten Lederschreibtisch, die Beine hochgezogen wie eine graziöse, graue Katze. Sie blickte gedankenverloren zu den Weiden hinaus.

»Wallis?« fragte Sophie verhalten, da sie nicht sicher war, ob die ältere Frau nur träumte oder eingedöst war.

Der Sessel quietschte, als sich ihre Schwiegermutter zu ihr umwandte. »Darling, komm herein! Genau dich wollte ich heute unbedingt sehen.«

Sophie mußte gegen die Tränen ankämpfen, als Wallis sich erhob und mit ausgebreiteten Armen auf sie zukam. Man begegnete sich auf halbem Weg, und Sophie umarmte sie beinahe heftig. »Danke«, flüsterte sie.

»Wofür denn?« Wallis beugte sich lächelnd zurück. »Ach, meine Liebe, da stimmt doch etwas nicht? Jay sagte, du wärst gestern nacht nach dem Barbecue doch nach Hause gefahren. Ich fürchtete schon, daß ihr vielleicht einen Streit gehabt habt. Hier, setz dich zu mir.«

Wallis geleitete sie zu einem Sofa vor dem Kamin, wo sie sich hinsetzten, Sophie an den äußersten Rand der Sitzbank. Normalerweise roch es hier nach Lavendel und Old Ashes, einer würzigen Duftmischung, die Sophie nicht unangenehm war, doch heute roch sie etwas anderes. Schnaps. Falls sie sich nicht irrte, hatte ihre Schwiegermutter etwas getrunken.

»Also, was ist los?« drängte Wallis. »Nichts ist so schlimm, wie man zuerst denkt. Erst recht nicht, wenn man die Last mit jemandem teilt. Du brauchst nicht alles allein zu tragen, Liebes.«

Sophie hielt die Hände vor den Mund. »Ich weiß gar nicht, wie ich dir das sagen soll. Ich kann's selbst kaum fassen.« Stumm schüttelte sie den Kopf, bis Wallis sich besorgt erkundigte: »Kann ich dir etwas zu trinken bringen? Einen Sherry vielleicht? Oder einen Brandy? Das beruhigt dich ein wenig.«

»Nein, das geht nicht ...«

Wallis beugte sich vor und blickte sie forschend an. »Aber warum denn nicht? Sophie, was ist los?« Sie rang nach Luft. »Du bist doch nicht etwa schwanger?«

Sophie war so verblüfft, daß sie nichts weiter tun konnte, als ihre Schwiegermutter fassungslos anzustarren. »Wie konntest du das erraten? Ich komme doch gerade erst vom Arzt.«

»Dann habe ich also recht? Du bist schwanger?«

Sophie nickte, und Wallis krallte die Hände zusammen. Sie

zitterten so stark, daß es nicht zu übersehen war. Auch schien es ihrer Schwiegermutter die Sprache verschlagen zu haben. Es dauerte ein Weilchen, bevor sie sich weit genug gefaßt hatte, um erklären zu können.

»Ich glaube, der Gedanke kam mir, als du den Drink ablehntest«, sagte Wallis mit tonloser Stimme. »Obwohl ich zugeben muß, daß ich Hilfe hatte. Jay sagte, es würde dir in letzter Zeit nicht allzu gutgehen.«

Sophie konnte sich nicht erinnern, Jay etwas erzählt zu haben. Ihres Wissens hatte sie nur Claude etwas Derartiges anvertraut. Aber selbst wenn, wie kam Wallis bloß auf den Gedanken, daß sie schwanger werden könnte, wo sie doch wußte, daß Jay keine Kinder zeugen konnte?

»Ach Sophie!« Die ältere Frau sank kopfschüttelnd, aber zweifellos erfreut in die Kissen zurück. »Du hast denselben Ausdruck auf dem Gesicht als ich damals, als ich schwanger war. Noah nannte es ›verzückt‹.«

Sophie verstand die Welt nicht mehr, und ganz besonders nicht ihre Schwiegermutter. Das war doch kein Grund zum Feiern. Es war der reinste Alptraum. »Wallis, ich hab Angst. Ich weiß nicht, was ich tun soll.«

»Natürlich hast du Angst. Das erste Mal hat jede Frau Angst, aber du wirst sehen, daß alles gutgeht. Die Morgenübelkeit wird bald vorbei sein, und gegen Mitte der Schwangerschaft wirst du richtig strahlen, wie jeder immer behauptet, auch wenn's nicht allzu lange anhält.«

Sophie fuhr so schnell aus dem Sofa hoch, daß sie beinahe wieder zurückgefallen wäre, so schwindelig war ihr. Wallis verstand überhaupt nicht, worum es ihr ging. Es war ihr unverständlich, wie ihre Schwiegermutter nicht wissen konnte, was diese Schwangerschaft bedeutete.

Die Weidenbäume schwammen in goldenen Wellen vor ihr, als Sophie ans Fenster trat. Sie hatte Angst, ohnmächtig zu werden, Angst, daß Wallis sie nicht verstehen würde, daß *niemand* sie verstehen würde.

»Jay ist – war – unfruchtbar«, sagte sie, ohne zu wissen, zu wem sie eigentlich sprach. »Er konnte keine Kinder zeugen.«

»Was, Sophie?«

Sie fuhr fassungslos zu ihrer Schwiegermutter herum. »Das weißt du doch«, sagte sie. »Wir alle wissen es. Jay konnte keine Kinder zeugen.«

»Ja, sicher. Von so was war die Rede, aber es war nie eindeutig. Er wurde nie untersucht.«

»Aber natürlich wurde er untersucht! Jay wurde als erster untersucht. Sie haben sein Sperma überprüft.« Sophie konnte sich nicht an den Namen von Jays Fehlfunktion erinnern, aber der Arzt hatte ihr gesagt, es gäbe derzeit noch kein Mittel dagegen und daß mit ihr alles in Ordnung wäre. Wallis mußte das einfach begreifen, mußte die Wahrheit akzeptieren. Irgend jemand mußte doch begreifen, was vor sich ging.

»Es *war* Jay«, beharrte sie verzweifelt. »Und das wußtest du, verdammt noch mal!«

Wallis sprang nervös auf. »Schsch, Sophie, du darfst dich nicht so aufregen, bitte!«

Aber Sophie war nun beinahe hysterisch. Sie konnte es nicht länger ertragen, nie zu wissen, was sie glauben sollte oder wem. Sogar ihr eigener Körper hatte sie betrogen. Er hatte sie glauben lassen, daß der Mann Jay war, obwohl er es unmöglich sein konnte.

»Warum willst du's nicht zugeben?« flehte sie ihre Schwiegermutter nun an. »Was ist los mit dir? Was ist los mit allen? Seid ihr denn alle verrückt geworden? *Er ist nicht Jay!*«

»Sophie, nicht!« Wallis wies auf den Gang. »Sieh dich um.«

Sophie stockte der Atem. Jay stand im Türrahmen und nahm die häßliche Szene zwischen seiner Mutter und seiner Frau wortlos auf. Sophie hatte keine Ahnung, wie lange er schon dort stand. Er konnte alles mitangehört haben.

Wallis eilte sofort zu ihm. In flehendem Ton meinte sie: »Laß mich noch ein wenig mit ihr allein, ja? Sie ist nicht ganz bei sich.«

Sie ergriff den Aufschlag seines Einreihers, wie um ihn festzuhalten, aber er schien sie kaum zu bemerken. Sein Blick war über sie hinweg direkt auf Sophie gerichtet.

Sophie war vollkommen geschockt, was jedoch nichts mit ihrem gesundheitlichen Zustand zu tun hatte. Es ging über ihren Verstand, wie jemand tun konnte, was er getan hatte. Ihr etwas vorzumachen, es so weit kommen zu lassen – eine Schwangerschaft. Sie konnte kaum mehr richtig denken, war ganz benommen vor Verzweiflung. Dennoch reckte sie das Kinn vor und begegnete seinem bohrenden Blick ohne Wimpernzucken. Sie war froh, daß er alles gehört hatte. Es war höchste Zeit, daß er merkte, daß er nicht alle täuschen konnte. Nicht sie.

»Es ist schon gut, Mutter«, versicherte er Wallis. »Sophie und ich können wie zwei Erwachsene darüber reden, nicht wahr, Sophie?«

»Was gibt's da zu reden? Du hast gehört, was ich gesagt habe.«

»Ich hab gehört, daß du mit meinem Kind schwanger bist. Da gibt's doch wohl jede Menge zu bereden.«

Wallis wandte sich zutiefst besorgt an Sophie. »Ist mit dir auch alles in Ordnung?« erkundigte sie sich. »Ich bleibe, wenn du willst.«

Diese Geste erstaunte Sophie. Ihre Schwiegermutter schien sich auf ihre Seite zu stellen, gegen den Mann, den sie für ihren Sohn hielt. Natürlich ging Sophie mit dem einzigen Babcock-Erben schwanger, was die Dinge vielleicht ein klein wenig geändert haben mochte.

»Es geht mir gut«, entgegnete sie. »Vielleicht sollten er und ich uns wirklich unterhalten.« Sie weigerte sich, ihn Jay zu nennen.

Wallis zögerte dennoch und drehte sich noch einmal zu Sophie um, bevor sie ging. »Du läßt mich doch wissen, wenn du etwas brauchst? Schick einfach Mildred, um mich zu holen.«

»Selbstverständlich«, erwiderte Sophie. Sie trat an den

Schreibtisch, um sich anzulehnen. Sie war ziemlich wackelig auf den Beinen, und der weiche Sessel sah zu verlockend aus, aber sich jetzt hinzusetzen, das könnte als Zeichen der Schwäche aufgefaßt werden, und das wollte Sophie nicht.

Ein Tablett mit Likören und Schnäpsen stand auf einem antiken Tischchen hinter dem Sofa. Jay schritt dorthin und schenkte sich eine großzügige Portion Cognac ein.

»Ein Drink?« fragte er mit einem Blick über die Schulter. »Nein, wohl nicht. Du solltest jetzt nicht mehr trinken, nicht wahr?«

Sophie schwieg. Im Moment war ihr wirklich nicht nach Small talk zumute. Ihr war aufgefallen, wie selten sie ihn im Anzug gesehen hatte und wie untypisch er darin aussah. Ein teurer Anzug, zweifellos, mit europäischem Schnitt und maßgefertigt. Aber die Nadelstreifen und dazu die Augenklappe machten definitiv einen bedrohlichen, finsteren Eindruck. Elegant, aber finster. Sie konnte sich vorstellen, wie die Leute im Zentralbüro darauf reagiert haben mochten.

Er nippte an seinem Cognac, biß dann die Zähne zusammen, und kippte den Rest mit einem Schwung hinunter. Er stellte das Glas laut klirrend auf dem Tisch ab. Sein Blick war unverwandt auf sie gerichtet. Er ging mit großen Schritten auf sie zu.

Sophie wappnete sich.

»Ich bin dein Mann«, sagte er mit leiser, bedrohlicher Stimme. Er konfrontierte sie direkt, so als könne er sie mit schierer Willenskraft überzeugen. Da war Hitze, Feuer, er fauchte beinahe vor Wut.

»Was braucht es noch, damit du mir glaubst?«

In ihrem Kopf drehte es sich, Lichter wirbelten darin herum. Sie wandte den Blick ab. Etwas an ihm berührte sie zutiefst, trotz allem. Es war schwer zu glauben, daß jemand solche Macht über einen anderen Menschen besitzen konnte. Sie verstand das einfach nicht. Wie schaffte er das? Wieso war sie ihm derart verfallen?

»Was braucht es noch, Sophie?«

Seine Stimme zischte wie auflodernde Flammen. Sie brannte wie die Fackel, die er ihr an jenem Tag, an dem Bach, beschrieben hatte. Sie erinnerte sich gut an das Gefühl: Feuer und Eis, heiß und kalt. Damals war sie geschockt gewesen, heute war sie vor allem wachsam, auf der Hut. Sie fühlte, daß eine Bedrohung von ihm ausging, und wußte instinktiv, daß sie in Gefahr sein könnte. Sie hatte ihm gerade offen vorgeworfen, nicht Jay zu sein.

»Ein Wunder?« meinte sie kalt, so kalt wie er heiß war. »Wie diese Schwangerschaft?«

Es mochte ihr ja schwindelig und übel sein, und sie mochte verängstigt sein, aber sie würde sich nicht von ihm einschüchtern lassen, etwas, worin er ein Meister war. Der starke Geruch von Old Ashes stieg ihr in die Nase, und im Raum wurde es mäuschenstill, während sie das Kinn vorreckte und ihm so zu verstehen gab, daß sie nicht mehr zum Schweigen gebracht werden konnte wie ein schlotternder Teenager. Jetzt nicht mehr.

»Ich muß wieder zurück«, sagte sie. »Ich war den ganzen Tag lang weg, und Ellen erwartet mich.« Sie ging um ihn herum und schlug seine Hand weg, die er nach ihr ausstreckte.

»Wovor fürchtest du dich, Sophie? Wann hörst du endlich auf, dich vor mir zu verstecken, und wann wirst du dich dem Ganzen stellen?«

Er packte sie und zog sie herum, und obwohl sie versuchte, das Gleichgewicht nicht zu verlieren, war selbst diese kleine Bewegung zuviel für sie. Ihre Knie gaben nach, und sie wäre gestürzt, wenn er sie nicht festgehalten hätte.

»Was ist los? Ist es das Baby?« Er zog sie hoch und stützte die zitternde Gestalt, während er besorgt in ihrem leichenblassen Gesicht forschte. »Herrgott, du bist ja krank.«

»Das weißt du doch. Du hast's Wallis gesagt.«

»Ich hab Wallis gar nichts gesagt. Komm hierher und setz dich.« Er wollte sie zur Couch ziehen, aber sie wehrte sich.

»Verdammt noch mal, Sophie, hör auf damit.« Seine Stimme bebte vor Wut. Mit einem Schwung hob er sie hoch und beförderte sie gewaltsam zur Couch. Er setzte sie behutsam ab, packte sie bei den Armen und schüttelte sie.

»Du mußt damit aufhören, oder ...«

Das war eine Drohung, und so schwach sie sich auch fühlte, das reizte sie. »Oder was, *Jay*? Was willst du sonst tun?«

»Was du machst, schadet dem Baby. Merkst du das denn nicht?« Seine Stimme brach fast vor Gefühlsduselei, und er ließ sie los.

Sophie stiegen die Tränen in die Augen. Er war offenbar wütend auf sie, aber sie wußte nicht, warum. Versuchte er, sie zu schützen, weil sie schwanger war? Oder drohte er ihr, damit sie ihn nicht verriet?

Lieber Gott, dachte sie, ich bin von diesem Mann schwanger und weiß nicht mal, wer er ist. *Ich weiß nicht mal, ob ich mich unbesorgt im selben Raum mit ihm aufhalten darf.*

27

»Wo steckst du schon wieder? Sophie-Sue! Wo hast du dich verkrochen? Die Leute von der Fürsorge tauchen noch heute auf. Sie haben versprochen, dich mir vom Hals zu schaffen!«

Sophies Tante hatte sie einmal sogar festgebunden. Mit einer Wäscheleine hatte sie sie an einen Küchenstuhl gefesselt, damit sie sich nicht mehr verstecken konnte. Stundenlang war sie so gesessen, bis ihre Hände und Füße ganz taub waren, während ihre Tante murmelnd und zigarettenrauchend in der Küche herumlief und das Geschirr umräumte. Trudy, so hieß sie, Tante Trudy. Eine lange, dürre Gestalt, die den ganzen Tag Eistee schlürfte, wobei sich Sophie oft gefragt hatte, ob in dem beschlagenen Glas nicht noch etwas anderes gewesen war, denn zur Abendessenszeit neigte ihre Tante gewöhnlich zum Stolpern, und auch die Worte wollten ihr nicht mehr so leicht von der Zunge. Aber Sophie sah den Schnaps nie, ihre Tante versteckte ihn gut.

Aber schönes Haar hatte sie gehabt. Tantchen Tru, wie sie immer genannt werden wollte, hatte wunderschönes Haar, goldfarben, mit kupferroten Lichtern, genauso wie Sophies Haar. Sophie hatte immer gebetet, nie so zu werden wie Tante Tru. *Bitte, lieber Gott, laß mich nicht so werden wie sie.* Viel lieber wollte sie so sein wie ihre Mutter, das Mädchen, das man tot auf dem Fußboden einer öffentlichen Toilette gefunden hatte, das Mädchen, das Sophie in ihrer Vorstellung zur Heldin gemacht hatte. Ihre Tante hatte nie von Sophies Mutter gesprochen, nicht einmal ihren Namen erwähnt, doch Sophie wußte, daß sie Priscilla geheißen hatte. Ab und zu hatte sie die eine oder andere Kostbarkeit aus den gemurmelten Selbstgesprächen ihrer Tante herausgehört. Doch das meiste davon verdrängte Sophie, denn von Tru wollte sie nichts über ihre Mutter erfahren. Sie wollte sich ihr Bild von einer Märchenprinzessin, das sie sich als kleines Mädchen erschaffen hatte, durch nichts zerstören lassen.

Pris war stark und selbstbewußt und unabhängig gewesen. Pris wäre Ärztin geworden oder zur Feuerwehr gegangen, wenn sie nicht so früh gestorben wäre. Sie hätte einen Beruf ergriffen, in dem man Leben rettete.

Und was würdest du jetzt an meiner Stelle tun, Pris? fragte sich Sophie, die am Küchentisch ihres kleinen Häuschens saß und sich ebenso hilflos und gefesselt fühlte wie als Kind. Wie würdest du dich aus dieser Zwickmühle befreien? Vielleicht war es ja gar nicht so dumm von dir, dich mit vierzehn schon zu verabschieden. Vielleicht ist das Leben ja wirklich ein einziges Leiden, wie Wallis behauptet.

Seit sie an diesem Nachmittag das Große Haus verlassen hatte und wieder hierhergekommen war, wurde sie ihre Angst und die bösen Vorahnungen einfach nicht mehr los. Immerzu mußte sie an Jay denken und an die unterschwellige Bedrohlichkeit, die von ihm auszugehen schien. Sogar seine Mutter hatte sich vor ihm gefürchtet. Sophie hatte das Anwesen gegen

Jays ausdrücklichen Wunsch verlassen, doch schien ihre Flucht ihre Ängste nur noch vergrößert zu haben.

Sie war wieder zu Hause und in Sicherheit. Wie beim Fangenspielen hatte sie den Zufluchtsort ohne Zwischenfälle erreicht – das versuchte sie sich jedenfalls bereits den ganzen Abend einzureden. Zweimal schon war sie durchs Haus gegangen und hatte sämtliche Türen und Fenster überprüft, ob sie auch verschlossen waren. Blaze war bei diesen Runden mitgetrottet. Doch als sie damit fertig war, als alles verschlossen, die Vorhänge zugezogen und die Jalousien heruntergelassen waren, da überfiel sie ein Gefühl schrecklicher Einsamkeit.

Sie konnte sich nicht erinnern, sich je einsamer oder isolierter gefühlt zu haben als in diesem Moment, in dem sie in ihrer Küche saß. Selbst nachdem Jay verschwunden und Noah ins Pflegeheim gekommen war, hatte sie Menschen gehabt, die sie liebte und denen sie vertraute. Ihre Familie, denn das waren die Babcocks für sie – die einzige Familie, die sie hatte.

Doch jetzt vertraute sie keinem mehr, und das war traurig.

»Keinem, außer dir, Blaze.« Sie bückte sich und zog den Hund ganz fest an sich. Sein warmes, struppiges Fell, in das sie ihr Gesicht vergrub, fühlte sich richtig tröstlich an.

»Ich bekomme ein Baby«, flüsterte sie, und irgendwie kam es ihr nun, da sie es laut zu diesem sanften, vor Eifer zitternden Tier sagte, zum ersten Mal real vor. »Ist das zu fassen, Blaze?«

Die Tragweite dieses Ereignisses überwältigte sie, so daß sie in die Knie sank. Dann ließ sie den Hund los und legte die flache Hand auf ihren Bauch. Ein fassungsloses Zischen stieg aus ihrer Brust empor. Wie lange hatte sie darauf gewartet! Auf ihr eigenes Kind! Und noch dazu eines, das ihrer Liebe zu Jay entsprang. Es hätte ein Moment überschäumenden Glücks sein sollen, doch das einzige, was sie zu empfinden vermochte, war tiefste Verzweiflung. Sie brauchte einen Freund, jemanden, mit dem sie reden konnte, und der einzige, der ihr einfiel, war Claude.

Er hatte eine Nachricht auf ihrem Anrufbeantworter hinterlassen, nach dem Vorfall mit dem Eindringling, in der er ihr versicherte, daß er immer für sie da wäre und daß sie ihn zu jeder Zeit anrufen könnte. Er war nicht nur ein Quell des Trostes und der Stärke in einer schwierigen Zeit gewesen, sondern noch viel mehr, so daß es ihr grausam vorkam, ihn jetzt in diese Sache mit hineinzuziehen. Trotz der Ängste und Befürchtungen, die sie in bezug auf den Vater ihres Kindes hegte, empfand sie noch immer sehr viel für Jay Babcock, so daß es zu Claude kein Zurück mehr gab. Nein, sie konnte und durfte ihn nicht mit hineinziehen.

Der Hund stupste sie leise winselnd mit dem Kopf an, um ihre Aufmerksamkeit bettelnd. »Dann gibt's eben nur noch uns beide, Blaze, dich und mich«, murmelte sie.

Sie ging in die Hocke, um das zu tun, was er am meisten liebte: ordentlich gekrault zu werden. Doch während sie sich von seinen Ohren weiter nach hinten arbeitete, fiel ihr Blick auf die Backofentür. Das war mittlerweile ein reiner Reflex. Dieser Tür zu ihrer Seele schien sie nicht mehr ausweichen zu können. Die Küche war so klein, daß sie sich beinahe von jedem Winkel aus irgendwo sehen konnte, doch was sie nun erblickte, war alles andere als aufmunternd. Ihre Nase war rot, die Augen verquollen. Sie verzog das Gesicht und stieß ein saugendes Geräusch aus, das Blaze bezaubernd zu finden schien. Er wedelte mit dem Schwanz und leckte ihr bewundernd übers Gesicht.

»Igitt, Blaze, ich hasse nasse Bussis.« Am liebsten hätte sie geweint, so richtig geheult wie im Strandhaus, als sie mit Jay geschlafen hatte – so verzweifelt war sie. Stoisch und mit geschlossenen Augen ließ sie das eifrige Lecken des Hundes über sich ergehen. »Wenn du so weitermachst, brauche ich ein heißes Bad.«

Später an diesem Abend – sie stank nach Blazes Liebesbezeugungen und wußte, daß sie sonst nie einschlafen könnte – ließ sie sich doch noch ein Bad ein. Sophie hätte jemanden umbringen können für ein schönes Melisse- oder Wacholderölbad, ein paar Duftkerzen und einen romantischen Liebesroman, in dem sie sich vergessen konnte, doch alles, was sie fand, waren eine Flasche Mr.-Bubble-Kinderschaumbad und ein paar Wonder-Woman-Comichefte. Statt der Kerzen hatte sie die Wahl zwischen einem Pocahontas-Nachtlicht oder einer Benji-Bär-Taschenlampe, und als wohltuende Hintergrundmusik stand ihr eine PlaySkool-Mitsing-Pianofassung von »Mary hat ein kleines Lamm« zur Verfügung.

Während sie so vor der Wanne kniete und dem allmählich steigenden Badewasser zusah, ging ihr der Gedanke durch den Kopf, ob es wohl eine Selbsthilfegruppe für verfolgte dreißigjährige Schwangere, die ihrem Ehemann davongelaufen waren, geben mochte? Sie seufzte, halb weinend, halb lachend, auf.

Dann goß sie einen großzügigen Strahl Schaumbad ins dampfende Wasser, und wie durch Zauberhand bildeten sich sofort dicke weiße Schaumwolken. Es roch überraschend gut. Vielleicht nicht gerade ein Kräuterbad, aber auf diese verfolgte dreißigjährige Schwangere wirkte es geradezu himmlisch. Sie konnte es kaum abwarten, sich mit geschlossenen Augen ins dampfende Wasser sinken zu lassen und die Welt und ihre Probleme für eine Weile einfach zu vergessen.

Sie erhob sich und schlüpfte aus ihrem Bademantel und den Plüschschlappen. Jay hatte sie davon abhalten wollen, allein in ihr Häuschen zurückzukehren. Er beharrte darauf, so daß sie sich schließlich nur noch mit dem Argument zu helfen wußte, anders nicht zur Ruhe kommen und sich nicht ausruhen zu können. Er wollte, daß sie blieb, damit sie ihre Streitigkeiten beilegen konnten, aber als sie ihn darauf aufmerksam machte, daß die Aufregung dem Kind schaden könnte, gab er schließlich nach und ließ sie gehen.

Der Ausdruck auf seinem Gesicht, als er ihr nachblickte, war ihr sehr zu Herzen gegangen. Er war zornig über ihr Gehen und daß sie sich seinem ausdrücklichen Wunsch widersetzte, aber hinter dem finsteren Ausdruck hatte sie noch etwas entdeckt:

eine nackte Qual. Sein Schmerz ließ sie nicht unbeteiligt, aber seine Wut schlug sie in die Flucht. Wenn es ihm nur um das Baby gegangen wäre, hätte sie ihn noch verstehen können. Doch sie befürchtete, daß etwas anderes dahintersteckte.

Er konnte nicht wissen, was es sie kostete zu gehen. Oder wie sehr sie wünschte, ihn, ihren Mann, an ihrer Seite haben zu können. Wie oft hatte sie sich tief im Herzen gewünscht, er könne sie von seiner Identität überzeugen.

Sie bemerkte, daß die Wanne überzufließen drohte. Als hoffnungslose Optimistin meinte sie, das stetige Tröpfeln des Wasserhahns mit einem energischen Ruck an den Apparaturen abstellen zu können. Dann griff sie nach der Haltestange. Sie hatte bereits einen Fuß im Wasser, als es plötzlich an der Haustür klingelte. Sophie wußte aus Erfahrung, daß nur Zeitschriftenverkäufer zu solch ungelegenen Zeiten auftauchten. Aber Blaze war bereits aufgesprungen und bellend zur Tür gerannt.

»Einen Moment!«

Es knirschte verdächtig, als sie sich auf die Haltestange stützte. Die Stange war mit einem Abstellbord verbunden, und das schreckliche Knackgeräusch warnte sie in letzter Sekunde davor, daß die Stange aus der Wand zu brechen drohte. Sie zuckte zurück, und in diesem Moment brach alles mit einem lauten Platschen in die Wanne. Den Bruchteil einer Sekunde, bevor das geschah, riß sie ihren Fuß zurück.

Mit blankem Entsetzen mußte sie nun zusehen, wie sich das Badewasser in eine kochende, zischende Brühe verwandelte. Auf dem Bord hatten ein Lockenstab und einige andere Gegenstände gelegen, und während Sophie entsetzt zurückwich, schoß ihr der Gedanke durch den Kopf, daß der Lockenstab eingesteckt gewesen sein mußte. Aber das war nicht möglich. Sie hatte ihn schon seit Monaten nicht mehr benutzt.

An der Haustür klingelte es erneut, aber Sophie war wie erstarrt. Vor ihrem geistigen Auge sah sie eine Frau, die hilflos zuckend und sich aufbäumend im stromkochenden Wasser gefangen war. Erst als Blaze ins Bad stürzte, wurde sie aus ihrer

Erstarrung gerissen. Die geringste Berührung mit dem Wasser konnte den Hund töten. Sie fiel auf die Knie und stieß sich den Ellbogen an der Toilettenschüssel an. Der Schmerz, der ihr durch den Arm zuckte, war so scharf, daß ihr schlecht wurde, doch sie kämpfte die aufsteigende Übelkeit zurück und zerrte hektisch an allen möglichen Steckern, bis die Wanne nicht mehr aussah wie ein siedender Schlangenpfuhl.

Jay stand im Türrahmen, als sie einen Augenblick später aufmachte. »Herrgott, was ist passiert?«

Seine Stimme klang heiser vor Sorge. Das traf sie wie ein Schlag, und sie fing an zu zittern. Sie hatte den Bademantel verkehrt herum angezogen und nur einen Pantoffel an.

»Ist er wieder dagewesen? Der Eindringling?«

»Nein – die ... die Wanne, ich ...«

Er wollte wissen, was ihr solche Angst eingejagt hatte, aber sie brachte kein vernünftiges Wort heraus. Schließlich zog sie ihn einfach mit sich zum Badezimmer und zeigte ihm die Misere.

»Ein Unfall?« fragte er mit Grabesstimme, als er den Lockenstab im Wasser schwimmen sah. Doch sein Ton verriet ihr, daß er das kaum glauben konnte, vor allem als sie ihm erzählte, sie wüßte nicht mehr, wann sie das Gerät zum letzten Mal benutzt habe.

Als sie kurz darauf am Küchentisch saßen, Sophie auf der einen Seite mit einer Tasse Kräutertee, den Jay ihr gemacht hatte, Jay ihr gegenüber, die Ellbogen aufgestützt, die Fingerspitzen giebelförmig zusammengelegt, den Blick auf sie gerichtet, begann er ihr weitere Fragen zu stellen, insbesondere über den kürzlichen Einbruch. Diesmal wollte er ganz genau wissen, was der Eindringling gesagt und getan hatte. Er fragte sie sogar über Claude aus.

Sophie kam überhaupt nicht auf den Gedanken, ihm nicht alles zu sagen, was er wissen wollte. Was ihr jedoch gar nicht gefiel, war die Richtung, die er dabei einschlug. »Wieso sollte mir jemand was antun wollen?« fragte sie, denn darauf wollte er offensichtlich hinaus.

Er schob die Ärmel seines Raglanpullis zurück und betrachtete sie nachdenklich, doch seine lässige Haltung täuschte. Innerlich war er wachsam, angespannt, alle Sinne in Alarmbereitschaft. »Sie sind nicht hinter dir her«, meinte er dann, »sondern hinter mir. Mich wollen sie, wegen dem, was ich mit der Firma vorhabe, aber man versucht, über dich an mich heranzukommen. Eigentlich ganz schön clever.«

Das wollte Sophie genauer wissen. Wie sollte so etwas funktionieren? Und wer waren *sie*? Doch er beantwortete ihre Fragen mit einer Gegenfrage.

»Wie viele wissen von dem Mann, der bei dir eingebrochen ist, der, den du für mich hieltest?«

Ein verführerischer Duft stieg von ihrer dampfend heißen Teetasse auf. »Nur Claude, aber er glaubt nicht, daß es tatsächlich passiert ist. Er hat versucht, mir einzureden, es wäre eine meiner Halluzinationen gewesen.«

»Wäre das möglich?«

Sie stieß einen tiefen Seufzer der Verzweiflung aus. »Das alles kommt mir vor wie eine Halluzination. Ein einziger schrecklicher Alptraum.«

Sie umschloß die dicke Tontasse mit klammen Fingern und wärmte sich daran. Das bernsteinfarbene Getränk hinterließ einen honigsüßen, walnußähnlichen Geschmack im Mund, der einfach köstlich war. Jay hatte den Tee aus ihrer Sammlung ausgesucht, und entweder kannte er sich aus mit Tees, oder er hatte glücklich geraten. Löwenzahntee war bekannt für seine beruhigenden Eigenschaften, und tatsächlich begann sich Sophie allmählich schläfrig zu fühlen, was sie sich bis vor ein paar Minuten überhaupt nicht hätte vorstellen können.

»Was meinst du damit, daß sie über mich an dich rankommen wollen?« beharrte sie. Er hatte die Frage nicht beantwortet.

»Wenn sie dir was antun und es so aussehen lassen, als ob ich's getan hätte, dann haben sie mich. Zuerst bricht jemand, der so aussieht wie ich, bei dir ein, und dann ist da noch dieser sogenannte Unfall, der möglicherweise gar kein Unfall war. Wenn du den Fuß nicht rechtzeitig zurückgezogen hättest, könntest du jetzt tot sein.«

Das stimmte. Und der Rest von dem, was er sagte, besaß ebenfalls eine gewisse makabre Logik, erschien Sophie jedoch trotzdem reichlich weit hergeholt zu sein. Wenn wirklich jemand Jay aus dem Weg räumen wollte, warum nicht direkt? Und von all den Leuten, die sie aus dem Weg haben wollten, war er selbst der einzige mit einem stichhaltigen Motiv.

Sie löste ihre klammen Finger von der Tasse und vermißte deren Wärme sofort. Bevor sie sich an den Tisch gesetzt hatten, hatte sie jeden Knopf ihres Bademantels sorgfältig zugemacht, doch irgendwie war ihr einer entgangen, der vorletzte. Als sie ihn nun zuknöpfte, mußte sie erneut an das gelegentliche oder ungelegentliche Auftauchen von Zeitschriftenverkäufern denken, und an das von Jay Babcock. Wie kam es, daß er ausgerechnet zu dem Zeitpunkt vor ihrer Haustür erschienen war? Er hatte ihr damit das Leben gerettet. Aber ob das auch seine Absicht gewesen war? *Vielleicht war er ja einfach nur zu früh aufgetaucht.*

Aber das würde sie wohl nie erfahren.

Am gleichen Abend nahm jemand anderer genau das Bad, von dem Sophie geträumt hatte, aber in einer vollkommen anderen Atmosphäre. Wallis' Lieblingsfarbe war Mauve, und sie hatte ihr luxuriöses Badezimmer in den satten Rosétönen mit gelegentlichen Akzenten in Gold und schwarzem Marmor ausstatten lassen.

An diesem Abend brannten unzählige Duftkerzen, und Körbe mit weißen Lilien standen im Raum verteilt. Die weißen Blüten schwammen sogar in der großen, rechteckigen Wanne, in deren blubberndem, mit kostbaren Parfümessenzen versetztem Wasser sich Wallis aalte. In einem lackglänzenden schwarzen Behälter steckten eine Flasche französischer Champagner und eine Glasflöte mit einem Zuckerrand. Die andere

Flöte, die bis zum Rand mit der spritzigen, goldfarbenen Flüssigkeit gefüllt war, stand auf dem breiten Marmorrand der Badewanne, neben Wallis' nassem Arm.

Etwas derart Dekadentes hatte sie sich seit Jahren nicht mehr gegönnt. Das Bad war so entspannend, daß sie, noch dazu nach all dem Champagner, den sie bereits getrunken hatte, wahrscheinlich eingeschlafen wäre ... nur, daß sie in diesem Moment das leise Quietschen von Kreppsohlen auf Marmor hörte und ahnte, daß sie nicht länger allein war. Sie öffnete die Augen und sah El in der Tür stehen.

»Du hast mich rufen lassen?« meinte er lakonisch.

Sie erhob ihr Glas. »Nein, eingeladen.«

El ließ den Blick ironisch über das Duftkerzenmeer und den Champagner gleiten. »Eine Feier kann's nicht sein«, meinte er, »also handelt es sich wohl um eine Totenwache. Wer ist gestorben? Jemand, den ich kenne?«

»Jemand, den du sehr gut kennst.« Sie lachte überschwenglich. »Und zwar aus Ekstase.«

Beide wußten, worauf sich das bezog. »Das Wunder unter den Weiden«, hatte sie es danach scherzhaft genannt, um ihre Verlegenheit zu überspielen. Ihr Rendezvous unter den Trauerweiden begann als Machtkampf und endete als eine der explosivsten Erfahrungen ihres Lebens. Sie war noch immer nicht richtig zu Atem gekommen, und auch El sah sie seitdem mit ganz anderen Augen. Sie hatte keine Ahnung gehabt, daß er zu solch animalischer Leidenschaft fähig war. Er hatte ihr wirklich ein wenig angst gemacht, und so fragte sie sich seitdem, was er wohl sonst noch vor ihr verbergen mochte.

Aber heute abend hatte Wallis eine hübsche Menge Champagner getrunken und kam sich daher recht kühn vor. Unter ihrer täuschend kühlen Fassade war sie ebenso sprunghaft und überschäumend wie der Champagner. Und sie hatte Grund zum Optimismus. Sie würden diese Schlacht mit den Anwälten gewinnen, und zwar auf ganzer Linie, dessen war sie sich jetzt sicher. Alles, was sie noch tun mußte, war, El zu überzeugen, was nicht allzu schwierig sein sollte, sobald er einmal ihre »Neuigkeiten« erfahren hatte.

»Sei kein Spielverderber«, gluckste sie fröhlich und tätschelte den schwarzen Behälter mit dem zweiten Glas darin. »Komm und trink mit.«

Er gab sich geschlagen, nicht ohne sie jedoch zuvor streng anzufunkeln, was sie einfach entzückend fand. Dann schenkte er sich ein Glas ein und setzte sich zu ihr auf den breiten Rand des Jacuzzis. Sie stießen miteinander an. »Hoch leben die Trauerweiden«, verkündete er, »mögen sie noch lange weinen.«

Wallis regte sich in dem blubbernden Naß und trank einen Schluck aus ihrem Glas. Der Champagner schmeckte köstlich, herrlich kalt und spritzig, mit einem leichten Pfirsichgeschmack. Sündhaft teuer, aber das war er wert. Sie durfte nicht vergessen, mehr von der Marke zu bestellen. Doch nicht der Geschmack des Champagners war es, der sie beschäftigte, als sie noch einen Schluck trank. Während sie die spritzige Flüssigkeit durch ihre Kehle rinnen spürte, hob sie den Kopf, um El anzublicken. Sie fragte sich, wieviel von ihr er in dem blubbernden Wasser wohl sehen konnte.

Sie hatte eine ganze Kapsel Badeöl ins Wasser gegossen, und die Art, wie das heiße, duftende Naß ihren Körper massierte, ließ sie unwillkürlich an andere Aktivitäten denken. Intime Bilder stiegen vor ihrem geistigen Auge auf: wie El sie berührte, sie küßte. Doch er schien an ganz andere Dinge zu denken. Eine Welle der Unsicherheit überkam sie bei dem Gedanken, daß sein Interesse an ihr nach ihrer gemeinsam verbrachten Nacht möglicherweise nachgelassen haben könnte.

Solange sie sich erinnern konnte, hatte El sie begehrt. Während ihrer langen Ehe mit Noah war sie sich seines Interesses bewußt gewesen und hatte es insgeheim als etwas Kostbares geschätzt. Das Wissen darum verlieh ihr Macht, eine ausschließlich feminine Macht. Aber die Machtbalance hatte sich seit neulich zu seinen Gunsten verschoben. Nun schien er die Oberhand zu haben, und sie hatte die feste Absicht herauszufinden, ob er es ernst meinte oder nicht.

»Ist alles in Ordnung?« erkundigte sie sich. Er hatte sein Glas bereits ausgetrunken und schenkte sich nun erneut ein, was ziemlich ungewöhnlich für ihn war.

Ihre Frage schien ihn in die Gegenwart zurückzureißen, zu ihr, in diese romantische Atmosphäre. Sein Blick erwärmte sich ein wenig. »Wie könnte es anders sein? Champagner, Blumen und eine holde Maid. Eine holde, *splitternackte* Maid.«

»Wüstling«, entgegnete sie scherzhaft und bespritzte ihn ein wenig mit Wasser. Insgeheim fand sie diese undisziplinierte, vulgäre Seite von ihm herrlich aufregend. Innerlich flatterte sie wie ein Schulmädchen. Und so gern sie auch die Oberhand behielt, seine draufgängerische Art, mit der er sie einfach überwältigte, mochte sie sogar noch lieber. Wenn sie so die Männer in ihrem Leben betrachtete, dann war ihr klar, daß es ihr schwergefallen wäre, einen Mann zu respektieren, der ihr nicht gewachsen war.

Sie trank einen Schluck Champagner und entschied dann, daß es an der Zeit war, ihm zu sagen, warum sie ihn hergebeten hatte. »Ich hab Neuigkeiten«, verkündete sie aufgeregt und atemlos.

»Hoffentlich gute.«

»Sophie ist schwanger.«

Er verschüttete beinahe seinen Champagner, und Wallis brach in ein atemloses, heiseres Kichern aus, das gar nicht ladylike war.

»Das sind wirklich Neuigkeiten«, meinte er. »Vielleicht sollten wir unsere Strategie jetzt neu überdenken.«

»Nein! Genau das nicht! Es ist einfach perfekt, El. Siehst du nicht, daß das entscheidend nachteilig für sie ist? Jetzt ist sie noch angreifbarer. Es sollte nicht mehr viel nötig sein, um sie herumzukriegen. Nein, ganz und gar nicht.«

Er schwieg, doch war es unmöglich, beim flackernden Schein der Kerzen seinen Gesichtsausdruck auszumachen. Sie wußte nicht, ob er sie ansah oder nachdachte. »Vielleicht hast du recht«, sagte er schließlich. »Vielleicht ist das ja wirklich ein Glücksfall für uns.«

Wallis ließ ihn nicht aus den Augen, während er seinen Champagner austrank und sich dann erhob. Er zog sein Sportjackett aus und warf es über den Badhocker. Als er sich wieder zu ihr umdrehte, waren seine Hände bereits mit den Kragenknöpfen seines Hemds beschäftigt. Sein Blick ruhte heiß auf ihr.

»Machst du es dir bequem?«

»So bequem, wie's nur geht.« Er zog mit einem Ruck sein Hemd aus der Hose. »So nackt, wie's nur geht.«

»El, was tust du da?«

»Zu dir in die Wanne steigen«, erwiderte er, die Hände am Hosengürtel. »Nachdem ich mehr als zwanzig Jahre davon geträumt hab, es hier in diesem Bad mit dir zu treiben, können mich jetzt keine zehn Pferde von dir fernhalten.« Das Glühen in seinen Augen nahm zu. »Und für dich hoffe ich, daß du wirklich so naß bist, wie du aussiehst.«

28

Routine ist gut, sagte sich Sophie, Routine gibt Sicherheit. Wüstenmausfutter anzurühren war gewöhnlich das erste, was sie jeden Morgen tat, und das letzte, wozu sie heute Lust hatte, aber sie brauchte dringend wieder ein wenig Normalität in ihrem Leben, sowohl um ihret- als auch um der Kinder willen. Und nichts brachte einen mehr auf den Boden der Tatsachen zurück, als Tierfutter zu mixen.

Die braunen Brocken erinnerten sie an mundgroße Stücke von Weizenspänen, nur daß es kein Weizen, sondern tatsächlich Sägespanbrocken waren. Der örtliche Zoohändler hatte ihr versichert, daß ihr Prachtfutter *der* Renner unter den Nagern wäre, aber sie konnte sich einfach nicht dazu überwinden, ihren heiklen Mäusen Holz, in welcher Form auch immer, vorzusetzen, also kochte sie jedes Wochenende eine Art Gemüseeintopf, den sie für die ganze Woche einfror.

Da ihr Magen in letzter Zeit gerne verrückt spielte, half ihr an diesem Morgen Albert, der wie immer der erste war. Sie hatte die warme Sauce über das Futter gegossen, und Albert löffelte das Ganze konzentriert in eine große Stahlschüssel.

»Die Kunst liegt im Garnieren«, meinte sie, während sie etwas gehackte Petersilie über die klumpige Mischung streute. »Siehst du, so.«

»Hm ... sieht gut aus.« Er nickte zustimmend und leckte mit der Zunge über den großen Löffel.

Hilflos mußte Sophie mit ansehen, wie sich das Gesichtchen des kleinen Pfiffikus in das Abbild eines mittelalterlichen Domspeiers verwandelte. Seine Nase kräuselte sich wie ein winziger Kohlkopf, und sein Mund zog sich auseinander wie ein Gummiband. Würgelaute ertönten, und dann kam eine kleine rosa Zungenspitze hervorgeschossen und wackelte hin und her wie bei einer Kröte, die am Ersticken war.

»Iiiiii«, ertönte es aus dem wackeren Kerlchen, als Sophie ihn schwungvoll auf ihren Schoß hob und fest in die Arme nahm. »Ääääuuuueck.«

»Ach, Albert, was würde ich bloß ohne dich machen?« Er war nicht nur ihr kleines Schutzschild gegen die Welt da draußen, er konnte sie so zum Lachen bringen, daß sie sich beinahe in die Hosen machte. Sie umarmte ihn fest und wiegte ihn hin und her, während ihr die Tränen über die Wangen rollten, weil sie so sehr lachen mußte.

»Ich bin f'oh, daß ich keine Maus bin«, sagte er, als sie kurz darauf in schöner Eintracht zu den ahnungslosen Tierchen hinaustrotteten.

»Ich auch.«

Sophie, die mit Albert über die Terrasse zum Streichelzoo ging, bemerkte, daß Blaze sein Frühstück noch gar nicht angetastet hatte, und als sie mit der Fütterung fertig waren, begann sie sich allmählich Gedanken über den Verbleib des Hundes zu machen. Ich hoffe, daß er nicht wieder zum Strandhaus gelaufen ist, dachte sie. Jay ist doch gar nicht da.

Blazes Herrchen war ihres Wissens nach wieder ins Große Haus zurückgefahren. Sie hatte ihn gestern abend schließlich doch noch wegen seines »passenden« Auftauchens fragen müssen. Ein Zufall konnte das unmöglich gewesen sein, daß er ausgerechnet in dem Moment an ihrer Türschwelle auftauchte, als sie gerade den Fuß in die Wanne steckte. Aber alles, was er dazu sagte, war, daß er ein »ungutes Gefühl« gehabt hatte und einfach nach ihr sehen mußte. Wahrscheinlich wollte sie ihm das sogar glauben, aber als er sich weigerte, sich näher zu erklären, waren all die alten Ängste und das Mißtrauen zurückgekehrt. Allmählich fing sie an zu glauben, daß er es genoß, sie zappeln zu lassen, und das konnte sie einfach nicht verstehen. Daraufhin hatte sie ihn dann gebeten zu gehen.

»Was is das fü' ein Ge'äusch?« wollte Albert wissen. Er drehte sich im Kreis wie eine betrunkene Ballerina und blieb dann mit dem Gesicht zum Zaungatter gewandt stehen.

»Geräusch?« Sophie lauschte und hörte ebenfalls dieses leise, fauchende Knurren hinter dem Gatter. Wahrscheinlich war das Blaze, der mit irgendeiner unschuldigen kleinen Eidechse seinen Spaß hatte. Der Setter brachte ihr andauernd kleine »Geschenke« mit: Eidechsen, Schlangen oder Mäuse, die er Sophie vor die Füße legte. Aber das erklärte nicht, wie er rausgekommen war. Sie verschloß abends das Gartenzaungatter und hatte es heute morgen noch nicht wieder aufgemacht. Sie wollte nicht, daß eines der Kinder versehentlich in den Wald wandern konnte.

Sie schüttelte verwirrt den Kopf. Oder hatte sie das Gatter doch schon aufgemacht? In letzter Zeit war sie ein wenig vergeßlich, was nicht überraschend war, wenn man all die Dinge bedachte, die auf sie einstürmten. Nun, ist ja auch egal, sagte sie sich. Was immer der Hund draußen hatte, sie hoffte nur, daß es nicht etwas Kleines, Süßes war, wie zum Beispiel eine schreckerstarrte Feldmaus. »Albert, würdest du so gut sein und die Schüssel ins Haus zurückbringen? Ich werde Blaze reinlassen.«

Das Fauchen wurde lauter, als sich Sophie dem Gatter näherte. Aus irgendeinem Grund kratzte der Hund am Holzzaun und schien es gar nicht abwarten zu können, hereingelassen zu werden. Sophie mußte bei diesem Geräusch an das Kratzen in ihrem Traum denken und erschauderte unwillkürlich. Es war ein panisches Kratzen gewesen, jemand hatte unbedingt hereingewollt, und dann war sie überfallen worden von diesem ...

Sie schüttelte den Gedanken energisch ab. Jetzt handelte es sich eindeutig um ein Tier.

»Blaze?« Wenn es nicht der Hund war, dann konnte es ein Kojote oder ein anderes wildes Tier sein. Aber das Fauchen hörte auf, und sie hörte das vertraute Gebell des Setters, als sie den Türriegel zurückschob.

Die Tür öffnete sich langsam und knarzend, dann wurde sie ihr gewaltsam aus den Händen gerissen. Sophie fuhr entsetzt zurück, als sich eine fauchende, knurrende Bestie auf sie stürzte und die Zähne in den Ärmel ihrer Bluse schlug. Blut spritzte, die Bluse zerriß, und Sophie schrie Albert zu, schleunigst ins Haus zu rennen.

Sie packte einen abgebrochenen Ast, um das Tier damit abzuwehren, während sie gleichzeitig in Richtung Terrasse zurückwich. Sie konnte kaum glauben, was sich da vor ihren Augen abspielte. Der Hund, der fauchend und knurrend vor ihr kauerte, bereit, sie jeden Moment erneut anzuspringen, dieser Hund war Blaze. Er hatte die Zähne gefletscht, und Schaum tropfte ihm vom Maul. Entsetzt erkannte sie, daß er von einem tollwütigen Tier gebissen worden sein mußte.

»Soapy?« flüsterte Albert. »Was hat Blaze?«

Sophie warf einen Blick über ihre Schulter und sah, daß der kleine Junge noch immer auf der Terrasse stand. Die große Schüssel fest an sich gedrückt, starrte er mit weit aufgerissenen Augen das Tier an, mit dem er jeden Tag spielte. Sie waren doch Kumpels, er und Blaze, keine Feinde. Er begriff nicht, was da vor sich ging.

»Albert«, stieß sie flehentlich hervor, »geh ins Haus. Bitte!«

Ihr Herz krampfte sich zusammen, als sie erkannte, vor welch schrecklicher Wahl sie stand: sie mußte dieses Kind, das sie über alles liebhatte, beschützen, und dafür mußte sie notfalls dem Hund, den sie beide liebhatten, weh tun, ihn vielleicht sogar töten. O nein. Bitte nicht ...

Blaze duckte sich zum Sprung, und diesmal war Sophie nicht schnell genug. Ein Schlag wie mit einem Eisenhammer traf sie an der Schulter und schleuderte sie zu Boden. Doch der Stoß war so hart gewesen, daß auch der Hund einen Moment lang verwirrt war. Er schwankte und schüttelte den Kopf. Sophie versuchte hektisch, auf die Beine zu kommen, aber das Gras war glatt vom Morgentau.

Sie fiel nach vorn, auf Hände und Knie, und schrie, als sich der Hund erneut auf sie stürzte. Wild mit den blutverschmierten Armen herumfuchtelnd, versuchte sie wegzukommen, aber diesmal wollte er ihr an die Kehle, und als sie abwehrend mit dem Arm schlug, biß er zu, biß ihr in den Arm. Sie schrie auf vor Schmerzen.

Auf einmal wurde ihr schwindelig, und sie sank zu Boden. Ein Gewicht lastete auf ihr und machte ihr das Atmen beinahe unmöglich, auch denken konnte sie nicht mehr richtig. Und noch während sie in sich zusammensank, schoß ihr ein Gedanke durch den Kopf: Sie durfte nicht ohnmächtig werden. Sie und Albert brauchten unbedingt Hilfe, oder sie waren verloren. Alles um sie herum wurde kalkweiß und drehte sich wie auf einem rasenden Karussell. Blazes wütendes Fauchen dröhnte in ihren Ohren, und während sie ein letztes Mal versuchte, ihn fortzustoßen, fühlte sie, wie sie von einem eisigen Wasserstrahl getroffen wurde.

Blaze wurde ebenfalls getroffen. Er jaulte auf und sprang beiseite, als ihn der Strahl mit voller Wucht traf. Das Wasser hielt ihn auf Distanz, so daß Sophie sich wieder ein wenig fassen konnte. Sie erhob sich schwankend und sah nun, daß es Albert war, der den Hund abwehrte. Der kleine Vierjährige mußte all seine Kräfte aufbieten, um den voll aufgedrehten Schlauch zu halten, doch er kniete im Gras und umklammerte das Rohr mit grimmiger Entschlossenheit.

Sophie hatte den Kindern nicht nur gezeigt, wie man die Tiere im Streichelzoo versorgte, sie hatte ihnen auch beigebracht, wie man kämpfende Tiere mit Wasser auseinanderhält, und daran hatte sich Albert erinnert. Er hatte den Hahn voll aufgedreht und hielt den Hund von Sophie fern.

»Du hast mir das Leben gerettet«, keuchte sie und fiel neben ihm auf die Knie, um ihm den Schlauch abzunehmen. »Wirklich, Albert.«

Seine kohlschwarzen Augen füllten sich mit Tränen. »Mußt du jetzt ste'ben, Soapy?«

»Nein, natürlich nicht, Schätzchen. Wieso …«

»Du bist übe'all volle' Blut.«

Da merkte Sophie erst, daß sie aus mehreren Wunden blutete, besonders am Arm. Es war ein tiefer Biß, und sie hatte zweifellos eine Menge Blut verloren, obwohl sie nichts spürte außer einem eigenartigen Hochgefühl.

Das mußte der Schock sein. Sie befand sich in einem Schockzustand. Die Gefahr war noch nicht vorbei, wie sie erkannte. Sie konnte jederzeit das Bewußtsein verlieren, und dann war Albert dem Hund ausgeliefert. Blaze warf sich in blinder Wut dem Wasserstrahl entgegen, attackierte ihn mit aller Kraft. Das Tier war vollkommen wahnsinnig geworden. Sophie mußte sich alle Mühe geben, ihn in Schach zu halten, und sie rief Albert zu, er solle 911, die Notrufnummer, anrufen.

Die Zeit verging wie in einem roten Nebel. Sie hatte das Gefühl, jeden Moment umkippen zu können, und mußte all ihre Willenskraft aufs Wachbleiben konzentrieren. Nichts sonst zählte mehr. Wachbleiben und den Schlauch nicht loslassen. Ihre Augenlider zuckten unkontrolliert, und sie wankte. Ihr Kopf schoß hoch, als sie jemanden ihren Namen schreien hörte.

Erstaunt sah sie Jay in der Terrassentür auftauchen. Als er erkannte, was los war, fuhr er herum und verschwand sofort wieder. Sekunden später tauchte er mit einer Decke auf, die er über den Hund warf, um ihn zu überwältigen.

Sophie mußte schlimmer aussehen, als sie gedacht hatte. Denn sobald Jay den wild um sich beißenden Hund in einen der größeren Tierkäfige gesperrt und das örtliche Veterinärhospital angerufen hatte, damit sie jemanden vorbeischickten, eilte er sofort zu ihr und hob sie hoch.

Er war so besorgt und erschrocken, daß er nicht sprechen konnte, und Sophie wurde von Sekunde zu Sekunde schwächer. Ihre Augenlider wollten zufallen, und ihre Zunge fühlte sich schwer und pelzig an. »Was machst du da?« stammelte sie, als er sie ins Haus trug.

»Dich ins Krankenhaus bringen, natürlich.«

»Du kannst Albert nicht allein lassen.«

Jay blickte sie verständnislos an. »Wen?«

»Das Kind«, sagte sie und deutete auf den kleinen Jungen, der direkt neben ihnen stand.

Um Sophie drehte sich alles, als würde jemand mit der Welt Kreisel spielen. Sie konnte nicht länger dagegen ankämpfen. Das wirbelnde Weiß wurde dunkler und dunkler, der Sog immer stärker. Ihre Wunden fühlte sie nicht mehr, aber in ihrem Unterleib spürte sie ein Ziehen und fragte sich benommen, ob das wohl bedeutete, daß sie ihr Baby verlor. All das ging ihr durch den Kopf, aber das letzte, woran sie sich erinnerte, bevor sie das Bewußtsein verlor, war der Ausdruck auf Jays Gesicht. Er starrte durch den erschreckten Vierjährigen hindurch, als würde er ihn überhaupt nicht sehen.

Sophie hatte das Gefühl, inmitten eines leichten, warmen Sommerregens eingeschlafen zu sein. Es fühlte sich herrlich auf ihrer Haut an, so warm und sanft wie Abendnebel, aber als sie die Augen öffnete und einen minzgrünen Himmel über sich und Jay daneben stehen und auf sie herunterblicken sah, da begriff sie, daß sie sich erneut in einem Krankenhauszimmer befand.

Und der Sommerregen war Jay. Er hatte ihr das Gesicht mit einem warmen Lappen abgewischt.

»Herzlich willkommen.« Seine Stimme klang warm und kräftig, aber auf seinen Zügen lag das traurigste Lächeln, das sie je gesehen hatte.

»Blaze«, stieß sie leise hervor, als ihr wieder alles einfiel. Sie war sicher, daß man den Hund hatte töten müssen. Deshalb war Jay so traurig.

»Es ist okay, Sophie. Alles ist in Ordnung.«

»In Ordnung?«

Er zog ihre Hand an die Lippen und küßte sie mit solch beruhigender Zärtlichkeit, daß sie ein aufkeimendes Schluchzen unterdrücken mußte. Nichts war in Ordnung. Etwas Schreckliches war passiert.

»Blaze ist beim Tierarzt und erholt sich wieder«, erklärte er. »Sie haben ihm den Magen ausgepumpt und vergiftetes Fleisch gefunden. Er kommt wieder in Ordnung und du ebenfalls. Es waren keine Tetanusspritzen nötig.«

Sie wollte ihm noch immer nicht glauben. Etwas stimmte nicht. Er hielt ihre Hand zu fest wie ein Vater, der sein Kind trösten will. Seine Geste war zu zärtlich. »Was ist mit dem Bab …«

»Dem Baby geht es ebenfalls gut. Schsch.« Er tippte leicht mit dem Finger an ihre Lippen, um sie vom Reden abzuhalten. »Du hast ein wenig Blut verloren und sollst dich jetzt ausruhen.«

Das konnte sie nicht. »Wo ist Albert?«

»Ich bin hie'.« Alberts kleines braunes Gesichtchen strahlte sie vom Fußende des Betts an. »Wa't bloß noch auf meine Mom, daß sie mich abholt.«

»Oh, Gott sei Dank.« Ein Schluchzen stieg in ihr auf, als Sophie erkannte, daß vielleicht doch alles in Ordnung war, genau wie Jay gesagt hatte. Die Tränen schossen ihr in die Augen und kullerten auch schon ihre Wangen hinab. Sie war so unendlich erleichtert.

»Ist mit ihm alles in Ordnung?« erkundigte sie sich bei Jay.

»Es geht ihm gut, Sophie.«

»Es geht mi' gut, Soapy«, verkündete Albert fröhlich. »Jay und ich hatten Bu'ge' und Pommes in der Caf-Cafe-, da unten, wo's Essen gibt, stimmt's, Jay? Jay sagt, daß e' sich noch an mich e'inne't, aber ich nich' an ihn.«

Sophie blickte Jay verwirrt an. Es war nicht möglich, daß er sich an Albert erinnerte, doch war dies nicht der richtige Zeitpunkt, um etwas zu sagen. Albert war erst nach Jays Verschwinden auf die Welt gekommen. Er mußte ihn mit Donald verwechseln, Alberts älterem Bruder, das mußte es sein. Er gehörte zu den ersten sechs Kindern, mit denen sie ihre Tagesstätte eröffnet hatte, und Jay hatte ihr oft geholfen, indem er sie auf Ausflüge in die Wälder mitnahm. Er hatte sogar versucht, ihnen das Klettern beizubringen.

»Albert und ich haben uns wieder miteinander bekannt gemacht«, sagte Jay. »Stimmt's, Albert?«

Der kleine Junge grinste und beeilte sich, an Jays Seite zu kommen. Dieser zerzauste dem Kind die Haare, doch wieder sah Sophie, wie sich sein Gesichtsausdruck dabei veränderte. Wie zuvor schien er durch das Kind hindurchzublicken, als würde er nicht Albert sehen, sondern etwas anderes, Schmerzliches.

Mit Schrecken fiel ihr der Mann wieder ein, der in jener Nacht bei ihr eingebrochen war. Er hatte ihr ein Foto von Albert unter die Nase gehalten und zu wissen verlangt, wer das war. Etwas an Albert schien ihm bekannt vorgekommen zu sein, aber was und wie das möglich war, war ihr schleierhaft.

Was bedeutete das alles? fragte sie sich. Etwas Erschreckendes, etwas geradezu Bizarres ging hier vor, und nichts mehr war so wie früher. Sophie konnte sich das alles einfach nicht mehr erklären. Manchmal fragte sie sich sogar, ob es überhaupt real war. Sie wußte nicht mehr, wohin und an wen sie sich wenden sollte oder wen sie noch lieben durfte. Ob sich ihr kleiner Liebling Albert als nächstes gegen sie wenden würde?

Sophies Ängste und Befürchtungen bewahrheiteten sich noch an diesem Abend, nachdem sie wieder in ihr Häuschen zurückgekehrt war. Jay verbarg ein schreckliches, finsteres Geheimnis vor ihr, und sie mußte unbedingt erfahren, was es war. Obwohl er sich aufopfernd und liebevoll um sie kümmerte, wurde sie das Gefühl einfach nicht los, daß er etwas vor ihr verbarg. Im Gegenteil, dieses Gefühl wurde stärker und stärker. Er hatte sie in einen baumwollenen Schlafanzug gesteckt, ihr Tröpfchen und Pillen eingeflößt und ihr eine Hühnersuppe gemacht. Er hatte sich zu ihr an den Tisch gesetzt und ihr beim Essen zugesehen, dennoch konnte sie sich des Gefühls nicht erwehren, daß etwas nicht stimmte.

»Jay, bitte sag mir, was los ist mit dir«, bat sie ihn. »Du drängst mich immer, ich soll mich ausruhen, aber das kann ich nicht, bevor wir miteinander geredet haben.«

Er seufzte tief auf. »Du hast genug durchgemacht, Sophie. Ich will dir nicht noch mehr Sorgen bereiten.«

Sie hatte sich geweigert, im Bett zu bleiben, und saß nun mit untergeschlagenen Beinen am Küchentisch. »Ich mach mir schon so viele Sorgen, da kann das, was du mir sagst, auch nicht schlimmer sein, als was mir meine Einbildungskraft vorgaukelt.«

Aber sie irrte sich. Als sie ihn schließlich so weit hatte, daß er ihr alles erzählte, fuhr ihr der Schrecken erst richtig in die Glieder. Sie war vollkommen fassungslos. Er erzählte ihr, daß er von Zweifeln und Befürchtungen, was den Einbruch und auch ihre seltsamen »Unfälle« betraf, geplagt würde. Nichts davon hielt er für Zufälle.

»Das Fleisch war mit einer Substanz vergiftet worden, die wie Tollwut wirkt«, erzählte er. »Das war kein Versehen, Sophie, und wer auch immer dahintersteckt, strengt sich kaum an, seine Spuren zu verwischen. Das Ganze sollte aussehen wie ein Mordversuch.«

»Noch ein Anschlag von dir?« fragte sie.

»Möglich ... obwohl's noch eine andere Erklärung gibt.«

Die Stille dauerte so lange an, daß Sophie zusammenzuckte, als er wieder zu sprechen anfing. »Es gab Probleme bei der Behandlung«, gestand er. »Ich bekam immer schlimmere Kopfschmerzen, wirklich schlimme, und dann gab es da noch andere Symptome ...«

Sophie schüttelte den Kopf. Das wollte sie nicht hören. Sie wollte an der Hoffnung festhalten, daß zumindest etwas in ihrer Beziehung stabil war, und sein Behandlungserfolg hatte ihr diese Stabilität geschenkt. Und jetzt wollte er ihr auch das noch wegnehmen.

»Aber an dem Abend, beim Barbecue ...« Wenn es sein mußte, würde sie mit ihm diskutieren. »Du hast gesagt, du hättest die Tests mit fliegenden Fahnen bestanden. Bei dir klang das so, als würden die Ärzte hinter dir stehen.«

»Ich hab niemandem erzählt, daß die Kopfschmerzen immer schlimmer werden. Ich wollte die klinischen Tests nicht boykottieren.«

»Vielleicht hätten sie boykottiert werden sollen, wenn etwas mit dem Medikament nicht stimmte.«

»Es geht in meinem Fall gar nicht um Neuropro. Ich bin fast sicher, daß ich das Medikament nie erhalten habe. Da läuft was anderes.«

Sie wurde still, denn sie sah die roten Adern, die auf seiner Stirn hervortraten, und wußte, daß es schwierig für ihn wurde. Sie würde ihm nicht helfen, wenn sie ihn jetzt drängte.

»Es ist mehr als nur die Kopfschmerzen, Sophie. Ich will dir keine Angst machen, aber seit kurzem werde ich von schlimmen Gedanken und Impulsen geplagt, gewalttätigen, obsessiven. Bis jetzt konnte ich sie noch unter Kontrolle halten, aber es wird immer schlimmer.«

Sie war stumm vor Schreck. Als sie ihre Stimme wiedergefunden hatte, klang sie in ihrer Angst ein wenig schrill. »Jay, du mußt es jemandem sagen. Wieso nicht El? Er würde nichts verraten. Er hat auch Babcocks Interessen im Sinn. Das mußt du, Jay ...«

»Ich kann nicht. Noch nicht, und selbst wenn ich jemanden ins Vertrauen ziehen würde, abgesehen von dir, dann wäre El der letzte, den ich mir aussuchen würde.«

Sie wartete darauf, daß er das näher erklärte, doch er sprach weiter. »Ich mache mir Sorgen um deine Sicherheit, Sophie. Nein, mehr als das, ich bin besessen davon. Ob sie's nun auf mich abgesehen haben oder nicht, jemand will dich aus dem Weg haben, und ich fürchte, daß sie im Moment zu allem fähig sind.«

Er erhob sich vom Tisch und trat an die Terrassentür. Sein Spiegelbild in der nachtschwarzen Scheibe sah aus wie das eines mittelalterlichen Hexers, besonders mit der Augenklappe. »Himmel, sieh doch nur, was sie bis jetzt schon getan haben.«

Sie hatte das unheimliche Gefühl, daß er es wußte. »Wer sind ›sie‹, Jay?«

»Es könnte jeder sein. Alle wollen die Firma: Jerry White, Wexler, Muffin. Für Wallis bist du eine Bedrohung, weil du mich nicht als rechtmäßigen Erben anerkennen willst. Und El hat eigene Motive, denn er ist nicht glücklich über die Art, wie ich die Dinge in die Hand nehme.«

»Ich kann mir nicht vorstellen, daß einer von ihnen zu solch extremen Mitteln greifen würde. Wir reden hier schließlich nicht über Kriminelle, Jay.«

»Ich hab erlebt, was Menschen tun, wenn sie mit dem Rücken zur Wand stehen, Sophie. Ich hab erlebt, wozu sie fähig sind. Die meisten sind zu Gewalttaten fähig, zu schrecklichen Gewalttaten. Das ist es, was mir solche Sorgen macht. Ich hab dir das Schlimmste noch gar nicht erzählt.«

Er kam zum Tisch zurück und zog sich einen Stuhl heran, setzte sich jedoch nicht darauf. Statt dessen starrte er sie mit demselben Ausdruck von tiefer Traurigkeit an, den sie im Krankenhaus schon bemerkt hatte.

»Meine größte Angst ist, daß keiner von denen für diese Attacken verantwortlich ist.«

»Wer dann?« Ihre Knöchel schmerzten auf dem Stuhl, als sie sich vorbeugte.

»Ich wußte, was passieren würde, Sophie. Ich hab die Anschläge gesehen, bevor sie passiert sind.«

»Du hast sie gesehen? Wie ein Hellseher, oder was?«

»Ja, auch den Einbruch. Ich hab den Mann gesehen, der dich angegriffen hat. Ich hab gesehen, was passiert ist.«

»Ach du lieber Gott.« Was wollte er damit sagen? Daß er wußte, wer's war? Warum hatte er ihr nichts gesagt?

Sie streckte die Beine aus und erhob sich zitternd. Vorsichtig wich sie einen Schritt vor ihm zurück. Es kam ihr vor, als würden sich all ihre Ängste in einer einzigen Erkenntnis kristallisieren. »Du bist nicht Jay. Der Mann, der bei mir eingebrochen ist, war Jay, stimmt's? Das war er!«

»Sophie, nicht ...«

»Nein!« schrie sie. »Er hatte sein Gedächtnis verloren! Er wußte nicht mal seinen eigenen Namen!«

Der Stuhl fiel um, als er über den Tisch hinweg nach ihr greifen wollte. Sophie schrie auf und stürzte zur Terrassentür. Aber er war vor ihr da.

29

»Was machst du denn?« Jay packte sie und riß sie von der Tür weg.

»Wer bist du?« schrie Sophie.

Sie wand sich und versuchte verzweifelt, sich aus seiner Umklammerung zu befreien, aber es gelang ihr nicht. Er hatte sie von hinten erwischt und bei den Handgelenken gepackt.

»Du bist schwanger, Sophie. Wenn du schon nicht auf dich selbst Rücksicht nehmen kannst, dann denk wenigstens an das *Baby*.«

Sie sackte besiegt zusammen. Seine Warnung war wirkungsvoller gewesen, als es jede physische Bedrohung hätte sein können. Tief in ihrem Unterleib fühlte sie die Muskeln und Nerven sich zusammenziehen, ein Echo des Krampfs, den sie verspürt hatte, kurz bevor sie das Bewußtsein verlor. Erst in diesem Moment wurde ihr klar, daß sie jede Hoffnung auf ein eigenes Kind aufgegeben gehabt hatte. Sie hatte Kinder um sich geschart, weil sie sie liebte und nicht erwartete, je eigene bekommen zu können.

Nein, sie wollte dieses Baby um keinen Preis verlieren.

Sie richtete sich auf, und er umklammerte sie fester. »Es ist schon gut«, sagte sie. »Du kannst mich loslassen. Ich werde nichts Verrücktes tun. Bitte.«

Er ließ sie los, und sie tappte unsicher zum Küchentisch zurück. Der Kühlschrank knatterte und hustete, als ob er jeden Moment den Geist aufgeben wolle. Das erschreckte Sophie zutiefst. Sie fühlte sich schwach und desorientiert, dennoch kam es ihr so vor, als ob, wenn Bertha starb, alles verloren wäre. Der alte Apparat war für sie zu einem Überlebenssymbol geworden. Wenn er es schaffte, konnte sie's auch schaffen.

»Sag mir, wer du bist«, flehte sie und umklammerte die Stuhllehne. »Ich werd dich nicht verraten, aber sag mir bitte, wer du bist.«

»Nicht verraten? Wovon redest du?«

Sie schüttelte den Kopf, wußte nicht, wie sie ihm darauf antworten sollte. »Ich werd noch verrückt, Ja ...« Sie unterbrach sich, bevor sie seinen Namen ganz aussprechen konnte. »Ich werd's niemandem sagen, ich versprech's. Nichts wird sich ändern, aber ich muß es wissen.«

»Ich wünschte, ich könnte es dir sagen«, erwiderte er. »Ich wünschte, ich wüßte es.«

Sie starrte ihn fassungslos an, konnte kaum glauben, was ihr so durch den Kopf ging, die Fragen, die sich ihr aufdrängten.

»Du bist nicht er«, meinte sie mit der Endgültigkeit, mit der ein Richter das Todesurteil verhängt. »Aber woher kannst du dann soviel über mich wissen? All die privaten Einzelheiten? Keiner konnte von unserem ›Rat-mal-wer-da-ist-Spiel‹ wissen. Oder von Pilson's Creek. Dem *Wunschknochen.* Niemand.«

Ihre Gedanken schweiften ab. Sie mußte an all die anderen kostbaren Dinge denken, die mit ihrer gemeinsamen Zeit, mit ihrem gemeinsamen Leben verwoben waren. Vielleicht hatte sie doch nicht die Wahrheit gesagt. Vielleicht machte es doch etwas aus, wer er war, denn sie hatte das Gefühl, als würde es ihr das Herz zerreißen, als würde er es zerreißen, mit seinen bloßen Händen – ihr Herz, ihre Beziehung, die Vergangenheit. Alles, was sie hatte.

Abrupt verließ sie die Küche und verschwand im Schlafzimmer. Als sie wiederkam, hielt sie die Filzkappe mit der Aufschrift von *Dirty Dan's* an die Brust gedrückt. Zornig sagte sie: »Woher kannst du davon wissen? Und warum hast du sie mir gekauft? Wie konntest du nur!«

Er wollte etwas sagen, aber sie ließ es nicht zu. Nichts, was er sagte, konnte sie besänftigen. Er war auf den einzigen Dingen herumgetrampelt, die ihr noch aus jener Zeit geblieben waren. Sie mußte an einen Film denken, den sie einmal gesehen hatte: Zwei Männer teilten sich eine Zelle in einem Dritte-Welt-Gefängnis. Sie erwarteten ihren sicheren Tod und vertrauten einander alles an, alle Geheimnisse, all die kostbaren Augenblicke in ihrem Leben. Einer starb, und dem anderen gelang die Flucht, und er nahm die Identität des toten Mannes an.

Sie sah ihn an und fragte sich, wie es möglich war, daß er Jay so ähnlich sah. Einfach unheimlich. »Du kanntest Jay aus dem Gefängnis, stimmt's? Er hat dir von mir erzählt.«

Er seufzte hörbar. »Ich kann mich an fast nichts aus dieser Zeit erinnern. Die Ärzte sagen, ich hätt's verdrängt. Aber es könnte wohl so gewesen sein, wie du sagst. Vielleicht kannte ich Jay Babcock und hab seine Identität angenommen. Aber wenn es so ist, dann hab ich's unbewußt getan.«

Sophie grub ihre Finger in die warme Filzkappe und schloß kurz die Augen. Sie wünschte, alles könnte so einfach sein wie ihre Gefühle, als er ihr die Kappe geschenkt hatte.

Jay hatte sie beobachtet und versuchte zu lächeln, brachte es aber nicht fertig. Normalerweise hätte sie das nicht überrascht.

Jay konnte nie richtig lächeln. Aber das war nicht die leicht ironische Krümmung des Mundes, die sie immer als sein Lächeln assoziierte. Dieses Lächeln war angespannt und traurig, ja fast bedauernd, was für einen so verschlossenen Mann wie ihn ungewöhnlich war.

Er schien tatsächlich keine Antworten zu haben. »Wie erklärst du's dir dann?« fragte sie. »Wenn du nicht Jay bist, wie kannst du dann seine Erinnerungen haben?« *Woher weißt du, daß ich bei seiner Berührung dahinschmelze, daß ich schreie vor Lust, wenn er mich liebt. Woher weißt du das alles?*

Er kam um den Tisch herum und zog den Stuhl für sie heraus, damit sie sich hinsetzte. Er wollte, daß sie sich ausruhte und auf sich achtete – und vielleicht wollte er nicht weiterreden, bevor sie's tat. Nichts davon wurde laut geäußert. Dennoch war es klar.

»Man kann Eingriffe in das Erinnerungsvermögen vornehmen«, erklärte er, sobald sie beide wieder am Tisch saßen, »alles ist noch im Versuchsstadium. Man kann sogar Erinnerungen aus einem Gehirn in ein anderes verpflanzen, ein Transplantat sozusagen, obwohl das beim Menschen noch nie versucht wurde.«

»Dann wurden dir Jays Erinnerungen *eingepflanzt*?«

»Ich bin in dieser Klinik in der Schweiz aufgewacht und hatte Bilder vor Augen, lebhafte Bilder, voller Details, Personen und Stimmen. Ich konnte sie regelrecht hören, diese Stimmen, deine Stimme, meine. Ich konnte alles sehen, aber ohne dabei etwas zu empfinden. Es war, als würde ich einen Schwarzweißfilm über mein Leben ansehen – oder das Leben eines anderen.«

»Dann hat man das in der Schweiz mit dir gemacht? Aber wer? Und wieso?«

»Ich weiß nicht, wer's war oder ob überhaupt was gemacht wurde. Aber ich weiß, daß El zu den wenigen Wissenschaftlern auf der Welt mit den dafür nötigen Kenntnissen gehört. Er hat sein Leben der Neurophysiologie des Gehirns verschrieben. Er weiß alles, was es derzeit zu wissen gibt.«

Der Kühlschrank wurde von einem heftigen Vibrieren gerüttelt. Sophie hörte es und verkrampfte die Hände ineinander. Es war lächerlich, sich Gedanken um einen uralten Kühlschrank zu machen. Sie krallte sich einfach an Dinge, dumme Dinge. An allem krallte sie sich fest.

»Vor Jahren haben er und seine Leute an einer Droge gearbeitet, die das Erinnerungsvermögen beeinflußt. Angeblich konnte man damit sofortige Lernerfolge erzielen, ja, Wissen verpflanzen. Die Droge wurde in Verbindung mit einer äußerst kontroversen Prozedur, genannt *RNS Memory Transfer* benutzt, wobei es um die Art von Verpflanzung ging, die ich vorhin erwähnte. Es war Els gehätscheltes Kind, trotz der Tatsache, daß frühe Studien verworfen worden waren. Alle dachten, er würde wegen Noahs Krankheit nicht davon ablassen wollen, aber allmählich frage ich mich, ob das auch stimmt.«

»Du denkst also, daß ... daß El dahintersteckt?«

Jay tat, als hätte er ihre ungläubige Fassungslosigkeit überhaupt nicht bemerkt. Er griff sich hinters Ohr und schüttelte den Kopf. »Ich finde keine Narben, die auf einen chirurgischen Eingriff schließen lassen, obwohl das bei der heutigen Mikrotechnologie noch nicht viel heißen will. Aber die Antwort auf deine Frage ist: ja, ich glaube, daß El dahintersteckt. Ich weiß allerdings nicht, was er getan hat.«

Sie mußte nicht nach dem Grund fragen. Sie kannte ihn. El und Wallis wollten durch Jay – oder diesen Mann, wer immer er auch sein mochte – die Kontrolle über die Firma zurückgewinnen.

»Könnte es irgendwas mit der Klinik in La Jolla zu tun haben?«

Er nickte langsam, als wäre er erstaunt darüber, daß ihr dieser Gedanke so schnell gekommen war. »Ich sollte denselben Behandlungsschritten unterzogen werden wie die Patienten in den offiziellen Testverfahren. Man sagte mir, es wäre dieselbe Mischung aus Medikamenten und Therapie – aber eines Abends wurde ich mißtrauisch und hab der Schwester weisgemacht, ich hätte meine Spritze bereits bekommen. Das paßte mit den Angaben auf meinem Krankenblatt zusammen, aber später, als alle dachten, ich wäre eingeschlafen, ist jemand in mein Zimmer gekommen und hat mir noch eine Injektion gegeben. Bevor ich das Bewußtsein verlor, hab ich den Mann noch sagen hören, ich würde mich beim Aufwachen an nichts mehr erinnern.«

»Der Mann? El?«

Er schüttelte den Kopf. »Möglich. Die Stimme kam mir bekannt vor, aber ich wußte nicht sofort, wohin damit. Als ich aufwachte, sagte man mir, man hätte Schlafstudien bei mir gemacht, und ich kann mich auch noch vage erinnern, an ein EEG angeschlossen worden zu sein. Aber alles kam mir irgendwie wie ein Traum vor, wie ein surrealer Traum.«

Das Gefühl kannte Sophie. Ihre Traumzustände waren nicht durch Medikamente verursacht worden, obwohl Claude sie mehrmals hypnotisiert und ihr dabei jedesmal etwas zum Entspannen gegeben hatte.

Jay betrachtete sie nachdenklich. »Oder vielleicht gibt's ja eine viel einfachere Erklärung für das alles. Vielleicht bin ich ja wirklich Jay Babcock.«

»Wer war dann der Mann, der bei mir eingebrochen ist?«

Er legte die Hände zusammen und hob sie an den Mund. »Wenn ich nun sagen würde, daß ich es war.«

Sie starrte ihn mit offenem Mund an. »Wovon redest du?«

»Ich sehe den ganzen Vorfall vor mir, viel genauer, als du ihn mir beschrieben hast. Ich sehe ihn, als wäre ich dagewesen, als wäre ich der Mann. Ich glaube, ich bin der Mann.«

Sie starrte ihn an, vollkommen durcheinander. »Aber wie wäre das möglich? Du lagst doch in der Klinik. Ich hab angerufen. Man sagte mir, du würdest schlafen.«

Er schien sie gar nicht zu hören. Seine Aufmerksamkeit war jetzt nach innen gerichtet. »Hängt ein Foto von Albert am Kühlschrank?« Als sie nickte, meinte er: »Und der Eindringling hat dich deswegen ausgefragt, stimmt's?«

»Ja … wieso?«

»Weil ich das Bild vor mir hab, ihn – mich – und dieses Foto. Und da ist noch was, das ich einfach nicht loswerde. Ich sehe einen Mann vor mir, wie er einen kleinen Jungen auffängt, der aus dem Himmel zu fallen scheint. Der Mann bin auch ich.«

»Das stimmt.« Sie wollte aufstehen, war aber zu zittrig. »Nur hast du nicht Albert aufgefangen, sondern Donald, seinen älteren Bruder. Das war in dem Jahr, in dem ich mit der Tagesstätte anfing. Er fiel von den Felsen, an denen du mit den Kindern Klettern geübt hast. Erinnerst du dich nicht mehr? Du hast ihm wahrscheinlich das Leben gerettet.«

»Die Felsen?«

»Ich hab noch versucht, es dir auszureden, aber du warst davon überzeugt, daß Vierjährige die Grundzüge des Kletterns bereits lernen können. Du meintest, daß Noah mit dir und Colby im selben Alter angefangen hätte. Ihr habt irgendein Spiel dort gespielt.«

»›Anbinden‹, ein Versteckspiel mit einem Wollknäuel. Das haben wir dort gespielt«, murmelte er. Dann, noch leiser: *»Herrgott …«*

»Jay, was ist?«

»Die Felswand. Da ist's versteckt, in der Felsspalte, an der wir Anbinden gespielt haben.«

Er führte Selbstgespräche. Irgendwas war ihm eingefallen, doch konnte sie ihn nicht dazu bringen, ihr mehr zu verraten. Er kam ihr wie in Trance vor. Aber als er einen Augenblick später aufblickte und ihr besorgtes Gesicht sah, kam er um den Tisch herum und ging neben ihr in die Hocke.

»Ich glaub, es ist was in der Felswand versteckt, das möglicherweise der Schlüssel zu dem Ganzen sein könnte. Ich kann dir nicht sagen, was, weil ich's selbst nicht weiß.«

Er ergriff ihre Hand, und da wußte sie, daß er gehen würde.

»Du bist hier allein nicht mehr sicher«, sagte er. »Ich werde dir einen privaten Sicherheitsmann schicken, der auf dich aufpaßt, bis das alles hier gelöst ist.«

»Nein …«

»Doch, Sophie. Nur so geht es. Jemand will dich umbringen. Und wenn du schon an sonst nichts denkst, dann denk zumindest an das hier: Sie wollen dich nicht nur tot haben. Sie wollen, daß *ich's* tue, also laß niemanden in deine Nähe«, schärfte er ihr eindringlich ein. »Nicht mal mich.«

Das Spiel seiner Kiefermuskeln verriet seine Aufregung. »Hast du gehört? Wenn du am Leben bleiben willst, laß mich nicht in deine Nähe.«

Sophie hatte die schreckliche Ahnung, daß sie ihn vielleicht nie wiedersehen würde. Als er sich zum Gehen erhob, beeilte sie sich ebenfalls aufzustehen.

»Jay, warte bitte. Du mußt noch was für mich tun, bevor du gehst. Nimm bitte die Augenklappe ab. Ich muß dich ohne das Ding sehen.«

Er wich zurück, als sie die Hand ausstreckte. »Bitte«, sagte sie, »sonst finde ich einfach keine Ruhe. Ich werde nie Ruhe finden.«

Seine Arme sanken herunter, als sie um den Tisch herum auf ihn zutrat, und sie wußte, daß dies ihre einzige Chance war. Wenn er die Klappe schon nicht herunternehmen wollte, dann würde er sie zumindest nicht abhalten, es selbst zu tun. Er stand in voller Größe vor ihr, und das Ganze kam ihr schrecklich riskant vor. Aber sie hatte keine Wahl.

Sie nahm seine starre Haltung als Einwilligung. Zögernd erhob sie sich auf die Zehenspitzen und zog langsam das schwarze Dreieck von seinem Kopf, von dem harten, eckigen Gesicht, das seine eigene Mutter einmal als eher klassisch männlich als klassisch schön beschrieben hatte.

Etwas Entsetzliches erwartend, stolperte sie bei seinem Anblick schockiert zurück. »Mein Gott, Jay …«

Rasch bedeckte er sein Auge mit der Hand. »Ich hab's dir doch gesagt.«

»Nein … mit deinem Auge ist alles in Ordnung. Sieh doch nur! Sieh!«

»Was meinst du?«

Die Rückwand des Geschirrschränkchens war verspiegelt, also drehte er sich dorthin um und betastete sein Gesicht.

»Alles in Ordnung?« Er trat näher heran und betrachtete sich eingehend. »Mein Auge ist weg. Sie haben's mir rausgeschnitten. Siehst du denn nicht die häßlichen Narben? Abstoßend.«

Sophie wußte nicht, was sie sagen sollte. Sie hatte fast Angst davor, ihm zu sagen, daß sein Auge völlig in Ordnung war. Es gab keine Narben. Nichts. Als er sich angewidert von seinem Spiegelbild abwandte und nach der Augenklappe griff, erkannte sie, daß sie ihn gehen lassen mußte – und nicht nur ihrer eigenen Sicherheit wegen. Man hatte ihm etwas Schreckliches angetan.

Sie leben in einer Traumwelt, Sophie, in der Jay noch existiert.

Das hatte Claude vor Jahren zu ihr gesagt, in einer ihrer ersten Therapiesitzungen, und sie hatte ihm zustimmen müssen. »Es stimmt. Und wenn ich könnte, würde ich immer dort bei ihm leben, die ganze Zeit. Dann wäre ich die Frau aus meinen Träumen und nicht ich.«

Sophie schritt mit zunehmender Panik in ihrem Wohnzimmer auf und ab, ohne auf den jungen Sicherheitsbeamten mit dem robusten, rosigen Gesicht zu achten, der am Küchentisch saß und mit enormen Dr.-Seuss-Karten Solitär spielte. Ihr Körper war so voller Adrenalin, daß ihre Erschöpfung und auch die Schwindelgefühle wie weggeblasen waren.

Sie versuchte, sich an jene Sitzung zu erinnern, und daran, wie Claude ihr ihren Zustand erklärt hatte. Er hatte ihr beschrieben, wie sich die Persönlichkeit in mehrere Teile spalten konnte, um Leid besser ertragen zu können. Er nannte das Dissoziation, in deren extremster Form es zur sogenannten multiplen Persönlichkeit kam. Sie litt unter einer abgeschwächten Form dieser Krankheit, dennoch hatte er sich Sorgen über ihre Zukunft gemacht. Sie lebte nur noch in ihren Tagträumen, manchmal sogar während der Sitzungen, um der schmerzvollen Wirklichkeit nicht ins Auge sehen zu müssen.

Mit Claudes Hilfe hatte Sophie begonnen, ihren Verlust aufzuarbeiten und sich dem Leben zu stellen, anstatt immer nur davor zu flüchten. Claude hielt ihre jüngsten »Begegnungen« mit Jay für einen Rückfall in diesen Tagtraumzustand, aber sie war nun beinahe sicher, daß das nicht der Fall war. Es war etwas anderes, etwas, das mit Jay zu tun hatte, nicht mit ihr. Es war sogar möglich, daß sie nicht geträumt hatte, sondern daß er wirklich dagewesen war.

Sie warf einen Blick auf ihre Hände und merkte, daß sie schweißnaß waren. Die Dirty-Dan's-Kappe hatte sie zu einem feuchten Klumpen zusammengeknüllt, viel war nicht mehr von ihr übrig. Sie mußte zu Claude und herausfinden, ob sie recht hatte.

»Alles in Ordnung, Ma'am?«

Der Sicherheitsbeamte blickte auf, als sie an ihm vorbei zum Telefon ging. Es war jetzt vier Uhr morgens, und sie hatte schon einmal versucht, Claude zu Hause zu erreichen, doch entweder war er nicht da oder er schlief, denn er nahm nicht ab.

»Mist«, flüsterte sie, als sich der Anrufbeantworter einschaltete. Sie knallte den Hörer auf die Gabel.

»Ma'am?«

»Huch!« Sie fuhr zu dem Beamten herum, der von hinten an sie herangetreten war. Das laute Summen des Telefons verriet ihr, daß sie den Hörer aus Versehen von der Gabel gestoßen hatte.

»Wissen Sie, wie spät es ist?«

»Ja, ich weiß«, erwiderte sie besänftigend. »Aber ich muß unbedingt mit meinen Psychiater reden. Bitte, es ist unheimlich wichtig. Er hat seine Praxis zu Hause. Könnten Sie mich vielleicht hinbringen?«

Er griff um sie herum und legte den Hörer auf die Gabel. »Tut mir aufrichtig leid, Ma'am, aber ich habe Befehl, hier im Haus für Ihre Sicherheit zu sorgen. Mir wurde ausdrücklich befohlen, Sie nicht aus dem Haus zu lassen. Sie haben Mr. Babcock ja gehört.«

»Ja, aber ich fühle mich ganz komisch, als ob ich jeden Moment in Panik ausbrechen würde. Ich muß wirklich ganz dringend mit meinem Psychiater reden. Ich weiß nicht, was passiert, wenn ich's nicht tue. Wollen Sie dafür verantwortlich sein?«

Sie untertrieb, Panik war noch weit untertrieben.

»Verantwortlich wofür, Ma'am? Sind Sie wirklich krank?«

Ihr Schweigen war beredt genug. Und als sie dann noch verzweifelt gegen die Wand sank, weil sie wirklich nicht mehr konnte, da meinte er: »Wo wohnt denn dieser Psychiater?«

»In Newport Beach auf der Halbinsel, gleich bei der Bucht. Wir wären in ein paar Minuten dort.«

Er zögerte unschlüssig, aber Sophie ergriff seine Hand und drang weiter in ihn, da sie fühlte, daß er im Begriff war, weich zu werden. »Bitte helfen Sie mir! Ich bitte Sie! Ich hab Angst vor dem, was passieren könnte, wenn Sie's nicht tun.«

Sie packte seine Hand so fest, daß ihre Finger weiße Abdrücke hinterließen. »Ich bin schwanger«, flüsterte sie.

Da schien er ihre Verzweiflung endlich zu verstehen.

»Also gut«, meinte er mit einem Blick auf seine Armbanduhr. »Aber ich lasse Sie keinen Moment allein mit dem Mann. Psychiater oder nicht, ich bleibe im Zimmer, wenn Sie mit ihm reden.«

»Aber er ist doch mein Therapeut. Was ich ihm sagen muß, ist äußerst privat und persönlich.«

»Ist mir ganz egal. Mein Job ist, Sie zu beschützen, anders mach ich's nicht. Wenn Ihnen das nicht paßt, bleiben wir hier.«

Sophie erklärte hastig ihr Einverständnis, doch während sie ihn zur Garage führte, wo ihr Jeep parkte, wurde ihr klar, daß sie nicht tun konnte, was er verlangte. Die Dinge, die sie mit Claude zu besprechen hatte, waren derart explosiv, daß sie niemand anderer hören durfte, ganz gewiß nicht ein Fremder. Er könnte die Familie damit erpressen oder die Story an die Yellow Press verkaufen. Nein, sie durfte diesen Mann nicht mit zu Claude nehmen.

Der Mann war ein ausgebildeter Spezialist, aber es gab dennoch einen Vorteil für sie. Sie kannte jedes Eckchen, jeden Winkel der Garage. Sie wußte, wo der Lichtschalter war, wo die Werkzeuge über der Werkbank hingen, und sie kannte auch die Nische, in der sich ein Mensch im Dunkeln verstecken konnte. Glücklicherweise befand sich all das auf derselben Seite der Garage und war noch dazu leicht erreichbar.

»Warten Sie einen Moment.« Er gab ihr mit einem Wink zu verstehen, hinter ihn zu treten, während er die Tür zur Garage mit einem Fußtritt öffnete und in den dunklen Raum trat, um sich umzusehen. Als das Licht anging und er sich vom Schalter entfernte, huschte Sophie unbemerkt hinter ihn und knipste es wieder aus.

Im Dunkeln sprang sie auf das Brecheisen zu und erwischte es beim ersten Versuch. Die Nische war gut einen Meter hoch, und Jay hatte dort immer seinen Duffelbag und seine Kletterausrüstung verstaut. Sie duckte sich hinein und streckte das Brecheisen hinaus.

Als sich der Wachmann zu ihr vortasten wollte, stieß er mit dem Schienbein an die Metallstange und fiel der Länge nach hin. In dem Bewußtsein, daß ihr nur Sekunden blieben, huschte Sophie aus ihrem Versteck und knipste das Licht an. Schon stützte sich der Mann auf die Hände, und sie mußte sich beeilen. Mit einem langen Schritt war sie bei ihm. Ihr Schlag traf ihn an der Schläfe, und da sie nicht zimperlich gewesen war, sackte er prompt in sich zusammen.

Sie betete, daß er das Bewußtsein nicht wiedererlangte, bevor es ihr gelungen war fortzukommen. Erst nachdem sie den Jeep aus der Garage und auf die Straße nach Newport gelenkt hatte, erlaubte sie sich, tief Luft zu holen. Doch da traf es sie auf einmal mit voller Wucht: das blanke Entsetzen über ihre Tat, die nackte Angst. Sie begann wie Espenlaub zu zittern.

30

Das Auto, das über den Highway auf ihn zuraste, sah genauso aus wie Sophies alter Jeep. Doch das war unmöglich. Sophie war in ihrem Häuschen, mit einem Neandertaler von Ex-Marine, der sie bewachte. Dennoch betrachtete Jay das herankommende Fahrzeug, das fast so schnell wie er fuhr, nicht ohne Neugier. Es hatte aufgeblendet, so daß er die Augen abwenden mußte.

Er warf einen Blick in den Rückspiegel, aber es war zu dunkel, um das Nummernschild erkennen zu können. Jedes Auto, das mitten in der Nacht wie verrückt an ihm vorbeiraste, hätte seine Aufmerksamkeit erregt, aber dieses hier kam ihm beinahe unheimlich vor, als hätte der Fahrer irgendwie durchgedreht. Er wäre der Sache vielleicht nachgegangen, doch da war dieser Gegenstand, der neben ihm auf dem Beifahrersitz lag.

Die Aktentasche mit dem Kombinationsschloß aus Stahl schimmerte im Mondlicht wie etwas, das Außerirdische zurückgelassen haben mochten. Das dunkle Loch, das Jay bis in seine Träume verfolgt hatte, war eine Felsspalte im steinigen Herzen der Bergwand, in der er immer kletterte, und der metallglänzende Gegenstand darin war die Aktentasche. Rost und Korrosion hatten das Schloß ziemlich angegriffen, so daß es ihm nicht schwergefallen war, es aufzubrechen, doch was er darin fand, raubte ihm den Atem. Diese Bombe tickte seit fünf Jahren, hatte auf ihn gewartet, hatte darauf gewartet, daß Jay Babcock sich ihrer erinnerte und zurückkehrte, um den Zünder zu ziehen.

Er erfuhr weder, wer Sophies Angreifer war, noch konnte ihn der Inhalt davon überzeugen, tatsächlich Jay Babcock zu sein, aber was er ihm unwiderruflich verriet, war, wer die Babcocks wirklich waren und was sie getan hatten. Die Dokumente in dem Koffer konnten das Ende einer Ära bedeuten. Sie konnten nicht nur die Familie in ihrer jetzigen Zusammensetzung zerbrechen, sondern auch das gesamte, über Generationen hinweg mühsam errichtete pharmazeutische Imperium. Und er erfuhr aus den Dokumenten die Wahrheit über das, was wirklich mit Jay geschehen war.

Er trat hart auf die Bremse, und der Wagen kam schlingernd vor dem Eingangstor des Familienanwesens zum Stehen. Das Sicherheitsgatter öffnete sich so langsam, daß er Zeit hatte, den Blick die lange Auffahrt hinauf zum Großen Haus schweifen zu lassen und zu überlegen, was wohl sein nächster Schritt sein würde.

Obwohl der Morgen noch nicht angebrochen war und das Haus noch im Dunkeln lag, würde die Familie Babcock in Kürze ein böses Erwachen erleben. Er wußte jetzt eine ganze Menge mehr als zuvor, dennoch blieben viele Fragen offen, wie zum Beispiel die, wieso ein Aktenkoffer voller hochbrisanter Dokumente in einem Felsspalt versteckt gewesen war und warum er selbst – falls er wirklich Jay Babcock war – ihn dorthin gebracht hatte.

Unter anderem enthielt der Koffer ein ausführliches Gerichtsprotokoll und ein persönliches Tagebuch von Noah. Außerdem befand sich darin ein Brief von Noah, in dem er schrieb, daß er die Dokumente seinem Sohn Jay zur Aufbewahrung anvertraue und daß Jay sie veröffentlichen würde, sollte Noah etwas zustoßen.

Der nachtschwarze Himmel begann sich bereits ein wenig lavendelblau aufzuhellen, als Jay mit seiner Wanderung durch die riesigen Räume des stillen Hauses begann. Den Aktenkoffer in der Hand, erklomm er die Hintertreppe mit der natürlichen Grazie einer großen Bergkatze. Und als er den Südflügel erreichte, konnte er ein bleiches Licht unter dem Türspalt von Wallis' Zimmer erkennen. Er wußte nicht, ob sie schon auf war oder ob das Licht von der aufgehenden Sonne stammte, doch das war ihm auch egal. Im Moment stand ihm der Sinn nicht nach Höflichkeit.

El tauchte auf sein Klopfen hin auf, die Tür nur einen Spalt weit öffnend.

»Jay?« Es klang überrascht. »Wallis sagte, du würdest heute bei Sophie übernachten.«

Jay war nur kurz erstaunt, den hageren, gutaussehenden Wissenschaftler im Schlafzimmer seiner Mutter vorzufinden. Er hatte schon immer vermutet, daß ihr Verhältnis über bloße Freundschaft hinausging, und vielleicht hätte er sich sogar für die beiden gefreut, daß sie endlich Glück miteinander fanden, wäre da nicht die bevorstehende Abrechnung gewesen.

Jay empfand einen derartigen Ekel vor dem, was er nun tun mußte, daß er am liebsten alles vergessen hätte und wieder gegangen wäre. Aber es ging schließlich auch um unschuldige Opfer. Und er selbst mußte endlich erfahren, wer er war und was man mit ihm gemacht hatte. Und dann war da ja noch Noah. Es war möglich, daß sein Vater ebenfalls dieser massiven Vertuschung zum Opfer gefallen war, wenn es das war, worum es sich hier handelte.

»Ist mit Sophie alles in Ordnung?« erkundigte sich El.

»Sophie geht's gut.« Jay war entschlossen, sich nicht ablenken zu lassen. Er hatte Wallis aus dem Krankenhaus angerufen und sie genau über Sophies Zustand informiert. »Ist meine Mutter schon wach?«

»Nein, aber ich werd sie wecken, wenn's wichtig ist.«

»Das ist es, aber zuerst müssen wir beide uns unterhalten.«

Die geräumige, im französischen Landhausstil eingerichtete Küche erglühte im Morgenrot, als die beiden sie betraten, El barfuß und mit einem Morgenmantel bekleidet, der wohl einmal Noah gehört haben mochte. Jay konnte sich vage entsinnen, daß das Symbol auf der Brusttasche das Familienabzeichen der Babcocks war, empfand jedoch keinerlei Eifersucht auf den Mann, der offenbar den Platz seines Vaters eingenommen hatte. Alles, was ihn im Augenblick interessierte, war, wie anständige, rechtschaffene Menschen das Undenkbare tun konnten, und das im Namen von ... was? Profit?

El machte sich sofort daran, eine Kanne Kaffee aufzubrühen, wobei er meinte, daß er ohne eine gute Tasse seine Pumpe nicht in Gang bekäme. Jay registrierte die gezwungene Freundlichkeit des älteren Mannes ohne jede Regung. El kannte sich offenbar gut aus in der Küche, doch war ihm nichts anzumerken, als Jay den rostigen Aktenkoffer auf der geräumigen Arbeitsinsel in der Mitte der Küche abstellte.

Der frische Kaffee erfüllte den Raum mit seinem vertrauten Duft. Alles schien friedlich und vertraut, ein krasser Gegensatz zu der tickenden Bombe in Jays Aktenkoffer. El wandte sich mit zwei dampfenden Tassen in den Händen zu Jay um, doch dieser schüttelte den Kopf. Soll er ruhig seinen Kaffee trinken, dachte Jay. Selbst die schlimmsten Verräter dürfen vor ihrer Hinrichtung noch einen Wunsch äußern. Er öffnete den Aktenkoffer und winkte El heran.

»Du wirst sicher diese Gerichtsprotokolle lesen wollen«, meinte er. »Die Seiten mit den Eselsohren enthalten deine Aussage. Die Notizen am Rand stammen von Noah.«

Du erinnerst dich doch noch an Noah, dachte er ironisch, unfähig, den beißenden Sarkasmus, der in ihm aufwallte, zu unterdrücken.

El stellte die beiden Tassen ab und nahm die Seiten in die Hand. »Der Trizene-B-Fall? Das ist doch schon Jahre her. War nur eine lästige, kleine Sache.«

Jay nickte. »Ja, ich glaube auch, daß irreversible Hirnschäden eine lästige kleine Sache sind. Wie lautete noch die Diagnose des Klägers? Progressive Demenz? Aber was macht das schon, solange Babcock gewonnen hat, stimmt's, El? Es war ein Sieg auf der ganzen Linie, dank deiner Aussage.«

El funkelte ihn mit einem mörderischen Blick an. Die Falltür war bereits zugeklappt, aber das wußte er noch nicht. »Das Gericht hat zu unseren Gunsten entschieden«, erklärte er steif. »Der Kläger litt schon vor der Einnahme von Trizene-B unter Demenz. Unser Antidepressivum war nicht dafür verantwortlich, und man konnte uns auch keine Fahrlässigkeit nachweisen.« Er knallte die Papiere auf den Tisch. »Und genau das steht in diesen Protokollen.«

»Noah behauptete etwas anderes. Lies seine Anmerkungen.«

»Noah? Wen, zur Hölle, kümmert es, was Noah sagt? Er war nicht mehr bei sich, Mann. Sein Verstand war schon fast hinüber. Er war senil und paranoid und hat überall nur Verschwörungen gesehen.«

Jay fühlte ein dumpfes Pochen in den Schläfen und wußte, daß wieder einer seiner Kopfschmerzanfälle im Anzug war. »Du hast unter Eid gelogen, El. Gelogen. Du hast die Statistiken verfälscht und eine Falschaussage gemacht, du hast einen Meineid geschworen, um die Firma vor dem möglichen Bankrott, ja, noch schlimmer, dem möglichen Verlust ihrer Reputation zu bewahren. Trizene-B ist ein gefährliches Medikament – es greift nicht nur das Gehirn, sondern auch den Körper des Menschen an, es zerstört Leben – und wir sind völlig straflos davongekommen.«

El packte den Papierstapel, ohne darauf zu achten, daß er ihn zerknitterte. »Hast du auch nur die blasseste Ahnung, was du mit dem hier anrichten könntest? Was wird aus der Firma? Deiner Mutter und dir, Jay?«

»Ich weiß, welche Folgen es für dich hätte, und wenn ich keine Antworten kriege, dann werde ich die Papiere auch benutzen.« Er zog Noahs handgeschriebenen Brief unter den Gerichtsprotokollen hervor. »Klingt wie 'ne Drohung? Soll es auch. Ich geh an die Öffentlichkeit, El, so wie es Jay Babcock offenbar seinem Vater versprochen hat.«

»Wie meinst du das – Jay Babcock? Was willst du damit sagen?«

»Ich will wissen, wer ich bin.«

»Du bist Jay Babcock.«

Das Pochen in Jays Kopf wurde immer schlimmer. Es war, als würde ein heißer Draht durch sein Auge gebohrt. Er fuhr mit der Hand an die Augenklappe, wußte jedoch, daß nichts dagegen helfen würde. »Wer ist dann der Mann, der in Sophies Haus eingebrochen ist? Der Mann, den sie ständig zu ›sehen‹ glaubt?«

»Ich hab keine Ahnung.«

»Du lügst! Das ist eine gottverdammte Lüge, El.«

»Nein!« schrie El ebenso empört zurück. »Ich erzähl dir alles, was ich weiß, aber frag mich auch etwas, das ich beantworten kann.«

»Warum willst du, daß ich Sophie umbringe?« Jay riß sich die Klappe vom Auge und fiel dann fast vom Stuhl vor Schmerzen. Er konnte nicht mehr brüllen. Er konnte kaum noch reden. »Warum trage ich diese Augenklappe, wenn mit meinem Auge alles in Ordnung ist? Was hast du getan?«

Keine beruhigend vertrauten Küchengeräusche waren mehr zu hören, kein Kaffee, kein herrliches Aroma zu riechen. Eine geradezu unheimliche Stille hatte sich ausgebreitet.

Vor Wut und Schmerzen beinahe außer sich, fragte sich Jay, ob El seine Qualen vielleicht mit einer Fernbedienung auslöste. War er eine Art verrückter Wissenschaftler, der die Stromstärke und damit das Ausmaß seiner Schmerzen mit derselben kalten Gleichgültigkeit regelte, wie er das bei einer Laborratte tun würde?

El nahm den Papierstapel mit den Gerichtsprotokollen und knallte ihn dann heftig auf den Tisch. »Wir mußten es tun, Jay. Wir mußten es wegen dieser Papiere hier tun. Es blieb uns keine andere Wahl.«

»*Was* mußtet ihr tun?«

»Dein Gehirn manipulieren.«

»Herrgott!« Jay packte seinen Kopf.

»Was ist los? Hast du Schmerzen?« fragte El und kam vorsichtig näher. Die Augenklappe lag zu Jays Füßen am Boden. El hob sie rasch auf. »Setz die wieder auf! Jetzt, sofort!«

»Wieso?«

»Weil es sich um hypnotische Suggestion handelt, medikamentös unterstützt. Die Schmerzen sind so programmiert, daß sie anfangen, sobald du die Klappe abnimmst.«

Jay fauchte ihn an wie ein wildes Tier, und El zuckte zurück. »Programmiert? Was, zum Teufel, hast du gemacht?«

»Wir haben mit Hilfe von elektronischer Stimulation und

psychosuggestiver Drogen bestimmte Erinnerungen modifiziert und neue implantiert. Die Augenklappe war unsere Rückversicherung, falls wir was übersehen hätten. Das Gehirn ist ein äußerst anpassungsfähiges Organ. Es mag kein Vakuum, und wenn wichtige neurale Netzwerke blockiert werden, dann will es neue bilden. Das durften wir nicht zulassen.«

Jay entging nicht der Anflug von Stolz in Els Stimme. Er war zufrieden mit dem, was er erreicht hatte, mit dem Monster, das er erschaffen hatte.

»Die Klappe funktioniert wie eine Antenne mit Rückkopplungsschleife«, fuhr er fort. »Über eine fotoelektrische Zelle wird Licht auf die Retina gestrahlt, die dieses dann an die betreffende Stelle im Gehirn weiterleitet. Die Lichtfrequenz entscheidet, wo es hingeht, und die Reaktion des Gehirns bestimmt Stärke und Dauer der Bestrahlung.«

»Du hast das alles gemacht, damit ich vergesse, was bei der Verhandlung passiert ist?«

»Nicht unbedingt. Wir mußten dir helfen, das Geschehene zu vergessen und dich an das zu erinnern, was *nicht* geschah. Die Verstümmelung deines Auges im Gefängnis beispielsweise. Das ist nie passiert.«

Das sanfte Licht in der Küche blendete Jay, als er nun zu dem Mann aufblickte, der all dies auf dem Gewissen hatte. Er hatte ungefragt Eingriffe in das Gehirn eines anderen Menschen vorgenommen, hatte seine Erinnerungen und Gedanken für seine eigenen Zwecke manipuliert.

»Es ist nicht so, wie du denkst«, sagte El. »Es geht hier nicht um Gedankenkontrolle oder Science fiction. Einfach ausgedrückt haben wir die schlechten Erinnerungen durch gute ersetzt.«

»Jay Babcock mußt du es nicht einfach erklären. Er hat Pharmakologie studiert, schon vergessen? Du redest hier von einer Art *RNS Memory Transfer*, stimmt's?«

El mußte lächeln. »Du glaubst mir noch immer nicht, stimmt's? Wir mußten dir nicht Jays Erinnerungen einpflanzen. Du *bist* er. Aber du mußtest gestoppt werden. Ihr wart dabei, alles auffliegen zu lassen, du und Noah.«

Jay versuchte trotz des qualvollen Hämmerns in seinem Schädel zu überlegen. Noah war in einem Pflegeheim gelandet, ein geistiges und körperliches Wrack, und Jay in einer Gefängniszelle, bar jeder Freiheit und Vergangenheit. Nichts davon war Zufall, davon war er fest überzeugt.

»Also hast du uns eliminiert«, meinte er.

»Keiner hat hier irgend jemanden eliminiert, nicht so wie du denkst, jedenfalls. Noah litt schon Jahre vorher unter fortschreitendem Alzheimer. Seine Entscheidung, Babcocks Position nicht vor Gericht verteidigen zu lassen, war einfach gewissenlos. Er schwatzte von seiner Verantwortung der Öffentlichkeit gegenüber, aber man wirft nicht sein eigen Fleisch und Blut den Wölfen vor. Dieser Meinung war ich damals und bin es heute noch. Er war schlichtweg inkompetent, Jay. Er mußte aus dem Führungssessel gehoben werden, oder er hätte die Firma zerstört.«

Einen Augenblick lang war El wieder ganz der Staatsmann, sprach mit überzeugter, volltönender Stimme, deren Wirkung sich nicht einmal Jay ganz entziehen konnte. Er klang, als wäre er wirklich überzeugt von dem, was er sagte, und vielleicht war er das mittlerweile ja auch. Über die Jahre mußte er sich von der Rechtmäßigkeit von Babcocks Position überzeugt haben, sonst hätte er mit dem, was er getan hatte, nicht leben können.

»Also habt ihr Noah einfach in eine Anstalt gesteckt?« erkundigte sich Jay sarkastisch.

»Die Entscheidung hab nicht ich getroffen, dazu fehlte mir die Autorität. Dein Bruder Colby war's. Er hat Noahs Geschäfte übernommen, nachdem dieser im Heim war.«

»Und für mich habt ihr einfach einen Unfall arrangiert?«

»Ich hab gar nichts arrangiert. Ich wußte nicht mal, daß du eine Kletterexpedition plantest. Colby hat's mir erst erzählt, nachdem du verschollen warst. Er hat mir außerdem gesagt, daß du die Expedition unbedingt machen wolltest, um dir darüber klar zu werden, wie du dich bei der Verhandlung verhalten solltest. Er ließ mich glauben, daß du allmählich zur Besinnung gekommen und bereit wärst, den Kampf aufzugeben. Damals hab ich ihm geglaubt, und, um ehrlich zu sein, ich war sogar erleichtert.«

Jay versuchte gar nicht erst, seine Bitterkeit zu verbergen. »Alles schön dem Toten in die Schuhe schieben, ist es das? Wie praktisch.«

»Es war wirklich Colby, Jay.«

Die Sprecherin dieser Worte tauchte in einer Parfümwolke und einem fließenden, mauvefarbenen Negligé in der Küche auf. Ein Ausdruck tiefen Schmerzes lag auf ihrem Gesicht, doch schaffte sie es dennoch, stolz und aufrecht zu wirken und stärker, als Jay sie seit Jahren gesehen hatte.

»Sein Tod entschuldigt nicht seine Taten«, erklärte sie. »Und uns auch nicht, jedenfalls soweit wir beteiligt waren. Aber den eigentlichen Plan hat Colby ausgeheckt und ihn auch still und heimlich – und rücksichtslos – durchgeführt.«

Sie ging zu El und stellte sich neben ihn, was die Fronten klar machte. »Dein Bruder stand seit Jahren in deinem Schatten und litt unter Noahs Knute, und das war seine Chance, alles zu übernehmen und auf seine Weise zu führen. Es stimmt, daß El und ich auf seiner Seite standen, aber das war, bevor wir wußten, wozu er fähig war.«

Wallis' Hände, die sie in die Taschen ihres Negligés gesteckt hatte, ballten sich zu Fäusten, das einzig sichtbare Anzeichen für ihre Erregung. »Colby hat niemandem erzählt, was er dir antat. Ich hab's erst herausgefunden, als ich nach seinem Tod seine Sachen durchsah. Er hat Noahs Büro übernommen, ohne sich die Mühe zu machen, die Safekombination zu ändern, und da Muffin in Europa war, hatte ich ein wenig Zeit. Als El und ich herausfanden, wo du warst, haben wir sofort alle Hebel in Bewegung gesetzt, um dich herauszubekommen.«

»Und mich zu lobotomisieren?«

»Jay, nicht, bitte. Es geschah zu deiner eigenen Sicherheit, zu unser aller Sicherheit. Wir dachten, es wäre leichter für dich, wenn du dich nicht an die Gerichtssache erinnern würdest – und an Noahs jähen Verfall.« Ihr Kinn zitterte, doch sie hatte sich rasch wieder in der Hand. »Daran hättest du dich gewiß nicht erinnern wollen. Es war einfach schrecklich.«

Sie krallte die Hände zusammen, ohne sie aus den Taschen ihres Negligés zu nehmen, und ihre Stimme nahm einen flehentlichen Ton an. »Bitte versteh doch, warum ich so entscheiden mußte. Ich wußte nicht, wie ich dich sonst zurückholen und dir alles übergeben hätte können, das dir rechtmäßig zusteht: die Firma, deine Frau. Das war es auch, was Noah für dich wollte. Es ist seine Hinterlassenschaft für dich, Jay. Ich hätte alles dafür getan, Babcock sicher in deinen Händen zu wissen.«

Selbst ein Leben dafür opfern, dachte Jay.

Doch auf einmal reckte sie wieder stolz ihr Kinn vor und hakte sich bei El unter. »Es ist nicht so, wie du denkst, Jay. El würde sich nie selbst einen Helden nennen, aber ich darf das. Colby wußte lange vor der Gerichtssache, daß Trizene-B äußerst gefährlich war, aber er weigerte sich dennoch, es vom Markt zu nehmen, selbst nach allem, was mit Noah passiert war. El war es, der ihn schließlich zwang, das Medikament zurückzuziehen.«

»Was meinst du damit – ›nach allem, was mit Noah passiert war‹?«

»Dein Vater hat Trizene-B genommen.«

Jetzt meldete sich El wieder zu Wort. »Noah hat die Originalformel für Trizene-B schon vor über zwanzig Jahren entwickelt. Später schwor er dann, daß es *die* Zauberwaffe gegen Depressionen wäre, besser als Prozac oder Zoloft oder wie sie alle heißen, die Medikamente von der Konkurrenz. Der mit den Forschungen betraute Wissenschaftler warnte ihn zwar vor den möglichen Gefahren des Medikaments, insbesondere in Verbindung mit gewissen bereits bestehenden Krankheiten oder Neigungen zu solchen, aber Noah war so von seinem Medikament überzeugt, daß er es an sich selbst testete.«

»Niemand außer Colby wußte davon«, erklärte Wallis. »Und als ich es dann herausfand, war es bereits zu spät. Wir erfuhren erst danach, daß Noah unter beginnendem Alzheimer litt. Das Medikament hat seinen Zustand buchstäblich explodieren lassen. Er verfiel direkt vor unseren Augen zu einer leeren Hülle, und schließlich blieb uns nichts anderes übrig, als ihn einzuweisen. Er war zwar noch klar genug, um darauf zu bestehen, bei der Trizene-B-Verhandlung aussagen zu wollen, aber natürlich hat Colby das nicht zugelassen.«

»Dein Bruder hat die Gefahr einfach ignoriert«, erklärte El. »Er wollte das Medikament lediglich mit einer Warnung für Alzheimer-Patienten versehen. Ich konnte ihn nur dadurch zur Zurücknahme vom Markt bewegen, indem ich versprach, bei der Verhandlung auszusagen, und das Verfälschen der Testdaten erschien mir eine geringe Sünde im Vergleich zur Alternative – noch mehr zerstörte Leben und der mögliche Untergang der Firma.«

»Und was ist mit der Frau, die den Prozeß verloren hat? Zählt ihr Leben gar nicht?«

Wallis beantwortete Jays Frage. »El und ich haben der Familie aus unserem Privatvermögen eine Entschädigung gezahlt, und zwar einige Hunderttausend. Falls das nicht genügt, geben wir ihnen eben noch mehr.«

Jay lächelte grimmig. »Wieviel ist ein Leben wohl wert?« Komisch, aber er konnte sich einfach nicht überwinden, sie Mutter zu nennen. Er wußte nicht mehr, was sie ihm bedeutete oder welche Gefühle er für sie hegte. Aber er hatte beschlossen, allen Widerständen zum Trotz das Erbe seines Vaters anzutreten. Ob es Babcock nun ruinieren würde oder nicht, er würde die Firma übernehmen und versuchen, Noahs Visionen zu verwirklichen. So viel konnte er für ihn tun.

»Hilfe!«

Der Schrei gellte durch Jays Kopf. Verwirrt drehte er sich zur Tür um, doch da war niemand. Der zweite Schrei war noch lauter, und er schlug die Hände auf die Ohren. El und Wallis starrten ihn an, als wäre er verrückt geworden. Da merkte er, daß der Schrei der Frau nur in seinem Kopf ertönte.

Es war Sophie, die schrie!

Jemand versuchte, sie umzubringen. Blitzartig sah er, wie sie verzweifelt versuchte, ihren Angreifer abzuwehren. Sie wehrte sich, kreischte schrill seinen Namen. »Jay, nicht!« Er hörte ein metallenes Objekt durch die Luft zischen, sah das tödliche Funkeln. Es war sein Eispickel. Ihr wunderschönes Gesicht verzerrte sich vor Entsetzen, als sie das häßliche Objekt auf sich zufliegen sah. Blut spritzte wie aus einem Springbrunnen, und Jay stieß ein qualvolles Stöhnen aus, als er sah, wie das stumpfe Ende des Pickels ihr den Schädel zerschmetterte. »Sophie!«

»Was ist los, Jay? Was ist mit Sophie?«

»Du willst sie umbringen«, fauchte er El an. »Du willst, daß ich es tu – du hast mich programmiert – wieso?«

»Nein, ich schwör's, das hab ich nicht. Ich weiß nicht, wie das passiert ist. Auf deinem letzten EEG waren ein paar Anomalien zu sehen, und während der Hypnose traten Verhaltensauffälligkeiten auf. Untersuchungen zeigen, daß es auch in einem Trancezustand zu Multiplen kommen kann, falls man an so was glaubt. Das hab ich zwar nie, aber ich weiß nicht, wie ich es mir sonst erklären soll. Vielleicht ist durch die enormen Belastungen eine andere Persönlichkeit zum Vorschein gekommen, ein gewalttätiges Alter ego ...«

Ein gewalttätiges Alter ego? Er begriff kaum, was El sagen wollte.

»Jay, es könnte gefährlich sein. Du könntest einen Rückfall erleiden.«

Wallis und El schrien auf ihn ein, als er sich plötzlich umwandte und aus der Küche rannte, doch er hielt erst inne, als er in seinem Zimmer stand. Dort riß er die Schranktüren auf und die unterste Schublade heraus. Kleidung flog in alle Richtungen, bis er fand, was er suchte. Der Eispickel lag noch da, genau wie ihn Sophie gefunden hatte.

31

Jay wußte nicht, wo er sie suchen sollte. Es blieb ihm nichts anderes übrig, als bei ihrem Häuschen anzufangen, aber als er dort ankam, wollte ihm beinahe der Schädel platzen. Er war außer sich vor Schmerzen und taumelte rasend wie ein wildes Tier auf die Tür zu, gegen die er sich mit aller Gewalt warf. Die Schmerzen, die er sich dabei zufügte, waren fast ein Genuß gegen den Bohrer, der in seinem Schädel wütete.

Herrgott, warum hörte sie nicht auf zu schreien! Er mußte sie finden, damit sie aufhörte! Gleich würde ihm das Gehirn explodieren.

Endlich gab die Tür nach und öffnete sich laut quietschend. Jay rannte ins Wohnzimmer, ohne zu wissen, was ihn dort erwarten würde. Der Wachmann saß nicht mehr am Küchentisch, und da wußte er sofort, daß etwas nicht stimmte. Das Haus wirkte wie ausgestorben. Ein rascher Blick in die Schlafzimmer erbrachte auch kein Ergebnis. Nirgends eine Spur von Sophie oder dem Wachmann, doch als er die Küche betrat, fiel sein Blick auf das blinkende rote Licht des Anrufbeantworters.

»Sophie, ich weiß, es ist mitten in der Nacht, aber ich muß dich unbedingt sprechen. Es ist dringend ...«

Das war Muffin, deren Nachricht Jay gerade abspulte. Sie bat Sophie, sich im Strandhaus mit ihr zu treffen. Ihre Stimme klang ein wenig schrill, als stünde sie kurz vor einem Nervenzusammenbruch.

Sophie war im Strandhaus. Weil es sich um einen Notfall handelte, hatte der Wachmann sie hingebracht. Jay, der fast auf die Knie fiel vor Schmerzen, versuchte verzweifelt, die rudimentären Tatsachen zu begreifen.

Jay, nicht! Tu mir nichts ...

»Mist!« Der Apparat klickte, schnappte zurück und spulte. Es kostete ihn enorme Kraft, das ganze Ding nicht einfach herauszureißen und gegen die Wand zu knallen. Wütend schlug er auf einen Knopf, um ihn abzuschalten. Aber er fing an zurückzuspulen, und das trieb ihn an den Rand des Wahnsinns. *Warum sollte er ihr etwas tun? Warum sagte sie dauernd so was? Wer wollte, daß er seine eigene Frau umbrachte?*

Er riß den Apparat aus der Wand und schleuderte ihn quer durch die Küche. Doch selbst als er gegen die Terrassentür flog, hörte er nicht auf. Die Nachrichten liefen weiter, wenn auch langsam und leiernd. Draußen bellte der Hund, aber Jay durfte Blaze nicht hereinlassen. Der Lärm – die rasenden Schmerzen – trieben ihn in den Wahnsinn. Er hatte kaum mehr Kontrolle über sich.

Schau, daß du hier rauskommst, bevor du noch wirklich etwas anrichtest, sagte er sich. Sieh zu, daß du sie findest!

Er kam nicht weiter als bis zur Haustür. Eine der Nachrichten ließ ihn abrupt innehalten. Diese Stimme. Der kaputte Apparat lief noch immer, aber es hörte sich an wie Sirup, man konnte die einzelnen Wörter nicht verstehen. Jay konnte nicht einmal sagen, ob die Stimme von einem Mann oder von einer Frau stammte, aber etwas daran kam ihm bekannt vor. Sie klang so sanft, diese Stimme.

Das war er: der Killer. Er wußte es ganz genau. Die Schmerzen warfen ihn beinahe um, während er sein gequältes Hirn zermarterte. So viele Leute hatten einen Grund, Sophie etwas antun zu wollen. Gesichter huschten an seinem geistigen Auge vorüber: Muffin und ihre gepiercte Freundin, Wallis und El, obwohl sie es leugneten, Jerry White und seine Geschäftskumpane. Die Bilder wollten gar nicht mehr aufhören, und Jay konnte sie nicht stoppen. Der Wachmann, Teufel, sogar der Biker in *Dirty Dan's*, der ihn angreifen wollte.

Wer wollte sie aus dem Weg haben? Seine Stimme befand sich auch auf dem Anrufbeantworter, mehrmals sogar. Aber er war es nicht. *Er nicht! Egal, was sie auch schreien mochte.*

Die Schmerzen fuhren ihm wie Lanzenstöße von beiden Schläfenseiten ins Auge, wo sie grell explodierten. Er schwankte und hielt sich am Türrahmen fest, um nicht umzufallen. Dabei fragte er sich, ob er überhaupt noch in der Lage war zu fahren. Er konnte ja kaum noch stehen.

Sein Jeep stand vor dem Haus, halb auf dem Rasen. Aber als er ihn erreicht hatte, hatten plötzlich die Schreie aufgehört. Alles hatte aufgehört – das Summen des Bands, das Bellen des Hundes, die unterdrückten Stimmen. Es war so still in seinem Kopf, daß er den Sekundenzeiger einer Uhr hätte ticken hören können. Er wußte nicht, was er davon halten sollte.

Er wußte nicht, wer er war.

Kurz darauf öffnete er den Kofferraum und begann in einem Kleidersack voller Klettersachen zu wühlen. »O ja«, sagte er mit leiser, unheimlich sanfter Stimme, als er fand, was er suchte, und es herausnahm. Der feste Holzgriff fühlte sich gut an, so vertraut. Der andere in seiner Schublade war nur Reserve. Das hier war der Pickel, mit dem er zum Klettern ging.

Sophie hatte nicht erwartet, daß Claude um sechs Uhr morgens schon Patienten empfing, aber als sie das Foyer betrat, sah sie, daß die Tür zu seinem Büro angelehnt war. Er ließ immer die Vordertür offen, wenn er jemanden erwartete, damit man hereinkommen und sich ins Vorzimmer setzen konnte, wo es bequemer war.

An diesem Morgen konnte sie ihn sogar mit dem Patienten sprechen hören. Sie trat näher und lauschte, weil sie sich nicht sicher war, ob sie ihn jetzt stören durfte.

»Unsere Sitzungen geben dir enorme Kraft und helfen dir, mehr Liebe und Vertrauen zu entwickeln, nicht wahr?«

»Ja«, sagte eine leise Stimme.

»Sag ›ja, Claude‹.«

»Ja, Doktor – äh, *Claude.*«

Die Stimme der Frau war so leise, daß sie sie fast nicht hören konnte, doch sie kam ihr irgendwie bekannt vor. Unheimlich bekannt. Der Türknauf quietschte, als Sophie ihn umdrehen wollte, und sie erstarrte erschrocken. Hoffentlich hatte er nichts gehört. Sie wollte ihn jetzt nicht stören. Sie brauchte ein wenig Zeit, um sich aus dem soeben Gehörten einen Reim machen zu können. Es klang nach einer Hypnosesitzung, aber seine Patientin konnte unmöglich die sein, für die sie sie hielt.

Sophie hatte selbst mehrere solcher Sitzungen mitgemacht, konnte sich aber an nichts mehr erinnern. Claude gab ihr immer etwas, von dem er behauptete, daß es die verschlossenen Türen ihrer Psyche öffnen und die dort versteckten Geheimnisse lüften würde, sogar jene, die sie vor sich selbst verbarg.

Jetzt hörte sie seine sanfte, tiefe Stimme sagen: »Wenn du heute abend zu Bett gehst und auch an allen anderen Abenden, dann wirst du tief und gut schlafen und ausgeruht wieder aufwachen. Wenn du träumst, dann wirst du von diesen Sitzungen träumen, wo du glücklicher bist als je zuvor in deinem Leben, wo dich unsere gemeinsame Arbeit zutiefst erfüllt. Spürst du, wie glücklich du bist?«

Sophie konnte die Antwort der Frau nicht verstehen.

»Wer hat dich gerettet, Sophie?« fragte er sie. »Wer war dein Begleiter durch die Wildnis? Wer hat deine Hand gehalten?«

»Sie ... das waren Sie.«

»Und wem vertraust du bedingungslos?«

»Ihnen – bedingungslos.«

Sophie rang keuchend nach Luft und ließ den Türknauf los, als wäre er heiß. Die Patientin war *sie.* Das war sie bei einer ihrer Sitzungen mit Claude. Wie war das möglich?

»Sag meinen Namen«, drängte er. »Sag ihn wieder und wieder. Mit viel Liebe.«

»Claude ...« Die Frau flüsterte seinen Namen, bis ihr die Stimme brach und sie nicht mehr weitersprechen konnte.

Ein Stuhl scharrte, als würde Claude sich erheben. »Das Band zwischen uns ist heilig, Sophie. Ich werde es nie zerstören oder dein Vertrauen enttäuschen. Was ich für dich empfinde, ist absolut rein, wie die Liebe eines Vaters zu seinem Kind, eines Gottes zu seiner Schöpfung. Sag, daß du mir glaubst.«

»Ich glaube es.«

Sophie war fassungslos. Nicht nur, daß sie sich selbst

zuhören mußte, es war vor allem Claudes Ton, die Art, wie er mit ihr redete. Wie bei einer Gehirnwäsche. Ihre Finger kribbelten, als das Blut zurückkehrte. Es war ein Fehler gewesen, jetzt hierherzukommen. Sie brauchte Zeit, um sich wieder zu fassen. Aber noch während sie verzweifelt überlegte, was sie als nächstes tun sollte, schwang die Tür auf, und die hochgewachsene Gestalt eines Mannes füllte den Rahmen.

Sophie wich alarmiert zurück. Einen Moment lang war sie sich nicht sicher, ob das wirklich Claude war. Alles an ihm war ihr vertraut – der ungekämmte Haarschopf, die alte Jacke und Hose –, alles, bis auf den mißtrauischen Ausdruck in seinem Gesicht. Er ließ ihn beinahe bösartig wirken.

»Es tut mir leid«, stammelte sie. »Ich hab Stimmen gehört. Ich dachte, da wär jemand drinnen bei dir.«

»Wie lang stehst du schon hier draußen?« fragte er.

»Nicht lange. Ich bin gerade erst hereingekommen.«

Er glaubte ihr nicht. Sein Blick flackerte mit einer Kälte über sie hinweg, die sie noch nie an ihm beobachtet hatte. Aber sie mußte zugeben, daß sie ihn bisher auch noch nie belogen hatte. Sie hatte völlig vergessen, daß eine Glocke in seinem Büro ertönte, wenn jemand zur Vordertür hereinkam.

»Zitterst du etwa? Hab ich dich erschreckt?«

»Nein ... nein, ist schon okay.« Das ist nicht Claude, dachte sie. Sie wußte nicht, wer dieser Mann war, aber jedenfalls nicht ihr sanfter, liebevoller Freund und ehemaliger Verlobter. Er trat beiseite, um sie hereinzulassen, aber sie zögerte unschlüssig.

»Ist etwas nicht in Ordnung?« fragte er.

»Ich dachte, da wäre jemand bei dir.«

Etwas wie seine gewohnte sanfte Traurigkeit huschte über sein Gesicht. »Es ist niemand da, Sophie. Ich bin ganz allein.«

Dennoch zögerte sie, doch da sagte er mit ernster, fürsorglicher Stimme: »Bitte ... komm doch rein.«

Sophie ging an ihm vorbei ins Büro und betete, daß ihre böse Vorahnung, die sie zutiefst erschreckt und verstört hatte, nur Einbildung war. Aber irgendwie kam ihr die Situation gefährlich vor, was lächerlich war, denn vor Claude hatte sie sich noch nie fürchten müssen, ganz im Gegenteil, er war ihr Freund und Beschützer. Nein, sie mußte das vorhin mißverstanden haben.

Mit jedem Herzschlag fühlte sie, daß etwas in diesem Raum nicht mehr so war wie früher. Sie ließ den Blick umherschweifen auf der Suche nach einer Erklärung, fand jedoch nichts. Dies war Claudes Praxis, so wie immer, voller staubiger Bücherregale und Glasvitrinen mit alten Buchausgaben und verschiedensten nautischen Sammlerstücken. Es gab keinerlei Anzeichen dafür, daß hier gerade eine Therapiestunde abgehalten worden wäre.

Claude lehnte sich an die Kante seines Schreibtisches, die Arme vor der Brust verschränkt, leicht vorgebeugt, wie es typisch für große Männer war. Etwas an der Haltung seines Kopfes kam ihr komisch vor, sie glaubte, ein leichtes Zittern zu bemerken, und fragte sich, ob er schon immer so gebrechlich gewirkt hatte. Eine Welle des Mitgefühls für diesen Mann erfaßte sie. Sie hoffte inständig, daß seine Schwäche nichts mit ihr zu tun hatte.

»Ich hab versucht, dich zu erreichen«, sagte sie, »ich hab Nachrichten hinterlassen.«

»Ja, du sagtest, es ginge um ihn, um Jay.«

»Nein, eigentlich nicht. Es war …« Sie machte eine wegwerfende Handbewegung. »Ach, es war nichts. Ich hab bloß mal wieder überreagiert. Es war nichts.« *Er weiß, daß ich angerufen habe, und hat mich nicht zurückgerufen?*

»Was führt dich dann zu mir?«

»Ich hab mir Sorgen gemacht. Du gingst nicht ans Telefon, also kam ich her, um nach dir zu sehen.« Sie war eine schlechte Lügnerin, aber das wußte er inzwischen selbst.

Er erhob sich langsam, fast mühsam, war aber dennoch eine beeindruckende Gestalt, wie er hoch aufgerichtet dastand, ohne wie gewöhnlich die Schultern hängen zu lassen. Nicht weit von seinem Schreibtisch stand eine kostbare alte Vitrine. Dort ging er hin, als wäre er auf der Suche nach einem ganz bestimmten Objekt, doch Sophie hatte das Gefühl, daß er seine furchterregende Erscheinung in der Glastür betrachtete.

»Um mich brauchst du dir keine Sorgen zu machen«, sagte er tonlos. »Mit mir ist jetzt wieder alles in Ordnung.«

»Claude«, flehte sie, »was ist los?«

Er wandte sich zu ihr um, und Sophie hielt den Atem an. Seine riesigen braunen Augen blickten sie mit abgrundtiefer Qual an. Unvergossene Tränen standen darin, aber unter dieser Traurigkeit loderte etwas anderes, etwas Erschreckendes.

»Nichts ist los. Es geht mir gut«, sagte er. »Ich bin nicht derjenige, der sich abgestoßen fühlt und sich nichts davon anmerken lassen will. Schau dir nur dein Handgelenk an, Sophie. Überall blaue Flecken. Das kann doch nur heißen, daß es ein Alptraum für dich ist, hier mit mir zusammen zu sein.«

Sophie blickte verwirrt ihr Handgelenk an. Es war nichts. Sie hatte es nicht angefaßt. Ihre Hände hingen an ihren Seiten, seit sie sein Büro betreten hatte. »Ein Alptraum? Wie kommst du darauf? Warum sollte ich so etwas denken? Warum sollte ich je so etwas denken, Claude?«

Seine Stimme stockte, klang irgendwie pelzig, da es ihm schwerfiel, sich verständlich zu machen. »Warum gibst du's nicht zu? Ich weiß, was du im Herzen fühlst, Sophie. Ich seh's in deinen Augen, wenn du mich ansiehst. Mitleid. Du bemitleidest mich. Das tun alle Frauen. Claude, der Freak. Claude, das Monster. Aber ich bin nicht das Monster. Er ist's.«

»Er? Jay?« Sie sah das Zittern jetzt deutlich, als er nickte. Es war stärker, als sie geglaubt hatte. Er ist krank, begriff sie. Etwas Schreckliches war mit ihm geschehen.

»Du glaubst nicht, d-daß er dein Mann ist«, fuhr er stammelnd fort. »Du hattest sogar einen Alptraum, daß er in dein Haus eingebrochen ist und dich überfallen hat.«

Sophie hatte auf einmal keine Angst mehr vor ihm. Sie hatte Angst *um* ihn. »Ich wußte gar nicht, daß dich das alles so mitnimmt. Du selbst hast gesagt, daß es ein Traum war.«

»Ich will doch nur geliebt werden«, flüsterte er. Er wippte vor und zurück, vor und zurück. In seiner Stimme lagen tiefe Qual und Zorn, der drohte, sich unkontrolliert Bahn zu brechen. »Mein Gott, Sophie, wie konntest du nur? Ich hab dich vor ihm gerettet. Wie konntest du zu ihm zurückgehen? Wie konntest du ihn lieben, nach allem, was er dir angetan hat?«

»Was ... was meinst du damit?«

»Er will dich aus dem Weg räumen. Zweimal hat er schon versucht, dich umzubringen, und er wird's wieder versuchen.«

»Nein!«

Er schien mit dem Wippen nicht aufhören zu können, mit dem Kopfschütteln. »Er ist das Monster, nicht ich. Wann glaubst du das denn endlich? Er hat das mit dem Lockenstab arrangiert, der dir fast einen tödlichen Stromschlag versetzt hätte, und er hat seinem eigenen Hund vergiftetes Fleisch vorgeworfen.«

»Claude, hör auf, ich bitte dich. Ich weiß nicht, warum du das alles sagst.«

Sie hielt die Luft an, als es ihn plötzlich herumriß. Er hatte aufgeblickt und gesehen, wie sie langsam zur Tür zurückwich. Sie erstarrte, wußte nicht, was sie tun sollte. Sie mußte hier raus. Mußte Jay finden. Claude konnte unmöglich von dem Vorfall mit dem Lockenstab erfahren haben. Sie hatte ihm nichts davon erzählt. Sie hatte niemandem etwas erzählt, niemandem, außer Jay.

»Sophie«, sagte er flehentlich, »du fürchtest dich. Sieh dich an. Die nackte Angst steht dir ins Gesicht geschrieben. Laß dir doch helfen. Du weißt, daß ich dir helfen kann. Ich hab die Alpträume doch schon mal verschwinden lassen. Das kann ich wieder tun.«

»Es gibt keine Alpträume, Claude. Jetzt nicht mehr.«

Ihre Stimme klang fest und sicher, obwohl sie innerlich wie Espenlaub zitterte. Sie wußte nicht, ob er Wahnvorstellungen hatte oder unter Streß stand, aber irgendwie mußte sie es schaffen, zu ihm durchzudringen. Ihre böse Vorahnung war richtig gewesen. Sie war in Gefahr.

»Ich kann dir helfen ...« Er machte einen Schritt auf sie zu, da schrie sie plötzlich auf.

»Claude, paß auf!« Mit dem Finger deutete sie auf den Boden, wo ein gerahmtes Bild lag, das von seinem Schreibtisch gefallen sein mußte. Es war ihr zuvor nicht aufgefallen, aber jetzt sah sie, daß überall Glassplitter herumlagen. »Da, gleich bei deinen Füßen!«

Er blickte zu Boden und blieb unsicher stehen.

Sophie war einen Moment lang wie versteinert. Das war ein Bild von ihr. Es konnte heruntergefallen sein, aber irgendwie wußte sie, daß es nicht so war. Er hatte es absichtlich zerschmettert.

Und dasselbe würde er mit ihr tun.

Sie fuhr herum und rannte zur Tür. Wenn sie es nach draußen schaffte, dann konnte sie schreien. Vielleicht war ja sogar jemand auf dem Pier ...

Sie stürzte in den Gang hinaus, doch er erwischte sie, als sie die Vordertür aufreißen wollte. Er wirkte alles andere als gebrechlich, als er sie mit einem Arm von hinten umschlang und vom Boden hochhob. Seine riesige Hand legte sich über ihren Mund und ihre Nase, so daß sie keine Luft mehr bekam. Sie konnte nicht schreien – und wehren konnte sie sich auch nicht, aus Rücksicht auf das Baby.

Er trug sie in sein Büro zurück, trug sie vor sich her wie ein kleines Kind, und ihre Beine baumelten ein ganzes Stück über dem Boden. Er drückte ihr fast die Luft ab mit seinem Arm, und sie hätte ihn gerne getreten, traute sich aber nicht. Wenn sie ihn gegen das Schienbein trat, wurde er sicher wütend, und wenn er die Beherrschung verlor, konnte sie nur verlieren.

Aber was sie vor allem an einer Gegenwehr hinderte, war das, was er gesagt hatte, und wie seine Stimme geklungen hatte, so leise, so gebrochen. Er flehte sie an, doch zu verstehen, daß er ihr nicht weh tun wollte. »Ich kann dir helfen. Ich kann dich retten, Sophie, aber nur, wenn du mich läßt.«

Das hatte er in der ersten Therapiephase wieder und wieder gesagt. »Es ist wichtig, daß du dich bei mir sicher fühlst, daß du mir vertraust. Stell dir vor, ich wäre deine Rettungsleine. Ich kann dich nur retten, wenn du mich läßt.«

Augenblicke später stand Sophie wie erstarrt da, während er sie in eine feste weiße Zwangsjacke einschnürte. Sie hätte ihn gerne über ihre Schwangerschaft aufgeklärt, ihn angefleht, ihr um des Babys willen nicht weh zu tun, aber er hatte ihr keine Chance gelassen. Kaum daß er die Hand von ihrem Mund nahm, hatte er ihr ein Stück von einem Handtuch in den Mund geschoben, das er dann an ihrem Hinterkopf verknotete.

Als er fertig war und sie aussah wie eine Irre, die man zu ihrer eigenen Sicherheit in eine Zwangsjacke hatte stecken müssen, hob er sie auf seine Arme und legte sie ganz sanft und vorsichtig auf seinem Behandlungssessel ab. »Hab keine Angst«, flüsterte er. »Ich kann dir helfen.«

Er nahm ihr Gesicht in beide Hände und drückte ihr einen zärtlichen Kuß ins Haar. »Ich kann dir helfen, mich wieder zu lieben.« Als er zurücktrat, sah sie die Tränen in seinen Augen, sah seinen kummervoll geneigten Kopf und die hängenden Schultern.

War es das, was er wollte? Daß sie ihn wieder liebte? Dann wollte er sie also gar nicht umbringen? Eine wilde Hoffnung wallte in ihr auf bei dem Gedanken, daß er vielleicht doch noch mit sich reden ließ. Sie wehrte sich gegen die Jacke und warf den Kopf hin und her, um sich über den Knebel hinweg verständlich zu machen.

»Ich weiß«, sagte er gütig. »Ich weiß, daß du dich fürchtest. Ich werde dir etwas zur Beruhigung geben.«

Nein! Das Baby …

Als er sich dem Waschbecken aus rostfreiem Stahl zuwandte, über dem er seine Medikamente aufbewahrte, fiel ihr Blick auf den darunterstehenden Papierkorb. Er war voller Glasscherben und zerbrochener Bilderrahmen. Sie hatte schon beim Hereinkommen das Gefühl gehabt, daß etwas fehlte, war jedoch nicht gleich darauf gekommen. Sämtliche Fotos von ihr waren von seinem Schreibtisch und aus den Bücherregalen verschwunden. Jetzt wußte sie, warum.

Offenbar focht er einen schlimmen inneren Kampf aus. Seine

Liebe und der Verlust dieser Liebe hatten ihn in einen finsteren, gefährlichen Zustand getrieben, doch es schien, als hätte er sie noch nicht ganz aufgegeben, als hoffte er immer noch, sie zurückgewinnen zu können. Und solange er das wollte, war noch nicht alles verloren.

Wir sind nicht die Bösewichter, die Leid und Bitterkeit wollen. Das Leid macht uns grausam.

Aber als er sich mit der Spritze in der Hand zu ihr umwandte, da wußte sie auf einmal, daß sie das nicht zulassen durfte. Er war nicht ganz bei sich. Wer weiß, was er ihr da spritzen oder was er ihr antun wollte, während sie bewußtlos war. Sie warf sich laut stöhnend hin und her und blickte ihn flehend an, in der Hoffnung, daß er die Botschaft in ihren Augen verstand.

»Sophie, nicht ...« Er blieb unschlüssig stehen, und wieder traten ihm Tränen in die Augen, als würde ihm ihre Gegenwehr das Herz brechen. »Verstehst du denn nicht. Nicht mich sollst du fürchten, sondern ihn. Er ist gefährlich. Etwas ist schiefgegangen bei der Behandlung. Eine andere Persönlichkeit ist plötzlich aufgetaucht, ein gewalttätiges Alter ego. Er war es, der die Anschläge auf dich verübt hat.«

»Nein!« schrie sie durch den Handtuchknebel. Sie hätte ihn gerne einen Lügner genannt, aber Jay hatte geklungen, als fürchte er genau dasselbe.

»Ich hab alles getan, was ich konnte«, fuhr er beharrlich fort. »Ich hab die ganze Zeit auf dich aufgepaßt, hab versucht, dich zu beschützen.«

Während er die Spritze hochhielt, um mit einem Fingerschnippen die Luftblasen zu entfernen, kam sie zu der Erkenntnis, daß er derjenige gewesen sein mußte, der ihr die ganze Zeit gefolgt war, und vielleicht hatte er ihr das verspätete Geburtstagsgeschenk gemacht.

»Das wird helfen«, sagte er. »Es wird all die Monster vertreiben. Und du wirst keine Alpträume mehr haben.«

Sophie bäumte sich so wild auf, daß sie vom Sessel gefallen

wäre, wenn Claude sie nicht in letzter Sekunde festgehalten hätte. Sie warf sich so heftig herum, daß er sie halten mußte. Da riß er ihr schließlich ungehalten den Knebel aus dem Mund. »Was machst du denn da?«

»Du darfst mir die Spritze nicht geben«, stieß sie keuchend hervor. »Ich bin schwanger. Claude, bitte …«

»Schwanger?«

Er starrte sie wortlos an, und allmählich begann es wieder unheimlich in seinen Augen zu leuchten. Da wußte Sophie, daß sie einen schweren Fehler begangen hatte. Es ihm zu sagen bewog ihn nicht dazu, sie zu verschonen, es überzeugte ihn davon, daß er sie für immer verloren hatte. Sie war mit einem anderen Mann intim gewesen und von ihm geschwängert worden. Ein Kind wuchs in ihr heran, das Kind eines anderen.

»Claude, so versteh doch bitte. Ich wollte dir nicht weh tun oder mich wieder in Jay verlieben. Ich hätte nie geglaubt, daß er je wieder zurückkommen würde. Es war vorbei.«

»Oh, ich verstehe durchaus«, sagte er beruhigend. »Wirklich.« Er blickte sie forschend an, als wüßte er nicht mehr, wer sie war, diese Frau, die seine Liebe zurückgewiesen und sich an seinem einsamen Herzen versündigt hatte. Diese Frau, die so grausam zu ihm gewesen war wie all die anderen.

Er legte die Spritze auf einem Rollwägelchen ab. Ein nachdenklicher Ausdruck legte sich über sein eingefallenes Gesicht. »Du hättest die Eine, die Wahre sein können, Sophie. Du hättest all das, was mir diese lachenden, kreischenden kleinen Mädchen angetan haben, wiedergutmachen können. Deine Liebe hätte mich für ihre Untaten entschädigt. Du warst anders als sie, du warst nicht grausam. Du hättest meinen Glauben an die Menschheit wiederherstellen können. Hättest du's doch bloß getan, denn nun wird jemand für ihre Lieblosigkeit büßen müssen.«

»Nicht, Claude …«

Seine Hand legte sich über ihr Gesicht und drehte es zur Seite. Sie fühlte, wie er ihr den Knebel wieder in den Mund schob und fest zuband. Und dann hob er ihren Kopf hoch und nestelte in ihrem Nacken herum. Er hatte ihr etwas umgehängt, einen St.-Jude-Anhänger, das symbolische Geschenk, das er all seinen Patienten am Ende ihrer Behandlung machte. Sie hatte gedacht, daß er ihr das Zittern vielleicht bloß vorspielte, aber er hätte es sicher unterdrückt, wenn er gekonnt hätte, als er ihr den Anhänger nun in der Halsgrube zurechtlegte.

»Mein letzter ›aussichtsloser Fall‹«, sagte er. »Das bist du, Sophie. Dies ist mein eigener Anhänger. Ich brauche ihn jetzt nicht mehr.«

Sophie verharrte regungslos, als er begann, von sich selbst zu erzählen, von einer Zeit, bevor sie einander kannten, bevor er seine Privatpraxis eröffnet hatte. Sie wußte zwar einiges über seinen Werdegang, die wichtigen Meilensteine zumindest, aber sie hatte nicht gewußt, daß er zu Noah Babcocks führenden Wissenschaftlern gehört hatte und daß die Trizene-B-Studien unter seiner Leitung durchgeführt worden waren.

»Ich sterbe«, erklärte er. »Und was das schlimmste ist, mein Verstand wird lange vor meinem Körper gehen. Ich werde ein Zombie sein, dessen Hirn von Trizene-B aufgefressen wurde. Ich habe das Medikament heimlich eingenommen, in der Hoffnung, dadurch meine Depressionen zu lindern. Es schien Wunder zu wirken, aber die Nebenwirkungen zwangen mich einzugestehen, was ich Noah angetan hatte. Er weigerte sich zu glauben, daß das Antidepressivum gefährlich war, und um das zu beweisen, hat er es im Eigenversuch genommen. Innerhalb weniger Monate war er nur noch ein Schatten seiner selbst. Mein Verfall ging viel langsamer vonstatten ... bis vor kurzem zumindest.«

Sophie war mit den Symptomen von progressiver Demenz vertraut. Sie hatte sie bei Noah beobachten können: Koordinationsstörungen, Spastizität, Paranoia, Wahnvorstellungen.

»Ich will dich bei mir haben«, erklärte er plötzlich. »Ich kann nicht so gehen, ein langsamer, schleichender Tod, der körperliche und geistige Zerfall. Der Tod sollte rasch und schmerzlos sein – die Erlösung von allem Leiden –, und ich muß dich bei mir haben. Bitte versteh das doch, Sophie.«

Mit feuchten, brennenden Augen blickte er auf sie nieder. Dann drückte er ihr den Kopf in den Nacken, so daß ihr Hals freilag, und setzte die Nadel an. Sie fühlte den scharfen Schmerz, den Sog, als er ihr die Droge in die Blutbahn spritzte.

»Laurent!«

Jemand hatte Claudes Namen gerufen. Sophie öffnete die Augen und sah Jay ins Zimmer stürzen. Er trug keine Augenklappe und sah aus wie ein Wahnsinniger, wie der Wahnsinnige, der bei ihr eingebrochen war. Nein, das mußte eine Halluzination sein. Die Droge war ihr bereits ins Gehirn gedrungen. Er hatte einen Eispickel in der Hand und hob den Arm, um das mörderische Ding zu schleudern.

»Laurent, weg von ihr!«

Der Eispickel wirbelte durch die Luft wie ein Tomahawk. Er kreischte wie der Sturmwind, der Sophie Weston zu verschlingen drohte, seit sie Jay Babcock begegnet war. Sophie kreischte ebenfalls, doch niemand konnte sie hören.

Da traf sie ein schwerer, wuchtiger Schlag, und sie wurde beinahe ohnmächtig. Schon öffnete sich das gähnende schwarze Loch vor ihr, und ein enormes Gewicht drohte ihr den Atem abzudrücken. Sie hörte ein ersticktes Keuchen, das fast wie ein Todeswimmern klang. Das war sie.

»Sophie!« hörte sie Jay noch brüllen. »Sophie … wo bist du?«

32

Jay sah nicht mehr, ob der Eispickel sein Ziel traf oder nicht, aber er hörte das trockene Splittern von Knochen. So klang es, wenn ein menschlicher Schädel zertrümmert, ein Leben ausgelöscht wurde. Beim Klang dieses Geräuschs verfiel er in heftige Krämpfe.

Kaum daß der Pickel seine Hand verlassen hatte, war Jay auf die Knie gesunken. Er konnte kaum noch seine Flugbahn verfolgen, als er auch schon wie ein Stein nach vorn auf seine Ellbogen fiel. Er schlug so hart auf, daß er im ersten Moment wie betäubt war. Die Schmerzen explodierten wie eine Bombe in seinem Körper. Blitze, unerträgliche Blitze, lähmende Blitze. Sie trafen sein Auge, so daß er nichts mehr sehen konnte.

Uns kann nichts passieren, Sophie. Die Engel wachen über junge Liebende. Du weißt doch, wir haben einen besonderen Schutzengel …

Aber er konnte nicht zu ihr gelangen. Die Schmerzen brachten ihn um, und er würde nie zu ihr gelangen. Nicht mal die Engel können die Menschen vor sich selbst retten, dachte er, während er sich vor Schmerzen wand. Nichts konnte die Menschen daran hindern, sich selbst zu zerstören. Nichts konnte Sophie vor ihm schützen.

Dieser Gedanke raste durch sein Hirn wie ein Kanonenschuß. Danach folgte eine schreckliche Ruhe. Die Frau in seinem Kopf hatte aufgehört zu schreien. Endlich war sie zum Schweigen gebracht worden. Im ganzen Raum war es unnatürlich still. Keiner schrie mehr, keiner außer ihm. Er schrie aus Leibeskräften, haderte brüllend mit dem Schicksal, bat und flehte dasselbe schreckliche Gebet, dessentwegen er auf die Knie gefallen war, das einzige, das ihm je über die Lippen gekommen war.

Bitte, lieber Gott, laß nicht zu, daß ich ihr weh tue. Ich hab ihr ein Versprechen gegeben, und nichts sonst zählt, am allerwenigsten das, was aus mir wird. *Ich hab ihr ein Versprechen gegeben.*

33

»So wunderschöne Gehirnwellen«, murmelte Sophie und musterte die langsamen, anmutigen Schwünge des Elektroencephalographen bewundernd. »Sieht ein bißchen so aus wie meine Nudelketten, findest du nicht?«

Jay lag flach ausgestreckt neben ihr in einem Krankenhausbett und war mit Elektroden, die in seinem dicken schwarzen Haar beinahe verschwanden, ans EEG-Gerät angeschlossen, das gewissenhaft seine Gehirnaktivität aufzeichnete.

»Willst du sie Purzelbäume schlagen sehen?« Er winkte sie mit einem gekrümmten Finger und einem lasziven Gesichtsausdruck heran. »Komm her, du.«

Damit hatte Sophie keine Probleme. Sie hätte sich auf ihn geworfen, wenn sie nicht hätte befürchten müssen, einen Kurzschluß zu verursachen, der das ganze Krankenhauspersonal auf die Beine brächte.

Sie begnügte sich daher damit, sich lächelnd zu ihm ans Bett zu stellen. O Gott, sicher stand ihr ihre Liebe für ihn unübersehbar ins Gesicht geschrieben, doch auch damit hatte sie mittlerweile keine Probleme mehr. »Wenn wir diese EEG-Nadel in den Orbit schicken«, meinte sie, »dann darf ich dich vielleicht nicht mit nach Hause nehmen. Und ich will dich so schrecklich gern mit nach Hause nehmen.«

Es kam ihr vor, als wäre der alptraumhafte Vorfall mit Claude Jahre her, dabei war es erst vor knapp einer Woche passiert. Sie und Jay hätten einander dabei beinahe verloren. Sophie war so hart getroffen worden, daß sie das Bewußtsein verlor, aber erst, als sie wieder zu sich kam, merkte sie, daß es Claude war, der den Schlag abbekommen hatte. Er war auf sie gefallen, als ihn der Eispickel traf.

Doch wer ihr richtig angst gemacht hatte, war Jay. Er lag auf dem Boden und wurde von heftigen Krämpfen geschüttelt, und Sophie fürchtete, daß er starb, wenn sie nicht rechtzeitig zu ihm kam. Sie hatte sich aus dem Sessel gehievt und auf den Boden fallen lassen. Die Angst hatte sie befähigt, Dinge zu tun, die für eine Frau von ihrer Statur eigentlich unmöglich waren. Mit einem Stoßgebet, daß dem Baby nichts geschehen möge, hatte sie sich dann über den Fußboden zum Telefon gewälzt und es von Claudes Schreibtisch gestoßen. Glücklicherweise gab es Kurzwahltasten, eine davon für den Notruf.

El und Wallis waren an ihrem Bett gestanden, als sie später im Krankenhaus zu sich kam. Sie hatten ihr versichert, daß die Injektion, die Claude ihr gegeben hatte, lediglich ein harmloses Muskelrelaxant enthielt. Sie und das Baby waren völlig in Ordnung. Jay war mit Medikamenten stabilisiert worden, und alle Anzeichen sprachen für eine rasche Genesung, doch El bat den Chefarzt, der ein Freund von ihm war, den Patienten dennoch ein paar Tage länger zur Beobachtung zu behalten, um sicherzugehen.

»Nicht so gern, wie ich heimkommen will«, sagte Jay. Heimkommen. Bei diesem Wort empfand Sophie ganz plötzlich eine heftige Sehnsucht, und sie blickte Jay tief in die Augen.

Er stieß einen jener Seufzer aus, die wie Musik in ihren Ohren klangen. Sie war so gerührt, daß sie am liebsten auch geseufzt hätte. Und schließlich konnte sie es nicht länger aushalten. Die Gefühle, die sie bewegten, waren einfach zu stark. Sie mußte etwas anderes machen. Reden.

»El schwört, daß du wieder ganz in Ordnung kommst«, meinte sie im Plauderton. »Hundertprozentig.«

»Wie wär's mit neunundneunzig Prozent?« Der Blick ihres Gatten ruhte mit aufmerksamer Fürsorge auf ihr, obwohl er derjenige war, der im Krankenhaus lag. »El wollte dich wahrscheinlich nicht erschrecken, aber mir gegenüber hat er zugegeben, daß ich höchstwahrscheinlich ein paar Gedächtnislücken zurückbehalten werde. Ein Teil meiner Vergangenheit könnte für immer verloren sein, aber das sollte auch schon das Schlimmste sein. Sonst behalte ich keine Dauerschäden zurück, und auch mit den Kopfschmerzanfällen und den Gewaltausbrüchen ist Schluß. Die Persönlichkeitsspaltung ist wieder behoben.«

Tatsächlich hatte El Sophie zu ihrer ungeheuren Erleichterung so ungefähr dasselbe erzählt. »Er hat versucht zu erklären, wie's dazu kommen konnte«, meinte sie, »aber ich muß gestehen, daß ich nicht mehr mitkam, als er davon anfing, wie sich das Gehirn vor retinalen Bombardements und chemischen Läsionen und dergleichen zu schützen versucht. Ehrlich gestanden, Jay, ich glaube, daß nicht mal er genau weiß, wodurch diese Persönlichkeitsspaltung tatsächlich ausgelöst wurde. Er meinte, es könnte sich um so was Simples wie hypnotische Suggestion gehandelt haben. Offenbar können selbst in einem Trancezustand, wenn der Patient unter starkem Streß steht, Persönlichkeitsspaltungen auftreten. Aber er räumte ebenfalls ein, daß sich die Wissenschaft noch uneins über die Existenz solch multipler Persönlichkeitsstrukturen ist, und du kennst ja El, ein Wissenschaftler bis zum bitteren Ende. Er flehte mich an, ihm zu glauben, daß er all das nicht beabsichtigt hätte, ganz besonders nicht die Gewaltausbrüche. Das war Claude gewesen.«

Sophie konnte noch immer nicht begreifen, wie ihr treuer Freund sich zu solch extremen Handlungen hatte hinreißen lassen können. Er hätte sie leicht umbringen können, mit seinem Plan, Jay auszubooten. Selbst Albert und Blaze hatte er damit gefährdet. Sie hatte Jay noch nicht gesagt, daß Claude an seinen Kopfverletzungen gestorben war. Jay mußte erst mal selbst wieder auf die Beine kommen, und obwohl es schrecklich für Sophie war, Claude auf solche Weise zu verlieren, war sie in den letzten Tagen zu dem Schluß gekommen, daß es noch schlimmer gewesen wäre, wenn er überlebt hätte. Claude hatte genau das bekommen, was er sich gewünscht hatte. Er hatte seinen Frieden. Keiner von ihnen hätte je Ruhe gefunden, wenn er den Rest seiner Tage irgendwo in einer Anstalt dahingesiecht wäre, am allerwenigsten er selbst.

»Ich begreife immer noch nicht, wie er's gemacht hat«, sagte sie, vollkommen ratlos angesichts der Zerstörung, die dieser

Mann angerichtet hatte. »Ich dachte immer, in der Hypnose könnte niemand zu etwas gezwungen werden, was er nicht tun will.«

»Claude ist kein Bühnenzauberer. Er benutzt starke Drogen, um die Psyche empfänglicher für Hypnose zu machen. Und in militärischen Geheimdienstakten findest du genügend Beweise dafür, daß ein Mensch durchaus programmiert werden kann, gegen seinen Moralkodex zu verstoßen, sogar zu töten, besonders bei dem heutigen medizinischen Stand der Forschung. Aber ich glaube nicht, daß Claude das im Sinn hatte. Er wollte uns bloß gegeneinander aufhetzen, und zwar dadurch, indem er dich glauben machte, ich wäre derjenige, der versucht, dich zu töten. Das Raffinierte an seinem Plan war, mich dazu zu bringen, es auch zu glauben.«

Raffiniert vielleicht, und dennoch fragte sich Sophie, wie es kam, daß die meisten Menschen viel mehr Mühe aufwandten, anderen weh zu tun, als sich selbst zu helfen. Aber vielleicht war Claude ja gar nicht mehr zu helfen gewesen.

»Sein Plan hätte funktionieren können«, fügte Jay hinzu, »wenn ich die Stimme auf deinem Anrufbeantworter nicht mit der in Verbindung gebracht hätte, die ich in jener Nacht in der Klinik hörte, kurz bevor mich die Drogen kaltstellten.«

Er mußte die Nachricht meinen, die Claude ihr hinterlassen hatte, doch er schien noch über etwas anderes perplex zu sein. »Was ist?« fragte sie.

»Muffin war an dem Abend auch auf deinem Apparat, und es hörte sich dringend an. Hast du je herausgefunden, was sie wollte?«

Tatsächlich hatte Muffin sie angerufen, sobald sie hörte, was mit Claude geschehen war. Sophie hatte den Kopf damals viel zu voll gehabt, um ihr Aufmerksamkeit schenken zu können, aber was Muffin zu sagen gehabt hatte, war ein ganz schöner Knaller gewesen, jetzt, wo Sophie darüber nachdachte. Eine Baby-Bombe sozusagen.

»Muffin will nicht aufgeben«, berichtete sie. »Sie hat mir am

Telefon angekündigt, sie würde demnächst ihre Eier mit Colbys Sperma befruchten lassen, um so den ersten und einzigen Babcock-Erben zu produzieren. Armes Kind.«

»Muffin oder das Baby?«

»Beide, wenn du mich fragst. Sie weiß nicht, daß ich schwanger bin, und sie klang so verzweifelt, daß ich's einfach nicht übers Herz brachte, es ihr zu sagen. Nun, ich sollte das wohl besser tun, bevor sie noch was Verrücktes anstellt.«

Sie hielten einander bei den Händen, und Jay begann, sie auf seine typische Weise zu streicheln. Er schien das völlig unbewußt zu machen, und Sophies Reaktion war mittlerweile ebenso automatisch. Sie hoffte nur, daß es dem Baby nichts ausmachte, wenn sich bei ihr alles zusammenzog.

»Jay«, meinte sie plötzlich, »ich finde, Muffin sollte die Unterstützung bekommen, die sie für ihre Kosmetikserie braucht, wenigstens durch die Forschungs- und Entwicklungsphase. Das ist es, was sie sich wirklich wünscht, nicht ein Baby. Und außerdem war sie lang mit Colby verheiratet. Das sollte doch zumindest etwas zählen, findest du nicht?«

»Da hast du nicht ganz unrecht.« Er hörte auf mit dem Streicheln und hob den Blick zu ihrem Gesicht. »Übrigens ... wie geht's unserem kleinen befruchteten Ei? Und seiner Mama?«

Sie legte seine Hand auf ihren Bauch und ihre Hand darüber. Ein herrliches Gefühl, das sanfte Kneten seiner starken, warmen Finger. Sie konnte sich vorstellen, wie das Baby in Wärme und Liebe schwamm. »Du weißt doch hoffentlich, wie das passiert ist, oder?«

»Die Schwangerschaft? Ich denke doch.«

»Nein, nicht *das.* Ich meine, wie es möglich werden konnte. Eine von den Pillen, die du in der Klinik nehmen mußtest – die lavendelblaue, wie El sagte –, ist eine brandneue Fruchtbarkeitspille für Männer, für die Babcock gerade die Zulassung gekriegt hat.« Sie lachte. »Offensichtlich wirkt sie.«

»Und wessen Idee war das?«

Er sah ihr ins Gesicht, und Sophie kam in den vollen Genuß

beider wunderschöner nachtblauer Augen. Er trug die Augenklappe nicht mehr, und sie hatte sich noch immer nicht ganz daran gewöhnt, aber das war es nicht. Der Ausdruck auf seinem Gesicht war es, der sie beunruhigte. Sie hätte nicht geglaubt, daß ihn noch irgend etwas erschüttern könnte, und ganz gewiß nicht diese Nachricht – nicht, wenn er ebenso glücklich über ihre Schwangerschaft war wie sie.

»Dafür kann Wallis das Lob einheimsen«, beeilte sie sich daher, ihm zu erklären. »Laut El gehörte das zu ihrem großen Plan zur Sicherung der Zukunft des ›Imperiums‹. Aber sie wußte natürlich auch, wie sehr ich mir ein Baby wünschte, wie sehr wir beide uns eines wünschten ... ich denke also, daß wir ihr verzeihen sollten, oder nicht?«

Sein Schweigen jagte ihr allmählich Angst ein. Er hatte eine Menge durchgemacht, war häßlich und gemein von seiner Familie manipuliert worden, wie es keinem Menschen zu wünschen war. Sie verstand, daß er im Moment noch nicht damit fertigwerden konnte. Doch nun, da er kurz davor stand, die Firma zu übernehmen, und sie ein Kind erwartete, hoffte sie zumindest, daß er und Wallis irgendwann wieder eine gemeinsame Basis finden würden, die sie miteinander auskommen ließ oder zumindest zu gegenseitigem Respekt führte.

»Keine Babcock-Wunderdroge kann in Ordnung bringen, was mit dieser Familie los ist«, sagte er schließlich. Wieder seufzte er tief auf und fügte in rauhem, bedauerndem Ton hinzu: »Aber vielleicht geht es ja mit Vergebung. Vielleicht ist das der einzige Weg, aber im Moment hab ich nicht sehr viel davon auf Lager.«

»Laß dir Zeit«, sagte sie. »Die Zeit wird alles richten, ganz von allein.«

Eine schwere Stille hatte sich über sie gelegt, schwer wie ein Theatervorhang, der nie wieder hochzugehen schien. Sophie kam es fast so vor, als würde diese Stimmung auch ihre Beziehung gefährden, doch ein sanfter Händedruck überzeugte sie davon, daß das Band zwischen ihnen sicher war, daß es nichts mit seinen Problemen mit der Familie zu tun hatte. Die Anspannung fiel von ihr ab, als er sie zu sich heranzog. Sie ließ sich in seine Arme fallen, und es war ihr egal, ob sie einen Kurzschluß auslöste oder nicht.

»Ich liebe dich …«, flüsterte sie, und das kam aus tiefstem Herzen so wie damals bei dem fünfzehnjährigen Mädchen, das ihn auf der Wiese am Bach geküßt hatte.

»Herrgott, ich liebe dich auch«, sagte er tief aufatmend und drückte sie fest an sich. »Ich brauch keine Erinnerungen, solange ich dich hab. Wir machen uns unsere eigenen.«

Sophie wurde von süßen Erinnerungen an einen sonnigen Strand überflutet und einen aufgeregt bellenden Hund, eine atemberaubende Achterbahnfahrt und an ein Kloster hoch in den Bergen. Diese Fahrt würde sie nie vergessen und auch nicht den unheimlichen Mönch, der ihr gesagt hatte, daß sie bereits vollständig wäre, doch daß nur sie wissen könne, was das bedeutete. Jetzt wußte sie es. Das hier war es. Sie und Jay. Er war ihre Heilquelle und sie die seine.

»Und jetzt, wo ich *zwei* von euch hab« – sein Atem strich über ihre feinen, goldenen Schläfenhärchen –, »wie soll ich da noch mit euch auf dem Motorrad zu *Dirty Dan's* kommen?«

»Da fällt uns schon was ein«, versicherte sie ihm, während sie an seinem Hals herumknabberte und sein Herz pochen fühlte. Wenn sie wieder mit halbwegs vernünftiger Stimme sprechen konnte, würde sie ihm einen Beiwagen vorschlagen. Doch sein Gerede von künftigen Ausflügen zu dem Biker-Treff hatte sie wieder auf Fragen gebracht, auf die sie sich bisher noch keinen Reim machen konnte – das Wort, zum Beispiel, das in den Tisch geschnitzt gewesen war. Sie wußte immer noch nicht, was es bedeutete.

Doch jetzt, wo sie so warm und sicher in seinen Armen lag, fiel es ihr schwer, die Stimmung zu brechen. Aber eine einmal geweckte Neugierde wird bekanntlich immer stärker, also dauerte es nicht lange, und sie blickte auf und bat ihn um eine Erklärung.

Er überraschte sie mit dem Geständnis, es selbst nicht so genau zu wissen. »Das reicht zurück bis zu dieser Gerichtssache«, meinte er. »Ich war während der ganzen Zeit weg, erinnerst du dich? Dieser Trip ins Atlasgebirge. Als ich zurückkam, war alles vorbei, und Babcock hatte gewonnen. Aber niemand wollte über die Sache reden. Niemand, außer Noah.«

Sie fühlte, wie er beim Nachdenken mit den Fingerknöcheln auf ihren Rücken klopfte. »Alles, woran ich mich noch erinnere, ist, wie Noah in diesem Pflegeheim auf mich einschrie, ich solle die ganze Trizene-B-Geschichte platzen lassen. Er sagte, ich würde mich genauso schuldig machen wie die anderen, wenn ich nicht den Mund aufmachte, und daß ich dann auch Blut an den Händen hätte. Er hatte in einem Tagebuch sämtliche illegalen Machenschaften der Firma festgehalten. Er besaß sogar das Gerichtsprotokoll mit den Falschaussagen. Aber zu der Zeit ging es ihm schon so schlecht, daß er sich nicht mehr erinnern konnte, wo er das Tagebuch versteckt hatte. Als ich gehen wollte, schrie er mir noch nach, ›Anbinden‹, konnte mir aber nicht mehr erklären, was er damit meinte. Er wiederholte es nur immer wieder.

Ich fuhr an dem Abend zu *Dirty Dan's*, um über alles nachzudenken – eigentlich um über mein ganzes bisheriges Leben nachzudenken, wenn ich ehrlich bin –, und ich muß wohl das Wort in den Tisch geschnitzt haben. Der Rausschmeißer fand das gar nicht cool, und wir fingen einen Streit an, soviel weiß ich noch. Wahrscheinlich war das derselbe Typ, der mich in der Gasse angesprochen hat, an dem Morgen, als wir beide dort waren, obwohl ich zu dem Zeitpunkt nicht den blassesten Schimmer hatte, wer er war. Ich wußte nur, daß er nichts Gutes bedeuten konnte.«

Er bog seinen Kopf zurück, als würde es ihn Mühe kosten, sich an alles zu erinnern. »Noah versuchte mir zu sagen, daß das Tagebuch in der Felswand versteckt war, in der wir immer Anbinden gespielt haben. Oder vielleicht wollte er damit sagen, ich solle es dort verstecken, ich weiß es nicht. Das Ganze kam mir immer wieder bruchstückhaft in den Sinn, aber erst als du Donald erwähntest, den Jungen, der von der Felswand gefallen war, hab ich dieses Spiel und die Felsen mit dem Tagebuch in Verbindung gebracht.

Ich werde auch nicht ganz schlau daraus.« Er gab mit einem schweren Schulterzucken auf. »Vielleicht werde ich nie erfahren, was wirklich passiert ist.«

»Das spielt jetzt keine Rolle mehr.« Sie strich ihm beruhigend die dicken, welligen schwarzen Haare aus der Stirn. Sie wollte nicht, daß er sich überanstrengte. Jetzt konnte er ohnehin nichts mehr tun. Was er vor allem brauchte, war Erholung.

»Falls es dir ein Trost sein sollte«, erklärte sie, »du bist nicht der einzige mit einem Schweizer Käse als Gehirn. Ich hab genug Löcher, obwohl niemand an meinen Neuronen rumgepfuscht hat. Aber einen Durchbruch hab ich heute morgen immerhin erlebt. Rate mal, was ich gefunden hab?«

Er beobachtete mit Interesse, wie sie ihre Handtasche aufhob und nach einigem Herumwühlen etwas daraus hervorzog.

Das zierliche, zahnstochergroße Objekt veranlaßte ihn, sich vorzubeugen, um es genauer in Augenschein nehmen zu können. »Der Wunschknochen«, sagte er. »Wo hast du ihn gefunden?«

»In der alten Truhe, zusammen mit ein paar anderen Dingen, die ich für verloren hielt. Deine Haarbürste lag da drin und mein Nachthemd natürlich. Ist schon komisch, daß ich überall danach gesucht habe, mehrmals sogar, und doch nie auf den Gedanken kam, in der Truhe nachzusehen. Ich glaube, ich war wohl noch nicht bereit, ihn zu finden. Aber heute morgen, als ich aufwachte, bin ich direkt dorthin gegangen.«

Er schwieg nachdenklich, wobei er sie und den winzigen Hühnerknochen, den sie wie ein Stück Gold in der Hand hielt, unverwandt ansah.

»Jetzt könnte ich dir sagen, was ich mir damals gewünscht habe«, meinte er.

»Nein, nicht! Dann geht es nicht in Erfüllung.«

Sie spürte eine plötzliche Wärme und blickte nach unten. Seine Hand lag auf ihrem Bauch. Stark und sonnengebräunt und beschützend lag sie auf dem ausgeblichenen Jeansstoff ihrer Latzhose.

»Das ist es schon«, behauptete er.

»Das Baby?« flüsterte sie.

Tränenblind wühlte Sophie in ihrer Handtasche herum, bis sie auch das andere, längere Ende des Wunschknochens fand. Aber etwas hielt sie davon ab, die beiden Hälften miteinander zu verbinden. Plötzlich war sie richtig scheu, wie das Mädchen, das den Kopf schieflegte, wenn er sie ansah, und davonrannte, wenn er näherkam.

»Hier«, sagte er und nahm ihr die beiden Stücke aus der Hand. Er hielt sie an den gebrochenen Enden zusammen und studierte das Ergebnis. Ein beinahe trauriges Lächeln huschte über sein Gesicht.

»Was denkst du?« erkundigte sie sich.

»Wie unglaublich es ist, daß sie zusammenpassen. Daß wir zusammenpassen.«

Er hob den Blick und sah sie an. Vielleicht lag es ja an dem Licht, das durch die Fenster hereinströmte und sein Haar aufleuchten ließ, oder an dem leicht verwunderten Ausdruck seines Lächelns, aber Sophie fühlte sich mit einem Mal um zehn Jahre zurückversetzt, zu dem Moment, in dem sie ihn zum ersten Mal erblickt hatte – und Bescheid wußte.

Sein Lächeln erwärmte ihr Herz. Seine Liebe hatte es aus seinem Versteck geholt und es Vertrauen gelehrt. Das war es, wonach sie sich ihr Leben lang gesehnt hatte, nach dieser einfachen Gewißheit, die andere für selbstverständlich halten mochten. Die Gewißheit, daß es jemanden gab, der immer für einen da war, wenn man ihn brauchte, der einen so sehr liebte, daß er immer für einen da war.

Er war da. Und er liebte sie über alles.